WIEDŹMY KIJOWA

STRZAŁ W OPERZE

ŁADA ŁUZINA

WIEDŹMY KIJOWA

STRZAŁ W OPERZE

przełożyła

PATRYCJA ZARAWSKA

insignis

Tytuł oryginału
Киевские ведьмы. Выстрел в опере

through Thomas Wiedling | Literary Agency
wiedling-litag.com

Przekład
Patrycja Zarawska

Redakcja i korekta
Joanna Rozmus, Marek Stankiewicz

Projekt wnętrza
Patrycja Wojkowska-Piłkowska

Skład
Adam Kamiński

Okładka i grafika na stronie tytułowej
Piotr Sokołowski

Przygotowanie do druku
Tomasz Brzozowski

ISBN 978-83-67710-18-3

Insignis

Insignis Media, ul. Lubicz 17D/21–22, 31-503 Kraków
tel. +48 12 636 01 90, biuro@insignis.pl, insignis.pl
Facebook: @Wydawnictwo.Insignis
Twitter, Instagram, TikTok: @insignis_media

Druk i oprawa
Drukania Pozkal, pozkal.com.pl

Wyłączna dystrybucja
DRESSLER Dressler Dublin sp. z o.o.
dystrybucja@dressler.com.pl, dressler.com.pl

WIEDŹMY KIJOWA

STRZAŁ W OPERZE

Madame Łuzina zadzwoniła filiżankami.
– Szybciej, proszę państwa, nie traćmy czasu!
~ Michaił Bułhakow, *Seans spirytystyczny*

13 lat wcześniej

Mamo, a kiedy dorosnę, będę mogła kupić Pałac Maryński?

– Będziesz mogła go sobie po prostu wziąć.

– A będę mogła latać?

– Tak, córciu, ile dusza zapragnie...

– A kiedy będę taka jak ty?

Jej mama miała złote włosy, a oczy błękitne i jasne jak kamyczki na dnie potoku. Jej mama mogła dosłownie wszystko. Nawet odpowiadać na pytania córki, jednocześnie pisząc coś ważnego i dorosłego w wielkim buchalterskim zeszycie.

Teraz jednak nie odpowiedziała.

Równa kreska pod jej ręką urwała się... Mama nachmurzyła się z niedowierzaniem, przygryzła dolną wargę i powoli przecząco pokręciła głową. A sekundę później wyrwała z zeszytu ostatnią kartkę i zmięła ją w kulkę.

– Mamo, co robisz? – zapytała córka.

– Nic. – Mama nie patrzyła na nią. Patrzyła na kulkę. – O co pytałaś, kochanie?

– A kiedy będę taka jak ty?

– Niedługo. – Głos mamy zabrzmiał dziwnie. – Już niedługo. – Zmięta kartka poleciała do kosza na śmieci.

– Mamo! – zawołała córka ze zdziwieniem. – Ktoś przyszedł!

Matka odwróciła się. W wejściu stała nieznajoma dziewczyna.

– Mamo... – odezwał się płaczliwie nieoczekiwany gość.

– To moja mama! – zezłościła się dziewczynka. – Nie ma innych córek.

– Nie bój się. Ta pani żartuje – pocieszyła ją złotowłosa mama. – Coś się stało? – Spojrzała na gościa spode łba.

– Bardzo cię proszę... Bardzo cię proszę... – zacinała się błagalnie przybyła. – Zrób tak, żeby nie było Trójki.

– Z tym do mnie przyszłaś?

– Tak.

– To znaczy?

– Tak. Umarłaś! Umarłaś, mamciu!

Kobieta uciszyła ją podniesionym palcem. Zawahała się chwilę, po czym wyjęła z kosza zmiętą kartkę. Rozprostowała ją starannie. Przeczytała ponownie.

I przecząco pokręciła głową.

– Bardzo mi przykro – powiedziała. – Bardzo mi przykro, kochana.

Rozdział pierwszy,

w którym dzieje się niemożliwe

„(...) O – Kijów, widzisz, to ci kraj!
Samo się jadło do ust pcha tam!
Wódki jak lodu! W to mi graj!
A mołodycie! a diwcziata!

Bodajby zginąć – takie śle
Spojrzeniem czarnobrewka czary!
I tylko z jednym, z jednym źle...”
„A niby z czym? powiedzcie, stary.”

(...) Upiła z flaszki tęgi haust
I tak jak była, nagusieńka,
Okrakiem na mietlisko szast,
I w komin moja Marusieńka.

~ Aleksander Puszkin, *Huzar*, tłum. Julian Tuwim

W jasny lipcowy dzień aleją Gimnazjalistów przecinającą na pół były bulwar Bibikowski szła dziwaczna ruda panna.

Dziwaczne były jej spojrzenia – to podskakiwały trwożnie, lękliwie śledząc idących z naprzeciwka (przy czym z jakiegoś powodu zupełnie nie interesowali jej zaawansowani w latach mężczyźni, natomiast damy, niezależnie od wieku, podlegały natychmiastowemu prześwietleniu jej szarozielonych oczu), to z miłością przesuwały się po fasadach stojących po lewej stronie budynków niczym u pełnej dumy gospodyni przygotowującej świat do kapitalnego remontu.

Ruda rzeczowo obmacała wzrokiem szmaragdowy dom-szkatułkę, jedyny w Kijowie ozdobiony porcelanową sztukaterią.

W myślach dorysowała brakującą wieżyczkę do fasady domu pod numerem osiemnastym – byłego Drugiego Gimnazjum, w którym swego czasu uczył się w klasie przygotowawczej Misza Bułhakow i w którym służył na stanowisku regenta chóru jego rodzony wujek Bułhakow S.I.

Dziewczyna położyła sobie rękę na piersi, gdzie pod koszulką wisiał na sznurku nie krzyżyk, lecz osobliwy klucz od pierwszego domu pod trzynastką.

Zaś dziesięć kroków dalej zachowała się zupełnie cudacznie.

Stanęła jak wryta, a na jej okrągłej twarzy wymalował się znamienny wyraz, zdarzający się u osób płci żeńskiej, gdy nagle i nieoczekiwanie natkną się na ulicy na mężczyznę swojego życia, który porzucił je boleśnie i nieodwracalnie.

Tyle że na drodze rudowłosej nie było widać żadnych mężczyzn.

Za niską ogrodową alejką – lśniąc siedmioma kopułami: jedną złotą, resztą niebieską w złote gwiazdki – stał najpiękniejszy w świecie sobór Świętego Włodzimierza!

Ruda wbiła w niego rozpaczliwie udręczony wzrok.

Lecz na tym dziwy się nie zakończyły.

Akurat w tym samym momencie u wylotu alejki pojawił się jeszcze jeden okaz rodzaju żeńskiego – długonogi, wyniośle piękny i po lipcowemu półnagi. Okazowi towarzyszył mężczyzna, który spoglądał na obnażone, przekreślone jedynie cienkim paskiem biustonosza ramię swojej towarzyszki tak żarłocznie, jak gdyby pragnął odgryźć z niego choćby kawałątek.

– Już ci mówiłam sto razy: to był zwykły wieczór panieński. A jeśli będziesz się zachowywał jak idiota... – z rozdrażnieniem relacjonowała towarzyszowi dziewczyna, nie przejmując się ani jego zauroczeniem, ani nim samym.

Po czym zachłysnęła się, zobaczywszy rudą.

– Ałoczka, ale zrozum... – zajęczał chłopak.

I zamilkł.

Zapomniawszy o nadskakującym jej mężczyźnie, długonoga skierowała się w stronę rudej. Podeszła do niej drobnymi bojaźliwymi kroczkami, z niewyjaśnionym zachwytem popatrzyła na jej dwunastoletnią męską koszulę w paski i okaleczone dziurami tanie dżinsy i nagle zgięła się przed nią wpół, składając niski pokłon.

– Chwała ci, Jasna Kijowico! – wybełkotała pełnym czci głosem.

Ruda wzdrygnęła się.

Obejrzała za siebie.

Nerwowo wcisnęła ręce głęboko do kieszeni powycieranych dżinsów i burknąwszy niewyraźne „Siema", haniebnie zrejterowała.

– Co to za jedna? – Mężczyzna stał za plecami swej dziewczyny, ze zdumieniem rzucając okiem za uciekającą postacią. – Wygląda jak jakaś szlaja.

– Zamknij się! – syknęła ze złością dziewczyna. A jej złość kierowała się przeciw niemu, przeciw jego uwadze oraz temu, że był świadkiem niepochlebnego dla niej układu scenicznego, w którym z szacunkiem odniosła się do rudowłosej. – Nie wiesz, kim ona jest. Mieszkasz w JEJ Mieście!

– A więc na porządku dzisiejszego dnia mamy trzy pytania. Pierwsze: czy możemy czynić czary dla własnych potrzeb?

Wypowiedziawszy owe wielkiej wagi słowa, czarnowłosa dama zastygła w ramie drzwi balkonowych otwartych na słoneczny, szeleszczący liśćmi Wał Jarosława.

W dole, po ulicy wytyczonej swego czasu na miejscu wysokiego wału wzniesionego w jedenastym wieku przez Jarosława Mądrego, który chciał obronić swój stołeczny Gród przed wrogami, kroczyli nieśpiesznie kijowianie, niezastanawiający się wcale ani nad pochodzeniem nazwy ulicy, ani nad tym, kto mieszkał w koralowej baszcie domu-zamku pod numerem pierwszym.

A w Wieży mieszkało sześć osób.

Ulizana (własnym językiem) śnieżnobiała kotka Belladonna, siedząca na podłodze w odległości dwóch kroków od dostojnej damy i z całkowitą powagą wpatrująca się w mówiącą. Ogromny, wychudzony czarny kot Behemot ze zbójeckim pyszczkiem i naderwanym uchem, umoszczony nieco dalej, wzgardliwie odwrócony do zacnej kompanii tyłem. Oraz zaokrąglona ruda kocica zwana Izydą Puszek, na podobieństwo spasionej etoli spoczywająca na szyi uśmiechniętej, wyraźnie skłonnej do wesołości dziewoi.

Spasiona etola w jakiś nieuchwytny sposób przypominała swą panią – hałaśliwą blondynkę, okrągłobiustą, okrągłooką i okrągłonosą. Z kolei siedząca obok blondynki ruda panna w pasiastej koszuli wydawała się całkowitym przeciwieństwem sąsiadki.

W ogóle wszystkie trzy kobiety – brunetka, blondynka i ruda, zebrane w okrągłym pokoju Wieży – stanowiły swoje całkowite przeciwieństwa i postronnemu obserwatorowi trudno by było dojść przyczyny, dla której zjednoczyły się, tworząc żeński triumwirat.

– ...w szczególności: czy mogę za pomocą magii pomnożyć dochód ze swoich supermarketów? – Głos czarnowłosej Katii brzmiał władczo i biła z niego władczość, ale jej samej zupełnie nie pasowały okulary w złotej oprawce o wąskich, „przymrużonych" szkłach.

Zresztą, jeżeli nie liczyć tego nieważnego szczegółu, twarz Jekatieriny Dobrażańskiej była na tyle piękna, że kto ją widział po raz pierwszy, tracił własne pragnienia i myśli.

Zarys jej brwi, wykrój oczu, grymaśny układ ust – wszystko to odciskało się w pamięci niczym piętno na skórze niewolnika.

Jednak białowłosa Dasza Czub, znana pod ksywką Wstrząsająca, wyznawała zasadę: „Nie żyjemy w niewoli, nikt nas nie zniewoli!".

– Nie możesz! – oświadczyła bezapelacyjnie. – Ja już sobie poczarowałam dla własnej potrzeby. Wszystkie pamiętamy, czym się to skończyło. Trzema wypadkami i jednym trupem!

Okrągłoboka, mocno nabita i sprężysta jak piłka Dasza wywoływała nieprzepartą chęć, by uszczypnąć ją w pyszny boczek.

Jej uśmiech był zaraźliwy, maniery przerażające, a strój budził konsternację. Oprócz rudej kotki Wstrząsająca miała na sobie mnóstwo dyndających ozdób i minimum odzieży. Właściwie całym jej strojem było stare prześcieradło przewiązane na karku na krzyż.

Za to na rękach Daszy dzwoniło co najmniej dwadzieścia złotych bransoletek, na szyi widniał ciężki naszyjnik z czterech rzędów złotych dukatów, a z uczu zwisały ogromne kolczyki z epoki Rusi Kijowskiej. Białe włosy splecione w setkę pękatych papuaskich warkoczyków błyszczały złotymi spinkami.

– Drugi trup byłby twój, gdyby Masza cię nie wskrzesiła. – Czub wykrzywiła się do pięknej Katii i przeniosła spojrzenie na trzecią dziewczynę.

Na tle jasnej blondynki i oszałamiająco pięknej brunetki Masza Kowalowa, ruda i smętna, wyglądała zupełnie niepozornie.

Z wysokim, gotyckim czołem, złotymi brwiami prawie zlewającymi się kolorem z pergaminową skórą, z oczyma pełnymi pytań, na które nie warto szukać odpowiedzi, sprawiała wrażenie zakłopotanej i nic nierozumiejącej. Siedziała na skraju kanapy przygarbiona, ze spuszczonymi oczami, jakby gnębiło ją coś nierozwiązywalnego i przytłaczającego.

– Tak, możemy – powiedziała z roztargnieniem. I wyjaśniła krótko: – Uważam, że możemy uprawiać czary.

– No co ty?! – zdumiała się Wstrząsająca Dasza. (Głośne wyrażanie myśli z byle powodu należało do jej głęboko zakorzenionych nawyków). – Masza, odbiło ci? We wszystkich filmach wiedźmom nie wolno posługiwać się czarami dla własnych korzyści.

– Ale my nie jesteśmy wiedźmami, tylko Kijowicami – przypomniała Masza. Patrzyła na swoje ciasno splecione dłonie, które trzymała między kolanami. – Nasze moce są darem, takim jak każdy inny. I zakazywać nam posługiwania się nim dla osobistych potrzeb byłoby takim samym absurdem, jak zakazywać pisarzowi prowadzenia osobistego dziennika, a baletnicy tańczenia na dyskotece dla własnej przyjemności. Możemy robić, co nam się podoba. Po prostu nie powinnyśmy czynić zła, zarówno w magii, jak i bez niej. Nie wolno nam niczego nikomu odbierać ani uprawiać czarów w tajemnicy jedna przed drugą. Ale nie rozumiem, dlaczego, skoro mam lęk wysokości, nie mogłabym użyć zaklęcia „Oręż" przeciw swojemu strachowi. Albo za pomocą zaklęcia „Set" ulżyć w bólach porodowych... żonie mojego brata.

– To żona twojego brata spodziewa się dziecka? – zainteresowała się nowym tematem Wstrząsająca.

– Cu-dow-nie! – Katia przyjęła wywód naukowy Maszy, wykazując zachwyt zarówno jego treścią, jak i sposobem wygłoszenia.

– No, skoro tak, też nie mam nic przeciwko – dodała od siebie Dasza.

Z czego mój czytelnik bez trudu wyciągnie wniosek: ruda, smętna i niepozorna Masza była jedynym zwornikiem, który łączył niegodzące się z sobą Daszę i Katię.

A jednak...

– Teraz drugie pytanie – oznajmiła Katerina Dobrażańska. – Jak mamy dalej żyć? Jak rządzić Kijowem?

– A ty co, przewodnicząca naszej rady? – z miejsca najeżyła się Czub. – Znów postanowiłaś dowodzić? I znowu włożyłaś okulary? To są zwykłe szkła, sama mówiłaś.

– Niech sobie pobędzie przewodniczącą, co, żal ci? – westchnęła Masza, nie odrywając oczu od swoich umęczonych rąk. – Przecież zapytała, jak mamy ułożyć sobie życie po tym, jak nam je przewrócili do góry nogami.

– Dobrze. Niech sobie pobędzie. Tylko niedługo – w mgnieniu oka zgodziła się Czub i odchyliwszy się na oparcie kanapy, pogłaskała rudą „etolę".

Kotka zamruczała wibrująco i aby dopełnić szczęścia, wyciągnęła leniwą łapę ku kosmykom Maszy.

Dziewczyna odruchowo pokręciła głową.

Piękna Katia milczała przez chwilę, dając do zrozumienia, że przerwano jej niepotrzebnie, i zaczęła wyłuszczać:

– Pięć dni temu przypadkowo stałyśmy się wiedźmami.

– Kijowicami – uparcie poprawiła ją Masza.

– Kijowicami. – Katia z pokorą przyjęła korektę.

– I uratowałyśmy świat! – dorzuciła chełpliwie Czub.

– Tylko Kijów – poprawiła Masza.

– No i co z tego? – Dasza obruszyła się na takie umniejszenie ich dokonania. – Myślałby kto, że uratowanie Kijowa nie było wstrząsające dla całej Ziemi!

(Wstawianie określenia „wstrząsające" gdzie popadnie było drugim nawykiem Daszy).

– Mogłabyś nie przerywać?! – Dobrażańska wydęła wargi i splótłszy ręce na piersi, przygwoździła Wstrząsającą Daszę władczym spojrzeniem. – Jesteśmy Kijowicami. Mamy władzę nad Kijowem.

– Tak samo jak on nad nami. – Masza najwyraźniej nie cierpiała niedokładnych sformułowań.

– Tak jak on nad nami. – Katia zaś ewidentnie przyjmowała uściślenia Maszy z nieskończoną cierpliwością, w przeciwieństwie do replik Daszy. – Mamy osobiste biuro – potoczyła wzrokiem po okrągłym pokoju w Wieży, wciśniętym w dębowy gorset regałów książkowych – do którego nie może się dostać żaden inny człowiek.

– O ile nie ma klucza i nie zna hasła – dookreśliła Masza.

– Są trzy gadające koty.

– Tylko dwa – chrząknęła wesoło Dasza. – Behemot z nami nie rozmawia!

Koniuszek ogona czarnego kota zadrgał z niezadowoleniem.

– Jest sto, sto pięćdziesiąt kilogramów rzadkiej wartości złota, które wręczyły nam na sabacie kijowskie wiedźmy i które trzeba spieniężyć. – Katia zignorowała uwagę Daszy.

– Czemu? – Czub odruchowo złapała się za kolczyk. – Ja swoje złoto będę nosić.

– ...I najważniejsze – dokończyła Katia. – Księga Władzy!

– Księga Kijowic – poprawiła skrupulatnie Masza.

W tym momencie Dobrażańska podeszła do cienkonogiego damskiego biurka, na którym leżało wspomniane tomiszcze, i pożądliwie musnęła palcami czarną oprawę.

– A jeszcze powinnyśmy co noc pełnić dyżur na Starokijowskiej Górze – wtrąciła Czub.

– Dasza! – rozzłościła się na koniec Dobrażańska.

– To ważna poprawka. – Blondynka nie poddawała się.

– Do tego właśnie zmierzam! – usadziła ją Katerina. Nadal nie odrywała palców od woluminu, jakby dotykanie go dostarczało jej nieodpartej przyjemności, której nie była w stanie się pozbawić. – Przeliczyłam plusy: władza, złoto, mieszkanie w centrum... Ale są i minusy. Jak słusznie zauważyła Masza, jesteśmy Kijowicami. Władamy tym Miastem i chronimy je. „Kijów ma nad nami władzę tak samo, jak my nad nim", tak napisano w Księdze. W szczególności wyraża się to tym, że mamy obowiązek co noc dyżurować na naszej górze, żeby „ujrzawszy czerwony ogień na niebie, polecieć tam". Tam, gdzie potrzebna będzie nasza pomoc.

– No a ja co mówiłam? – z obrazą burknęła Czub.

– Tym niemniej – kontynuowała Katia – zeszłej nocy siedziałyśmy tam zupełnie na próżno. Na niebie nic się nie zapaliło.

– Co więc teraz proponujesz? – zapytała Wstrząsająca Dasza.

– Nie proponuję – z zadowoleniem poprawiła ją Katerina – ale poddaję pod dyskusję. – Może rozsądnie byłoby dyżurować po kolei? Conocne dyżury nas zamęczą. Ja mam biznes. Masza ma pojutrze egzamin. Tylko ty z naszej trójki możesz przesypiać pół dnia, bo nigdzie nie pracujesz.

– A jak mam pracować? – zakipiała Wstrząsająca. – Przecież pracowałam w nocnym klubie. Po nocach! A teraz wszystkie noce zajęte! I jeśli jutro coś tam się gdzieś tam zapali, dni też pójdą w cholerę. Z naszej trójki tylko ty jesteś sama sobie panią. Masza to wogle studentka. – (Niestaranne „wogle" było kolejnym uwielbianym przez Daszę słówkiem). – Zdać egzaminy i wakacje. A kto będzie trzymał na kontrakcie piosenkarkę, która w każdej chwili może zeskoczyć ze sceny, rzucić wszystko i lecieć ratować Miasto?

– Właśnie dlatego – podsumowała Katerina – proponuję nieco ułatwić sobie życie i dyżurować w parach. Dziś ty i Masza. Jutro ty ze mną, żeby Masza mogła się przygotować do egzaminu. Pojutrze ja z Maszą. I tak dalej.

– Nooo, dobra, spróbujmy. – Czub przystała na ofertę.

W nieodległej przeszłości była zawodowym nocnym markiem – piosenkarką i dyrektorką artystyczną klubu nocnego „O-Yo-Yoy!" – więc nie widziała szczególnego problemu w tym, żeby nie spać co noc.

Ale żeby zarywać noce tylko po to, by siedzieć kamieniem i bezczynnie popatrywać w niebo nad Górą Starokijowską – to dla jej energicznej natury było znacznie bardziej uciążliwe niż najcięższa orka.

– Zgadzam się – powiedziała Masza. Patrzyła teraz na swoje nogi w starych, rozpadających się adidasach. – Wszystko mi jedno.

– Świetnie – podsumowała Katerina, rzuciwszy na nią zatroskane spojrzenie. – Trzecie pytanie, najważniejsze. Co się dzieje z naszą Maszą?

– Ze mną? – Po raz pierwszy od początku rozmowy ruda podniosła oczy i zmieszana popatrzyła prosto na „przewodniczącą".

– Tak! – Po raz pierwszy od początku rozmowy Dasza Czub sprzymierzyła się z Kateriną. – Widać wyraźnie, że coś z nią nie w porządku!

– Masz jakieś problemy? – Głos Katii przybrał waciano słodki ton. – Wyglądasz, jakby cię coś przybiło.

– Gorzej: jakby cię przebiło! – potwierdziła Dasza i z entuzjazmem podrapała się po nosie.

(Drapanie się po nosie w napadzie zamyślenia było trzecim z jej nawyków).

Masza niepewnie spojrzała na Katię, zastanawiając się, czy ta faktycznie się o nią niepokoi i czy jej samej starczy sił, żeby wyjawić swoją tajemnicę.

– Rzecz w tym... – odezwała się – że ja... Nie, najpierw co innego. Powinnyście o tym wiedzieć. Właśnie zbierałam się, żeby to przekazać. Rzecz w tym, że...

Rzecz w tym, że zaledwie pięć dni wcześniej Masza Władimirowna Kowalowa, licząca dwadzieścia dwa lata studentka wydziału historii uniwersytetu pedagogicznego*, była nijaką, rozmarzoną istotą mieszkającą z mamą i tatą przy ulicy Humańskiej 41.

I była nią dopóty, dopóki nie dostała w prezencie Miasta.

Umierająca Kijowica Kyłyna władająca tysiącletnim Kijowem, przekazała swoją władzę im, trzem przypadkowo dobranym kobietom, zostawiając im w spadku okrągłą Wieżę przy Wale Jarosława, a wraz z nią trzy gadające koty, spiżarki pełne ziół i innych roślin, szafy pełne latających mioteł oraz Księgę Kijowic pełną pradawnych, straszliwych mądrości...

I okazało się, że świat wcale nie jest taki, jaki im się wydawał – zahukanej studentce nieprestiżowej uczelni, dumnej właścicielce sieci supermarketów i dyrektorce artystycznej klubu nocnego „O-Yo-Yoy!”, będącej jednocześnie średnich lotów piosenkarką.

---

* Ponieważ wcześniej sama Masza nazywała swój uniwersytet pedagogiczny instytutem, w dalszej części pójdziemy za jej przykładem. Zdaniem Maszy bowiem (i autorka się z nią w pełni zgadza) Uniwersytet jest w Kijowie tylko jeden.

W tym świecie, który się przed nimi otworzył, nie było ani czasu, ani śmierci, ani tym bardziej przypadkowości. Tu można było przemieszczać się w czasie i wskrzeszać zmarłych, latać nad ziemią i zaszczepiać miłość swoim wrogom.

Ale cokolwiek byś robił, twoje dobro zawsze wychodziło na złe, a zło na dobre.

A człowiek, w którym naiwna wzorowa studentka Masza była bez wzajemności zakochana od pierwszego semestru, okazał się zabójcą.

I zginął, ratując ją od śmierci, ponieważ wypił eliksir miłosny.

I teraz dziewczyna uważała, że to ona go uśmierciła.

A człowiek, którego pokochała nowa Masza, nie żył od stu lat, zaś osiem lat przed śmiercią pochował swojego jedynego syna, który zmarł w Kijowie, ukarany za postępek ojca.

Dlatego, że Miasto było żywe i mogło kochać i wymierzać karę!

Człowiek ten miał na imię Michaił. A na nazwisko Wrubel*. Masza wyrzekła się go sama w ramach nagrody za coś, czego nie mogła uważać za nagrodę. I teraz ta nagroda ją męczyła, stała się jej straszną tajemnicą.

Podobnie męczyło ją to, że chociaż ona, Katia i Dasza nie były wiedźmami, tylko Kijowicami, mimo wszystko były jednak wiedźmami – przynajmniej częściowo, ponieważ odtąd żadna z nich nie mogła już wejść do cerkwi i Masza nie mogła odwiedzać swego ulubionego, uświetnionego malowidłami Wasniecowa i Wrubla, najpiękniejszego na świecie soboru Świętego Włodzimierza.

I teraz uważała się za nieczystą.

Podobnie męczyło ją to, że ona – jeszcze tydzień temu posłuszna i cicha – na śmierć poróżniła się z matką i uciekła z domu.

Oraz to, że od trzech dni nie widziała taty.

I teraz Masza uważała się za niedobrą córkę.

----

* Michaił Aleksandrowicz Wrubel (1856–1910) – wielki rosyjski malarz, bohater poprzedniej powieści: *Wiedźmy Kijowa. Miecz i krzyż.*

Podobnie męczyło ją też to, co przydarzyło się jej dzisiaj rano, kiedy jakimś cudem wzięła w garść swoje ja i wybrała się do instytutu na konsultację przed egzaminem...

W pierwszej chwili, przestąpiwszy próg swojej rodzonej Alma Mater, Masza odniosła wrażenie, że to, co zdarzyło się ostatnio, było jakimś strasznym snem.

Tu, w murach uczelni, do której przywykła, wszystko było jak zawsze. Studenci jak zawsze nie zwracali uwagi na niepozorną kujonkę Kowalową – w workowatych ubraniach, z bladą twarzą. I kiedy Masza weszła na drugie piętro, dotarła na ostatni stopień, jak zawsze spojrzała na zegar, aby po dawnemu sprawdzić, czy jej wewnętrzny budzik działa jak należy.

Zewnętrznego, czyli realnego budzika nie miała nigdy. Wcześniej – w poprzednim życiu – wystarczyło, że kładąc się spać, powiedziała sobie: „Powinnam się obudzić o dziewiątej" (czy o siódmej trzydzieści albo piętnaście po ósmej), i otwierała oczy o wyznaczonej godzinie. A wychodząc z domu, dokładnie wyliczała czas na podróż, z uwzględnieniem wszelkich korków i zakłóceń transportu.

Tak i teraz wierna stareńka czajka na jej ręce pokazywała, że do konsultacji została równo minuta – akurat tyle, żeby przejść korytarzem, skręcić w prawo i znaleźć się w wyznaczonej sali.

Wszystko było jak przedtem, jak zwykle, jak dawniej... I na Maszę zstąpił niewypowiedziany spokój. Już była gotowa rozkoszować się tą iluzją przez co najmniej pół godziny, słuchając trzeszczącego głosu Markownej, jak zawsze dyktującej studentom szczegółowe odpowiedzi na pytania z zestawów egzaminacyjnych...

Lecz kiedy skierowała się do najbliższych drzwi, zarysowała się przed nią postać najgroźniejszej wykładowczyni instytutu, historyczki przezywanej Wasilisą Przemądrą (w skrócie Wasią).

Wasilisie towarzyszyły dwie krzykliwie umalowane studentki. Z ich kwaśnych, błagalnych min jasno wynikało: dziewoje należały do licznej grupy nieszczęśników, którym nie udało się zdać poprzedniego egzaminu u Wasi, dlatego podkuliwszy studenckie ogony, przyszły próbować szczęścia ponownie – z tym samym skutkiem.

Masza z nawyku ukłoniła się wykładowczyni, zdążywszy się ucieszyć, że zdała u niej na „znakomicie", ale zaraz wyniosłe rysy twarzy Wasilisy Andriejewny rozpłynęły się w wyrazie nabożnej pokory i Przemądra postąpiła krok w stronę Kowalowej, po czym, zgiąwszy bujne, piersiaste ciało w głębokim pokłonie, wyszeptała:

– Chwała ci, Jasna Kijowico!

No i Masza sobie przypomniała: w jej nowym pięciodniowym życiu budząca postrach wykładowczyni była jej podwładną! Głową ordy kijowskich wiedźm, które nie dalej jak przedwczoraj wołały do nich: „Chwała!" na sabacie urządzonym z okazji nocy Iwana Kupały.

Studentka wcisnęła się w ścianę.

Wymalowane dziewoje wytrzeszczyły się na tę niewiarygodną scenę – najwyraźniej obydwie nie wierzyły własnym oczom.

– Mam dla was, pani, niebezpieczną wieść. – Wasia dalej szokowała widzów, gnąc się w jeszcze niższym ukłonie. – W mieście jest niespokojnie. Nie wszystkie wiedźmy uznają waszą władzę. Czy wolno mi prosić was, pani, o spotkanie z wami i waszym jasnym...

– Tak, tak! – zawołała Masza. – Proszę przyjść do nas na Wał. Będę czekać przy wejściu. O piątej. Inaczej pani nie wejdzie. Wasiliso Andriejewna, proszę, niech się pani wyprostuje.

– To dla mnie wielki zaszczyt. – Wasia odgięła się i wycofała.

„To koniec" – uświadomiła sobie Masza Kowalowa. „Będę musiała odejść z instytutu. Jak tak dalej pójdzie..."

Ale dalej było znacznie gorzej.

Przeszedłszy przez korytarz, Kijowica natknęła się na rozszczebiotaną kompanię studentów starszych lat. I minęła ich.

Ale nie dane jej było iść w spokoju!

Z grupki doskoczyły do Maszy dwie ślicznotki – wysokie, rzucające się w oczy, z tych, co to zawsze patrzyły na nią z góry.

– Chwała ci, Jasna Kijowico!

W korytarzu zapadła absolutna cisza.

Masza poczuła się jak woskowa figura z muzeum Madame Tussauds.

Wpatrywało się w nią dziesięć par oczu – w jej uniesione ze strachu znieruchomiałe ramiona, tanie dżinsy i kręcone rude włosy. Dziewczyny, zgięte w ukłonie, stały przed Jasną Panią, najwyraźniej czekając na jej reprymendę.

Ale Masza nie wiedziała, jak na to odpowiedzieć.

Ktoś zachichotał. Pozostali milczeli, na próżno próbując dociec, o co chodzi w tym pranku.

– Dziękuję – pisnęła głupio Kowalowa. – Proszę.

– Ale najstraszniejsze było, gdy doszłam do sal i popędziła do mnie Markowna, wykładowczyni, do której szłam na konsultacje... Ona ma sześćdziesiąt lat! Jak ja do niej pojutrze pójdę na egzamin? A jeśli tam też mi się pokłoni? Co inni o mnie pomyślą?

– Pomyślą – rzekła z beztroskim śmiechem Wstrząsająca Dasza – że dałaś jej niesamowitą łapówkę. Co najmniej dziesięć tysięcy. I babina ruszyła głową.

– Będzie miała problemy w pracy – mruknęła ponuro Masza. – A potem wyszłam na ulicę, a tam... Kłaniała mi się co dziesiąta. Jak ja mam teraz chodzić po ulicach?

– Tak się pewnie czuje Ałła Pugaczowa! – stwierdziła piosenkarka. – Czemu ja, durna, siedzę w domu? Pora zabrać z klubu moje rzeczy...

– Dobrze, że Katia podwiozła mnie na uczelnię samochodem – dodała Masza. – Ale z powrotem... Nie podejrzewałam, że w Kijowie jest tyle wiedźm!

– Widziałaś, ile ich było na świętojańskim sabacie: tysiące tysięcy – przypomniała Katia. – Też zauważyłam, że parę razy mi się pokłoniły. Ale ja rzadko wychodzę z samochodu.

Dasza zerwała się z kanapy.

Ruda kotka zwaliła się z jej karku jak worek i mruknąwszy z niezadowoleniem, spojrzała z ukosa na nadmiernie impulsywną panią.

– Pójdę pospacerować! Wstrząsające! Wychodzi na to, że jesteśmy naturalnymi gwiazdami!

– Czekaj no! – zastopowała ją Katerina i zwróciła się do Maszy: – Mówisz, że nie wszystkie wiedźmy uznają naszą władzę?

– Tak powiedziała Wasia – odparła studentka. – I poprosiła o widzenie z nami. Dałam jej pozwolenie.

– Hmm. Nie wszystkie uznają naszą władzę. – Dobrażańska zamyśliła się. Jej ręka znowu powędrowała do Księgi. Księgi Władzy! – Cóż, chciałabym je zobaczyć...

– To przejrzyj na oczy, wywłoko!

Katia wzdrygnęła się mimowolnie.

Wszystkie trzy jak na komendę odwróciły się do otwartych drzwi balkonowych.

Na betonowym czworokącie Wieży, pozbawionym barierek na ogół niezbędnych w tego rodzaju elemencie budowli, stała dziwna postać z czarną miotłą w rękach.

Czarny kot Behemot miauknął z głębi brzucha i skoczył pod nogi przybyszki. Dasza otworzyła usta. Masza zamarła, patrząc na nieproszonego gościa, który nie miał możliwości znaleźć się w tym miejscu.

Do Wieży Kijowic mogła wejść tylko Kijowica!

Postać z nienawistnym uśmiechem wkroczyła do pokoju.

– I nie życzę wam zdrowia! – wygłosiła, z przyjemnością wymawiając każdą głoskę.

A Masza zdała sobie sprawę, że to niezwykłe zdanie było niczym innym, jak wywróconym na opak „pozdrawiam".

– Kim jesteś? – spytała surowo Katia.

– Jak się tutaj dostałaś? – wyrwało się Daszy.

Nieznajoma powiodła wzrokiem kolejno po ich Trójce, mierząc każdą z nich tak, jakby się namyślała, jak najwygodniej im przyłożyć.

Była niesamowicie młoda (by nie powiedzieć: mała). Tak bardzo, że nawet dwudziestodwuletnia Masza mogłaby na nią patrzeć z góry swych przeżytych lat.

Piętnastka, może szesnastka.

Chuda jak szczapa. Czarnowłosa. Bystrooka. Ostra. Zdawało się, że składa się z samych kątów ostrych. Ostre uda wciśnięte w czarne spodnie. Małe, ostre piersi przypłaszczone koszulką z napisem „Very bad" i z zamarłym na cienkiej szyi odwróconym satanistycznym krzyżem na łańcuszku.

Ale Masza wiedziała, że odwrócony krzyż wcale nie symbolizuje Szatana*.

– Jestem Aknir. Córka Kyłyny. Jej Dziedziczka! – Przybyszka miała usta pociągnięte czarną jak smoła pomadką. – A to mój dom!

– To dom Jasnych Kijowic – powiedziała biała kotka.

Ona pierwsza i jedyna wpadła na to, jak przeciwstawić się nieproszonemu gościowi.

– Dziedziczka! Przyszła Dziedziczka! – wrzasnął kot Behemot, zapamiętale ocierając się całym ciałem o nogi Aknir.

– Jestem Dziedziczką swojej matki! – obwieściła z patosem dziewczyna. – A one są ślepe! Ze ślepej krwi! Wy za to jesteście zdrajczyniami! – Z obrzydzeniem machnęła nogą w stronę białej kotki, jakby ją kopała. – Zdradziłyście moją matkę!

Miała niezwykłe buty – podbite długimi nożami. Ich ostrza wystawały spod czarnych, ociosanych nosków, a noże – Czub mogłaby przysiąc! – były naostrzone jak brzytwy.

Te buty wystraszyły Daszę nie na żarty. Napędziły jej niepojętego i nielogicznego strachu, choć sama małolata, z twarzą oszpeconą makijażem à la Marilyn Manson, wzbudzała we Wstrząsającej wyjątkową pogardę.

---

* Odwrócony krzyż to symbol Adama, którego grzeszny upadek zmienił Boży plan, zatem jest to symbol grzeszności Ziemi.

„Coś takiego!" – nerwowo zagderała Czub sama do siebie. „Żeby kogoś zabić na śmierć takim obuwiem, wystarczyłby jeden celny kopniak".

– Nogi precz od naszych kotek! – zawołała na wszelki wypadek.

– Nie bój się, nie tknę ich – warknęła Dziedziczka. – Szanuję prawo! Strażnicy Wieży są nietykalni. – Na jej twarzy pojawił się nikczemny grymas. – Ja szanuję prawo – powtórzyła. – A wy nawet o nim nie słyszałyście!

– Uratowały Miasto! – wtrąciła Belladonna.

– Mam to gdzieś! – uniosła się Aknir. – To ja jestem Dziedziczką. A prawa obowiązują. – Wyciągnęła rozcapierzoną dłoń, jakby zamierzała przysięgać na Biblię. – Pierwsze prawo: Kijowica powinna przekazać władzę z własnej woli! – Zgięła kciuk z niedokładnie pomalowanym czarnym paznokciem. – Drugie prawo: dziedziczką może zostać wyłącznie potomkini wiedźm! – Zagięła palec serdeczny. – Trzecie prawo: nową Kijowicę powinien zatwierdzić Sąd z prawicy i lewicy! – Do poprzedników dołączył mały palec, a wskazujący i średni rozsunęły się na kształt litery v, będącej symbolem zwycięstwa, ale też diabelskich rogów. – Naruszyłyście wszystkie trzy! Wszystkie trzy prawa! Sąd nigdy was nie zatwierdzi!

– Jaki niby sąd? – dopytała Katia.

– Między Niebem a Ziemią!

– Obawiam się... – Katerina z naciskiem skierowała na Aknir układne spojrzenie, w najmniejszym stopniu nie ukrywając ani fałszu swojej układności, ani radości ze zwycięstwa – że ten Sąd już nas zatwierdził. Na świętojańskim szabasie wszystkie uznały naszą władzę.

– Za diabła! – wykrzyknęła Dziedziczka. – Uznały was dwa diabły... To była histeria! Euforia! Wszystkie się cieszyły, że uratowały swoją skórę. Na tej fali ukoronowałyby nawet pieniek. Ale jest prawo. I obowiązuje wszystkich!

„Ty jesteś jego prawem, ale i dla ciebie istnieją prawa" – przypomniała sobie Masza słowa z Księgi Kijowic.

Było już mniej więcej jasne, przed czym chciała je ostrzec Wasilisa.

– Ani... Przepraszam, zapomniałam imienia – zaczęła Kowalowa.

– Aknir – warknęła Aknir.

– Aknir, rozumiemy cię. Straciłaś matkę. – Masza wstała. Miała wrażenie, że nieuprzejmie byłoby mówić to na siedząco.

– Co?!!! – Twarz córki Kyłyny wykrzywiła się nienawiścią i bólem. – Ty mnie rozumiesz? – zasyczała Dziedziczka, zachłystując się złością. – To wyście ją zabiły! Wy trzy! I teraz ty twierdzisz, że mnie rozumiesz?!!! Jesteście zwykłymi ludźmi. Ślepcami! Już leżycie trupem! Nie dacie mi rady nawet we trójkę!

Zachłysnęła się, nie umiejąc wyrazić swojego gniewu słowami. Była za młoda i zbyt niebezpieczna – w tym wieku, kiedy człowiek nie ma żadnej świętości i sam nadaje wszemu stworzeniu nowe imiona, uważając je za jedyne prawdziwe.

A imion, jakie Aknir nadała Trójce, nie trzeba się było domyślać:

– Zabójczynie! Samozwanki! Ludzkie bydło!

– Aknir, my jej nie zabiłyśmy... – Maszy było rozpaczliwie żal tej krzyczącej dziewczyny. – Obroniłyśmy Miasto. Wiesz przecież. Prawda, że wiesz? Wszystko ci opowiedziano.

– Jej władza dostała się wam przypadkiem! – Córka zmarłej Kijowicy szybko porzuciła temat zabójstwa i przeskoczyła na inny. – Matka oddała ją wam wbrew woli. Nigdy nie zrobiłaby tego sama z siebie. Zamierzała przekazać ją mnie!

Masza zamknęła oczy i przypomniała sobie tamtą okropną chwilę.

Pozbawiona zmysłów przez nieopisaną mękę kobieta pełzająca po suficie Centrum Czarów Starokijowskich na Padole i wrzeszcząca: „Wam?! Mam oddać to wam? Trzem! Nie chcę tego! Nie!!!”.

– Może i zamierzała – powiedziała Katia, a jej głos brzmiał dziwnie spokojnie i gładko. – Ale oddała ją nam. Z własnej woli. Zapewne wiesz, co się dzieje z wiedźmami w chwili śmierci?

– Moja matka nie była wiedźmą. Była Kijowicą!

– Z Kijowicami też – ustąpiła Katia ze skinieniem głowy. – Nie mogą umrzeć i cierpią piekielny ból do czasu, gdy przekażą swoją moc komuś innemu. Nikt nie zabraniał twojej matce pełzać po suficie bez końca, cierpieć męki i bóle w oczekiwania na ciebie: dzień, dwa, trzy... To był jej osobisty wybór. Ale ona wybrała co innego: ułatwić sobie śmierć. I oddała moc nam. Trzem. Taka była jej wola.

– Logiczne – potwierdziła Masza.

(„Logiczne" było ulubionym słowem Kowalowej i najwyższą miarą prawdy!)

Aknir z wściekłością oskórowała Katię wzrokiem. Oddech tak jej przyśpieszył, że stało się jasne: nieznany Sąd między Niebem a Ziemią, ten, którym groziła Dziedziczka, na pewno przyjmie argument Katii.

– I tak nie przyznają wam władzy! – zawyła jękliwie. – Jesteście ślepcami! Przez tysiąc lat władza ani razu nie dostała się ślepym. Dziedziczką może zostać tylko wiedźma pełnej krwi!

– Ale jest ich Trójka – zauważyła tonem sprzeciwu Belladonna. – W myśl proroctwa: „Gdy w Mieście po raz trzeci pojawi się Trójka...".

– Zbieg okoliczności!

– Nic nie dzieje się przypadkiem – mruknęła biała kotka i podrapała się wzgardliwie.

– Mam to gdzieś! – Aknir zatupała. – Niech ich będzie Trójka. Są ślepcami! Na to nie można przymknąć oka! Sąd powinien wyznaczyć Bój. Pojedynek!

– Bój?! – ożywiła się Jekatierina Dobrażańska, do niedawna aktywna członkini prywatnego klubu bokserskiego.

– A one przegrają! – Aknir pochyliła się nad nieprzeniknioną Belladonną. – Bo nie znają się na niczym ni czorta!

– No, akurat czorta to my dobrze znamy – odezwała się Czub. – Zwłaszcza czorta twojej diabelskiej matki!

– Nie śmiej przywoływać mojej matki! – naindyczyła się córka Kyłyny. – *Eb worst ink* – zawołała niezrozumiale, celując w Daszę palcem. – A kim ty jesteś? Co ty w ogóle umiesz? Jesteś wołosatką?

Dasza z powątpiewaniem potrząsnęła stuwarkoczową fryzurą, podejrzewając, że Aknir czyni aluzje do jej uczesania, ale nie rozumiała, czy małolata próbowała ją w ten sposób obrazić.

– Może gadałką?

A to już była jawna zniewaga.

– Ja gadałką?!! – nadęła się Czub. – Sama jesteś gadałką, smarkulo!

– Jesteś zmiennokształtna?

– Sama jesteś zmiennokształtna!!!

– Ona pyta, czy potrafisz przemieniać się w zwierzęta – wyjaśniła cicho Masza.

– Czyli że jestem zwierzakiem? A, że niby przemieniać się... – przyhamowała Wstrząsająca. – Przedwczoraj uratowałyśmy Miasto!

– Przechwalać się: „Uratowałyśmy Miasto", tylko tyle umiecie! – Aknir nie dała jej pola do popisu. – Nie znacie nawet podstaw. Trąbić: „Przecież uratowałyśmy Miasto!" to wszystko, czym potraficie ze mną walczyć. No, krzyknij jeszcze raz! Może ci pomoże!

Metalowe ostrze na bucie Dziedziczki drapieżnie uśmiechnęło się do Daszy. Aknir odbiła się od podłogi niczym bohaterka japońskiego kina walki, celując końcem stopy w skroń piosenkarki.

Czub odskoczyła i niefortunnie uderzywszy tyłem kolan w brzeg kanapy, poleciała na pluszowe poduszki, o mało nie przyduszając śpiącej tam w błogim spokoju Izydy Puszek. Ruda kotka przymknęła żółte oko i mruknąwszy francuskie *Fi!*, kontynuowała proces przerwany przez jej panią.

Aknir zaś po wykonaniu wymyślnego piruetu w powietrzu zwaliła się na podłogę z niesławnym gruchnięciem.

Masza rzuciła się do niej z piskiem.

Córka Kyłyny leżała, tocząc dookoła pełnym żalu wzrokiem.

– Oj... – załkała po dziecięcemu.

– Korzeń! Dajcie jej czarci korzeń! – spanikował czarny kot Behemot i trzema długimi susami wypadł z pokoju na korytarz.

Masza popędziła za kotem. Dasza za Maszą.

Kot już podważył pazurzastą łapą drzwi gospodarczej szafy, gdzie trzymano niezliczone słoiki i flaszki, które zostały po przedwcześnie zmarłej Kyłynie.

– Górna półka! – miauknął Behemot.

– Katia! Schody! – Dasza skoczyła do pokoju.

Krzywiąc się na jęczącą wojowniczkę, Dobrażańska niechętnie chwyciła ciężkie spiralne schodki rezydujące przy regałach książkowych.

– Smarkula – rzuciła po drodze.

Dasza chwyciła ciężar z prawej. Drepcząc małymi kroczkami, we trójkę jakoś zataszczyły drewnianą kolubrynę do korytarza i siedem, może dziesięć minut później, roztrącając przypadkowe słoiki, zdenerwowana Masza wyszperała na górnej półce blaszane pudełko z etykietką: „Czarci korzeń".

Ale kiedy kobiety wróciły do okrągłego pokoju, podłoga była dziewiczo pusta – poobijana Aknir rozpłynęła się w powietrzu, a tam, gdzie jeszcze niedawno stały spiralne schody, ukazała się zupełnie nieoczekiwana rzecz.

Regał książkowy okazał się zamaskowanymi drzwiami, które teraz były uchylone. Trójka, zajrzawszy przez nie, odkryła obszerny tajny schowek.

– Przecież to cały pokój! – zdumiała się Dasza. – Ta mała próbowała nam coś zwędzić. Ale nie zdążyła.

Wstrząsająca podniosła rozpostarty na parkiecie zeszyt z nicianym językiem zakładki. Do języka był przywiązany duży starodawny klucz.

– Cwana małolata – oceniła uciekinierkę Katia, szerzej otwierając skrytkę.

Po lewej mieściła się spora garderoba z ubraniami różnej maści.

Ciasno upchana odzież wyglądała jak wypożyczona z teatralnego składu kostiumów. Czarna mnisia coculla w sąsiedztwie pretensjonalnie liliowego boa. Książęca suknia z ciężkiego, złotego, podbitego futrem brokatu i falbaniasty niczym kremówka, cukierkowo różowy płaszcz przytulony do pasiastej marynarki

Ostapa Bendera. W górze, na antresolach, piętrzyły się piramidy kartonowych pudełek na kapelusze.

Po prawej zaś schowek przecinały pasami drewniane półki. Jedną z nich zastawiono grubymi plikami banknotów. Ustawione z nich cegiełki były jednak nierówne – ktoś w pośpiechu porwał kilka sztuk.

– Ukradła nam pieniądze. – Katia wzięła do ręki sporo ważący, długi plik. – Ale to starocie. – Z wierzchniego banknotu na Jekatierinę Michajłownę spoglądała nalana twarz carycy Jekatieriny drugiej. – Na co jej one?

– A tu jakaś dzika matematyka. – Dasza kartkowała podniesiony z podłogi zeszyt. – Liczby. Formuły. Zupełne pierdóły.

– Nie! – ogłosiła Masza. – Jednak nam coś ukradła! Coś bardzo ważnego!

– Z czego wnioskujesz? – Czub opuściła zeszyt.

– Dlaczego tak myślisz? – Katia zapomniała o swojej carskiej imienniczce.

– Patrzcie! – Masza dramatycznym gestem wskazała obudowę kominka.

– O Boże! – jęknęła tragicznie Dasza. – Tylko nie to!

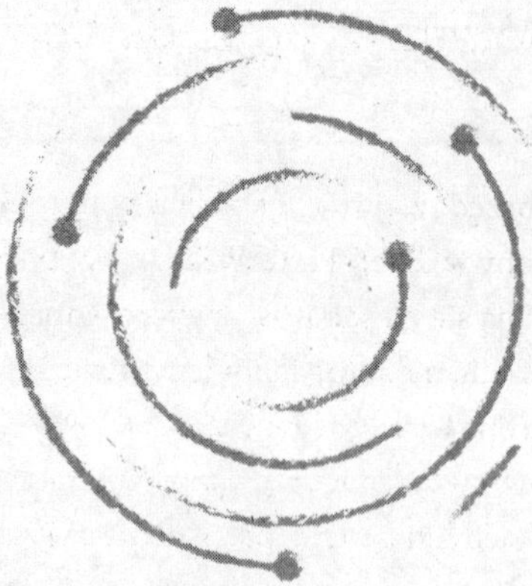

Rozdział drugi,

w którym wypowiada się wojnę

Bryksy – dawny obrzęd, w ramach którego mąż spełnia wszelkie kaprysy i życzenia żony w dzień Pietrowek (...). W tym dniu kijowskie wiedźmy wyprawiają się na sabat, a „zwykłe, śmiertelne kijowianki pozwalają sobie wywalić mężom, co im leży na duszy, i popieklić się". Dziennikarz S. Jaron twierdził, że widział w Kijowie bryksy jeszcze w 1880 roku. „Pochód wyglądał w ten sposób – pisał – że młoda bezdzietna mężatka siedziała na sankach, które ciągnął jej mąż, poganiany długą gałązką leszczyny. Wybierali się zwykle do oberży, ale żona kazała sobie dać wódki i wypijała ją tam, gdzie miała ochotę".

~ Anatolij Makarow, *Mała encyklopedia dawnych dziejów kijowskich*

To dla mnie wielki zaszczyt, Jasne Kijowice!

Wasilisa Andriejewna z zainteresowaniem wodziła wzrokiem po okrągłym pokoju w Wieży, a malujący się na jej twarzy zachwyt neofitki świadczył o zaszczycie bardziej niż słowa – po raz pierwszy ją tutaj wpuszczono.

– Zaproszenie do Wieży Kijowic to marzenie każdej kijowskiej wiedźmy – przyznała, przyjmując propozycję, by siąść na kanapie. – Nawet Pan bywał tutaj nieczęsto.

Ale jej dytyramby nie podziałały jak balsam dla duszy dumnej Katii.

– Za to tamta smarkula zajrzała do nas tak po prostu, jak dziecko do szkoły! – rzekła Katerina. – Jak ta spryciula się tu dostała? Rozumiem, że jest córką Kyłyny i zna hasło. Ale klucz... Myślałam, że klucze są tylko trzy.

– Przecież nie miała żadnego klucza! – wtrąciła Wstrząsająca Dasza. – Wparowała do nas przez balkon.

– Jak do własnego domu! – rozgniewała się Katia.

– Rzecz w tym – rozległ się wyważony głos Belladonny – że to jej dom. – Kocia blondynka wynurzyła się z tajnego schowka i wskoczyła na oparcie kanapy. – Aknir się tu urodziła – wyjaśniła. – W dosłownym znaczeniu. Kyłyna wydała ją na świat w Wieży Kijowic.

– Taak – przeciągnęła z zachwytem Wasilisa. – Od czasów Mariny Wielkiej Miasto nie znało mądrzejszej Kijowicy. – Wasia obróciła piersiaste ciało, żeby zerknąć na wiszący nad kominkiem starodawny fresk w stylu bizantyjskim.

Wyobrażona na nim Kijowica Marina miała w ręce Wagę, której lewa szala mocno przeważała prawą.

Wasilisa nachmurzyła się.

– Kyłyna umiała łamać prawa lepiej niż jakiś haker.

– Kyłyna wiedziała – dodała Belladonna – że dla jej córki nasz Dom zrobi wyjątek.

– Wychodzi więc na to – podsunęła logicznie Masza – że Kyłyna przewidziała wizytę Aknir. Wiedziała, że jej córka skorzysta z tej możliwości? I że w Wieży zamieszka ktoś inny? Że jej córka nie zostanie Dziedziczką?

Masza też popatrzyła na fresk.

I podobnie z lękiem i trwogą zmarszczyła brwi.

– A skąd się w ogóle wzięła ta cała Aknir? – zapytała w rozdrażnieniu Katia. – Gdzie była wcześniej?

– Kyłyna odesłała ją z Miasta – odparła z powagą Wasilisa. – Same wiecie najlepiej: gdyby jej plan zadziałał, Kijów zniknąłby z powierzchni Ziemi. Kyłyna wymyśliła coś niebezpiecznego i nie zamierzała narażać życia jedynej córki.

– Ta smarkula groziła nam jakimś sądem. Zapowiedziała pojedynek. Krzyczała, że już jesteśmy trupami. – Katia uśmiechnęła się wzgardliwie, przypominając sobie, jak niezdarnie młoda zwaliła się na podłogę.

Ale zaraz się zasępiła – spojrzała na fresk. Na przekrzywioną Wagę w ręce Mariny Wielkiej, która tysiąc lat temu ogłosiła pierwsze prawo Kijowic: „Prawda w równowadze!".

Równowaga w Mieście została naruszona.

– Macie rację. – Mogłoby się wydawać, że Wasilisa umie czytać w cudzych myślach. Albo że Katia miała swoje myśli wypisane na czole. – Nie wolno wam nie doceniać Aknir. Jej wywrotka była dobrze rozegrana. I kot grał po jej stronie.

– Zdrajca. – Dasza Czub zacisnęła pięści na wspomnienie wrednego kota.

– Wcale nie – zaprotestowała Katia. – Zrobił dobrą robotę, wierny drań. Zasługuje na szacunek. Mówią, że koty przywiązują się nie do pana, tylko do miejsca, a on nawet nie przyjął ode mnie jedzenia. Tęskni za poprzednią panią. Nieźle nas wkręcił, nie ma co.

– Czarci korzeń. – Wasia uśmiechnęła się smutno. – Czarci korzeń wzmaga potencję. Wiedzieli, że wy...

– Nic nie wiemy – dokończyła Katerina. – Osobiście nie odróżnię nagietków od aksamitek.

– Nie obwiniajcie się. – Wasilisa taktownie obeszła jej słowa. Lecz oprócz układnej grzeczności nie było w tym zdaniu nic krzepiącego.

– Wasiliso Andriejewna – odezwała się drżącym głosem Masza, żarliwie splótłszy dłonie. – Sama pani widzi, Waga w rękach Mariny przechyliła się. I to mocno. Tak samo jak dwa dni temu, kiedy Kyłyna wyzwoliła Żmija i Kijów mógł spłonąć do cna. Jeszcze wczoraj szale się równoważyły! Jeszcze wczoraj Miasto było w równowadze. A po przyjściu Aknir... Nie podejrzewa pani, co takiego mogła nam ukraść?

Kowalowa w napięciu wpatrywała się w Wasię, a nie doczekawszy się odpowiedzi, przeniosła zastygłe w spojrzeniu pytanie na wszystkowiedzącą białą kotkę.

– Nie wiem – odparła Belladonna, arystokratycznie prostując grzbiet. – Sprawdziłam schowek. Oprócz pieniędzy wszystko jest na miejscu.

– No, starczy już tego zamartwiania. – Dasza, żeby rozluźnić atmosferę, włączyła telewizor. – Jeśli w nocy na niebie zapłonie czerwony ogień, wszystko zrozumiemy i znów wszystkich uratujemy. Co za problem?

Na ekranie zajęczał codzienny serial. Na następnym kanale była kijowianka Milla Jovovich agresywnie unicestwiała jakieś diabelstwo.

Izyda Puszek wróciła z kuchni, dokąd zaszła, żeby się pokrzepić, i skierowała się prosto do Daszy Czub. Podczas kiedy Behemot stanowczo odmawiał uznania nowych właścicielek, a Belladonna patrzyła na nie z góry niczym biały mufti, ruda Puszek od razu wybrała sobie na „mamę" Wstrząsającą Daszę, a i Dasza szybko zaczęła uważać się za „mamę" swojej „rudej dziewczynki", „grubego woreczka" i „wrednego spaślaka".

Obie, i zaokrąglona kicia, i zaokrąglona blondynka, posiadały jedną godną pozazdroszczenia cechę – wysoki stopień bezproblemowości.

– I na cholerę małolacie przedrewolucyjne pieniądze? – skrzywiła się Katerina, cierpiąca na mniej godną pozazdroszczenia przypadłość. Nienawidziła nieposłuszeństwa.

A teraz poddany świat wyraźnie wymknął jej się z rąk!

– To jest akurat zrozumiałe – powiedziała Masza. – Potrzebuje tych pieniędzy, żeby udać się do Przeszłości.

– A po co miałaby nagle lecieć do Przeszłości? – dociekała Czub, biorąc rudą „córkę" na ręce.

– *Maman!* – Izyda z wrodzonego lenistwa niezbyt często otwierała pyszczek, ale kiedy to robiła, na ogół wypowiadała się w języku Balzaka.

– W Przeszłości Aknir może znaleźć swoją matkę – przetłumaczyła odpowiedź kotki Wasia. – Poprosić o radę. Sądząc po zawartości spiżarki, Kyłyna nierzadko wyprawiała się w dawne czasy. A to, co było, zostaje na zawsze.

Wasi uprzykrzyło się siedzieć odwróconą o dziewięćdziesiąt stopni, wstała więc z kanapy, chcąc lepiej przyjrzeć się freskowi z przekrzywioną Wagą.

– Po co wybierać się tak daleko? – Katerina nie widziała w tym sensu. – Kyłyna była żywa jeszcze tydzień temu.

– Nie wiecie? – szczerze zdumiała się Wasilisa Przemądra.

– Wiemy. – Studentka wybawiła Katię od przeczącej odpowiedzi. – Kijowica może się wyprawić w Przeszłość. I nie tylko Kijowica: każda wiedźma, jeśli będzie miała klucz i wystarczająco dużo sił. Im więcej, tym dalej może zajść w Przeszłość. Dotrzeć do dziesiątego, może nawet piątego wieku potrafi tylko Kijowica. Ale nawet ona nie ma możliwości wrócić do wczorajszego dnia. Gdybyśmy mogły zmieniać wczorajszy dzień, byłoby zbyt łatwo. Za duża pokusa: każdy mógłby co chwila zmieniać swoje wczorajsze błędy. Można więc przenieść się trzynaście lat wstecz, nie bliżej.

– Pięknie – skwitowała Katerina. – Niech sobie tupie w swoich dawnych czasach, nie mam nic przeciwko. Nie rozumiem czego innego. Dlaczego nasza Waga tak chorobliwie zareagowała na zwykłą kradzież kasy?

Przełączywszy kanał w telewizji, Dasza złapała końcówkę wiadomości: dziewoja w spódniczce mini siedziała na karku chłopaka i ze śmiechem chlastała go rózgą.

– Wiele lat przed tym, zanim Clara Zetkin i Róża Luksemburg wyróżniły w kalendarzu ósmy dzień marca – trajkotał dziennikarz – kijowianki świętowały własny Dzień Kobiet: Bryksy. W dzień Pietrowek mężczyźni zobowiązani byli wykonywać za żony wszystkie prace domowe oraz spełniać wszelkie ich zachcianki. Mężczyźni, którzy w minionym roku traktowali żony niedostatecznie dobrze, po prostu bali się wyjść z domu. Ukraińskie młódki jednoczyły się w grupy, żeby dać panom niezłą nauczkę...

„Wstrząsające!" – Czub przejęła się nieznaną sobie ludową tradycją i szeroko otworzyła usta, chcąc zadać pytanie o ukraiński Dzień Kobiet dwóm historyczkom, które miała do dyspozycji, ale nie zdążyła.

– Jasne Kijowice! – Wykładowczyni historii instytutu pedagogicznego położyła sobie dłoń na bezmiernej piersi. – Jeśli wolno mi powiedzieć wam prawdę...

– Pozwalamy – weszła jej w słowo Katerina Michajłowna.

– Z całym szacunkiem, zareagowałyście na kradzież pieniędzy, ponieważ jesteście jedynie ślepymi, ludźmi. Równowaga została naruszona ze znacznie ważniejszej przyczyny. Przylatując do Wieży, Aknir oficjalnie wypowiedziała wam wojnę. Mamy rozłam w Mieście. Wiedźmy podzieliły się na dwa obozy. Większość – pośpiesznie wyjaśniła przedstawicielka kijowskich wiedźm – wierzy w was. A ja i nasz Pan nie tyle wierzymy, ile wiemy, że jesteście prawowitymi Kijowicami. Inaczej by mnie tutaj nie było. Ale część naszych poszła za ogłoszoną Dziedziczką.

– Co oznacza to ogłoszenie? – Katia chciała znać konkrety.

– Swego czasu Kyłyna publicznie ogłosiła swoją córkę Dziedziczką i przyszłą Kijowicą – tłumaczyła Wasilisa Przemądra. – I jeżeli Aknir wezwie was na Sąd, nawet ja w tak krótkim okresie nie zdołam was przygotować do boju.

– Jak bardzo krótkim? – zażądała uściślenia Dobrażańska.

– Zgodnie z tradycją pojedynek wyznacza się na najbliższy sabat. A najbliższy obecnie to Pietrowki.

– Pietrowki?! – poderwała się Dasza. – Ukraiński Dzień Kobiet? To wtedy też jest sabat? Dopiero co w telewizji pokazywali...

– Bryksy to święto nie tyle wszechukraińskie, ile czysto kijowskie – wyjaśniła wykładowczyni. – W noc Pietrowek, czyli w wigilię dnia świętych Piotra i Pawła wiedźmy z całej Ukrainy zlatują się do Kijowa, aby odprawić sabat na Łysej Górze. A ślepe kobiety świętują po swojemu. Choć lepiej powiedzieć, że świętowały do rewolucji. Kijowianki jeździły na mężczyznach wierzchem w każdym tego określenia znaczeniu: zaprzęgały ich do wozów i sań, kazały im pitrasić, prać, a same piły i szalały bez umiaru.

– Jeździły wierzchem? – Czub wreszcie pojęła, czym zajmowała się pokazana w telewizji dziewczyna w miniówce: wskrzeszaniem przedrewolucyjnej tradycji! – Jak wiedźmy? Wogle myślę, że wiedźmy to przecież Amazonki. Tak samo jak one jesteśmy silniejsze od mężczyzn. Wolne. Tak jak one jeździmy wierzchem, tylko one na koniach, a my na miotłach. A wiedźmia miotła to wogle na sto procent symbol falliczny. Freud by się ze mną na pewno zgodził!

Lecz Zygmunt Freud nie ukazał się w Wieży i nikt nie podjął tego interesującego, jakże aktualnego i poruszającego tematu.

– Bryksy jakoś się do tego mają? – zapytała Katia.

Wasilisa westchnęła.

– Wcale. Jeśli nie liczyć tego, że główne sabaty są w roku raptem trzy. Pierwszy pierwszego maja, w noc Walpurgi, obchodzony przez wiedźmy całego świata. Drugi, jak już wiecie, z szóstego na siódmego lipca, w noc Iwana Kupały. Trzeci dwunastego, w Dzień Kobiet.

– Dziś jest dziewiąty! – Katia uniosła brwi. – W ciągu dwóch dni? I na ile to jest realne?

– Bardzo – powiedziała Wasilisa Andriejewna. – Sąd nad wami odbędzie się za dwa i pół dnia. Teraz rozumiecie, dlaczego wasza Waga tak się przekrzywiła?

– Ale przecież Kyłyna sama oddała nam władzę! – Sąd wyznaczony na popojutrze zrobił wrażenie nawet na Daszy.

– Zgadza się. – Wasia z zatroskaniem poprawiła sobie biust. – Jednak Aknir mówiła prawdę. Istnieje prawo. Kijowica powinna przekazać władzę potomnej wiedźmie. Najczęściej okazuje się nią córka albo inna krewna. Ale pokrewieństwo nie jest warunkiem koniecznym. Wiedźmia krew już tak. Choć to zupełnie możliwe, że wśród waszych przodkiń również były wiedźmy. – Wasilisa Andriejewna z nadzieją spojrzała na Trójkę. – Przecież wiedźmę – nabrała otuchy – ma w swoim rodzie co druga kijowianka! Jest bardzo duża szansa. Radzę wam szybko zdobyć poświadczenia.

– Nie mam kogo zapytać. Moi rodzice nie żyją. Od trzynastego roku życia wychowywałam się w przybranej rodzinie. Od razu mówię, że nienawidzę wyrazów współczucia! – zastrzegła Katia.

– A mój dziadek Czub napisał całą książkę o wiedźmach – obwieściła Dasza.

– Dobrze. – Przywódczyni kijowskich wiedźm korzystnie oceniła twórczość jej dziadka. – To znaczy książka sama w sobie niczego nie załatwia, ale skoro ją napisał, to możliwe, że jego matka czy babka, cioteczna prababka albo ciotka w trzeciej linii, nieważne... Choćby kropla wiedźmiej krwi! Trzeba wykazać wiedźmi rodowód którejś z was, wyprzedzić orzeczenie Sądu. Co prawa Kijowicą zostanie wtedy uznana tylko jedna. Ale to lepsze niż... – Wasia zamilkła zgnębiona.

– Niż co? – dopytała z niepokojem Masza.

– Mogą nam odebrać władzę? – nie dowierzała Katia.

– O, nie, Kijowcy nie można odebrać mocy. Możecie ją oddać tylko same.

– A jeśli nie oddamy? – Katerina Dobrażańska wyprostowała się.

– Oddacie. – Wasilisa znowu wydała westchnienie. – Jeżeli przyjdzie wam wybierać między mocą a życiem.

– Ale Kijowicy nie da się zabić. Uśmiercić ją może jedynie Miasto. Aknir bez sensu obwiniła nas o śmierć swojej matki – powiedziała Masza.

– Ale nie bez sensu napuściła na was Sąd – uprzytomniła studentce Przemądra wykładowczyni. – W czasie Sądu między Niebem a Ziemią to prawo nie obowiązuje. Będziecie wrażliwe na ciosy, zagrożone. Bój rozgrywa się jedna na jedną. W tym przypadku trzy na jedną. Tyle że to wcale nie jest lepszy wariant. Jeżeli zwyciężą trzy, Aknir spróbuje oprotestować wynik. Lepiej by było, gdyby do pojedynku z nią stanęła jedna z was. Problem jednak w tym, że nie dacie jej rady nawet we trójkę.

– Żarty sobie pani stroi? – Katia wykrzywiła się znacząco.

– Powinna pani zrozumieć, Jekatierino Michajłowna. – Tym razem Wasia położyła sobie na piersi obie dłonie. – Aknir nie jest zwykłą wiedźmą. Młoda, postrzelona, ale od dziecka wychowana na czarach. Kyłyna przygotowała ją do roli Kijowicy. Młoda wie i umie praktycznie wszystko to, co jej matka.

– Jest zmiennokształtna? – Dasza zaczepnie zmrużyła oczy.

– Nie, Aknir nie może się przemieniać ani w innych ludzi, ani w zwierzęta. Ale jest gadałką, wołosatką, zaklinaczką, czarodziejką, czartówką, biesichą, kominolotką... A co najważniejsze: czaroplotką!

– A można by tak od gadałki szczegółowiej? – Czub poprosiła o objaśnienia.

– Gadałka to wróżbiarka przepowiadająca przyszłość – zaspokoiła jej ciekawość wykładowczyni.

– A wołosatka?

– Taka, która wróży za pomocą swoich włosów. Nader cenna umiejętność, jeśli nie ma się pod ręką nic innego. Nie bez powodu inkwizytorzy w pierwszej kolejności golili wiedźmy na łyso. Uważano, że w kobiecych włosach kryje się diabelska siła.

– Jakie to interesujące! – Dasza energicznie potrząsnęła warkoczami. – A biesicha? Kominolotka?

– Biesicha może nasyłać i wyganiać biesy. Kominolotka wlatuje na miotle przez komin od pieca.

– Czartówka?

– Kieruje czartami.

– My też to robiłyśmy. Chociaż nie. – Czub zasępiła się. – Czort tylko kłamał, że nas słucha, nieźle nas wystawił. A czarodziejka, czaroplotka?

– Posługuje się czarami i w razie potrzeby może sama upleść nowe zaklęcia. To najrzadszy dar, nie można się go wyuczyć; albo się z nim rodzisz, albo nie... Co prawda na razie Aknir jest tylko wiedźmą – dodała im otuchy Wasilisa. Nie ma siły Kijowic. Ale na nieszczęście wy też jej nie posiadacie. Same nie rozumiecie swojej mocy. Nie macie nawet pojęcia, o jakiej mocy mówię. Należy ona do was, ale wy nią nie władacie. A Aknir była przygotowywana na Dziedziczkę od urodzenia. Powinnam powiedzieć wam prawdę: wątpię, by udało się wam zwyciężyć w boju.

– Od pięciu lat uczęszczam do klubu bokserskiego – poinformowała ją Katerina. – A kiedy weszłam na ring po wypiciu zwycięskiego eliksiru...

– Po przedawkowaniu – uściśliła Czub. – Ale nieważne. – Machnęła ręką. – Znów przedawkujemy, żyje się raz! Niech pani posłucha, żeby pani widziała Katię na ringu! Walczyła jak nie wiem co... Mogłaby tam wszystkich pozabijać!

– Pojedynek między Niebem a Ziemią to nie walka na pięści – rzekła zgnębiona Wasilisa Andriejewna, starając się nie urazić ani burzliwych uczuć Daszy Czub, ani dumy Kateriny Dobrażańskiej. – Składa się z trzech części. W pierwszej trzeba odpowiadać na pytania. Z przyzwyczajenia nazwę je testami. Ale żeby na nie odpowiedzieć, trzeba znać całą magię Kijowic, całą historię Miasta.

– No to chyba Maszy się uda – wyraziła nadzieję Czub.

– Przeczytałam tylko jedną piątą Księgi. – Studentka przecząco pokręciła głową. – Ale w ciągu dwóch dni mogę...

– Tak, Kowalowa. – Wasia ponownie przybrała ton wykładowczyni. – Z tym dasz sobie radę. W drugiej części uczestniczki sporu powinny pokazać Sądowi, jak ich moc jest w stanie zmieniać świat.

– Ja umiem zburzyć dom, zaciskając pięść – powiedziała Katia.

– A ja póki co prawdopodobnie tylko dobrze latam na miotle – pokajała się Czub. – Za to Masza umie wskrzeszać zmarłych!

– Nieźle – pochwaliła Wasilisa.

– A poza tym – zbuntowała się Wstrząsająca Dasza – minęło zaledwie pięć dni. Jesteśmy Kijowicami marne pięć dni! Niecały tydzień! Króciutko... Czego one od nas chcą?

– Aknir i jej stronniczki chcą właściwie jednego: żebyście przegrały. I przegracie. – Wasia już nie próbowała łagodzić ciosu. – Trzecim etapem jest pojedynek. Bój między Niebem a Ziemią. Pozwolą wam wybrać broń. Ale oprócz oręża ślepych trzeba się posługiwać mocą. A jeśli chcecie wiedzieć, jaka jest moc Aknir, to wam powiem: nie potrafi ona ani burzyć domów, ani wskrzeszać zmarłych, wątpliwe, czy starczy jej sił choćby na to, by cofnąć się w czasie dalej niż o trzynaście lat. Ale jest czaroplotką! – zajęczała i w jej głosie zabrzmiała rozpacz. – Od czasów Mariny Wielkiej nikt nie miał takiego daru! Aknir może spleść nowe czary! Takie których nie ma w Księdze Kijowic i przeciw którym nie ma zaklęć obronnych. Gdyby nie to, miałybyście szansę. Ale nie wiem, po prostu nie wiem, do czego jest zdolna. Czaroplotki prawie nie można przewidzieć. Zmienia ona świat według własnego życzenia. Wydaje nowe prawa. Tak działała Marina. A ogłoszone przez nią prawo obowiązuje nas od tysiąca lat. Córce Kyłyny brakuje trochę mocy... Zresztą – dodała Wasilisa – możecie odmówić pojedynku.

– Jest jakiś trzeci wariant? – spytała sucho Katia. – Czy albo znajdujemy u siebie wiedźmie korzenie, albo się poddajemy?

W jej pytaniu kryła się ironia – małolata, która je po mistrzowsku oszukała z pomocą sprzymierzonego kota, nie była idiotką. Ale mimo wszystko była małolatą.

I ta, której zaciśnięta w pięść ręka mogła zburzyć sąsiedni budynek, nie mogła postrzegać tego inaczej niż jako przykrą nauczkę.

– Można by spróbować przesunąć Sąd – zastanawiała się na głos Przemądra. – Macie trzy noce. Przypuśćmy, że dziś albo jutro nad Górą Starokijowską zapłonie czerwony ogień i od szybkości rozwiązania tego problemu będzie zależał los Miasta. Wówczas Sąd zostanie odłożony do zakończenia tej sprawy, zatem przeniosą go na pierwszego maja następnego roku. A w ciągu roku wasza moc zdąży porządnie okrzepnąć... W ciągu roku wiele dokonacie, a wyniki, naturalnie jeśli będą korzystne, zaliczą się wam na plus.

– A to, że uratowałyśmy Kijów, już nic nie znaczy? – obruszyła się Dasza.

– Znaczy – potwierdziła przywódczyni kijowskich wiedźm. – I to bardzo dużo. Ale Aknir nie kłamała. Póki moje wiedźmy drżały o własną skórę, były gotowe uznać was za co tylko zechcecie. Uratowałyście Kijów. Wasza Trójka. Zdawało się, że proroctwo się spełniło. Ale niestety prawo jest prawem! A zmiana prawa ustanowionego przez Marinę nie leży ani w mojej mocy, ani w mocy Pana. Tak było przez tysiąc lat. Kijowica powinna być potomkinią wiedźmy, a zatwierdza ją Sąd między Niebem a Ziemią. Chociaż gdyby Niebo i Ziemia nie uznały was za godne, nigdy nie zwyciężyłybyście Kyłyny.

– Chwileczkę – przerwała jej Masza. – Mówi pani Niebo i Ziemia. W takim razie czemu właściwie Kijowica powinna być wiedźmą, a nie...

– O, ma pani całkowitą rację, Mario Władimirowna! – Mimo nacisku położonego na pełne szacunku słowa w odpowiedzi Wasilisy zabrzmiał nieodpowiedni w tej sytuacji sarkazm. – Proszę wybaczyć: zapomniałam uściślić ten ważny niuans. Jeśli w waszym rodzie są święci, cudotwórcy lub czcigodni słudzy boży, wówczas bez wątpienia rozwiązuje to wszystkie nasze problemy!

– Masza, nie wiesz, na co swędzi lewy półdupek? – Dasza Czub zgięła się na dmuchanym materacu i podrapała we wspomniane miejsce. – Ręka na pieniądze, nos na popijawę, pierś na seks, brew na gości, łokieć na spanie w nowym miejscu. A pupa?

Plażowy materac leżał na górnym spoczniku schodów Muzeum Historii Ukrainy.

Muzeum z kolei wznosiło się na Górze Starokijowskiej – tej samej, na której tysiąc pięćset lat temu założyli Gród trzej bracia: Choryw, Szczek i Kij, a od imienia tego ostatniego wziął nazwę Kijów.

Tej samej, na której tysiąc lat temu znajdował się Gród księcia Włodzimierza i jego książęcy terem, gdzie biesiadowali trzej legendarni mocarze: Ilja, Dobrynia i Alosza.

Tej samej, na której co noc powinna dyżurować Trójka, która nastała w Kijowie po raz trzeci: Katia, Masza i Dasza.

Albowiem Księga Kijowic głosiła:

Niechaj siła będzie z tobą, gdy teraz, jak i każdej innej nocy, stojąc na górze, która dała początek Miastu, ty, widząc czerwony ogień na niebie, polecisz tam, żeby zatrzymać to, co może pogwałcić Prawdę.

Tyle że stanie na górze z zadartą głową i przyglądanie się niebu w nadziei na ujrzenie „czerwonego ognia” dłużej niż przez piętnaście minut było zupełnie nie do zniesienia. Szyja drętwiała i bolała.

Wczoraj jednak Daszę oświeciło: materac!

– Czyli nie wiesz, na co swędzi lewy półdupek? Dobrze by było, gdyby tyłek swędział na coś pożytecznego – mamrotała Czub.

Jej ręka zostawiła pośladek w spokoju i spoczęła na leżącej obok wiernej miotle z przymocowanymi do kija dwoma rowerowymi siodełkami.

To zaś oznaczało najwyższą gotowość.

Miotła była ulubienicą Daszy. Już nie raz w ich niedługim wspólnym życiu wybawiała swoją właścicielkę z najbardziej szalonych tarapatów.

Ale na niebie nic się nie paliło.

– No co tam? – zapytała piosenkarka Maszę.

– Nic.

– Co, że całkiem nic? I u mnie kompletnie nic... – Czub z niezadowoleniem pokręciła się na miejscu.

Masza, siedząc na schodach z kieszonkową latarką w lewej ręce, studiowała znaleziony w tajnym schowku duży buchalterski zeszyt w miękkiej oprawie.

Jego kartki były zapisane idealnie równym odręcznym pismem – znajomym, widniejącym na wszystkich puszkach, pakietach i pudełkach w szafach mieszkania – schludnym pismem skrupulatnej Kyłyny.

Dasza, która wyszperała w obszernej bibliotece Wieży książkę *Tajemnice zodiaku*, upewniła się, że Kyłyna była spod znaku Panny.

„Tylko Panny i Wagi... Tu, Masza, nam na myśli ciebie. Tylko wy dwie jesteście takimi fanatyczkami systematyczności. Wszystko byście poukładały na półeczkach, w puszeczkach, w punktach, podczas gdy normalni ludzie (tu Czub miała na myśli siebie) po prostu żyją i używają życia".

Lecz w tym momencie Dasza nie używała życia – wierciła się z rozdrażnienia.

– Nie, naprawdę mnie rozczulają – gderała. – Najpierw robią z nas Kijowice, jakbyśmy się o to prosiły. Potem nadstawiamy karku, by uratować je od Żmija, jakbyśmy nie miały nic innego do roboty. Potem obsypują nas złotem i nazywają królowymi... A potem jebut! Wzywają na Sąd i żądają, żebyśmy wykazały, że jesteśmy tymi, którymi same nas zrobiły. Gdzie logika? – zapytała. – Nie ma! Ale zaczekajcie! – Wiem, na co mnie swędzi tyłek. Zawsze mnie swędzi na przygody. Czuję, że zaraz na niebie zapali się coś TAAAKIEGO, że wszystkim im powiemy: „A może same byście sobie poszły? My mamy na głowie ważniejsze sprawy niż wyjaśnianie, która to wołosatka, a która gadałka". – I dorzuciła bez logicznego nawiązania: – Boże, jak ja tęsknię za sceną! Dawniej co noc śpiewałam w klubie. A ty mnie nawet nie widziałaś... Jak ja zazdroszczę Katce, że pracuje.

Nagle zaśpiewała:

Zapłoń, zapłoń moja gwiazdo!

Głos, donośny i silny, potoczył się po bezludnej Górze Starokijowskiej.

Masza podniosła wzrok – nie wiedziała, że talent Daszy przejawia się taką żarliwą, energiczną mocą.

Gwiazdo miłości świetlana!
Tyś mi jedyna, kochana,
Innej nigdy nie będzie...

Jednakże niebo nad górą, do którego była skierowana tęskna serenada, pozostało obojętne. Świetlana gwiazda nie zapłonęła.

– Zostaw już ten kajecik w spokoju! – zezłościła się piosenkarka. – Mówię ci, mała upuściła go przez przypadek, kiedy chowała kasę. Gdyby ten zeszyt coś znaczył, wzięłaby jego, nie pieniądze.

– Logiczne. – W głosie Maszy zabrzmiało zmęczenie.

Choć przejrzała już niemal połowę zapisków Kyłyny, ich treść wciąż pozostawała dla niej nieprzeniknioną zagadką.

Na pierwszej stronie zeszytu była tylko jedna jedyna, starannie skreślona liczba:

~~1230311284~~

Kolejnych dwadzieścia stron zajmowały niezrozumiałe długaśne formuły, tak bardzo zawiłe i nieskończone, że od nadmiaru liczb, iksów, ułamków i ciągów matematycznych studentce wydziału historycznego kręciło się w humanistycznej głowie.

Na stronie dwudziestej pierwszej zagadka kończyła się znakiem równości:

=

A na sąsiedniej stronie znajdowała się jeszcze jedna liczba, trzy razy obwiedziona długopisem tak energicznie i krzywo, jakby po jej obliczeniu skrupulatna Kyłyna straciła ze szczęścia panowanie nad sobą:

= 211911

Dwieście jedenaście tysięcy dziewięćset jedenaście.

Masza wytrzeszczyła oczy. Potem je zmrużyła.

Nie pomogło.

Pod liczbą widniało niezrozumiałe:

K+2 wiert

AAA nie rozleje, BD nie pójdzie, WRP nie będzie, C zostaje (BM bardzo trwożnie?)

Studentka przekartkowała jeszcze kawałek zeszytu – tu strony wyglądały podobnie. Te po lewej zawierały podliczenia. Te po prawej – słowa i skróty.

Tak jakby po prawej odkodowano słowami lewą, matematyczną część.

Ale odszyfrowanie tej odkodowanej wersji okazywało się niemożliwe.

Kowalowa wróciła do początku:

K+2 wiert

AAA nie rozleje... WRP nie będzie

„AAA? WRP? Czy to skróty nazw organizacji, czy imion z otczestwem i nazwiskiem?" – głowiła się przez chwilę, po czym w konsternacji zamknęła zeszyt.

– Tak sobie myślę, czy by się nie zapisać do szkoły astrologicznej Głoby – oznajmiła Dasza Czub.

– Ty chcesz się zapisać? Kijowica? – zdziwiła się koleżanka. – Jesteś w stanie zobaczyć na niebie rzeczy, o jakich Głobie się nie śniło.

– Tak – zgodziła się piosenkarka. – Ale tylko przez jedną minutę. A ile godzin muszę się tępo gapić w niebo? Może bym się choć astrologii nauczyła... Podoba mi się jeszcze fizjonomika. To odczytywanie charakteru człowieka z rysów twarzy. Widziałaś tę zmarszczkę na czole Katii? To ogromna rzadkość! Zazwyczaj u normalnych ludzi występują dwie podłużne zmarszczki, a ona ma jedną, dokładnie pośrodku czoła. Jak u Churchilla. Wskazuje to na jej silną naturę i na to, że ma fioła na punkcie władzy.

– Czy nie jest to oczywiste i bez tej zmarszczki?

– U Katii? Pewnie tak.

K+2 wiert

„Katia plus my dwie" – zastanawiała się Masza. „Wątpliwe. Ale załóżmy. Co wtedy oznacza »wiert«? Wiertło? Wiertarkę? *Wiertaliot*, czyli śmigłowiec? Śmigłowiec mógłby pasować..."

Akurat niedaleko od nich, przy Wale Jarosława, na podwórku domu numer 15 syn znanego kijowskiego psychiatry, konstruktor Igor Sikorski w 1911 roku zbudował i przetestował pierwszy w świecie model śmigłowca.

W 1911 roku. 201911... Gdyby nie ta dwudziestka na początku...

Rok 1911 chodził Maszy po głowie, a z niego niczym ze skorupki obiecywało się wykluć coś znajomego. Ale nie dotrzymało obietnicy.

– Dasza – odezwała się nagle studentka. – Pamiętasz, jak mówiłaś, że w Kijowie zawsze się latało?

– A tak! – ożywiła się Czub. – Sama marzyłam, żeby zostać kosmonautką! Moi przodkowie kupili książkę z obrazkami, o statkach powietrznych. Czytałam ją przez całe dzieciństwo. I tam wyczytałam, że pierwszą w świecie pętlę wykonał lotnik Piotr Niestierow w Kijowie. Pierwszy helikopter zbudował nasz Sikorski. Pierwszy w świecie sputnik i pierwszą rakietę wysłał w kosmos nasz Korolow*. A jeszcze wcześniej kijowski inżynier Geszwend wymyślił parowy samolot do latania w kosmos. Wtedy zamknęli go w domu wariatów, a teraz uważają za ojca założyciela aeronautyki... I nawet pierwszą bombę atomową wynaleźli nasi! Kistiakowski, w Ameryce**. Podczas rewolucji uciekł z Kijowa do Stanów Zjednoczonych i był doradcą Kennedy'ego. W Moskwie nasi: Kurczatow i Aleksandrow. Jeden z Krymu, drugi z Kijowa. Teraz to jasne dlaczego... – powiedziała. – Po prostu Kijów to już takie miasto latających. Stolica wiedźm. My od tysiąca lat śmigamy na miotłach. Dobra, kładź się, twoja kolej na czuwanie.

* Siergiej Pawłowicz Korolow (1907–1966) – konstruktor pierwszych rakietowo-kosmicznych systemów. Urodził się w Żytomierzu w nauczycielskiej rodzinie. Studiował w Kijowskim Instytucie Politechnicznym. Skonstruował pierwszy radziecki szybowiec rakietowy, pierwszą radziecką rakietę ze skrzydłami. Pod jego kierownictwem zbudowano pierwsze pilotowane statki kosmiczne, opracowano aparaturę umożliwiającą loty człowieka w kosmos, spacery w przestrzeni kosmicznej oraz powrót załogowego statku kosmicznego na Ziemię, a także wypuszczono pierwsze sztuczne satelity Ziemi (sputniki). Korolow jako pierwszy wysłał kosmiczne aparaty przeznaczone do badania Księżyca, Wenus, Marsa i Słońca.

** George Kistiakowsky czy też Gieorgij Bogdanowicz Kistiakowski (1900–1982) – rosyjski naukowiec urodzony w rodzinie profesora prawa Uniwersytetu Kijowskiego Bogdana Kistiakowskiego; jeden z twórców pierwszej bomby atomowej. Od roku 1926 roku mieszkał w Stanach Zjednoczonych.

Masza, westchnąwszy, odłożyła zeszyt i zgodnie z ustalonym rytuałem zmiany warty zadarła głowę ku niebu.

Nie odrywając oczu od srebrzystych gwiazd, po omacku przeniosła się na zwolniony materac, a tymczasem Dasza, chwyciwszy zmienniczkę za pośladki, nakierowała je na środek legowiska.

Niebo powinno było w każdej sekundzie pozostawać w polu ich widzenia! Po to, żeby w razie gdyby zapłonął na nim „czerwony ogień", dokładnie określić jego lokalizację i „polecieć tam" od razu, w mgnieniu oka.

– Dobra. Kładź się! – przyzwoliła Dasza.

Masza Kowalowa wyciągnęła się jak długa.

Wstrząsająca z nudów otworzyła zeszyt z „matematyką".

– Jakieś gówno – stwierdziła minutę później. – Słuchaj, Masza, nie powiedziałaś nam w końcu, skąd u ciebie taki parszywy nastrój. Z powodu Sądu? Tak?

– Tak – odrzekła Masza. Potem pomyślała chwilę i odparła zgodnie z prawdą: – Nie.

– Jasne, że nie – potwierdziła Czub. – Od dawna jesteś w dołku. Od tamtej pory, gdy zwiałaś z kupalskiego sabatu. Przecież wiem, dokąd uciekłaś.

– Wiesz. – Dziewczyna nie zamierzała się spierać.

– Ale uczciwie siedzę cicho.

Kowalowa ze zdziwienia na mgnienie oka oderwała wzrok od ważnego jak życie nieba i zerknęła na towarzyszkę.

Dasza uczciwie milcząca od prawie trzech dni była zjawiskiem prawdziwie niewiarygodnym!

– Do swojego malarza uciekłaś, w dziewiętnasty wiek. Do Wrubla. Prawda?

– Prawda.

– No i co, nie ułożyło się? – zapytała współczująco koleżanka.

– Nie ułożyło.

– Tak właśnie myślałam. – Czub z zadowoleniem kiwnęła głową. – Mnie się też z Demonem nie ułożyło. W sensie z moim

Demonem, z Janem. Na sabacie wszystko wyglądało mniej więcej w porządku... Dokładnie nie pamiętam, byłam pijana. A gdy wytrzeźwiałam, dotarło do mnie: to był już zupełnie inny Jan. Jakiś zimny. Dziwne. Przecież mu się podobałam, na pewno!

– Nie podobałaś mu się – nieoczekiwanie twardo zaoponowała Masza. – Ani ty, ani ja, ani Katia. Uwierz. Rozmawiałam z nim.

– Z moim Janem?!

– Nie. Z moim Dienem.

Tu jako autorka mam obowiązek coś wyjaśnić.

Z tym, którego przywódczyni kijowskich wiedźm Wasilisa Andriejewna z powagą nazywała Panem, którego Księga Wiedźm określała jako „stojącego po lewicy" i o którym Dasza i Masza zgodnie z ludzkim nawykiem mówiły „Demon" – z Damianem, Janem, Demitrijowem Kijewickim niecały tydzień wcześniej Kijowice nawiązały wielce skomplikowane relacje.

Zacząć należy od tego, że każda z trzech widziała swojego Demona.

Przed Katią przyjmował postać lodowego blondyna.

Przed Daszą – zuchowatego rudzielca (Wstrząsająca nie omieszkała zakochać się w nim po uszy!).

Masza zaś zaznajomiła się z przystojnym brunetem o czarnych jak noc oczach, który początkowo wydawał się jej wesoły i dobroduszny, ale bardzo szybko dał do zrozumienia, że to tylko maska zakładana po to, by ułatwić przypadkowym wybrankom przejście do innego Kijowa.

Maszy jako pierwszej było dane zetknąć się z jego nieprzeniknionym spojrzeniem, z ustami rzucającymi zagadki i półaluzje. I z jego pogardą.

Nie żeby Demon odmawiał im pomocy.

Lecz jego ranga w Kijowie była zbyt wysoka, aby uważał za konieczne kryć się z tym, że poważa nie trzy Kijowice, tylko ich władzę, a ponieważ były one ludźmi, ślepcami, wzbudzały w nim taką wzgardę jak ślepe kocięta u ludzi, których nie rozczulają głupie zwierzątka.

– Nie, nie wierzę! – Dasza od nadmiaru uczuć zerwała się na równe nogi i zadzwoniła kolczykami. – Nie wierzę, że zupełnie przestałam podobać się Janowi. Wasia przecież mówiła: Demon jest po naszej stronie. Wierzy, że jesteśmy prawdziwe. Pomoże nam. Nie rozumiem, czemu się nie pojawia!

– Powiedział mi, jak go znaleźć. – Masza patrzyła w niebo. – W każdej chwili możemy się z nim spotkać. Może nam doradzi, jak postępować z Aknir. Chociaż... – Zamilkła na chwilę. – Wiesz, nie jestem pewna, czy rzeczywiście chcę być Kijowicą.

– Ty? – Czub brzęknęła złotem. – Ty przecież chciałaś najbardziej!

– Nie wiem. – Studentka wypuściła powietrze. – Nagle wszystko się nałożyło jedno na drugie. To, że uciekłam z domu. I to, że nie wolno nam wejść do cerkwi. Dziś szłam koło soboru Świętego Włodzimierza i aż mnie coś zakłuło w środku! I to, że Mir zginął...

– Ty co, tęsknisz za tym przygłupem?! – wykrzyknęła Czub. – Był satanistą!

– Ale mnie uratował – powiedziała Kowalowa. – Poza tym nie tylko o to chodzi.

– A o co? – Dasza z zaciekawieniem zerknęła na zwrócony w stronę nieba profil koleżanki. – No, wywnętrz się! Wietrzę podstęp! Co ty tam sobie roisz w duchu?

Masza gwałtownie wciągnęła powietrze, przymierzając się do wyjawienia swojej największej tajemnicy.

Ale zamiast niej wykrzyknęła coś zupełnie innego:

– OGIEŃ!!! Dasza, OGIEŃ!!!

Wstrząsająca błyskawicznie zadarła głowę.

I zobaczyła to, co do tej pory było jej dane widzieć tylko raz.

Gwiazdy na nieboskłonie rozsypały się niczym koraliki... Splotły w girlandy.

Girlandy zlały się w srebrzyste nici.

A z linii ułożył się roziskrzony rysunek.

Plan Kijowa!

Ulice, domy, brzegi...

I przerażająco czerwony ogień w prawym rogu!

Gwiezdna mapa Miasta jaśniała nad Górą Starokijowską przez sekundę.

A potem niebo się zwaliło. Dosłownie runęło na Daszę.

I znów zdała sobie sprawę, że to nie niebo leci na nią, tylko ona z nieznośną prędkością pędzi w dół – z nieba na ziemię.

Nakreślony gwiazdami schematyczny Kijów z zastraszającą prędkością stawał się realny. Przybierał na wielkości i objętości.

Dasza spadała... I o mało nie rozbiła się o jakiś dach. Przeleciała obok płonących okien szarego domu odznaczającego się wyjątkowo niepozornym szyldem sklepu „Chleb". A Czub, lecąc obok, zdążyła zauważyć stojącą w oknie kobietę o twarzy zniszczonej przez życie. Jej pozbawione wyrazu, puste oczy. Białą gazetę w ręce.

Ku Daszy pędził śmiertelnie czarny asfalt.

„Zaraz się rozbiję! I tyle będzie..."

Nagle wrażenie spadania znikło.

Wstrząsająca stwierdziła, że siedzi na schodach muzeum, i szybko otrząsnęła się z szoku. Wrzasnęła:

– Masza, widziałaś?! Gdzie to? Gdzie? – Miała żarliwą nadzieję, że kobieta o nieobecnym wzroku okaże się tą ważną sprawą, która pozwoli odłożyć ich kłopoty na długi, długi rok. – Gdzie to, nie wiesz?!

– Ch-chyba wiem – odpowiedziała Masza, rozsypując głoski. – Boże, jakie to straszne! – Przycisnęła sobie dłoń do serca. – Jak strasznie jest spadać!

– Strasznie, pal licho. Gdzie to?

– Moim zdaniem masyw Charkowski. Mieszkała tam moja chrzestna. Przy ulicy Achmatowej.

– Achmatowej? – Dasza wyciągnęła z torebki mapę i przyświecając sobie latarką, starała się znaleźć właściwy napis.

– Achmatowa, „Chleb". Znajdziemy. Na miotłę! – Kominolotka wydała zwycięski okrzyk.

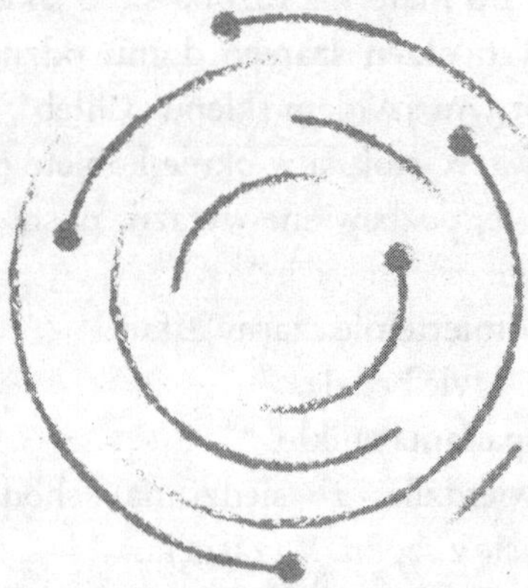

Rozdział trzeci,

w którym Masza i Dasza postanawiają zamienić się mamami

Na początku było Słowo, a Słowo było u Boga, i Bogiem było Słowo.
Ono było na początku u Boga. Wszystko przez Nie się stało,
a bez Niego nic się nie stało...

~ Ewangelia według św. Jana

Masza miała nieodparty lęk wysokości. Dokładniej bało się jej ciało, nie zostawiając jej samej wyboru, czy ma się bać, czy nie. Wystarczało, że zbliżyło się do brzegu czegoś wysokiego, a pośladki Maszy smagał strach, żołądek podchodził jej do gardła, rozum znikał.

Masza bała się wysokich kręconych schodów i głębin szybów. Bała się wychylać przez barierki balkonów i śmiertelnie przerażało ją zerkanie w dół ze skraju przepaści...

Ale latać się nie bała.

Ani trochę

Wystarczyło, że wzbiła się w powietrze, a otulała ją nieprawdopodobna naturalność – doskonale znany jej stan. W głębi duszy

Masza zawsze wierzyła, że ludzie umieją latać! Czasami ta wiara tak blisko, bliziutko graniczyła z pewnością, że dziewczyna, stojąc na balkonie, rozpościerała ręce i czuła, że jeszcze tylko odrobinka, a zrozumie, jak to się robi.

I teraz, siedząc na tylnym siodełku miotły, przytulona do dających oparcie pleców Daszy Czub, pomyślała ponownie:

„Lata się tak łatwo... Tak zwyczajnie! Jak we śnie". I doświadczyła takiego bezbrzeżnego, nieważkiego poczucia swobody, że po raz pierwszy tamtego dnia wystraszyła się: za dwie doby odbiorą jej tę umiejętność i znów jak wszystkie na świecie niewiedźmy będzie latała wyłącznie we śnie.

Dniepr, szeroki i czarny, został z tyłu.

„Rzadko który ptak odważy się dolecieć aż na środek tej rzeki" – twierdził Nikołaj Wasiliewicz Gogol. Ale blondynka o nazwisku Czub, będąc nie ptakiem, lecz Kijowicą, śmignęła nad prastarą rzeką w ciągu kilku sekund i zapuściła się do Kijowa Lewobrzeżnego.

– Opuszczamy się! – uprzedziła jakieś siedem minut później.

Nie bez powodu marzyła o tym, by zostać pilotką samolotu albo kosmonautką – okazała się urodzoną kominolotką!

Wykonawszy oszałamiający zygzak, zanurkowała w czarną rozpadlinę ulicy i natychmiast ponownie wzleciała w górę.

– To nie Achmatowej, to...

– Równoległa! – odkrzyknęła Masza. – W prawo!

Wierna miotła Daszy zwinnie przeskoczyła rzędy szarych dachów i zaczęła obniżać lot.

– A ludzie? – Kowalowa zgłupiała. – Przecież nas zobaczą!

– Zobaczą widowisko, a my „Chleb"! – pisnęła Czub i mając gdzieś wszelkie możliwe udary mózgu i ataki serca, jakie ich lot mógł wywołać hurtem i w detalu, przeleciała przed oknami spokojnych obywateli, by osiągnąć wysokość drugiego piętra.

– „Niewidzialne i wolne" – wyszeptała Masza słowa, które uczyniły Bułhakowską Małgorzatę niewidoczną.

Ale literackie zaklęcie nie pomogło.

– Oto i on, nasz chlebek... – Czub skierowała się w stronę wyjątkowo niepozornego szyldu.

Stopy Maszy musnęły ziemię.

Dwuosobowa miotła wyskoczyła spod niej i spadła na asfalt.

– Tak, to ten sam dom! – Dasza podniosła swój „falliczny symbol" i w głębokim zamyśleniu oparła podbródek o drewniany trzonek. – Moim zdaniem to było trzecie piętro – rzekła. – A okno... Pamiętasz, które?

– Płonące.

– Świetna cecha rozpoznawcza – zachichotała jej partnerka. – Tyle że podczas naszego lotu mogło już sto razy zgasnąć. Okej. Oblecimy trzecie piętro dookoła.

– Dasza, ale nas zobaczą! Jeszcze nie jest późno. Wyobraź sobie tylko...

– Wyobraziłam sobie. Zgroza! – Wstrząsająca kiwnęła głową. – Masz inne pomysły? To na miotłę!

Wiedźmi pojazd śmignął w górę.

Na szczęście większa część okien była zasłonięta, ciemna. Albo na nieszczęście, jeżeli było wśród nich to poszukiwane i zdążyło zgasnąć.

Dasza wyrównała lot i okrążyła dom na wysokości trzeciego piętra.

Masza dostrzegła gołego podrostka stojącego przed lustrem, zwróconego do nich plecami. Siedzącego przy komputerze mężczyznę, który nawet nie oderwał wzroku od monitora. Starszą parę wpatrzoną w błękitnawy ekran telewizora. Kobietę stojącą na taborecie z pętlą sznura na szyi...

Więcej nie zdołała zobaczyć, oszołomiona brzękiem.

Ogłuszona przeleciała przez okno, boleśnie wylądowała na podłodze i dopiero tam zrozumiała: z typową dla Daszy Czub prostotą niedoszła kosmonautka staranowała trzonkiem miotły szybę i wpadła (dosłownie!) prosto do mieszkania potencjalnej samobójczyni.

Zresztą ta nie była już potencjalna – wisiała. Jej twarz ze strasznym grymasem krzywiła się w burej pętli. Czub tańczyła dokoła niej, próbując złapać ją za nogi. Kończyny kobiety miotały się konwulsyjnie, nie dając się chwycić Daszy.

– Masza, pomóż!!!

Kowalowa z trudem pozbierała się z podłogi.

Po bliskim spotkaniu z odłamkami szkła krwawiła jej ręka i bolał obity bok.

Wzrok pobiegł ku odkopniętemu taboretowi. Rozum podpowiedział, że na widok koszmarnego przedstawienia, czyli dwóch wlatujących na miotle przez zamknięte okno nieproszonych gości, kobieta wzdrygnęła się i stołek wypadł jej spod nóg.

Masza skoczyła ku taboretowi, podniosła go i postawiła na poprzednim miejscu. Daszy jakoś udało się złapać wisielczynię za nogi i umieścić jej stopy na stołku. Teraz jednak zwiotczała górna część – głowa damy zwisała bezwładnie w naszyjniku sznura. Samobójczyni była nieprzytomna.

– Nóż! – zawołała Czub, jakimś cudem utrzymując damulkę, która uparcie kłoniła się do poziomu, żeby udusić się w pętli: jeśli nie tak, to inaczej!

Kowalowa potoczyła wzrokiem po pokoju i dostrzegła to, czego było im trzeba – nożyczki w szklance na biurku.

Ciało nieszczęśnicy, podtrzymywane czterema rękami, zwaliło się na brudny parkiet.

– Ciekawe, dlaczego się powiesiła – rozmyślała na głos Dasza Czub.

Masza rozejrzała się dookoła.

Pokój wyglądał, jakby nikt w nim nie mieszkał. Biurko wybiegło na sam środek, wszędzie leżały walizki, tobołki, a na podłodze poniewierało się białe czasopismo, które po bliższym zaznajomieniu okazało się magazynem literackim o dumnym tytule „Renesans". W niebiańskiej wizji, którą miały dziewczyny, kobieta trzymała ten magazyn w rękach.

Kowalowa podniosła go z podłogi. Otwarła na chybił trafił.

Ale czasopismo otworzyło się tam, gdzie zostało nauczone rozchylać kartki. Na osiemdziesiątej dziewiątej stronie, skąd spoglądała ta sama zniszczona życiem twarz niedoszłej samobójczyni...

– Anna Golenko – przeczytała studentka. – Nazywa się Anna Golenko. Tu są wydrukowane jej wiersze. Jest poetką.

– Aaa – posmutniała Czub. – W takim razie to zrozumiałe, czemu się wieszała. Wszyscy poeci kończą ze sobą, taką mają tradycję. Tylko co z nią teraz zrobić? Nie idzie jej tak zostawić. Do szpitala?

– No co ty! – Masza wytrzeszczyła oczy. – Przecież nie chodzi o samobójstwo. Wątpliwe, żeby Kijowice były od ich ratowania. To, co robiła, powinno coś dla nas oznaczać.

– To bierzemy ją do siebie, na Wał? Poczekamy, aż się ocknie.

– A jeśli nasze koty powiedzą wtedy coś po ludzku? Znowu zemdleje. I w ogóle...

Odkąd pojawiła się Aknir, Wieża na Wale Jarosława przestała być bezpiecznym miejscem.

– Okej. – Czub podjęła niełatwą dla niej decyzję. – Wieziemy ją do mnie.

– Do ciebie? Dokąd?

Jeszcze niedawno piosenkarka i dyrektorka artystyczna pomieszkiwała w garderobie klubu „O-Yo-Yoy!", a kiedy ją stamtąd wygnano, przeniosła się do Wieży. Do tej pory ani razu nie zająknęła się o dostępności innego stałego miejsca pobytu.

– Na Dziesięcinną – wyjaśniła Czub. – Tam mieszkam. Co prawda ostro ścięłam się z matką, ale tak czy inaczej powinnam się do niej zwrócić, popytać o krewne wiedźmy. Poza tym ona uwielbia kokosić się z samobójcami.

– Uwielbia kokosić się...? – przeraziła się Masza.

„Uwielbia kokosić się z samobójcami" było pierwszą informacją, jaką kiedykolwiek usłyszała o matce koleżanki.

– Aha – potwierdziła Czub. – Mama uwielbia poetów, którzy ze sobą skończyli. Wiesz, jak ją nazywam? Majakowka!

– A to kto?

– No wiesz, są puszkiniści, bułhakowcy, tych znasz doskonale. A ona jest majakowką! Nic, tylko zgłębia życie i twórczość Władimira Majakowskiego. Na cholerę nikomu to niepotrzebne.

W dzieciństwie zamiast bajek słuchałam o tym, jak Wład Władowycz ze sobą skończył. Wyobrażasz sobie, w jakiej okropnej atmosferze musiałam dorastać?

– A nie przeszkadza to, że jest druga w nocy? – wyraziła wątpliwość Masza.

– Jasne, że nie. Mówię ci przecież, że to majakowka! Bohema. Nigdy nie kładzie się spać przed trzecią.

Dom przy ulicy Dziesięcinnej urzekł Kowalową przedrewolucyjną dostojną aurą. Na solidnych, obitych rudą skórą drzwiach wisiała miedziana tabliczka z napisem:

Profesor A.A. Czub

Wnuczka Czub niecierpliwie nacisnęła dzwonek. Poetka zwisała na ich ramionach martwym ciężarem, nie oddychała.

Drzwi otwarły się natychmiast.

W progu stała kobieta w dżinsach i starej sportowej koszulce. W jej lewej, zgiętej w łokciu ręce dymił niedopałek taniego papierosa marki Prima. Białe włosy zaczesane były gładko do tyłu. Patrząc na matkę Daszy, Masza uświadomiła sobie, że jej koleżanka była naturalną blondynką.

Jeśli chodzi o inne podobieństwa, pozbawiona makijażu twarz przyciągała uwagę silnie zaakcentowanymi rysami, regularnymi, czystymi, prawie jak u wizerunków na ikonach. Pozostawało się tylko domyślać, jaki dodatek ojcowskich cech musiał się złożyć na to, że Daszy dostał się kartofelkowy nos, etiopskie wargi i okrągłe jak u lalki oczy.

– Cześć, mamciu. – Czub posępnie przywitała się z rodzicielką.

– Wchodźcie. – Kobieta odsunęła się, robiąc im przejście.

Ani niezapowiedziana wizyta, ani dziki wygląd córki owiniętej prześcieradłem i obwieszonej złotem nie zrodziły w niej najmniejszego pytania.

Kijowice pośpiesznie wniosły poetyckie ciało przez długi, zagracony manelami korytarz i ułożyły na kanapie w ciemnym pokoju zastawionym stalinowskimi meblami.

– Ta kobieta... – zaczęła wyjaśniać Dasza i skrzywiła się. – Generalnie skończyła ze sobą, a my ją wzięłyśmy.

– Tak po prostu ze sobą skończyła, a wy ją wzięłyście? – dopytała matka.

– Tak.

– Dobra robota! – pochwaliła ją rodzicielka.

Masza wytrzeszczyła oczy, usiłując sobie wyobrazić, co by powiedziała jej rodzona mama, gdyby przywlokła do domu obcą kobietę, która „po prostu ze sobą skończyła".

– A ja jestem Masza – przedstawiła się grzecznie.

– I jeszcze, mamciu, mam do ciebie jedną sprawę. – Czub znów się skrzywiła.

– W takim razie chodźcie do kuchni. Miło mi cię poznać, Maszo. Jestem Weronika. – Za imieniem nie nastąpiło imię odojcowskie. – A ty, Maszo, czym się zajmujesz?

– Jaka to różnica, czym się zajmuje? – rozzłościła się Wstrząsająca nie wiedzieć czemu. – To po prostu moja koleżanka.

Kobieta z niezmąconym spokojem puściła wybuch córki mimo uszu.

Weszły do kuchni – przestronnej, niedbale utrzymanej, a w oczach Maszy niesamowicie przytulnej. Na ścianie wisiał starodawny zegar z ciężarkami w kształcie szyszek i z napisem: „49 lat Wielkiego Października".

– Nie jesteście zbyt głodne? – spytała Weronika, z zadumą zerkając na lodówkę.

– To znaczy – zjadliwie wyjaśniła Dasza – że jak zwykle nie ma nic do jedzenia.

– No, można zrobić kanapki – spokojnie stwierdziła jej rodzicielka.

– Dobra! Okej. Dawaj kanapki. Strasznie chce mi się żreć! Wogle zawsze jestem potwornie głodna, mamciu! – rzuciła wyzywająco córka.

– Czyli trzy kanapki – podsumowała mama.

Dasza z udręczeniem przewróciła oczami.

– Teraz, mamciu, do rzeczy – zaczęła, najeżywszy się jak jeż. Zdawało się, że z każdego jej słowa sterczała wielka kłująca igła.

– Dobrze, córeczko.

– Czy w naszej rodzinie były wiedźmy?

Matka Daszy zastygła z podłużnym bochenkiem chleba i laską kiełbasy w rękach. Ale to, co Masza na pierwszy rzut oka mylnie uznała za zdziwienie, okazało się jedynie osobistą manierą Weroniki, oznaką głębokiego i poważnego namysłu.

– O ile mi wiadomo, nie – odparła spokojnie kobieta po sekundzie zadumy. – A co, bardzo ci potrzebne?

– O, tak bardzo! – Dasza ostro ścisnęła sobie palcami szyję.

– Twój dziadek ze strony ojca napisał książkę o wiedźmach.

– Wiem – przerwała matce nieuprzejmie. – A czego on nie napisał? Może jestem wiedźmą po tacie?

– Co to, to nie. – Kobieta kroiła chleb. – Wiesz przecież, że blisko się przyjaźniłam z twoim dziadkiem. Pamiętam, jak ubolewał, że w jego rodzinie nie ma ani jednej wiedźmy, i dowiadywał się, czy nie było ich w naszej. Całe życie zbierał informacje o kijowskich wiedźmach i rzecz jasna byłby tym bardzo zainteresowany... Ale twój dziadek był niezmiernie dumny z tego, że wasze nazwisko, Czub, występuje u Gogola. W *Wieczorach na chutorze niedaleko Dikańki* kozak Czub to ojciec tej samej Oksany, która wysłała Wakułę w świat za trzewikami „jak u carycy". A sam Wakuła według Gogola jest synem wiedźmy Sołochy. I jeśli Wakuła z Oksaną wzięli ślub, to ich dzieci były z wiedźmiego rodu.

– Czub to nazwisko panieńskie! – odburknęła wnuczka Czub. – Oksana i tak by je zmieniła. A wogle rodowód literacki się nie liczy. Piękne dzięki. Aleś mi pomogła. Nie ma co!

– Dasza, czemu ty tak? – nie wytrzymała Kowalowa.

– Nie zwracaj na nią uwagi, Maszeńko. – Weronika położyła przed nimi drewnianą deskę z nakrojonymi dużymi, popękanymi kromkami i włączyła czajnik elektryczny. – Zwyczajne niedopasowanie charakterów.

– Zwyczajne niedopasowanie? – Młoda Czub z jakiegoś powodu obruszyła się jeszcze bardziej. – Ty nigdy, przenigdy mnie nie rozumiałaś! Nawet nie słyszysz, co do ciebie mówię. Masz mnie gdzieś. Jestem w domu. Uciekam z domu. Wszystko ci jedno.

I Masza nagle zrozumiała: to właśnie ten niezmącony spokój Weroniki sprawiał, że Dasza wychodziła z siebie. Córkę wytrącało z równowagi to, że jej matki niczym nie dało się wytrącić z równowagi.

– Jesteś dorosłym, odpowiedzialnym za siebie człowiekiem i masz pełne prawo mieszkać, gdzie i jak chcesz – wyłuszczyła swoje rodzicielskie zdanie Weronika. – Jeśli pragniesz porozmawiać o naszych wzajemnych relacjach, nie musisz z tego powodu wywoływać skandalu. Wiem, że masz taki charakter. Emocjonalny. Drażliwe rzeczy łatwiej ci wykrzyczeć, niż powiedzieć. Lecz powtarzam: możesz mi przekazać absolutnie wszystko w spokojny sposób. Zrozumiem.

– Aaaaaa!!! – wywrzeszczała Czub. – No widzisz! Widzisz! – Odwróciła się do Maszy. – Zupełnie nie da się z nią rozmawiać.

Kowalowa jednak widziała coś całkiem innego.

– Dasza, przecież masz wspaniałą mamę...

– No i proszę! Wszyscy tak mówią! Wszyscy! – Córka wpadła w rozpacz. – Wspaniała! Jest gorsza od najokropniejszych mam!

– Dasza – odezwała się Masza cicho – widziałaś moją mamę?

– Przecież twoja w porównaniu z moją to aniołek, aniołeczek! Nie, znacznie lepsza niż anioł: normalny człowiek! Gdybym miała taką mamę jak twoja... Podoba ci się moja? Okej! Postanowione! Zamieniamy się od ręki! Mamo, słyszałaś? Masza i ja postanowiłyśmy zamienić się mamami – obwieściła z nadzieją. – Pójdę mieszkać do jej mamy. A Masza zamieszka z tobą.

Jej nadzieje okazały się płonne.

– Dobrze, niech Masza pomieszka u nas. – Weronika podsunęła córce filiżankę z herbatą. – Zaparzyłam tak jak lubisz, z miętą. Jedzcie. Ja tymczasem pójdę sprawdzić, jak tam wasza nieszczęsna... A właściwie jak ona próbowała z sobą skończyć?

Kobieta z przyjemnością zapaliła papierosa.

– Wieszała się! – burknęła głucho Dasza. Po jej okrągłych policzkach pełzały długie łzy.

– Wieszała? – zachwyciła się Weronika. – Jak Marina Cwietajewa!

– Tak. I też jest poetką!

– W takim razie zrozumiałe, dlaczego postanowiła się powiesić. Być poetą to prawie nie do zniesienia.

Dasza demonstracyjnie zasłoniła sobie dłońmi uszy, otwarła usta i wydała nieznośny, długi krzyk.

Matka z miłością pogładziła córkę po stuwarkoczowej łepetynie, uśmiechnęła się do Maszy i wyszła z kuchni.

W kieszeni Daszy odezwał się głośno konkurent do wrzasku. Dziewczyna, nie przestając krzyczeć, wyjęła komórkę i na widok wyświetlonego numeru zmarszczyła brwi, po czym z obrazą urwała krzyk i stuknęła ikonkę.

– Tak, Katia! – warknęła. – Tak, zapaliło się. Jakaś cioteczka próbowała się powiesić, uratowałyśmy ją…

– Cioteczka próbowała się powiesić? – Masza dosłyszała dobiegający z telefonu głos Katii. – A co nam to daje?

– Może coś daje. Nie wiemy. Póki co śpi.

– No to budźcie ją i jak najszybciej wyjaśniajcie! Za dwa dni mamy Sąd. Potrzebne nam…

Dasza przerwała połączenie i wzgardliwie wsunęła komórkę z powrotem do kieszeni.

– No i widzisz, widzisz! – zabiadoliła płaczliwie. – Za dwa dni mamy Sąd. Moje życie wisi na włosku, a własna matka odmawia mi pomocy!

– Posłuchaj, Dasza…

Maszy doskwierał nieproduktywny lament koleżanki i z całych sił starała się uchwycić węzeł, który dałoby się rozsupłać, tak aby Wstrząsająca mogła spojrzeć na swoją matkę pod właściwym kątem.

– Czy twoja mama – zapytała ostrożnie Kowalowa – zawsze była taka?

– Zawsze! – poświadczyła gorliwie Dasza. – Nigdy mi niczego nie zabraniała. Nigdy nie ganiła. Nawet kiedy wracałam do domu pijana. Nawet gdy przyprowadzałam chłopaków. Nawet gdy nie przychodziłam wcale! Przy takim wychowaniu mogłam wyrosnąć na kogokolwiek: alkoholiczkę, narkomankę, kurwę...

– Ale wyrosłaś na siebie – przypomniała Masza. – I jesteś bardzo... bardzo niezwykła. Dopiero teraz zrozumiałam, czym odróżniasz się od nas obu: ode mnie i od Katii. Jesteś wolna. Nie dlatego, że na wszystko ci pozwalano. Jesteś wolna w swoim własnym wnętrzu.

– Wiesz... – Dasza rzuciła koleżance złe spojrzenie. – A ja dopiero teraz zrozumiałam. Jesteś koszmarnie podobna do mojej matki!

– Zabawne – odparła Masza po namyśle. – Dopiero teraz zrozumiałam. Jesteś bardzo podobna do mojej.

Za oknem srebrzył się już świt, gdy Maszę wybudziły ze snu dwa miarowe, donośne głosy.

Na sąsiednim łóżku spała z otwartymi ustami Dasza.

Masza usiadła. Nadstawiła uszu.

– Poezja nie jest dziś nikomu potrzebna – mówił kobiecy głos.

Niewspółmiernie głośny, schrypnięty, obnażający prawdę, istniejący poza dniem i nocą, poza przestrzenią i czasem, poza życiem i śmiercią.

Właśnie taki głos powinna mieć osoba, która wróciła na ten świat z niebytu i nie była pewna, czy warto było powracać.

– Tak, poezja nie jest obecnie w modzie – przytaknął kojący głos Weroniki. – Ale dawniej, przed rewolucją, poetom kłaniano się jak teraz gwiazdom estrady. Na ich wystąpienia ściągały tłumy. Kiedy na scenę wychodził Siewierianin, kupieckie żony i córki zrywały z siebie kosztowności i rzucały mu pod nogi. Panny trzymały na nocnych stolikach portrety Aleksandra Błoka i całowały jego wizerunek przed snem. Zakochiwały się w poetach, z nieszczęśliwej miłości truły się siarką z zapałek... Modliły się do nich. Nie do aktorów, nie do piosenkarzy. Poeci byli prawdziwymi panami dusz!

– A teraz nikt nie drukuje wierszy – rzekł ochrypły głos.

– Co więcej, nawet wydrukowanych nikt nie czyta – dodała matka Daszy. – I właśnie dlatego wydawcom nie opłaca się ich publikować.

– A my wszyscy co mamy zrobić, powiesić się? – W głosie niedoszłej wisielczyni krzyczała histeria.

– To pani z tego powodu? – zapytała współczująco Weronika.

– Tak – uciął w odpowiedzi głos. – Ale pani i tak nie pojmie.

– Dlaczegóż to?

– Powie pani, że zwariowałam! – Głos rwał się i złościł. – Uzna pani, że jeśli jestem poetką, to obowiązkowo nienormalną.

– To oczywiste, że jest pani nienormalna – stwierdziła pewnym tonem matka Daszy. – Chyba nie przystaje pani do statystycznej filisterskiej normy? Filistrowie nie zostają poetami.

– Zgadza się! Zostają nimi nieudacznicy! – Głos poetki ociekał obrzydzeniem. – Jestem nieudacznikiem. Jak my wszyscy, kijowscy literaci. Może pani wymienić choć jednego znamienitego poetę z Kijowa?

– Aleksandr Wiertinski.

– Ale jaki z niego poeta?! – obruszył się głos z urazą.

– Ma pani rację. Utwory Wiertinskiego to osobny gatunek. Ale można wymienić prozaika: Michaił Bułhakow.

– Wyjechał do Moskwy. – Wisielczy głos odrzucił kandydaturę ulubionego pisarza Maszy. – W Kijowie nie napisał ani wersu. Ani jednego! Wie pani dlaczego?

– Nie wiem – przyznała Weronika.

– Dlatego że od tamtej pory, gdy wywieziono nasz talizman, pozbawiono nas mocy! – zagrzmiała pozagrobowym głosem poetka. – Nie mamy mocy. Jesteśmy niemi. Nikt nas nie słyszy, choćbyśmy krzyczeli!

To była akurat przesada.

•

W tym momencie jej głos dudnił w mieszkaniu jak włączony na cały regulator telewizor. Masza z niedowierzaniem zerknęła na koleżankę, dziwiąc się, że ma tak mocny sen.

– A co to za talizman? – zainteresowała się uprzejmie mama Daszy.

– I tak pani na pewno nie uwierzy. – Poetka znów próbowała odpełznąć w głąb siebie.

– Proszę mi zaufać – zachęciła Weronika. – A ja uwierzę pani.

– Wierzy pani w mistykę?

– Jestem krytykiem literatury – nie bez dumy przedstawiła swoją profesję majakowka. – Czy można nie wierzyć w mistykę, jeśli się studiuje twórczość prozaików i poetów? Ich wiersze są pełne proroctw! Ich życie pełne mistycznych zbiegów okoliczności. Weźmy na przykład Włada Władycza Majakowskiego. Przebywając w Kijowie...

– A co pani sądzi o Annie Achmatowej? – przerwała jej poetka.

– Nie jestem jej wielbicielką – odrzekła sucho pani krytyk. – Lecz bez wątpienia odnoszę się do niej z szacunkiem.

– Niepotrzebnie! – wrzasnął piskliwie głos. – Bo ona jest złodziejką! Wszystko ukradła! Wszystkie swoje wiersze...

– Komu? – zdumiała się znawczyni literatury. A w jej pytaniu jak dzwon na alarm zabrzmiało autentyczne zawodowe zainteresowanie.

– Dobra, lepiej opowiem wszystko od samego początku – zaproponowała poetka, czując, że nareszcie zyskała idealnego słuchacza. – Miesiąc temu wpadła mi w ręce książka *Ukraińska wiedźma*.

– Profesora Czuba?!

– Skąd pani wie?!! – podniosła głos opowiadająca.

– Autorem jest mój teść. Ojciec mojego byłego męża. Jest pani teraz w jego mieszkaniu. Umierając, zapisał je nie swojemu synowi, lecz wnuczce i mnie. A skoro o tym mowa, właśnie jego wnuczka, moja córka Dasza, uratowała dziś panią od stryczka.

– Mój Boże! – ryknęła niedoszła wisielczyni. – Kolejny zbieg okoliczności! Teraz wiem, że mi pani uwierzy. A możliwe, że nawet pomoże. To nie jest zwykły przypadek. To znak!

Masza wstała. Krzycząca poetka zdecydowanie miała rację – przypadki w przyrodzie nie istnieją.

Kijowica Kowalowa na paluszkach przeszła korytarzem, bojąc się stracić choć pół słowa.

– W książce ojca pani męża znalazłam sposób na poznanie losu. – Ze zniecierpliwienia wisielczy głos połykał głoski i sylaby. – Prosty sposób. Jeśli w ciągu dnia trzy razy z rzędu usłyszy się albo przeczyta to samo słowo, trzeba pomyśleć, co nam chcą przekazać ci z góry! Naturalnie, nie chodzi o takie słowa jak „dziękuję" czy „na razie". Ale jeśli trzy razy w ciągu dnia trzech różnych ludzi wspomni na przykład Sewastopol, możliwe, że warto się tam wybrać.

– Sądzi pani, że warto? – zapytała Weronika, jakby się zastanawiała, czy nie pora spakować walizki i ruszyć do miasta rosyjskich marynarzy.

– Jestem pewna – odrzekła poetka głosem jak żelazobeton. – Warto było przeczytać książkę pani teścia. Na drugi dzień trzy razy z rzędu usłyszałam słowo „loteria". Od razu kupiłam los. I co pani powie? Wygrałam!

– Wygrała pani?!

– Tak!

– Co?

– Proszę sobie wyobrazić, że samochód! I proszę nie mówić, że to zbieg okoliczności!

– O, nie – zaprzeczyła Weronika. – Samochód to nie zbieg okoliczności. To wystraczająco solidny fakt.

– Co prawda potem go sprzedałam i za te pieniądze zmieniłam mieszkanie. Ale to już nieważne. A właściwie akurat najważniejsze! Kupiłam mieszkanie przy ulicy Anny Achmatowej. Wprowadziłam się wczoraj. Próbowałam rozpakować toboły i znalazłam wśród nich stary numer magazynu „Renesans". Były w nim wydrukowane moje wiersze. Na stronie osiemdziesiątej dziewiątej! – podkreśliła poetka, jak gdyby wyróżniając te słowa grubym zakreślaczem. – Zamierzałam je przeczytać, gdy wtem... magazyn wypadł mi z rąk i otworzył się na artykule: *Anna Achmatowa w Kijowie*! I wie pani, jak się zaczyna ten artykuł? „Anna Achmatowa (prawdziwe nazwisko Gorienko) urodziła się słynnej nocy świętojańskiej w tysiąc osiemset osiemdziesiątym dziewiątym roku..." Rozumie pani?

– Póki co nie rozumiem – uczciwie przyznała się literacka mama.

– Osiemdziesiątym dziewiątym! – Poetka jeszcze bardziej podniosła głos. – To numer mojej strony! I co pani na to powie?

– Nawet nie wiem, co powiedzieć.

– Dlatego, że pani nie wie, co było w tym artykule! – Wisielczy głos przybrał groźne, obiecująco-intrygujące tony. – Jako pięcioletnia dziewczynka Anna Gorienko spacerowała z boną po kijowskim Ogrodzie Carskim. I znalazła tam złotą agrafę w kształcie liry. Bona powiedziała jej wtedy: „Na pewno zostaniesz wielką poetką!".

– Interesujące. Nie wiedziałam o tym.

– Ja też nie. To mało znany fakt. Ale mnie oświeciło! To nie była zwykła agrafka! Lira to talizman! I Anna Gorienko wywiozła go z Kijowa. Nie bacząc na swoje ukraińskie nazwisko, nie została ukraińską poetką. Nazwała się Achmatowa...

– Wyłącznie dlatego – wytłumaczyła znawczyni literatury – że ojciec Anny nie życzył sobie, by pod jego nazwiskiem publikowała swoje dekadenckie wiersze. Bycie poetką uważano za coś nie do końca przyzwoitego, prosił więc, by nie plamiła jego imienia. „Niepotrzebne mi twoje imię" – odparła.

– Nieważne! – wypalił zapamiętale wisielczy głos. – Ważne, że została pierwszą! Pierwszą uznaną poetką Rosji! Jedyną w swoim rodzaju. Nasz talizman, Lira, dał jej moc. I ta moc od nas odeszła! Jej zniknięcie pozbawiło naszą literaturę iskry! W tym mnie. Dlatego, że to był mój talizman. Ja powinnam była go znaleźć. Ja, wybrana! Wybrana!

– Dlaczego właśnie pani? – nie pojęła Weronika.

– A to dlatego – krzyczała poetka – że jestem Anna Andriejewna Golenko. A ona: Anna Andriejewna Gorienko. Aluzja bardziej niż przejrzysta! Ona poszła do góry, a ja zostałam na lodzie. Dlatego, że mnie okradła! Okradła, jeszcze zanim się urodziłam. Teraz nic mnie nie natchnie... Jestem skazana. Jak my wszyscy piszący tutaj: niepotrzebni, nieinteresujący, naszych wierszy nikt nie chce nie tylko drukować, lecz nawet słuchać. Oto dlaczego w Kijowie nigdy nie było ani jednego wielkiego pisarza. Ani jednego wielkiego poety! I nigdy nie będzie. To miasto jest martwe dla literatury! Nawet sam Wiertinski zaczął pisać swoje wiersze dopiero wtedy, gdy stąd uciekł. Są tylko dwa wyjścia: albo stąd wyjechać, albo zdechnąć! A ja nie mam dokąd uciec... Ulica Anny Achmatowej to moja ostatnia rubież.

– Ale proszę poczekać – zatrzymała ją mama Daszy. – A gdzie trzecie wspomnienie Anny Achmatowej? Pierwsze to nazwa ulicy. Drugie: artykuł. Przecież zgodnie z teorią mojego teścia powinna być jeszcze trzecia wzmianka.

– Powinna – zgodziła się z nią Anna Andriejewna Golenko. – I oczywiście była. Wczoraj wieczorem zadzwoniła do mnie moja córka, z powodu której musiałam zmienić mieszkanie. Zadzwoniła, żeby zaproponować mi pracę. Gdzie, jaką? Miałam handlować kosmetykami w metrze. Koniec końców powiedziała mi, że w ciężkich okresach nawet Achmatowa sprzedawała na bazarze śledzie. „A poza tym, mamo, przecież nie jesteś Anną Achmatową!".

– Broszka w kształcie liry? – Dasza agresywnie podrapała się po nosie. – Moim zdaniem to kompletna bzdura. To znaczy – wyjaśniła – możliwe, że Achmatowa znalazła jakąś broszkę. Ja na przykład w dzieciństwie na Wzgórzu Włodzimierza znalazłam złoty pierścionek. Potem go sprzedałam, bo kiedy dorosłam, strasznie były mi potrzebne pieniądze. Tyle że za bezcen i tak mi teraz żal... O czym to ja?

– O Annie Achmatowej.

– Tak. Mało to ludzie rzeczy znajdują! Ta poetka jest mocno szurnięta. Gdyby nie była szurnięta, nie lazłaby w pętlę z powodu takiej głupoty. Sama to wymyśliła. Sama się rozstroiła. Sama powiesiła. No powiedz, czyż nie?

– Powiem, że najprawdopodobniej masz rację.

Na twarzy piosenkarki odmalowało się zadowolenie (lubiła mieć rację!), a jej ręce nadal patroszyły szafę z ubraniami.

Masza Kowalowa zmarszczyła czoło – wnioski wyciągnięte z teorii trzech zbiegów okoliczności przez niedoszłą samobójczynię A. Golenko w istocie wyglądały na cokolwiek naciągane.

– A Anna Andriejewna to niesamowicie rozpowszechnione imię i otczestwo. – Dasza z uwagą oglądała skórzane szorty bardziej przypominające stringi niż spodenki. – I Gorienko-Golenko to żaden argument! Gdyby przeszukać kijowską książkę adresową, można by znaleźć z dziesięć Golenko, dwadzieścia pięć Gorienko i ze dwie, trzy pełne imienniczki: Anny Andriejewne Gorienko. I wszystko to absolutnie nic nie znaczy.

Tylko że coś w tej idiotycznej nocnej historii nie dawało Maszy spokoju.

– A mnie dzisiaj w nocy przyszło do głowy co innego... – Wstrząsająca, stękając, próbowała się wcisnąć w szorty-majtki. – To, że mój Jan nie okazuje ci, jak się do mnie odnosi, nie oznacza też, że odnosi się do mnie tak jak do ciebie! Powiedz, nie mam racji? – Szorty stawiały opór, lecz Dasza nie ustąpiła i wygrała.

– Ale tak czy inaczej broszka była w kształcie liry – powątpiewająco powiedziała Masza.

– A choćby i w kształcie czaszki z kośćmi! Co z tego? Czy wogle była jakaś broszka? Możliwe, że to taka rodzinna legenda: krewni Anny potem, kiedy już była poetką, wymyślili historyjkę, żeby mieć co opowiadać dziennikarzom w wywiadach. Albo ona sama. Wogle była straszliwą kanciarą. Jeśli ktoś robił sobie dobry pijar, to Aneczka Gorienko. Wiesz w ogóle, że jeszcze za jej życia artyści namalowali ponad dwieście jej portretów? To rozumiem, kampania reklamowa!

Czub podskoczyła do lustra i pokazała mu pupę.

Szorty wrzynały się między pośladki, pozostawiając dolną część na widoku, zupełnie odkrytą.

Jednak według piosenkarki odzież istniała bynajmniej nie po to, żeby coś zakrywać, a ubierać się dobrze oznaczało robić to tak, żeby wszyscy przechodnie się oglądali.

Obecnie musiała się szczególnie postarać...

– Okej. Z tyłu polubią, z przodu przywykną! – wygłosiła głęboką myśl Czub. – O której spotykamy się dziś z Janem?

– Ale w Kijowie rzeczywiście nie było ani jednego wielkiego pisarza. Ani jednego wielkiego poety – snuła swe powątpiewania studentka wydziału historii. – W całej historii miasta.

– Nie było. – Córka krytyka literackiego po namyśle pokiwała głową z warkoczami. – Ale osądź sama: co wogle ma lira do Kijowa? Przecież to symbol ze starożytnej Grecji.

– Logiczne.

– Wyluzuj! Kupa ludu znajduje najróżniejsze badziewie. Kupa ludu się wiesza! Tu też nie ma nic mistycznego. – Daszę usatysfakcjonował widok własnego tyłka. Pozostawało tylko dobrać równie powalającą górę garderoby.

– Gdyby w tej historii nie było nic mistycznego, toby nas tu nie wezwano – argumentowała Kowalowa.

– Okej. – Wstrząsająca, obdarzona nadzwyczajnym talentem do prowadzenia sporów, natychmiast znalazła furtkę. – Anna Golenko wierzyła w mistykę i jej mistycyzm ją dobił. Dlatego jej problem na pozór podpada pod naszą parafię...

– Rozumiem! – oświeciło Maszę. – Teoria twojego dziadka Czuba! Teoria powtarzających się słów. To prawda! Tak z nami postępowało Miasto, gdy byłyśmy jeszcze całkiem ślepe. Nieustannie podsuwało nam podpowiedzi. Kierowało nami. Wszystko dokoła wskazywało nam drogę: tytuł spektaklu na afiszu, artykuł w gazecie...

Wnuczka Czub zaczęła się drapać po nosie.

Właśnie dzięki artykułowi w przypadkowej gazecie, którą wiatr przyniósł pod nogi Daszy, dokładnie te nogi skierowały się do

Centrum Czarów Starokijowskich, gdzie wyzionęła ducha Kijowica Kyłyna...

– Okej. I co z tego? – rzuciła obronnym tonem. – Oznacza to tylko tyle, że mój dziadek to był łebski facet.

– Nie – sprzeciwiła się uparcie Masza. – To oznacza, że ktoś specjalnie nakierował Annę Golenko do wyciągnięcia takiego wniosku.

– No i pięknie – zrobiła nielogiczny wywód piosenkarka. – Zrozumiałyśmy, na czym polegają czary. Ktoś podpuścił tę cioteczkę do samobójstwa, ale w porę się wmieszałyśmy i uratowałyśmy ją.

– Ale kto to zrobił?

– Co za różnica?! – Dasza rozcięła powietrze ręką. – Zrozum, że Golenko to kompletne zero. Czuję to tyłkiem. – Na potwierdzenie Dasza wypięła intuicyjną część ciała i poklepała się po niej. – Jakaś trzeciorzędna poetka ubrdała sobie, że okradła ją Anna Achmatowa, i postanowiła ze sobą skończyć. Gównoprawdy i grafomańskie brednie! – Piosenkarka westchnęła.

Albowiem było jasne: to nie były żadne gównoprawdy, lecz coś ważnego i znaczącego, czego one za diabła nie umiały pojąć.

W przeciwnym razie dlaczego na niebie zapłonąłby czerwony ogień?

– Ale czasami twój tyłek zupełnie się myli – zauważyła Masza.

– No, oczywiście, nie jest Panem Bogiem – skapitulowała Czub.

Wyciągnęła z szafy ukraińską wyszywaną koszulę i przymierzyła do siebie.

– Dobra, może nie kompletne zero, ale wisielcze zero. – Rzadkiej wartości ludowa koszula z kolekcji dziadka Czuba przyniosła jej niejaką pociechę po uporze Maszy. – Żadnej różnicy! – Wnuczka Czub zanurkowała w koszulę. – I jeśli w najbliższym czasie niebo nie ześle nam czegoś łatwiejszego do zrozumienia, tym bardziej nic nam z niej nie będzie. – Dasza zawiązała sobie węzeł pod piersiami, włożyła czterorzędowy naszyjnik z monet, kolczyki, dwanaście bransolet i zadźwięczała: – Dziś jest dziesiąty! Pojutrze Bój. Z powodu takiej historii nie przesuną go nam o rok.

I skoro nie można już więcej polegać na niebie, jedynym naszym ratunkiem pozostaje odnaleźć choć jeden wiedźmi korzeń! Słuchaj – zakłopotała się, oglądając swoje wyposażenie. (Jak się należało spodziewać, skórzane szorty-majtki w komplecie z obszerną wyszywaną rubaszką i botkami à la Johny Depp składały się na wstrząsający rezultat!) – ale jeżeli mój dziadzio tak doskonale znał wszelkie wiedźmie sztuczki, czy mógł je sobie tak po prostu wymyślić? Czy w naszej rodzinie naprawdę nikogo nie było? Przecież to nonsens! Urodzić się w Kijowie, gdzie są aż cztery Łyse Góry, gdzie co druga kobieta jest wiedźmą… I okazać się tą trzecią! To niemożliwe. Czuję to tyłkiem. Na pewno jestem wiedźmą! A Katia tym bardziej! W czasach inkwizycji spalono by ją bez żadnych udowodnionych krewnych za samo to, że jest taka ładna. Powiedzieliby „wiedźma" i do ogniska…

– Ognisko! Świętojańskie ognisko! Kupała!!! – zakrzyknęła Kowalowa tak głośno, że zdołała wstrząsnąć nawet Wstrząsającą. – Achmatowa urodziła się w dniu Świętego Jana. Na Iwana Kupały! Była wiedźmą!

– To Achmatowa urodziła się siódmego lipca? – zastopowała piosenkarka.

– Anna Achmatowa urodziła się dwudziestego trzeciego czerwca, czyli według starej miary czasu jedenastego lipca. – Do pokoju wpłynęła z uśmiechem mama Daszy.

– Dlaczego w artykule było określenie „słynnej nocy świętojańskiej"? – Studentka znieruchomiała.

– Dlatego że – odpowiedziała literaturoznawczyni – Achmatowa sama napisała: „Urodziłam się w tym roku co Charlie Chaplin, *Sonata Kreutzerowska* i wieża Eiffla. Tego lata Paryż świętował stulecie zburzenia Bastylii: tysiąc osiemset osiemdziesiątego dziewiątego, a w noc, kiedy się urodziłam, obchodzono i obchodzi się nadal pradawną noc świętojańską". O, umiała kreować własną biografię!

– Doskonale robiła sobie pijar! – Estradowa córka zapomniała o swojej odwiecznej urazie do matki. – Mówię wam, zwyczajnie kłamała o sobie, jak wszystkie normalne gwiazdy.

– Achmatowa? No, oczywiście, że kłamała, tworząc swoją legendę – przytaknęła Weronika z uśmiechem. – Anna Achmatowa twierdziła, że jej rodzina wywodzi się od ostatniego chana Złotej Ordy, Achmata, potomka Czyngis-chana w pierwszej linii. Że jej babcia, której nazwisko posłużyło poetce jako pseudonim, była tatarską księżniczką. A tymczasem jej babka, Praskowia Achmatowa, nie była ani księżniczką, ani tym bardziej nie miała tatarskich przodków.

– A o nocy świętojańskiej kłamała, bo to ładnie brzmi – dobiła koleżankę Dasza. – I o lirze, i o przepowiedni: „Zostaniesz poetką". To po prostu show-biznes. Wszyscy w tej branży łżą.

– To znaczy, że Achmatowa nie była wiedźmą. – Masza przygasła.

– Oczywiście, że była wiedźmą. – Weronika uśmiechnęła się do niej. – Nie bez powodu Cwietajewa nazywała ją w wierszach „czarnoksiężniczką", a mąż Achmatowej Nikołaj Gumilow napisał: „To jest nora żmijowa. / Wziąłem, z miasta Kijowa / Czarownicę, nie żonę-rodaczkę"*.

– Co? – Maszę aż zatkało.

– Nora żmijowa?! – Dasza brzęknęła monetami na szyi. – A skąd on wiedział o Żmiju?

– O Żmiju? – Weronika uniosła brew.

– W Kijowie mieszka Żmij. Mieszkał. Ale my go... – Czub o mało nie wydała matce pradawnej tajemnicy.

„Trzeba ją ostrzec" – wystraszyła się studentka. „Nie wolno wyjawiać prawdy ślepcom. To Wielki Zakaz".

Ale tajemnica, która już zadzwoniła w powietrzu, nie wywołała u Weroniki żadnej reakcji.

– Mówiłam już dziś Aneczce Golenko... – Mama Daszy zapaliła, wypuściła dym i dokończyła: – ...o magii literatury. W swoich dziełach pisarze i poeci często przepowiadają to, o czym nie może wiedzieć zwykły śmiertelnik. Weźmy na przykład tragedię „Tita-

---

* Nikołaj Gumilow, *To jest nora żmijowa...*, tłum. Leopold Lewin.

nica". Czternaście lat przed jego katastrofą ukazała się książka, w której opisano, jak po zderzeniu z górą lodową tonie statek o nazwie „Titan". Albo po co sięgać daleko: mąż Achmatowej, poeta Nikołaj Gumilow nie tylko przewidział swoją śmierć, lecz także przeczuł narodziny gwiazdy. „W gwiazdozbiorze Węża zapłonie nowa gwiazda", napisał pół wieku przed tym, jak japońscy astronomowie oficjalnie zarejestrowali pojawienie się nowej gwiazdy w tej konstelacji. A pięć lat przed własną egzekucją Gumilow ze szczegółami opisał w wierszach człowieka zajętego „odlewaniem kuli, która mnie z ziemią rozłączy"...

– I co to ma znaczyć? – zapytała Czub.

– Dokładnie nie wiem – odparła jej matka. – Ale niedawno wysnułam pewną teorię. Wszyscy utalentowani literaci to wiedźmy i czarownicy, w takim czy innym stopniu. Osądźcie same: i pisarze, i czarownicy budują wymyślne konstrukcje słowne przyjmujące fascynujący nas porządek. Czarownicy nazywają to proroctwami i zaklęciami. Literaci: powieściami i wierszami. Wiedźmy i czarownicy robią to świadomie. Prozaicy i poeci zaś w natchnieniu. A istota rzeczy pozostaje ta sama! Wystarczy ułożyć potrzebne słowa w odpowiedniej kolejności i możesz zmienić świat.

– Splatać czary jak czaroplotka – powiedziała powoli Masza bardziej pytająco niż twierdząco. – Pisarz również tworzy świat istniejący i działający według wymyślonych przez niego zasad. Tak jak...

„...Marina, która wymogła na wszystkich, aby przez tysiąc lat przestrzegali ustanowionych przez nią praw!"

– Tak jak czarownik. – Literaturoznawcza mama skinęła głową. – Litery są jak nuty. Piszący powinien czuć rytm i melodię słowa, jego magię! Lepszy przykład: modlitwy i zaklęcia. Samo ich przeczytanie odrywa cię od rzeczywistości i... działa cuda. Idealny pisarz powinien tworzyć właśnie w taki sposób! Jak czarodziej. Jak sam Pan Bóg, który zgodnie z *Ewangelią według Świętego Jana* stworzył świat za pomocą słowa.

– To znaczy – zapytała z lękiem Masza – że pani zdaniem pisarz może zmieniać świat? I literacki model świata, który stworzy, jest jak woskowa lalka będąca modelem człowieka kłutym przez wiedźmę igłą? Ona kłuje laleczkę, a człowieka spotyka coś złego.

– Doskonałe porównanie! – Weronika wpadła w uniesienie. – Jeśli pozwolicie, posłużę się nim w swoim artykule.

– Nie, mamciu – nadęła się po sekundzie namysłu Dasza. – Mnie się ta teoria nie podoba! Wychodzi z niej, że mężczyźni są w magii znacznie lepsi niż kobiety. Przecież pisarzy zawsze było więcej niż pisarek.

– No, nie powiedziałabym. – Wystarczyło, by Dasza otwarła usta, a uśmiech Weroniki stał się przymilnie przejrzysty. – Po prostu kobietom całkiem niedawno pozwolono zostać pisarkami. Jeszcze jakieś sto lat temu siedziały w domu, rodziły po ośmioro dzieci, permanentnie były w ciąży. Kiedy miały pisać? A gdyby im się zachciało, kto by to opublikował? George Sand, Mary Shelley, Łesia Ukrainka to raczej wyjątki, buntowniczki. A teraz spójrz na okładki: dziś piszą głównie damy. Jest ich więcej, myszko. Obawiam się, że całkowicie wyprzemy mężczyzn z literatury. Wszystko do tego zmierza.

– Nie jestem myszką!!! – odpyskowała Czub, wybuchając nagle niczym ogłuszający granat. – Ani się waż tak do mnie mówić! Zupełnie jakbym była dzieckiem! Głuptasem! Jestem dorosła i mądra! Tylko ty uważasz mnie za zapóźnioną...

– Oczywiście, że nie – starała się ją udobruchać Weronika. – Uważam, że przechodzisz skomplikowany okres poszukiwawczy. Szukasz samej siebie i na razie nie możesz znaleźć. Ale kocham cię taką, jaka jesteś, na każdym etapie rozwoju. Jesteś przecież moją córeczką. – Spojrzała na córkę z taką miłością, że nie ulegało wątpliwości: naprawdę kochała Daszę. Czy ta krzyczała, czy sapała, czy tupała, zawsze sprawia matce taką samą radość!

„Żebym to ja miała taką mamę..." – Masza przełknęła ślinę.

– Nie jestem twoją córeczką! Teraz jest nią Masza. Zapomniałaś? – Dasza w jednej chwili spełniła jej marzenie. – A ja odchodzę.

I przestań się uśmiechać. No, krzyknij! Wrzaśnij jak człowiek. Żebym zrozumiała, że nie jest ci wszystko jedno...

Mama Daszy zamyśliła się. Uśmiechnęła. I wydała krótki, wesoły okrzyk.

– Tak lepiej, córeczko? – Znów się uśmiechnęła.

– Jaja sobie robisz! Wszystko ci jedno. Wszystko! Bierz sobie Maszę... Niech z tobą mieszka. Pozwól jej! Nie masz nic przeciwko?

Dasza płakała.

– Już ci mówiłam, że nie mam nic przeciwko. Jak widzisz, Maszo – zwróciła się do niej Weronika – to bardzo duże mieszkanie. Jeśli masz potrzebę, możesz wprowadzić się do nas na jak długo chcesz.

– A może... – Masza nagle się zdenerwowała, zatrzepotała powiekami, zerknęła na Daszę. – Może ja rzeczywiście... Jeśli tylko... Na krótko.

Ale Wstrząsająca jej nie usłyszała.

– Koniec! Żegnaj na zawsze! Odchodzę i zamieszkam z mamą Maszy!

– ...tysiące ludzi pisze w wierszach szlag wie co, lecz to nie czyni ich wiedźmami!

Otrząsnąwszy się z lekkich wątpliwości, Dasza zeskoczyła z mopedu, który je dowiózł na ulicę Humańską pod numer 41, i kontynuowała spór.

– No, mąż nazwał ją czarownicą. W drugim wierszu carycą. W trzecim Gumilow wogle nazwał ją lesbijską... Powiedz mi lepiej, co to za brednia: „Czy mogę u was pomieszkać?".

Okazało się, że Czub doskonale wszystko słyszała!

– To nie jest pytanie, mieszkaj sobie, ile chcesz – oświadczyła gościnnie. – Widziałaś moją matkę, nawet nie zauważy, że po mieszkaniu kręci się ktoś jeszcze. A jak zauważy, to się ucieszy, będzie miała z kim pogawędzić o wierszach.

– Słabo się znam na poezji – bąknęła studentka historii.

– Co? Naprawdę? A nie pomyślałabym.

Można było zrozumieć zdziwienie Daszy. Z wyglądu Masza zdawała się typową przedstawicielką wymierającego rodzaju romantyczek, które wciąż czytają po nocach wiersze.

– Nie szkodzi – rzuciła Wstrząsająca. – Powieściopisarzy mama też lubi rozkładać na czynniki pierwsze. Szanuje twojego Bułhakowa. Przecież za swojego mistrza uważał Gogola, a Gogol bądź co bądź sam ze sobą skończył: na śmierć zamorzył się głodem. Mama zbiera w swoim katalogu wszystkich, którzy ze sobą skończyli. Mogę się założyć, że z miejsca wymienię stu prozaików i poetów, którzy popełnili samobójstwo. Chcesz? Majakowski. Cwietajewa. Radiszczew. Hemingway. Zweig. Homer. Jack London. Safona... Rozmawiałybyście sobie – przerwała wyliczanie – o literaturze wogle. Ale dlaczego nagle zapragnęłaś u nas mieszkać? Wyduś to z siebie wreszcie! Co cię gryzie? – Czub zrobiła trzecią próbę dokopania się do tajemnicy koleżanki.

Ale Masza w milczeniu patrzyła na swój rodzinny dom, pod którego frontowe drzwi przywiózł je czerwony moped.

Patrzyła i bała się go.

Dlatego po raz trzeci tajemnica pozostała tajemnicą.

– Jeśli odbiorą nam godność Kijowic – powiedziała – nie będziemy mogły mieszkać w Wieży. A ja... nie wiem, czy mogę wrócić do domu. Mama nie zrozumie... nie mogę jej wyjaśnić... i... nie wiem, co robić.

– I tyle? – Wstrząsająca podejrzliwie obwąchała odpowiedź Maszy. – Boisz się matki i tyle? Chociaż... Twoja matka to sama w sobie naturalna wiedźma!

Masza nie zamierzała się z tym spierać.

Nie przypomniała też, jak jeszcze poprzedniego dnia Czub twierdziła, że mama Maszy to „anioł, aniołeczek".

Córka „anioła" była zajęta – próbowała wziąć się w garść, ruszyć z miejsca i wejść do klatki schodowej.

– Nie cykorz! Wygramy! Zwycięstwo będzie nasze! – Wstrząsająca roześmiała się. Nigdy nie traciła dobrego usposobienia na dłużej niż piętnaście minut. – Trzeba po prostu pokazać Sądowi twoją matkę i zaraz uznają nas za czartówki, biesichy... A poza tym to już jest moja matka. Teraz dowie się, co znaczy mieć normalną córkę. Chodź. – Popchnęła Maszę do wejścia. – Nie ma innej opcji. Chcesz czy nie chcesz, trzeba sprawdzić, czy masz w rodzinie wiedźmy. To biorę na siebie. Przypomnij mi: jak się nazywa moja mama?

– Anna Nikołajewna.

Rozdział czwarty,

w którym zmarli z grobu powstają

Dzień dobry, jestem waszą ciocią. Przyjechałam z Kijowa i będę z wami mieszkać!

~ Z filmu *Lekkie życie*

Dzień dobry! Anna Nikołajewna? Jestem Dasza Czub! Pamięta mnie pani?

Zwalista ruda kobieta, która otwarła im drzwi, zdążyła wzrokiem obedrzeć ze skóry marnotrawną Maszę.

Ale nie zdążyła otworzyć ust – Dasza ją ubiegła.

– Proszę nie zwracać uwagi na Maszę, ona wogle przyszła tylko po swoje rzeczy. A z panią teraz będę mieszkała ja!

– Co...

Pojawiły się tak nagle i Dasza zatrajkotała tak szybko, że Anna Nikołajewna nie miała szansy krzyknąć. Nawet nie zdołała postawić znaku zapytania po „co".

Zdziwienie zaczopowało jej krtań.

– Rozumie pani – przymilnie wyjaśniła Wstrząsająca. – Masza i ja postanowiłyśmy zamienić się mamami. Dlatego Masza pójdzie mieszkać do mnie, moja mama nie ma nic przeciwko temu. A ja zamieszkam u pani.

– Co? – Anna Nikołajewna wbiła wzrok w Daszę.

– Będę mieszkała w pokoju Maszy. A pani będzie teraz moją mamą! – wytłumaczyła jej głośno Czub.

– Nie wrzeszcz!

– Dobrze, mamo – zgodziła się ustępliwie Wstrząsająca.

– A jaka ja tobie mama! – zagrzmiała matka Maszy. Czop wyleciał jej z gardła. – W ogóle coś ty za jedna? Przyczepiła się... Chuliganka! Prostytutka! Obwieszona świecidełkami, wymalowana...

Dasza wreszcie znalazła godną słuchaczkę, która nie pozwoliłaby nowo nabytej „córce" ani na obfitość ozdób, ani na krzykliwy makijaż, ani na przyciągający wzrok ludowy strój.

– Żeby twoja noga tu nie postała! – darła się Anna Nikołajewna na cały głos. – A ty!... – dorwała się do Maszy. – Powiedziałam ci: uciekniesz z domu, przestajesz być moją córką! Powiedziałam czy nie? A ty uciekłaś. Przez okno, jak jakaś złodziejka. Ojca niemal do grobu wpędziłaś. Jest w szpitalu.

„W szpitalu?"

Masza poczuła, że serce jej się ściska.

„Prawda to czy nie?"

Matka nie kłamała, jedynie pomnażała prawdę tak bardzo, że nie dawało się dokopać do rzeczywistości. A atakując, z marszu ostrzeliwała przeciwnika maszynową serią pretensji, z których każda bezbłędnie trafiała w niechronione miejsce.

„Jestem złą, wyrodną córką. Jak mogłam..."

– Miałam zawał. Wezwali do mnie pogotowie. Lekarz przyjechał, powiedział: „Co to ma pani za córkę, że rodziców bez noża zabija?". Nie córka, tylko jakiś wróg! A teraz wróciła. Nabrała śmiałości! Wynoś się! Nie jesteś już moją córką!

– A niby o czym ja do pani mówię?! – krzyknęła Czub „mamie" prosto do ucha, zrobiwszy krok w jej stronę. – Słyszy mnie pani? Nie jest już pani córką! – Wskazała Maszę, zasępioną, drżącą nerwowo, i celowo zasłaniając ją sobą, oświadczyła: – Ja teraz jestem pani córką! Daszeńka!

– Wynocha! – Anna Nikołajewna bezceremonialnie pchnęła „córkę" w ramię.

– A to już, mamo, jest rękoczyn – zauważyła poważnie Czub.

– Wynocha, do kogo ja mówię!

– Nigdzie nie pójdę. To mój dom. Wasze mieszkanie jest sprywatyzowane?

– Co?

– Oczywiście, że sprywatyzowane – złowrogo zatkała swoją nową „normalnie" wrzeszczącą mamę nowa „normalna" córka. – Wiem wszystko!

– Co ci do tego? – speszyła się mama.

– A to mi do tego – Czub wzięła się pod boki – że jeśli mieszkanie jest sprywatyzowane, zgodnie z prawem Maszy należy się jego czwarta część. I jeśli nie zgadza się pani uznać mnie za córkę, Masza zgodnie z prawem może zdać swoją część mnie. Już się dogadałyśmy z notariuszem.

– Co, co?

– To, to! Zaraz idziemy sformalizować umowę.

– Na moje mieszkanie?

– Na należącą do Maszy jedną czwartą lokalu, w której od dziś będę mieszkać. – Wstrząsająca uśmiechnęła się zwycięsko. – Jasne?

– Tylko spróbuj tu wejść! – zaświszczała Anna Nikołajewna. – Wezwę milicję!

– To ja wezwę milicję! – odkrzyknęła radośnie Czub. – Jeśli nie zgodzi się pani mnie wpuścić. Pokażę im papiery.

– Chuliganka!

– To pani jest chuliganka. A ja: posłuszna prawu obywatelka. I zgodnie z obowiązującymi w naszym kraju przepisami Masza ma prawo robić ze swoją częścią mieszkania, co jej się podoba. Przepisać na mnie, sprzedać mi... No właśnie, świetny pomysł. Kupuję jej część i osiedlam się tu. Jaki to metraż? Pięćdziesiąt metrów? A ty, Masza, co tak stoisz? Idź po swoje rzeczy, papiery i co tam masz. Nie przeszkadzaj mi kłócić się z mamuśką.

– Jaka ja tobie mamuśka? – wściekła się Kowalowa starsza.

Masza szmyrgnęła do „dziecinnego" pokoju.

I zamarła ze zdziwienia – podłoga była zasłana plastikowymi workami.

Na nich leżały ziemniaki, starannie rozłożone według fasonu, rozmiaru i stopnia zgnilizny. Anna Nikołajewna kupowała ziemniaki na worki, zimą i latem, a przebieranie ich kilka razy w miesiącu było jej ulubionym uspokajającym zajęciem, zamiennikiem dziergania, medytacji i innych życiowych radości.

Córka marnotrawna wciągnęła w nozdrza zapach ziemi i piwnicy. Niezdarnie stąpając między bulwami, dobrnęła do okna, rozchyliła jego skrzydła i...

Krzyknęła, ujrzawszy na dole Krasawickiego.

Mirosława.

Martwego!

Stał pod oknem z zadartą głową i patrzył na nią.

Nie powinien był tam stać, powinien leżeć w ziemi na jakimś cmentarzu.

Chłopak z jej grupy uczelnianej, jej była miłość – satanista i zabójca, który uratował jej życie.

Twarz Maszy zastygła w takim grymasie, w jakim minutę wcześniej znieruchomiała twarz jej matki – z rozdziawionymi ustami i wybałuszonymi oczami, które nie mogły uwierzyć w to, co widziały.

– Masza – odezwał się Mir Krasawicki, dając powód do niedowierzania również jej uszom. – To ja. Nie bój się. Wszystko w porządku.

– Ty żyjesz? – zapytała ledwie słyszalnie i histerycznie powtórzyła pytanie: – Ty żyjesz?!!! Mir! Żyjesz?!

Wrzeszczące za drzwiami kobiety i tak nie mogły jej słyszeć.

– A wie pani, że jestem wiedźmą? Mogę na panią rzucić urok! – grzmiał głos Daszy. – A pani nie może nic zrobić, bo pani wiedźmą nie jest. U was w rodzinie nawet nie było wiedźm.

Czub najwyraźniej postanowiła uderzyć z flanki.

– Nie było u nas wiedźm! – krzyczała Anna Nikołajewna.

– U was! U was! – przekrzykiwała ją cwano Czub.

– Żyję! – zawołał z dołu Mir. – Mogę wejść?

Masza gorliwie pokiwała głową.

Kolega z grupy zwinnie wspiął się po schodach pożarowych, po których trzy dni temu Masza „jak jakaś złodziejka" uciekła z domu „na zawsze".

– Ty żyjesz...

Usiadł na parapecie.

Przystojny. Poważny. W garniturze i pod krawatem.

– Tam, w szpitalu, lekarz powiedział nam nieprawdę?

Masza musnęła jego rękę – była ciepła. Mir był żywy. Nie widziała go martwego! Lekarz, który w szpitalnym korytarzu przekazał im straszną wiadomość, na pewno pomylił imię pacjenta.

– Lekarz powiedział nam, że ty...

– Wiem – przerwał jej ze znudzeniem Mir.

I Masza dosłyszała w tym słowie, że nie miał ochoty o tym mówić.

„Logiczne" – pomyślała.

Na pewno przez te trzy dni, które ich rozdzielały, musiał powtarzać o tym w kółko.

– Tak się cieszę, że żyjesz – powiedziała i uświadomiła sobie, co mówi.

Nie zginął, ratując ją.

Nie była zabójczynią!

Nie była winna!!

Jej ciało wypełniła przeogromna radość.

– Jesteś cały? – zaniepokoiła się. – Było tyle krwi. Miałeś złamania? Czy nie?

– Mniejsza z tym – odparł lekceważąco Krasawicki. – Wszystko to bzdura w porównaniu...

– Z czym?

– Muszę ci powiedzieć coś bardzo nieprzyjemnego. – Zapowiedź zabrzmiała mrocznie i głucho. – Kocham cię, Maszo. Nie udało mi się odkochać.

Winna!!!

„Eliksir! Napój miłosny... Dasza przywiązała go do mnie urokiem".

Radość przygasła.

– Za późno – wydała wyrok Masza.

– Dla miłości nie ma „za późno".

To samo Masza powiedziała Wrublowi.

„A jeśli nie ma za późno?"

Okazało się jednak, że owszem, jest.

– Mir, wybacz mi – poprosiła. – Ale ja... już cię nie kocham. Kochałam na pierwszym roku. I na drugim... Nie zwracałeś na mnie uwagi. A ja myślałam, że cię kocham, ale...

Mir Krasawicki, najprzystojniejszy chłopak w ich instytucie, był zupełnie odrealnioną miłością.

Masza kochała go jak książkowy ideał; kochała wtedy, gdy jeszcze tak naprawdę nie żyła, lecz tylko marzyła o miłości w szklanym akwarium swojego osamotnienia.

Ale nawet jej książkowe fantomy – marzenia o baśniowym, fantastycznym bułhakowskim świecie – w rzeczywistości okazały się bardziej realne niż jej wydumana miłość do realnego Mira.

– Kocham kogoś innego. Wybacz.

– Wybaczę ci wszystko, co zechcesz. Przecież cię kocham – rzekł.

– Nie. Nic nie wiesz – odparła stanowczo. – Spodziewam się dziecka! Z innym mężczyzną. Michaiłem Wrublem. A on nie żyje...

Straszna tajemnica Maszy wyrwała się na powierzchnię. Przyoblekła się w słowa, które rozrosły się i wypełniły pokój.

„Co robić?!"

Spodziewała się dziecka z mężczyzną nieżyjącym od stu lat. Spodziewała się dziecka i gdyby jej matka o tym wiedziała, nawet Wstrząsająca Dasza nie zdołałaby odwrócić jej uwagi od moralnego zniszczenia „upadłej" córki. Miała dwadzieścia dwa lata, została prawie wygnana z domu, prawie pozbawiono ją godności Kijowicy, spodziewała się dziecka i rozpaczliwie nie wiedziała, jak żyć.

– No i co? – Mir Krasawicki wzruszył ramionami. – To niczego nie zmienia. Dla mnie to nic nie znaczy. Kocham cię. Usynowię twoje dziecko.

Dziwne.

Jego lekceważące podejście do tajemnicy Maszy wygnało z pokoju strach.

– Jak się dowiedziałeś, gdzie mieszkam? – zapytała.

– Nie było trudno.

– Logiczne. W instytucie. Cieszę się, że cię widzę.

– Cieszysz się? – To zabrzmiało nie pytająco, tylko smutno. – Naprawdę się cieszysz? Czy to możliwe? Wiesz przecież, kim jestem. Pojawiło się pytanie: „Czy możesz mi wybaczyć?".

– Cieszę się, uwierz mi. Tak się cieszę, że żyjesz! – O mało się nie rozpłakała. – Wiem, że z twojego powodu umarły dwie osoby. Ale nie ponosisz całkowitej winy. Kyłyna cię oszukała, wykorzystała. A potem... Gotów byłeś dla mnie złożyć w ofierze własne życie. Jakie to szczęście, że nie musiałeś tego robić!

– Daj mi jeszcze jedną szansę – poprosił Mir Krasawicki.

– Bierz. – Masza miękko położyła rękę na jego ramieniu.

– Musimy porozmawiać. Możemy tutaj? – Chłopak wsłuchał się w rozdzierające krzyki.

Masza speszyła się i tchórzliwe odsunęła rękę.

„Porozmawiać?"

W takich garniturach i krawatach mężczyźni zwykle się oświadczają.

– Nie. To znaczy tak – rzuciła pośpiesznie. – Ale nie tu. Lepiej się cicho wynieśmy. I to jak najszybciej. Bo inaczej... – Wskazała ręką w stronę awantury.

Mir nie mógł pokazać się na oczy jej matce!

A Daszy tym bardziej!

Kowalowa miała mocne podejrzenie, że na widok wskrzeszonego satanisty Wstrząsająca wrzaśnie unisono z jej matką. Nie potrafiła sobie nawet wyobrazić, co będzie, gdy dwa takie tajfuny zleją się w jeden.

– Muszę pozbierać rzeczy. – Zakrzątnęła się. – Wątpliwe, czy tu wrócę. – Potykając się o ziemniaki, pośpieszyła do starej szafy, w której od wieków spoczywała przedpotopowa walizka ze sklejki.

– To twój ojciec? – Mir pochylał się nad biurkiem, na którym pod szybą leżały pocztówki i wycinki z gazet, zdjęcia, obrazki. – Jesteście do siebie podobni.

Maszę zakłuło. Boleśnie!

Podskoczyła do biurka.

Stare, stareńkie zdjęcie: tata, mama, ona, starszy brat. Masza w rozciągniętych dziecięcych spodenkach stała na ramionach ojca. Stała i nie bała się – tata mocno trzymał ją za ręce.

Podniosła zakurzoną szybę i wygarnęła spod niej rodzinne pamiątki, po czym wrzuciła je w paszczę walizy.

– To też brać? – Mir wziął z łóżka pluszowego misia Puchatka.

– Bierz.

Tata podarował jej tego pluszaka, gdy miała sześć lat!

– I plakietki pozbieraj.

Plakietki z emblematami kijowskich festiwali i olimpiad – je również kupował jej tata i to z nich Masza początkowo uczyła się historii Miasta!

Mir posłusznie zdjął ze ściany najeżoną plakietkami chustkę.

– I ten obrazek – pokazała mu. – I globus. I kapcie. To wszystko od niego.

Szybko naskrobała na kartce:

Tatusiu, u mnie wszystko w porządku. Bardzo cię kocham. I bardzo się o ciebie martwię. Wybacz mi, proszę.
Masza

Zastygła ze świstkiem w dłoni.

– Nie można jej tu zostawić. Mama znajdzie ją pierwsza i nie przekaże tacie. Jest... nie chodzi o to, że zła. Po prostu bardzo uparta.

– Skropię wodą święconą całe mieszkanie! – dobiegał z kuchni głos Anny Nikołajewny. – Wszystko posypię solą. Nie wejdziesz tu, nieczysta, przeklęta!

Z czego płynął niewesoły wniosek: w rodzinie Maszy też nie zaobserwowano wiedźm.

– Chcesz, żebym czekał na twojego ojca przy wejściu i przekazał mu liścik? – zaproponował Mirosław.

– Naprawdę możesz tu wieczorem podjechać? Specjalnie po to?

– Zrobię wszystko, co zechcesz. Przecież cię kocham.

– Dziękuję – ucięła niebezpieczny temat.

Mir schował liścik do kieszeni.

– Co jeszcze? – Rozejrzała się. – Ach, tak... Ubrania. Notatki.

Do walizy poleciał skromny dobytek dziewczyny: swetry, koszulki, rajstopy, majtki, książki, zeszyty.

– Pomożesz mi wynieść walizkę przez okno?

– Oczywiście. Zawsze ci będę pomagać. Przecież cię kocham. Może pojadę z tobą?

– Dokąd?

– Tam, dokąd jedziesz. Nie będę ci przeszkadzał.

Masza ciężko westchnęła.

Oczywiście Masza Kowalowa z góry wiedziała: zakochany Mir Krasawicki będzie jej przeszkadzał. Po to istnieje miłość – żeby przeszkadzać ludziom w życiu! Ale okazało się, że nie potrafi kategorycznie odmówić zakochanemu w niej chłopakowi.

Zwłaszcza że bywał już w okrągłej Wieży, słyszał ludzkie rozmowy kotów i był gotów na wszelkie mistyczne *pas*.

Ponadto w planach Kijowicy nie figurowały żadne mistyczne *pas*.

– Powinnam się przygotować do egzaminu. Możemy się uczyć razem. Tak nawet będzie lepiej! Pomożemy sobie nawzajem – zełgała optymistycznie Kowalowa.

– Jestem zwolniony z wszystkich egzaminów. Ale chętnie ci w czymś pomogę.

Patrzył na nią.

Ten wzrok poświadczał, na ile nie obchodzą go wszelkie egzaminy świata, sam świat i wszystko z wyjątkiem Maszy.

I optymizm Kowalowej zanikł.

„Czy warto iść na egzamin? Olga Markowna znów pokłoni mi się przy wszystkich..."

„Jaki egzamin? Pojutrze jest Sąd! Przegramy i nie będę miała dokąd iść... Za to mogę pójść na zaliczenie. Jeżeli przegramy, Markowna nie będzie mi się więcej kłaniać..."

„Szkoda, że egzamin jutro, a Sąd pojutrze. Lepiej by było odwrotnie, wtedy wiedziałabym, że po przegraniu mogę chociaż iść to zaliczyć".

Studentka, niezdecydowana, rozłożyła na stole notatki i książki. Przejrzała pytania egzaminacyjne. Pocięła kartki na ściągi.

Pewny siebie, zakochany wzrok Mira wwiercał się jej w plecy.

– Nie patrz na mnie – poprosiła.

– Dobrze.

Wyjął z zachęcająco otwartej walizki plik zdjęć, siadł na podłodze i zaczął je oglądać.

Zerknąwszy na niego z ukosa, Kowalowa dostrzegła, że Mir patrzy na jej fotografię – na siedmioletnią dziewczynkę z krótkimi warkoczykami.

– Jesteś tu taka śliczniutka!

Masza, wyciągając już rękę do kolejnego podręcznika, szybko ją cofnęła.

Śliczniutka nie była – ani teraz, ani w dzieciństwie. Była za to rozsądna. I w jej rozsądnej głowie zaświtało spóźnione, ale logiczne pytanie: „Dlaczego właściwie on mnie wciąż kocha?".

Wypił eliksir. Eliksir, który działa przez trzynaście godzin. Minęły trzy doby! Chłopak powinien był już dawno ocknąć się i odkochać.

Ale się nie odkochał.

„Wychodzi na to, że... rzeczywiście mnie kocha?"

– A kiedy dorosłaś, stałaś się prawdziwą pięknością!

Tego Masza nie mogła już znieść.

Mir Krasawicki, pierwszy chłopak z ich grupy – to on był prawdziwym przystojniakiem, pod względem urody mógłby konkurować nawet z olśniewającą Katią.

Czarne włosy. Czarne brwi. Wyniosły profil. Oczy... bezdennie ogromne, podobne do ciemnych studni. Takie oczy lubił malować Misza Wrubel.

Masza zdecydowanie odłożyła notatki. W Księdze Kijowic powinno być przeciwzaklęcie, urok miłosny na odwrót. Pora zlikwidować ten absurd!

– A co z waszym obrazem? Czemu Waga tak się przekrzywiła? – spytał Krasawicki. – Pamiętam, że wyglądała inaczej.

– To nic takiego.

Kijowica otworzyła czarną Księgę. Rozdział z wesołym tytułem „Oduroczki" był gdzieś na samym początku.

– Bardzo mi przykro – rzekł Krasawicki – ale nie możesz mnie okłamywać.

– Dlaczego? – zapytała odruchowo.

– Ponieważ cię kocham. I odczuwam to, co ty. Źle mi, kiedy tobie jest źle. Boli mnie, kiedy boli ciebie. Możesz mi nie wierzyć, ale... byłaś przerażona, gdy mi mówiłaś, że się spodziewasz dziecka. Potem to zelżało. A teraz... Teraz ciebie...

– Wszystko w porządku. – Kowalowa bezwiednie przeniosła wzrok na miernik równowagi w rękach Kijowicy Mariny. – O Boże!!!

Podczas ich nieobecności lewa szala Wagi zdążyła opuścić się jeszcze niżej.

A niżej się już nie dało!

Niżej była apokalipsa!

– Mamo... – Masza wypuściła Księgę z rąk. Strach popełzł jej po brzuchu zimną, łaskoczącą strużką. – Boże! Aleśmy głupie! I Wasia też... – Zachłysnęła się falą rozpaczy.

– Nasza Wasia? Wasilisa Przemądra? – zareagował chłopak.

Masza z rozpaczą oceniła Wagę, po czym gwałtownym ruchem strąciła ze stołu notatki i ściągi.

– Ty też wiesz, kim jestem! – rzekła.

Skinął głową.

I tak wiedział prawie wszystko. Opowiedziała mu więc całą resztę.

– ...mogą nam odebrać władzę. Ale to nieważne. Dopiero teraz zrozumiałam, że jeśli Waga tak mocno się przechyliła, Miasto czeka coś straszliwego! Nie naszą trójkę, tylko cały Kijów. A my, egoistki, myślałyśmy tylko o sobie... Miasto może zginąć!

– To czemu tu siedzisz i zakuwasz? – zadał rezolutne pytanie Mirosław.

– Dlatego, że nie wiem, co robić – odparła uczciwie. – Dokąd biec, kogo ratować? Czym jest to „coś"? Żadnych punktów zaczepienia!

– Macie masę faktów.

– I co z nich wynika? – powiedziała markotnie Masza. – Córka Kyłyny wypowiedziała nam wojnę. Czerwony ogień wskazał na Annę Golenko, przekonaną, że Achmatowa wywiozła z Kijowa Lirę i dlatego nie ma u nas literatury. Nie mam wiedźmich korzeni. Dasza też ich nie ma po mamie. Zamierzała wybrać się do ojca. Katia obiecała odwiedzić swoich krewnych.

– Zaczekaj. – Mir przeszedł się po pokoju. Kotów nie było w mieszkaniu. W Wieży panowała cisza. – Macie nierozpracowaną sprawę Anny Achmatowej.

– Nie. – Masza wzbraniała się przed rozpracowaniem sprawy Golenko wieszającej się z powodu Gorienko. – Dasza ma rację. Nieważne, czy Achmatowa znalazła Lirę. Ważne, że problem ilości miejscowej literatury nie jest tak istotny, by kupić nam odroczenie Sądu o rok. Wygląda na to, że bez sensu byłoby teraz ratować literaturę. Pozostaje ratowanie samych siebie.

– A jeżeli Achmatowa była czarnoksiężniczką, wiedźmą, czarownicą? Jeśli nie chodzi w tym o literaturę?

– A o co? Skłamała przecież o Kupale. I o Czyngis-chanie. Wciąż kłamała. Urodziła się dwudziestego trzeciego czerwca.

– Akurat dwudziestego trzeciego czerwca święto Kupały obchodzą wiedźmy. Nie wiedziałaś? – Mir też był historykiem. – Noc Kupały to święto przesilenia letniego. A siódmego lipca słońca już dawno ubywa. Najdłuższy dzień w roku to dwudziesty trzeci czerwca. Stąd biorą się rozbieżności.

– I co z tego? – upierała się Kowalowa. – Mało to w Kijowie wiedźm... Achmatowa to przecież nie nasza babcia.

– A jeśli była twoją babcią? – wyraził śmiałe przypuszczenie Krasawicki.

– Achmatowa moją babcią? – Masza aż się roześmiała, tak daleko idący wydał jej się ten tok myśli.

– A skąd wiesz? – Usiadł u jej stóp. – No, jeżeli nie twoją, to może babcią Katii lub Daszy! – Skrzywił się, wypowiadając ich imiona. – Jeśli nie w pierwszej linii, to może w drugiej lub trzeciej! Miała braci lub siostry?

– Nie pamiętam. – Kowalowa poszukała wzrokiem torby z czasopismem przyniesionym z mieszkania przy ulicy Anny Achmatowej.

Torba się znalazła.

– No i nie była z Kijowa. Mieszkała tu całkiem niedługo. Była z Petersburga.

– Jeszcze czego! – zachichotał Mirosław. – Była spod Odessy. Z miasteczka Bolszoj Fontan! Mamy tam daczę, na dziesiątej stacji. A Achmatowa urodziła się przy trzynastej. Wisi tam nawet jej płaskorzeźba. Moja matka składa pod nią róże, udaje intelektualistkę.

– Przy trzynastej? – Umysł Maszy zawiesił się na „diabelskim tuzinie". – Co to za stacje?

– W mieście Bolszoj Fontan. „Fontannę czeremcha pokryła... naszego Kostię miłość omamiła" – zaśpiewał Krasawicki, przypominając nieśmiertelny przebój o marynarzu Kostii.

– No ale Odessa to jedno... – odżegnała się Kijowica – a Kijów drugie.

Magazyn literacki leżał w torbie w sąsiedztwie notatek Kyłyny.

Masza usiadła na dywanie koło Mira i rozłożyła białą płachtę „Renesansu".

– „Matka Anny Andriejewny, Inna Erazmowna, była córką Erazma Iwanowicza Stogowa, który służył w kancelarii kijowskiego generała-gubernatora D.G. Bibikowa i uczestniczył w zagospodarowaniu miasta" – obwieściło jej czasopismo. – No proszę – podsumowała.

– A więc jednak po części z Kijowa! Po matce! – ucieszył się Krasawicki. – Ech, Masza, Masza, co z ciebie za wzorowa studentka!

– Po prostu nie bardzo lubię poezję – pokajała się. – Wszystko pamiętam. Achmatowa mieszkała przy ulicy Meringowskiej siedem, potem przy Tarasowskiej dwadzieścia trzy przez dwadzieścia pięć. Pamiętam jeszcze, że „Kijów nie wywarł na jej twórczości żadnego wpływu" – zacytowała notatkę podyktowaną przez pedagoga.

– A miała jakieś rodzeństwo? – dopytał śpiesznie Krasawicki.

– „...w Kijowie – Masza zagłębiła się w artykuł – Anna po raz pierwszy przebywała jako pięcioletnia dziewczynka. Całą zimę z roku tysiąc osiemset dziewięćdziesiątego czwartego na dziewięćdziesiąty piąty rodzina Gorienko przemieszkała w hotelu »nad rynkiem Besarabskim«".

– Przy Besarabce stał hotel „Nacjonal" – przypomniał kolega z roku. – Tam, gdzie teraz jest kino „Orbita".

– „...i podczas pobytu rodziny w Kijowie zaszło kilka zdarzeń: tu urodziła się młodsza siostra Anny, Ija".

– Czyli jej rodzona siostra była kijowianką! Proszę to zapisać w protokole, na wypadek gdyby to była twoja babcia – uradował się Mirosław.

– „Ija była najładniejsza w rodzinie".

– To na pewno twoja babcia! – zawołał.

– Nie – zaprzeczyła Masza, przeskoczywszy jeszcze kilka linijek. – Ija nie mogła być moją babcią. Umarła bezdzietnie w tysiąc dziewięćset dwudziestym drugim w Ukrainie na gruźlicę i z głodu. A w czternastym Achmatowa przepowiedziała jej śmierć w wierszu *Mojej siostrze*. W tysiąc dziewięćset dziesiątym roku przewidziała śmierć swojego męża Gumilowa. Poświęciła mu wiersz *Przyszli i powiedzieli: Twój brat zmarł.*

– No widzisz?

– Co mam widzieć?

Masza Kowalowa widziała tekst wydrukowany na tanim papierze. Historię, którą poetce samobójczyni podarował magazyn, przez co mógłby być uznany za współwinnego i oskarżony o „namawianie do samobójstwa".

„Do Ogrodu Carskiego z jego bujnymi klombami prowadzała dzieci z rodziny Gorienko bona.

W górnej części parku, jak uwieczniła w swoich zapiskach Anna Achmatowa, przydarzyło jej się coś doniosłego w skutkach: znalazła agrafę w kształcie liry i bona jej powiedziała: »To znaczy, że będziesz poetką«".

– I tyle.

Miła historia, dobrze nadająca się na chwytliwy początek gwiazdorskiej biografii pierwszej poetki Rosji, bezpośredniej „dziedziczki" Czyngis-chana. Przyciąga oczy jak magnes.

Oderwawszy wzrok od tekstu, Masza doznała dziwnego uczucia, jakby się właśnie odkochała. Uczucia strapienia i pustki. Rozpaczliwie zapragnęła się tam znaleźć – w „Ogrodzie Carskim z jego bujnymi klombami".

Nie, Weronika miała rację – słowa oczarowują, literatura i czary wywodzą się z jednej beczki.

– Cześć, kiciu. – Mir Krasawicki złowił wzrok białej kotki.

Belladonna, wróciwszy z wycieczki po gzymsach, zajrzała zza drzwi balkonowych. W ślad za nią pojawiła się Puszek. Zrobiła kilka kroków, po czym jak worek zwaliła się na parkiet, wyciągnęła łapy i zamruczała kojąco.

– *Merde voyage** – zaseplenia.

– Dobrze więc, przyjmijmy – rzekła z niezadowoleniem Masza – że wszystkie poetki to ukryte wiedźmy. Pisarze to ukryci

---

* *Merde* (franc.) – 'cholera, paskudztwo'; *voyage* (franc.) – 'podróż'.

czarownicy. Gadałki i czaroplotki. Przepowiadają przyszłość i oczarowują nas słowami. Przyjmijmy, że Achmatowa urodziła się w Ukrainie, a jej siostra w Kijowie. Przyjmijmy, że w drodze wyjątku Achmatowa nie skłamała. Ale nawet jeżeli naprawdę znalazła w Kijowie Lirę, co nam z tego? Najprawdopodobniej Kijów dał jej po prostu znak, nakierował na ścieżkę, tak jak w swoim czasie zrobił to z nami. Lira jako znak, to logiczne. Lira jako talizman: bzdura. To nie nasz symbol.

– Aha, bo nasz jest trójząb – podjął Krasawicki.

Wyłowił z walizki czerwoną chustkę z powpinanymi plakietkami. Wśród rozmaitych emblematów upamiętniających kijowskie wydarzenia i daty była też standardowa lira – maleńka, jasnoniebieska, z rękodzielniczym napisem: „Kijów – Festiwal Poezji '85".

– Kiedyś – powiedział, przyglądając się „poezji" – interesowałem się symbolami. Nie pamiętam, co oznacza lira. Ale wiem, że nie tylko poezję...

– Siedmiostrunowa lira – odezwał się mruczący głos Belladonny – obrazuje harmonię liczb, na której zasadza się wszechświat. Czterostrunowa reprezentuje ogień, powietrze, wodę i ziemię. Cztery żywioły, za pomocą których wiedźmy i czarownicy...

– Wiedźmy! – krzyknął Mir, nadzwyczaj zadowolony ze swojego odkrycia. – Wiedźmy!

Masza wyjęła przypinkę z jego rąk. Spojrzała na Belladonnę. Na Wagę. Potem na zegar.

Do Sądu pozostało trzydzieści sześć godzin i piętnaście minut!

– Możliwe – rzekła nieszczęśliwie. – A możliwe, że zajmujemy się teraz bzdurą, a w tym czasie Miastu zagraża niebezpieczeństwo.

– Stop – zatrzymał ją Mirosław. – Nie waż się wpadać w rozpacz. Jesteś wytrącona z życiowej równowagi. Spodziewasz się dziecka. Wyrzucono cię z domu. Straszą cię Sądem. Trudno ci się skupić. Ale powinnaś o tym wszystkim zapomnieć, a pamiętać o najważniejszym... Dlaczego wasza Waga się przekrzywiła?

– Dlatego, że Miasto jest w niebezpieczeństwie – odpowiedziała Kijowica.

– Kto zapalił wam na niebie czerwony ogień?

– Nasze Miasto, Kijów.

– Bo jest w niebezpieczeństwie, prosi was o pomoc. I podsunął wam znak, jak możecie mu pomóc. Możesz wątpić w siebie, we mnie, w swoje zołzowate koleżanki. Ale jak możesz wątpić w Kijów? Miasto samo cię nakierowuje...

Mówił prawie to samo, co powiedziałaby Masza, gdyby jej rozmówcą nie był Mir Krasawicki, tylko Dasza Czub.

Prawie powtórzył jej zdanie: „Gdyby w tej historii nie było nic mistycznego, toby nas tu nie wezwano".

Ale usłyszawszy jego wywód, Masza wiarołomnie przeszła na stronę Daszy:

– A może się pomyliłyśmy? Może w ogóle pomogłyśmy nie temu, komu trzeba? To znaczy pomogłyśmy poetce, a może ktoś był w większej potrzebie? Wleciałyśmy nie w to okno? Przecież się wieszała! W tym bezsprzecznie nie było żadnych czarów!

– To, że czary nie rzucają się w oczy, wcale nie oznacza, że ich nie ma – oznajmiła pouczająco Belladonna.

– Słuchaj, a nie wiesz ty przypadkiem – zwróciła się do niej Kijowica – czy to, że ktoś się urodzi w przesilenie letnie na trzynastej stacji, coś znaczy?

– Nie ma na świecie niczego, co by zupełnie nic nie znaczyło. – Biała kotka udzieliła odpowiedzi godnej Buddy. – Co się zaś tyczy Anny Andriejewny Achmatowej, same trzy litery A, ustawione jedna po drugiej...

– Aaa! – zawołała Masza i zerwała się z podłogi. – Gdzie zeszyt? Gdzie jest ten zeszyt?!

Notatki Kyłyny znalazły się pod bokiem Izydy Puszek.

– *Mauvais ton** – miauknęła ruda kotka.

Masza wyszarpnęła spod puszystego bebzola zeszyt z „matematyką". I poczuła, że rozwiązanie ma w zasięgu ręki.

* *Mauvais ton* (franc.) – 'złe maniery, brak wychowania'.

– „AAA nie rozleje". Anna Andriejewna Achmatowa! Boże... Aknir ukradła nam przedrewolucyjne pieniądze. A jeśli ona chce przenieść się w Przeszłość nie z powodu swojej mamy? Albo Kyłyna wyprawiała się tam z powodu Anny Achmatowej? Jeśli K to jednak Katia... A jeśli... jeśli...

– No to idź i sprawdź sama – miauknęła Puszek. – Przeszłość ci pokaże.

I zaczęła się bawić przywiązanym do zeszytu Kyłyny kluczem.

Wasilisa Andriejewna zastała Jekatierinę Michajłownę przy przedziwnym zajęciu.

Trzymając w rękach duży koszyk, Dobrażańska pracowicie posypywała podłogę jednego ze swoich supermarketów płatkami róż.

– Ładnie – pochwaliła Wasilisa.

– To nie z powodu walorów estetycznych – powiedziała Katia.

– Rozumie się. – Wasilisa Przemądra uśmiechnęła się uniżenie. – Z dawien dawna wiedźmy warzyły ze szkarłatnych róż eliksir miłosny. Zabawne, że z czasem tę magię przejęli mężczyźni, którzy po dziś dzień się dziwią: dlaczego bukiet szkarłatnych róż wyzwala w kobietach takie gorące uczucia? Przecież wiadomo powszechnie, że kobiety kwiatów nie jedzą.

Katia nie doceniła żartu.

W skupieniu posypywała wyłożoną płytkami podłogę.

– Psycholodzy też wymyślili swoją teorię. Róże to symboliczne wyobrażenie waginy. I kobietom podoba się, kiedy mężczyźni przynoszą im ścięte waginy rywalek.

Jekatieriny Dobrażańskiej nie zaintrygowały również waginy.

– Masza uważa, że mamy prawo stosować czary dla własnej korzyści – powiedziała.

– Jesteście Kijowicami. Możecie robić wszystko, co nie sprzeciwia się trzynastu Wielkim Zakazom. – Wykładowczyni potwierdziła słowa studentki.

– I wszystko trzeba robić samemu – poskarżyła się z nawyku właścicielka sieci supermarketów. – Rzucać płatki należy na przemian raz w lewo, raz w prawo. A tak trudno znaleźć odpowiedzialnych ludzi... Gatunek sumiennych służących bolszewicy unicestwili wraz z ich pracodawcami. A potem przez siedemdziesiąt lat tłukli do głowy alkoholikom i ślusarzom myśl, że nie są w niczym gorsi od profesorów. Wynik? Ludzie po dawnemu myślą: skoro i tak nie jesteśmy w niczym gorsi, to po co się wysilać?

Katia zakończyła siejbę. Teraz, ściskając w ręce pusty koszyk, z zainteresowaniem oglądała długie półki zapełnione sokami w kartonach i butelkach.

– Czy pani chce – przywódczyni kijowskich wiedźm zniżyła głos – przywiązać do marketu kupujących? Pozwoli pani, że doradzę, aby do saszetki dodać cyprys...

– Moim zdaniem – oświadczyła Dobrażańska – tak też jest nieźle.

Pokryta szkarłatnymi płatkami alejka sklepowa zdążyła przyciągnąć uwagę. Przechodząca obok mizernie wyglądająca damulka zahamowała, zamyśliła się i zaczęła energicznie ładować do wózka karton za kartonem, wyjaśniając towarzyszącemu jej małżonkowi:

– Dziecko powinno pić soki! Od dawna mówię...

– A pani w jakiej sprawie? – Katerina zwróciła się do Wasilisy Przemądrej. – Proszę wybaczyć, mam dużo zajęć.

Przemądra przedsięwzięła próbę złożenia ukłonu.

– Nie pora na cyrk! – syknęła Katia. – Proszę wyjaśnić, w miarę możliwości krótko, z czym pani przychodzi. – Dobrażańska śledziła kupującą.

– Proszę wybaczyć moją śmiałość, ale czy znalazła pani korzenie?

– Znalazłam. W Wieży znajdowały się korzeń mandragory i rdestu ptasiego. Dodałam je do eliksiru. Chyba trzeba rozrzedzić konsystencję.

Sklepowy wózek mizernej klientki był już wypełniony po brzegi.

– Po co aż tyle? Przez rok tego nie wypijemy. – Zdenerwowany mąż damulki próbował odstawić parę kartonów z powrotem na półki.

– Wiem, co robię! – wrzasnęła piskliwie klientka i zaczęła się awanturować z innym kupującym.

– Proszę przesunąć wózek, zagrodziła pani przejście – złościł się tamten.

– Muszę kupić sok!

– Ja też! Mówię do pani po rosyjsku, proszę się przesunąć!

Rozległo się metaliczne stuknięcie. Odgrodzony od soków staranował swoim wózkiem wózek damy.

– Cham! – pisnęła poszkodowana.

– Tań, przyszliśmy tu po tort i szampana! – stracił cierpliwość mąż. – Co się nagle stało? Po co nam czterdzieści kartonów soku?

– Dacie przejść?!!!

Jeszcze trochę, a utarczka przerodziłaby się w otwartą bijatykę.

– Andriej! – zawołała Katia do pracownika w kombinezonie. – Szybko, pozamiataj wszystkie płatki.

– Nie trzeba. – Wasilisa Przemądra złożyła usta w pełną troski rurkę.

Płatki poruszyły się i wolno popłynęły po podłodze, pędzone powiewem powietrza.

Mizerna dama zastygła, wpatrując się w zachodzące w jej wnętrzu przemiany.

– Dobrze – powiedziała bez przekonania. – Masz rację. Weźmiemy dziesięć opakowań. Nie, pięć...

– Może mimo wszystko pozwoli mi pani przejść? – zapytał nieco uprzejmiej drugi klient. – Nie tylko pani potrzebuje soku.

– Dziękuję. – Katia doceniła interwencję Przemądrej. – Ogólnie – powiedziała sama do siebie – eksperyment się powiódł. Jutro należy spróbować ponownie.

– Pytałam o pani wiedźmie korzenie – uściśliła Andriejewna.

– Ach, o to... Wieczorem skoczę do cioci Tatii – ucięła temat Katia. – Czy to wszystko?

– Proszę mnie wysłuchać! – wygłosiła żarliwie Wasilisa Przemądra. – Nie wątpię, że bez trudu znajdzie pani w swoim rodzie wiedźmią krew. Mam podstawy, żeby tak uważać.

– Dlaczego? – Katia w końcu raczyła skierować na swojego gościa rozkojarzone spojrzenie.

– Jest pani niewiarygodnie piękna.

– Proszę sobie darować – fuknęła gniewnie piękność.

– Oczywiście uroda to nie argument dla Sądu. Ale rodowód ma pani na twarzy. Przy okazji: kiedy moja Jasna Pani zechce zlikwidować sobie zmarszczkę z czoła, błagam, niech nie sięga po środki stosowane przez ślepców. Proszę rzucić zaklęcie...

– Pani się zapomina!!!

Brwi Katii wygięły się na kształt skrzydeł. Nozdrza się rozszerzyły. Czarne władcze oczy zgromiły tę, która ośmieliła się przekroczyć granicę jej prywatnych spraw Katii.

Bywało, że w życiu towarzyskim Katia posługiwała się swoją urodą jak walutą (co nie zdarzało się zbyt często). W życiu prywatnym jednak wielce pogardzała swą nazbyt urodziwą powierzchownością (a niekiedy nawet jej nienawidziła).

Komplementy wpędzały ją w udrękę. Przyrodzone kobietom pragnienie, by się podobać, nie gościło w sercu Katii. I tak wszystkim się podobała. Nie, nawet nie „podobała"!

Porażała urodą!

I to powszechne porażenie, budzące w niej zrozumiały protest, bunt, ruch partyzancki i rewolucję, zazwyczaj przynosiło pięknej Katii tylko kłopoty tak w życiu osobistym, jak i społeczno-towarzyskim.

– Czyżbym wyglądała na kobietę – zapytała wzgardliwie – która chce się komuś spodobać?!

Poprawiła sobie stójkę półmęskiego, drogiego, prestiżowego i wyzywająco niefadnego garnituru. Powiodła dłonią po przylizanych do tyłu włosach. Do niedawna była krótko ostrzyżona. Ale włosy i paznokcie Kijowicy przyjęły cechę niekontrolowanego wydłużania się i odrastały w ciągu pięciu–sześciu godzin. Katia przestała walczyć z włosami, ale paznokcie obcinała dwa razy dziennie – rano i wieczorem!

– Wygląda pani na wiedźmę czystej krwi – zaszeptała służalczo Wasilisa Przemądra, spuszczając oczy. – W piętnastym wieku spaliliby panią na stosie za samą urodę. I mieliby rację. Uroda Ukrainek jest słynna na całym świecie... Lecz czym wyjaśnić takie zagęszczenie pięknych kobiet na jednym obszarze? Odpowiedź jest prosta: u nas nie było inkwizycji. Wiedźmy palono na Zachodzie. A w Rosji i Ukrainie zawsze odnoszono się do wiedźm nader tolerancyjnie. Cudzoziemcy sami zubożyli swoją pulę genową, a teraz przyjeżdżają po żony do nas. Ale pani, pani, Jekatierino Michajłowna...

Wysoka, długobrewa, zadziwiająco piękna Katia westchnęła przeciągle.

– Proszę posłuchać. Skoro uroda to żaden dowód, po co o niej rozmawiać? – ucięła rozpoczętą odę na swoją cześć. – I jeśli przyszła pani tylko po to, żeby powiedzieć, że jestem ładna jak wiedźma, to na darmo traci pani swój i mój czas.

– Jeśli połowa kijowskich wiedźm stoi za waszą Trójką, to tylko dlatego, że jest pani taka piękna! – zaprzeczyła zdenerwowana Wasilisa. – Widziały panią w noc Kupały. Wierzą w panią! W panią, Jekatierino Michajłowna. Przyszłam do pani, żeby powiedzieć, że to pani zostanie Kijowicą. Tylko pani. Jedyna.

– Co pani mówi?

– Nie mogłam powiedzieć tego wczoraj, w obecności Daszy Andriejewny i mojej studentki. Ale pani powinna to wiedzieć. I być gotowa na problemy, które z pewnością się pojawią, gdy Dasza Andriejewna i Kowalowa dowiedzą się, że...

– Że nie zostaną Kijowicami? Dlaczego jest pani o tym aż tak przekonana? – spytała nieprzyjaźnie Katia.

Nie spodobały się jej zapewnienia Wasi – prawie dokładnie tymi samymi słowami mamił ją nasłany przez Kyłynę czort i zwabił Katię w pułapkę.

– Wierzę w proroctwo o Trójce – powiedziała Wasilisa Andriejewna. – Lecz właśnie ono, niestety, zwiodło nas wszystkich na manowce. Jest was Trójka... choć mnie od razu zakłopotało, że znalazła się wśród was moja studentka. O, znam ją aż za dobrze! Kowalowa jest bezwolna, pasywna, tchórzliwa, słaba. Nie mogłaby zostać nawet godną szacunku historyczką. Żeby dokonywać odkryć i udowadniać je, trzeba mieć śmiałość, umieć ryzykować i rzucać wyzwania... A tu nagle: Kijowica! Przyznaję, będąc w Wieży, podebrałam jej włos. I przeprowadziłam rytuał za pomocą kryształu Atran. Pokazał, że nie ma u niej ani kropli... ani kropli... Jest ślepa! Będę musiała upublicznić ten wynik na Sądzie i nikt więcej nie zająknie się o Trójce. Jeśli jedna z was jest ślepa jak kret, nie może być mowy ani o trójwładzy, ani o proroctwie. Co się zaś tyczy Daszy Andriejewny...

Ale Dasza Andriejewna nie interesowała Jekatieriny Michajłowny w najmniejszym stopniu.

Katia żywiła do Maszy dziwne uczucie bliskie miłości.

W odróżnieniu od Daszy i większości żyjących na tym świecie ludzi, Masza jej nie drażniła (co, jak czytelnik zauważył, zdarzało się dość rzadko). Katia szanowała Maszę (co zdarzało się jeszcze rzadziej), poważała ją za jej wiedzę, za logikę, za umiejętność uchwycenia istoty rzeczy, charakteryzowania, formułowania wniosków. W pełni organicznie przyjmowała nawet skrupulatność i drobiazgowość Maszy, które popychały studentkę do nieustannego poprawiania Katii i uściślania jej wypowiedzi.

Katia sama była skrupulatnie dokładna, logiczna i mądra. Zawsze dobierała otaczających ją ludzi według charakterów, niczym odzież – żeby ubranie się nie marszczyło i nie ciągnęło, nie drapało i nie ocierało. Masza zaś, kimkolwiek stałaby się później (i nawet gdyby później nie stała się dla Katii nikim), teraz była dla niej idealnym ubraniem – w gruncie rzeczy była Katią, tylko wywróconą na lewą stronę...

Ale najważniejsze, że pojawienie się Maszy wywróciło na lewą stronę i Katię...

I nie chodziło nawet o to, że jako jedyna w całym świecie nie uważała Katii za sukę. Lecz o to, że gdzieś tam w głębi duszy jakaś cząstka Dobrażańskiej nie była suką. I właśnie do tej cząstki apelowała Masza, uparcie nie zauważając pozostałej części... Przypominała jej „idiotę". Ulubionego bohatera beznadziejnie odległej młodości Katii, któremu ludzie ze zdziwieniem wybaczali prawdę.

I choć Dobrażańska lubiła „idiotę" wtedy, kiedy według własnego obecnego przeświadczenia sama była „idiotką", nie było nic nienaturalnego w tym, jak teraz zareagowała:

– Wynocha mi stąd! Jak pani śmie?! Prowadzić śledztwo za naszymi plecami... Przywykła pani uważać ją za głupią studentkę, przywykła pani patrzeć na nią z góry i teraz nie może pani pogodzić się z tym, że Masza stała się pani zwierzchniczką. Proszę więc zamknąć swoje kompleksy dalej, niż pani widzi. Masza jest moja!!! Niech się pani tylko odważy wspomnieć komuś o pani żałosnym krysztale! Niech się pani tylko waży bąknąć coś na waszym Sądzie! Już ja panią... – Ręka Dobrażańskiej zacisnęła się w pięść.

Tors Wasi runął w dół w głębokim ukłonie.

– Jasna Pani, błagam o wybaczenie! Jest pani Kijowicą. Zrobię wszystko, jak pani każe. Ale powinna była pani wiedzieć...

– Ma pani rację. – Katerina zmiękła. – Powinnam była wiedzieć. Dobrze, że powiedziała to pani właśnie mnie. A co właściwie zawiera wasze proroctwo o Trójce?

Rozdział piąty,

w którym Mir zachowuje się jak bohater

Wiosną 1892 roku ruchliwym Zjazdem Aleksandrowskim (obecnie Włodzimierskim) potoczył się drugi w Europie i pierwszy w Rosji tramwaj elektryczny.

~ Aleksandr Anisimow, *Bolesna znieczulica*

Wybrać się w Przeszłość! – od tej propozycji Maszy zaparło dech w piersi.

Masza była już w Przeszłości.

Właśnie tam spotkała Miszę i pokochała go (skutecznie odkochując się w Mirze).

Właśnie tam na zawsze utraciła Wrubla – tam się ożenił (nie z nią) i umarł sto lat temu.

Ale zimą z 1894 roku na 1895, kiedy rodzina Gorienko pomieszkiwała w hotelu „National" nad rynkiem Besarabskim, Misza Wrubel jeszcze żył! I być może zatrzymał się w Kijowie w tym samym czasie.

Poza tym…

Masza kochała Przeszłość.

Nie mniej niż Miszę!

Właśnie ta niepokonana, przyrodzona miłość zwabiła ją na studia historyczne.

Fanatycznie kochała historię i nieraz przekonywała się, że historia to też filozofia (trzeba umieć nie tylko ją czytać, lecz także przy tym myśleć!).

Masza kochała stare rzeczy...

Nie tylko zabytkowe, lecz także zwyczajnie stare. Przedpotopową brązową walizkę ze sklejki, z zardzewiałymi zamkami, dożywającą swych dni w szafie ubraniowej. Wyblakłą fotografię babci w śmiesznym stroju kąpielowym, stojącej po kolana w morzu, na którym skreślono optymistyczne „Pozdrowienia z Soczi!". Odrapane okrągłe blaszane pudełko po landrynkach „Montpensier", w którym jej ojciec trzymał śrubki i nakrętki. Im starsze były rzeczy, tym bardziej kochała je Masza...

Masza kochała Czas.

Niedający się przywrócić miniony Czas, który trwał jedynie w postaci starych rzeczy. Czas, który można było obejrzeć i podotykać: odłamane kawałki złoconych ram ze spękanych obrazów w muzeum, wytarte stopnie carskich domów, zżółknięty upływem czasu papier zapisany cienkim pismem z iżycami – to, co inni skłonni byliby uznać za defekt i brak... Masza kochała najbardziej! Pęknięcia, uszczerbki poszarzałego marmuru, ubytki i patynę. Jej zdaniem zdobiły one domy i przedmioty jak blizny zdobią mężczyznę.

Świadczyły o stoczonych kiedyś bojach, postawionych barykadach, dawnych miłościach i namiętnościach, o minionych zimach i latach.

Blizny będące dziełem Wielkiego Czasu stawały się dla niej nie mniej cenne niż rzeczy będące dziełem wielkich ludzi. Owe szramy mówiły: „Przeszłyśmy przez historię! Byłyśmy tam... Byłyśmy tam tylko my!".

I oczarowana Masza słyszała opowiadania dawnych zasuw. Złotych lorgnonów spoczywających w muzealnych gablotach. Stopni wytartych do zbrojenia. Błądząc po Mieście, schylała się, żeby pomacać ręką zmatowiały marmur i wsłuchać się w niego, jak szepcze jej o niedostępnym Przepięknym Kraju.

Jak chłopiec marzący o podróżach, z uwagą słuchający opowieści o dalekiej, tajemniczej Afryce! Jak amatorka mody zachłannie czytająca o niedostępnej dla niej *haute couture* z Paryża.

Masza nie lubiła mody, nie w głowie jej był Paryż. Pociągał ją inny kraj, istniejący tylko na starych mapach z 1800, 1902, 1913 roku. Kraj, o którego zagadkach i modach opowiadały jej szramy bitewne starych przedmiotów.

Z dziwną dla niej górnolotną pogardą krzywiła się na rzeczy podszywające się pod starocie – uważała je za samozwańców, łgarzy siedzących w gospodzie z butelką wina i opowiadających o Afryce, w której nigdy nie byli...

Masza zaś zdążyła już zagościć w krainie Pięknej Przeszłości we własnej rudej osobie, zebrała więc całą swoją miłość w jedno i doszła do prostej, choć porażającej umysł odpowiedzi:

„Chciałabym tam żyć. Zawsze chciałam tam żyć. Nie tutaj..."

Dlatego wystarczyło, że ruda Izyda miauknęła o kolejnej podróży w Przeszłość, do XIX wieku, i Masza w jednej chwili zapomniała o sądach i o egzaminach, o swojej interesującej sytuacji oraz skrajnie niekorzystnym rozwoju wydarzeń – w ogóle i w szczególe.

Zmusiła się jednak, by wrócić do rzeczywistości.

– Ale nie mogę. I tak mamy mało czasu.

I nagle przypomniała sobie o pewnej szczególnej cesze podróżowania w Przeszłość, która wcześniej zdawała jej się nieważna.

Taka wyprawa nie trwała długo.

A dokładniej: wcale nie zajmowała czasu teraźniejszego!

Można było się wybrać w dawne dzieje o 12.00 danego dnia i przeżyć tam choćby dobę (a może i rok! albo nawet dwadzieścia pięć lat!), po czym wrócić punktualnie w samo południe w dniu startu podróży. Maksimum kwadrans później.

– Trzeba będzie wyznaczyć odpowiedni moment... – mruknęła Masza pod nosem. – Puszku, jesteś genialną kotką! W każdym razie jeśli będę tu siedzieć i dumać, zajmie to kto wie ile więcej czasu. Krótko mówiąc, nawet jeżeli powinnam po prostu posiedzieć i pomyśleć, logiczniej będzie wybrać się w przeszłość i robić to tam... Tam będę mogła myśleć, ile dusza zapragnie! Tutejszy czas się dla mnie zatrzyma!

Genialna kotka leniwie obwąchała wygłoszony pod jej adresem komplement i uznawszy go za niejadalny, ułożyła się do snu na fotografii Maszy.

Dziewczyna zaś rzuciła się do tajnego schowka Kyłyny i szarpnięciem otwarła drzwi szafy z historycznymi kostiumami.

– Tak... – Policzki pokryły się jej rumieńcem. – Co się u nas nosiło w tysiąc osiemset dziewięćdziesiątym czwartym? Tiurniury wyszły już z mody. Secesja będzie później... Potrzebne mi futerko i czapka... – (Poprzednim razem Masza trafiła do Przeszłości na przełomie jesieni i zimy 1884 roku w samej sukience i jedwabnych pantoflach i ogrzewała ją tylko miłość!) – Wspaniale!

Skrupulatność Kyłyny, urodzonej pod znakiem Panny, nie po raz pierwszy oddała im przysługę – cała odzież była opatrzona etykietami z oznaczeniem pory roku i zakresu lat.

– Masza, czegoś tu nie rozumiem. – Mir ze zdziwieniem przyglądał się nagle odmienionej dziewczynie, pełnej zapału, szczęśliwej, niecierpliwie podskakującej. – Dokąd się wybierasz? Na bal przebierańców? – Wlepił wzrok w zawartość szafy.

– Tu są też męskie rzeczy.

Do pasiastej „marynarki Ostapa Bendera" tuliło się męskie palto z bobrowym kołnierzem.

– Mir, podejdź tu. W podskokach! – poleciła Kowalowa. – Tam na antresoli w pudełkach na kapelusze na pewno jest jakiś cylinder. Aha, a to futro! A buty? – Schyliła się i weszła pod wieszaki, lecz wycofała się w połowie drogi. – Oj! Klucz! Potrzebny nam klucz do hotelu „National".

– Pierwszy rząd. Dwudziesty siódmy haczyk od góry. – Wylizująca sobie białe futerko Belladonna oderwała się od tego wzniosłego zajęcia. – Zamek do niego znajduje się w trzeciej szufladzie od dołu. Budynek hotelu „National" spłonął w czterdziestym pierwszym.

– Mir, leć na korytarz – wydała polecenie Masza. – Tam w szafce jest dużo kluczy.

Krasawicki, zakochany i skonsternowany, posłusznie skierował się we wskazane miejsce. Znalazł szafę z wiedźmimi miotłami, szafę z potrzebnymi do czarów składnikami w słoikach oraz trzecią – mierzącą od podłogi aż po rozciągający się na wysokości czterech metrów sufit, wypełnioną tysiącami tysięcy kluczy wiszących na tysiącu tysięcy haczyków.

– Pierwszy rząd, dwudziesty siódmy od góry. – Potoczył wzrokiem i zaczął liczyć. – Raz, dwa, trzy...

Tekturowa przywieszka przy dwudziestym siódmym kluczu głosiła: „Grand-Hotel-National".

– Boże, to przecież niemożliwe!

– Ciszej, ciszej... – syknęła Masza. – Uprzedzałam cię!

Lecz chociaż przewidująco dała mu wcześniej kilka rad, nie mogły one zapobiec zdrowej reakcji chłopaka na coś tak niemożliwego. Dojechali taksówką do teatru „Orbita" na Krieszczatiku, po czym Masza (w środku lata wystrojona w futro z małą mufką i futrzaną czapką) podeszła do stosunkowo nowych drzwi, wyjęła z torebki duży zardzewiały zamek, włożyła do niego zaśniedziały klucz, przekręciła, spojrzała na zegarek i wyszeptała:

– W imię Ojca mego rozkazuję, daj mi poznać to, co muszę wiedzieć: Anegdota!

A następnie weszła.

Idący za nią kawaler ku swemu zaskoczeniu znalazł się w wyłożonym orzechowym drewnem i połyskującym lampami z brązu westybulu przedrewolucyjnego hotelu „National".

Oczy Maszy zatańczyły po holu i zaraz wyłowiły osoby, na których jej zależało. Bona w ciemnym płaszczu i niepozornym kapelusiku prowadziła do drzwi dwie małe dziewczynki.

„Która z nich to Anna?"

Bona przeszła, po czym zniknęła za drzwiami.

Mir stał i patrzył zbaraniały.

– Idziemy, idziemy, szybko, wkładaj palto… Tam jest zima. Mówiłam ci – niecierpliwie ponagliła Kijowica.

– Jakie palto? – W imię miłości Mir dostojnie przedefilował po dwudziestopierwszowiecznym Krieszczatiku w klasycznym surducie. Ale kiedy kazano mu na początku lipca włożyć cylinder z końca XIX wieku i palto, kategorycznie odmawiał.

– Masz je w rękach!

Chłopak spojrzał na swoją rękę z przewieszonym przez nią paltem. Potrząsnął złożonym w naleśnik szapoklakiem.

– Myślałem – rzekł osłupiały – że po tym, co mnie spotkało, niczym nie można mnie już zdziwić.

– Po czym? – spytała burkliwie Masza, popychając kawalera ku drzwiom.

– Po tym, jak się w tobie zakochałem.

– Aaa…

Schodząc z drugiego piętra hotelu, Masza przymknęła powieki i pilnie wypowiedziała drugie zaklęcie.

Wejść do domu, do wnętrza, w którym żyła zachowana na wieki wieków jego przedrewolucyjna Przeszłość, było dopiero połową sukcesu.

Teraz należało wyjść z niego na zewnątrz, w XIX wiek.

Gdyby Masza wiedziała o drugim zaklęciu wcześniej, jej życie potoczyłoby się inaczej.

Ale teraz nie było o czym mówić…

– Idziemy.

Mir wziął się w garść i zdążył otworzyć drzwi przed damą.

Za progiem był XIX wiek!

Zima 1894…

…albo 1895 roku.

Biały, bielutki dzień.

Pachniało Bożym Narodzeniem. Złoto-srebrnym, takim jak za dawnych, carskich czasów. Masza od razu poczuła ten zapach. Nowy Rok – przed rewolucją uważany za święto dziecinne, nie wyprzedzające dzień narodzenia Chrystusa, lecz taktownie następujące po nim – był już gdzieś blisko, w odległości dwóch, trzech kroków.

Na Krieszczatiku królowały słodkie Świątki!

Dwa tygodnie zimowego świętowania – czas, kiedy władze obwieszczały swoją nieobecność i wszyscy, nawet wiecznie czujni policjanci, pogrążali się w błogiej bezczynności.

Od 25 grudnia do 6 stycznia, czyli od Bożego Narodzenia do Chrztu Pańskiego, praworządność kijowian zdumiewała. Komisariaty policji świeciły pustkami. Na ulicach nie było ani pijanych, ani nawet włóczęgów. Obchodząc dzień narodzenia Chrystusa, ogarnięta ciepłymi uczuciami Stolica Wiary otwierała drzwi dla najbiedniejszych. Witano ich mile, ogrzewano, zapraszano na bezpłatne posiłki, rozdawano ubrania i pieniądze.

„Świątki..." – Masza pokosztowała smak starego słowa z czasów carskich. „Dziś nikt już nawet nie wie, co to takiego".

Biały dzień kwitł jasnymi plamami – ludzie nieśli w rękach koszyki pełne prezentów, zabawki od Kordesa. Masza przykleiła wzrok do przechodzącej obok pary, bez wątpienia małżeństwa. Przesunęła spojrzeniem po dużej, owiniętej w szary papier paczce, sądząc z kształtu – kryjącej tradycyjnego konia na biegunach. Niósł ją ojciec. Matka rodziny, rumiana, gruba, w futrzanej czapce, przyciskała do piersi bombonierkę z pralinkami.

– I to jest Krieszczatik? – dobiegło do Maszy pytanie.

Zdążyła zapomnieć o swoim towarzyszu.

Ale ujrzawszy idącego obok niej Mira, zrozumiała, że nawet on, zakochany, zapomniał o niej, kiedy się spotkał z jej Kijowem, Kijowem, Kijowem!

– Tak, to Krieszczatik – przedstawiła główną ulicę, czując, że jeszcze chwila, a jej niepowstrzymanie uśmiechnięte policzki trzasną z radości.

Mir patrzył na domy, które zaledwie pięć minut wcześniej zostawili za sobą w XXI wieku.

Sześć budynków znajdujących się między byłym bulwarem Bibikowskim a dawną ulicą Funduklejewską było jedynymi starymi budowlami obecnego Krieszczatiku.

I zarazem jedynymi znajomymi witającymi ich tu, w 1894 lub 1895 roku.

Lecz nawet one ledwie dawały się rozpoznać!

Numer 42, na rogu Krieszczatiku i ulicy Bohdana Chmielnickiego, mieszczący centralne delikatesy, był dopiero w budowie.

Numer 44 wydawał się dziwnie mały. Najwidoczniej w późniejszych latach nieraz go przebudowywano.

Numer 46 wyglądał na niewłaściwie nowy.

Za rogiem numeru 52 piął się już bulwar Bibikowski – niezwykle nisko zabudowany, wręcz goły, pusty.

Towarzysz Maszy obejrzał się z trwogą. Z minutę, nie dowierzając, patrzył na niewyobrażalnie nieznajomą przestrzeń, którą z dawien dawna (a w każdym razie tak mu się zdawało) zajmował ogromny kwadratowy rynek Besarabski.

Rynek istotnie był.

Ale zupełnie nie ten. Zamiast ogromnej ceglanej hali targowej zajmowały go małe, brudnawe budki, straganiki-kramiki i ławka z wywieszką „Tani handel".

– Nie do wiary! – wyszeptał głośno Krasawicki. – Plac Besarabski bez Besarabki!

– Plac też nie jest Besarabski, tylko Bohdana Chmielnickiego – powiedziała Masza.

– A ten, który u nas nazywał się Bohdana Chmielnickiego?

– Sofijski, tak jak teraz.

Wielkie Miasto wyraźnie nie darzyło Bohdana sympatią. Kopało jego nazwisko jak piłkę. Łatwo o nim zapomniało na rzecz dźwięcznego słowa „Besarabka", choć obok rynku, pomiędzy wyszynkami i zapyziałymi sklepikami, ojcowie miasta zamierzali postawić pomnik „wielkiemu synowi".

Lecz przez dziewięć lat Miasto nie mogło wyskrobać nań pieniędzy.

Pięć lat odlany z brązu Bohdan wraz z krótkonogim koniem przeleżał na podwórku urzędu państwowego – Kijów nie mógł znaleźć kamienia na jego postument.

Zresztą Masza sama niespecjalnie lubiła Bohdana – oddała swą duszę wiekowi srebrnemu.

I ten dopiero rodzący się wiek był teraz przed nią.

– Pięknie – powiedziała z żalem. – Nie pora na zwiedzanie. Straciliśmy już z oczu Annę i bonę. Łap koguta.

– Jakiego znowu koguta? – nie zrozumiał Mir.

– Dorożkę – wyjaśniła Masza. – Tak je nazywano w Kijowie.

– To co, wszyscy byli pedałami?

– Odwal się z takimi pytaniami od mojego Kijowa! – Jej oczy zapłonęły.

„Mój czas. Mój Кіевъ, Kieff, Kijów, Kiev... Moje MIASTO!"

Mir pojął w mig.

– Przepraszam – rzekł cicho. – Dokąd jedziemy? – spytał rzeczowo.

– Do Ogrodu Carskiego. Wypowiedziałam zaklęcie: chcemy zobaczyć to, czego musimy się dowiedzieć. Anegdota.

– Będzie w tym coś śmiesznego?

– Anegdota – uświadomiła go cierpliwie Kowalowa – dopiero w naszych czasach zaczęła oznaczać śmieszną dykteryjkę. Dawniej tym słowem określano dowolną historię. Najprawdopodobniej zobaczymy, jak Anna znajduje swoją Lirę. Oczywiście o ile ją znalazła. No, dalej, łap sanie! Przegonimy je i będziemy tam pierwsi!

Słupy i fasady domów były ozdobione świątecznymi girlandami. Zgodnie z tradycją przed gmachem Dumy, na byłej ulicy Kreszczatickiej, a obecnie Dumskiej (która w przyszłości stanie się placem Niepodległości), stała ogromna miejska choinka.

Tylko że teraz ta choinka nie była noworoczna, lecz bożonarodzeniowa.

Stawiano ją 24 grudnia, w Wigilię, czyli w przeddzień Chrystusowego przyjścia na świat.

Owijając się w woniejącą końskim potem i tytoniem derkę na dorożkarskich saniach, Masza żarliwie chłonęła wzrokiem ten nowy dla niej Krieszczatik.

– Trochę jak wieś – szepnął Mir.

– Nieprawda. Wręcz przeciwnie.

Na oko Maszy od jej ostatniej wizyty w 1884 roku Krieszczatik podrósł, przekształcił się z niezgrabnego wyrostka w cieszącego się życiowymi sukcesami młodego człowieka – osiągnął trzy kondygnacje wysokości i mógł się poszczycić manierami: nowymi witrynami, kawiarniami, pracownią fotograficzną, kanalizacją i oświetleniem elektrycznym.

Pośrodku jezdni wyrosło rzędem czternaście ulicznych lamp łukowych.

Miejsce, które niespełna sto lat wcześniej wyglądało jak kompletne pustkowie, a kijowianie nazywali je „koźlim błotem" – głęboka dolina wcięta między górną ławrę Peczerską a wznoszący się na przeciwległym wzgórzu kijowski akropol – już się przeobrażało w „nasz newski prospekt". W ulicę o stu pięćdziesięciu sklepach mieszczących się na tysiącu dwustu metrach – bodaj najkrótszej w świecie głównej ulicy dużego miasta.

– A wiesz – Masza zwróciła się do Mira – w tysiąc osiemset osiemdziesiątym szóstym niejaki pułkownik Fabricius zaproponował rozszerzenie Krieszczatiku do Dniepru, co wiązało się ze zniesieniem góry Ogrodu Carskiego! Dobrze, że go nie posłuchano.

Przetrwawszy pierwszy atak budowlanej gorączki, Krieszczatik wpadł w nową gorączkę – handlową. Przeniósł się tutaj cały handel z Padołu i Peczerska. Można tu było kupić wszystko – od gwoździ i szpilek, przez zaręczynowe pierścionki od Marchaka, po techniczne nowinki i koncertowe fortepiany. Sklepy i sklepiki, duże i małe, cisnące się i przepychające z sobą, zajmowały partery we wszystkich budynkach...

Włączając w to parter domu kijowskiej szlachty, w którym często bywał kwiat tej warstwy społecznej, a miejscowi arystokraci spotykali się na rozrywce.

Włączając w to parter przytulonego do „arystokratów" gmachu miejskiej Dumy, z powodu którego plac Krieszczaticki-Dumski przestał być placem i zamienił się w ulicę o tej samej nazwie.

Włączając w to parter jeszcze nieznanego Maszy (widzianego tylko na zdjęciu), zbudowanego w 1886 roku neorenesansowego pałacu kijowskiej giełdy, mieszczącego się tuż obok aż nadto jej znanej kawiarni „Semadeni", gdzie jadła lody z Miszą Wrublem, gdzie się jej oświadczył i gdzie ona nie zdążyła powiedzieć „tak".

„Nie należy o tym myśleć.

Jest koniec 1894. Albo początek 1895 roku.

Grudzień albo styczeń".

Masza uśmiechnęła się.

W 1894 roku za plecami postawionej na planie podkowy Dumy na placu dawał przedstawienia cyrk „pierwszorzędnie wytresowanych ludzkich pcheł". Według „Kijowianina" pchły płci żeńskiej tańczyły tam parami kadryla, a męskiej – fechtowały się po mistrzowsku.

Jeszcze w 1894 roku w rejonie placu Krieszczatickiego zbudowano elektrownię. A w sąsiadującym z Dumą po lewej dwupiętrowym „Grand Hotelu" lada chwila mieli zainstalować trzecią w historii Kijowa windę.

I akurat w grudniu 1894 roku spadkobiercy profesora Meringa (którego posiadłość zajmowała w tych czasach całą górę od Krieszczatiku po szczyty Peczerska) zwrócili się do władz miejskich z projektem, by na ich ziemi wytyczyć cztery nowe ulice. Olgińską. Nową. Nikołajewską – na cześć Mikołaja II. I Meringowską – na cześć ich ojca*.

---

* Ulica Nikołajewska to obecnie ulica Horodeckiego. Meringowska – ulica Zańkowieckiej.

...tę samą Meringowską, przy której dziesięć lat później pod numerem 7 będzie mieszkała Anna Achmatowa.

A w 1895 działkę koło domu zebrań szlachty wydzierżawiono, żeby zbudować jeszcze jeden dwupiętrowy budynek – ta kamienica zajęła ostatni wolny kawałeczek niegdysiejszego „kompletnego pustkowia".

Od tej pory Krieszczatik zmieniał się tylko o tyle, o ile pozbawiano go dawniejszych budowli.

– Wyobrażasz sobie – odezwała się ze wzbudzeniem Masza – w ciągu zaledwie dziesięciu lat ulica znów się zmieni. Będzie już zupełnie inna, europejska! I znów jej nie poznasz. O, ten domek – odwróciła się, żeby pokazać zostający z tyłu kamienny pałacyk z kolumnami w klasycystycznym stylu, stojący w miejscu obecnej Poczty Głównej – to kantor pocztowy! Zburzą go. A on przez czterdzieści lat był jedynym kamiennym domem przy Krieszczatiku! A tam – tym razem odwróciła się w przeciwną stronę – za trzy lata zbudują „Kijowski Paryż", przy ulicy Nikołajewskiej cyrk, teatr Sołowiowa i dom Ginsburga, najwyższy w całej Rosji!

– I to będzie można zobaczyć? – spytał oczarowany Krasawicki.

Patrzył na przesuwający się obok gmach Dumy zwieńczony czterokątną wieżą z okrągłym zegarem i ze złotym Michałem Archaniołem na cienkiej iglicy.

Archanioł zleci z czubka w osiemnastym roku.

Gmach Dumy zostanie zniszczony w 1941. Sąsiad po lewej – numer 22, czyli „Gand Hotel", spłonie w '41. I sąsiad po prawej – numer 18, czyli dom szlachty... I „Grand Hotel National" – też spłonie. I giełda ozdobiona rzadkim korostyszewskim granitem – w '41 roku spali się do cna...

Wszystko strawi ogień. Wszystko pogrąży się w wodach Lety.

I z tego, i z tamtego nowszego, europejskiego Krieszczatiku zostanie zaledwie sześć starych budynków.

– Pokażę ci! – uroczyście przyrzekła Masza. Pokręciła głową, próbując poskromić swój rozpasany entuzjazm, bo przecież nie miała w planach urządzania wycieczek dla kolegi z roku.

„Ale czas tak czy inaczej stoi w miejscu!"

– Pokażę ci Krieszczatik Bułhakowa! Żebyś ty wiedział, jak sama marzę o tym, żeby go zobaczyć.

Bułhakow...

W grudniu 1894 roku lub styczniu 1895 Bułhakow jeszcze niczego nie napisał. Nie nauczył się nawet pisać.

Miał dopiero trzy lata.

Ale się już urodził... JUŻ BYŁ!

I w jego domu świeciła się lampa z zielonym abażurem i jak „zawsze pod koniec grudnia" pachnie choinką...

Masza szybko musnęła dłonią pierś, gdzie pod futerkiem wisiał na sznurku klucz od domu numer 13 przy Zjeździe Świętego Andrzeja.

Sanie śmignęły przez Plac Carski.

Przejechały obok niziutkiej wolno stojącej willi z kolumnami (która w 1894 roku była już wykupiona przez znanego rosyjskiego pieśniarza Sławianskiego i przeznaczona do rozbiórki)...

„Jaka szkoda" – szczerze pożałowała willi Masza.

...okrążyły wyłączoną na czas zimy fontannę „Iwan", altanę z wyrzeźbionym w drewnie ażurowym dachem i przyhamowały przy przylegającej do Ogrodu Carskiego „żelaznej" kaplicy postawionej ku pamięci cudownego ocalenia życia cara Aleksandra II, na cześć którego Plac Europejski w 1866 roku nazwano Carskim.

Prosty plan Maszy w pełni się sprawdził. Musieli nawet poczekać, aż znana im z wyglądu bona podprowadzi dwie dziewczynki do niepozornego wejścia.

Kiedyś Ogród Carski był wielki i rozległy, zajmował dwie góry nad Dnieprem.

Pierwszy ogród wytyczono w tym miejscu na polecenie cara Piotra Aleksiejewicza, który zamierzał założyć w Kijowie plantację winogron i drzew owocowych, w tym morwowych – z myślą o produkcji jedwabiu.

Później żona Piotra, nie przejąwszy gospodarskiej żyłki męża, rozkazała użytkowy sad zamienić w ogród w stylu francuskim. Na górnym placu pierwszy architekt imperium Bartolomeo Rastrelli wzniósł Pałac Carski. Pod rządami generała-gubernatora Miłoradycza urządzano tam bale i reduty. Grały orkiestry, w komnatach podawano szampana, na niebie błyskały sztuczne ognie, a nocne zabawy pod gołym niebem przedłużały się do rana.

Dlatego pałacowa część parku została odgrodzona od miejskiej. A pałac, opustoszały w oczekiwaniu na czcigodne osoby, i przylegający do niego park upodobniły się do baśniowego otoczenia śpiącej królewny.

Środkowa część Ogrodu Carskiego stała się oddzielnym, komercyjnym Château de Fleur.

Z drugiej strony słodki kąsek zieleni odgryzł sobie jeszcze jeden ogród, płatny Kupiecki – za wstęp do niego żądano aż pięćdziesięciu kopiejek!

A pozostały do dyspozycji kijowian zapuszczony bezpłatny kawałek zieleni tylko z przyzwyczajenia nazywano Ogrodem Carskim. Jego ostępy bardziej przypominały las, terasę nad Dnieprem zaś mieszczanie uważali za miejsce przeklęte. Opowiadano o niej mroczne legendy.

„Do Ogrodu Carskiego z jego bujnymi klombami...” – zadrżała fraza.

„Co miał na myśli jej autor?” – zastanowiła się Masza.

Zimą z 1894 roku na 1895, którą rodzina Gorienko spędziła w Kijowie, zdecydowanie nie było tu takich klombów.

Nie było ich również latem...

Akurat w 1894 roku geolog Tutkowski opisywał ostępy bezpłatnego ogrodu słowami, jakimi odmalowuje się zwykle Łyse Góry:

„Terasa ta ma bardzo dziki i niegościnny wygląd. Cała jest pokryta niekształtnymi pagórkami, wśród których gdzieniegdzie kryją się grząskie, niewysychające błota...”

Zresztą mroczność owych ogrodowych legend okazała się żywotniejsza od carskiej i następnie radzieckiej władzy – jak by nie nazwano ogrodu: Carskim, Proletariackim, Pierwszomajowym czy Marińskim, od wieków po dziś dzień terasę z amfiteatrem kijowianie uważali za szóstą, nieoficjalną Łysą Górę.

Lecz Misza Bułhakow lubił ten ogród!

I opisywał go inaczej.

A obecnie, z okazji Świątek, w dolnej, zagospodarowanej części Ogrodu Carskiego było dużo ludzi. Tu i tam kręcili się sprzedawcy groszowego jedzenia, cioteczki z gorącymi pasztecikami, sbiteńszczicy zachwalający rozgrzewający napój miodowy, zbiteń.

Ożywiona, świąteczna, spacerująca publiczność wyglądała jak narysowana na bożonarodzeniowej kartce.

Masza zahaczyła wzrokiem o urodziwą damę – kobieta przypominała piękną lalkę! Białe futerko, biała mufka ozdobiona frędzelkami w kształcie pomponików. Do jej futrzanej, wygiętej w półksiężyc czapki przypięto bukiecik sztucznych konwalii.

„Dość gapienia się. Przyszłaś tu z powodu Anny!" – Kijowica ofuknęła w myślach Maszę historyczkę.

Dwie już porządnie zmarznięte dziewczynki ponuro brnęły zimną alejką.

Starsza i młodsza.

„Która z nich to Anna Achmatowa?"

Masza i Mir szli ich śladem – kawaler z galanterią prowadził towarzyszkę, której palce spoczywały w zgięciu jego ręki.

Z przodu płynęły dwa jednakowe kaptury – z tyłu nie było widać twarzy. Masza bezwiednie zwróciła uwagę na wspaniałą posturę starszej dziewczynki – mając pięć albo sześć lat, panienka trzymała się imponująco.

W Kijowie Anna po raz pierwszy przebywała, mając pięć lat...

„Starsza to Anna!"

– Oj! – zawołała większa dziewczynka. – Broszka.

Kucnęła, pogmerała w śniegu. Wyprostowała się, oglądając znalezisko.

Na gałęzi czarnego drzewa przysiadł czarny kruk.

– To lira – wyjaśniła podopiecznej bona. – Możliwe, Anno, że zostaniesz poetką.

– Poetką?

Masza strzeliła zaniepokojonym wzrokiem – postać dokładnie takiego kruka przybierał, gdy miał taką potrzebę, zmiennokształtny kijowski Demon płci żeńskiej.

Ale dokładnie takich ptaków, niekoniecznie demonicznych, włóczyło się po Kijowie aż nadto dużo.

– Poeci piszą wiersze – powiedziała bona.

– Aaa. – Dziewczynka patrzyła na swoją niewidoczną dla Maszy dłoń. – Ładna.

Kruk zakrakał.

– Pokaż, pokaż. – Młodsza siostra podbiegła do Anny. – Daj mi! Daj! Daj!

Starsza szybko zacisnęła pięść. I krzyknęła. Broszka ją ukłuła.

– Daj mi! – Mała próbowała rozewrzeć dłoń starszej siostry.

– Zachowuj się poprawnie, Rika – upomniała ją bona.

– Nie! – upierała się kapryśnie mała. – Niech ona mi da! Daj! Daj! Daj!

– Anno, oddaj mi lirę. – Opiekunka wybrała salomonowe wyjście. – Tak będzie lepiej.

– Nie! – Szary kaptur ostro pokręcił głową. – To moje!

– Oddaj – powtórzyła surowo bona.

– Nie.

– To polecenie!

– Nie!

Anna pobiegła przed siebie.

– Daj! – Rika pomknęła za nią.

– Wracajcie natychmiast!

Anna zboczyła z dróżki.

Młodsza siostra poszła za jej przykładem.

Starsza potknęła się, padła na śnieg... I zniknęła z pola widzenia.

– Anna. Rika, nie!!! – Bona biegła w stronę urwiska.

Masza wczepiła się w rękę towarzysza.

Lecz zaraz ją odepchnęła i podkasała długą spódnicę – jej botki błyskawicznie utonęły w śniegu.

– Lecę z tobą! – Malutka przykucnęła i zaczęła śmiesznymi kroczkami schodzić z górki.

Nie utrzymała się na nogach...

– O, nie! – Bona nie zdążyła jej złapać.

– Nie! – zawołała Masza.

Rika turlała się po urwisku w dół.

Anna była już na samym dole, a tam, jakby sama stromizna nie była wystarczająco niebezpieczna, znajdował się wybieg niedźwiedzia.

– Zwierzyniec! – Bona przycisnęła sobie ręce do piersi.

– Zoo. Mir, tam jest zoo! – wrzasnęła Masza, zapominając o odpowiednich dla XIX wieku słowach.

Zapomniała, że w XXI wieku na regale okrągłej Wieży stała książka *Dzieła zebrane Anny Achmatowej* – najlepszy dowód na to, że Aneczka Gorienko nijak nie mogła umrzeć w wieku pięciu lat, uratuje się, wyrośnie i mimo wszystko zostanie poetką!

Rika z krzykiem stoczyła się ze zbocza.

W dole rozległy się „achy" – ludzie zwiedzający zwierzyniec przylgnęli do kraty.

Niedźwiedź, duży i bury, wstał i skierował się ku dziewczynkom.

– O Boże. O Boże. O Boże! – rozkrzyczał się przenikliwie damski głos. – Zróbcie coś! Niech ktoś...

Anna, z góry wyglądająca na niemożliwie maleńką (i beznadziejnie bezbronną), próbowała wgramolić się z powrotem.

Bezskutecznie! Gdyby po tej stromiźnie dało się wdrapać na górę, niedźwiedź już dawno uciekłby ze swojego wybiegu.

W tej chwili zmierzał ku niej.

Anna podniosła się na czworaki. Płaszczyk się jej podwinął i Masza zobaczyła bure pończochy na podwiązkach. Pomyślała mimochodem: „Nie jest jej zimno?".

Ale dziewczynce nie mogło być zimno. Była zbyt przerażona!

– Zróbcie... coś! On ją przecież...! – Damski głos za kratą nie ustępował.

Anna wspięła się na niewysoki kopczyk i wczepiła się w ziemną, oblodzoną ścianę.

Niedźwiedź skoczył.

Dziewczynka zamknęła oczy.

– Aaaa! – poniosło się po okolicy.

Lecz zwierz nagle z konsternacją pokręcił głową. Zatrzymał się i ruszył w inną stronę.

W stronę małej Riki.

Teraz szedł inaczej – powoli, jakby w jego ruchach, we wzroku spode łba, w każdym krzywołapym kroku każdej z czterech kończyn było jakiś ceremonialne, tajemne znaczenie.

Przyklejeni do klatki zwierzyńca kawalerowie w kaszkietach, melonikach i wojskowych czapkach, damy w kapeluszach i chustach – wszyscy zastygli. To, co niepewne, stało się nieodwracalne, zarysowało się w ramach urwiska, na śnieżnobiałym tle płatków sypiących się niczym manna z nieba, przy wtórze przeciągłego krakania czarnego kruka.

– Nie! Nie! Nie! – skrócił ciszę strach Maszy.

Na kratę wdrapał się nieznany śmiałek w spodniach z lampasami. Ale jego heroiczny wyczyn okazał się spóźniony.

Z góry zeskoczył już ktoś wysoki, w ciemnym palcie, i wziął na ręce dwuletnią Rikę.

– Wynocha! – nieustraszenie i groźnie krzyknął do niedźwiedzia.

Kudłacz zaryczał, szczerząc żółte zęby. Zamachnął się łapą.

Jednak Mir – bo to był właśnie on – uskoczył przed uderzeniem tak szybko, że Masza tylko zamrugała oczami.

– Biegiem, do mnie! – zawołał do Anny.

Ta nie kazała na siebie czekać – popędziła do wybawcy. Mir złapał ją w biegu i rzucił się do ogrodzenia. Siedzący na kracie niedoszły wybawiciel w spodniach z lampasami przechwycił uratowane dziewczynki.

Mir w feerycznym stylu przesadził ogrodzenie.

I został powitany gromkimi brawami.

– Mir, jesteś bohaterem! Prawdziwym bohaterem!

– Daj spokój. I tak by je uratowano. Czytałaś w artykule: umarła siostra Achmatowej Ija. A ta ma na imię Rika. Po prostu tak się wystraszyłaś, że pomyślałem: lepiej je stamtąd zabrać, żebyś nie cierpiała.

– Mir, jesteś taki dzielny! Wcale się nie bałeś!

– Ja się niczego nie boję – odrzekł. – Oprócz jednego: że mnie przepędzisz.

– Nigdy cię nie przepędzę!

– Obiecujesz?

Zadał to pytanie tak poważnie, że Kowalową zassało w dołku. Jego „obiecujesz?" było ciężkie jak tablica, na której Pan Bóg wyrył swoje pierwsze przykazania.

I Masza szybko ugryzła się w entuzjastyczny język.

– Obiecujesz? – powtórzył natarczywie Krasawicki.

„Co powiedzieć?" – jęknęła w duchu strachliwie.

Rzucić „nie" po „nigdy cię nie przepędzę" byłoby nielogicznie i podle.

Mówiąc zaś „tak", dałaby wieczystą obietnicę, że będzie żyć z Mirem, może nie w miłości, ale na dobre i na złe...

Do śmierci!

Ale Kowalowa nie zamierzała wstępować w platoniczny związek na Placu Carskim w 1894 lub 1895 roku.

– Dlaczego milczysz?

„Czemu on mnie kocha? Powinien był się dawno odkochać! Coś było nie tak z tamtym eliksirem..."

– Mir – odezwała się smętnie, wpatrując się w noski ciemnych botków – obiecuję, że znajdę sposób na odczarowanie cię.

– W sensie?

– Żeby zdjąć z ciebie urok. Znajdę przeciwzaklęcie.

– A jeżeli nie znajdziesz?

Masza przez sekundę przestępowała z nogi na nogę.

– To będę go szukała do śmierci. Nie porzucę cię, dopóki ci nie pomogę! Obiecuję – wypowiedziała straszliwą przysięgę.

– Zgoda! – Mir niesamowicie się ucieszył. Pokręcił głową. – Mimo wszystko bardzo tutaj rześko. I powietrze takie czyste, wręcz nierealne. Jak na wsi! Logiczne, skoro nie ma samochodów. Dookoła ciągną się ogrody. Nie mogę uwierzyć, że jestęm w Kijowie. Wszystko jest takie małe, że czuję się jak Guliwer. I łyse. Tak mało domów, tylko drzewa...

Kijowica skinęła głową.

Za ich plecami krył się ogród kwiatowy – Château de Fleur.

Po lewej, na górce, znajdował się otoczony własnym ogrodem Instytut Panien Szlachetnie Urodzonych.

Z przodu, omroczony niewesołą obietnicą, radował wzrok po carowemu biały ogród „Wzgórze Włodzimierza", jeszcze niezasłonięty niezgrabnie brzydką muzealną szkaradą imienia Lenina.

A tuż po prawej stał budynek Związku Kupieckiego zasłaniający swój tyciuchny, ale najpiękniej w Mieście rozplanowany ogród, do którego zaglądać niejeden raz w tygodniu uważał za swój święty obowiązek każdy „prawowity kijowianin".

– Trzy dni temu, kiedy tu byłam – Masza wdeptała w śnieg temat miłości – Dom Kupiecki był dopiero co zbudowany.

– Trzy dni temu?

– No tak, w tysiąc osiemset osiemdziesiątym czwartym roku! A wiesz, czemu go tutaj zbudowali? To prawdziwa anegdota! Z Dniepru niósł się po Krieszczatiku taki powiew wiatru, że damom nieustannie zwiewało kapelusze. Zatkano więc dziurę Domem Kupieckim, żeby nie było przeciągu. Czytałam, że w czasach radzieckich budynek miał być zburzony. Ale kijowski poeta Jurij Rybnicki poszedł do mera, opowiedział mu tę historię i w ten sposób uratował budowlę...

– O Boże, Masza! – Mir podskoczył jak małe dziecko. – Widzisz to? TRAMWAJ!

W dole po Zjeździe Aleksandrowskim toczył się śmieszny maleńki tramwaik na stalowych, podobnych do śrub resorach.

– No tak, przecież jest dziewięćdziesiąty czwarty – ucieszyła się studentka. – Linię tramwajową uruchomiono w maju dziewięćdziesiątego drugiego. Kijowski tramwaj był pierwszy w Rosji!

– To znaczy, że nigdzie więcej ich nie było? – Mirosław wpadł w zachwyt.

– Nigdzie. Tylko u nas – pochwaliła się z dumą krzewicielka wiedzy o Mieście, jakby ten zbliżający się do nich pierwszy elektryczny wóz był jej dziełem, a nie wojskowego inżyniera generała Struwego, jakby uruchomiła linię własnoręcznie! – Kijowianie byli niesamowicie dumni ze swojego tramwaju. Stał się wręcz bohaterem narodowym! Jako pierwszy zdołał pokonać stromiznę kijowskich gór. Nie dokonały tego ani omnibus, ani tramwaj konny, ani lokomobila... Początkowo generałowi Struwemu też nie wierzono. Inżynierowie pisali, że elektryczny tramwaj zamiast konnego to chimera. Że przemieszczać wagony za pomocą elektryczności można tylko na stole: zabawkowe.

– Ten tutejszy w sumie przypomina zabawkę. – Mir nie odrywał oczu od chwytającego za serce wagonika zbudowanego na wzór amerykańskich tramwajów.

Powoli, ale zdecydowanie tramwaik pokonał jedno z bardziej stromych zboczy i zatrzymał się przy ażurowej drewnianej altanie, która okazała się pawilonem „dla państwa pasażerów i zwiedzającej publiczności".

– Początkowo – Masza dała się ponieść opowieści – kijowianie również przyjmowali tramwaj jako atrakcję. Jeździł tylko od Placu Carskiego do Kontraktowego, tam i z powrotem. Później pociągnięto linię na Krieszczatik... I było takie jedno zdarzenie. Pewien człowiek nieustannie woził się tramwajem bezpłatnie. Kiedy trzeba było kupić bilet, dawał konduktorowi sto rubli. A za sto rubli wtedy... Dziś można by za to wynająć sobie trzypokojowe mieszkanie na rok! Co zrozumiałe, konduktor nigdy nie miał mu jak wydać! Pasażer jeździł więc sobie ze swoją sturublówką przez miesiąc, póki konduktorowi się to nie przejadło. Specjalnie pożyczył od kogoś drobne i przystąpił do wydawania...

Lecz tu opowiadana z pasją i bez dwóch zdań pasjonująca anegdota Maszy została bezlitośnie przerwana.

Mir nagle zdecydowanym ruchem złapał swoją damę za ramiona, obrócił, przycisnął do siebie. Tramwaj zniknął z jej pola widzenia, a przed oczami miała teraz fasadę szpiczasto zwieńczonej kapliczki mającej przypominać o cudownym ocaleniu cara wyzwoliciela, Aleksandra II. Za plecami Mira dostrzegła też wąsatego jegomościa z rozdziawionymi ustami i odwróconą twarzą.

Do uszu Maszy dobiegł przerażający krzyk, wielogłosowy, ale zlany w jedno, wypełniający cały plac.

Lecz nie zdołała dociec przyczyny tej publicznej rozpaczy. Mir mocno trzymał ją obiema rękami, przemawiając spokojnie:

– Nie trzeba. Nie oglądaj się. Nie powinnaś widzieć...

Jegomość za jego plecami zamknął rozdziawione usta, wyłowił z kieszeni palta nieduży notatnik i zaczął w nim pilnie bazgrać.

Car, cudem ocalały z jednego zamachu, mimo wszystko zginął w innym – w 1881 roku rozerwała go bomba rzucona przez terrorystę z Narodnej Woli, Ignacego*.

– Zabiła... – Z wielogłosowego krzyku wybił się skowyczący głos z ludowym akcentem. – Szatańska maszyna zabiła człowieka!

Skowyt poniósł się ponad placem.

Masza opuściła ramiona.

– Mir – powiedziała miękko po chwili. – Puść mnie. Nie będę patrzyła. Zrozumiałam: ktoś wpadł pod tramwaj.

Katia stała z rękami skrzyżowanymi na piersiach i spoglądała na rodzinny portret w czarnej ramie.

---

* Car Aleksander II (zwany w Rosji wyzwolicielem, ponieważ uwłaszczył ziemię, czyli wyzwolił chłopów od pańszczyzny) przeżył kilka zamachów. Zginął od bomby rzuconej przez Ignacego Hryniewieckiego 13 marca 1881 roku.

Gdyby była tu Dasza (która zdążyła przekartkować nie tylko *Tajemnice zodiaku*, lecz także broszurę *Język gestów*), nie omieszkałaby zauważyć, że ułożenie rąk Katii oznacza: „Zamykam się na was".

Gdyby tu była Masza, nie omieszkałaby uściślić, że bez względu na ułożenie rąk Katia zawsze zamyka się na otoczenie.

Nie było tu jednak ani Maszy, ani Daszy, a wyniośle chłodny głos obecnej osoby oznajmił:

– Cóż, nie spodziewałam się ciebie. Niedawno myślałam: „Czy przyjdzie na mój pogrzeb?". I doszłam do wniosku, że czemu miałabyś przyjść na pogrzeb, jeżeli za życia... Ile się nie widziałyśmy?

– Dwadzieścia lat – odparła Dobrażańska. – A z ciocią Czarną szesnaście.

– Nigdy ci nie wybaczę tego, jak postąpiłaś z ciocią Czarnoczką – mrocznie zapewniła ją druga ciocia. – I to po tym, jak cię wychowała!

Ciocia Czarnoczka i obecna tu ciocia Tatia były siostrami matki Katii.

Mając trzynaście lat, Dobrażańska straciła oboje rodziców i trafiła pod opiekę wspomnianej Czarnej. Wystarczyło Katii o w tym wspomnieć, a przed oczami stawał jej podany na talerzu kalafior, który ciotka kazała jej jeść, a którego ona, choć bardzo się starała, zjeść nie mogła – organizm uparcie wypluwał kawałki warzywa z powrotem.

Kalafiorowa tortura trwała trzy lata – mając szesnaście, Katerina uciekła...

– ...a ty wyrzuciłaś ją z domu. Wygnałaś na ulicę.

– Z mojego domu – rzekła Dobrażańska, nie odrywając wzroku od mężczyzny i kobiety ujętych w żałobną ramę. – I nie na ulicę. Wróciła do własnego domu.

– Mówiłam Czarnoczce – burknęła zrzędliwie Tatia – „gdybyś sprywatyzowała mieszkanie Katii"...

Katia odwróciła się.

Popatrzyła na ciotkę – sześćdziesięcioletnią, chudą, z długą pomarszczoną szyją ozdobioną sznurem zielonych plastikowych koralików.

Spojrzała bez rozdrażnienia, ze zdystansowanym zainteresowaniem – pamiętała te koraliki sprzed dwudziestu lat. Ale twarz ciotki zapomniała – wydłużoną, z wydatnym nosem i niedużymi, niegłupimi, głęboko osadzonymi oczami.

„Ciekawe" – pomyślała Katia. „Czy w młodości była ładna?"

– Nie jestem z tych, którzy dają się wyrzucić pod płot – wyjaśniła sucho. – To było mieszkanie rodziców. A ciocia Czarnoczka jest głupia. Kim trzeba być, żeby sprowadzić się tam i udawać, że mieszkanie jest jej? Co ona, myślała, że je ode mnie dostanie?

– Mogłaś sobie kupić inne – odparła ciotka. – Jesteś teraz bogaczką.

– Bogaczką. – Katia podeszła do stołu przykrytego zakurzonym aksamitnym obrusem, musnęła go ręką. Pamiętała ten obrus. A ciotkę jakby zobaczyła po raz pierwszy w życiu. – Wtedy byłam sierotą. Ale głupia nie byłam nigdy.

– Ona cię wychowała!

– Zszarpała mi nerwy do reszty. – Dobrażańska skrzywiła się. – Dopiekła mi swoim kurzym móżdżkiem, swoim drobnomieszczaństwem. O jej dzieciach nie wspomnę. Nienawidzę tamtych czasów. Mało tego, że mama i tata zginęli, to jeszcze trafiłam do Czarnej.

Trafiła...

„Żeby nie zostawiać sieroty bez doglądu", ciocia przeniosła się z mężowskiej „stancji" do dwupokojowej „stalinki" po rodzicach Katii, zabierając z sobą małżonka, mnóstwo wazonów na kwiaty i dwóch synów w wieku trzech i siedmiu lat.

Chłopców umieszczono w pokoju Katii.

– I jeszcze wymagała, żebym po nich sprzątała – rzekła Katia. – Nosy im wycierała. Nie wyobrażasz sobie, ciociu, z jakim zadowoleniem wyrugałam ich ze swojego domu. Nie, ludzie to jednak idioci. Nawet się nie zaniepokoiła, że trzy lata przemieszkałam w internacie. Uważała, że wszystko jest tak, jak powinno: sprawiedliwie i prawidłowo. Skoro jej w moim mieszkaniu dobrze, to wszystko w porządku. Interesujące – dodała z zaciekawieniem. – Może właśnie od tamtej pory nienawidzę ludzi?

– Ciocia Czarnoczka nigdy ci nie wybaczy – oświadczyła tonem przysięgi druga ciocia.

– Zrozumiałe – skwitowała to obojętnie Katia. – Przecież jest idiotką. Dlatego przyszłam do ciebie, nie do niej. Chcę się czegoś dowiedzieć o swojej rodzinie.

Na ciemnoniebieskim aksamicie obrusa spoczęło dziesięć nowiutkich zielonkawych banknotów.

– Oto tysiąc dolarów. – Katia wskazała obrus. – Zapłata za godzinę udzielania informacji. Opowiedz mi wszystko, co wiesz, i odpowiedz na moje pytania. Tylko bez wtrętów z pretensjami – uprzedziła. – Za każdą pretensję potrącam dziesięć baksów.

Tu mój czytelnik zapewne posądzi piękna Katię o głupotę i nadmierną pewność siebie typową dla władczyni czyjegoś życia, wyobrażającej sobie, że za pieniądze można kupić wszystko na świecie.

Śmiem jednak zauważyć, że osąd ten byłby bezpodstawny. Jekatierina Michajłowna Dobrażańska doskonale wiedziała, co w świecie można kupić, a co nie jest wystawione na sprzedaż. A także to, że jej ciocia Tatia nie zaliczała się do tej drugiej kategorii.

– Tylko proszę – dodała nad podziw ludzko – bez zniewag. Jesteś, ciociu, mądrą kobietą, zawsze byłaś rozsądna. Rozumiesz, że mogłabym nie proponować ci pieniędzy. Ale są ci potrzebne. A mnie jest potrzebna rzeczowa rozmowa. Dlatego proponuje umowę.

– A jeśli rozmowa potrwa dłużej? – spytała ciocia z trudnym do określenia uśmieszkiem.

– Kolejna godzina to kolejny tysiąc.

Ciocia przejechała dłonią po zielonych koralikach.

Powiodła wzrokiem po pięknej Katii i nagle poweselała.

– Zawsze mówiłam Czarnoczce: dziewucha ma nie taki charakter, żeby ci ten numer wyszedł. Co ty sobie myślisz, siadasz dziewczynce na głowie z dwoma smarkaczami i oczekujesz, że ci za to podziękuje? A kiedy uciekłaś z domu, powiedziałam jej: „Pomnij moje słowa, ona jeszcze tu wróci. I wtedy ci pokaże!". Ale Czarna zawsze miała kurzy móżdżek. Jeśli już postanowiłaś przywłaszczyć sobie cudze mieszkanie, postępuj rozsądnie. A nie jedną ręką cudze łap, a drugą wyobrażaj sobie dobroczynność...

Katia kiwnęła głową na zgodę, nie próbując uściślać, że „wyobrażać sobie coś drugą ręką" to wielce problematyczny pomysł.

Ogólnie metafora była malownicza.

– Ale Czarnoczka liczyła na to, że skoro przemieszkała tam sześć lat, to mieszkanie jest jakby jej... Prawie nie utrzymujemy z sobą kontaktów. Co się zobaczymy, to zaraz kłótnia. W tym z twojego powodu. Czarna uważa, że skoroś teraz bogata, powinnaś nam pomagać.

– Ty zapewne też tak uważasz?

Ciotka zgarnęła rozłożone banknoty. Zagrała:

– Czarna ma w głowie komunizm! Bogaci powinni się dzielić z biednymi, dlatego że powinni. Krewni powinni sobie nawzajem pomagać... z tego samego powodu. Tylko że nikt na tym świecie nie jest nikomu nic winien, zwłaszcza jeśli w zamian dostawał figę. Już wtedy mówiłam Czarnoczce: „Na pewno Katia wdała się we mnie". Ja też nigdy nie byłam głupia. Szkoda, że to nie ja cię wychowywałam.

– Myślę – rzekła poważnie Katia – że faktycznie tak byłoby lepiej dla wszystkich.

Podeszła do okna.

Czy ciocia Tatia była kiedyś pięknością, czy nie, w swoim sześćdziesięcioletnim życiu zdążyła pochować trzech niebiednych mężów i dożywała swych lat w domu przy parzystej stronie Krieszczatiku, z oknami wychodzącymi na Plac Europejski, który za swoich panieńskich czasów nazywał się Konny, a po zamążpójściu – Carski. Z okien było też widać filharmonię, która kiedyś była siedzibą klubu kupieckiego, i górę z ogrodem, który też nieraz zmieniał nazwiska i przynależność do zamożnych mężów...

– Jak on się teraz nazywa? – Katia zmarszczyła brwi. – Nie pamiętam. Krieszczaticki? Miejski? Ech, nieważne...

Jakkolwiek go nazywali, Dobrażańska nie miała najmniejszej ochoty witać się z nim w tym momencie.

– Tylko że ja w tamtych latach miałam inne zainteresowania. – Ciotka westchnęła. – Dobrze, co chciałabyś wiedzieć? O rodzicach?

Katia milczała przez chwilę, zanim zapytała:

– Jak zginęli?

– A kto to wie? – odrzekła ciotka. – Płynęli przecież łodzią, jeden Pan Bóg wie, co tam u nich zaszło. Czy dno było dziurawe, czy się przewrócili. Twoja mama nie umiała pływać. Ociec na pewno próbował ją ratować... Ale nie dał rady.

– A to – Katia zwróciła się w stronę portretu – moja babcia? I dziadek?

– Praprababcia i prapradziadek.

– Jaka ona nieładna...

Niełądność praprababki była najwyraźniej cechą rodzinną, przekazaną dalekiej potomkini – ciotce. Te same małe, ostre oczka, nisko osadzone brwi, masywny nos rysowały się grubą kreską na twarzy siostry matki Kateriny.

– Twoja mama też nie była pięknością – zauważyła żywo krewna. – Masz chociaż jej zdjęcie?

– Nie. Ciocia Czarnoczka, wyjeżdżając, wszystko wzięła.

– Dam ci... I twój tata nie był Alainem Delonem. Ani ja nie byłam ładna, ani Czarna. Nikt nie wie, po kim masz ten wygląd. U nas w rodzinie nikt nie grzeszył urodą. Ale, co interesujące, nikt z tego powodu nie cierpiał. Twoja matka, jeszcze zanim wyszła za twojego ojca, nie mogła się opędzić od kawalerów. Ja też nie. Nawet Czarnoczka. Uwierzysz, nawet teraz zaleca się do mnie jeden dziadek. A w młodości tym bardziej... Pamiętam, miałam w instytucie koleżankę. Asia Musina, taka śliczniutka! A chłopcy kochali się nie w niej, tylko we mnie. Przejść nie pozwalali. Dlatego na roku przezywano mnie wiedźmą.

– Wiedźmą?

Ciocia nie mogła zobaczyć, jak u Katii napięły się mięśnie twarzy, jak uporczywe, pełne pasji stało się spojrzenie – Tatia właśnie wyjmowała z szafy dużą drewnianą skrzyneczkę ze starym zamknięciem na haczyk.

– Wiedźmą, wiedźmą... – Postawiła sporo ważący skarb na aksamitnym obrusie. Otworzyła wieczko. – To zrozumiałe. Realnie rzecz biorąc, ani postury, ani figury – przyznała samokrytycznie – a mężczyźni lecą jak muchy do lepu.

Ciotka wyjęła z półmetrowej skrzyneczki krymską szkatułkę oklejoną różnokolorowymi muszelkami i zajrzała do środka.

Katia ze stosiku starych papierów wzięła widokówkę.

Plac Carski:

Hotel „Europejski", przekreślony długim balkonem. Rozczulający przedrewolucyjny tramwaj. Fontanna „Iwan" okolona klombem...

Ale „Iwan" i Katia nie zostali sobie przedstawieni. Hotel „Europejski" rozebrano w 1947 roku. A filharmonia (jedyny zabytek przy placu, przetrwały dzięki wstawiennictwu poety) nie zmieściła się w kadrze.

Katia nie poznała Kijowa.

Odwróciła widokówkę.

Zamiast pozdrowień na odwrocie widniała tylko jedna tajemnicza liczba:

13311294

Katia spojrzała na adres.

– „Pani Anna Michajłowna Strogowa, stacja Worożba (linia południowo-zachodnia), ul. Pokrowska, własny dom" – przeczytała słowa nakreślone starannym przedrewolucyjnym charakterem pisma. – Kto to jest Anna Michajłowna Strogowa?

– Przecież to twoja praprababka. Ta, co na portrecie. Patrz... – Ciotka wyjęła z krymskiej szkatułki starą broszkę. – Widzisz? Została w niej sfotografowana. Można powiedzieć, że to rodzinna relikwia.

Katia spojrzała na nieładną Annę Michajłownę.

Głowa przodkini, zwieńczona dużą futrzaną czapą à la „tatko Machno", spoczywała na masywnej szyi ozdobionej broszką.

Praprawnuczka wzięła do ręki kameę z kości słoniowej.

– Właśnie od niej, naszej praprababci, zaczęły się wszystkie nieszczęścia – zagadała ciotka. – Kiedy zginęli twoi rodzice, tak powiedziałam Czarnoczce: „Nasza rodzina jest jakby przeklęta".

– Przeklęta? – zainteresowała się Katerina.

– A jak to inaczej nazwać? – odpowiedziała ciotka. – Twoja prababcia zmarła całkiem młodo podczas pierwszej wojny światowej. Nasza mama, twoja babcia Ira, podczas wielkiej wojny ojczyźnianej, również młodo. Czarnoczka, twoja mama i ja wychowywałyśmy się jako sieroty. A praprababcia Anna jeszcze przed rewolucją wpadła pod tramwaj. O niej nawet w gazetach pisali. Zaraz znajdę, mam to gdzieś schowane... Była pierwszą kobietą w Rosji, którą zabił tramwaj!

– Dziwne – bąknęła Katia.

Patrzyła na swoją dłoń, czując, jak po jej ciele pełzną kłujące dreszcze.

Wyrzeźbiony w kości słoniowej kobiecy profil był jej doskonale znany.

Rozdział szósty,

w którym wspomina się nieznajomego wąsacza

...i na bruk pod sztachety Patriarszej alei wypadł okrągły ciemny przedmiot. Przedmiot ten stoczył się na dół i podskoczył na kocich łbach jezdni.

Była to odcięta głowa Berlioza.

~ Michaił Bułhakow, *Mistrz i Małgorzata*

Masza, on dosłownie rzucił się pod ten tramwaj. Tramwaj nie jest niczemu winny – mówił Mir.

Dawno już puścił jej ramiona, lecz dziewczyna wciąż stała nieruchomo, wcisnąwszy nos w jego kołnierz.

– Jaki dziwny ten dzień, prawda? Same tragedie. Jak nie taka, to siaka... – Mir jakby się przed nią tłumaczył.

– Może akurat to powinnam była poznać? – powiedziała bezbarwnie Masza.

Czuła się dziwnie pusta.

To albo nie to – nie widziała tego przecież.

Nie widziała śmierci, dlatego nie mogła w nią uwierzyć. W suchej relacji Mira nieszczęśliwy wypadek, pozbawiony jakichś malowniczych szczegółów, nie różnił się od abstrakcyjnie bezkrwawej książkowej historii.

„Jakiś człowiek dosłownie rzucił się pod tramwaj" – powiedział jej tylko tyle.

I Masza bardzo starała się pożałować „jakiegoś człowieka", ale nie umiała.

Albo może bała się, że kiedy go pożałuje, zburzy idealistyczne piękno swojego XIX wieku?

Dlatego się nie oglądała – ze strachu.

– Masza, stoimy tutaj już dwadzieścia minut – zauważył Mir. – Całkiem już przemarzłaś. Może gdzieś w okolicy można wypić kawę?

– Choćby tam. – Nie patrząc, wskazała mu kierunek hotelu „Europejskiego".

Dwupiętrowy budynek projektu architekta Berettiego ojca, stojący w miejscu współczesnego muzeum Lenina, zdecydowanie bardziej pasował do placu niż muzeum.

– Tam jest restauracja.

– No to chodźmy, pieniędzy mamy jak lodu! – rozochocił się chłopak.

Za plik katarzynek, czyli stówek z wizerunkiem carycy Katarzyny, które porwali ze szczodrego schowka, można było nie tylko napić się i najeść, lecz także szykownie pomieszkać w „Europejskim" przez rok czy dwa.

– Racja. – Masza pokiwała głową. – Nie ma co wracać do domu.

Przez „dom" rozumiała XXI wiek. Natychmiast nabrała otuchy, znalazłszy logiczne uzasadnienie dla upragnionego zwlekania z powrotem: jeśli nie liczyć epizodu z tramwajem, rozpaczliwie nie chciała wracać do współczesności.

– Muszę pomyśleć – przekonywała sama siebie – poskładać wszystko do kupy. A myśleć na mrozie...

– Dobrze mówisz. Chodźmy.

Ruszyli przez Plac Carski.

Winien zbrodni tramwaj wciąż stał u wylotu zjazdu łączącego Krieszczatik z Padołem. Opustoszały wagonik otaczali tłumem gapie.

Masza nie mogła dostrzec tego, co otaczali, ale w duszę nieprzyjemnie drapały ją kocie pazurki.

– A może nie warto? – Zatrzymała się przy drzwiach. – Jakoś tak niewłaściwie.

– No, Masza! – jęknął z obrazą Krasawicki.

– Dobrze – westchnęła. – Tylko pamiętaj: ja będę zamawiać. Tobie nie wolno odzywać się ani słowem. Inaczej zaraz poznają, że nie jesteś stąd.

– W zoo jakoś nikt się nie przyczepił!

– Tam nic nie mówiłeś, po prostu zachowałeś się jak bohater. Wystarczyłoby powiedzieć „zoo".

– Wszystko jedno – rzekł pewnym siebie tonem Mirosław. – Zamówienie powinien złożyć mężczyzna. Myślę, że kelner doskonale mnie zrozumie. Nawet jeśli powiem: „Stary, dawaj, obsłuż mnie fajowo!".

– Nie zrozumie. Zapyta, jakiego tytoniu życzysz sobie do tej fai.

– Nie zapyta. Założymy się o całusa?

– Nie. – Masza nadąsała się teatralnie, jednak nastrój nagle jej się poprawił.

Bez przeszkód przeszli przez hol i skierowali się do sali restauracyjnej, szczycącej się drogimi firanami i wytwornymi meblami, porcelanową zastawą i srebrem stołowym, a w tej chwili wypełnionej ludźmi gromadzącymi się z okazji zimowych świąt.

„Stałymi bywalcami »Europejskiej« była miejscowa i przyjezdna śmietanka towarzyska". Masza zastygła.

Mir z przyzwyczajenia machnął ręką na kelnera i zawadiacko puściwszy oko do swej damy, nagle zamarłej w oczekiwaniu nieuniknionego zakłopotania, zawołał:

– Stary, dawaj, obsłuż mnie fajowo! Zrozumiałeś? – I lekceważąco wcisnął mu sturublówkę.

– Już się robi, wasza łaskawość! – pisnął histerycznie lokaj, chociaż Mir nie przedstawiał sobą niczego łaskawego ani książęcego.

Zresztą za sturublowy napiwek mógłby pretendować nawet do „waszej wysokości".

– Nie raczcie się niepokoić! Wszystko będzie najlepszego gatunku. Obsłużymy państwa w pierwszorzędnym stylu. Proszę do tamtego stolika, jeśli wasza miłość będzie łaskawa. Prosimy. Bardzo prosimy! Zdumiewająco najprzepiękniejszy belweder.

Stolik znajdował się w pewnym oddaleniu od pozostałych i wyraźnie uchodził za najlepszy. Najwidoczniej język pieniędzy przemawiał zrozumiale do ludzi każdej epoki, niezależnie od dziwactw wymowy tego, kto je wydawał.

– Za katarzynkę zrozumiałby cię nawet w języku tumbo-jumbo – oburzyła się wesoło Masza, sadowiąc się za stolikiem przy oknie. – W „Europejskiej" pięciodaniowy obiad według jednego tabloidu kosztował... to znaczy obecnie kosztuje rubla. Jednego rubla! A ty dałeś mu setkę napiwku! Oszaleć można!

– Zgadza się – nie spierał się z nią Mir Krasawicki. – Sto rubli w tysiąc osiemset dziewięćdziesiątym czwartym tak samo jak sto dolarów w tysiąc dziewięćset dziewięćdziesiątym czwartym oznacza: wszystko ma być na najwyższym poziomie.

– Oszukałeś mnie!

– Bynajmniej. Udowodniłem ci, że mógłbym świetnie się tu urządzić.

– Tak czy inaczej uważano by cię za dziwaka.

– Powiedziałbym im, że jestem z Ameryki.

– To pewnie by uszło. – Masza uśmiechnęła się i nieoczekiwanie przyłapała się na czymś dziwnym.

W jej duszy znów panowały spokój i błogość, a winien był temu Mir. Czuła się przy nim bezpiecznie. Otaczał ją troską. Zarażał odkrywczym entuzjazmem, rozumiał ją, wytrąconą z równowagi, lepiej niż ona samą siebie.

Sprawiał, że się uśmiechała!

– A właściwie co to jest belweder? Brzmi jakoś nieprzyzwoicie, coś między bidetem a biusthalterem – zagaił jej kawaler.

– Piękny widok. – Masza ruchem podbródka wskazała okno, przy którym posadził ich kelner. – Chociaż na ogół nazywano tak miejsca dość wysoko położone, z których widać cudny krajobraz...

– Nigdy nie myślałaś o tym, żeby zostać tu już na zawsze? – spytał nagle, dziwnym trafem wypowiadając na głos jej najskrytsze marzenia.

Masza skierowała wzrok za szybę – na „zdumiewająco najprzepiękniejszy belweder": widok ośnieżonego Placu Carskiego, niedziałającej zimą fontanny „Iwan", białej góry Ogrodu Carskiego, na winny zbrodni albo też niczemu niewinny tramwaj. Lecz tramwaj nie psuł bajki.

„Zginął człowiek...

Czy powinnam go znać?"

„Świątki. Boże Narodzenie. Nowy Rok. Potem Objawienie Pańskie".

– Cały czas – wyznała żarliwie Krasawickiemu. – Myślę o tym cały czas, gdy tu jestem.

– Nie chce się wracać, prawda?

– Prawda.

– Mnie też się nie chce – przyznał Mir. – Podoba mi się tu. Jestem tutaj ledwie od godziny, a już zostałem bohaterem.

– I ja... W sensie: jestem tu zupełnie inna niż tam. Jakby taka jak trzeba.

– No to jak, zostajemy?

– Ty tak poważnie? – Masza badała Mira spojrzeniem.

– A czemu nie? – Wzruszył ramieniem. – Sama pomyśl: kim tam jestem? Zabójcą. Satanistą. A ty? Pojutrze możesz przestać być Kijowicą. Lub jeszcze gorzej: zginiesz w pojedynku...

„Albo jeszcze gorzej: przeżyję i wrócę do domu, do mamy...

...a za jakieś cztery miesiące i tak będę musiała się przyznać, że spodziewam się dziecka.

Jak ona będzie krzyczała... jak się wydrze!

A ja nawet nie będę mogła niczego wyjaśnić. Przecież powiedzieć, że jego ojcem jest Michaił Aleksandrowicz Wrubel, to tak, jakby... jakby..."

– A tu nikt nas nie zna – ciągnął swój wywód Mirosław. – Możemy uchodzić za małżeństwo. Uchodzić, ale się nie pobrać –

uprzedził odmowę. – Na półce w waszej Wieży czeka od ręki trzysta paczek banknotów, nie mniej. W każdej po dwadzieścia setek albo pięćdziesiątek. Przy najprostszym podliczeniu to będzie... – Poruszył bezgłośnie ustami, licząc. – Ponad pół miliona. Z takimi pieniążkami w dziewiętnastym wieku można się nieźle urządzić!

– Należą nie tylko do mnie. – Masza wystraszyła się pokusy. – Ale też do Katii i Daszy.

– Masza – Mir wesoło przyjął nieadekwatność argumentu – na cholerę im te papierki? W naszych czasach to nawet nie unikatowy zabytek, tylko ładna makulatura.

Miał rację!

I pokusa, która owładnęła Maszą już wcześniej, znowu podeszła jej do gardła.

Zostać tutaj... Zapomnieć o Sądzie między Niebem a Ziemią, w którym na pewno przegrają, zapomnieć o pytaniach bez odpowiedzi: „Co robić? Dokąd iść? Jak to wyjaśnić matce?". Zostać tutaj, gdzie nie będzie ciężarną dwudziestodwuletnią studentką, na którą, pamiętając dziwny ukłon Wasilisy i Markowny, w instytucie zawsze już będą patrzyli z ukosa, z badawczym niezrozumieniem, ze złym szeptem. Nie zostanie samotną matką, zahukaną przez własną rodzicielkę i niemogącą nawet wymówić głośno nazwiska ojca swego dziecka.

Bo przecież tutaj, tutaj, tutaj, w 1894 lub 1895 roku ojciec jej dziecka wciąż żył!

I jeszcze się nie ożenił! Jeszcze przez dwa lata będzie kawalerem!

Ta świadomość ogarnęła Maszę jak pożar.

Kowalowa zamarła, próbując opanować drżenie rąk, zwalczyć napierające na nią, niedające się odrzucić pragnienie, by z krzykiem zerwać się zza stołu, odebrać Mirowi wszystkie pieniądze i biec, biec, biec, jechać tam, gdzie był jej ukochany!

Oczywiście wątpliwe, by mogła teraz, w 1894 lub 1895 roku, wyjaśnić Miszy Wrublowi, jak udało się jej zajść z nim w ciążę, skoro po raz ostatni widzieli się w roku 1884. Ale ją będzie pamiętał!

Pamiętał ją przez całe życie. On ją kocha! Po dziecięcemu szczery, dobry, nieskończenie skłonny do poświęceń, przyjmie ją nawet z „cudzym" dzieckiem! Ożeni się z nią po bożemu...

Dlatego że tu...

„Czemu nie pomyślałam o tym wcześniej? Tutaj..."

Tu, w 1894 lub 1895 roku, nie była Kijowicą! A to znaczy, że mogła wejść do swojego ulubionego, najpiękniejszego w świecie soboru Świętego Włodzimierza, zapominając, że w innych czasach jest skalana, zbłąkana, przeklęta...

Zapomnieć o tacie? O Mirze? Zlekceważyć daną mu obietnicę? Przecież jeśli nie będzie Kijowicą, nie da rady go odczarować, a żyjąc z Miszą, nie może być z Mirem.

Zapomnieć o Mieście? O Kijowie, któremu grozi niebezpieczeństwo?

Nie.

Nie...

„Może potem?"

– Stop! – Z ulgą odegnała pokusę. – Jak mielibyśmy tutaj żyć? Zaraz trafimy na rewolucję i będzie po wszystkim, koniec. Kijów płonął dziesięć dni, ludzi zabijano na ulicach za to tylko, że mieli binokle na nosie. A potem pierwsza wojna światowa, druga, głód w trzydziestym trzecim...

– Racja – zgodził się z nią Mir. – Zapomniałem. Ale możemy wyjechać do Paryża.

– Nie.

Do Paryża Masza jechać nie chciała i dlatego wyjęła z torebki czasopismo „Renesans", ciesząc się, że jego papierowa, stylizowana na retro okładka idealnie pasuje do miejsca i czasu.

A więc: „do Ogrodu Carskiego z jego bujnymi klombami...".

Mir milczał, cierpliwie czekając, aż Masza skończy czytać artykuł.

– „...zapewne w ogrodzie występował wędrowny cyrk lub zwierzyniec, ponieważ Ani i jej siostrzyczce Rice (Irenie) przydarzyła się straszliwa przygoda. Dziewczynki wpadły do zagrody niedźwiedzia".

W uszach zadźwięczało przeciągłe krakanie kruka. Kobiecy krzyk: „Zróbcie coś!".

– Wszystko w najpierwszorzędniejszym guście! – zagłuszył go służalczy tenor. – Najlepsze dania à la carte! Proszę, wasza łaskawość, fileciki z drozdów. Paluszki lizać, jakie pyszne!

Słodki jak karmelek lokaj patrzył na Mira z takim uwielbieniem, jakby był w nim beznadziejnie zakochany przez ostatnie dwadzieścia pięć lat.

„Zgroza otaczających nas ludzi. Dałyśmy słowo bonie, że nie piśniemy o tym zdarzeniu mamie" – tak wspominała wypadek Anna Andriejewna.

„Ciekawe. Okazuje się, że..."

– Przepiórka po genueńsku, jeśli łaska! I specjalnie dla zachwycającej damy: jajka *de cocotte* w pieczarkowym sosie w kokilce. Przysmak bogów!

Dama spróbowała zdobyć się na niewyraźne dziękujące skinienie i zauważyła inną damę, siedzącą przy stoliku opodal. Tamta patrzyła na Maszę z żarłoczną zawiścią. Wątpliwe jednak, by żarłoczność odnosiła się do pieczarek, raczej chodziło o nieopisanie przystojnego Mira.

„Czemu on się we mnie kocha?"

– Wódka Szustowska, Smirnoffska, Moskiewska nadzwyczajna, koniak Wyborowy.

– Wybaczy pan, jestem z damą – zabrzmiał basem Mirosław.

– Mamy również wina. Zagraniczne: bordeaux, włoskie...

Jak to zauważyła L.K. Czukowska: „Kijów to wesołe, jasne miasto i jego dawne czasy niestraszne".

„Tak, prawda. Ale nie lubiłam przedrewolucyjnego Kijowa. Miasto prostackich kobiet" – wyznała Anna Achmatowa...

I tym wyznaniem w mig nastawiła Maszę przeciw sobie.

Kowalowa podniosła oburzony wzrok na kelnera (który właśnie wycofał się od ich stolika).

„Nie lubić Kijowa! Teraźniejszego to rozumiem... Ale przedrewolucyjnego?!"

Obrzuciła oskarżycielskim spojrzeniem pieczone jajka (ułożone w specjalnej kokilce z wgłębieniami w kształcie jajek i z rączką w postaci gołonogiej bogini).

„Powiedziałaby jeszcze, że Kijów to nie Petersburg! A kim ona właściwie była?!"

Odwróciła się do okna i znalazła za nim wsparcie w bryle wznoszącego się na górce Instytutu Panien Szlachetnie Urodzonych.

W którego jadłospisie jajka nazywano „kurzym owocem", aby szlachetnie urodzone wychowanki nie domyśliły się ich pochodzenia. I w którego szlachetnych murach panienka Anna Gorienko nigdy się nie uczyła, co dało studentce możliwość zaliczenia Anny do kiepsko wykształconych.

„Też mi arystokratka! Córka inżyniera. Kursantka".

– Rasstiegajczyki z truflami! Pyszniutkie, niegłupiutkie.

Ale przy „rasstiegajczykach z truflami" Achmatowej zostało wybaczone.

„Kijowski Wrubel. Bogarodzica z szalonymi oczyma w cerkwi Świętego Cyryla. Dni wypełnione taką harmonią, że kiedy odeszła, nigdy już do mnie nie wróciła" – brzmiał ostatni kijowski zapisek Anny Achmatowej.

Masza pokręciła głową, nie rozumiejąc.

„Nie lubiła Kijowa" nie pasowało do „wypełnionych harmonią dni".

Miłość do malowideł Miszy – z kiepskim wykształceniem.

I w kijowskim chramie Przemądrości Boga
Padłszy na podłogę, tobie poprzysięgłam...

Kijowica odłożyła czasopismo.

Podczas gdy ona przeżywała rozterki związane z przyszłą pierwszą poetką Rosji, Mir zdążył się ostatecznie zaaklimatyzować w Przeszłości, skosztowawszy pięciu różnych win: santo, Lacryma Christi, Bolgatur, małmazji, kachetyjskiego – wybrał to ostatnie.

– Nie zechce się pani posilić, *mademoiselle* Kowalowa? – Złowił jej wzrok. – Po pani zbożnych trudach?

Utrudzona *mademoiselle* przełknęła ślinę.

Stół uginał się od niewiarygodnej liczby potraw, których nazwy Masza, wychowana na ziemniakach i kaszy, znała tylko z dzieł klasyków.

Tuż przed nią, w srebrzystym naczynku, stał sterlet poprzekładany trufelkami.

Kijowica z niezdecydowaniem zerknęła na srebrny widelec.

– No, jedz, Masz, zajadaj, dokąd ci się śpieszy, czas i tak stoi w miejscu! – rozwiał jej wątpliwości Mir. Jedz i opowiadaj, co raczyłaś wymyślić.

– O Lirze nie ma więcej ani słowa... – Przez następne piętnaście minut Masza milczała, posłuszna powiedzeniu: „Czekolada-marmolada, przy jedzeniu się nie gada". – Ale miałeś rację. – Rasstiegajcziki objawiły się jako nieopisanie pyszne! – Oprócz dziadka Erazma Iwanowicza, który służył w kancelarii generała-gubernatora Bibikowa, Achmatowa miała silne więzi z Kijowem. Tutaj oświadczył się jej Nikołaj Gumilow. Tu, w Kijowie, pobrali się w cerkwi Mikołaja Cudotwórcy. W Kijowie mieszkała jej rodzona ciotka i mnóstwo kuzynów i kuzynek. Do Kijowa, rozwiódłszy się z mężem, ojcem Anny, sprowadziła się też jej matka. I mieszkała tutaj dość długo z tą samą córką Iją, która urodziła się w Kijowie zimą tysiąc osiemset dziewięćdziesiątego czwartego... Dokładniej: właśnie tej zimy. – Skinęła głową w stronę okna.

Na nieczynnej zimą fontannie „Iwan" przysiadł czarny kruk.

– I jeszcze tej samej zimy... – Kowalowa z trwogą patrzyła na zimowy pejzaż naznaczony czarną kropką. – ...w Kijowie ukochany brat Anny Andriej zachorował na dyfteryt. Wtedy była to groźna choroba, cudem uniknął śmierci. A kiedy dorósł, ożenił się z jedną ze swoich kijowskich kuzynek.

– I jaki z tego wniosek? – zapytał Mirosław.

– Jeszcze nie wiem. Tymczasem z całą pewnością wiadomo nam jedno: Achmatowa faktycznie znalazła w Ogrodzie Carskim broszkę, to nie wymysł. I gdy tylko ją znalazła, ona i jej siostra Rika o mało nie wpadły w łapy niedźwiedzia.

– Jej siostra o mało nie wpadła w łapy niedźwiedzia. – Mir odsunął talerz. – Byłem tam – przypomniał. – Widziałem jego ślepia. Były bardzo... skupione na celu. Niedźwiedź nie patrzył na mnie. Chciał tylko jej, tej małej. A nie Anny.

– To znaczy – Masza zamrugała – chcesz powiedzieć, że chodziło o Rikę? Ale co było w niej szczególnego? – Otworzyła odłożony wcześniej magazyn, lecz nie znalazła tam nic, co by wyjaśniało sprawę. – Rika nie była kijowianką. Nie znalazła Liry. Nie dotknęła jej... Co prawda bardzo chciała, wołała „Daj, daj!". Może tak się rwała do broszki, ponieważ Lira była przeznaczona dla niej? Może to Rika miała zostać poetką?

– Nie – wyrzekł ponuro Mirosław. – Obawiam się, że dla Riki był przeznaczony tylko niedźwiedź. Patrzył na nią w taki sposób... – Oczy Mira przyoblekły się w mrok. – Takimi ślepiami patrzą, kiedy zamierzają zabić. Nie. Kiedy mają nakazane zabić – poprawił się.

– Jak to nakazane?

– Kiedy ktoś im to nakazuje. Tak jak mnie nakazała Kyłyna, gdy potrzebowała krwi. Krwawej ofiary!

– Krew ofiary – powtórzyła z pamięci Kowalowa. – Kyłyna. „AAA nie rozleje, BD nie pójdzie...". Anna znalazła Lirę, a Riki o mało nie rozszarpał niedźwiedź. Tej samej zimy brat Andriej tak się rozchorował, że ledwie uszedł z życiem. A jakiś człowiek wpadł pod tramwaj.

Przed oczami duszy zarysował się jej jakiś ciąg logiczny. Przed oczami ciała zaś – okno i czarny kruk za nim.

– Dobrze. – Masza przerwała samej sobie. – Podejdźmy do tego z innej strony. Jeśli Lira istotnie coś tam oznaczała, to dlaczego Anna, znalazłszy ją w wieku pięciu lat, nie została cudownym dzieckiem? A prawdziwe wiersze zaczęła pisać dopiero, kiedy dorosła, mając dziewiętnaście, dwadzieścia lat?

– A przedtem? – dopytał Mir.

– Pisała naiwnie jak normalne dziewczynki. Przeczytawszy jej pierwsze wiersze, Nikołaj Gumilow powiedział: „Może lepiej zaczniesz tańczyć? Jesteś gibka".

– Czyli że wiersze były takie sobie?

– I gdzie się podziała Lira? Dlaczego nie ma o niej żadnych wzmianek?

– A może zapytasz ją o to sama?

– Kogo?

– Annę Andriejewną Achmatową. – Mir uśmiechnął się konspiracyjnie.

– Jak?

– Po prostu podejdź i zapytaj.

– No, to nie takie proste... – Masza znów zagłębiła się w artykuł. – Do Kijowa Anna wróciła dopiero, mając siedemnaście lat, w sierpniu tysiąc dziewięćset szóstego roku. Do tego czasu jej rodzice zupełnie się już rozstali, ojciec roztrwonił kapitały żony i został w Petersburgu. Matka sprowadziła się do Kijowa, do siostry. Anna dostała się do starszej klasy gimnazjum Funduklejewa. Pieniędzy nie było, żyły bardzo biednie. W Kijowie Annie była bliska tylko kuzynka Maria Zmuncziłło, z którą potem ożenił się jej brat. Jeśli tego nie liczyć, była samotnicą, wyalienowaną, hardą i nietowarzyską. Jak ja mam do niej podejść?

– Fakt – zgodził się Mir. – Do gimnazjum też cię nie przyjmą, za późno.

– Nie zdam ani jednego egzaminu, nawet z języka rosyjskiego i piśmiennictwa, nie umiem pisać z jaciami. Nie mówiąc już o niemieckim, francuskim, logice, łacinie, słowie bożym...

Mir w milczeniu wyjął czasopismo z jej rąk i zaczął przeglądać artykuł.

– Widzę jeden doskonały sposób. – Tknął palcem papier.

– Jaki? – zainteresowała się Masza.

– Powiem, jeśli mnie pocałujesz. No, Masza... Choć w policzek!

Masza machinalnie musnęła dłonią własny policzek i najwyraźniej nie znalazłszy w tym muśnięciu nic przerażającego, zgodziła się niechętnie:

– Dobrze. Mów.

– Cytuję! „Nie lubiłam przedrewolucyjnego Kijowa. Miasto prostackich kobiet – wyznała Anna Achmatowa. – Było tam wielu bogaczy i cukrowników. Wydawali tysiące na ostatnie krzyki mody, oni i ich żony... Moja ponadstukilowa kuzynka, czekając na przymiarkę u słynnego krawca Szwejcera, całowała obrazek Mikołaja Cudotwórcy i mówiła: »Zrób tak, żeby dobrze leżało«".

– No i co? – zapytała Masza, w myślach odżegnując się od pocałowania Mira (nawet w niestraszny policzek!).

– Mamy wszystko, czego nam trzeba! Szwejcer to słynny krawiec. Łatwo znajdziemy adres jego pracowni. Jeśli cię dobrze zrozumiałem, zaklęcie samo naprowadzi nas na dzień i godzinę, które mamy poznać. A zakłady krawieckie, fryzjerskie i kosmetyczne to miejsca, gdzie kobiety najprędzej nawiązują znajomości. Moja matka wiecznie kogoś poznaje u manikiurzystki. Najważniejsze to znaleźć w waszej szafie odpowiedni klucz!

– Nieźle – przyznała Masza z konsternacją i tchórzostwem w głosie.

– A czytałaś – zagruchał miłośnie Mirosław – że Nikołaj Gumilow oświadczył się Achmatowej właśnie tutaj, w restauracji hotelu „Europejskiego"? Być może przy tym samym stole!

„Po prostu podejdź i spytaj..."

Łatwo powiedzieć: „Podejdź i spytaj"!

To Dasza mogła tak po prostu podejść do pierwszej lepszej osoby i zagadać do niej tak, jakby rozmawiała z rodzoną i ulubioną ciocią.

Mir też mógł – ze swoją paraliżującą aparycją potrafił uwieść dowolną przedstawicielkę płci przeciwnej, zanim jeszcze podszedł do niej i otworzył usta.

Ale Mir, nieodmawiający zawarcia znajomości z gimnazjalistką Gorienko, szczegółowo wyjaśnił Maszy problematyczność takiego projektu.

– Zrobię, jak każesz. Ale zrozum: początek dwudziestego wieku to nie początek dwudziestego pierwszego. Tam mogę zagadnąć dowolną kobietę, spodobać się jej i gawędzić z nią przez godzinę... I to normalne. A tutaj moja próba porozmawiania z nieznajomą przyzwoitą damą to już dla niej zniewaga. A jej odpowiedź: pierwszy krok do awantury! Dobrze wychowana siedemnastoletnia panna, która przyszła z kuzynką do modystki, trzech słów nie zamieni z postronnym mężczyzną. Tym bardziej jeśli się jej spodoba: zmiesza się, zaczerwieni i zatka. A z moją mordą to tylko uciekać. Pomyśli, że jestem Lermontowskim Demonem kusicielem przybywającym albo z piekła, albo ze speluny o kiepskiej reputacji.

Mir był przekonujący.

Ale Masza miała swoje argumenty.

– Boję się! Mogę pójść, podejść, spróbować. Ale ze strachu dwóch słów nie sklecę. Znasz mnie przecież. Nie umiem rozmawiać z nieznajomymi, a nawet ze znajomymi nie zawsze...

Dyskusja toczyła się po drodze do domu.

Jako że tam, gdzie czas miał znaczenie, i tak stał w miejscu jak słup, a tu, gdzie upływał, mieli go ile dusza zapragnie, Masza i Mir drogę powrotną przez Krieszczatik pokonywali pieszo.

Zatrzymali się przy miejskiej choince.

Poczekali, aż zegar na wieży Dumy wybije godzinę trzecią.

Z minutę z zainteresowaniem oglądali witrynę sklepu „kiełbasianego mistrza", który urządził bożonarodzeniową wystawę wędlin przeróżnych rodzajów, i razem zachichotali, kiedy odkryli wśród nich świński łeb w wianku z różowych róż oraz ozdobioną fiołkami szynkę.

Potem pochyleni przez co najmniej kwadrans niczym prawdziwi znawcy przyglądali się widniejącej u podstawy domu tabliczce z napisem: „10 czerwca 1865 roku". Tabliczka ta miała przypominać mieszkańcom miasta, do jakiej wysokości doszła woda zalewowa tamtego dnia. Aż do początku XX wieku powodzie w dolinie Krieszczatiku zdarzały się z niezawodną regularnością i straszna rura kanału odpływowego połykała niewinnych przechodniów, wciągniętych wirem rwącej wody...

– Słuchaj, może pójdziemy do kina?!

Masza aż szeroko otwarła oczy, tak bardzo współcześnie zabrzmiała propozycja.

– Mir – roześmiała się – jak ty zdawałeś egzaminy, zanim wziąłeś moje ściągi? Jakiego kina? Jeszcze go nie ma! Pierwszy w świecie seans filmowy braci Lumière odbędzie się w Paryżu w grudniu tysiąc osiemset dziewięćdziesiątego piątego roku!

– A teraz jaką mamy datę?

– Jest styczeń dziewięćdziesiątego piątego albo grudzień dziewięćdziesiątego czwartego.

– I nieprawda – uparł się jej kolega z roku. – Kino już jest. Pierwszy aparat kinowy zbudował Timczenko, mechanik z Odessy. A jego pierwszy film miał pokaz w tysiąc dziewięćset dziewięćdziesiątym czwartym, czyli już był. Tylko w naszym kraju wynalazek głupio zaprzepaszczono. A tam, w Paryżu, patent na kino dostali bracia Lumière.

– Poważnie? – zdumiała się Masza. – Nie wiedziałam.

Mir został zrehabilitowany!

– Ale – uśmiechnęła się pojednawczo – do kina i tak nie pójdziemy. Nie jesteśmy w Odessie. Póki co mamy do dyspozycji tylko somnambulików jasnowidzących we śnie oraz kobietę z brodą: niedrogo, wstęp pięć kopiejek. O Boże, patrz! – Masza po przeciwnej stronie ulicy zauważyła inny sklep z szyldem: „A. Bałabucha”.

– Słodki król! – zrozumiał ją Mirosław.

– Jego wnuk – uściśliła drobiazgowa Masza. – Jeden z nich...

Następca „króla”. Bałabucha A. już nie pierwszy rok rywalizował o kijowski tron z drugim wnukiem, Bałabuchą N. Toczyli z sobą prawdziwą gazetową wojnę. Ale Masza zdecydowanie oddawała pierwszeństwo wnukowi A, rodzonemu synowi Bałabuchy drugiego, najsławniejszego z dynastii kijowskich kupców cukierników.

W jego sklepie Mir, jak przystało na mężczyznę, wydał jeden rubel dwadzieścia pięć kopiejek (niebosiężną kwotę, zważywszy na to, że w mniej prestiżowej, nie „Europejskiej" restauracji można było zjeść dwudaniowy obiad za szesnaście kopiejek!) i nabył dla swojej damy drogocenny słoik ze złotą etykietą i napisem „Kijowskie warienie".

– Zasłoń mnie! – zawołała dama, wybiegając na ulicę.

Historyczka łapczywie zerwała pokrywkę, rozejrzała się jak złodziej i wysunąwszy język, ostrożnie liznęła zakonserwowane w cukrze owoce.

Konfitura ta, nazywana „suchym warieniem", uczyniła pierwszego Bałabuchę „carską personą". Jej receptura, obecnie zaginiona, była historyczną tajemnicą! Nikt nie widział, kto ją opracował. Wszystkim jednak było wiadomo, że kijowskie suche warienie można kupić tylko tutaj. W czasach Katarzyny II z Petersburga wyprawiano do Kijowa specjalne konfiturowe ekspedycje w celu zakupienia partii smakołyku na imperatorski stół – dla carskiej rodziny i dworu.

W 1876 roku w gości do „króla" Bałabuchy drugiego przyjechał z powodu warienia sam następca włoskiego tronu, książę Humbert z żoną księżniczką, a w 1883 hiszpański infant, wracając z koronacji Aleksandra III, specjalnie wstąpił do Kijowa, żeby na Krieszczatiku kupić parę pudów „kijowskich kandyzowanych owoców".

– No i jak? – Mir uczciwie starał się zasłonić Maszę przed wzrokiem przechodniów.

– Nie wiem – odpowiedziała niepewnie. – W ogóle nie przepadam za słodkościami. Ale tak marzyłam, żeby tego spróbować! Tyle o tym czytałam... A ty? O czym marzyłeś?

– Ja? – Krasawicki zamyślił się na sekundę. Złapał Maszę za rękę i pociągnął ją na drugą stronę ulicy, tę z parzystymi numerami. – To – uświadomił sobie, wskazując na narożny budynek – róg Krieszczatiku i Prorieznej?

– No tak...

Mir z zadowoleniem kiwnął głową i zapytał głośno, zwracając się do przechodniów:

– Czy wiecie państwo, kim był Panikowski? Czy przypadkiem państwo nie wiecie, kim był Panikowski przed rewolucją*?

– A gdzie jest nasz dom? – zainteresował się Mir.

– Jeszcze go nie zbudowali! – odpowiedziała wesoło Masza. – Postawią go dopiero w dziewięćdziesiątym ósmym, za cztery lata.

Wspięli się ulicą Prorieżną (którą w 1840 roku doprowadzono do Krieszczatiku, przecinając dawne Wały Jarosława otaczające Złotą Bramę), doszli do Wału pod numer pierwszy, gdzie nie było jeszcze koralowego domu wyglądającego jak zamek ani nawet nic nie zapowiadało, że tam stanie.

Gdzieś w połowie przejazdu przebitego przez Wał ich droga nagle zbiegła się z trasą wąsatego właściciela tajemniczego notesu – Masza rozpoznała go dopiero wtedy, gdy zrównawszy się z pozostałościami Złotej Bramy, jegomość zatrzymał się, znowu wyjął notes i zaczął w nim pisać.

– Ciekawe, co on zapisuje – powiedziała. W XIX wieku ciekawiło ją dosłownie wszystko, ale szczególnie to, co dawało się zakwalifikować jako „zbieg okoliczności". – Zauważyłeś, że wpadamy na niego już po raz drugi? Był na placu, kiedy tramwaj przejechał człowieka. Stał za twoimi plecami. I też coś notował. Kto to może być?

– Detektyw – przypuścił Mirosław.

– Albo dziennikarz.

– Zaraz się dowiemy! – zuchowato obiecał Krasawicki. – Podrzuć mi ze dwa, trzy słowa i frazy, żeby było śmieszniej. W rodzaju belwederu.

* Na rogu wymienionych ulic od 1998 roku stoi pomnik Michała Panikowskiego, jednego z bohaterów powieści *Złote cielę* (1931) autorstwa Ilji Ilfa i Jewgienija Pietrowa (przyp. tłum.).

– Noo... – Masza zmrużyła oczy. – „Okrutnie" znaczy „bardzo". „Pysznie" znakomicie. „Wyelegantować się" to „wystroić". „Rad jestem" to „cieszę się". „Czyżem się omylił?".

– A jak się do niego zwracać?

– Szanowny panie, łaskawy panie, dobrodzieju...

– Uda się! – Mir, niewiele myśląc, doskoczył do wąsatego jegomościa i z entuzjazmem wyciągnąwszy ręce ku niebu, zaczął nieprzerwanie trajkotać: – Moje uszanowanie łaskawemu panu! Witaj, dobrodzieju! Pamięta mnie pan, prawda? Jestem Krasawicki! No, przypomniał pan sobie! – ucieszył się z aprobatą, ignorując konsternację malującą się na twarzy tamtego. – Widzę, że pan sobie przypomniał! Rad jestem okrutnie, że pana widzę w zdrowiu. Pysznie się pan wyelegantował, z klasą! A dobrodziej pisze i pisze...

– Tak, piszę – zgodził się wąsacz, spoglądając na Mira z zaniepokojeniem.

– Czy to nie piękny belweder wzbudził w panu pisarskie natchnienie? – Mir zatoczył łuk ręką. – Piękno zniewalające. Kijów to miasto cudeńko! Czyżem się omylił? – spytał przypochlebnie.

„Co za bzdura" – zdenerwowała się Masza. „Przecież ci mówiłam. Belweder to podwyższenie lub wieża, pagórek z altanką".

– Nie, nie belweder... – Jegomość poszukał wzrokiem czegoś, co dałoby się określić zasłyszanym włoskim słowem, ale nic takiego nie znalazł.

Nie było Wieży Kijowic ze szpiczastą wiedźmią czapką.

Nie było na rogu Włodzimierskiej i Prorieznej czteropiętrowego domu z wieżą w okrągłej carskiej czapie.

W Kijowie-Złotogłowie jak okiem sięgnąć nie było ani jednego wysoko położonego punktu oprócz setek złotych kopuł, setek cerkwi!

– Dręczy mnie pewna anegdota, raczej budząca grozę niż piękna. – Sądząc z powolności słów wąsacza, na próżno starał się przypomnieć sobie naprzykrzającego się mu entuzjastycznego przystojniaka w cylindrze. – Dzisiaj o pierwszej po południu na

Placu Carskim na moich oczach tramwaj zabił człowieka. Piekielna maszyna...

– Proszę wybaczyć, żem natrętny – przerwał mu Krasawicki – ale jeżeli tramwaj uznamy za piekielną maszynę, to z Szatana jest szatański ślusarz i technik! – Prześmiewcze nuty w głosie Mirosława wskazywały na to, że on, satanista z XXI wieku, mimo najszczerszych chęci nie potrafił powiązać pojęcia piekła z małym, przedpotopowym tramwaikiem.

Ale co mówić o tramwaju, jeśli w obecnym (albo następnym) 1895 roku jakiś włościanin o mało nie pobił pałką rowerzysty na śmierć, autentycznie uznawszy go za czarta, a rower za piekielną maszynę! A przecież rower, w odróżnieniu od tramwaju, nikogo nie uśmiercił...

– Pozwolę sobie zaprzeczyć – żachnął się jegomość. – W kieszeni ofiary znaleziono zapisek wielce osobliwej treści, mający bezpośrednie powiązanie z diabelstwem. Pozwolono mi to przepisać.

– Pozwoli pan zerknąć z ciekawością? – Mir już wyciągał bezceremonialne ręce do notatki.

Masza też miała wielką ochotę zerknąć z ciekawością.

Tak bardzo ją korciło, że wspięła się na palce, choć oczywiście nie mogło jej to przybliżyć do zaspokojenia ciekawości.

– Przesądy. Zacofanie. Ciemnota – podsumował Mir Krasawicki swoje poglądy na temat przeczytanej notatki. – Ale co ja! – Nie dał wąsaczowi wtrącić się ani słowem. – Niech mi lepiej szanowny pan powie, bom niezorientowany, gdzie można przeczytać pańską twórczość. Naszego Tołstoja! Będziemy wyczekiwać z niecierpliwością! Bo pan okrutnie dobrze pisze, dobrodzieju. Zatem gdzie? Gdzie?

– W „Kijowskim Słowie", jeżeli pan chętny. Będę zaszczycony. A teraz wybaczy pan, śpieszę się. – Jegomość zatrzasnął notes i skinąwszy krótko natrętnemu frantowi, oddalił się prędko.

– Więc jednak dziennikarz. – Mir zwrócił się do Maszy. – Jak wypadłem?

– Szybko się uczysz – pochwaliła go.

– Masz, trzymaj. Wiedziałem, że zechcesz przeczytać. – Krasawicki podał jej karteluszek.

– Ukradłeś mu to?! – Studentka o mało nie zasłabła.

– Sprytnie, co?

– Ale niełądnie – zganiła go Kowalowa.

Niemniej rozłożyła kartkę i przeczytała zachłannie.

Na wyspie Kijanie, na morzu Oceanie stoi dąb prastary.
Na tym dębie prastarym leży łoże ciosane.
Na tym łożu ciosanym leży puchowe posłanie.
Na tym posłaniu leży Katerina z dwiema swoimi siostrami...

Żmijo Katerino z twoimi dwiema siostrami, zbierz wszystkie swoje żmije i swoje węże. Trzynaście sióstr i trzynastu braci: z zarzecza, spod pieca, ze szpary i z mary, z podwórka, z pagórka, z lasu, ogrodu i rowu, co nie pomnę ich rodu. Wymień je sobie sama, zła babo kolcami usiana. Zbierz je i spytaj, które z nich dla zabawy wpuściło swój jad do chrzczonego ciała Ojczyzny Rusi.

Proszę cię, żmijo Katerino z twoimi dwiema siostrami, wyjmijcie swój jad ze chrzczonego ciała Rusi! Jeżeli nie pomożesz, swojego jadu nie wyjmiesz, poskarżę się aniołowi archaniołowi na niebiosach, groźnemu, z toczoną kopią i płonącym mieczem. On was zwycięży, spali ogniem, a popioły wasze wrzuci do oceanu-morza, rozniesie wasze plemię i ród.

Oto dla was jedna odpowiedź. Sto trzynaście dla was odpowiedzi.

Maszą wstrząsnęło tak, jakby ją poraził prąd elektryczny, który od 1892 roku zasilał lampy na Krieszczatiku.

„Żmija Katerina..."

„K+2"! „Żmija Katerina z dwiema swoimi siostrami"!

„AAA nie rozleje..."

– Coś się stało? – zaniepokoił się z miejsca Mir.

– Nie rozumiem związku...

Masza nie widziała najmniejszego powiązania między Katią, dziwnym spiskiem (nijak nie wpisywał się w historię Anny i Liry) i Anną Achmatową (która w żaden sposób nie uczestniczyła w tramwajowej tragedii).

– A jednak jakiś związek jest – powiedziała studentka. – Wiesz – dodała po namyśle – tak się zastanawiam... Pierwszy w Rosji tramwaj jest rówieśnikiem Bułhakowa. Bułhakow urodził się w maju tysiąc osiemset dziewięćdziesiątego pierwszego roku, tramwaj ruszył w maju następnego roku. Ale przecież tramwaj, tak jak człowiek, przychodzi na świat nie wtedy, kiedy zaczyna działać czy chodzić. Pierwszy test eksploatacji wagonu elektrycznego tramwaju na Zjeździe Aleksandrowskim przeprowadzono w dziewięćdziesiątym pierwszym! Są więc rówieśnikami. Przyszli na świat w tym samym czasie. I obydwaj w Kijowie. Może to nie przypadek, że powieść *Mistrz i Małgorzata* rozpoczyna się od tramwaju? Tam przecież tramwaj też pełni funkcję „piekielnej maszyny"... To nie ma jednak związku ze sprawą Achmatowej – poprawiła szybko samą siebie.

Mir patrzył na nią z dziwną uwagą.

– Masza, nie chciałem szarpać ci nerwów – odezwał się – ale możliwe, że to ważne. Nie powinienem był wtedy kłamać. Zresztą właściwie nie skłamałem. Kobieta to też człowiek.

– To była kobieta? – domyśliła się Masza.

– Tak. Pod ten tramwaj wpadła kobieta. Przeprowadzała przez ulicę dziewczynkę, może sześcioletnią... Ale nie martw się. Dziewczynka w ostatnim momencie odskoczyła. Przeżyła. Tylko że to nie wszystko... – rzekł, zacinając się. – Tej kobiecie odcięło głowę.

– Jak Berliozowi!

Te słowa Masza i Mir wypowiedzieli jednocześnie.

Rozdział siódmy,

w którym Dasza szykuje się na śmierć

Rika zmarła na gruźlicę, kiedy Ania miała pięć lat. Rika mieszkała u cioci i jej śmierć trzymano w tajemnicy przed pozostałymi dziećmi. Tym niemniej Ania poczuła, co się stało, i jak potem mówiła, ta śmierć położyła się cieniem na jej dzieciństwie.

~ Witalij Wulf, *Północna gwiazda*

Eche-chech...

Kijowica rzuciła pożegnalne spojrzenie na zaśnieżone pozostałości Złotej Bramy – prawdziwej! Nie tej pompatycznej dekoracji operowej, którą wzniesiono później.

Ze smutkiem popatrzyła tam, gdzie za dwoma zakrętami krył się najpiękniejszy w świecie sobór Świętego Włodzimierza, jeszcze zamknięty nie tylko dla wiedźm, lecz dla wszystkich zwiedzających.

„Otworzą go w tysiąc osiemset dziewięćdziesiątym szóstym roku, na upamiętnienie dziewięćsetlecia chrztu Rusi".

Westchnęła. Przycisnęła do piersi bezcenne trofeum ze złotą etykietą, wzięła Mira za rękę, przeczytała zaklęcie i nie ruszając się z miejsca, przestąpiła sto dziesięć lat.

Nad nimi górował pseudośredniowieczny różowy zamek ze skrzydlatymi chimerami podtrzymującymi Wieżę z bajkowym szpiczastym hełmem.

Otaczało ich lato.

W futrze od razu zrobiło się jej gorąco i niewygodnie. Mir zdjął cylinder, w tej chwili wyglądający głupawo, i zaczął strząsać z siebie palto.

Masza spojrzała na zegarek.

Uciekając w Przeszłość, zapamiętała czas: 13.01.

Teraz czajka na jej ręce wskazywała 13.02.

Wychodziło na to, że przechadzka po 1894 lub 1895 roku według obecnej rachuby czasu zajęła im równo minutę.

Z boku naraz dobiegło:

– Chwała ci, Jasna Kijowico!

Masza wzdrygnęła się – przed nią stała spotkana niegdyś w alei Gimnazjalistów półnaga wiedźma.

– Pozwól sobie powiedzieć, moja Jasna Pani – poprosiła nieznajoma.

Masza szybko skinęła głową i pociągnęła suplikantkę pod gotyckim łukiem w kamienną, bezludną studnię podwórka.

– Proszę mówić. Można przy nim – zaświadczyła za Mirosława.

Na twarzy wiedźmy odmalowało się zakłopotanie.

Lecz zaraz zastąpił je strach.

– Całym sercem stoję po stronie Trójki! – zapewniła ze zdenerwowaniem. – Ale musicie wiedzieć, że w nocy te, które są wam przeciwne, zbierają się na czwartej Górze.

– Czwarta Łysa Góra to ta na Wydubiczach? – zapytała studentka.

– Tak. Tam, gdzie tracono zabójców.

Masza lekko pokręciła głową.

Czwarta Łysica była zaznaczona nawet na planach współczesnego Kijowa, a w powieści Michaiła Bułhakowa *Biała gwardia* wybuch na wydubieckiej Łysej Górze wyznaczał koniec starej i początek nowej, strasznej rewolucyjnej władzy.

– To znaczy, że mamy rewolucję – stwierdziła z zadumą Masza.

Ale o „białej" powieści Bułhakowa i o wyrokach śmierci wykonywanych na Łysej Górze Kowalowa wiedziała niewiele: tylko tyle, że właśnie tam, na czwartej górze, powieszono zabójcę Stołypina, kijowskiego prawnika Dmitrija Bogrowa.

– Robi się bardzo źle! – trajkotała informatorka. – Jest ich dużo. Jeżeli większość kijowskich wiedźm zjawi się na górze, przeprowadzą obrzęd przeciwko wam. Złożą swoją moc razem i przekażą ją Dziedziczce.

– Aknir dostanie dodatkową moc? – Masza zmrużyła oczy. – Dziękuję... Jak masz na imię?

– Ałła.

– Dziękuję, Ałła, że mnie uprzedziłaś.

Kijowica odprowadziła wzrokiem półnagą wiedźmę. Informacja była, co tu dużo mówić, niewesoła.

Moc Kijowic (niechby i niewyrośnięta, niewyrobiona, niewykształcona) to było jedyne, czym mogły przezwyciężyć Aknir, a teraz ta moc przestanie być ich atutem. Innych atutów zaś nie miały.

Zostało około półtorej doby – za mało, by się przygotować do boju. Ale dość, by pojąć, czego chce od nich Kijów.

„Powinnam ratować Miasto".

– Dobrze. Pójdę do Anny Achmatowej – ogłosiła swoje postanowienie Masza i zaraz w pełni zademonstrowała swój brak umiejętności, by mówić i jednocześnie się denerwować. – Tylko ty, Mir, nie idź ze mną... w sensie do nas do Wieży. Może jest tam już Dasza, a wątpliwe, żeby... Poczekaj na zewnątrz. Szybko się przebiorę w rzeczy odpowiednie do tysiąc dziewięćset szóstego roku i znajdę klucz, jeśli jest. A jeżeli go nie będzie, ale będzie Dasza, to wyjdę do ciebie i ci powiem...

Dasza była.

Masza zastała ją w porażającej pozie.

Prawą ręką Czub nieprzerwanie, krótkimi ruchami fanatycznie kreśliła znak krzyża, lewą zaś kartkowała Księgę, przytupując przy tym i biadoląc w trwodze:

– Panie Boże, proszę, proszę, Boże! O... Masza – szczerze ucieszyła się na jej widok. – Na rany Chrystusa, błagam, pomóż mi znaleźć zaklęcie. A czemu jesteś w kostiumie? ...Umieram! Sio!

Ostatnie słowo było skierowane do rudej Izydy plączącej się wokół jej nóg.

– Co z tobą? – Kowalowa postawiła na stole słoik ze złotą etykietą i rzuciła się do „umierającej".

– Głos mi odjęło!

– Przecież mówisz.

– Lepiej by było, gdybym nie mówiła, ale śpiewała! Ja nie mogę śpiewać, Masza! Już nie śpiewam. Sio, do kogo ja mówię!

– Dlaczego?

– Nie wiem! Sio! – („Sio" nigdy nie robiło na Izydzie najmniejszego wrażenia. Nie podziałało i teraz). – Byłam u ojca. Zaczął robić mi wyrzuty: „Co ty się tak wałęsasz bez roboty...". A ja na to: „Jestem piosenkarką. Skończyłam między innymi szkołę Glière'a! A że mam dwadzieścia pięt lat, to jeszcze wszystko przede mną Madonna wsławiła się, mając dwadzieścia sześć". I chciałam mu zaśpiewać, żeby się zamknął. Zaczynam... a głosu nie ma! Nie ma! Zupełnie! – oznajmiła Czub ze zgrozą i na potwierdzenie spróbowała zaśpiewać jakiś kuplet.

Rezultat był opłakany: o ile nie stroiła sobie żartów i nie drwiła, wyglądało na to, że jej głos, silny i dźwięczny, zamienił się w coś nieposłusznie drżącego, sycząco rwącego się i absolutnie pozbawionego siły.

Porażała w nim kompletna nieobecność jakichkolwiek śpiewaczych zdolności!

– Przecież go nie nadwerężałam – zajęczała płaczliwie Wstrząsająca. – Nie przeziębiłam. Nawet nie palę! Czemu tak nagle?!

Nie mając pojęcia, co jej powiedzieć na pocieszenie, Masza postanowiła wesprzeć ją czynem i wzięła od niej Księgę.

– Jeżeli nie wróci – Dasza biegała po Wieży, raz po raz potykając się o Izydę Puszek, która kleiła się do swych ulubionych nóg – to nie chcę żyć. Moje życie bez śpiewu nie ma sensu!

– Tak nie można... – Masza pośpiesznie wdrożyła poszukiwania środka na głosową bezsilność.

– A bez głosu można? Sio, mała, do kogo ja mówię? Widzisz, mama czuje się cholernie...

– Miau!

– Sio! Nie przeszkadzaj mamie w umieraniu...

– A co twój tata powiedział o wiedźmach? Były w waszej rodzinie? – Masza, poszukując zaklęcia, bezskutecznie starała się odwrócić uwagę nieszczęsnej Daszy.

– Ani jednej! – wycharczała Czub. – Po co mi wogle jakieś wiedźmy? Nie kumasz?! Głos mi odebrało. Jestem piosenkarką! Piosenkarką, a nie Kijowicą! Mam daleko gdzieś wszystkie kijowskie wiedźmy i ich durnowaty Sąd. Myślisz, że marzę, żeby po nocach wytrzeszczać gały na gwiazdy? Sama mogę być gwiazdą! Mogłam... No! Znalazłaś?

„Znalazłam".

Księga leżała otwarta na zaklęciu „Oręż". Kowalowa przebiegła oczami po wersach, sprawdzając swą pamięć.

Oto i ono! Idealne antidotum przeciw lękowi wobec czegokolwiek. Sądząc po tym, co opisano, Masza mogłaby nie tyle wejść do pracowni Szwejcera, lecz nawet wparować tam na golasa na białym koniu.

„Dasza straciła głos..."

– Pamiętam – studentka odpędziła zupełnie nie na miejscu pojawiającego się w jej głowie konia – był tutaj cały rozdział o tym, jak odzyskać z powrotem to, co się utraciło.

– No to dawaj! Jak najszybciej lej mi to w gardło... Bo się powieszę!

– Nie możesz...

– Rzucę się z balkonu!

– Zaczekaj minutkę...

– Albo pod tramwaj! Wzlecę na miotle pod niebo i spadnę na ziemię. Albo nałykam się lekarstw.

– Daszeńko, znalazłam! – Masza odwróciła się do skomlącej żałośnie koleżanki i zamknęła oczy, pragnąc się odgrodzić od niecierpliwych dźwięków, po czym przeczytała na głos:

– W imię Ojca mojego rozkazuję...

– Już? – upewniła się z niedowierzaniem piosenkarka, dosłuchawszy do końca słów zaklęcia.

– Już.

Czub otworzyła usta i z nadzieją zafałszowała:

– „Było morze, w morzu kołek, a na kołku siedział zając i nogami przebierając..." Nie pomogło! – Histerycznie „przebierała" nogami po podłodze. – Szukaj czegoś innego!

Jej okrągłe jak u lalki oczy krzyczały rozpaczą.

– Wybacz – przeprosiła Kowalowa. – „W imię Ojca mojego" to najsilniejsze czary, zawsze pomagają. Jego imieniem wskrzesiłam Katię.

– No to wskrześ mój głos!

Masza spochmurniała i wypowiedziała zaklęcie jeszcze raz.

Rezultat był taki sam.

Pięć zaklęć, słabszych, w niczym nie pomogło.

Pięć kolejnych – tym bardziej.

– Może spróbować z ziołami? – zaproponowała rozczarowana Masza po dwudziestu minutach. – Mamy purchawkę i krwawnicę. Trzeba gotować trzy godziny.

– Nie mogę tak długo czekać. Umrę! Znajdź coś szybszego! – Czub była już bliska zawału.

– Nie umiem tak z marszu...

– To usiądź – przykazała Wstrząsająca. – Siedź i szukaj! Chyba że masz coś innego do roboty, kiedy ja umieram?

– Daszeńko, nasza Waga...

– Nie obchodzi mnie Waga. Ja umieram. U-mie-ram! – Czub głośno wyskandowała głoski.

Masza odruchowo przeniosła wzrok na wspomniany przedmiot i osłupiała.

– No, co tak sterczysz?!

– Dasza, Waga się wyrównuje! – wyszeptała nabożnie studentka, radośnie podnosząc palec wskazujący. – Jakie szczęście! Widzisz, lewa szala uniosła się odrobinę. Jesteśmy uratowane!

– Jak niby jesteśmy uratowane? – Wstrząsająca obrzuciła złym okiem przedmiot, który absorbował uwagę Maszy. – Za cholerę się nie wyrównuje. Jest taka, jak była. Widzisz, widzisz, Puszku? – Czub złapała swoją kotkę i przycisnęła donośnie mruczącą „córkę" do piersi. – Tylko ty mnie kochasz! Mój puszeczek, moja kanapeczka, mój ukochany koreczek. Tylko tobie nie zwisa, że mamusia umrze.

– *Mon amour!* – wyznała jej kocią miłość Izyda.

– Po prostu nie widziałaś. – Kowalowa cieszyła się mimo wszystko. – Rano lewa szala zwieszała się znacznie niżej. A teraz jest nieco uniesiona! Wychodzi na to, że skierowałam się prawidłowo!

Masza poczuła niewysłowiony przypływ mocy. Szczęścia. I ulgi.

Mir miał rację.

Miasto z nią rozmawiało!

Wystarczy, że będzie go słuchała!

– Właśnie że była taka! – najeżyła się Dasza. – A ty gdzie się podziewałaś? – oskarżycielsko podniosła resztkę głosu, która jej została. – Gdzie się szwendałaś w tym futerku? Łaziłaś do swojego Wrubla, podczas gdy ja tu umieram?

– Poszłam do Anny Achmatowej. Dasza, ona naprawdę znalazła Lirę...

– Czyli wogle cię nie obchodzi, że ja umieram? – obraziła się ostatecznie Czub.

– Widziałam, jak jej siostra o mało nie umarła!

– Ona umarła!

– I jej brat o mało nie umarł...

– Umarł. Wszyscy poumierali! I ja umieram!!! – Bezgłosa piosenkarka patrzyła na Maszę jak na największego wroga.

– Jacy wszyscy? – Masza dała się zbić z tropu.

– Wszystkie jej siostry i brat. Całe rodzeństwo Anny Achmatowej zeszło z tego świata! Mogłaś nigdzie nie chodzić, tylko zapytać mnie.

– Skąd ty to wiesz?

– A twoim zdaniem tylko ty jedna masz jakąś wiedzę? – krzyknęła piskliwie Czub. – My, nawiasem mówiąc, też nie jesteśmy ciemną nieasfaltowaną wiochą! Mam między innymi matkę majakowkę! A samobójstwa poetów to jej konik.

– Więc Achmatowa skończyła ze sobą? – zaplątała się nieodwołalnie Masza.

– Za cholerę. Ale wszyscy wokół niej padali jak muchy! Jej siostry umarły. Brat popełnił samobójstwo. Przyjaciel, który był w niej zakochany, też ze sobą skończył. Student katolik, który kochał się w Achmatowej, również targnął się na swoje życie. Był z tego w Petersburgu budzący grozę skandal... Jej mąż Gumilow trzy razy próbował się zabić z jej powodu. A potem go rozstrzelali. Ale moja mama uważa, że egzekucja Gumilowa to było typowe utajone samobójstwo, bo on sam całe życie rwał się do śmierci. I Achmatowa sama mówiła, że to jej wina, że on zginął. Syna o mały włos jej nie rozstrzelali... A Anna spokojnie dożyła osiemdziesiątki. Jeszcze napisała na starość: „I umierać w dumnej świadomości, że ofiar swych nie znasz liczby".

– Ofiar? – Masza zamarła. – Tak napisała: „ofiar"?

Dasza, do granic możliwości zadowolona z moralnego zabicia wiedzącej wszystko koleżanki, zapomniała o własnych samobójczych wysiłkach.

– Co, dotarło? Nie za dużo naraz?

Przez jakiś czas Kowalowa milczała, przygnieciona masywnym ciężarem śmierci oraz obyciem literackim Daszy, do dziś jeszcze nieujawnionym.

– Ale dlaczego – chlipnęła okryta hańbą wywiadowczyni Przeszłości – w artykule *Anna Achmatowa w Kijowie* nic o tym nie napisali?

– Może dlatego – podsunęła Czub ze znudzeniem – że wszyscy oni umarli poza Kijowem.

– Ale dlaczego nic mi o tym nie wspomniałaś, skoro wszystko wiesz?!

Bądź co bądź w sprawach samobójczo-poetyckich córka matki majakowki nie miała sobie równych.

– Dlatego – oznajmiła jej poważnie Wstrząsająca – że mi to równo zwisa! W odróżnieniu od nich wszystkich nie zamierzam umierać z powodu Anny Achmatowej. Zamierzam umrzeć ze swoich własnych powodów. A jeśli ty...

– Wiesz co? – Masza z rozdrażnieniem zajrzała do woreczkowej torebki, szukając czasopisma, które okazało się skrajnie kiepskim informatorem. – Bierz Księgę i idź do kuchni uwarzyć sobie eliksir! Trzy godziny to żaden problem. Za trzydzieści cztery godziny nie będziesz już mogła uwarzyć sobie niczego... Przy wejściu czekała na mnie znajoma wiedźma. Powiedziała, że w nocy większa część kijowskich wiedźm zbiera się na Łysej Górze, żeby przekazać Aknir swoją moc.

– W sensie? – zasępiła się Czub.

– Chodzi o jeden z sześciu Wielkich Rytuałów – wyjaśniła groźnie Masza. – Moc Kijowicy jest równa mocy wszystkich kijowskich wiedźm. Na tym zasadza się sens równowagi. Ale nas jest Trójka. Moc dzieli się na trzy osoby. I jeśli choćby połowa wiedźm dobrowolnie odda Aknir swą moc, zupełnie jej się pozbawiając, to Aknir zrówna się mocą ze mną i połową ciebie.

– To znaczy – zrozumiała Czub – że jeśli zetrze się z nami w pojedynkę, będzie silniejsza od każdej z nas?

– No właśnie! – dobiła ją Kowalowa. – Dlatego czy chcesz gapić się w gwiazdy, czy nie, to twoja sprawa. Ale pamiętaj: po przegranej wszystko nam odbiorą. Nie tylko gwiazdy, w pierwszej kolejności Księgę! A w niej jest ponad sto sposobów na odzyskanie utraconego. Do tego czasu powinnaś wypróbować wszystkie. Potem będzie za późno.

– O, mamusiu! – ożywiła się Wstrząsająca. – O tym jakoś nie pomyślałam...

– I jeszcze – dodała surowo Masza – wierzysz czy nie, Waga się naprostowała. A to oznacza, że sprawa Anny Achmatowej to być może nasz jedyny ratunek.

Czub, już nie słuchając, ze strachem rzuciła się do Księgi, wczepiła się w nią... Masza otwarła magazyn „Renesans". Wpatrzyła się w daty życia i śmierci rodzeństwa Achmatowej, na które wcześniej nie zwróciła uwagi.

Młodsza siostra Anny Rika, czyli Irena, umarła krótko po tym, jak uszła z życiem z łap niedźwiedzia.

Starsza siostra Achmatowej, Inna, zmarła w 1906 roku – tym samym, w którym siedemnastoletnia Anna wróciła do Kijowa po dwunastoletniej nieobecności.

Równo pół godziny później i sto lat wcześniej Masza Kowalowa weszła do pracowni znanego kijowskiego krawca Szwejcera.

Zastosowane zaklęcie „Oręż" pieniło się jej w głowie, czyniąc mętlik w myślach i mętlik w przyzwyczajeniach...

„Achmatowa uczy się w gimnazjum Funduklejewa. Ciemny mundurek. Ciemna sukienka. Gimnazjalistka".

Wywiadowczyni rozejrzała się, próbując rozpoznać „Złotoustą Annę Wszechrusi" z roku 1906.

„Oręż" łaskotał ją od środka w pierś, jak gdyby ktoś tam w Maszy z hukiem otwarł ogromną butelkę szampana i wesoła biała piana zalewała całe jej wnętrze.

Czuła się świątecznie. Bez lęku i wesoło. Strasznie chciało jej się przygód, wydarzeń.

I wydarzenia nie kazały jej czekać.

Ponadstukilowa dama dobyła zza obszernego dekoltu obrazek i przylgnąwszy do niego wargami, poprosiła:

– Zrób tak, żeby dobrze leżało!

I dopiero wtedy Masza rozpoznała osobę stojącą tuż obok ponadstukilowej damy. A rozpoznała Aneczkę Gorienko po żarliwie pogardliwym spojrzeniu, jakim obrzuciła kuzynkę. Dziewczyna stercząca nieruchomo koło zwieńczonego amorkami wielkiego zwierciadła w niczym innym nie przypominała ani przyszłej dumy Rosji, ani opisów zostawionych przez współczesnych jej ludzi. Ci zapewniali: „Od najmłodszych lat Achmatowa była bardzo ładna – nic dziwnego, że siedemnastoletni Nikołaj Gumilow, poznawszy czternastoletnią Aneczkę, natychmiast się w niej zakochał!". Odmalowywali jej nadzwyczajną kruchość i smukłość, szczupłą kibić (co w połączeniu z wysoką dziewiczą piersią przydawało jej szczególnego powabu!). Długie, czarne jak u rusałki włosy, proste niczym wodorosty. Przejrzyste oczy na tle bladej twarzy.

Twarz gimnazjalistki była blada.

I niczym się nie wyróżniała.

Jako siedemnastolatka była niewolnicą tego niepewnego okresu, kiedy twoja postać i osobowość jest podobna do rozpływającej się, mętnej plamy, a ty dociekliwie wpatrujesz się w swoje lustrzane rysy, próbując zrozumieć: „Kim jestem?".

I kiedy szukać swojego odbicia należy nie w lustrze, tylko we własnym wnętrzu – w swoich pragnieniach, dążeniach, uczuciach... które po latach ukształtują twoje oblicze.

Ale wtedy, w 1906 roku, niewyraźne, siedemnastoletnie, zupełnie nieachmatowskie rysy jeszcze nie wykrystalizowały się w precyzyjny niczym pieczęć symbol.

Równa grzywka do brwi, carski szal, „patrycjuszowski profil".

Kiepsko leżąca bluza (widać, że z cudzego grzbietu), ciemna spódniczka, wymęczony kapelusik. Niezapadająca w pamięć powierzchowność.

Nawet garbek na znamienitym nosie wydawał się na wpół zatarty, nieznaczący – nie był jeszcze niepowtarzalną, wyróżniającą cechą.

I jeszcze – w porównaniu z wymizerowaną Maszą Aneczka wyglądała na dobrze odżywioną pannicę.

– Co za niedorzeczność! – zawołała Kowalowa cicho, z niepojętą dla niej samej pienistą radością. Cicho, ale tak, żeby usłyszała ją dziewczyna z nierzucającym się w oczy garbkiem na nosie. – Niedorzeczność przestępcza. Sprzeciwiająca się Bogu i hańbiąca naszą płeć. Nie uważa pani?

– Nie do zniesienia – odezwała się jeszcze ciszej garbonosa dziewczyna.

Masza nawet nie była pewna, czy Anna odpowiedziała jej, czy wygłosiła tę uwagę dla siebie, ale uczepiła się tej pierwszej możliwości.

– Nie, koniec końców to Kijów, miasto prostackich kobiet. Ta dama to pewnie żona jakiegoś cukrownika!

– Nie, nie – powiedziała Anna ledwie dosłyszalnie, lecz już wyraźnie adresując swoje „nie" do rozmówczyni.

– To może pani znajoma? – szepnęła Masza z przydechem. – Aż trudno uwierzyć! Pani wygląda jak z zupełnie innej bajki. Myślałam, że z Petersburga.

– Prawda? – Dziewczyna wreszcie spojrzała na Maszę. – Prawie się pani domyśliła. Ja tutaj... goszczę – zająknęła się z udręczeniem.

I przechwyciwszy pełne szacunku spojrzenie gimnazjalistki, studentka czwartego roku instytutu pedagogicznego nagle zdała sobie sprawę z czegoś śmiesznego.

Ta dziewczyna, przyszła Anna Achmatowa, obecnie była znacznie młodsza od niej!

A ona, Masza, wydawała jej się wielce dorosłą damą. Przecież w szacownych przedrewolucyjnych czasach dwudziestodwulatki dawno już zdążyły wejść w związek małżeński i z sukcesem wydać na świat dwójkę albo trójkę dzieci.

Ale Masza, uskrzydlona zaklęciem, upojona lekkością, skoro pozbyła się lęku, choć przyzwyczajona do tego, by wiecznie uważać samą siebie za młodszą i głupią, nagle poczuła się niesamowicie pewnie w roli kobiety nie tylko dorosłej, lecz także posuniętej w latach.

– Nie przedstawiłam się. Maria Władimirowna. Kobieta wyzwolona. Nie, nie chodzi o to, co sobie pani pomyślała... Po prostu jestem wolna. I zawsze robię to, co chcę!

Kto podsunął jej te słowa o wolności?

W ciągu całego swojego życia Masza była wolna może przez dwie, trzy godziny i prawie nigdy nie robiła tego, co by chciała.

Lecz słowa wybrzmiały – srebrzyste, nieznajomo przyjemne.

„Oręż" pienił się w niej i śpiewał w sercu.

A ta pieśń zdawała się odkrywać Marii Władimirownie prawdę.

„Jestem wolna!

Naprawdę wolna...

I robię to, co chcę!"

I gimnazjalistka w kapelusiku z żałosną wstążeczką usłyszała tę pieśń.

Przez sekundę patrzyła na wolną Marię Władimirownę, jakby stanęła przed nią Wyższa Prawda. Potem powiedziała:

– Zapewne ma pani dużo pieniędzy... Przepraszam – speszyła się.

– Tak, bez nich trudno o wolność – przyznała Masza z wesołym śmieszkiem. – Lecz wolność wcale nie tkwi w pieniądzach. Wolność jest w nas, w środku!

– Tak. I ja tak myślę... – potwierdziła Anna. – Właściwie to teraz, kiedy to pani powiedziała, pomyślałam, że tak powinno być.

Ania była szczerą dziewczyną. W przeciwieństwie do Maszy, która łgała:

– Wolność to uczucie wrodzone. Jedni się z nim rodzą, inni nie. Ja urodziłam się wolna...

Masza nie rozumiała swojego kłamstwa. Wierzyła samej sobie.

„Niewidzialna i wolna!" – krzyczała w jej wnętrzu Bułhakowska Małgorzata Nikołajewna.

– W pani też mieszka wolność. Od razu zauważyłam! – zapewniła.

– Tak. – Gimnazjalistka milczała przez chwilę. – Byłam wolna w dzieciństwie. Ale nie tu, nie teraz...

– Nie może tu pani wytrzymać? To proszę uciekać!

– Nie mogę.

Wyglądająca na Francuzkę *mademoiselle* akurat zawołała jej ponadstukilową kuzynkę do przymierzalni.

Masza z zadowoleniem zmarszczyła nos.

– Nie pasuje pani jej towarzystwo, budzi obrzydzenie! Znajdować się obok niej to dla pani zniewaga.

– A pani? – zawahała się Anna. – Przyszła pani do pracowni...

– Chciałam zamówić toaletę – kłamała jak z nut Kowalowa. – A teraz nie chcę! Chcę porozmawiać z panią. A pani?

– I ja... – Anna patrzyła na nią jak na prorokinię. – Bardzo chciałabym z panią porozmawiać.

– To idziemy stąd?

– Idziemy!

– ...mieszkaliśmy na południu. Chodziłam po drzewach jak kotka. Pływałam jak ptak, tak mówił mój brat. Uważałam się za rodowitą mieszkankę Chersonia... Raz popłynęłam w morze tak daleko, że Tatarczęta mnie nie dogoniły! Kiedy wróciłam do domu, zrugali mnie i za karę nie dostałam deseru. A ja wspięłam się na dach i rozmawiałam z księżycem. Noc to dopiero wolność! I morze jest wolne...

Szły we dwie ulicą.

Masza upojona zaklęciem.

Anna upojona swym miłującym wolność postępkiem – ucieczką od znienawidzonej kuzynki – mówiąca bez ustanku, zaglądająca badawczo w oczy wolnej kobiety Marii Władimirowny i pragnąca zobaczyć w jej twarzy własne odbicie!

– ...ale tu nie ma morza. I jestem tutaj nie z własnej woli. Mama i ja musimy mieszkać u cioci Wakar. A ona mnie nie znosi i znęca się nade mną, ile może. Wujek krzyczy na mnie dwa razy dziennie: przy obiedzie i po wieczornej herbacie. Kuzyn Demianowski co pięć minut wyznaje mi miłość. Nie mamy pieniędzy. Żyjemy w skrajnej biedzie. Przychodzi myć podłogi, prać dla zarobku. Nie mam nawet porządnego kapelusza... nienawidzę tego miasta!

– Nienawidzi pani Kijowa?!

Masza potknęła się. Specjalnie, żeby zatuszować wojowniczość pytania. Własny głos nie był jej posłuszny.

Wolność w sercu nie dopuszczała posłuchu! Wolna kobieta Maria Władimirowna nie życzyła sobie słuchać małej Maszy.

Chciała bronić swojego Miasta!

– To miejsce jest dla mnie nieznośne, ciężko mi tu – wyznała Anna. – Duszę się! Czuję się jak w pułapce na myszy!

Kowalowa znów się potknęła – tym razem niezamierzenie.

Zaklęcie „Oręż" odsunęło się na chwilę i w zwolnionej przez nie przestrzeni pojawiły się słowa: „Kijów jest dla mnie pułapką, pułapką zastawioną przez mój los".

Tak powiedział Misza Wrubel.

I nie mylił się.

Właśnie w Kijowie Kijowica Kyłyna zastawiła na niego pułapkę i Misza zapłacił za swoją ślepotę śmiercią syna.

„A syna Achmatowej o mały włos nie rozstrzelali" – powiedziała Dasza.

„Jednak go nie rozstrzelali!" – Wolna kobieta opędziła się od tych myśli.

Zaklęcie „Oręż" napłynęło nową falą i zatopiło podejrzenia.

Kijów objął Maszę.

„Jak można go nie lubić! Żeby nie lubić Kijowa tysiąc dziewięćset szóstego roku, trzeba naprawdę być ślepą".

– Wie pani – odezwała się gardłowo – a ja kocham to Miasto. Niewypowiedzianie, niewyobrażalnie! Znacznie bardziej niż Sankt Petersburg... Powie pani, że mało podobieństw? To dlatego, że nigdy nie jeździła pani po Kijowie nocą, kiedy ulice są puste, wolne od ludzi. W takiej chwili rozmawia z panią samo Miasto. Proszę się przysłuchać! Na pewno je pani usłyszy. Ludzie... to oni banalizują ten gród. Ich głośne gadanie, ich niskie postępki. Widzi ich pani i słyszy, a ich miernota przesłania pani Miasto, Wielkie Miasto. Jeszcze pani nie widziała Kijowa. Ja sama nie widziałam go do pewnej pory... Zrozumie je pani, obiecuję!

Masza już nie okłamywała ani siebie, ani Anny.

W czasach, zanim na jej rudej głowie spoczął wieniec Kijowic, realny Kijów był dla niej miastem stojących w korku marszrutek, pospolitego surżyka, lasku Kadeckiego zaśmieconego plastikowymi kubkami i gnijącymi resztkami jedzenia... Miastem do połowy pomalowanych domów, jako że drogie butiki i kantory, wykupiwszy parter starych, sypiących się kamienic, kładły świeżą farbę tylko na swojej, dolnej części. Górna pozostawała jak dawniej obłażąca i nieszczęsna.

I dlatego jeszcze tydzień temu, przeczytawszy artykuł *Anna Achmatowa w Kijowie*, studentka pomyślałaby: „Ech, nie bez powodu pierwsza poetka Rosji na wspomnienie ich Złotogłowego grodu z obrzydzeniem wzruszała carskimi, okutanymi pseudoklasycznym szalem ramionami i charakteryzowała go jako miasto wyzywająco bogatych mężczyzn i prostackich kobiet, miasto bezguścia i zbyt hałaśliwego tłumu".

Ale było miasto i było Miasto!

Masza już wiedziała: z tym Miastem jego gimnazjalistkę, jego kursantkę, jego narzeczoną, która wstąpiła w związek małżeński w cerkwi Świętego Mikołaja, wiązała straszliwa przysięga.

I w kijowskim chramie Przemądrości Boga
Padłszy na podłogę, tobie poprzysięgłam,
że będzie moją twoja droga,
Którędykolwiek by biegła...

Anna jeszcze napisze to o Mieście Maszy!

Mieście niebiańskiej cerkwi Świętego Andrzeja, projektu Rastrellego, wznoszącej się na Górze Świętego Andrzeja, na której swego czasu Chrystusowy apostoł Andrzej, Pierwszy Powołany, postawił w pierwszym wieku swój krzyż na znak zaprowadzenia na tej ziemi chrześcijaństwa.

Mieście usytuowanej akurat naprzeciw Góry Świętego Andrzeja Góry Starokijowskiej, na której w piątym wieku książę Kij pokonał w boju pogańskiego żmija i założył Macierz miast ruskich...

Góry, z której wyruszył dawny Kijów i w ciągu dziesięciu wieków rozprzestrzenił się na rodzinę siedmiu gór i wzgórz. Góry, z której ruszyła Ruś Kijowska i rozeszła się na tysiące wiorst od Miasta...

Miasta świętego księcia chrzciciela Rusi i księcia poganina, który narobił kłopotów w Chersonezie. Miasto świętej babki Włodzimierza Olgi, pierwszej prawosławnej księżnej, i Olgi poganki, która strasznie zemściła się na Drewlanach za zabicie jej męża.

Masza nie kłamała, zapewniając, że przyszła studentka żeńskich kursów księżnej Świętej Olgi przy Uniwersytecie Świętego Włodzimierza zrozumie to Miasto.

Miasto stu cerkwi i czterech Łysych Gór.

Stolicę Wiedźm i Stolicę Wiary.

Pramatkę Wszechrusi.

Miasto, od którego wszystko wychodziło i do którego wszystko wracało!

I jak tysiąc lat wcześniej, tak i za tysiąc lat i Rosjanie, i Małoruscy, i w połtawskiej, i w moskiewskiej, i w symbirskiej guberni wiedzieli: właśnie do Kijowa na Łysą Górę zlatują się wiedźmy z wszystkich guberni, z wszystkich obwodów, żeby urządzać sobie sabat.

I jak tysiąc lat wcześniej, tak i za tysiąc lat właśnie w Kijowie na stromym brzegu błyszczały i będą błyszczeć kopuły mekki wszystkich prawosławnych pielgrzymów – świętej ławry Peczerskiej, gdzie nad pieczarami, w których spoczywa piętnastu słowiańskich przywódców duchowych, błyszczało niegasnące światło. I zdążał do niej lud i z Moskwy, i z Syberii, z Mińska, z guberni kurskiej i petersburskiej – szedł pieszo dniami i miesiącami, latem i zimą, aby znalazłszy się na tej ziemi, podnieść głowę ku niebu i spijać błogosławieństwo z niebios.

Jako że to Miasto mogło człowieka napełnić po brzegi zarówno Rajem, jak i Piekłem!

Zarówno błogosławionych, jak i dręczonych niepojętą tęsknotą, taką jak ta, która męczyła Miszę Wrubla, kiedy malował Niepokalaną Matkę Bożą w cerkwi Świętego Cyryla, mając jako modelkę kochaną boleśnie bez wzajemności, niegodziwą i beztroską świecką damę...

I z kijowskiego Raju spadł do Piekła!

Masza nie kłamała, zapewniając, że przyszła „Anna Wszechrusi" zrozumie ten Raj i to Piekło.

Jako że już wiedziała: później carską, pewną siebie ręką Anna, będąc już Achmatową, napisze w swoim dzienniku:

„Kijowski Wrubel. Bogarodzica z szalonymi oczyma w cerkwi Świętego Cyryla. Dni wypełnione taką harmonią, że kiedy odeszła, nigdy już do mnie nie wróciła".

To będzie jej ostatni zapisek o Kijowie!

Do jakiej harmonii tęskniła przez całe życie?

– Mówi pani o Mieście tak... tak... – Anna nie znajdowała słów. – Ma pani rację, bez wątpienia rację, Mario Władimirowno! Odczuwałam coś bardzo podobnego, kiedy chodziłam na służbę do Sofii. To było mgnienie. Ale wtedy nie rozumiałam...

– Do Sofii? Dlaczego tam? A nie na przykład do Świętego Włodzimierza? – zainteresowała się studentka.

– Ile chcecie za córkę, mamuśka? – rozległo się zamiast odpowiedzi beczące pytanie z prawej.

Masza odwróciła głowę.

Nawet nie zauważyły, jak doszły do Krieszczatiku.

A tu przyczepił się do nich wyjątkowo niesympatyczny kawaler niskiego wzrostu, z małymi, rudymi wąsikami. Jego ręka w przybrudzonej rękawiczce wskazywała na Annę. Na twarzy zastygł nerwowo figlarny uśmieszek.

– *Pardon?* – wyartykułowała pytająco Masza sprowadzona do roli „mamuśki". Zachowanie kawalera zdziwiło ją. Żeby na Krieszczatiku obcesowo zaczepiać przyzwoite damy? To tak jakby na oczach wszystkich podkładać ogień pod gmach miejskiej Dumy!

– Nie patrzcie na mój wygląd, mamuśka. – Właściciel brudnych rękawiczek wypiął pierś. – Jestem dzisiaj królem! Panna istotnie i czysto nietknięta... naturalny pączuszek. – Cienkie wargi ułożyły się do pocałunku.

Masza skonsternowana rzuciła lewym okiem na pobliski budynek.

No przecież!

– A co – zapytała z ciekawością – czyżby już wybiła szósta?

Według tego, jacy ludzie deptali bruk na Krieszczatiku, można było sprawdzać czas kijowski.

Rano tysiąc dwieście metrów ulicy wypełniał wyjątkowo pracowity lud: służące i gospodynie z koszykami, śpieszące na rynek Besarabski.

O drugiej zaczynały się spacery!

Po stronie numerów parzystych (spacerowanie po stronie nieparzystych z jakiegoś powodu uważano za niezgodne z dobrymi manierami) płynęły naprzeciw siebie dwa strumienie ludzi: panowie i oficerowie, studenci z bogatych rodzin i szykownie ubrane panny, damy załatwiające zakupy podczas przechadzki... Między piątą a szóstą na szczególnie uczęszczanym, „spacerowym" odcinku od Funduklejewskiej do Prorieznej tłum kijowian stawał się gęsty jak warienie. Bliżej szóstej „czysta" publika przemieszczała się do ogrodów: Carskiego, Kupieckiego, Château de Fleur.

A po szóstej zgodnie z niepisanym prawem Krieszczatiku od ulicy Prorieznej do placu Dumskiego bez towarzystwa mężczyzn damy chadzały tylko w tym przypadku, gdy były prostytutkami – jawnymi lub półjedwabnymi, maskującymi się pod powierzchownością modystek, nauczycielek i dam z dziewczętami.

– *Paszoł won!* – Wolna kobieta odezwała się w zgoła innym języku, śmiało odprawiając poszukiwacza wątpliwych rozrywek.

Uwodzicielski wiek srebrny ukazał jej swoje ludzkie wnętrze – nieokrzesane, siermiężne, ani trochę nie tajemnicze.

Ale to, co typowej Maszy wydałoby się obleśne, przerażające, urągające obyczajności, nowa Masza uznała za śmieszne.

Zachichotała, ostatecznie utwierdzając wszystkich dookoła w tym, że nie ma żadnego związku z przyzwoitymi damami.

Wystarczyło, że Kijowica odprawiła molestującego natręta, by ten zaczął się zachowywać jak głupi – wyciągnął się w górę jakby go ktoś złapał za kołnierz i lękliwie kręcąc głową, oddalił się małymi kroczkami.

Masza zerknęła na Annę.

Ta niepewnym spojrzeniem odprowadzała zmykającego amatora gimnazjalistek-pączuszków. Przesunęła wzrokiem po pospolitych uśmieszkach spacerowiczów, którzy stali się świadkami obrzydliwej sceny.

Ale Masza mogłaby przysiąc, że Anna ich nie widzi!

Ponieważ wiedziała Miasto!

– Gdybym umiała opisać to, co czuję, tak, jak pani mówi – odezwała się przyszła poetka. – Jak pani rozumie Kijów.

Nie usłyszała słów nagabywacza, ponieważ wsłuchiwała się w słowa Maszy.

– W Kijowie codziennie piszę wiersze, tylko po to, żeby nie oszaleć.

– Zamierza pani zostać poetką? – rzuciła z rozkojarzeniem Maria Władimirowna.

Masza też zobaczyła Miasto.

Swoje miasto!

Jeszcze jeden Kijów...

Naprzeciw nich, w miejscu dawnej willi profesora Meringa, już ziała dziura ulicy Nikołajewskiej i wznosił się rozbłyskany „Kijowski Paryż". Ekskluzywny hotel „Continental". Utrzymany w wytwornym nowym stylu secesyjnym jedyny w Europie dwukondygnacyjny cyrk „Hippo Palace", czyli „Konny Pałac" sportsmena arystokraty Piotra Krutikowa.

Po Krieszczatiku kursował tramwaj nowej generacji. Pięć kin zachęcało widzów do oglądania ruchomych obrazów. Gmach Dumy nie był już dwukondygnacyjny, bo po obrzeżu jego podkowiastej bryły dodano nowe piętro. I akurat w 1906 roku przy gmachu Dumy pojawił się pierwszy – jedyny w całym Kijowie! – uliczny kosz na śmieci z napisem „ochronę czystości i porządku na trotuarach powierza się w ręce publiczności".

Ale za plecami Maszy wciąż kryło się to samo „staroświeckie piętno" głównej ulicy – stara poczta, którą niedawno pokazywała Mirowi.

„Nie chcę umierać..."

– Nie wiem. Nie jestem tego pewna. Piszę, odkąd miałam jedenaście lat. Ale nie jestem pewna, czy moje wiersze są dobre. – Do Marii Władimirowny dotarł głos Anny.

– Proszę mi przeczytać ostatni – pośpiesznie poprosiła Kijowica.

Anna nachmurzyła się.

Masza ze zmarszczonymi brwiami spojrzała na piętrowy klasycystyczny pałac z kolumnami i z dwoma bocznymi skrzydłami.

„Nie chcę umierać..."

Wyraźnie słyszała głos – starczy, wysilony.

Mówił do niej dom!

Pierwszy budynek przy Krieszczatiku, wzniesiony w odległym 1794 roku, kiedy o samym Krieszczatiku nie było nawet słuchu. Dawna rezydencja szlachcica Gołowieńskiego stojąca niegdyś pośrodku rozległego majątku ziemskiego. A sto dwanaście lat później dwór stał się starokijowską pocztą usytuowaną pośrodku głównej, gęsto zabudowanej ulicy „tysiąca sklepów".

„Nie chcę umierać!"

„Rozbiorą go w tysiąc dziewięćset czternastym – pomyślała wśród silnych emocji Masza. – Nieopodal postawią nowy, większy budynek poczty i stacji telefonicznej. Rozbiorą starą pocztę, a co najbardziej przykre, na jej miejscu nic nie powstanie. Nie zdążą niczego zbudować. W tysiąc dziewięćset czternastym zacznie się pierwsza wojna światowa i zaraz rewolucja... A rewolucjoniści nie umieli budować, umieli tylko burzyć".

– Nie – zaprzeczyła Anna po długim namyśle. – Nie mogę. Jest zbyt przeciętny.

„O czym ona...?

Aha, o swoim ostatnim wierszu".

– Nie sądzę, żebym miała wystarczające zdolności, by zostać prawdziwą poetką – rzekła surowo. – Chociaż kiedy byłam całkiem mała, w Kijowie przydarzyło mi się coś dziwnego. Razem z moją siostra Ireną... od dawna nie żyje...

Anna pobladła.

Masza tego nie dostrzegła.

Patrzyła na dom – pierwszy dom przy Krieszczatiku! – którego, gdyby Masza była merem lub generałem-gubernatorem, nie pozwoliłaby rozebrać.

Ten dom nie chciał umierać!

Prosił ją o pomoc...

„A dlaczego nie mogę?" – przemknęła jej przez głowę szalona i wolna myśl. „Kijowicom wolno zmieniać Przeszłość! Nie chcę, żeby go rozebrano! Chcę, żeby pierwszy dom ocalał... Jako pamiątka. I wszystko będzie tak, jak chcę!"

– Mario Władimirowno! – Anna w zdenerwowaniu złapała ją za rękaw. – Błagam panią... Nie mogłaby pani przespacerować się ze mną na Wzgórze Włodzimierza? Przypomniałam sobie. Zostawiłam tam pewną ważną rzecz!

– Co pani powiedziała? Tak, oczywiście, że mogę. Ja wszystko mogę – zapewniła ją Maria Władimirowna.

Przepełniała ją wolność.

Zwyczajna, ostrożna i lękliwa Masza zginęła w niej na podobieństwo licznych nieszczęśników wciągniętych wirem wodnym do odpływu podczas podtopień na Krieszczatiku.

W głowie zakołatał jej jeden z tysięcy wersów przeczytanych w Księdze: „Mocą mojej ręki, imieniem Ojca mego, dokonuję tego, co jest niezbędne..."

Masza uniosła wszechwładną rękę.

„...W imieniu Jasnym moim i w imieniu Ojca mojego ten dom będzie chroniony przed ślepą wolą ludzi".

„Dlatego, że ja tak chcę" – dodała Maria Władimirowna.

I po raz pierwszy poczuła, że jest Kijowicą.

„Być Kijowicą... Więc to takie uczucie!"

Anna milczała. Zacisnęła pięści. Wyraźnie cała zamieniła się w jedno pełne napięcia oczekiwanie, a Maria Władimirowna, pragnąc je skrócić, przywołała dorożkę. Nie dręczyła swojej pobladłej towarzyszki. O nic nie pytała.

Na chwilę zmartwychwstała mała, wiecznie podejrzliwa Masza. Wypłynęła na wierzch i spytała:

„Dlaczego ta dziewczyna poszła ze mną tak posłusznie?"

„Wolność!" – odpowiedziała z uśmiechem Maria Władimirowna. Przepełniająca ją wolność zdawała się rozsiewać dokoła srebrzysty odurzający opar.

Odczuwali go wszyscy w promieniu tysięcy mil.

Zaklęcie „Oręż", wyzwalające moc Kijowic, dokonało przedziwnej sztuki – Masza nagle stała się duża, wszechogarniająca, przenikająca wszędzie, jak powietrze. Zdawało się jej, że trzyma Miasto na tacy. Panowała nad nim w najprostszym tego słowa znaczeniu. Mogła wszystko!

Zaprzęgnięta do kolaski srokata szkapa zahamowała pośrodku stromego podjazdu łączącego dolinę Krieszczatiku ze Wzgórzem Michała.

Siny z zimna dorożkarz chlasnął konia boleśnie po zadzie... a Maszę po sercu.

Legendarny kijowski pejzaż miejski, składający się z licznych wzniesień i stromizn, co roku kosztował życie tysięcy niewinnych koni.

Kijowica lekko poruszyła palcami, „władzą swojej ręki" darując srokatej szkapinie życie i moc szesnastu koni mechanicznych.

Kobyłka raźno zarzuciła łbem i pociągnęła powóz do góry.

„Jestem Kijowicą!

Więc to takie uczucie!"

Mogła wszystko!

„Witamy panią", „Nasze uszanowanie", „Kłaniamy się nisko, Jasna Pani" – szeptały do Marii Władimirowny mijane budynki.

Wcześniej ich nie słyszała!

Lecz teraz mogłaby zejść z kolaski i porozmawiać z nimi, a one powierzyłyby jej swoje tajemnice i poskarżyłyby się na głupich ludzi.

„Bądź co bądź jestem Kijowicą!"

„To oznacza, że pozostaję Kijowicą też w Przeszłości" – pisnęła niedająca się utopić, zaniepokojona Masza. „Ale w tysiąc dziewięćset szóstym roku w Mieście powinna być inna władczyni... Coś tu nie gra".

Mogła wszystko – czuła to.

Mogła zburzyć pomnik Bohdana Chmielnickiego, zdjąć z urzędu generała-gubernatora.

„Z opisu – zabulgotała podtopiona Masza – objawy bardzo podobne jak po zażyciu jakiegoś narkotyku. Nie należy stosować tego zaklęcia".

„Pozwól sobie donieść, moja Jasna Pani – ze zdenerwowaniem zatrajkotał budynek urzędu przy placu Michajłowskim – że funkcjonariusz do zadań specjalnych Anikij Pribłudźko zamierza popełnić przestępstwo w związku z..."

Lecz tu czyjaś wszechwładna ręka przecięła Maszy wolność niewidzialnymi złoconymi nożycami.

Stojący na placu prastary klasztor Świętego Michała nie uważał za konieczne przywitać się z Jasną Panią.

I mała Masza nagle zyskała ogromną moc, lamentując:

„To znaczy, że tu też...? Tu też nie mogę! Nie mogę nigdy i nigdzie. Tu także jestem Kijowicą, a to oznacza, że nie wolno mi wejść do cerkwi. Jestem zła.

...ale za co? No, za co?!"

Rozdział ósmy,

z którego wyskakują legendarne Amazonki

...tarasy najpiękniejszego zakątka na świecie, Władimirskiej Gorki.

~ Michaił Bułhakow, *Biała gwardia*

„Niezwykły był XI-wieczny monastyr Michajłowski – jedna z najstarszych budowli w Rosji – wzniesiony nad przepaścią, ponieważ każda przepaść to otchłań, siedziba diabła, a sobór Świętego Michała Archanioła, wodza niebieskich zastępów, powinien się zmagać z Szatanem" – pamięć przywołała akapit z dziennika przyszłej Anny Achmatowej.

Były w Kijowie setki stromych stoków i setki cerkwi wznoszących się nad przepaściami ku niebu, wyciągających ku niemu błyskające złotem słońca krzyże. Były w Kijowie setki wzlotów i setki upadków.

Ale oprócz świętej kijowskiej ławry Peczerskiej nie było w Mieście wzlotów wyższych aniżeli monastyr Michajłowski o Złotych Kopułach.

I nie było jeszcze w życiu Maszy tak bolesnego upadku z wyżyn!

Wysiadłszy z powozu na placu Michajłowskim, Anna Gorienko podniosła wzrok na wysoką dzwonnicę i przeżegnała się.

– Chodźmy, Mario Władimirowno. Tylko błagam, proszę mnie o nic nie pytać. I nie śmiać się – poprosiła poruszona.

Do czego jak do czego, ale do śmiechu jej towarzyszce w tej chwili nie było.

Wciąż miała nadzieję, że usłyszy choćby skąpe słówko od osiemsetletniego monastyru założonego przez księcia Włodzimierza, zbudowanego w 1113 roku przez księcia Światopełka Izjasławowicza i zburzonego, wyrwanego z korzeniami w latach trzydziestych XX wieku przez władze sowieckie. Obecnie klasztor rozpierał się na wielkim Wzgórzu Michała, zasłaniając swoimi szerokimi, mocarnymi ramionami Wzgórze Włodzimierza i przycupniętą pod nim niedużą Czartową Górę – drugą z czterech kijowskich Łysic.

Lecz monastyr o Złotych Kopułach, nazwany na cześć broniącego Miasta archistratega Michała, wodza niebieskich zastępów i pogromcy Szatana, pozostał niewzruszony i niemy.

Przygnębiona Masza podążyła więc tam, gdzie było jej miejsce – na Łysą Górę!

Schodząc z Anną Gorienko na dolną terasę Włodzimierską, w stronę pomnika księcia o tym samym imieniu, mimowolnie przypomniała sobie, jak szła tędy z Katią i Daszą i jak ta druga prychnęła z pogardą:

„Mamy święte i diabelskie miejsca jak na szachownicy!"

I rzeczywiście: żeby się przemieścić z miejsca diabelskiego w święte, w Kijowie wystarczyło przesiąść się z jednej parkowej ławki na drugą.

Święty monastyr Michajłowski znajdował się jakieś dwieście metrów od Łysej Góry kryjącej się na dolnej terasie. A przebiegająca po terasie droga płynnie przechodziła na kolejną górę – Świętego Andrzeja.

Dwoistość Wielkiego Miasta, którą obwieszczała gimnazjalistce Maria Władmirowna, przejawiała się we wszystkim...

I nic dziwnego, że owa dwoistość udzieliła się Kijowicy.

Masza zobaczyła siebie od środka: w połowie była wysmarowana węglową sadzą. Usiłowała pogodzić się z tym, że jej jestestwo ktoś podzielił na czarne i białe.

„Ale jak to tak? Za co? Przecież nie zrobiłam nic złego..."

„Czy aby na pewno niczego...?"

„Skąd Achmatowa wiedziała – zaświtała jej zbawiennie świeża myśl – że monastyr Michajłowski o Złotych Kopułach wznosi się nad przepaścią, »ponieważ każda przepaść to otchłań, siedziba diabła?«".

„No, załóżmy – Masza z radością oderwała się od własnej czarno-białości – że znajdując się tu, nietrudno było dowiedzieć się o »siedzibach diabła«".

Przedrewolucyjne przewodniki najspokojniej w świecie wymieniały współrzędne Łysych Gór. I pogański gaj Peruna, który tysiąc lat temu szumiał na jeszcze nie złotogłowej górze, bynajmniej nie był historyczną tajemnicą.

Ale skąd Anna wiedziała o bratobójczej dwoistości Stolicy Wiedźm i Stolicy Wiary?

A przecież wiedziała!

W przeciwieństwie do Anny Gorienko Achmatowa widziała to, co obiecała Annie Gorienko Masza, mówiąc: „Zrozumie je pani".

„Niewzruszona ściana Świętej Sofii i monastyr Michajłowski to bastiony walki z diabłem – oraz chromy Jarosław w swojej bizantyjskiej trumnie" – pisała poetka.

I w kijowskim chramie Przemądrości Boga
Padłszy na podłogę, tobie poprzysięgłam,
że będzie moją twoja droga,
Którędykolwiek by biegła...

Słyszeli to złoci aniołowie
I w białej trumnie Jarosław...

Chodziła na służbę do Sofii.

Nie do Świętego Włodzimierza ani do Michała, nie do ławry...

Wyraźnie wpatrywała się w siebie, wybierając między diabłem a Bogiem.

Bóg czy diabeł?

Kogo ostatecznie wybrała? Masza nie miała pojęcia.

Ale wiedziała już, że diabła nie ma. I chromy, Mądry niczym Szatan, Jarosław spoczywający w soborze Sofijskim, czyli w soborze Mądrości Bożej, też nie był diabłem.

Wybór między Bogiem a diabłem, jak wszystko w prawosławnym i pogańskim świecie, dokonuje się w naszym wnętrzu.

I wszystko zależy od tego, co Anna Gorienko miała na myśli, pisząc: że będzie moją twoja droga.

Jakkolwiek było, znalazłszy się na krętej drodze dolnej terasy, Anna – raz po raz zatrzymując się i rozglądając na boki – zmierzała prościutko na drugą Łysą Górę.

– Dokąd pani idzie? – nie wytrzymała Maria Władimirowna.

– Moim zdaniem to gdzieś tutaj. – Dziewczyna rozejrzała się.

W ten przyjemny przedwieczorny czas na lubianym przez mieszczan (i bezpłatnym!) Wzgórzu Włodzimierza było mnóstwo spacerowiczów. Wesołe parki i pary małżeńskie z dziećmi, studenci, gimnazjaliści, urzędnicy. Masza zauważyła, że spódnice kobiet stały się trochę lżejsze, talie podskoczyły. Kobiece ciała zgodnie z nową modą stylu secesyjnego upodobniły się do przewiązanych w talii tułowi motyli. Nos Maszy wyczuwał fale duszących damskich perfum „Kaprys".

W dole na skłonie Wzgórza Michała zaterkotała uruchomiona rok wcześniej mechaniczna naziemna kolejka górska, jakoś nieuchwytnie przypominająca przedrewolucyjny aparat fotograficzny z czarnym wieloschodkowym nosem.

– O Boże! – Maria Władimirowna wytrzeszczyła oczy. – Aneczko, co pani wyprawia?

Dotarłszy na Łysą Górę, zwieńczoną ażurową altanką Kokorewską, Anna padła na kolana.

– Dokładnie pamiętam, że to tu, tutaj... – Nie zważając na niemałą publikę, gimnazjalistka gorączkowo rozkopywała ziemię rękami. – Obiecuję, wszystko pani wyjaśnię. – Posłała Maszy krótkie, błagające o ufność spojrzenie. – Gdyby nie pani, nigdy bym się na to nie zdecydowała. Zawsze tu tyle ludzi... Nie, pomyliłam się! Tam jest moje drzewo!

Przemieściła się nieco w lewo i zaczęła wydrapywać w ziemi nową dziurę.

Spacerowicze spoglądali na nie ze zdziwieniem.

Resztki „Oręża" zalały Marię Władimirownę nerwową niecierpliwością, od której przytupywała jak w tańcu, wyciągała szyję i popatrywała na poczerniałe od ziemi ręce Anny.

I nagle oczom Maszy ukazała się skrytka.

Dokładnie takie same schowki robiła sama w dzieciństwie! Wykopywała jamkę, wkładała do niej koralik lub kwiatek, przykrywała odłamkiem szkła i przysypywała ziemią.

Pod mętnym szkiełkiem, w niedużym zagłębieniu wyłożonym złocistym papierem leżała zaśniedziała, maleńka Lira.

Masza pochyliła się nad nią. Po raz pierwszy widziała tę broszkę. Na oko trudno było ocenić jej wiek, ale wątpliwe, by to był talizman, raczej tania błyskotka.

Jednak sądząc po reakcji Anny, dziewczyna uważała ją za skarb.

– Mój Boże! Zachowała się... – Gimnazjalistka drżącą ręką podniosła szkiełko. – Czekała na mnie! – Anna wzięła lirę do ręki, zacisnęła pięść i żarliwie przycisnęła do piersi, brudząc sobie jasną bluzę. – Niech się pani ze mnie nie śmieje, Mario Władimirowno. – Zeskoczyła z rozkopanej ziemi. – Nie. Wiem, że nie będzie się pani śmiała... Znalazłam tę broszkę w Ogrodzie Carskim! Miałam wtedy pięć lat. I moja bona powiedziała: „Zostaniesz poetką". Pamiętam wszystko bardzo wyraźnie, mam niewiarygodnie dobrą pamięć. A potem mój brat Andriej zachorował. Lekarz powiedział, że chłopiec może umrzeć. A ja go kochałam, bardzo kochałam i kocham dalej... zawsze kochałam go bardziej niż pozostałych! Jest taki kochany! I pomyślałam, że jeśli dla niego wyrzeknę się czegoś bardzo mi drogiego, to mu się na pewno polepszy. I wyrzekłam się Liry. Schowałam ją tu podczas spaceru. Pochowałam ją! Lecz teraz... Pewnie wyda się to pani głupie?

– Ani trochę.

Maszy bynajmniej nie zdawało się to głupie!

Wszystko w jednej chwili wskoczyło na miejsce.

Wszystko zostało udowodnione, a dowody były niezbite.

Wystarczyło, że Anna znalazła błyskotkę, a jej siostra o mało nie zginęła z łap niedźwiedzia, brat zaś zachorował. Ale wyzdrowiał. W przeciwieństwie do małej Riki, która nie zaliczała się do ulubienic Anny.

Lira została pochowana. Na Łysej Górze!

Anna ponownie wydobyła ją na światło dzienne w 1906.

W tym samym roku umarła – umrze – jej siostra Inna...

„Wszyscy poumierali".

A Anna Achmatowa dożyła osiemdziesiątki i zeszła z tego świata „w dumnej świadomości, że ofiar swych nie zna liczby".

– Zostanie pani wielką poetką – zapewniła Masza mrocznie.

Anna powoli rozwarła dłoń, z miłością spojrzała na odnalezioną Lirę i nagle z krzykiem zerwała z głowy znienawidzony złachany kapelusz i rzuciła go na najbliższe drzewo.

Kapelusz zaczepił się o gałązkę.

– Zostanę poetką!!!

– Życzy sobie pani odzyskać nakrycie głowy? Czy też ma ono pozostać dekoracją ogrodu? – dał się słyszeć głos.

Znajomy! Bardzo znajomy.

Masza odwróciła się o dziewięćdziesiąt stopni.

I zobaczyła Demona.

Dasza odwróciła się i zobaczyła Demona...

Mam nadzieję, mój ukochany czytelniku, że nie jesteś aż tak naiwny, by sądzić, że Wstrząsająca i rozpaczliwie pozbawiona głosu Dasza tak po prostu pozwoliła niezmordowanej studentce historii wybrać się w Przeszłość i zostawić ją, Daszę, na pastwę losu? Aby porzucić koleżankę w tak przerażającej sytuacji, uciekająca musiała wykupić się tajemnicą: gdzie, jak i kiedy Dasza może znaleźć zaginionego Jana.

Chociaż pomimo swojej wielkiej wagi tajemnica zawarła się w jednym zdaniu:

„Zjazd Świętego Andrzeja, drugi dom trzynasty o dowolnej porze".

Zjeżdżając na czerwonym mopedzie po krętym jak wąż wąwozie rzeczonej ulicy, Dasza marszczyła brwi w ciężkim zadumaniu: „O dowolnej porze? Co to ma znaczyć: że przesiaduje tam całymi dniami?".

I doszła do wniosku: „Facet zajmuje się jakimś gównem, zamiast do mnie zadzwonić".

A dziwny adres – „drugi dom trzynasty" – wcale Daszy nie zaniepokoił.

Zjazd Świętego Andrzeja nie bez powodu słynął jako „diabelski", będąc jedyną z niezliczonych ulic Kijowa, której porządek numerów szedł nie od centrum, tylko do centrum. A odwrócone odliczanie, jak i odwrócony krzyż, jak „Ojcze nasz" wymawiane od końca, z dawien dawna uważano za szatańską sztuczkę.

Aby się zdziwić, wystarczyło dostrzec, że na odcinku siedmiuset pięćdziesięciu metrów starej krętej uliczki zmieściły się i Góra Starokijowska (na której czuwała Trójka), i stojąca naprzeciw góry „rodzicielki miasta" – cerkiew Świętego Andrzeja (u podnóża której Misza Wrubel namalował swojego pierwszego *Demona*). I Centrum Czarów Starokijowskich (gdzie swoją moc przekazała Trójce Kijowica Kyłyna), i pierwsza Łysa Góra Kijowic...

I ulokowane naprzeciw niej trzy domy pod trzynastką!

W pierwszym z nich od 1906 do 1913 roku mieszkał ulubieniec Maszy Misza Wrubel, a od 1991 działało muzeum jego imienia.

W drugim, do którego zmierzała zakochana Dasza, usadowiła się niedroga kawiarnia mieszcząca się pod numerem 13b.

I zajrzawszy do niej, powiódłszy po wnętrzu wzrokiem, Czub od razu pojęła: „Rzeczywiście – pełne b".

Mała, prawie pusta kafejka z obitymi drewnem ścianami nie kryła w sobie Jana czekającego na nią „o dowolnej porze".

„A jeżeli on czeka tu tylko na Maszę?" – Jeszcze bardziej znielubiła sprzedajną koleżankę, która ją tak wystawiła.

Wstrząsająca przeszła się po sali, meandrując między skleconymi z desek stolikami. Doszła do okna demonstrującego jej profil domu muzeum Bułhakowa. Potupała. Nadęła się jak kulka. I zabierała się już do wyjścia, zaliczając Maszę do zdrajczyń i oszustek...

...gdy nagle się odwróciła.

Przy stoliku, który chwilę temu był pusty, teraz siedział Jan. Miedzianowłosy. Ze skupionym, chmurnym obliczem.

– Szuka mnie pani? – Jego ręka, spoczywająca na ciemnym blacie, była ozdobiona masywnym srebrnym pierścieniem.

– Jan! – Ręce i ramiona zakochanej podskoczyły z radości.

– Czy mam pani przypomnieć – z opanowanym chłodem spytał Demon Daszy – że jestem tym, który stoi po lewicy? A pani jest Kijowicą! Na tym polega Prawda Równowagi. Zmieniając ten układ sił, naruszymy prawo.

– To znaczy, że mnie już nie kochasz? – Z jego majestatycznego oświadczenia Czub wyciągnęła małostkowy (i, zaznaczę, zupełnie właściwy) wniosek. – I to znaczy, że mnie nie kochałeś? – Przygryzła wargi. – Jasne jak słońce. Po cholerę w takim razie były te bajery? No, powiedz. Okantowałeś mnie dla swoich celów.

Wykorzystując to, że stała, Czub obrzuciła „kanciarza" z góry piorunującym spojrzeniem.

– Dla waszych celów – uściślił ten z niezmąconym spokojem.

– Waszych, naszych! – prychnęła Czub. – Choćby i dla Dziadka Mroza! Sedno się nie zmienia. Okłamałeś mnie, tylko to się liczy. To jasne jak słoneczko. Jaśniuteńkie.

Udając, że robi mu wielką łaskę, Wstrząsająca usiadła przy stoliku i postukała palcem serdecznym w blat.

– Okej, zamknijmy ten durny temat... Mam problem. Nie mogę śpiewać. Straciłam głos.

– Czy powinienem pani przypomnieć... – Siedzący naprzeciw niej mężczyzna był niepodobny do poprzedniego, zwykłego i swojskiego Jana! – ...że w Księdze Kijowic jest moc, dzięki której nawet stary pniak zaśpiewa i zatańczy?

Nawet ta jego rudość była posępna!

Nawet niebieski kamień na pierścieniu zmatowiał i przygasł.

Gdyby nie kamień i pierścień, Dasza mogłaby w tym obmierzłym drabie nie rozpoznać ich właściciela.

– Co ty nie powiesz! – zezłościła się. – Myślisz, że tu przyleciałam, bo nie śpię po nocach, nie mogąc o tobie zapomnieć? Jeszcze czego! Wypróbowałyśmy już sto zaklęć. Masza zaklinała „imieniem Ojca" i nic to nie dało. Pomożesz czy nie?

– Imieniem Ojca? – Demon spochmurniał jeszcze bardziej.

Nieprzyjaźnie popatrzył na czterorzędowy naszyjnik z monet spoczywający na wysokiej, rozłożystej piersi Daszy, i rzekł (nie zapytał!):

– Zdjęła pani węża. Uroborosa*.

Łańcuszek w postaci węża trzymającego w pysku własny ogon nosiły wszystkie trzy Kijowice – jego magiczny krąg bronił przed złem.

– Bo z jego powodu... Naszyjnik z monet nie chciał się na nim zapiąć – usprawiedliwiła się szybko Dasza, rozumiejąc już, co spartaczyła. – A wogle jakie zło mogło mi się przydarzyć? – zapytała obronnym tonem.

Talizman, który Kijowski Demon podarował każdej z Trzech, był czymś arcyważnym. Gdy Katia przez przypadek go zgubiła, o mało nie umarła.

* Uroboros – wąż trzymający w pysku własny ogon; symbolizuje samowystarczalność, nieśmiertelność i zdolność przyrody do wiecznego odradzania się po śmierci.

– Spotkała się pani z Aknir? Powiedziała pod pani adresem coś niezrozumiałego? Coś, co brzmiało jak „abrakadabra"?

Cierpliwy z dystansem.

I nieprzyjazny.

Dasza widziała: Demon obchodził się z nią jak z debilką.

– Chcesz powiedzieć, że to ona? Ta szmatława zdzira? – Czub zagotowała się z pogardy. – Tak, coś tam krzyczała... jakiś bełkot. I tknęła mnie palcem. Ale potem jeszcze śpiewałam. Śpiewałam romans na Górze Starokijowskiej!

– Czyli zaklęcie czekało do odpowiedniego czasu.

– Ale jak ona mogła? Jesteśmy przecież silniejsze! Póki co...

– Jak pani widzi, mogła, i to łatwo. – Demon wyrzekł to z bólem. – Mistrzostwo przewyższa moc. Zwinny cios działa lepiej od ciężkich, niezdarnych pięści. A Aknir jest mistrzynią. Dziedziczką. Do tego czaroplotką.

– To znaczy, że sama plecie zaklęcia. – Dasza kiwnęła głową. – Jesteśmy w temacie.

– Sądzę – powiedział Kijewicki – że to zaklęcie było nowe, wymyślone przez nią. Dlatego w Księdze nie ma na nie antidotum. W danym przypadku przeciwzaklęciem może być cokolwiek.

– To znaczy?

– Możliwe – wzruszył ramionami – że należy pójść nocą na Łysą Górę i wyrwać serce gołębiowi. Ale możliwe, że wystarczy zjeść zwykłe truskawki, a głos wróci. Sęk w tym, że wie to tylko Aknir. To są jej własne czary.

– To co mam jeść? – spięła się Dasza. – Truskawki? Czy wszystko, co się nawinie?

– Bez dwóch zdań Trójce wystarczy sił, aby przywrócić pani dar. Ale czy starczy pani rozumu, by zastosować tę siłę? – Demon milczał przez chwilę i odpowiedział sam sobie: – Wątpię. Cóż, i ślepi czasami mają własną mądrość... Macie dobre powiedzenie: „Swojego rozumu nie przeskoczysz". Ale i tak spróbuję go pani użyczyć. Przegracie w Sądzie, to już oczywiste. I dlatego dam pani ostatnią radę. Proszę zapomnieć o głosie. Nieprędko będzie pani potrzebny. Nie sądzi pani chyba, że Aknir po zwycięstwie zostawi waszą Trójkę przy życiu? Nigdy!

– A idźże ty z taką radą! – zaświszczała Dasza. – Pomógł, dobre sobie! Ryży snob...

Jednakże w tej sekundzie naprawdę się przeraziła.

– Demo... Dm... Pan Kijewicki? Tutaj?

Przed Maszą stał czarnooki brunet z wyraźnie zarysowanymi tatarsko-mongolskimi kośćmi policzkowymi, ustami i oprawą oczu.

Jego ręka, na której widniał duży srebrny pierścień z przeźroczystym kamieniem, trzymała zmyślną laskę z uchwytem w postaci ludzkiej ręki. A wyciągnięty palec wskazujący laski kierował się na uczepiony gałęzi kapelusik Anny.

Obok Demona stał mało rzucający się w oczy młody człowiek z podejrzanie znajomą twarzą, prawie jeszcze chłopak w czapce garnizonowej z typowym dla gimnazjalistów „ptaszkiem" i skrótem KG1 między wypustkami.

„Kijowskie Gimnazjum numer jeden" – rozszyfrowała Masza.

Wysłuchawszy pytania, Demon uprzejmie ukłonił się Marii Władimirownie i dodał jeszcze dwa krótkie skinienia w stronę jej lewego i prawego ramienia.

„Dziwny rytuał..."

Za lewym ramieniem Maszy stała Anna, skonfundowana pojawieniem się dwóch nieznajomych panów, którzy stali się świadkami jej zamaszystego gestu.

Za prawym ramieniem Maszy (zerknęła, by to sprawdzić) nie było nikogo.

– Państwo się znają? – zapytała Anna towarzyszkę.

– Tak. Od dawna jesteśmy znajomymi – powiedziała Masza, bacznie przypatrując się towarzyszowi swego znajomego.

– Poznaliśmy się jeszcze zeszłego wieku – zażartował Kijewicki.

I tu Masza zrozumiała: on nie żartuje!

To nie był jej Demon!

Jej Demon znajdował się tam, gdzie powinien – na początku XXI wieku.

A ten tu był o sto lat młodszy!

I wspomniany przez niego zeszły wiek to podpowiedź dla pogubionej Marii Władimirowny: z nim, czyli z Demonem Przeszłości, widziała się w 1884 roku, w kawiarni „Semadeni", dokąd zabrał ją Wrubel.

Ten Demon wiedział, że jest Kijowicą, Kijowcą wizytującą...

I dlatego zachował się wobec niej odpowiednio do jej rangi.

– Tak, dawnośmy się nie widzieli – przyznał śpiewnie Kijewicki. Jego czarne jak wilcze jagody oczy lśniły wilgotną miłością. Był przystojny (chociaż nie tak jak Mir Krasawicki). I jeśli chciał, umiał być czarujący. – Zresztą widziałem panią nie tak dawno... W Ogrodzie Carskim. Kiedy to było? Jakby wczoraj...

„Dzisiaj rano – dwanaście lat temu" – poprawiła Masza, przełykając drugą podpowiedź.

– A pani mnie nie zauważyła. – Demon uśmiechnął się chytrze.

– Zauważyłam – odparła wywiadowczyni Przeszłości. – Tylko nie byłam pewna, czy to pan.

– Ja, ja, któżby inny! – potwierdził Demon-kruk. – Domyślam się, jakie wiatry tu panią przyniosły. Tak właśnie sądziłem, że tu panią spotkam. Przyjmiecie nas, panie, z moim druhem, do towarzystwa? Albo może macie inne plany, niepasujące do naszych?

Teraz on sam prosił wizytującą Kijowicę o podpowiedź:

Co ją sprowadzało w jego czasy?

Co zamierzała poprawić albo czemu zapobiec, żeby odwrócić nieszczęście w odległej, nieznanej mu przyszłości?

I czy jej plany były zgodne z jego zamierzeniami... względem Anny?

– Proszę o chwilę namysłu – rzekła Maria Władimirowna.

Słabnący wpływ „Oręża" pomógł jej wziąć się w garść i pomyśleć logicznie.

A więc:

Demon w postaci kruka był w Ogrodzie Carskim zimą 1894 lub 1895 roku.

Demon wiedział, gdzie pięcioletnia Anna schowała Lirę.

Demon czekał, aż dziewczyna po nią wróci.

Pozostałe sprawy pozostawały zagadką, a pytanie: „Czy można go zapytać o wszystko wprost?" – bez odpowiedzi.

„W każdym razie – stwierdziła – Demonem nazywają go tylko ludzie. Nikogo nie kusi, tylko kontroluje Równowagę ze swojej strony. Wrublowi nawet próbował pomóc. Ale kim jest ten chłopak, którego sprowadził?"

Znowu spojrzała na towarzysza Kijewickiego – jasnowłosego, niebieskookiego chłopca.

Pomyślała: „Oczy ma takiego koloru jak kamień w pierścieniu Demona... Skąd ja go znam?".

Rysy twarzy podrostka – niezbyt przystojnego, ale z jakiegoś powodu atrakcyjnego dla Maszy – były nader charakterystyczne, nakreślone grubymi, zapadającymi w pamięć liniami.

„Wiekiem zbliżony do Anny... Nie, młodszy, młodszy. Ale to ktoś inny. Kim on jest?"

– Aneczko, nie ma pani nic przeciwko towarzystwu? – zapytała, nie odwracając się i nie spuszczając oczu z budzącego ciekawość młodzieńca.

Ciekawość, niezaspokojona, ostatecznie przeważyła szalę namysłu.

„Czemu by nie pospacerować razem?"

– Jak pani sobie życzy – odpowiedziała Anna bez specjalnej ochoty.

– Czy wobec tego każe pani uwolnić swój kapelusz z niewoli? – spytał młodzieniec z uśmiechem.

Pasował mu ten uśmiech.

Zrobił krok w stronę przyodzianego w kapelusz drzewa.

– Będę panu wdzięczna – sucho podziękowała mu Anna Gorienko.

Był młodszy i nie interesował jej, dorosłej.

– Pozwólcie państwo, że was przedstawię: Anno, to pan Kijewicki! – odezwała się Maria Władimirowna. – Postać, proszę mi wierzyć, niezwykła. A to moja przyjaciółka: Anna Gorienko.

Gimnazjalistka ceremonialnie kiwnęła garbatym nosem. I od razu zrobiła się wyniosła, tak bardzo, że Masza zaraz sobie przypomniała: ucząc się w Kijowie, lokatorka Wakarów zachowywała się w gimnazjum jak królowa, nie tylko wobec dziewcząt z bogatych rodzin, lecz także wobec nauczycieli, którzy ośmielili się udzielać jej uwag!

– A ja ze swojej strony... – podchwycił Kijewicki – pragnę przedstawić paniom mojego młodego druha...

Z godną pochwały zwinnością młody druh wdrapał się na wysokie drzewo i uwolnił latające nakrycie głowy spomiędzy gałęzi.

– Nie patrzcie, panie, na jego młody wiek, prorokuję mu świetlaną przyszłość...

W jednej chwili rokujący świetlaną przyszłość gimnazjalista śmiało zeskoczył z gałęzi na ziemię i stanął przed Maszą, która się aż odsunęła.

– Spokojnie, młody człowiek wykazuje pewną skłonność do teatralnych efektów – z miłością przymówił mu Demon niczym dumny tatuś. – Proszę, polubcie go i podziwiajcie, Michaił Bułhakow...

„Buł... hakow!!!"

W tym momencie „Oręż" okazał się podłym dezerterem i w mig opuścił Maszę. Ulotnił się jej z głowy.

Głowa Maszy przypominała teraz rozstrojone pianino, w którego klawisze waliły intensywnie czyjeś palce, nie uruchamiając jednakże strun, wydając jedynie drażniący, głuchy drewniany stukot.

Dlatego jej przeciążony mózg nie mógł się zdobyć na ani jedną myśl.

Przed nią stał Misza Bułhakow i był chłopcem...

Młodszym od niej!

Jeszcze młodszym od Achmatowej!

Tylko że Michaił Afanasjewicz Bułhakow dla Marii Władimirowny Kowalowej nie był jak Achmatowa.

Gdyby studentka historii brała udział w konkursie wiedzy o biografii M.A. Bułhakowa, zajęłaby jeśli nie pierwsze, to z pewnością zaszczytne drugie miejsce.

Historyczna pamięć Maszy i bez tego radośnie przygarniająca dokładne daty, tak znienawidzone przez innych, w niektórych przypadkach mogłaby pójść w zawody z dowolnym komputerem. Tak się zdarzało, kiedy właścicielka tej pamięci zakochiwała się w jakimś okresie historycznym albo w jakiejś szczególnej postaci.

Bułhakow zaś był dla Maszy przypadkiem nie zwykłym, lecz zdecydowanie szczególnym! Nie bez powodu tylko jeden z tysiąca tysięcy kluczy z szafy w okrągłej Wieży dostąpił zaszczytu ukrywania się na piersi jednej z Trzech Kijowic – klucz od domu przy Zjeździe Świętego Andrzeja pod numerem 13. I nie bez powodu powieść *Mistrz i Małgorzata* Masza miała wyuczoną niemal na pamięć! Nie bez powodu wszystko, co widziała wokół siebie, natychmiast porównywała z tym czy tamtym faktem z życia Bułhakowa, z jego frazą albo przekonaniem.

I żebyś mógł, mój drogi czytelniku, pojąć całą głębię przepaści, w którą wpadła moja biedna Masza, powiem: ziemia rozstąpiła się pod jej stopami, a ona przeleciała przez nią na wylot – tam i z powrotem! – i znów znalazła się w tym samym miejscu.

Błądzącym bez celu wzrokiem Kowalowa macała otaczające ją Wzgórze Włodzimierza.

„Bułhakow uważał to miejsce za najlepsze w świecie!"

Przesunęła spojrzeniem po krzyżach monastyru Michajłowskiego o Złotych Kopułach zbudowanego na cześć archanioła wojownika.

„Bułhakow został ochrzczony w cerkwi Podniesienia Krzyża Świętego, na chrzcie dano mu imię archanioła Michała, obrońcy i opiekuna Kijowa!"

Zauważyła żółknące liście na drzewie, oceniła na oko, że zbliża się jesień, i prawa półkula mózgowa Maszy – ta mądra – natychmiast włączyła biegnący u dołu „pasek wiadomości":

„Jesienią 1906 roku rodzina Bułhakowów przeprowadziła się na Zjazd Świętego Andrzeja pod numer 13".

Tam zaraz zachorował ojciec – Afanazy Iwanowicz, filozof, historyk, docent Kijowskiej Akademii Duchownej. Wykładał historię i analizę zachodnich wyznań. Znał grekę, angielski, francuski i niemiecki. Opublikował książki: *Nabożeństwo starokatolickie i chrześcijańskokatolickie* oraz *O zasadności i rzeczywistości hierarchii anglikańskiej z punktu widzenia Cerkwi prawosławnej*. Zachorował śmiertelnie. Zmarł po roku. Nereczyca była wówczas nieuleczalna. Pochowano go na cmentarzu Bajkowa, tak jak syna Miszy Wrubla...

Bułhakow miał w tej chwili piętnaście lat.

Uczył się w Pierwszym Gimnazjum Aleksandrowskim już piąty rok.

W piątej klasie zaczął tworzyć literaturę – najpierw humoreski. Razem z nim uczyli się Paustowski, Sikorski, Bogrow... Nie, to nieważne.

...Boże!!!

Piętnastoletni gimnazjalista Misza Bułhakow właśnie podawał Annie Gorienko uratowany kapelusz.

Siedemnastoletnia gimnazjalistka wzięła swoje nakrycie głowy w dwa palce prawej ręki – pozostałe trzy miała zaciśnięte w pięść. A w pięści tej kryła się zmartwychwstała Lira.

Ręce przyszłej poetki i przyszłego wielkiego prozaika zetknęły się...

„Jego ojciec umrze!

Jego ojciec umrze...

...tak jak siostra Achmatowej, Inna.

Jak wszyscy, którzy się zetknęli z Lirą!

NIE!!!"

– Dlaczego mi nie powiedziałeś, że znasz Bułhakowa?

Demon rozparł się na krześle i popatrzył na Maszę z prawie ludzkim zdumieniem.

– Wezwała mnie pani wyłącznie z tego powodu? – zapytał, z każdą głoską podkreślając swoją zdziwioną pogardę.

– No... – zmieszała się Masza.

Przez chwilę poczuła się jak uczennica stojąca przy biurku złego nauczyciela, który bezlitośnie kreśli czerwonym długopisem po jej zadaniu domowym.

– Potrafi pani ożywiać zmarłych! Latać nad ziemią. Zdmuchnąć plac Niepodległości jak okruchy ze stołu i zjeść obiad w kawiarni „Semadeni", którą zmieciono z tego placu pół wieku temu. A co najważniejsze: już za trzydzieści godzin może pani wszystko to stracić! I najbardziej porażającym dla pani faktem pozostaje moja znajomość z Bułhakowem?! Cóż, jest pani w końcu człowiekiem... Proszę wybaczyć, że tak panią nazywam.

– Nie szkodzi. Nie obrażam się – wymamrotała „uczennica".

– A wypadałoby! – odparł z urazą „nauczyciel". – Jest pani beznadziejnie ślepa. Matko moja, czego ja chcę, skoro jeszcze tydzień temu brała mnie pani za Bułhakowskiego Wolanda. Diabła. Szatana!

Tu nagle Masza się obraziła.

Zaklęcie „Oręż", wygasłe, odrodziło się, zapłonęło ponownie, zawrzało z nową siłą.

„Jakieś ostatnie przebłyski" – zauważyła skrajem świadomości.

„Jestem Kijowicą!"

– Jestem Kijowicą! – Zmrużyła oczy. – A ty nie jesteś diabłem. Jedynie duchem tego Miasta. Stojącym po lewicy, mojej lewicy! A właśnie, jeśli to nie tajemnica, kto będzie stał na Sądzie po prawicy?

– Nietrudno się domyślić – zasępił się Demon. – jest Ziemia. Jest Niebo.

– Matka Ziemia, Ojciec Niebo... – powiedziała Masza. (Tak zaczynało się jedno z zaklęć).

– Twoim ojcem jest Kijów! – przerwał jej duch Miasta. – Ty masz go bronić! Ja bronię Ziemi pod nim. Ale i mnie, i Miastu, i tobie, i wszystkim ślepcom Ziemia jest droższa. Karmi nas, poi i przyjmuje nasz proch.

– Jest Ziemia... – Masza drwiąco powtórzyła wywód. – ...jest Miasto, jest Niebo. Ty i ja... Dobrze rozumiem, że przyjdzie też ktoś z Nieba?

– Jeden z Trzech – odpowiedział niechętnie. – Ale niech się pani nie łudzi! Przez ostatnie dziewięćdziesiąt lat tron po prawicy świeci pustką.

– A co się stało dziewięćdziesiąt lat temu?

– Nawet tego pani nie wie? Rewolucja. Sami zburzyliście cerkwie. Kijów przestał być Stolicą Wiary. Ale pozostał Stolicą Wiedźm.

– Czy to znaczy – prychnęła Masza lekceważąco – że sądzić nas będziesz ty? Śmieszna nowina.

Oczy Kijewickiego Demona zrobiły się ciężkie jak kamienie.

– Nie ja – wydał zgrzytliwy dźwięk. – Wiedźmy.

– A ty przy nich – „Oręż" roześmiał się w Kowalowej – na ozdobę? Myślałam, że jesteś ich panem.

– Zgadza się – potwierdził. – Ale wiedźmy są wolne.

– „Niewidzialne i wolne".

– Kiedy są widzialne, też są wolne – usadził ją cierpko. – Wie pani, czym jest wolność, szanowna Mario Władimirowno?

– Wiem – odrzekła. – Teraz wiem. Wolność jest wtedy, kiedy możesz wszystko. Oprócz jednego...

– Wolność to lekceważenie spłaty! Za wszystko w życiu trzeba płacić – oznajmił Kijewicki Demon. – Mam prawo zażądać od kijowskich wiedźm zapłaty za ich wolność, a tą zapłatą będzie śmierć. Ale ponieważ są wolne, poszły za Aknir, lekceważąc konsekwencje.

– I niczego nie możesz zrobić? – zapytała Maria Władimirowna cicho, z lekkim zdziwieniem.

– Skąd ten wniosek? Mogę je ukarać śmiercią, kiedy zwyciężycie. Tylko że wątpliwe, by się wam udało. Urągacie pojęciu Kijowic.

– Jesteśmy Kijowicami!

Masza wstała od stolika.

Spojrzała w okno – na profil pierwszego domu pod numerem 13, w którym do 1913 roku mieszkał jej idol ochrzczony imieniem obrońcy Kijowa. Położyła sobie rękę na piersi, gdzie pod ubraniem wisiał na sznurku klucz do jego domu.

Dziwne, ale ten klucz jakby dodał jej sił.

– Próbujesz mnie wystraszyć przegraną? – Zmiażdżyła Demona wzrokiem. – Ale ja się nie boję! Wiem, że przegramy. Wiem, nocą twoje wolne wiedźmy zbierają się na Łysej Górze, żeby przeprowadzić Wielki Rytuał. Wiem, że możemy zginąć. Ale jestem Kijowicą! Mam ważniejsze sprawy niż własne życie. Waga się przechyliła. Mocno! I nie przyszłam tu po to, żebyś siedział i opowiadał mi, jak ci się nie podobają ludzie.

– Waga się przechyliła? – I ton, i postawa nocookiego bruneta w jednej sekundzie zrobiły się czujne, rzeczowe. – Proszę wybaczyć, moja Kijowico, proszę wybaczyć stojącemu po lewicy. – Pochylił czoło ze skruchą. – Pokornie upraszam przebaczenia. Jeśli potrzebuje pani mojej pomocy, słucham pani wiernopoddańczo.

– Przecież ty mnie nie znosisz! – przerwała mu z gniewem Masza. – Ani mnie, ani Daszy, ani Katii. Jesteśmy dla ciebie zbyt ludzkie! Wydajemy ci się śmieszne. Byłyśmy ci potrzebne wcześniej, żeby ratować Miasto i twoją skórę. Ale teraz palcem nie kiwnąłeś, żeby nam pomóc. Po co miałbyś to robić? Aknir: ona pasuje ci idealnie. Jest taka, jak trzeba! Na pewno by się obraziła, gdybyś nazwał ją człowiekiem!

– Zgadza się, nie lubię was – przyznał Demon ze spokojnym dostojeństwem. – Nie ma was za co lubić – dodał pewnym siebie tonem. – Ślepcy są odrażający w swojej miernocie, a pseudomajestat, w który obrastają w miarę postępów, z roku na rok czyni ich jeszcze większymi miernotami. Mam wiele lat. Ale nie przestaje mnie zdumiewać talent ludzi do niepojmowania najprostszych rzeczy. Przez siedem wieków rozwiązujecie wciąż te same problemy: strachu przed śmiercią, miłości, niemiłości, problemu ojców i synów, problemy wyboru... Od siedmiu tysięcy lat nie potraficie ich rozwiązać. Czy nigdy nie przyszło wam do głowy, że lista pytań dręczących każdego z was wcale się nie zmienia? Nie zmieniła się od siedmiu wieków!

– Nie do końca rozumiem – dociekliwie odezwała się studentka.

Jedno do niej dotarło: Demon nie czynił jej wymówek. Po raz pierwszy od początku ich znajomości próbował jej wyjaśnić, dlaczego nie może zaakceptować ludzi.

– To kolejna wasza cecha. – Jego głos był pozbawiony smaku jak przeżuwany papier. – Nawet jeśli się wam podsunie prawdę prosto pod nos, i tak jej nie widzicie. Pani, Mario Władimirowna, cierpi, ponieważ spodziewa się dziecka i będzie je pani wychowywała bez ojca. Cierpi pani z powodu relacji z rodzicami. Cierpi pani, uważając, że jeśli uratuje pani Ojca, wbrew własnej woli zdradzi pani swojego ojca rodzonego. Nie mylę się?

– Nie – przytaknęła przyduszonym głosem.

Była dla niego przeźroczysta jak szkło.

A własna przeźroczystość była nieprzyjemna.

„Po prostu... nie jest ślepy".

– Ale czy naprawdę sądzi pani, że jest pierwszym człowiekiem na świecie, który zmaga się z podobnymi problemami? – spytał ze znudzeniem. – Do tej pory rozwiązywały je już miliony. I, co interesujące, rozwiązały. Wielu opisało swoje rozwiązania w książkach. Ale ludzkość pod tym względem przypomina obłąkaną babę, która dzień w dzień bez wyjątku wynajduje własną recepturę na barszcz, gotuje paskudną lurę, zjada ją, cierpi na niestrawność, wymioty, biegunkę, a następnego dnia zaczyna wszystko od nowa... Zamiast zdjąć z półki książkę kucharską i przeczytać przepis. Tak samo pani wciąż gryzie się z powodu swojej nieszczęśliwej miłości i tego, że nie rozumieją pani rodzice...

– Dziękuję. Zdaję się, że pana zrozumiałam – rzekła. – Bądź co bądź jestem historykiem.

Usiadła, zapominając o sporze, i położyła ręce na stole, który stał się stołem negocjacji.

– Też o tym myślałam. Historia nieustannie się powtarza. Choćby rewolucja... Było ich tak wiele. I wszystkie toczą się według tego samego schematu. Chciałam zrozumieć, dlaczego sto, pięćdziesiąt lat później ludzie popełniają te same błędy. Przecież opisano je w książkach. Można o nich przeczytać. I ani jedna rewolucja nie przyniosła ludziom wolności. Rewolucja zmienia jedynie panującego. Ale mija sto, pięćdziesiąt lat i ludzie znowu wierzą, że walczą o swoją wolność... Zawsze wydawało mi się to straszne.

– Teraz mnie pani rozumie?

– Częściowo.

Zrozumiała, dlaczego nazywają ich ślepcami.

I spróbowała sobie wyobrazić, jak to jest być Kijewickim Demonem, żyć sto, dwieście, trzysta lat i na własne oczy widzieć, jak ślepcy zabijają się nawzajem, potem ogłaszają tych zabitych bohaterami, a następnie obalają tych bohaterów z piedestałów. Jak budują cerkwie i burzą je, po czym odbudowują...

I nic się nie zmienia.

Te same słowa, błędy, nadzieje i pytania, które nie bez powodu dostały nazwę „odwieczne".

– Wiara ślepców w wolność jest rudymentarna. – Kijewicki Demon odpowiedział na jedno z pytań Maszy. – Kiedyś byli wolni. Lecz teraz są ślepi. Potrzebują przewodnika. Dlatego nie mogą żyć bez pana. Tak jak pani – dodał po sekundzie.

I Masza znów nie zrozumiała.

– Proszę posłuchać, Mario Władimirowno. – Gwałtownie wychylił się do niej nad stołem. – Nie lubię pani, nie będę kłamał. Ale jest pani nierozerwalnie związana z tym, kogo kocham nad życie. To mój Ojciec, moje Miasto. A on wybrał panią. Co znaczy, że coś w pani dostrzegł... Ja tego nie widzę. Patrzę na panią i widzę przed sobą standardowy kłębek ludzkich sprzeczności, słabości i błędnych kroków, poprzeplatany nielicznymi produktywnymi cechami. Miasto się jednak nie myli. Powinna pani o tym wiedzieć. Jest w pani zalążek czegoś... I rozwinie się tylko wtedy, gdy przyjmie pani moc Kijowic. Ale pani się przed tym wzdraga!

– Skąd pan wie? – Masza wzdrygnęła się całym ciałem.

– Nie jestem ślepy. Ani głuchy – odrzekł sucho. – Słyszałem pani słowa. Wystraszyła się pani wolności. Może pani ruchem ręki zmieść z powierzchni ziemi cerkiew, ale nie może pani do niej wejść. Ta sprzeczność wczepiła się w panią. Spowodowała, że się pani rozdwoiła. Jedna może wszystko. Druga uważa samą siebie za niepełnowartościową i żałosną. Ale to nie tak. Wszystko to jest dużo prostsze. Kiedy stała się pani wolna, przestała być niewolnicą bożą, dlatego że wolność nie przystaje do niewolnictwa.

– W takim razie...

– Nie chce pani być Kijowicą? Nie wie pani, czy chce... Boi się pani. Typowy ludzki strach. Zyskując wolność, straciła pani pana, przewodnika i obrońcę. Jednak proszę zrozumieć: nie można czegoś zyskać, nie tracąc czegoś! Nie zostanie pani Kijowicą, dopóki nie uzna pani pierwszej zasady wszego stworzenia: dobro jest tylko wywróceniem zła na drugą stronę. Nie istnieje samo w sobie ani dobro, ani zło.

– Nie mogę jej uznać. – Oczy Maszy zmętniały od namysłu, jak zawsze, kiedy zaglądała w głąb siebie. – Nie dam rady. To nie zasada. Rozumiem. Ale nie mogę. Dlatego, że nie mogę. Nie wiem, jak to powiedzieć inaczej.

– Wobec tego – rzekł Demon Maszy pewnym siebie tonem – moc, którą dał pani Ojciec i której nie jest pani w stanie przyjąć, zmiażdży panią. Będzie się jej pani bała, samej siebie, robiła dwa kroki do przodu, dwa do tyłu. I skończy się na tym, że zaplącze się pani ostatecznie, zamknie się w jakiejś dziurze i zginie w niej. A ja nigdy się nie dowiem, jaką cudowną tajemnicę Miasto w pani ujrzało.

– Jestem za bardzo człowiekiem – powiedziała Masza. – Za bardzo człowiekiem.

Wreszcie to do niej dotarło.

Zobaczyła samą siebie jego oczami i doświadczyła jego pogardy dla niej.

Prawdą leżała tuż przed nią. Wiedziała już: „To prawda!". Dobro jest złem i nie da się czynić dobra, nie czyniąc zła. Nie można czegoś dostać, jednocześnie czegoś nie tracąc. Nie można uratować, nie zabijając.

Ale nie potrafiła tego zaakceptować!

– Chcę, żeby dobro było bez zła. Żeby ludzie nie zabijali się nawzajem. Ani zwierząt. I żeby dzieci nie były złe... – powiedziała.

– Chcesz raju – skwitował Demon.

– Za bardzo jestem człowiekiem. – Nie spierała się z jego stwierdzeniem.

– Nie – odparł z mocą. – Jest pani Kijowcą! Wybraną przez Miasto. A ja nie mogę nie uznać jego wyboru. Proszę wybaczyć, że opóźniłem sprawę. Wybaczyć, że dałem pierwszeństwo uczuciom przed jego Prawdą. Powiedziała pani, że Waga się przechyliła, i to mocno...

– Tak mocno, że stanęła dęba – opisała malowniczo studentka.

– Tak też myślałem – rzekł posępnie Demon. – Nie wiem czemu, ale Miastu jest potrzebna właśnie pani. Jeśli pani nie będzie, Równowaga zostanie naruszona.

– Ale dlaczego ja? – Masza żadną miarą nie pojmowała, z jakiego powodu Demon przywiązuje taką uwagę do jej rudej osoby. – Kijowowi grozi niebezpieczeństwo! A ja usiłuję zrozumieć, czego ode mnie oczekuje.

– Kiedy przekrzywiła się Waga? – spytał ciemnooki.

– Kiedy Aknir przyszła do nas i wypowiedziała wojnę. Tej samej nocy na niebie zapłonął czerwony ogień. I uratowałyśmy dziwną kobietę, która próbowała się powiesić. Opowiedziała nam o Lirze. Ale najdziwniejsze było to, że gdy tylko ją uratowałyśmy, Waga się trochę naprostowała. Niedużo, ale jednak...

– Bardzo ciekawe. – Wychylił się ku niej szczerze podekscytowany. – Gdy tylko ją uratowałyście?

– Niezupełnie – poprawiła się Masza. – Gdy tylko wyprawiłam się w Przeszłość i upewniłam, że Lira nie jest wymysłem.

– Oczywiście, że Lira nie jest wymysłem. To mogłem pani powiedzieć od razu. Niepotrzebnie traciła pani czas.

– Tak czy inaczej czas stoi w miejscu – usprawiedliwiła się głupio wywiadowczyni. – Zrozumiałam, że idę prawidłową drogą, i poszłam dalej. W tysiąc dziewięćset szóstym spotkałam pana. Razem z Michaiłem Afanasjewiczem...

– To się wydarzyło zaledwie trzydzieści minut temu?

– To pan nie wiedział? – speszyła się Masza.

– Skąd miałem wiedzieć?! – Demon wpadł w rozdrażnienie. – O zmianach wie tylko ta, której wolno zmieniać Przeszłość, tylko Kijowica. Pozostali wiedzą tylko to, co jest, i myślą, że tak było zawsze. Teraz – rozciągnął usta w niewesołym uśmiechu – rozumie mnie pani? Jest pani ślepa, ale obdarzona bezgraniczną mocą. W porównaniu z panią jestem drzazgą, która wpadła w wir wodny.

– Wychodzi na to – nie mogła się powstrzymać „obdarzona mocą" – że teraz na Krieszczatiku stoi budynek starokijowskiej poczty?

– Stoi. Widzę, że bawiła się pani na całego. – Uśmiechnął się. Już się nie złościł na Maszę. – Dobrze, że próbuje pani swej mocy... Starokijowska poczta – obwieścił jej łaskawie – to jedyny budynek w centrum Krieszczatiku, który przetrwał drugą wojnę światową. Powinienem zaznaczyć, że w otoczeniu stalinowskich wysokościowców wygląda strasznie głupio. Ale kijowianie szczycą się swoją pocztą: pierwszym budynkiem przy Krieszczatiku.

– I wszyscy myślą, że zawsze tam stał? – Masza wpadła w dziecięcy zachwyt.

– Tak jak mówiłem. Coś jeszcze, Mario Władimirowno? Sobór Świętego Włodzimierza, pani ulubiony, przypadkiem nie wyleciał w powietrze w czterdziestym pierwszym? Na placu Niepodległości nie została wzniesiona obrzydliwa wieża? Na ile mi wiadomo, takie były plany. Ale skąd mi to wiedzieć.

– Nie, nie – stropiła się Masza. – Po prostu poczta sama do mnie zagadała...

– Słyszy pani domy? – ożywił się Demon. – A nie słyszy pani innych głosów? Nie słyszała pani... Miasta? – zapytał z czcią.

– Nie.

Zamilkł.

Kto wie, o czym pomyślał?

Kijowica, w porównaniu z którą Duch Miasta był „drzazgą w wirze wody", nie umiała przeniknąć ciemności jego oczu, czarnych i nieprzejrzystych niczym żałobny onyks.

– Cóż... – Jego głos znów stał się bezbarwny. – Ma pani rację w jednym: skoro Waga zaczęła się prostować, jest pani na dobrej drodze. Miasto ją pani wskazuje. A Lira jest na niej pierwszym znakiem. Nawet dziwne, że Ojciec podsunął pani Annuszkę. Żeby panią zwabić, bardziej pasowałby Bułhakow.

– Ale on tam był.

– Oto i drugi znak.

– Nie bardzo rozumiem te znaki.

Demon odsunął się, wparł w oparcie krzesła i złożył ręce na piersi – znów zamknął się w sobie.

– Wychodząc od tego, co wiem, szanowna Mario Władimirowno, Miasto zwraca się do pani, osobiście do pani, z zadziwiającą pobłażliwością i nadzwyczajną czułością. Niańczy panią niczym małe dziecko i potrząsa nad pani kołyską szmacianymi lalkami. Ojciec spokojnie przyjmuje ten fakt, że niczego pani nie wie i nie pojmuje, i próbuje porozumieć się z panią w zrozumiałym dla pani języku. Ti-ti-ti, Masza, Achmatowa, Bułhakow... Przecież jeśli na chodniku leży kartka z napisem „M.A. Bułhakow", pani ją na pewno podniesie!

– Podniosę – przyznała Masza (tonem „I co z tego?"). – Lepiej mi opowiedz o Lirze.

– Jak pani rozkaże – zgodził się. – Talizman został znaleziony w Ogrodzie Carskim i natchnięty do działania za pomocą krwi...

– Anna ukłuła się w palec – poświadczyła Przeszłości.

– Poczułem, że Lira znalazła swojego pana. I uznałem za niezbędne poznać tę osobę.

– No ale co to za talizman? – zażądała informacji Masza. – I co Lira ma wspólnego z Kijowem? – przypomniała sobie podchwytliwe pytanie Daszy.

– Do Kijowa przywiozła go Kijowica Marina.

– TA Marina? Wielka? – Brwi Maszy podskoczyły na czole.

– Marina – Demon pominął dyskusyjną w niektórych kręgach kwestię stopnia wielkości wiadomej osoby – uważała, że dawny ród kijowskich wiedźm, którego, śmiem mieć nadzieję, choć kropla krwi płynie w pani żyłach, wywodzi się od Amazonek zamieszkujących teren dzisiejszego Krymu.

– Amazonek?! – zdumiała się studentka historii. – Przecież one są na wpół legendą.

– Wiedźmy wśród ślepych też uchodzą za bajkę – odparował. – Dlatego właśnie są ślepi.

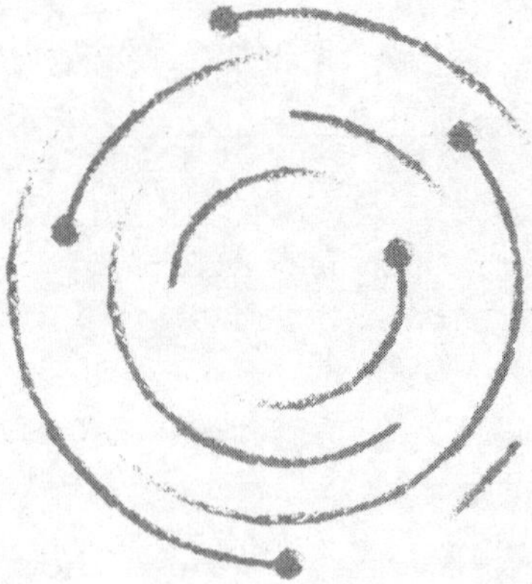

Rozdział dziewiąty,

w którym Demon wykłada teorię ofiary

Po cóż autor „pognał" swoją bohaterkę, mieszkającą przy jednym z arbackich zaułków, Bóg wie albo czort wie dokąd – daleko, daleko, na południowy zachód (kierunek łatwo sprawdzić po usytuowaniu w tamtym czasie księżyca na niebie), zamiast wysłać ją prościutko na północ – tam, gdzie na Dużej Sadowej, zaledwie minutę lotu z Arbatu, czekał już z balem o północy Woland ze świtą? (...) zanim Małgorzata dostaje się na „czarną mszę" (antymszę) Wolanda, przechodzi obrzęd „odchrzczenia", „antychrztu", „czarnego chrztu", a obrzęd ten odbywa się na brzegu rzeki, najwyraźniej blisko miejsca, w którym dokonał się wielki chrzest Kijowa.

~ Miron Pietrowski, *Mistrz i Miasto*

Wiedźmy od Amazonek. Zabawne... – Masza przypomniała sobie referat: pisała o Amazonkach na pierwszym roku. – Zabawne, Dasza też tak uważa. Mówi: i wiedźmy, i Amazonki to wojowniczki. I jedne, i drugie są silniejsze od mężczyzn, wolne i jeżdżą wierzchem. One na koniach, a my na miotłach.

– Co pozwala mieć nadzieję, że i to żałosne stworzenie, bezmózgie i nadmiernie pewne sobie, mimo wszystko ma szansę odnaleźć w swoim ślepym rodzie szlachetną krew – niechętnie i z wielką wątpliwością osłodził swój wykład Demon Maszy. – Pani koleżanka dokładnie streściła teorię Mariny. Pozostaje mi tylko dodać: kobiecie Lira pozwala być silniejszą od mężczyzn. Mężczyźnie daje sposobność ujrzeć kobietę. W jej wyższym rozumieniu.

„Amazonki... wiedźmy... wyższe rozumienie kobiet".

„Achmatowa nazwała samą siebie »prawdziwą mieszkanką Chersonezu«, »nadmorską dziewczynką«. Mówiła o wolności morza.

Latem jej rodzina często pomieszkiwała w Sewastopolu, pod Chersonezem...

...gdzie później archeolodzy odkryli grupę ozdób z pierwszych wieków naszej ery »prawdopodobnie należących do Amazonek«".

– Więc Achmatowa to mimo wszystko wiedźma? W sensie: z rodu wiedźm-Amazonek? – zastanowiła się na głos Kowalowa, chcąc jak najszybciej pojąć rozwiązanie. – Inaczej Lira by jej nie wybrała! – Urwała. Zmarszczyła brwi.

Nie...

Rzuciła na stół staroświecką torebkę, która towarzyszyła jej w wypadach do Przeszłości.

Od terasy Wzgórza Włodzimierza do domu numer 13B przy Zjeździe Świętego Andrzeja był rzut beretem. Masza przybiegła tu prosto ścieżką wijącą się wokół dwóch świętych gór – w dodatku w sukni z początku XX wieku. Na szczęście wiek XXI z dużą wyrozumiałością znosił ludzi ubranych w czort wie co – na dziewczynę nawet nie zwracano szczególnej uwagi.

Pogmerawszy we wnętrzu torebki, Kowalowa znalazła starą przypinkę z napisem: „Kijów. Festiwal Poezji '85", kryjącą się tam wraz z czasopismem „Renesans", notatkami Kyłyny, cytramonem, metamizolem, igłą i nicią, ściągami, na których Masza pilnie zanotowała sobie zaklęcia na różne życiowe przypadki, i najróżniejszymi innymi drobiazgami.

Lira na przypince miała siedem strun.

Masza patrzyła na nią, wytężając pamięć.

– Lira Achmatowej też miała siedem strun. Dokładnie. Nie cztery – powiedziała. – Widziałam siedem kresek. W takim razie znowu nic nie rozumiem! Cztery struny to cztery żywioły. Czterej słudzy wiedźm. A siedmiostrunowa lira symbolizuje liczbową harmonię.

– Harmonię leżącą u podstaw wszechświata – dodał Demon Maszy.

– Wiem. Ale gdzie tu czary?

– Wiedźma to kobieta. Kobieta to matka. Matka Ziemia. Kobieta jest wyższą harmonią.

„Dwa plus dwa równa się cztery! Ile można powtarzać?" – usłyszała Masza.

Demon znowu był z niej niezadowolony.

– No, tak...

Patrzyła na festiwalową przypinkę.

Sylwetka liry przypominała sylwetkę kobiety. Wygięte brzegi – piersi. Okrągłe boki – biodra.

Przed oczami stanęła jej figurka Wenus z epoki kamienia. Wąskie ramiona, obwisłe piersi, ogromne biodra i rozłożysty, dający życie brzuch. W czasach, kiedy na grzesznej Ziemi panował matriarchat*, zdolność kobiety do rodzenia na podobieństwo Ziemi uczyniła z niej władczynię.

„Jest w tym jakaś logika.

Ale gdzie tu miejsce dla Achmatowej?"

– Zatem fakt, że Achmatowa urodziła się w noc Kupały, że Cwietajewa nazywała ją czarnoksiężniczką, a Gumilow napisał: „Wziąłem z miasta Kijowa Czarownicę, nie żonę-rodaczkę"... wszystko to coś znaczy?

---

* Matriarchat (łac. *mater* – 'matka', gr. *arche* – 'władza') – przypuszczalna epoka w rozwoju ustroju przedklasowego poprzedzająca patriarchat. Matriarchat charakteryzowała wiodąca rola kobiet w rodzinie i życiu publicznym.

– O-o-o! – zagrzmiał groźnie Demon Maszy. – Znaczy, i to dużo. Jej mąż Nikołaj Stiepanowicz miał wszelkie podstawy, by to napisać już w pierwszym roku małżeństwa. Przez całą resztę życia męczyło go, że poetycka moc i sława jego żony stokrotnie przewyższają jego rozgłos i sławę. I przed żeniaczką wycierpiał się wiele od swej narzeczonej, i po rozwodzie. Zginął też z jej powodu: ponieważ nie przestawał udowadniać, że on, mężczyzna, jest bohaterem, człowiekiem silniejszym od swojej kobiety.

„Egzekucja Gumilowa to było typowe utajone samobójstwo – wspomniała Dasza – bo on sam całe życie rwał się do śmierci. I Achmatowa sama mówiła, że to jej wina, że zginął".

– Mając w rękach talizman o takiej sile, każda wcześniej czy później stanie się wiedźmą, ponieważ nieustannie wymaga on składania ofiar. I Annuszka je składała.

– Wiem. Siostra Rika, siostra Inna. Potem Gumilow? A dlaczego pan nazywa ją Annuszką?

– Widzę tok pani myśli. – Demon wyszczerzył się w nieprzyjemnym uśmiechu. – Bułhakow, znowu Bułhakow! „Annuszka rozlała olej". O czym pani pomyślała? Jest pani Kijowicą! Muszę powiedzieć, że na krótką chwilę wzbudziła we mnie pani szacunek. Proszę się więc nie zachowywać jak tępa fanka!

Ale niełądny demoniczny przytyk wzbudził w Maszy (naprawdę fanatycznie uwielbiającej twórczość M.B.) nie wstyd, lecz ideę, która nawiedziła ją już wcześniej, ale została odrzucona i teraz przywołana znowu:

„Annuszka rozlała olej... I Berlioz wpadł pod tramwaj".

„AAA nie rozleje, BD nie pójdzie... BM bardzo trwożnie?"

„BM to Bułhakow Michaił!!!"

– Tamtego dnia – powiedziała, przypatrując się swoim podejrzeniom – kiedy Achmatowa znalazła Lirę w Ogrodzie Carskim, jakaś kobieta wpadła pod tramwaj na Placu Carskim. Czy to się łączy ze sprawą?

– Ze sprawą Anny Achmatowej w najmniejszym stopniu – uciął Demon-kruk, który był tam na miejscu.

Ale nie zdołał rozciąć na pół myśli, która zdążyła okrzepnąć w głowie Maszy.

– Tamtego dnia, kiedy ponownie znalazła Lirę, poznała się z Miszą. Paralela była oczywista.

Nawet ulice, przy których uczyli się Anna i Misza – Funduklejewska, przy której działało gimnazjum żeńskie o tej samej nazwie, i bulwar Bibikowski piastujący męskie gimnazjum Aleksandrowskie – były równoległe, paralelne!

– Przypadek.

– Sam mi wyjaśniałeś – Maszę zdziwiła odpowiedź Demona – że przypadków nie ma. Potem Bułhakow wstąpił na Uniwersytet Świętego Włodzimierza, Anna zaś na wyższe żeńskie kursy organizowane przy tym uniwersytecie. Byli znajomymi i później. Zaprzyjaźnili się w Moskwie w latach trzydziestych.

– A zaprzyjaźniwszy się, nawet nie wspomnieli o swojej przelotnej kijowskiej znajomości. Przypadkowe spotkanie, jakich są setki i tysiące. Zapomnieli o nim i on, i ona.

– Lira też zapomniała? – Gorliwa Masza strzeliła oczami i z błyskiem w oku rzuciła pytanie, które przywiodło ją tu, do drugiego domu pod numerem 13: – Albo to, że ojciec Michaiła Bułhakowa beznadziejnie zachorował jesienią tysiąc dziewięćset szóstego roku, to też przypadek?

– Była pani świadkiem – głucho odrzekł Demon. – Annuszka nie pokazała mu talizmanu. Nie rozprostowała dłoni.

– Byłam świadkiem! Anna nie rozchyliła pięści również przy Rice. Nie pokazała jej Liry. Ale siostra umarła!

Coś w upartym oporze Demona nie podobało się Maszy coraz bardziej.

– Możliwe – wycedził ten przez zęby – że nieco uspokoi panią fakt, iż ojczulek Michaiła Afanasjewicza zachorował jeszcze przed spotkaniem Miszy i Annuszki na Wzgórzu Włodzimierza, które to spotkanie wydaje się pani tak brzemienne w skutki.

– Nie chcesz rozmawiać o Bułhakowie? – Oponentka Demona ani myślała się uspokoić. – Złości cię moje zainteresowanie?

– Twoje uwielbienie! – Demon tyknął ją, co świadczyło o tym, że z trudem panuje nad gniewem. – Nic dziwnego, że Kijów chwieje się w posadach pod takimi rządami!

Masza zmrużyła oczy, starając się dociec przyczyny nagłego napadu.

– Jednak przyjaźnił się pan z nim...

Kijewicki Demon mógł być zachęcająco przystojny. Mógł być nieprzeniknienie nienawistny. Ale nigdy jeszcze nie był straszny, nie kipiał gniewem.

– Ze ślepymi nie ma sensu się przyjaźnić! Trzeba ich prowadzić, kierować! W tamtych pamiętnych czasach uczyliśmy się razem na jednym wydziale. Zaliczałem się tam do szeregów wiecznych studentów...

– Uczyłeś się na wydziale medycznym Uniwersytetu Świętego Włodzimierza razem z Bułhakowem! – Odkrycie wstrząsnęło Maszą.

– Sprawiał wrażenie dobrze rokującego.

– Prorokowałeś mu świetlaną przyszłość! Wiedziałeś, że zostanie wielkim pisarzem?

– Gdybym wiedział, że zostanie pisarzem, nie traciłbym na niego ani chwili! – ryknął Demon, zmieniając się na twarzy. – I bynajmniej nie uważam go za wielkiego. *Biała gwardia* to bodaj cały jego dorobek. A reszta to tylko okruchy, odgłosy tego, co mogło być.

– A co mogło być? – spytała. – Nie mówisz mi wszystkiego. Niepotrzebnie. I tak się do tego dokopię! Sama.

– Dokopie się pani? A niech sobie pani kopie, Mario Władimirowno, niech pani kopie... – rzekł, znów zwracając się do niej na „pani", ze swą ulubioną lodowatą pogardą. – Sprawia mi ogromną przyjemność, gdy patrzę, jak z przyrodzoną dla pani ślepotą bezskutecznie próbuje pani uzyskać to, co ma pani pod nosem!

– Pod nosem?

Pod nosem Maszy znajdował się zbity z desek stół pomieszkujący w brzuchu drugiego domu pod numerem 13. A w duszy zagościło pragnienie, by zajrzeć pod blat i sprawdzić, czy coś się tam nie kryje.

Poskramiając własną jawną głupotę, Kowalowa odwróciła się do okna obramowującego profil pierwszego domu pod trzynastką.

Pod nosem-balkonem muzeum Bułhakowa – Masza wiedziała to doskonale! – wisiał tylko numer. A sam balkon-nos i okno-oko w bocznej ścianie należały do pokoju Miszy, w którym on, będąc już dyplomowanym lekarzem, przyjmował pacjentów...

W 1918 roku, po dwuletniej pracy w prowincjonalnych szpitalach, absolwent Uniwersytetu Świętego Włodzimierza wrócił do Kijowa jako lekarz wenerolog.

– A więc odmawiasz mi pomocy? – chłodno podsumowała Kowalowa.

– Odmawiam pobłażania pani głupotom – oznajmił Demon. – Co się zaś tyczy wszystkiego innego, sądzę, że z pożytkiem dla pani będzie, jeśli pozna pani odpowiedź samodzielnie. Trzynastego października tysiąc dziewięćset siódmego roku dokładnie o szesnastej dwadzieścia trzy powinna się pani znaleźć na Wzgórzu Włodzimierza i stanąć przy pomniku księcia Włodzimierza pod napisem „Wzniesiony w 1853 roku". Niech pani poczeka piętnaście minut. Po usłyszeniu słów: „kobietę bez serca" proszę przejść w lewo, pod order. Po usłyszeniu: „Nie rozumiem pana" proszę się przemieścić pod „Chrzest Rusi". I cokolwiek tam pani usłyszy, niech pani nie ujawni swojej obecności.

– Tam będzie Bułhakow?

Demon wstał.

Coś przetoczyło się przez jego twarz niczym fala – przez krótką chwilę wyglądała jak goniona wiatrem szara martwa wydma...

Zachwiał się.

– Dam pani podpowiedź – rzekł. – Jedną. I niech to będzie z woli Ojca. „Prószył drobny śnieg".

– Śnieg?!

Śniegu nie było.

Ani drobnego, ani o dużym kalibrze.

Wzgórze Włodzimierza pyszniło się jesienną pozłotą.

Piętnaście minut ciągnęło się w nieskończoność.

Masza pokonała cztery wysokie stopnie i wspięła się na kwadratowy stylobat. Na nim wznosił się postument uformowany na kształt ośmiokątnej kaplicy. Na jednej z ośmiu ścian Kowalowa znalazła napis „Wzniesiono w...". Stała jak pionier pod pomnikiem nieznanego żołnierza, popatrując na wielkoksiążęce plecy Włodzimierza.

Na górnej terasie Wzgórza Włodzimierza stali ludzie wpatrujący się w dół, w „otchłań". Dobiegały stamtąd muzyka i czyjś śmiech.

Nie mając nic do roboty, studentka próbowała wyobrazić sobie, jak wyglądało to wzgórze tysiąc lat temu, gdy miejsce księcia chrzciciela zajmował pogański bóg Perun.

Stoję tu,
na Wzgórzu
Włodzimierzowym.
Ten bezkres
powaliłby wielu!
Stąd
kiedyś,
rad trunkom idącym do głowy,
'Na Kijowską
Ruś
patrzył z góry Perun.

Wiersze Majakowskiego, w tym *Kijów*, czytała jej Czub.

Sama stojąca na Wzgórzu Włodzimierza znała niewiele wierszy, ale artykuł *Anna Achmatowa w Kijowie* znacząco uzupełnił jej poetyckie wykształcenie.

Musnęła dłonią żeliwny postument księcia trzymającego w rękach wielki, mierzący trzy sążnie krzyż.

Włodzimierz nad swoją rzeką wzniósł
Czarny, mroczny krzyż.

„Ciekawe" – pomyślała wywiadowczyni Przeszłości. „Anna znalazła Lirę niedaleko od szóstej, nieoficjalnej Łysej Góry. Zakopała ją na drugiej Łysicy. Teraz tutaj Perun..."

Żeliwo było chłodne.

Zanim Włodzimierz przyjął chrześcijaństwo, był gorliwym poganinem i czcił drewnianego Peruna, którego potem sam obalił, zrzucił w wody Dniepru. I jeszcze książę był zodiakalną Wagą, jak Masza. Tak samo rozdwojoną jak Maria Władimirowna. Tak samo dwoistą jak ich wspólne Miasto.

Studentka nagle przypomniała sobie, że pomnik księcia równego apostołom, chrzciciela Rusi, nie został poświęcony.

Metropolita odmówił poświęcenia posągu. W nie takim znowu odległym 1842 roku w Kijowie nie było ani jednego pomnika ważnych postaci. Na cześć wielkich ludzi w Stolicy Wiary stawiano nie pomniki, lecz świątynie. A pomniki – odlane z brązu, osadzane na piedestałach figury ludzkie – uważano za nowe pogańskie idole. Pomnik Świętego Włodzimierza też uznano za pogańskiego idola... Z tego, że metropolita nie chciał go poświęcić, zrobił się spory skandal, a z powodu skandalu Wzgórze Włodzimierza na długo poszło w niełaskę, opustoszało.

I teraz stojąca w tym samym miejscu, z którego „na Kijowską Ruś patrzył z góry Perun", bezskutecznie usiłowała pojąć: czy niepoświęcony pomnik świętego jest miejscem świętym, czy jednak diabelskim?

Czy ona sama była zła, czy dobra?

Lecz ani na pierwsze, ani na drugie pytanie nie zdążyła uzyskać odpowiedzi.

Usłyszała kroki – ktoś wchodził po stopniach.

Do jej uszu dobiegły słowa:

– Powiedziałam Koli, że nie mogę być jego żoną.

Masza zrozumiała, że piętnaście minut minęło.

– Uprzedziłam go, że moja odmowa jest ostateczna – mówiła Anna.

To niewątpliwie była ona. Z artykułu *Achmatowa w Kijowie* wynikało, że przez cztery lata z rzędu powtarzała Nikołajowi Gumilowowi: „Nie mogę być pańską żoną".

– Dlaczego? – odezwał się męski głos.

Bez wątpienia należący do Demona w wydaniu z 1907 roku.

„Więc ich znajomość trwała dalej?" – Masza nie dowierzała własnym uszom.

– Z ważnej przyczyny – odparła wymijająco Anna.

– Inny mężczyzna?

– Inny człowiek – uściśliła z naciskiem. I z nie mniejszym dodała: – Chce pan, to przeczytam wiersz.

– Będę to sobie poczytywał za zaszczyt.

I w kijowskim chramie Przemądrości Boga
Padłszy na podłogę, tobie poprzysięgłam,
że będzie moją twoja droga,
Którędykolwiek by biegła...

Do wywiadowczyni przeszłości dobiegły znajome słowa.

Wszystko, co nastąpiło poniżej, było nieznane, inne. Najwyraźniej Anna napisała swe dzieło od nowa.

Ale Masza znała je już na pamięć.

Słyszeli to złoci aniołowie
I Jarosław w swej białej trumnie.
Jak gołębie leci słowo po słowie,
Znad aureoli spoglądają ku mnie.

I jeśli osłabnę, śni mi się ikona,
na niej schodków dziewięć się drobi.
I gdy z Sofii groźna pieśń płynie dzwoniona,
Słyszę w niej głos twojej trwogi.

– Tak, przepiękny wiersz. Zresztą jakże by mogło być inaczej – powiedział Demon.

Ku zdziwieniu Maszy: „Spodobał mu się wiersz o świątyni Boga? Czemu on się z nią tak certuje?".

– Dlaczego pan tak uważa? – Anna oczekiwała komplementów.

– Napisze pani jeszcze wiele pięknych wierszy dla licznych mężczyzn.

Tego Anna Gorienko się nie spodziewała.

– Nigdy! – zarzekła się. – Tylko dla jednego!

„Mieszkając w Kijowie, wciąż kochała jakiegoś petersburskiego studenta. – Masza przypomniała sobie treść wiadomego artykułu. – Przypuszczalnie Goleniszczewa-Kutuzowa. Czyli kijowskie wiersze byłyby poświęcone jemu?"

– Ten, dla kogo je pani napisała, to najmniej właściwy mężczyzna na świecie – niepochlebnie scharakteryzował studenta Kijewicki Demon.

– Dlaczego? I skąd pan wie, dla kogo je napisałam? – Anna próbowała usprawiedliwić swój błąd.

Masza zdenerwowała się.

– Wiem – odparł przeciągle Kijewicki. – I, proszę mi wierzyć, nadzwyczaj mi to schlebia. Lecz nie nadaję się na ofiarę.

„To w nim się kocha?!

Nie w Goleniszczewie, tylko w naszym Demonie?

Jak Dasza!"

Pod Maszą ugięły się nogi.

„Zakochała się w nim! I dla niego napisała: »będzie moją twoja droga«".

– Na ofiarę? – zapytała dziewczyna wielce zaniepokojona. – Czemu wspomina pan o ofierze? Uważa mnie pan za kobietę bez serca?

Wywiadowczyni pośpiesznie przemieściła się w lewo, pod ozdabiający sąsiednią ścianę postumentu ośmioramienny order Włodzimierza – jak przykazał jej Demon.

Jej Demon i Demon Anny!

Zaiste ten, któremu poświęciła swe wiersze, był najmniej właściwym adresatem w świecie.

Nawet nie był mężczyzną!

– Czy to z powodu Koli? – pytanie rozległo się tuż obok. Widocznie w czasie krótkiej przerwy para zdążyła przejść na dotychczasowe miejsce Maszy. – Uważa pan, że dręczę mężczyzn? – zapytała Anna z udręką.

– A pani sądzi, że Nikołaj Gumilow nie cierpi udręki?

– Tak, był zdenerwowany – sama się zdenerwowała.

– Zatem nie z jego bólu zrodziły się te strofki?

„Do czego on zmierza?"

– Oczywiście, że nie! Chociaż... to całkiem możliwe.

– Myśli pani, że ta broszka to coś zwykłego?

– Nie, przecież panu mówiłam. Łączy się z nią nader niezwykła historia.

– Od dawna noszę się z zamiarem porozmawiania z panią o tym – zagaił Kijewicki. – Wie pani, jestem historykiem. Interesuję się starociami. Pani Lira jest bardzo podobna do pewnego opisanego w książkach antyku.

– Jakie to interesujące!

„I co, powie jej prawdę?"

– Ale jeszcze ciekawsze jest to, że jeśli wierzyć książkom, przedmiocik ten daje swemu właścicielowi ogromną moc. – Jeśli nie powiedział prawdy, to uchylił jej rąbka. – I jak każda moc, odbiera ona ludziom życie.

Nie rąbka! Odkrył całą prawdę!

– Nie rozumiem pana – rzekła Anna.

Masza, stojąc pod frontową płaskorzeźbą „Chrzest Rusi", rozumiała jeszcze mniej.

Nie wolno wyjawiać prawdy ślepym, był to drugi z trzynastu Wielkich Zakazów zawartych w Księdze Kijowic!

Za coś takiego Demon mógł sam trafić przed Sąd między Niebem a Ziemią, bez względu na stuletnie przedawnienie sprawy.

– Kiedy zaczęła pani pisać wiersze?

– Gdy miałam jedenaście lat... Nie, nie. Były kiepskie. Wszystkie je zniszczyłam. Obecne zaczęłam pisać dopiero teraz.

– W Kijowie – uściślił Kijewicki.

– Wychodzi na to, że w Kijowie – zgodziła się ze zdziwieniem. – Gdy pana poznałam – dodała po chwili milczenia.

Według miary początku XX wieku było to równoznaczne bezpośredniemu wyznaniu miłości.

– Pamięta pani – podsunął jej Demon – poznaliśmy się tutaj, na Wzgórzu Włodzimierza.

– Pan też to pamięta? – Słychać było, jak bardzo Anna się ucieszyła.

A Masza, sprowadzona do roli ślepego słuchacza, próbowała przywołać w pamięci ich twarze – i nagle uświadomiła sobie, jak bardzo są do siebie podobni.

Demon z tatarsko-mongolskimi kośćmi policzkowymi i oprawą oczu i Anna, nie bez przyczyny twierdząca, że jej babka była tatarską księżniczką. Blada, czarnobrewa, z dużym nosem, w jakiś nieuchwytny sposób przypominała Tatarkę. Albo Egipcjankę... Lub rdzenną mieszkankę Chersonezu...

...że będzie moją twoja droga!

– Pamięta pani, co się pani przydarzyło tamtego dnia?

– Odnalazłam swój tajny schowek! – zawołała dźwięcznie dziewczyna. – Ma pan rację. Lira rzeczywiście dała mi moc.

– Ale zadowolona z własnych wierszy stała się pani później – znów podpowiedział jej Demon.

– Tak, kiedy w zimie Kola przyjechał do Kijowa.

– Kiedy sama go pani wezwała... Napisała pani do kolegi swojego brata Andrieja. Wiedziała pani, że Nikołaj się w pani kocha. Wiedziała pani też to, że wydał swój pierwszy tomik poetycki. Dołączyła pani do listu swoje wiersze.

– To też pan pamięta? – skonfundowała się Anna. – Ale czemu? – zapytała z niepokojem.

– A potem on przyjechał.

– Tak. Powiedział, że moje wiersze zasługują na opublikowanie. Wcześniej mówił co innego, radził, żebym została tancerką. Zresztą myślę, że nawet tamto powiedział, żeby mi sprawić przyjemność.

– Bądź co bądź po przyjeździe do Kijowa oświadczył się pani.

– Tak. – Masza spostrzegła nadzieję na zazdrość.

– I pani przyjęła oświadczyny.

– Tak.

– I pojawiły się zupełnie inne wiersze.

– Tak.

– A teraz pani mu odmawia. Kiedy to było? Dziś? Trzynastego października... Przecież pani wiersze są tak dobre!

– To nie ma nic wspólnego ze sprawą! Odmówiłam mu, ponieważ... kocham pana, panie Kijewicki!

„Boże!" – pomyślała Masza. „Boże!"

Na Wzgórzu Michajłowo-Włodzimierskim zabrzmiało srebrzyste dzwonienie. Odpowiedziały mu dzwony pradawnej Sofii.

I gdy z Sofii groźna pieśń płynie dzwoniona...

– Nie wiedziałam, czy kocham Kolę, czy nie – tłumaczyła Anna. – Kiedy godziłam się wyjść za niego, zdawało mi się, że kocham. To było dziwne uczucie. Pisałam do swojego przyjaciela, męża mojej zmarłej siostry. Zupełnie jak u Briusowa! – I wyrecytowała:

Ukrzyżowani w męce,
wróg mój i moja siostra!
Daj mi ręce! Daj ręce!
Miecz wzniesiony! Śpiesz! Pora!

Dzwony dzwoniły.

– Wyjątkowo trafne uczucie – zaznaczył Kijewicki Demon. – Ponieważ Nikołaj Stiepanycz nie przeżyje ostateczności pani odmowy.

– Skąd pan to może wiedzieć? – wybuchło pytanie.

– Tak jak wstąpiwszy w związek małżeński z panią, nie zdoła przeżyć pani mocy.

– O czym pan mówi?

– Wspomni pani moje słowa. Obiecuję.

– A więc tym bardziej nie powinnam za niego wychodzić. Zwrócę mu prezenty i przerwę korespondencję. Nie będziemy się więcej widywać. Nigdy!

– Za późno. Już wybrała pani ofiarę.

– O jaką ofiarę panu chodzi? Nie rozumiem pana! – krzyczała z desperacji, wpadając w stan neurozy.

„Drań!" – Masza z kolei wpadła w stan współczucia.

– Powiedziałem pani o Lirze. Jednak... może ją pani wyrzucić.

– To jakaś niedorzeczność!

– W takim razie niech pani wyjdzie za niego. Jeżeli nie chce pani śmierci swojego przyjaciela z dzieciństwa Nikołaja Stiepanowicza, proszę go poślubić. I wyjechać z Kijowa. To nie pani miejsce.

– Ale... ja... pan... – wydukała Anna.

– Tak, Anno – rzekł. – Ja pani nie kocham.

Odpowiedzi nie było.

Tupot nóg – Anna uciekała precz od niekochania, od policzka, który wymierzono jej dumie.

Dzwony dzwoniły.

– I układ rozwiązany. Mam nadzieję, że z sukcesem – dobiegł zza rogu głos Demona Anny.

W tej samej chwili ktoś położył dłoń na ramieniu Maszy.

Za jej plecami, przykładając sobie palec do ust, stał jej własny Demon.

– Stój! – rozkazała Kijowica, ledwie skryli się za zakrętem. Jej Demon nie miał prawa spotkać się tu z Demonem Anny. Spotkanie w Przeszłości z samym sobą było jednym z trzynastu Wielkich Zakazów.

Dlatego wściekle milcząca Masza puściła się w ślad za Demonem z czterech żeliwnych stopni i ruszyła w stronę przycupniętej na Łysej Górze altany Kokoriewskiej. Nie oglądała się za siebie, by zobaczyć sobowtóra Kijewickiego, młodszego o sto lat i tak samo pozbawionego serca.

– „Niech pani wyjdzie za niego"! „Proszę go poślubić"! – przedrzeźniała go głośno. – I zaczęła recytować z rozpędu:

Przy cmentarzu – piaskiem wiało z ugoru,
a dalej – błękitniała rzeka.
Powiedziałeś: „No cóż, idź do klasztoru
lub za mąż za głupca, nie zwlekaj".
Tak potrafią mówić tylko książęta,
*lecz ja nie zapomnę tej rozmowy**...

– To tobie! – rzuciła potępiająco. – Anna poświęciła te wiersze tobie! Nie zapomniała twoich słów! Wypowiedziałeś je nad tą rzeką. – Wskazała połyskujący w dole Dniepr. – Te wiersze napisała w Kijowie. W tysiąc dziewięćset dziewiątym roku! Po tym, jak Anna próbowała zerwać z nim korespondencję. Po tym, jak się dowiedziała, że Gumilow próbował z sobą skończyć. Po tym, jak znów do niego napisała. Przyjechał do Kijowa i zgodziła się wyjść za niego! I wyszła. To też napisała dla ciebie, w Kijowie, rok później, po tym, jak zaręczyła się z Gumilowem.

Chcesz wiedzieć, jak ta scena się odbyła? –
W jadalni trzecia godzina wybiła,
I żegnając się, ledwie będąc w siłach,

---

* Anna Achmatowa, *Czytanie „Hamleta"*, tłum. Mieczysława Buczkówna.

Ona z niejakim trudem mówiła.
„To wszystko... Ach nie, co to za myśl tkwiła...
Kocham pana, kochałam, lubiłam
Jeszcze jak...!" –
„Tak".

Pamięć Maszy najbardziej lubiła wiersze, choć sama Masza zbytnio za nimi nie przepadała. Jej pamięć od pierwszego przeczytania z miłością przyswajała dowolne formy wierszowane.

I teraz wszystkie treści przyswojone podczas czytania artykułu z czasopisma „Renesans" kłębiły się w jej głowie niczym biała zamieć, układając się w całą powieść.

– Uważano, że przez cały swój pobyt w Kijowie Anna kochała Goleniszczewa-Kutuzowa. Ale to bzdura! Nie widziała go od szesnastego roku życia! Nie mogła cierpieć z jego powodu, mając dwadzieścia jeden lat, tuż przed swoim ślubem. Kochała ciebie! I to uczucie aż ją rozrywało! W Kijowie nagle zaczęła pisać wiersze. Prawdziwe. Niedziecinne. Właśnie w Kijowie! To fakt. Nie trzeba być wiedźmą, wystarczy prześledzić wiersze po datach. – (Daty, przypomnę, pamięć Maszy kochała prawie tak samo mocno jak wiersze). – I można obronić pracę naukową na ten temat, nikt jej nie podważy! – obwieściła historyczka. – W Kijowie Achmatowa została poetką. W Kijowie zaczęła pisać naprawdę: to, co potem znalazło się w jej pierwszej książce; to, co zapewniło jej sławę! A wiesz, co napisała przed ślubem kościelnym? „Módlcie się za mnie. Gorzej być nie może. Chcę śmierci". Kochała cię! Wyszła za Gumilowa tylko po to, żeby go ratować. Tak jak jej kazałeś... Ale nie to jest najśmieszniejsze. Najśmieszniejsze jest to, że z czasem zaczęła cię uważać za bożego dobroczyńcę, który ją przestrzegł. I „gdy z Sofii groźna pieśń płynie dzwoniona", słyszała głos twojej przestrogi...

– Pragnę zauważyć – odpowiedział Demon, absolutnie nieczuły na wyrzuty Maszy – że moja przestroga nie przeszkodziła Annuszce złożyć dziesięciu kolejnych ofiar.

– O tamtych jej nie powiedziałeś! – wykrzyknęła Kijowica. – Nie wiedziała! Wpadła w pułapkę, jak Wrubel. Nie rozumiała!

– Jednak w tamtej chwili, kiedy pięcioletnia dziewczynka po raz pierwszy wzięła do ręki Lirę, Lira od razu zrozumiała, w czyje ręce trafiła – odparował. – Inaczej siostra Anny by nie umarła.

Z Maszy jakby spuszczono powietrze.

– Niech mi pani powie, Mario Władimirowno, czy wie pani, na czym polega ofiara? – zapytał ceremonialnie.

– Oczywiście.

– A ja tak nie sądzę.

Kijewicki wyjął z kieszeni zegarek z dewizką, nacisnął sprężynkę, spojrzał na cyferblat i światowo zaproponował:

– Przespacerujemy się? Pani przecież lubi spacerować po tych czasach. Proszę się o mnie nie martwić. W tej chwili akurat zbliżam się do hotelu „Europejskiego".

Stał, opierając się o lakierowaną laskę z uchwytem w kształcie srebrnego palca wskazującego. Jego oczy, przypominające nieprzejrzyste onyksy, były puste. Patrzył na rzekę, na ciągnącą się za nią przestrzeń. Patrzył tak, jakby się z nimi żegnał.

Masza podążyła za jego wzrokiem.

„Ładnie... Jak ładnie. A ja nie spojrzałam ani razu. Przestałam zauważać Przeszłość".

„Ten bezkres powaliłby wielu!" Rzeczywiście, rozległa przestrzeń była nieopisana, sprawiła, że duch zamarł w Maszy. Drzewa nie zdążyły podrosnąć i nie zasłaniały jeszcze jednego z najpiękniejszych kijowskich widoków na Dniepr, na niezasiedlony lewy brzeg, na Wyspę Truchanowa, nadal niepołączoną mostem z prawym brzegiem. Po rzece, dymiąc z kominów, płynęły parostatki.

– A więc: ofiara – odezwał się Demon.

Ruszyli ścieżką z powrotem.

– Ten cudowny rezultat, który przynosi, zawsze można wyjaśnić z materialistycznego punktu widzenia. – Jego wykład przybrał nieco staroreżimowy wydźwięk. Zostawiwszy za sobą naziemną kolejkę, jeszcze niepodejrzewającą, że niedługo dostanie nazwę „zębata", skierowali się w stronę Włodzimierza. – Rolnik orze pole. Im więcej sił w to włoży, im bardziej się trudzi, tym lepszy będzie miał urodzaj. Bohater poświęca się w ofierze, by ratować innych. Ryzykuje własne życie, zdrowie, szczęście, bo przecież nie każda dama zechce związać swój los z tak niestabilnym małżonkiem. Ale im większa jego ofiara, tym bardziej wypełnia swe przeznaczenie. Starożytni, jak pani wiadomo, składali w ofierze wodnikowi konia. Czym tłuściejszy koń, tym więcej ryb zsyłał im wodnik, ponieważ ryby przypływały jeść końskie truchło. Inaczej mówiąc, ofiara to w pełni realistyczne, a nie wyłącznie pogańskie pojęcie. Proszę się przyjrzeć, wszystko potrzebuje ofiary! I wszyscy ją składają, nawet wasz Bóg.

„Wasz" – całe słowo, a zwłaszcza dwie skrajne głoski, Demon wymówił tak, jakby „w" i „sz" z wrogością odpychały słowa przed i za sobą.

Masza zatrzymała się ze zdziwieniem.

Ich droga, przebiegająca dolną terasą Włodzimierza, minęła Chrzest Rusi, poszła w górę i dotarła do okrągłej budowli stojącej prawie przy samym chodniku ulicy Trójcy Świętej – naprzeciw znajdującego się po drugiej stronie ulicy kościoła rzymskokatolickiego.

Studentka historii wiedziała, co ujrzy we wnętrzu okrągłego pawilonu z drewnianymi półkolami w secesyjnym stylu – znaną w całym Kijowie panoramę *Golgota*. Malowidło wykonane na prawie stumetrowym płótnie, przedstawiające mękę Chrystusa.

– Chcesz mi pokazać Ukrzyżowanie? – zdumiała się.

– Chcę.

Demon podprowadził towarzyszkę do kasy, zakupił dwa bilety i powiódł ją do sali.

Schody wychodziły na ulokowane pośrodku podwyższenie. Ogrodzony placyk był pusty, jeśli nie liczyć młodziutkiej damy w aksamitnym kapeluszu i małej dziewczynki.

– Widzisz, kochanie, to nasz Bóg – mówiła mama do dziecka.

– Nawet on, daj mi, matko, dożyć tego dnia, w którym już więcej nie usłyszę jego imienia, ofiarował za ludzi swego jedynego syna – rzekł Kijewicki. – Przypatrz się.

Wzrok Maszy zatoczył półokrąg.

Cierpiącego na krzyżu Syna Bożego i dwóch łotrów ukrzyżowanych wraz z nim przedstawiono niemal w tle – daleko, daleko.

Pierwszy plan zajmowały ogromne, wyśmienicie uchwycone martwe skały Jerozolimy. Przed nimi leżały prawdziwe kamienie. Ułożono je tak, aby stworzyć iluzję – wrażenie, że wszystko, co otacza widza, też jest prawdziwe. Jakby robiąc krok w mroczny, magiczny krąg pawilonu, człowiek wchodził wprost w Przeszłość, w której daleko, daleko na naszych oczach umierał ukrzyżowany Syn Boży.

Masza wiedziała, że początkowo to złudzenie optyczne obecności, stereoskopowe wrażenie uczestnictwa miało tak głęboki wpływ na niedoświadczonych oglądających, że podczas demonstrowania panoram nieustannie czuwali lekarze z solami trzeźwiącymi i salmiakiem.

– A teraz proszę pomyśleć, szanowna Anno Władimirowno, chociaż wygląda na to, że czasem u pani z tym krucho, czym różni się pogańska ofiara od waszej?

– Bóg złożył w ofierze sam siebie – posłusznie odpowiedziała Masza.

– Ciepło, ciepło – pochwalił ją ironicznie Demon. – Zatem różnica polega wyłącznie na tym, kogo poślemy na rzeź: siebie czy bliźniego.

– Oraz dla kogo to robimy: dla siebie czy dla bliźnich – dodała Masza. – Poganie proszą o coś dla siebie. Proszą wodnika o ryby i składają w ofierze konia.

– Czyli płacą czymś lub kimś. Innymi słowy zachowują się bardziej naturalnie i zdroworozsądkowo.

Kijowica nie skomentowała tego.

– Jednakowoż – rzekł Demon – nie będziemy się z tego powodu spierali. Skoro pani, szanowna Mario Władimirowno, uważa, że naturalniej jest zabić samego siebie, niż żyć, to cóż, pani prawo. Lepiej wróćmy do tak bardzo interesującej panią Annuszki. Lira nie daje człowiekowi talentu, tylko pomaga mu go rozwinąć i wykorzystać. A w zamian wymaga prawowicie należnej jej ofiary.

– Moim zdaniem pańska Lira to czyste zło – oznajmiła z przekonaniem Masza.

Demon spojrzał na nią z wyrzutem.

– Wiem – dodała – dobro i zło nie istnieją.

– Nie zrozumiała pani – zbył jej słowa. – Lira nie jest dobrem ani złem. Ona jest wami. Talizman nie decyduje za człowieka, kto ma żyć, a kto umrzeć. Daje jedynie swojemu panu moc dokonania tego, co wybrał.

– Uważasz więc, że Achmatowa jest zła? W moim rozumieniu – uściśliła szybko Masza. – Po prostu nie wiem, jak to inaczej powiedzieć.

– Najlepiej określił to Aleksandr Błok. Wiadomo pani, dlaczego nie lubił naszej Annuszkl? Mówił: „Poeta powinien stać przed Bogiem, a Achmatowa zawsze stoi przed mężczyzną". Gdzieś między modlitewnią a buduarem. Wybaczy pani, że zacytuję krytyka*. Inaczej mówiąc: po prostu jest kobietą!

– Kobietą silniejszą od mężczyzn.

– Kobietą w wyższym tego słowa znaczeniu! Pisarze płci męskiej zachowują się inaczej... Pozwoli pani, że sprawię pani radość.

---

* „Do ubóstwa ograniczony jest zakres jej poezji – poezji rozeźlonej paniusi miotającej się między modlitewnią a buduarem" – z oskarżycielskiej mowy Żdanowa przeciw Achmatowej.

Wymamrotał kilka słów i głośno pstryknął palcami.

Dama z dziewczynką zniknęły.

Pusty pawilon zapełnił się zastępem gimnazjalistów w jednakowych skórzanych paskach i czapkach garnizonowych z emblematem pierwszego gimnazjum.

Kowalowej aż dech zaparło.

Jednym krótkim pstryknięciem Demon przeniósł ich dwoje do innego dnia i godziny, a może też w inny rok w okresie wystawienia *Golgoty*.

„Jak on to zrobił?"

– Rok tysiąc dziewięćset drugi – potwierdził jej domysły i metalicznym palcem laski wskazał dziesięcioletniego chłopca z jasnymi włosami.

– Bułhakow? – Masza zamarła.

„Oczywiście... Uczniów pierwszego gimnazjum prowadzano tu na wycieczki klasowe".

– Sprawiłem radość? – Demon skinął głową. – Cieszę się.

„Bułhakow ma dziesięć albo jedenaście lat...

Już przeczytał *Martwe dusze*.

Mieszka przy zaułku Kudriawskim.

Taki poważny".

Mały gimnazjalista stał nieruchomo, nie odrywając oczu od dalekiego, zasnutego mgiełką Chrystusa.

Umierającemu Bogu wystawały przez skórę żebra. Brzuch był zapadnięty. Stojący obok rzymski żołnierz podsuwał mu do ust gąbkę na cienkim kiju.

– Pij! – powiedział oprawca – i nasycona wodą gąbka zatknięta na ostrzu włóczni wzniosła się ku wargom Jeszui.

Mignął wers z *Mistrza i Małgorzaty*.

Lecz to, że Bułhakow napisał jerozolimskie fragmenty powieści na podstawie Jerozolimy oglądanej na Wzgórzu Włodzimierza, na płótnie pędzla Krügera i Froscha, którzy z kolei malowali z natury, spoglądając na Jerozolimę z jej okolicznych wzgórz, nie było dla studentki nowością.

Tu jednak przyszło jej do głowy coś nowego:

„Zdaniem Bułhakowa Jeszua Ha-Nocri też został ukrzyżowany na Łysej Górze*.

Tak jak ten Chrystus...

Przecież Wzgórze Włodzimierza kryje Łysą Górę...

...tę samą, na której Achmatowa ukryła Lirę".

– Ale rozmawialiśmy o pisarzach kobietach – przypomniał o sobie towarzysz Maszy. – Każda kobieta jest bliższa przyrodzie, bliższa Ziemi. A Matka Ziemia nie skłania się ku abstrakcyjnym ideałom i nie widzi nic złego w tym, żeby nakarmić głodnego wilka zającem. Dlatego ledwie Annuszka znalazła talizman, jej młodsza siostra wpadła w łapy niedźwiedzia. Potem zachorował jej brat. Tutaj dziewczynka wystraszyła się i złożyła odwrotną ofiarę, chrześcijańską. Wyrzekła się czegoś dla niej najdroższego, by ratować brata.

– Odwrotną ofiarę? – zapytała studentka. – Antyofiarę? Jak u Bułhakowa? – Milczała przez chwilę, czekając, czy demon nie zacznie krzyczeć, po czym dopowiedziała: – Miron Pietrowski udowodnił, że Małgorzata przed balem u Wolanda przylatuje do Kijowa, do Miasta chrztu Rusi. Włodzimierz chrzcił kijowian w rzece, na prawym brzegu. I Małgorzata, kąpiąc się w rzece Czartoryi na lewym brzegu, czyli przeciwnym brzegu Dniepru, przechodzi obrzęd odchrzczenia... Zatem antyobrzęd.

Demon nie odpowiedział.

– Ale dlaczego Lira wybrała Rikę? A nie na przykład bonę? – głowiła się Masza.

– Ofiara krwi – odparł demon, nie patrząc na towarzyszkę. – Wszystko to jest bardzo proste i jak już pani wyjaśniałem,

---

* Według Ewangelii Jezus Chrystus został ukrzyżowany na wzgórzu zwanym Golgotą ('miejscem czaszki'). W powieści *Mistrz i Małgorzata* Jeszua przyjmuje śmierć na Łysej Górze.

materialistyczne: im tłuściejszy koń, tym więcej ryb. Śmierć siostry, bliskiej krewnej, jeśli tak można powiedzieć, jest „tłuściejsza" od śmierci postronnej kobiety. Zresztą Lirze nie jest potrzebna niczyja śmierć; potrzebne jej życie, energia, moc, którą przekaże swemu panu. Właśnie dlatego życie rodzeństwa Annuszki zakończyło się tak tragicznie*...

„I Achmatowa sama przepowiedziała śmierć swojej ostatniej siostry, Iji".

– A Gumilow?

– Życie tego, kto cię kocha, nie jest gorsze od ofiary krwi. Nikołaj był w niej zakochany od siedemnastego roku życia.

„Przyjaciel, który był w niej zakochany, też ze sobą skończył. Student katolik, który kochał się w Achmatowej, rownież targnął się na swoje życie. Był z tego w Petersburgu budzący grozę skandal... Jej mąż Gumilow trzy razy próbował się zabić z jej powodu. A potem go rozstrzelali".

– Ale dlaczego umierał tak długo? Stracili go dopiero w dwudziestym pierwszym roku.

– Im silniejsza ofiara, tym dłużej je ją ryba – rozwinął swą alegorię Demon. – Im słabsza, tym szybciej umiera. Rika była malutka, słaba, więc spłonęła prędko. Gumilow przybył do Kijowa, mając 21 lat. W następnym roku znaleziono go w lasku Bulońskim, próbował się otruć cyjankiem potasu. Ale jest jeszcze jeden, nie mniej ważny niuans. Wchodząc z nim w związek małżeński, Anna uratowała go, tak jak swego czasu uratowała brata, ponieważ poświęciła coś, co było jej najdroższe: wolność.

Przyszli i powiedzieli: „Twój brat zmarł".

---

* Siostra Irena odeszła w niemowlęctwie, Inna i Ija zmarły na gruźlicę w 1906 i 1922 roku. Starszy brat Anny popełnił samobójstwo w 1920. Młodszego brata Wiktora Achmatowa uważała za zmarłego. Dopiero będąc w podeszłym wieku, otrzymała list, z którego dowiedziała się, że Wiktor mieszka w Nowym Jorku.

Pamięć Maszy natychmiast zacytowała wiersz, poświęcony jednak nie bratu Achmatowej Andriejowi, lecz Gumilowowi.

Nie wiem, co to ma znaczyć.
Jak długo dziś zachodu blask
Nad ławry krzyżami płacze.

I coś nowego jest w tej strasznej ciszy,
Coś niedobrego zapewne się stanie,
Mej pieśni nikt już nie usłyszy,
Zostało tylko udręczone łkanie.

Brata z wędrówki wrócić mogę,
Ukochanego znajdę brata,
Z przeszłości w domu czar wywiodę,
Przeszłość tajemnie się splata.

Anna napisała go po tym, jak zgodziła się zostać żoną Gumilowa.

Po tym, jak Gumilowa znaleziono w paryskim lasku na wpół martwego. Po tym, jak wezwała go listem z tułaczki. Po tym, jak zrozumiała, że Demon nie bez powodu ją ostrzegał: albo małżeństwo, albo śmierć przyjaciela z dzieciństwa.

– Dopóki Nikołaj Gumilow był jej mężem, nie mógł umrzeć. Bądź co bądź nie tylko wedle waszych, lecz także według naszych zasad mąż i żona stanowią jedno. A pogańska ofiara, jak już tu sobie wyjaśniliśmy, nie zakłada samobójstwa. Odpowiedni do konsumpcji, że się tak wyrażę, Nikołaj Stiepanycz stał się dopiero po rozwodzie, w osiemnastym roku. Był silny. Zajęło to trzy lata.

– Wszystko jasne – rzekła zjadliwie Masza. – Oprócz jednego. Czemu go ratowałeś? Dlaczego popchnąłeś Annę do zamążpójścia? Z jakiego powodu naruszyłeś Wielki Zakaz? Skąd taka nienaturalna skłonność do chrześcijańskiego samopoświęcenia?

– Nie popychałem Anny do zamążpójścia. Wypychałem ją z Kijowa – odparł zwięźle.

– Ale dlaczego? – Masza naparła na uchylającego się od odpowiedzi towarzysza. – Przecież nie bez powodu mi to pokazałeś. Nie bez powodu ryzykujesz! Sam mi zademonstrowałeś, jak naruszyłeś zasady. Teraz mogę wezwać cię przed Sąd. I ten nasz zapewne przeniosą, ponieważ stojący po lewicy sam stanie się podsądnym.

Kijewicki Demon milczał, z obrzydzeniem spoglądając na panoramę *Golgoty*.

Milczał długo, zanim się odezwał:

– Mario Władimirowna, nieprzypadkowo wyłożyłem pani teorię ofiary. Boję się, że nasz Ojciec, Miasto, życzy sobie ratować panią, w zamian składając ofiarę ze mnie.

– Co? – wyrwało się Maszy.

– Lira, Annuszka, Misza nie mają z tym nic wspólnego. To tylko znaki drogowe, które wiodą panią do ocalenia. Szczegółowo opowiedziałem historię Anny, żeby zrozumiała pani, że nie jest ona warta świeczki. Aby doprowadzić opowieść do końca i ostatecznie panią uspokoić, powiem tak: gdzieś w środku życia Achmatowa odwróciła się od pogańskiej wiary. Dlatego spędziła starość w samotności. Kiedy pojawiło się pytanie o rozstrzelanie jej jedynego syna, Lwa Gumilowa, znów poszła tak lubianą przez panią drogą i wybrała na ofiarę siebie. To widać zresztą w jej twórczości: stanęła przed Bogiem. Waszym Bogiem.

– A teraz – pytanie paliło język Maszy niedowierzaniem – zamierzasz powtórzyć jej wyczyn i złożyć w ofierze siebie zamiast mnie?

– Znów mnie pani nie zrozumiała – rzekł beznamiętnie. – Nie ja to postanowiłem. Nie pozostaje mi jednak nic innego, jak przyjąć swe przeznaczenie. Czy godzinę wcześniej, czy dzień później, i tak znalazłaby się pani pod Włodzimierzem trzynastego października tysiąc dziewięćset siódmego roku. Przecież prowadzi panią Miasto. I zrozumiałem, dokąd panią wiedzie. Ojciec postanowił pokazać pani mój haniebny czyn. Ma pani całkowitą rację: naruszyłem Zakaz. Proszę o tym donieść. Wasz Sąd przesuną w czasie, ponieważ ani po pani prawicy, ani po lewicy nie będzie nikogo. Prawy tron od dawna jest pusty. A ja...

– Dmitriju Władysławowiczu – Masza z konsternacji zwróciła się do niego oficjalnie – nie rozumiem pana! Dlaczego przywiązuje pan do mnie takie znaczenie?

– Chodźmy.

Milczeli na skłonie góry. U ich stóp leżał Plac Carski. Trzypiętrowa kamienica Sławianskiego, już postawiona w miejscu małej willi...

Masza obejrzała się na kamienny portal pawilonu *Golgoty* z dwiema typowymi dla secesji damskimi twarzami – budynek był jednym z pierwszych w Kijowie przykładów tego nowego stylu. I Kowalowej nagle wydało się dziwne, że fasada panoramy przedstawiającej męczeństwo Chrystusa została ozdobiona dwiema betonowymi kokietkami o wężowatych włosach, jako żywo przypominających Meduzę Gorgonę, więc... wiedźmami!

Takie same, a w każdym razie bardzo podobne kobiece secesyjne twarze oblepiły dom pod siódemką przy ulicy Meringowskiej, gdzie mieszkała Anna Achmatowa. I gdzie w mieszkaniu numer cztery poetce oświadczył się Nikołaj Gumilow, który napisał: „To jest nora żmijowa / Wziąłem z miasta Kijowa / Czarownicę, nie żonę-rodaczkę".

A dom z wieżą przy ulicy Ostożenka pod numerem 21, gdzie pomieszkiwała w Moskwie Małgorzata, która stała się wiedźmą, też był w stylu secesyjnym.

Secesja była stylem żeńskim, opiewającym kobietę. W wyższym tego słowa znaczeniu!

– Powiedziałem pani, że mój Ociec, moje Miasto wybrało panią. Panią, Mario Władimirowno. Właśnie panią – konstatował

Demon. – Tylko panią. Nie wiem już, jak się sprawy mają z pozostałymi dwiema. Ale śmiem przypuszczać, że niepotrzebnie plączą się nam pod nogami. Miasto kocha panią.

– Skąd pan wie? – dopytała Masza, zastanawiając się nad trzema secesyjnymi zbiegami okoliczności.

– Już mówiłem – przypomniał. – Jeszcze zanim Kyłyna przekazała wam swoją moc, wiedziałem, że jest pani sądzone zostać Kijowicą. Widziałem panią w kawiarni „Semadeni" w tysiąc osiemset osiemdziesiątym czwartym roku. Sto lat, nim się pani urodziła, stała się pani obrończynią Wielkiego Miasta i dostała pani możliwość zmieniania jego Przeszłości. Innymi słowy była tam pani, zanim tam pani trafiła. Zanim mogła tam pani trafić. Była pani Kijowicą, zanim nią pani została! To niemożliwe. Ale jak wszystko niemożliwe, od czasu do czasu się zdarza. Rzadkie zjawisko. Nazywa się Wiertum.

– Wiertum...

– Ślepi zwą je inaczej: fatum, los, nieuchronność.

– Tak, czytałam. Wiertum to coś, czego nie może nie być. – Pokręciła głową, odpychając niepotrzebne myśli.

Przypuszczenie, że została wybranką Miasta, wcale jej nie zainteresowało.

„K+2 wiert!"

„Wiert to oczywiście nie wiertło, tylko Wiertum!"

Katia i jej dwie siostry nie mogą nie być.

I chociaż Kowalowa wciąż nie wiedziała, dokąd nie pójdzie nierozszyfrowany BD i co to za WRP, którego nie będzie, doznała olśnienia: rozwiązanie – niczym Plac Carski – leżało u jej stóp.

Kyłyna wyliczyła, że do władzy dojdzie Trójka! Wiedziała, że w Wieży osiądą inne osoby. Że jej rodzona córka i Dziedziczka będzie w stanie wejść tam tylko dlatego, że jej matka uprzednio złamała prawo. Wiedziała: „Kiedy do Miasta po raz trzeci przybędzie Trójka...".

– Kiedy do Miasta po raz trzeci przyjdzie Trójka... Co wtedy będzie? – zapytała szybko Masza Demona.

Proroctwo wspominano przy nich wiele razy, ale nikt nigdy nie ujawnił im, o co w nim chodzi.

– Niech pani zada to pytanie Wasilisie Andriejewnie. – Demon wywinął się od odpowiedzi. – Ja w to nie wierzę. Lecz Miasto mi mówi...

– Niczego ci nie mówi – przerwała mu Kijowica. – Mówi do mnie! I jeśli obiecujesz, że nie wyjdziesz z siebie na dźwięk nazwiska...

– Bułhakow?

– Powiem to, czego dotąd nie powiedziałam. Nie dlatego, że... Tylko dlatego, że zacząłeś krzyczeć. Gdy Aknir była w wieży, zgubiła zeszyt. Zapiski jej matki. Potem Waga się przechyliła! Właśnie po tym... Próbowałam zrozumieć tekst, ale jest zaszyfrowany. Jednak właśnie trochę z tego pojęłam. Oto on.

Wyjęła z torebki zwinięty w rulon zeszyt. Otworzyła na stronie zaznaczonej nicianą zakładką z kluczem na końcu.

Klucz urwał się z węzełka i spadł na ziemię. Masza podniosła go, schowała do kieszeni.

– Widzisz?

Liczba 1 230 311 284 była przekreślona, a 211 911 – obwiedziona dookoła, po czym następował znak równości i szyfr.

– „K+2 wiert, AAA nie rozleje... BM bardzo trwożnie?". AAA to Anna Andriejewna Achmatowa! BM – Michaił Bułhakow. Nie są tylko znakami drogowymi! Są częścią jakiejś matematycznej zagadki!

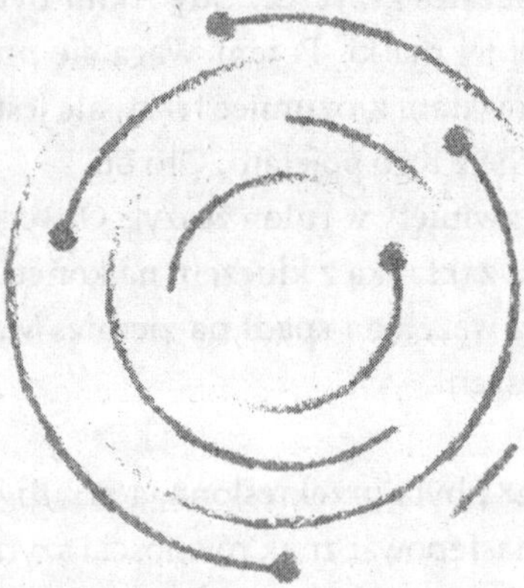

Rozdział dziesiąty,

w którym Masza spotyka wiele znajomych twarzy w kompromitujących dla nich okolicznościach

Była Anna Achmatowa w Kijowie również 1 września 1911 roku. O tym też traktuje lakoniczny zapis: „W dniu zabójstwa Stołypina w Kijowie jechałam dorożką i przez ponad pół godziny przepuszczałam najpierw przejeżdżający carski orszak, a potem kijowską arystokrację zmierzającą do teatru".

~ Jewdokia Ołyszańska, *Anna Achmatowa w Kijowie*

Słońce zachodziło powoli za górę.

Demon zachłannie kartkował zeszyt. Jego palce pełzały po długoogoniastych formułach, a nieprzeniknione jak onyks oczy zdawały się nieruchome.

– Czy możliwe, że BD to ty? – zapytała Masza.

– Tylko jeżeli Kyłyna zaszyfrowała mnie przekleństwem – odparł D. Kijewicki. – Co zresztą też nie jest wykluczone. Nie żyliśmy z sobą w zbytniej zgodzie. Ale jak pani wiadomo, w swoim rodzaju była prawdziwym geniuszem. – Wrócił do początku zapisków. Przeczytał ponownie.

= 211911

K+2 wiert

AAA nie rozleje, BD nie pójdzie, WRP nie będzie, C zostaje (BM bardzo trwożnie?)

– „BM bardzo trwożnie?" Co to znaczy? – zapytała Masza.

– Dałaby mi pani ten zeszyt? Chcę przejrzeć... – Demon patrzył na nieodwołalne „AAA nie rozleje".

„Tak, tak." – Masza w myślach pokiwała głową. „Annuszka rozlała olej! I nie trzeba było pokpiwać sobie ze mnie".

– Dam – zgodziła się, ale postawiła warunek: – jeżeli w końcu powiesz mi prawdę. Dlaczego chciałeś się pozbyć Anny z Kijowa? Czemu niańczyłeś Miszę? Co ich łączy?

– Dobrze. – Kijewicki zerknął na zeszyt, przycisnął go do piersi, przyjął postanowienie. – Musiałem odesłać ją precz, ponieważ się poznali.

– Anna i Misza?

– Misza i Lira. Nie skłamałem, to było przelotne spotkanie. Lecz Lira go ujrzała. On też zaczął pisać jakieś tam humoreski...

– W piątej klasie. A śmierć jego ojca? – szarpnęła się Masza.

– Nie, nie, ojciec nie był ofiarą. Jego śmierć na nieuleczalną chorobę służyła czemu innemu. Misza miał zostać lekarzem!

– Lekarzem? Wenerologiem? – Kąciki ust Maszy spełzły w dół.

– Wielkim lekarzem – wyskandował z patosem Demon. – Największym! Od zawsze to wiedział! Ale pisarze, malarze, poeci są ślepi jak wszyscy ludzie. Miewają tylko przebłyski, rzadkie olśnienia. Dzięki nim tak natrętnie w jego twórczości pojawia się obraz lekarza. Lub genialnego uczonego. *Psie serce*, *Fatalne jaja*, *Adam i Ewa*, *Iwan Wasiljewicz*... Nawet jego ostatni bohater, Mistrz, którego Woland prowadzi do ostatniego, pośmiertnego schronienia, dostaje pytanie: „Czyż nie chcesz jak Faust zasiąść nad retortą i żywić nadzieję, że uda ci się stworzyć nowego homunkulusa?".

– Homunkulusa? Zaraz, zaraz. – Miłośniczka *Mistrza i Małgorzaty* szerzej otworzyła oczy. – Jeżeli Bułhakow tak blisko się z tobą znał, to może również z Faustem, Wolandem?

– Pani była znajomą Wrubla, dostatecznie blisko – odżegnał się od nielubianego, literacko ludzkiego tematu jej towarzysz. – I co z tego wynikło? Znał się ze mną i malował swojego *Demona* ze swojej ukochanej kobiety... Misza mógł zostać prawdziwym Faustem! Chodził oglądać operę *Faust* w Teatrze Miejskim czterdzieści jeden razy. Czterdzieści jeden! Wzywało go przeznaczenie! Bądź co bądź Faust przede wszystkim był uczonym, doktorem. A Mefistofeles tylko go prowadził. Nakłoniłem Miszę, by poszedł na medycynę. Miał przed sobą wielką przyszłość.

Masza wytrzeszczała oczy, nie wierząc.

Teraz już nie ona, lecz on – jej Demon – mówił o Bułhakowie jak istny fan!

– Ale wszystko zakończyło się Mefistofelesem-Wolandem – podsumował z goryczą.

– Został wspaniałym pisarzem.

– Daj pani spokój! – warknął z oburzeniem Demon. – Czy jest pani wiadome, Mario Władimirowno, że w siedemnastym roku Bułhakow uzależnił się od morfiny?

– Jest mi wiadome – przyznała bez entuzjazmu. – Ale to tylko dlatego, że zachorował. A zachorował tylko dlatego, że odsysał rurką błony u chłopca chorego na dyfteryt!

– I sama się pani ze mną zgadza. – BD (Bułhakowski Demon?) uśmiechnął się niewesoło. – Był fanatycznym lekarzem, bezinteresownym, gotowym na wszystko.

Studentka skinęła głową.

Według wspomnień pierwszej żony młodego lekarza dwudziestopięcioletni Bułhakow jeszcze nie zdążył otrzymać dyplomu doktorskiego z wyróżnieniem, a już zarządzał całym szpitalem w Syczowskim Ujeździe. Pracował do nocy, a nocą jeździł saniami na wezwania, w zamieci, do jakichś zabitych deskami wiosek. Operował, przyjmował porody, nie uskarżając się na beznadziejność, nie wpadając w rozdrażnienie, gdy chorzy mu dopiekali.

Kochał swoją pracę.

– Lecz nie do tego zmierzało moje pytanie. Chodziło mi o to, że będąc mocno uzależnionym morfinistą, który ani dnia nie przeżyje bez dawki, sam się wyzwolił z nałogu! – rzekł Demon Maszy. – Nie wiedziała pani o tym?

– Nie. – Masza przyjęła przyganę.

– Przemilczacie ten fakt, podobnie jak całą historię z jego uzależnieniem! Ślepi wysławiają go jako autora żałosnych powieścideł o Szatanie. A nie widzą wielkości! Proszę sobie uświadomić, Mario Władimirowno: w tysiąc dziewięćset osiemnastym roku dwudziestosiedmioletni lekarz samodzielnie znalazł środek na nieuleczalne ludzkie uzależnienie, którego inni ślepcy poszukują do dzisiaj! Po dziś dzień wasza narkomania jest nieuleczalna... Lecz Misza zaprzedał swój dar! Dlatego zmarł na tę samą chorobę co jego ojczulek. Zmarł na to, co mógł się nauczyć leczyć! Straszną miał śmierć. Męczyły go bóle brzucha i głowy tak silne, że nie dało się ich uśmierzyć żadnymi preparatami. Oślepł. Choroba pozbawiła go języka. Czasami następowały okresy zaćmienia umysłu. Cały jego organizm był przesiąknięty cząsteczkami mocznika, wpływało to na układ nerwowy i mózg...

– Nie trzeba więcej – poprosiła Masza. – Wszystko zrozumiałam. Oddaliłeś Annę z Kijowa, żeby Bułhakow nie został pisarzem.

– Lira zobaczyła innego właściciela. Wcześniej czy później ich drogi by się przecięły. O mało do tego nie doszło w jedenastym roku, na wasz Nowy Rok. Lecz wtedy kontrolowałem sytuację.

„Nowy Rok?

»Prószył drobny śnieg«" – skojarzyła Kowalowa.

– Jasne.

Jasne było dla niej jedno. Demon nie powiedział jej całej prawdy. „Czuję to tyłkiem!" – tak by rzecz ujęła Dasza.

– Ale gdyby został nie pisarzem, tylko lekarzem – wyraziła swoje podejrzliwe niezrozumienie – byłby lekarzem ludzkim. A ty nie znosisz ślepych.

– Zmieniłby was – rzekł z przekonaniem Demon. – Nauczyłby was widzieć.

– Widzieć?

Nie dręczyć się wiek za wiekiem wciąż tymi samymi, „wiecznymi" pytaniami? Nie zabijać nawzajem?

Nie uwierzyła.

Chociaż wiedziała z artykułu opublikowanego w czasopiśmie medycznym, że „pisarz Michaił Bułhakow przejawia nieprzeciętne kliniczne możliwości".

– Myślisz, że ulepiłby nowego homunkulusa, sztucznego człowieka? Jak Preobrażeński, który zrobił człowieka z psa?

– Niech mnie pani więcej nie męczy – powiedział Demon Maszy. – Nie ma sensu gdybać o tym, co by mogło być. Zmieniać Przeszłość wolno tylko Kijowicom. Albo komuś, komu to nakażecie.

Przygwoździł ją wzrokiem.

– Nie. – Po ostrych wątpliwościach odrzuciła niewypowiedzianą propozycję. – Sam powiedziałeś, że Lira nie daje człowiekowi talentu... Pomaga rozwinąć i wykorzystać jego prawdziwy talent. Sam mówiłeś: kiedy Misza i Lira spotkali się, zaczął pisać. Nie tak było?

– Jak sobie pani życzy. – Kijewicki odwrócił się.

– Mogę ci zadać pytanie?

– Nieustannie zadaje mi pani pytania, nie prosząc o pozwolenie – odgryzł się gniewnie.

– Nigdy nie żałowałeś, że odrzuciłeś względy Anny?

– Ach, to panią interesuje... Nie. – Uśmiechnął się z wyższością. – Ten, kto stoi po lewicy, nie zna waszej ślepej miłości i waszych niekończących się żali. Jak ten nieszczęśnik, który łazi za panią.

– Jaki nieszczęśnik?

– Nie dostąpiłem zaszczytu, by mi go pani przedstawiła.

– Nie rozumiem. Kto za mną chodzi?

– Naprawdę jest pani aż tak ślepa? – Demon odwrócił się do niej. – Kiedy wreszcie przejrzysz? – Tyknął ją bez rozdrażnienia, w które zwykle wpadał, gdy uświadamiał sobie jej ślepotę. – Mówię o nieboszczyku stojącym za twoim prawym ramieniem.

– O nieboszczyku?

Masza, skonsternowana, obejrzała się przez ramię.

– Widzisz?

– Nie.

Srebrny palec uchwytu eleganckiej laski narysował w powietrzu pentagram... I Masza ujrzała Mira.

– Kraaaa! – rozległo się za jej plecami.

Demon-kruk, ściskając w łapach zdobycz, odlatywał precz.

Lecz Masza się nie odwróciła.

– Czy to prawda? – zapytała.

– Najwidoczniej prawda. – Mir Krasawicki zmarszczył czoło. – Innego wytłumaczenia nie ma.

– Umarłeś? Niemożliwe?

Masza myślała, że nigdy nie będzie jej dane mówić „To niemożliwe". Zdawało się jej, że w świecie wszystko jest możliwe, i to przyjęła za pewnik.

Lecz teraz nie mogła uwierzyć.

Dotknęła jego ramienia.

Ramię było miękkie, żywe.

– Jak się tutaj dostałeś? Do tysiąc dziewięćset siódmego? – Nie umiała się zmusić do pytania o jego śmiertelność.

Zdawało jej się absurdalne.

Mir nie był zjawą! Nie był żywym trupem!

– Szedłem za tobą.

– A ja cię nie widziałam?

Wydobyła z pamięci skonsternowany wzrok wiedźmy Ałły, który skierowała na Mira.

Wiedźma nie widziała stojącego za jej prawym ramieniem.

Pamięć podsunęła dwa niewyjaśnione skinienia Demona Przeszłości: jedno było skierowane do Anny, drugie... do Mirosława.

Demon go widział!

Pamięć przywołała nagabywacza z Krieszczatiku – natręt wyglądał tak, jakby go ktoś złapał za kołnierz.

– To ty odciągnąłeś tamtego mężczyznę przy starokijowskiej poczcie?

– Tak.

– Chroniłeś mnie? Ale dlaczego nic nie powiedziałeś? Od razu...

– Nie wiedziałem, co powinienem powiedzieć.

– Nie byłeś pewien, czy jesteś... martwy? – wymówiła wreszcie straszne słowo.

– Nie myślałem o tym – odrzekł z wysiłkiem Krasawicki. – Ocknąłem się w szpitalu. Wstałem. Poszedłem cię szukać. Po prostu poszedłem. – Patrzył przed siebie.

– Gdzie mnie szukałeś?

– Gdzie mogłem. Poszedłem do Wieży, na Wał Jarosława. Ale nie dostałem się do środka.

– Tak, nikt tam nie może wejść. Oprócz nas. I Aknir.

– Poszedłem więc do ciebie do domu. Pomyślałem, że tam wrócisz.

– Ale kiedy byliśmy razem w Przeszłości, zrozumiałeś... – Masza przytaknęła własnemu domysłowi, nie oczekując potwierdzenia od Mira. – Zrozumiałeś, kiedy ratowałeś Annę i Rikę. Poczułeś, że nie boisz się niedźwiedzia, nie boisz się niczego.

„Oprócz jednego: że mnie przepędzisz" – powiedział wtedy Mir Krasawicki.

„Nie porzucę cię, dopóki ci nie pomogę!" – złożyła mu wówczas straszliwą przysięgę. Nie wiedząc, że jest martwy. I że nie da się mu pomóc. Zatem przysięgła, że nigdy go nie porzuci!

Spuściwszy głowę, martwy, choć dziwnie żywy Mir stał na krawędzi Wzgórza Michała i Włodzimierza opadającej ku Placowi Carskiemu i stojącemu tam hotelowi „Europejskiemu"...

...w którego restauracji Anna zgodziła się wyjść za mąż za Gumilowa.

„Może siedzieli przy tym samym stole co Mir i ja.

Przysięgła z tego samego powodu co ja Mirosławowi. Czuła się winna tego, że Gumilow o mało nie zginął...

Ale zginął.

I Mir zginął.

I obie jesteśmy winne ich śmierci".

– Dlatego tam, w restauracji, zaproponowałeś mi życie w Przeszłości. Tam nikt nie wiedział, że nie żyjesz. Gdybym została tam z tobą na zawsze, możliwe, że nigdy bym się nie dowiedziała... I uważałabym cię za normalnego.

– Po prostu cię kocham – rzekł. – Nie szukaj innych wyjaśnień. To wyjaśnia wszystko. Po prostu chciałem być z tobą. Na zawsze.

„I będzie.

Teraz już zawsze będzie ze mną.

Bądź co bądź obiecałam mu".

– Przebacz mi, Mir – wyszeptała błagalnie. – Ale ja na pewno nigdy... Wiesz, że kocham innego.

– On umarł! – Mir podniósł wzrok.

– Nie chcę cię obrażać – odparła – ale ty też!

– Jednak jestem z tobą – wyraził obiekcję Krasawicki. – Ja, nie on. Ponieważ cię kocham.

Maszę ścisnęło w żołądku, gwałtownie i dusząco boleśnie.

Gdyby Wrubel ją kochał, byłby z nią!

Do tej pory nie przyszło jej to do głowy... Winiła siebie, Miasto, czas, w którym się rozminęli, jego śmierć.

Ale śmierć przestała być usprawiedliwieniem.

Gdyby Wrubel ją kochał, byłby z nią, jak Mir!

Mir ją kochał...

– Eliksir! – Masza ze strachem przyłożyła sobie palce do ust. – Przecież nigdy mnie nie kochałeś. Wypiłeś napój miłosny. Powinieneś był odkochać się w ciągu trzynastu godzin.

– Ale się nie odkochałem.

– Bo wcześniej umarłeś! Umarłeś, zanim eliksir przestał działać. A on nie może przestać, ponieważ umarłeś. I ja jestem winna twojej śmierci. Oraz tego, że nie możesz spokojnie odejść.

– Nie ma w tym twojej winy – zapewnił martwy Mir. – Zabiła mnie twoja koleżanka.

– Zginąłeś, ratując mnie. Wyciągałeś mnie spod samochodu Katii. Bo dałam ci wypić eliksir!

– Nie wiedziałaś, co mi dajesz. To wiedziała twoja koleżanka, ta druga. Ona uwarzyła to draństwo.

– „Nie wiedziałam" to żadne usprawiedliwienie! Achmatowa też nie wiedziała, dlaczego wokół niej ludzie umierają. Demon jej nie powiedział. Dasza mi nie powiedziała. Ale jesteśmy winne... To nasza wina, Kijowic! I my mamy obowiązek to załatwić. Trzeba cię jakoś wyzwolić. Ode mnie. Choćby teraz. Na pewno w Księdze jest sposób.

– Ja tak nie uważam – stwierdził Krasawicki po chwili namysłu. – Za bardzo przypomina to wieczność. Za bardzo przypomina krzyż.

„Krzyż..."

Masza odwróciła głowę w prawo i milcząc, ruszyła spacerową dróżką zbiegającą na górną terasę Włodzimierza.

Mir szedł za nią – wiedziała o tym bez patrzenia.

Dotarłszy do górnej altany, Kijowica podeszła do przepaści.

Czarne plecy chrzciciela Rosji nie zdążyły jeszcze pozielenieć.

Na krzyżu jeszcze nie zdążyły zapalić się lampki.

Zmierzchało.

Nagle wzgórze prawie opustoszało.

– „Dziwnie wymarł tamten dawny gród. / Gdy spoglądam wzwyż..." – wyrecytowała cicho Masza.

Włodzimierz nad swoją rzeką wzniósł
Czarny, mroczny krzyż.

Szlak pełen ofiar i chluby
Tu zakończę swój.
A ze mną tylko ty, luby,
Ukochany mój.

– Achmatowa? – zapytał Krasawicki. – Chciała tutaj umrzeć?

– Gdzie: tutaj? – zdziwiła się Kowalowa.

– Skąd mam wiedzieć? W Kijowie. Albo na Wzgórzu Włodzimierza. Przecież napisała: „Szlak pełen ofiar i chluby / Tu zakończę swój".

– „A ze mną tylko ty, luby..."

Wzrok Maszy zaczepił o figurę wielkiego księcia, pod którego groźnym krzyżem Annuszka wyznała miłość swemu Demonowi.

„Że będzie moją twoja droga"

„Szlak pełen ofiar i chluby"

Te dwa wersy zlały się w jedno i znalazły finał w: „w dumnej świadomości, że ofiar swych nie znasz liczby".

– Ofiara i chluba, chwała. Przynosisz ofiarę i dostajesz chwałę. Ten wiersz też został napisany w Kijowie. W czternastym roku!!! – zawołała.

– Masz na myśli, że w tym roku zaczęła się pierwsza wojna światowa? – nie nadążył za nią Mirosław.

– Mam na myśli: cztery lata po ślubie! Achmatowa wyszła za mąż w dziesiątym. W czternastym już była sławna w całej Rosji, ale... Mój Boże, nie odkochała się! To wszystko wyjaśnia, wszystkie jej dziwne wiersze.

– A w czym leży ich dziwność? – zadał konieczne w tym miejscu pytanie Krasawicki.

– To znany fakt. – Kowalowa nabrała tempa. – Tak napisano w artykule! Achmatowa nieustannie przyznawała się, że kocha jakiegoś lubego. Gumilowa to złościło. Była wierną żoną. Ale kajała się, że we śnie zdradza go z innym, kajała się ze łzami! A w wierszach raz po raz pisała o swoich zdradach, sprzeniewierzeniach, udrękach. Czytelnicy wierzyli, że wszystko, co zawarła w wierszach, to prawda. I próbowali dociec, kogo dotyczy jej poezja. Przypisywali jej romanse z wszystkimi znanymi wówczas petersburskimi osobistościami. A mąż chodził po mieście jak rogacz z rozłożystym porożem. Sam powiedz, co jeszcze można pomyśleć, kiedy porządna mężatka oznajmia: „Że pana żoną nie zostałam, / Może i lepiej"*... To przecież jawnie nie o mężu! Napisała to w Kijowie w jedenastym roku. „To jest pieśń ostatniego spotkania"**, też w Kijowie, we wrześniu jedenastego. A mężowi poświęciła wiersz *Przyszli i powiedzieli: „Twój brat zmarł"*, także napisany w Kijowie. Jej brat zresztą również umarł, jak i mąż. – Masza dorzuciła kolejny znany fakt.

I zamilkła, próbując uchwycić coś, co padło przed chwilą, a wydawało się bardzo, bardzo ważne.

– Wychodzi na to, że po zamążpójściu często bywała w Kijowie – zauważył Mir.

– To zrozumiałe. – Masza machnęła ręką. – Tutaj zostały mieszkać jej matka i ostatnia z żyjących jeszcze sióstr, Ija. Ale kochała go... „I wejrzeniem sfinksowych pomników / Jego oczy spojrzały bezdenne..."***, „Zapytałam: »Czego ty pragniesz?« / Odrzekł mi: »Być z tobą w piekle«". To przecież o nim!! Nie wiedziała, kim on jest, ale go kochała! I wybrała jego drogę... Stała się wiedźmą. W tym sensie, że „wiedźma" pochodzi od „wiedzieć". Wiedziała, co tworzy! Nie przepowiadała czyichś śmierci, wiedziała o nich! Rozumiała, czym jest nasza Lira. I zobaczyła... jak potrafią widzieć tylko prozaicy i poeci! Dlatego tak jej się spodobała ikona Miszy. „Kijowski Wrubel. Bogurodzica z szalonymi oczyma". Powtórzyła jego błąd. On też wpadł w pułapkę z powodu miłości! On namalował Bogurodzicę, mając za modelkę wiedźmę. Ona przysięgła w świątyni bożej, że będzie kochała...

– A ja powtórzyłem błąd ich obojga.

---

* Tłum. Joanna Pollakówna.

** Tłum. Gina Gieysztor.

*** Z wiersza *Popłoch*, tłum. Leonard Podhorski-Okołów.

– Przebacz, Mir, przebacz! – błagała go Kijowica. – Poczekaj trochę. To ważne. Jest coś, czego Demon mi nie powiedział. Nie chce powiedzieć. Ale to, co widziałam, to nie było ich ostatnie spotkanie. *Pieśń ostatniego spotkania* zaszła później, w jedenastym roku. Demon wspomniał, że widział Annę w jedenastym, na Nowy Rok. I jeszcze ten „drobny śnieg".

Masza zajrzała do noszonego w torebce czasopisma.

– Tu wszystko jest rozpisane według dat!

„Renesans" otworzył się na żądanej stronie sam – już przywykł, że jego właścicieli nie interesują inne artykuły.

Masza, mrużąc oczy, pochyliła się nad białą kartką, bo tymczasem wieczór prawie przeszedł w noc.

– Zatem... „Zimą z tysiąc dziewięćset dziesiątego na jedenasty kilka razy jeździła do Kijowa. Ósmego stycznia, czyli ósmego pierwszego, w Kijowie powstał jeden z jej najbardziej znanych wierszy *Zwarła dłonie żałobnie pod szalem**. Trzydziestego stycznia inny: *Wspomnienie słońca w sercu półmartwe*, „(...) Już zmierzch – ten cień?"**. Dziewiątego jedenastego w Kijowie przyszedł na świat bodaj najznamienitszy wiersz Anny Achmatowej *Pieśń ostatniego spotkania* z fragmentem: „Lecz na prawą dłoń nałożyłam / Rękawiczkę z mej lewej ręki"***.

– Dziewiątego jedenastego to już wrzesień – spostrzegł Mir.

– Wrzesień. Dziewięć jedenaście – jak urzeczona ogłosiła Masza. – No proszę! Daj mi długopis... szybko. Tam, w torebce!

Studentka zatrzasnęła magazyn, odwróciła go i na jego tylnej, dziewiczo czystej okładce napisała:

9.11.

911

211911

---

* Tłum. Maria Helena Szpyrkówna.

** Tłum. Joanna Pollakówna.

*** Tłum. Gina Gieysztor.

– Ta liczba jest obwiedziona w zeszycie Kyłyny! Ale to nie liczba, tylko data! Kyłyna z jakiegoś powodu nie stawiała kropek! – zawołała. I wstawiła:

1.9.11

– Ale to nie jest Nowy Rok – zauważył Mir.

– Nie, słuchaj! W starożytności Słowianie zaczynali rok pierwszego września.

– A dwie pierwsze cyfry: dwójka i jedynka?

– To godzina! Dwudziesta pierwsza. Dziewiąta wieczorem. Ale wtedy druga skreślona liczba z notatek Kyłyny też musi być datą...

Długopis Maszy znów ruszył do boju.

1230311284
  1230 311284
  12.30. 31.12.84.

Kowalowa spojrzała na Mira szklistymi oczyma.

– A co, jeśli to ten sam dzień, w którym Achmatowa znalazła Lirę w Ogrodzie Carskim? To był osiemdziesiąty czwarty lub piąty rok. Gdzieś między Bożym Narodzeniem a Nowym Rokiem. Padał wtedy drobny śnieg. I rodzice kupowali dzieciom prezenty. Czyli jeszcze przed Nowym Rokiem. Zatem dwanaście osiemdziesiąt cztery! A ty przypadkiem nie popatrzyłeś wtedy na zegarek?

– Ja nie – rzekł Mir. – Ale dziennikarz, któremu ukradłem notatkę, tak. Według jego słów: „Dzisiaj o pierwszej po południu na Placu Carskim na moich oczach tramwaj zabił człowieka".

– A Anna znalazła Lirę mniej więcej pół godziny przed tym. O dwunastej trzydzieści! Wszystko się zgadza! – wykrzyknęła Kijowica. – Anna znalazła Lirę w wigilię Nowego Roku, to wydarzenie jest obwiedzione kreską. A pierwszego września, na Nowy Rok, zdarzyło się coś, co przekreśliło to pierwsze wyliczenie... Oj, mamciu... Nie, Mir, co by nie mówić, okropni z nas historycy! –

Studentka czwartego roku uśmiechnęła się szelmowsko. – Pierwszego września jedenastego roku w kijowskim Teatrze Operowym zabito Piotra Stołypina! To koszmarnie doniosła data! I tego dnia Achmatowa była w Kijowie, jest o tym w artykule. Bułhakow też był, czytałam. Tego dnia spacerował z narzeczoną po Mieście. Ale najważniejsze, że tego dnia był u nas c: car! Mikołaj drugi! Przyjechał do Kijowa na uroczystość odsłonięcia pomnika Aleksandra drugiego, na tym samym Placu Carskim. I jeszcze w tym samym dniu stało się coś, co sprawiło, że zapalił się nasz czerwony ogień.

– Co?

– Nie wiem. – Policzki Maszy pałały. – Ale to „coś" związało ich wszystkich! Annuszkę, Miszę, cara i k, naszą Katię! Było niezbędne. Nawet sobie nie umiem wyobrazić, co to mogło być... Jednak mamy klucz do rozwiązania!

Masza triumfalnie wydobyła z kieszeni klucz, który odpadł od zeszytu Kyłyny.

– Od czego ten klucz?

– Pojęcia nie mam!

Na kluczu nie było breloczka z adresem.

Ale zamiast wpaść z tego powodu w rozpacz, Kijowica impulsywnie zacisnęła bezpański klucz w dłoni i wypowiedziała wszechwładne zaklęcie „Oręż".

Kiedy poprzednio ustało jego działanie, przestała słyszeć domy.

Teraz nie zdążyła nawet wypowiedzieć kilku słów, gdy obudziło się w niej to samo, co wtedy, i zagrało we krwi – duszę ogarnęło znajome radosne, beztroskie podekscytowanie.

„Jestem wolna!

Mogę wszystko!

Jestem Kijowicą!"

„Gdzie jesteś?" – zawołała w myślach, podnosząc klucz na wysokość twarzy. „Gdzie jesteś? Odezwij się!"

„Tu jestem... tu, moja Jasna Pani".

Dom, który mieścił w sobie zamek pasujący do klucza, odpowiedział posłusznie.

„Tu jestem... Tutaj".

– Idziemy! – oznajmiła „Jasna Pani" pewnym siebie tonem. – To akurat niedaleko od Teatru Operowego. Wszystko składa się w jedno!

– Teraz tam idziemy? – upewnił się Mir.

– A właściwie czemu nie?

Dom numer 12 przy ulicy Funduklejewskiej – ten, który odpowiedział na wezwanie – z czcią ucałował rękę Maszy secesyjnymi barierkami z kutego żelaza.

„Secesja po raz czwarty" – Masza odnotowała kolejny zbieg okoliczności w tym samym stylu.

Wejście do kamienicy, jak zwykle, było puste, bez życia.

Wystarczyło, że Kijowica powiedziała: „Pierwszego września tysiąc dziewięćset jedenastego roku. Godzina, którą powinnam znać", by wejście zamieniło się w portal czasu prowadzący z roku siódmego do jedenastego. A otworzyć go i sfinalizować podróż w czasie mógł tylko klucz od drzwi mieszkania.

Kowalowa wspięła się na piętro i bez lęku otworzyła zamek, po czym pchnęła drzwi i przeszła się po mieszkaniu...

„Mogę robić wszystko, co chcę!"

– Ale do kogo przyszliśmy? – zaniepokoił się Mir. – Ktoś tu mieszka.

Mieszkanie było porządne, wysprzątane, ale gdzie nie spojrzeć, usiane śladami lokatorów.

Na fotelu leżała złożona koronkowa damska parasolka, w wazonie pysznił się bukiet jesiennych kwiatów.

Mir podszedł do królującego na stole samowara – dużego, pękatego jak kula – i dotknął jego złotego boku.

– Masza, jeszcze gorący – poinformował trwożnie towarzyszkę. – Ktoś tu jest. Albo dopiero co wyszedł.

Lecz Kowalowej ta nowina ani trochę nie speszyła.

– To czas, który mamy poznać – stwierdziła butnie Kijowica. – A to znaczy, że jeśli zetkniemy się z mieszkańcem, powinniśmy się czegoś od niego dowiedzieć. Jeżeli nie powinniśmy, to się nie zetkniemy.

– Jesteś pewna?

– Skoro tak powiedziałam, to znaczy, że tak jest. – Masza otwarła szafę ubraniową. – Czort z nim, z mieszkańcem.

– Z mieszkanką – poprawił Mir.

Na stole leżały duże kolczyki z sześciokaratowymi szmaragdami.

– Sama widzę! – Szafę wypełniała damska odzież.

Masza włożyła pierwszą z brzegu suknię.

– Co ty robisz? – przeraził się Mir.

– Mam na sobie ubrania z szóstego roku. Bo już nie wracałam do domu – wyjaśniła. – Moja suknia już do siódmego nie pasowała, a co dopiero do jedenastego. Jak już idę patrzeć na cara, powinnam włożyć coś odpowiedniego! – Kijowica podskoczyła i zwinnie strąciła z półki żółte sklejkowe pudełko na kapelusze.

– Idziesz patrzeć na cara?

– A dokąd niby mam iść? – Wywiadowczyni Przeszłości nałożyła sobie na głowę pasiasty kapelusz z szerokim rondem. – Pospaceruję po Funduklejewskiej, wzdłuż trasy, którą car jechał do opery. Teraz to jest Teatr Miejski... Coś tam znajdę.

– Jakaś ty do siebie niepodobna. – Krasawicki pokręcił głową. – Jakbyś się czegoś nałykała.

– To zaklęcie „Oręż" – wyjaśniła mu sucho Kowalowa. – Ale mam gdzieś. Byle dobrze działało. Widzisz przecież, wszystko doskonale się składa. Nawet dom stoi w idealnym miejscu! I jeszcze jest secesyjny!

– A co to ma do rzeczy, że secesyjny?

„Przyjmij moje wiernopoddańcze przeprosiny, moja Jasna Pani, ale obowiązek nakazuje mi oznajmić pani, że obowiązek nie pozwala mi pani oznajmić" – odezwał się milczący dotąd secesyjny dom po numerem 12.

„No to milcz sobie!" – Masza machnęła ręką, nie przejmując się sprzecznością zawartą w jego wypowiedzi.

Mir w zadumie popatrzył na doskonałej roboty kolczyk ze szmaragdem – spory klejnot tkwił w złotej oprawie w kształcie węża trzymającego w pysku własny ogon.

– A ja w czym mam iść? – spytał smutno.

– Męskich ubrań tu nie ma. W takim razie zostaniesz w mieszkaniu. – Dziewczyna zbyła go machnięciem ręki.

– Nie mogę – upierał się posępnie Mir. – Nie mogę zostać bez ciebie.

– No to rób, jak uważasz... – Masza po raz trzeci machnęła ręką.

Brama kamienicy, posłuszna drugiemu zaklęciu, wyprowadziła wywiadowczynię Przeszłości na wrzesień 1911 roku – na zmierzającą do Teatru Miejskiego wieczorną ulicę Funduklejewską wypełnioną odświętnie ubranym, gwarnym tłumem.

Działanie „Oręża" nasiliło się i Masza zupełnie obojętnie wyjaśniła sobie, że to dlatego, że bez zaklęcia denerwowałaby się teraz do szaleństwa, więc aby nie dopuścić do utraty zmysłów, „Oręż" zwiększył oddziaływanie.

Czuła się dziwnie – w głowie i na duszy – całkowity brak strachu wywoływał wrażenie nierealności.

Kijowica przeciskała się przez tłum, nieczuła na jego odwetowe szturchańce. Rozszerzony zaklęciem wzrok rejestrował otoczenie tak ostro i wyraźnie, jakby po tym, jak Masza kierowała spojrzenie na coś lub kogoś, świat zamierał na sekundę, żeby umożliwić jej rozpracowanie każdego szczegółu.

I choć omiatając otoczenie rozpalonymi oczyma, Kijowica nie miała pojęcia, czego szuka, parła Funduklejewską w dół bez najmniejszej wątpliwości, że to coś znajdzie.

Dlatego zbytnio się nie zdziwiła, kiedy jej wzrok zatrzymał się na następującym kadrze: w gęstniejącym tłumie gapiów, którzy zebrali się, by oglądać przejazd koronowanej głowy i wielkich księżnych, utknęła dorożka. W niej zaś siedziała udręczona młoda czarnowłosa już kobieta – Annuszka. Już – Anna Gumilowa. Już – Anna Achmatowa.

Teraz – pięć lat po ich ostatnim spotkaniu (gdy Masza spotkała ją nie na fonii, lecz na wizji) – twarz poetki, uwieczniona przez Aleksandrę Ekster i Modiglianiego, nie była już rozmyta. Wyglądała tak, jakby jakiś znakomity fotograf nadał jej rysom ostrości.

Czoło przekreślała stanowcza linia grzywki, profil za sprawą orlego nosa przybrał dumny wyraz, wzrok stracił niepewność. Wszystko to razem było posępne i ani trochę niepokorne.

Z grubiańską brawurą typową dla Daszy Kowalowa przedarła się przez tłum oddzielający ją od dorożki i uchwyciwszy się poręczy, z rozpędu plasnęła na siedzenie obok madame Gumilowej.

– Cud, Bogu niech będą dzięki! – sapnęła.

Siedząca aż się cofnęła od tej bezceremonialności.

Wargi i brwi Anny zastygły w gniewie i strachu.

– Jakie to szczęście, że panią spotkałam – zatrajkotała niezrażona Masza. – Pani, Aneczko, zapewne mnie nie pamięta? Jestem Maria Władimirowna! Przypomina sobie pani, jak razem na Wzgórzu Włodzimierza szukałyśmy pani broszki? – Stopklatka wzroku Maszy zatrzymała się na maleńkiej Lirze przypiętej do klapy żakietu Anny Gorienko-Gumilowej-Achmatowej. – No przecież, to ona! – Maria uśmiechnęła się szeroko.

Annuszka odruchowo zasłoniła broszkę dłonią.

Westchnęła krótko – bez radości, ale z ulgą.

– Tak, oczywiście, pamiętam panią. Mam niewiarygodną pamięć. Pamiętam nawet, że już pani o tym mówiłam. Zupełnie się pani nie zmieniła. Maria Władimirowna?

– Tak, dokładnie, Maria Władimirowna. Nietrudno byłoby zapomnieć. Od tamtej pory upłynęło tyle wody. A pani się zmieniła – rzekła Kijowica. – I za mąż, widzę, pani wyszła.

Anna lekko uniosła prawą rękę.

Wystawiwszy nieco palec serdeczny, popatrzyła na władającą nim ślubną obrączkę ze zgaszonym zwątpieniem.

– Wyszłam. Rok temu...

Ulicą z wolna sunął carski orszak: liberie, mundury.

– Mieszkam z mężem w Carskim Siole. Przyjechałam w gości do matki. I utknęłam w tym miejscu. Ma pani ładny kapelusz. – Madame Gumilowa bez emocji skomplementowała nakrycie głowy Maszy. – Noszą takie w Paryżu. W Kijowie ich nie uświadczysz.

Masza próbowała sobie przypomnieć, jak wygląda jej kapelusz, ale nie zdołała.

– Zatem dalej nie lubi pani naszego Miasta. – Uśmiechnęła się cierpko.

– Nie... Teraz widzę je zupełnie inaczej – przyznała poetka. – Często tutaj przyjeżdżam. Wciąż chodzę po cerkwiach. Dziś byłam u Świętego Michała... Niezwykła świątynia i nie bez powodu wzniesiona nad przepaścią. To Miasto mnie nie kocha.

– To nie ono pani nie kocha, Annuszko – powiedziała Masza i urwała, uświadomiwszy sobie, że palnęła gafę.

Jeszcze chwilę temu powściągliwie znudzony wzrok Anny teraz rzucił się ku Marii Władimirownie z taką siłą, z takim rozszalałym udręczeniem, że to jedno spojrzenie prawie potwierdziło teorię Maszy.

Krótkie mgnienie i „prawie" zupełnie się rozwiało.

– Cóż, jesteście państwo znajomymi – przypomniała sobie Gumilowa. – To pani mnie z nim poznała. Mówił pani o mnie? – zapytała z bólem. – Jak się miewa? Oooch...

Dłonie Anny, duże, ale ładne, o przepięknych palcach, mocno złapały za ręce Maszy.

Jej wzrok przemieścił się gdzieś za ramię Kijowicy.

I zatrzymał się.

Jakieś dwadzieścia metrów od nich, w pstrokatym tłumie podekscytowanym bliskością wysokiej władzy, stał, bawiąc się laską, Kijewicki Demon.

Nie patrzył na orszak, nie patrzył na Annuszkę.

Jego posępny profil kierował się w prawo.

Podążywszy za jego wzrokiem, Masza wzdrygnęła się. W opanowaniu tego wstrząsu nie pomógł jej nawet „Oręż".

Tam, gdzie z taką trwogą spoglądał demon Anny, stała kobieta o złotych włosach, z modrymi oczami i ustami przypominającymi nieokreślone płatki. Lekki woal okrywający jej włosy, oczy i usta nie przeszkodził Maszy rozpoznać w tej damie Kijowicy Kyłyny.

Matki Aknir, która oskarżała je o zabicie swej matki!

Tej, która była martwa.

Ale jeszcze żywa, w pełni sił, załatwiała tu niewiadome sprawy.

„AAA nie rozleje, BD nie pójdzie, WRP nie będzie. C zostaje".

Na szyi Kyłyny wisiał naszyjnik – szmaragd w oprawie o kształcie złotego węża trzymającego w pysku własny ogon. Wyglądał jak rodzony brat kolczyków znalezionych w mieszkaniu przy Funduklejewskiej.

W mieszkaniu Kyłyny!

„To dlatego dom nie mógł mi powiedzieć tego, co powinien. Nie mógł donosić jednej Kijowicy na drugą. Ale w jedenastym roku powinna być w Mieście ówczesna Kijowica! Gdzie ona jest?"

Oczy Maszy rzuciły się do Demona, lecz on, przerażająco nachmurzony, już lustrował wzrokiem lewą flankę.

Tam, zwrócona plecami do carskiego orszaku, obojętna na splendor cara i jego dworzan, stała jeszcze jedna kobieta.

Ze złotymi włosami. Z modrymi oczami. Z ustami przypominającymi nieokreślone płatki. Ze szmaragdowym naszyjnikiem.

Inna Kyłyna!

Druga!

Odwróciwszy lekko głowę, druga otwarcie przysłuchiwała się ożywionej rozmowie – dla Maszy niedostępnej z tej odległości – którą prowadzili blondwłosy młodzieniec w studenckim mundurku i młoda dziewczyna.

„Bułhakow! Misza!

To on!

A to na pewno Tasia Łappa. Jego narzeczona".

W pierwszej sekundzie Tatiana, wielkousta i wielkooka, wydała się Maszy strasznie brzydka. Ale w drugiej, złowiwszy bez wątpienia zakochane spojrzenie Bułhakowa, Masza uznała jego wybrankę za prawdziwą piękność!

„Pobiorą w kwietniu trzynastego roku. Ślub kościelny odbędzie się w cerkwi Świętego Mikołaja na Padole. Matka Bułhakowa będzie przeciwna temu małżeństwu..."

– Mario Władimirowno, zna pani tę damę? – zapytała Anna. – Tę, na którą on patrzy?

– Oczywiście, że znam. To jego narzeczona.

– Narzeczona?!

Masza zerknęła z ukosa na swą towarzyszkę w dorożce.

Anna dawno puściła jej ręce. Odwróciwszy się całym tułowiem, wciśnięta w oparcie siedzenia, madame Gumilowa miażdżyła Kyłynę źrenicami.

– Ach, ta – zrozumiała Kowalowa. – Nie, mówiłam o tym młodym człowieku z panienką. Ta nie jest narzeczoną...

– A kim? Dla niego...? Nie, nie! Niech pani nie odpowiada! – Anna zdecydowanie odepchnęła wzrokiem złotowłosą damę, obróciła się, usiadła wygodnie i położyła sobie ręce na kolanach.

– Nie jest warta pani zainteresowania, proszę mi wierzyć. – Maria Władimirowna pocieszyła Annę, jak mogła. – Pan Kijewicki jej nie znosi.

Jednak niemartwa Kijowica Kyłyna zdecydowanie była warta zainteresowania Maszy.

Dwie niemartwe Kyłyny!

Kowalowa jeszcze raz policzyła je wzrokiem: jedna z lewej, druga z prawej, za plecami Bułhakowa.

„BM bardzo trwożnie?"

– Nie chcę wiedzieć. O niczym. Proszę o wybaczenie. To pustota. – Anna spuściła oczy. Wyprostowała plecy. Zaczęła wkładać rękawiczkę na prawą dłoń. I zatrzymała się.

To była lewa rękawiczka!

– Jakaż udręka – zapłakała z rozdrażnieniem Annuszka. – Boże, jaka udręka... Sił brakuje, by cierpieć. Czy można tak gnębić ludzi? Stoimy tu już ponad pół godziny! – zawołała cierpiętniczo. – A oni jadą i jadą! Car, dworzanie... A my... Ja... – Przyłożyła sobie palce do gardła.

Zachłysnęła się.

– Zapłacą za to – odezwał się czyjś głos.

Anna i Masza jednocześnie skierowały głowy w dół i dostrzegły mężczyznę, którego tłum przycisnął do dorożki, a który dołączył do ich rozmowy.

– Jestem paniom niezmiernie wdzięczny – rzekł ceremonialnie młody człowiek we fraku. Miał ciemne włosy i bardzo bladą twarz. – Przyjmijcie wyrazy wdzięczności za to, że rozwiałyście, panie, moje ostatnie wątpliwości. Więcej mi nie trzeba.

Anna Gumilowa-Achmatowa zmarszczyła brwi, wyraźnie uznając zachowanie właściciela fraka za niedopuszczalne.

Masza jednak bezwiednie wychyliła się ku niemu – jego słowa, ton, trupia bladość, czerń oczu, słowa podejrzanie tajemnicze i wieloznaczne, same w sobie zasługiwały na uwagę. Lecz nie o nie chodziło.

Dosłownie dwa kroki od przyciśniętego do powozu mężczyzny Kijowica ujrzała kolejną damę.

Złotowłosą, modrooką...

Trzecią!!!

– Jak się pan nazywa? – szybko zapytała Maria Władimirowna młodzieńca we fraku.

– Dmitrij – odparł, siekną wszy Maszę zdeterminowanym wzrokiem. Uśmiechnął się krzywo. – A nazwisko przeczyta pani w jutrzejszych gazetach.

Ale Masza już znała jego nazwisko.

„ANNUSZKA ROZLAŁA OLEJ!"

Zabrzęczało jej w głowie.

„Oręż" („Zapewne nie należy przyjmować tego zaklęcia dwa razy z rzędu!"), próbując poradzić sobie z nadciągającą Wiedzą, uderzył Maszę w splot słoneczny.

A potem zdarzyło się coś, co sprawiło, że zaklęcie ostatecznie straciło moc, nie mogąc powstrzymać tryskającej z Maszy histerii.

– O Boże! Boże! – wykrzyknęła Kowalowa.

W tysiącgłowym tłumie Maria Władimirowna ujrzała niepowtarzalną, rzadką, oszałamiająco piękną twarz i tama spokoju wzniesiona za pomocą „Oręża" została gwałtownie przerwana.

– Katia! – wrzasnęła Masza. – Katia! Katia...

Wyskoczyła z dorożki.

– Car!!! – zakrzyknął ktoś. – Car ojczulek... To on!

Ulicą Funduklejewską jechał imperator.

Jego twarz była pusta, wyobcowana. Obok władcy siedziały dwie wielkie księżne.

Tłum naparł na Maszę.

Zmiażdżył ją, spłaszczył, powlókł. Kowalowa potoczyła wzrokiem dookoła i zapadła w mrok. Nad nią zakręciło się niebo. A potem ktoś złapał ją z tyłu, wydzierając z wszechmocnych objęć tłumu. Ona zaś pokornie i obojętnie zwiotczała, powierzając mu swoje życie i tę walkę. Jej ciało nie rozumiało jeszcze niczego, tylko zauważało ślepo: ktoś ją ciągnął, nie chaotycznie, lecz uparcie i zdeterminowanie...

Ku ocaleniu.

„Mir" – pomyślała. „To Mir".

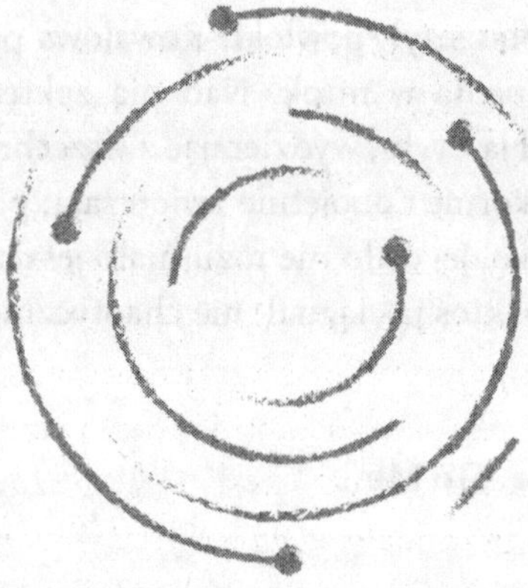

Rozdział jedenasty,

w którym tramwaj zachowuje się nieprzyzwoicie

Wielu – i ja się do nich zaliczam – sądzi, że gdyby nie było zamachu 1 września, nie byłoby prawdopodobnie też pierwszej wojny światowej, nie byłoby rewolucji i wszystkich straszliwych następstw. Stołypinowi przypisuje się wielokrotnie powtarzane przezeń twierdzenie: „Tylko wojna może zgubić Rosję". Jeśli się z tym zgodzić, to zabójstwo Stołypina miało znaczenie nie tylko wszechrosyjskie, lecz także ogólnoświatowe.

~ prof. G.E. Rein, *Z przeżytego. 1907–1918*

Gdzie byłaś? Dasza mi wyjaśniała, ale nie zrozumiałam. Katia stała pośrodku okrągłego pokoju w Wieży, trzymając słoik suchego warienia, które przyniosła Masza. Słoik był do połowy pusty, jako że w drugiej ręce Katii widniała łyżeczka.

– Bardzo smaczne. – Dobrażańska oblizała się z aprobatą. – Gdzie to kupiłaś? Nigdy nie jadłam nic pyszniejszego!

– W Przeszłości – odpowiedziała Masza. – Byłam w Przeszłości i tam kupiłam warienie. Dziś już go nie wytwarzają.

– To tam chodzisz na zakupy spożywcze? – prychnęła wesoło Wstrząsająca Czub. – Nieźle!

– I to zamiast przygotowywać się do egzaminów! – ofuknęła studentkę po matczynemu Katia. – A my specjalnie dałyśmy ci całą dobę wolnego.

– Mam się teraz przejmować egzaminami? – zdziwiła się Masza. – Byłam w tysiąc dziewięćset jedenastym roku. Znalazłam tam... Znalazłam...

„Oręż", przedawkowany przez niestrudzoną wywiadowczynię, zamienił się w obrzydliwe tępe mdłości i uciskowy ból w potylicy. Ale miejsce zaklęcia zajęła Wielka Wiedza, która mogła konkurować swoją mocą ze skutkami przedawkowania.

– Znalazłaś? – Katerina oderwała się od gastronomicznych uciech. – Szukałaś w Przeszłości swoich korzeni? Rozsądnie. Znalazłaś babcię wiedźmę?

– Nie.

– To przygotuj się na bal! – wysforowała się na pierwszy plan Dasza Czub. – Mamy wstrząsające nowiny!

– Wrócił ci głos? – uradowała się szczerze Masza.

– Nie. Ale jesteśmy uratowane!

– Waga się wyprostowała?!!! – spytała z niedowierzaniem Kowalowa.

Niestety – od razu zauważyła, że nie.

Chociaż bez dwóch zdań wskaźnik równowagi w rękach Kijowicy Mariny wyglądał odrobinę lepiej.

„Mam rację! Dostaję podpowiedzi... Ale jak mam to zrobić? Jak przekonać Katię i Daszę?"

– Katia znalazła babcię wiedźmę – rozproszyła jej myśli Czub.

– Praprababcię – poprawiła Katia. – Przypuszczalnie wiedźmę.

Dobrażańska powoli oblizała konfiturę z łyżki. Jej nowina najwyraźniej nie zrobiła na studentce spacerowiczce należytego wrażenia.

– Mogę prosić o szczegóły? – dopytała Masza uprzejmie i sucho.

– Dzwoniłam do Wasilisy Andriejewny. – Nader pozytywnie oceniwszy niechęć studentki do przedwczesnej radości, „przypuszczalnie wiedźma" przeszła do ważnych detali: – Mamy szereg obiecujących faktów. Wszystkie kobiety w mojej rodzinie przezywano wiedźmami. Mężczyźni lecieli na nie jak muchy do lepu. Mimo że były nieładne...

– Nieładne? – Masza nie mogła się nie zdziwić.

– Zwyczajnie szkaradne! Jestem w swojej rodzinie białym krukiem. To kolejny fakt. Ale Wasilisa twierdzi, że powodzenie u mężczyzn to nie dowód. Wiele kobiet w mojej rodzinie zginęło z powodu nieszczęśliwych wypadków. Wasilisa twierdzi, że to też nie dowód, ponieważ klątwa może spaść tak samo na ród ślepych. Również widokówka ze stacji Worożba, gdzie mieszkała moja praprababcia Anna, to nie dowód. Dokładniej: dowód niebezpośredni. Nazwa „Worożba"* nie jest przypadkowa: w dziewiętnastym wieku osiedliło się tam kilka wiedźmich rodzin... I wszystko to wzięte razem wygląda obiecująco. Ale najważniejsza jest kamea!

– Masza, teraz padniesz!! – ostrzegła ją Wstrząsająca Dasza, już prawie minutę cierpiąca z powodu niedostatku uwagi poświęcanej jej gwiazdorskiej osobie.

Demon wystraszył ją solidnie. W kontekście „Nie sądzi pani chyba, że Aknir po zwycięstwie zostawi waszą Trójkę przy życiu?" nielubiana przez Czub Katia tymczasowo stała się wybawicielką, a problem straconego głosu chwilowo zszedł na drugi plan.

Dasza zeskoczyła z kanapy, pragnąc zobaczyć, jak Masza będzie padać.

Katia podeszła do cienkonogiego biurka – służącego za postument Księgi Kijowic – i podniosła znalezisko leżące obok tomiszcza z symbolem władzy.

– Wasilisa powiedziała, że to już bezpośredni, twardy dowód. – „Przypuszczalnie wiedźma" uśmiechnęła się z dumą. – Nie na

---

* Worożba – ros. 'wróżba' (przyp. tłum.).

darmo dałam za nią ciotce tysiąc baksów! Zdecydowanie wdałam się w ciocię Tatię, bo gdy mnie przejrzała, od razu podała cenę.

– A co jest w niej takiego? – spytała poważnie Masza.

– Popatrz na profil Katii! – podsunęła jej Czub.

Katia gorliwie ustawiła się bokiem do studentki.

Masza poszła za radą i zamrugała oczami wymęczonymi przez „Oręż".

– Ta broszka ma sto lat! – wsadziła swoje trzy grosze nieposkromiona Czub.

Kobiecy profil wyrzeźbiony w pożółkłej kości był dokładną kopią trzydziestopięcioletniego profilu Jekatieriny Dobrażańskiej. Profilu przypominającego zapadającą w pamięć pieczęć. Niezapomnianego. Niepowtarzalnego.

– To broszka mojej praprababki! – Katerina wzięła do ręki oparty o regały z książkami fotograficzny portret w żałobnej ramie i zademonstrowała Maszy zdjęcie damy z kameą. – Za portret dałam kolejne trzysta dolarów – rzekła.

– Jaka niełancna – wyrwało się Kowalowej. – Ale i tak w czymś jesteście do siebie podobne... A co Wasia na to powiedziała?

„Cokolwiek by powiedziała, to bzdety w porównaniu z zeszytem Kyłyny!" – coś krzyknęło w jej wnętrzu.

– Powiedziała, że nie powinnyśmy tracić ani sekundy, lecz rozkopać całą historię rodzinnej kamei. Powiedziała, że broszka praprababki najprawdopodobniej jest częścią jakiegoś złożonego rytuału. Mówiłaś, że byłaś w Przeszłości? Dobrze myślisz! Muszę się tam wybrać.

– Byłam tam – przypomniała Masza. – W jedenastym roku. Pierwszego września.

Wiedza wyrywała się z niej. A Masza powstrzymywała ją, jak mogła, wiedząc i to, że podsunąć jej Wiedzę dwóm pozostałym Kijowicom będzie bardzo, ale to bardzo niełatwo.

Prawie niemożliwie!

„Ale widziałam Wiertum! Wszystko mi się uda! No i widziałam Katię..."

– I dwie godziny temu spotkałam tam ciebie. – Wywiadowczyni przeszłości powściągliwie zmierzała do objawienia „K+2 wiert".

– Mnie? – impulsywnie zawołała Katia.

– Ciebie, cara Mikołaja drugiego, Annę Achmatową, Bułhakowa...

– Cara? – powtórzyła niedowierzająco Jekatierina Michajłowna.

– Bułhakowa? – wypaliła Czub. – Tego samego? Twojego? Co, naprawdę żywego Bułhakowa? No, teraz już wszystko rozumiem. Jasne, jakim *wiarieniem* cię tam wysmarowali! Dlatego siedziałaś tam cały dzień. Dziwne wogle, że stamtąd wróciłaś.

– Akurat na odwrót – odezwała się Katia. – Nic nie rozumiem. Źle wyglądasz. – Przyjrzała się Maszy. – Oczy zaczerwienione, naczyńka popękane. Jak się czujesz?

– Kiepsko – niechętnie przyznała się wywiadowczyni. – Przedawkowałam.

– Przedawkowałaś? – podekscytowała się Wstrząsająca. – W przeszłości brałaś prochy? Jakieś opium? Albo morfinę? No tak, Bułhakow był morfinistą. Dawałaś sobie z nim w żyłę? – Czub wpadła w ekstazę.

– Rzuciłam zaklęcie „Oręż" przeciw lękowi. Inaczej nie dałabym rady... – Wstrząsnęły nią dreszcze.

Resztki „Oręża" szarpały jej potylicę. Mdliło ją.

Wiedza płakała i rwała się na zewnątrz – była za duża dla niej samej!

– A więc, Masza – rozporządziła Dobrażańska – siadaj i postaraj się wyjaśnić wszystko po kolei. Co ma do tego Achmatowa? Co ma car? No i ja?

– A to ma – Kowalowa straciła cierpliwość – że widziałam tam Kyłynę! Żywą Kyłynę!

– Kyłynę?! – pisnęły Katia i Dasza równocześnie.

– To ona nie umarła? – przeraziła się Czub.

– Nie, umarła, sześć dni temu. – Masza rozumiała, że z każdym jej słowem one rozumieją jeszcze mniej! – Ale była żywa w Przeszłości. Widziałam ją w tysiąc dziewięćset jedenastym roku.

A co było w Przeszłości, zostaje w niej na zawsze. Kyłyna wybrała się tam, zanim umarła, dlatego tam wciąż żyje. Na zawsze!

– I co z tego wynika? – spytała cicho Katia.

– Patrzcie! – Studentka porwała z półki pierwszą z brzegu książkę: okazały się nią dzieje pradawnej Rusi. – Ta historia już istnieje! – otworzyła rozdział. Powiodła palcem po wersie.

Do XIII w. Ruś Kijowska została zjednoczona, a rządził nią wielki książę kijowski.

Wzięła z biurka długopis i szybko naniosła odręczne poprawki:

Do ~~XIII~~ XIV w. Ruś Kijowska została zjednoczona, a rządził nią wielki książę kijowski oraz kijowianie!

– A my przychodzimy tam i wnosimy swoje poprawki. Rozumiecie? I one też zostają tam na zawsze, tak jak na tej stronie.

– Ciekawe. – Katerina podparła sobie ręką podbródek.

Dasza zaczęła się drapać po nosie.

– Ale nie to jest najciekawsze. Lecz to, że widziałam tam trzy Kyłyny! Aż trzy! – zawołała Masza.

– W jakim sensie? – Dasza ścisnęła sobie nos dwoma palcami.

Dobrażańska złapała się palcami prawej ręki nie tylko za podbródek, ale za oba policzki.

– Też nie od razu zrozumiałam – pocieszyła je wywiadowczyni Przeszłości. – A potem do mnie dotarło... To znaczy, że Kyłyna wybrała się do pierwszego września jedenastego roku trzy razy z rzędu!

Masza przekartkowała książkę w poszukiwaniu obrazka i znalazła ilustrację przedstawiającą dawny Kijów, po czym nabazgrała u góry trzy schematyczne postacie ludzkie.

– Widzicie? Widzicie? Raz poszła, drugi, trzeci... Przychodząc do jednego i tego samego dnia trzy razy z rzędu, zmieniasz go trzy razy! I tych zmian dokonujesz sama, swoją obecnością w tym miejscu i czasie! I wszystkie te trzy obecności też pozostają tam na zawsze. Kyłyna strasznie ryzykowała. Bądź co bądź zakazane jest spotkanie z samym sobą w Przeszłości! Ale ten czas, dzień i rok, czyli pierwszy września tysiąc dziewięćset jedenastego roku, były dla niej niewiarygodnie ważne. A teraz patrzcie!

Wyciągnęła z torebki zeszyt, który już odebrała Demonowi.

Otwarła go zamaszyście.

– Kijewicki ma rację. Kyłyna była istnym geniuszem! Czytał te notatki. Powiedział to, co sama pojęłam. Kyłyna wyliczyła formułę czasu! Formułę Boga!

– Więc spotykałaś się z Janem! – stęknęła Dasza, na której Demon robił trzy razy większe wrażenie niż Bóg.

– A ja co mam z tym wspólnego? – zapytała Katia. Boża formuła nie zrobiła na niej wrażenia; w żaden sposób nie wyjaśniała jej obecności w 1911 roku ani też tajemnicy kamei praprababci wiedźmy.

– Wiecie co – westchnęła Masza – lepiej opowiem wam wszystko po kolei.

Ale wywiadowczyni Przeszłości nie udało się wyłożyć swoich przygód po kolei.

Po raz pierwszy Dasza przerwała jej rozjuszona.

– Jak to? On przeżył? – zareagowała na pojawienie się z niebytu Mira Krasawickiego. – Ten potwór przeżył? I ty z nim poszłaś? Przecież to zabójca! Zabijał ludzi. I nas też chciał zabić. Zapomniałaś?!

Zapomniała. Zupełnie.

Zabity Mir tak bardzo nie przypominał Mira zabójcy, że w pierwszej chwili uwaga Daszy wydała się Maszy absurdalna.

– Nie przeżył – z konieczności odstąpiła od uporządkowanej opowieści. – Umarł. Ale nie może umrzeć do końca. Nie może beze mnie.

– Czyli jest zjawą, duchem? – Wstrząsająca udobruchała się nieco.

– Niezbyt przypomina zjawę – przyznała Masza (przyjmując postanowienie, żeby ani nie pisnąć o tym, że duch Mira w tym dokładnie momencie znajdował się za jej prawym ramieniem). – Ale kimkolwiek był za życia, po śmierci się zmienił. A winę za jego śmierć, jak i za pośmiertną tułaczkę ponosimy my, nasza Trójka. Mamy obowiązek mu pomóc. Choćby dlatego, że on pomógł mnie. Właśnie Mir powiedział, gdy Waga się przekrzywiła...

Po raz drugi Dasza przerwała jej ze zdumieniem:

– Zobaczyłaś żywego Bułhakowa i uciekłaś?! Nawet nie zamieniłaś z nim paru słów? – Zrobiła zszokowaną, oburzoną minę i z niezrozumieniem pokręciła głową. – Demon ci mówi: „Poznajcie się, to Bułhakow", a ty nogi za pas i zmykasz ze Wzgórza Włodzimierza? Nienormalna! Nie rozumiem!! Gdybym to ja tak kochała Bułhakowa, tobym się wogle od niego nie odlepiła.

Trzeci raz przerwała Maszy z zadowoleniem:

– Marina uważała, że Amazonki pochodzą od wiedźm? Wstrząsające! No, Marina – odwróciła się do wiszącego nad kominkiem średniowiecznego fresku – szacun! Pamiętacie? Też wam to mówiłam! Dlatego, że tak to powinno być! Ukrainki zawsze miały skłonność do matriarchatu. Tak jak w tej anegdocie: ożenił się Uzbek z Ukrainką*...

Czwarty raz Dasza przerwała Maszy zakochana.

– Achmatowa zakochała się w naszym Demonie? A on co? No, oczywiście. – Nie dała Maszy ani chwili na odpowiedź. – To przecież

---

* Dla tych, którzy jakimś sposobem nie słyszeli tej starej anegdoty, autorka przytoczy ją w całości. Ożenił się Uzbek z Ukrainką i mówi: „Pamiętaj, kiedy przychodzę do domu i mam na głowie tubietiejkę przekrzywioną w prawo, to jestem tego dnia dobry, będę cię kochać, całować, przynosić podarki. A jeśli tubietiejka będzie przekrzywiona w lewo, to znaczy, że jestem zły, będę cię bić, obrażać...". „Jasne" – mówi mu żona. „Tylko pamiętaj, że jeśli przyjdziesz do domu, a ja będę ręce trzymała o tak – przyjęła narodową pozę, biorąc się pod boki – to ni ch... mnie nie obchodzi, gdzie masz tubietiejkę".

wielka osobistość! – Pozazdrościła Annie jednocześnie i mężczyzny, i sławy. – Pierwsza poetka Rosji! Buchnęła naszą Lirę i od razu obrosła w sławę. Macie wogle pojęcie, dlaczego została pierwszą? Dlatego, że pierwsza zaczęła pisać „o swoim, o kobiecym!". Przedtem baby nie pisały o swoich przeżyciach tak bezpośrednio. A tu w ślad za nią wszystkie zaczęły smęcić: „On mnie nie kocha, on mnie zgubi". Typowe działanie naszej Liry! Moc Amazonek. Kobieca poezja stała się silniejsza od męskiej. Z powodu babskich wierszy Achmatowej wszystkie najzupełniej zbzikowały. Dlatego jej mąż tak się wściekał, sam przecież był typem poety, mężczyzną, pisał poważne rzeczy...

Piąty raz Dasza wrzasnęła zazdrośnie:

– Jan poszedł z tobą na spacer?

– Nie na spacer, tylko w Przeszłość – szybko wniosła poprawkę Masza. – I nie Jan. Mój Demien.

– Jeden czort! Ze mną nawet trzech słów nie zamienił! Wychodzi na to, że z tobą się zadaje, a ze mną nie? W czym jesteś lepsza? Możesz mi wyjaśnić? – Wzorem Ukrainki z anegdoty Czub groźnie wzięła się pod boki.

– Dasza, on mnie dokładnie tak samo nienawidzi – wytłumaczyła się Masza. – Po prostu przypadkowo, zupełnie przypadkowo przyparłam go do muru.

– Przyparłaś? Do jakiego niby muru? Przystawiałaś się do niego? Czy może straciłaś równowagę i oparłaś się o niego?

– Już ci wszystko wyjaśniam...

Siódmy raz Maszy przerwała Katia.

Ale tylko dlatego, że Dasza, oszalała od zalewu zazdrosnej żółci, przerwała Maszy po raz szósty:

– Jan gotów jest pójść pod Sąd za ciebie? Tak ci powiedział? – wrzasnęła odtrącona Wstrząsająca.

– Nie za mnie, tylko za naszą Trójkę – sprostowała oszukańczo Masza (nie wspominając ani słowem o zapewnieniu: „Miasto wybrało panią. [...] Tylko panią").

Ale Dasza Czub była już w stanie „ni ch... mnie nie obchodzi, gdzie masz tubietiejkę"!

– Teraz już wiem na pewno! On się w tobie kocha!

– Kocha? – Kowalową cofnęło. – Ścierpieć mnie nie może.

– To pierwsza oznaka miłości! A ty, Maszeńko, wybacz, nie jesteś taka naiwna, żeby tego nie wiedzieć. Facet gotów pójść za ciebie na Sąd, a ty mi mydlisz oczy. Sama mi chłopaka uwiodłaś! Ja się tu zastanawiam, czemu on dla mnie ochłodniał... Dlaczego tylko tobie powiedział, gdzie go szukać? Co, Wrubel poszedł w odstawkę? Najpierw Mir w odstawkę, potem Wrubel. Szybko się uwinęłaś! Koleżanka też w odstawkę... Straciłam głos. A ty mnie porzuciłaś! I poleciałaś odbijać mi chłopaka!

„Jaka ona podobna do mojej mamy" – pomyślała Masza, składając broń przed wstrząsającym atakiem.

Dokładnie tak samo odsuwała się przed wrzaskami matki.

– A ty przestań histeryzować! – zawołała Katerina, i tak podejrzanie długo znosząca krzyki Daszy. – Co to za pranie brudów? – zniżyła głos, przeklinając piosenkarkę idiotkę, bo bzdurna kłótnia, która mogła poróżnić ich Trójkę, zupełnie nie była im teraz potrzebna. – Wiń siebie, nie ją – dodała sprytnie i mądrze jako najstarsza z Kijowic. – Kto ci niby zabraniał wybrać się z Maszą w Przeszłość? Łaziłabyś tam ze swoim Demonem. Sama pozbawiłaś się tej możliwości. Ważniejsze zdawało ci się wskrzeszanie własnego głosu. Oto i teoria ofiary! Co złożysz w ofierze, to i zbierzesz.

– Tak myślisz? Myślisz, że na mnie z powodu głosu...? – Czub podrapała się po nosie, przypominając sobie: „Swojego rozumu nie przeskoczysz (...). Ale i tak spróbuję go pani użyczyć (...). Proszę zapomnieć o głosie".

Wychodzi więc na to, że z powodu głosu.

I dlatego, że myślała o nim, a nie o Mieście, akurat w tym czasie, gdy Masza...

Nos zaswędział Daszę jeszcze mocniej.

W myślach Katia dała jej po tymże samym nosie i zwróciła się do Maszy:

– Wspaniała nowina. Dobrze zrozumiałam? Wystarczy, żebyśmy doniosły na Demona, że naruszył Zakaz, a nasz Sąd na sto procent zostanie odroczony. I nie ma problemu!

– Wystarczy wyjść na Górę Starokijowską i zawołać: „Wzywam przed Sąd stojącego po lewicy" – potwierdziła wywiadowczyni.

– Nie wolno na niego donosić!

W ciągu trzydziestu sekund Dasza zdążyła wyobrazić sobie wszystko, co powiedziałby Demon nie Maszy, lecz jej, gdyby nie straciła tej okazji.

A teraz nie chciała stracić Demona!

– Ja też nie chcę go obwiniać – zgodziła się zmęczona studentka.

– Ja też – dorzuciła pojednawczo Katia. – Do tej pory miałyśmy z niego pożytek. Nawet nie rozumiem, dlaczego odkrywanie prawdy przed ślepymi to takie przestępstwo. Myślałby kto, że ludzie nie wiedzą o wiedźmach.

– Ludzie wiedzą o wiedźmach... – Masza dotknęła sobie czoła. Było mokre od potu. Bolały ją oczy. Bolało ją patrzenie na świat.

Lecz Wiedza, którą wciąż bezskutecznie próbowała się podzielić, rozrywała jej głowę mocniej niż następstwa „Oręża".

– Ale ludzie nie wiedzą tego, co wiemy my. Właśnie Wiedza odróżnia wiedźmy od ślepców. Samo słowo „wiedźma" pochodzi od „wiedzieć". Ale nie chcemy dzielić się wiedzą ze ślepcami. Taka zasada obowiązuje w naszym świecie.

– A to tym lepiej. – Katia skinęła głową. – W ostateczności...

– Tylko nie róbmy z Jana ostateczności! – zbiesiła się Wstrząsająca. – Mamy twoje wiedźmie korzenie. To twardy dowód! Masza widziała cię w Przeszłości. Ja, co prawda, i tak nie kumam, co to znaczy...

– Ja też. – Katia wyczekująco spojrzała na Kowalową.

„Jestem wiedźmą".

Była wiedźmą – po raz pierwszy Masza wiedziała to, co prócz niej wiedział tylko jeden Bóg.

A jej Wiedza była odpowiedzią na modlitwy milionów ślepców.

– To znaczy – powiedziała – że uwierzycie mi. Wysłuchacie mnie i zgodzicie się ze mną... Miasto zapaliło dla nas czerwony ogień i wskazało Lirę. Lirę znalazła Anna Achmatowa. Lecz rzecz nie w poezji Anny ani nawet nie w Lirze. Demon wszystko potwierdził. Ale ja sama i tak się domyśliłam. Kyłyna nie pisała szyfrem. Po prostu robiła skróty dla wygody zapisków. „AAA nie rozleje, BD nie pójdzie, WRP nie będzie, C zostaje". WRP to Wielka Rewolucja Październikowa! BD: Dmitrij Bogrow, zabójca Stołypina. Jeśli pierwszego września jedenastego roku Bogrow „nie pójdzie" zabić Stołypina w Teatrze Operowym, rewolucji nie będzie. Car zostanie. Kyłyna obliczyła, jak zapobiec rewolucji!

– Demon powiedział, że długo liczyła. Bardzo długo. Rozszyfrował nie tylko skróty, lecz także część matematyczną. Wszystko tam uwzględniono! Wszystko, co powinno zajść albo nie zajść, by nie dopuścić do rewolucji!

Tajna Wiedza wreszcie wyrwała się z Kowalowej i jej mocy nikt więcej nie mógł już zatrzymywać.

– Kyłyna obliczyła nawet wariant ocalenia „Titanica", bo jeśli statek nie zatonie, niejaki Herbert... Nieważne, to jej nie wyszło. Przeliczyła nawet wariant zabójstwa cara: ostatniego, Mikołaja drugiego.

– Cara przecież i tak zabili – zauważyła Katia.

– Bolszewicy rozstrzelali carską rodzinę cicho i w tajemnicy! A Kyłyna przeciwnie, obliczyła bardzo brutalne, publiczne morderstwo, które nastroi naród przeciwko rewolucjonistom i odbije się na nich siłą odrzutu... Wykonała piekielną robotę. I w rezultacie wyliczyła zabójstwo Stołypina!

– Ale przecież i tak go zabili. Publicznie – na wpół pytająco uściśliła Katia.

– A kto to taki ten Stołypin? – z zaciekawieniem chlapnęła Czub. – Ten co u Majakowskiego?

– Ten sam. Premier w rządzie Mikołaja drugiego. – Jekatierina Dobrażańska była wykształconą damą.

– O! Nie był po prostu premierem – zaczęła go wychwalać Masza. – Był reformatorem! Dosłownie odrodził państwo po rewolucji z tysiąc dziewięćset piątego roku. Zdławił ruch rewolucyjny. Przeprowadził reformę ziemską. Rozdał ziemię chłopom! Bolszewicy poważnie dyskutowali na swojej konferencji, że jeśli reforma rolna Stołypina przebiegnie z sukcesem i wszyscy szczęśliwie dostaną ziemię na własność, nie uda się przeprowadzić nowej rewolucji... Stołypin zamierzał przeprowadzić reformę również dla robotników! I dla Żydów. Gdyby został przy życiu, nie pozwoliłby Rosji tak nieudolnie przystąpić do pierwszej wojny światowej! Zresztą, gdyby nie on, wybuchłaby już w tysiąc dziewięćset ósmym roku*... Stołypin uważał, że rozpętanie wojny będzie równoznaczne z rozpętaniem rewolucji! I miał rację! Gdy go zabrakło, właśnie tak się stało. Mówił: „Dajcie państwu dwadzieścia lat pokoju, a nie poznacie go". I jeszcze: „Wam są potrzebne wielkie wstrząsy, nam: wielka Rosja!". Przez pięć lat był w imperium pierwszym człowiekiem po carze. To była silna, władcza osobowość. Nie robił kariery, tylko biznes. Kiedy zdawałam egzamin, powiedziałam: „Problem Stołypina polegał na tym, że po prostu nie miał czasu na układność. Dlatego wszyscy go nienawidzili: i lewicowcy, i prawicowcy, i kadeci, ministrowie, rewolucjoniści, Rasputin...".

– To normalne – stwierdziła tonem znawcy absolwentka szkoły Glière'a. – Im lepsza gwiazda, tym bardziej jej nienawidzą. O, ile ludzi nienawidzi Madonny.

– Na Stołypina urządzono osiemnaście zamachów. Rewolucjoniści wysadzili w powietrze jego daczę na Wyspie Aptekarskiej. Wiedział, że może zginąć w każdej chwili. Ale się nie bał! Pisał... – Studentka zamknęła oczy i zademonstrowała możliwości swej doskonałej pamięci: – „Co rano, kiedy się budzę i odmawiam modlitwę, patrzę na rozpoczynający się dzień jak na ostatni w moim

* W 1908 roku Austro-Węgry dokonały aneksji Bośni i Hercegowiny.

życiu i przygotowuję się do wypełnienia swoich obowiązków, kierując już wzrok ku wieczności. A wieczorem, gdy wracam do swego pokoju, mówię sobie, że powinienem dziękować Bogu za kolejny podarowany mi dzień życia. To jedyne następstwo mojej nieustannej świadomości zbliżającej się śmierci, będącej zapłatą za moje przekonania. Czasem czuję wyraźnie, że musi nastąpić dzień, gdy zamiar zabójcy wreszcie się powiedzie...". Kiedy w Kijowie otwarto jego testament – dodała – okazało się, że Stołypin polecił zawczasu: „Chcę być pochowany tam, gdzie mnie zabiją". Dlatego jest pochowany u nas, w ławrze Peczerskiej. A na Kreszczatiku, koło Dumy, postawiono mu pomnik. Który po rewolucji obalono...

– Więc kto go w końcu zabił? Ministrowie czy kadeci? – spytała Czub.

– Jakiś rewolucjonista strzelił do niego w naszym Teatrze Operowym – odpowiedziała Katia.

– O, nie był rewolucjonistą! – zdementowała studentka. – Mitia Bogrow to jedna z nierozwiązanych zagadek historii! Współpracował jednocześnie i z rewolucjonistami, i z carską ochraną. A kto mu zlecił zabójstwo, to już na zawsze pozostanie tajemnicą. W sądzie, kiedy odczytano wyrok śmierci, rzekł: „Jest mi zupełnie wszystko jedno, czy zjem w życiu jeszcze dwa tysiące kotletów, czy nie zjem". Gdy przerabialiśmy ten rozdział, jego słowa zapamiętałam na zawsze.

– Więc był zupełnym pomyleńcem – podsumowała Katerina. I zapytała (z czystej uprzejmości): – Czyli jak, Stołypina trzeba zabić jakoś inaczej?

– Nie! – Wywiadowczyni emocjonalnie-histerycznie przecięła powietrze dłonią. – Trzeba go utrzymać przy życiu! Wtedy nie będzie pierwszej wojny światowej! I wielkiej rewolucji!! I drugiej wojny ojczyźnianej!!!

– To gdzie się podzieje Hitler? – Katia nie rozumiała, dlaczego Masza zachłystuje się zachwytem, nie rozumiała tego nieodwołalnie.

Lecz szczerze próbowała pojąć.

– Nie wiem – odparła wywiadowczyni. – Te obliczenia są skomplikowane. Ale i bez nich jako historyk mogę wam powiedzieć: Hitler nigdy nie zostałby Hitlerem, gdyby nie było Lenina, Stalina i ZSRR. Choćby dlatego, że cały cywilizowany świat pozwolił, by antykomunista Hitler stał się tym, kim się stał, tylko z tego powodu, że świat nienawidził komunistów jeszcze bardziej niż Hitlera i miał nadzieję, że hitlerowskie Niemcy nas rozniosą! Wyjaśniam bardzo powierzchownie. U Kyłyny wszystko jest rozpisane z finezją! Wyobraźcie sobie, co to takiego doliczyć do czterdziestego pierwszego roku, biorąc pod uwagę wszystkie, ale to wszystkie okoliczności, które mogły się pojawić w toku historii? Kyłyna była prawdziwym Einsteinem! Inaczej nie wyliczyłaby formuły Boga!

– A w czym zamyka się ta formuła? – zainteresowała się Dobrażańska.

– W tym, że życie składa się z nieskończonych związków przyczynowo-skutkowych. I nieodgadniony zabójca Stołypina jest tego najlepszym przykładem. Jego brat Władimir Bogrow, przyjaciel Lenina, nie bez powodu proponował, by w miejscu obalonego pomnika premiera Stołypina postawić pomnik jego zabójcy. W gruncie rzeczy całej rewolucji dokonał Mitia Bogrow. Jednym jedynym strzałem w kijowskim Teatrze Operowym zabił pięćdziesiąt milionów ludzi!

– Pięćdziesiąt milionów? Czy nasz Teatr Operowy pomieści aż pięćdziesiąt milionów? – Dasza Czub wytrzeszczyła oczy. – Nie-e. – Szarpnęła się za nos. – Pięćdziesiąt milionów to więcej niż ludność całej Ukrainy.

– Nie wiecie o tym? – Masza pokraśniała. – Historycy dawno już obliczyli, że z powodu rewolucji październikowej zginęło pięćdziesiąt milionów ludzi, wliczając w to wojnę domową, represje, rozstrzelania, wielki głód w trzydziestym trzecim... A to są tylko oficjalne dane i bez drugiej wojny światowej. W rzeczywistości ofiar było znacznie więcej. Ale gdyby Stołypin został przy życiu i rewolucji by nie było, nikt z tych ludzi nie straciłby życia! Jednak jego zabójca to nie przyczyna, lecz następstwo! Przyczyną była Anna!

– Nasza Achmatowa? – zainteresowała się i Dasza.

– Dlaczego? – Katia automatycznie włożyła okulary. Choć miały wprawione zwykłe szkła, Dobrażańska czuła się w nich mądrzejsza i bardziej skupiona.

– Dlatego, że Annuszka rozlała olej! – zawołała Masza.

Ból głowy zniknął. Mdłości ustąpiły.

W środku triumfowała.

Masza Kowalowa przeżywała swoje gwiazdorskie pięć minut, czuła to teraz wyraźnie!

Chociaż jej dwie słuchaczki czuły się ni to jak nieoświecone idiotki, ni to jak świadkowie gwałtownego pomieszania zmysłów na tle historycznym.

Przy czym Katia skłaniała się ku pierwszej wersji.

– Olej? Jak u Bułhakowa?

A Dasza ku drugiej.

– Wiedziałam, że wszystko kończy się na Bułhakowie! – pocieszyła się Czub, wyjaśniając sobie podekscytowanie Maszy kolejnym napadem bułhakomanii. – Jak tylko powiedziałaś: „Widziałam żywego Bułhakowa”...

– Nie trzeba go było widzieć! – odparowała Masza. – Tylko czytać! Pamiętacie, jak się zaczyna *Mistrz i Małgorzata*?

– Oczywiście – potwierdziła swoje inteligenckie wychowanie Dasza. – Na Patriarszych Prudach pojawia się Diabeł.

– Przyjeżdża do Moskwy. Spotyka Bezdomnego i Berlioza! Mówią mu, że nie wierzą ani w Boga, ani w Diabła, że człowiek sam kieruje swoim życiem. A Woland odpowiada Berliozowi: to nie tak, ponieważ Annuszka już kupiła olej słonecznikowy, i nie tylko kupiła, ale go też rozlała. I sama to widziałam! Na własne oczy!

– Jak Woland mówi to Berliozowi? – Katia nerwowo potrząsnęła ręką.

W jej dłoni zagościło pragnienie, by dotknąć czoła Maszy i sprawdzić, czy ta nie bredzi w gorączce spowodowanej przedawkowaniem zaklęcia.

Katia z własnego doświadczenia wiedziała, że po przedawkowaniu czarów człowiek zupełnie traci poczucie swojego ja, stając się czystą, bezrozumną siłą, miażdżącą dookoła wszystko i wszystkich.

– Byłam przy tym, jak Anna odezwała się do Bogrowa. Choć właściwie nie powiedziała nic znaczącego. Trywialne kilka słów, błahostkę nieważną jak rozbita butelka oleju słonecznikowego. Złościła się, że nie może przejechać, że Demon patrzy nie na nią, że włożyła rękawiczkę nie na tę rękę.

– „Lecz na prawą dłoń nałożyłam / Rękawiczkę z mej lewej ręki". – Krawędzie uśmiechu Daszy drgnęły.

Wiedziała z doświadczenia: wystarczy koleżance wspomnieć „Misza Bułhakow", by bez żadnego czarodziejstwa wpadła w bezrozumny zachwyt wychwalający dookoła wszystko i wszystkich.

– Ale Bogrow wytłumaczył to sobie po swojemu. I odparł: „Przyjmijcie wyrazy wdzięczności za to, że rozwiałyście, panie, moje ostatnie wątpliwości. Więcej mi nie trzeba". A potem poszedł i zabił Stołypina!

– Zatem miał wątpliwości, czy go zabijać, czy nie? – Katia przedsięwzięła jeszcze jedną próbę zrozumienia wywodu.

– Tak. Tak! Ale pośliznął się na przypadkowym oleju i zabił! I całe państwo, jak Berlioz, wpadło pod tramwaj! Dlatego, że wszyscy ludzie, podobnie jak Berlioz, nagle uroili sobie, że sami kierują własnym życiem. Że wszystko mogą! Że nie istnieje ani Bóg, ani Szatan! I zabójca pięćdziesięciu milionów to władza sowiecka, tramwajowa maszynistka, kobieta-komsomołka, która na pozór nikogo by nie zabiła! Lwia część tych milionów zginęła, ponieważ ofiary sądziły, że władza nie może ich zabić. Właśnie to zaszyfrował Bułhakow w swojej powieści!

– A co tutaj szyfrować? – prychnęła Czub. – O sowieckiej władzy i tak wszyscy już wiedzą.

– Ale najbardziej interesujące jest to... – Kowalowa zrobiła ładną pauzę – że Berlioz w powieści Bułhakowa też jest z Kijowa!

– Czyżby? – Katia zdjęła okulary (nie pomagały!).

– Figuruje tam jego kijowski wujek. „Jeśli pan sobie życzy, to natychmiast każę wysłać depeszę do pańskiego wujka do Kijowa!”. To ostatnie, co mówi Woland do Berlioza przed jego śmiercią. To, co pociągnie za sobą śmierć pięćdziesięciu milionów, przyszło z Kijowa! Rewolucja poszła w świat z Kijowa! Ze Stolicy Wiedźm. Tak jak tramwaj... Przecież pierwszy w Rosji tramwaj też uruchomiono w Kijowie. Gdyby Dmitrij Bogrow nie zabił Stołypina w kijowskim teatrze, nie byłoby żadnej rewolucji!

– I Bułhakow to wiedział? – zapytała Katia.

– Nie mogę tego potwierdzić – odrzekła uczciwie Masza. – Ale był tam na miejscu, tak jak ja. Nie wiem, czy wiedział, czy widział! Jednak to wielki pisarz – odparła zarzuty nieobecnego i drażniącego ją Demona Miszy. – A pisarze i poeci przepowiadają w swoich dziełach to, czego nie mogą wiedzieć ślepcy i śmiertelnicy. Zapytaj choćby Daszę.

– Zapytaj, zapytaj – podjęła mentorsko Czub. – A ja odpowiem. To o Bułhakowie to twój wymysł. Rewolucja-tramwaj, sranie w banie. Wybacz, Masza...

Z takim samym skutkiem Wstrząsająca mogłaby poprosić rozpędzony do maksimum silnik elektryczny, by się zatrzymał.

– Patrz! – zawołała Kowalowa, unosząc nad głową notatki Kyłyny niczym sztandar. – „AAA nie rozleje”! Kyłyna sama posłużyła się metaforą Michaiła Afanasjewicza: „Annuszka nie rozleje”. Niewykluczone, że właśnie dzięki powieści Bułhakowa przyszło jej do głowy, co to za olej i jak cały kraj wpadł pod tramwaj...

– Jak moja praprababcia – powiedziała Katia.

Mruknęła to raczej sama do siebie, ale tramwaj Maszy zahamował z ogłuszającym wizgiem, krzesząc iskry spod kół.

– Co powiedziałaś?!!

Lekko skołowana tak nieadekwatną reakcją, Dobrażańska wskazała palcem rodzinny portret.

– Nie mówiłam tego wcześniej, bo nie sądziłam, że to ważne. Zdawało mi się, że kamea... No dobrze. Nie wiem, czy to ma znaczenie, ale moją praprababcię przejechał tramwaj.

– Kiedy? Gdzie? – zatchnęła się pytaniami wywiadowczyni Przeszłości.

– Nie wiem. Mieszkała w Worożbie. O jej śmierci nawet pisali w gazetach. Była pierwszą kobietą w Rosji, która wpadła pod tramwaj.

– To znaczy, że pod jeden z pierwszych tramwajów! A pierwszy tramwaj był tylko w Kijowie. Nigdzie więcej w Rosji ich nie było! – Historyczka osłupiała. – Boże, Katia, w którym to mogło być roku?

– Kto to pamięta? – odburknęła kwaśno zapytana. – Gazety ciocia nie znalazła. Choć obiecałam, że dam za nią jeszcze dwieście baksów. Może trzeba było obiecać więcej?

– Ile twoja praprababcia miała lat, gdy wpadła pod tramwaj? Kiedy się urodziła?

– Dokumenty się nie zachowały. A to ważne?

– Możliwe – powiedziała Masza uroczyście mrocznie – że niewiarygodnie ważne. Myślałam, że wszystko, o czym mówię, dotyczy pięćdziesięciu milionów. Ale niewykluczone, że tyczy się osobiście ciebie. Widziałam, jak w tysiąc osiemset dziewięćdziesiątym czwartym roku jakaś kobieta wpadła pod tramwaj. Dokładniej nie ja to widziałam, tylko Mir. Zapomniałam wam powiedzieć. Dasza akurat zaczęła wyrzekać, a ja zawsze tracę wątek, kiedy ktoś na mnie krzyczy, nie mogę myśleć, gdy się zdenerwuję. „Oręż" już we mnie nie działa...

Najważniejsze więc było, żeby Masza się nie denerwowała. Katia wzięła ją za rękę i troskliwie posadziła na kanapie.

– Dość. Słuchamy cię uważnie. – Przygwoździła roztrzepaną Daszę władczym „my".

Czub zadzierżyście wzruszyła ramieniem, ale posłuchała i postarała się uważać.

– Trzydziestego pierwszego grudnia dziewięćdziesiątego czwartego roku, po Bożym Narodzeniu... – zaczęła Kowalowa.

– Boże Narodzenie jest po Nowym Roku – nie wytrzymała Czub.

– Przed rewolucją, według starego stylu, Boże Narodzenie było dwudziestego piątego grudnia – wytłumaczyła studentka. – A trzydziestego pierwszego, w wigilię Nowego Roku, na Placu Carskim, u samego wlotu ulicy Aleksandrowskiej straciła życie kobieta.

– A to gdzie? – Dasza nieustraszenie odparła oburzone spojrzenie Katii. – Przecież to na temat!

– Plac Carski to dzisiejszy Europejski. Ulica Aleksandrowska: obecny Zjazd Świętego Włodzimierza. Mir odwrócił mnie wtedy; mówił, żebym nie patrzyła. Zapewne powinnam była jednak popatrzeć – pokajała się poniewczasie Masza. – Prawdopodobnie było to właśnie to, co „powinnam była poznać". I rzeczywiście, był przy tym dziennikarz. Z gazety „Kijowskie Słowo". Dał mi kartkę. Właściwie nie mnie, tylko Mirowi. No i właściwie nie dał. Mir ją ukradł...

– Do tego złodziejaszek! – czepliwie wtrąciła Czub.

– Dasza!!! – usadziła ją Katia.

– Milczę już, milczę – zaburczała piosenkarka. – Ale moim zdaniem ciągle zapominacie, że to zabójca i satanista! Nie należy się z nim zadawać.

– Jeśli to konieczne dla sprawy, mógłby być i samym Szatanem – rzekła Katia.

– Swoją drogą, tak na logikę Bułhakow to też satanista. Przecież pisał, że diabeł jest dobry. – Dasza po prostu nie umiała trzymać języka za zębami!

– Diabeł nie istnieje. Szatana wymyślili ludzie, ślepcy! – rozsierdziła się diabelsko Masza.

– To znaczy, że Bułhakow też był ślepy? – najeżyła się Czub.

– Nie mógł być ślepy! Był wielkim pisarzem! I nie był satanistą! Mir też nie! Był nim za życia, ale to się nie liczy!

– Daria!!! – warknęła Katia.

– Milczę już, milczę...

– Kartka, którą Mir zwędził dziennikarzowi, znajdowała się w kieszeni kobiety, która rzuciła się pod tramwaj – opowiadała wywiadowczyni. – To znaczy tak powiedział Mir, że się praktycznie rzuciła, widział to. Widział też, jak przeprowadzała przez plac dziewczynkę. Dziewczynka przeżyła. Możliwe, Katiu – skierowała spojrzenie na „prawdopodobnie wiedźmę" – że to były twoja prababcia i praprababcia?

– Możliwe. – Katii obrzydły już przypuszczenia. – Prababcia zginęła podczas pierwszej wojny światowej. Dokumenty też się nie zachowały. – W jej rękach pojawiła się komórka, zastępczo służąca jej jako komputer. – Powiedz jeszcze raz, jak nazywała się tamta gazeta.

– „Kijowskie Słowo".

Katerina wpisała do wyszukiwarki: „Kijowskie Słowo", „Kijów", „tramwaj" i stuknęła „szukaj".

– „Po raz pierwszy kijowski tramwaj został wspomniany w powieści Kuprina zatytułowanej *Jama*, której akcja toczy się w Kijowie" – przeczytała sekundę później. – „Kuprin pracował jako dziennikarz w gazetach »Kijowskie Słowo«, »Kijowianin«, »Życie i Sztuka«. W tysiąc osiemset dziewięćdziesiątym czwartym roku w randze porucznika przeszedł w stan spoczynku i przyjechał do Kijowa. Do tysiąc dziewięćset pierwszego mieszkał na Ukrainie, przeważnie w Kijowie". „W Kijowie Kuprin przeżył pierwszą nieszczęśliwą miłość". „W Kijowie Kuprin został zawodowym pisarzem".

– Kuprin, Achmatowa, Bułhakow – mruknęła Czub. – Jaka to literacka banda! Sami pisarze i poeci. Wiedźmy i czarownicy!

Masza podniosła się z kanapy.

Wszyscy przyjeżdżający do Kijowa wpadali dokładnie w ten sam potrzask: przeżywali nieszczęśliwą miłość i zaczynali tworzyć: wiersze, opowiadania, obrazy.

„Pozostaje się dowiedzieć, czy Kuprin napisał tu coś o demonie, diable lub o czarach...

A przecież napisał! – Pokręciła głową. – Nie czytałam Kuprina, ale czytałam u Pietrowskiego!"

– Dodać do wyszukiwania Kuprina? – Katia zastukała przyciskami. – „Kijów. Tramwaj. Kuprin". Co tu mamy?

– A Kuprin był odlotowy. – Dasza miała o nim własne zdanie. – Latał balonem na gorące powietrze. I przeleciał się aeroplanem z Zaikinem. O mało się nie rozbili.

Masza wspięła się na palce.

Czyżby ten, którego Krasawicki nazwał „naszym Tołstojem", to był Kuprin?

Kuprin przyjechał do Kijowa w 1884. Akurat wtedy, gdy Mir z Maszą odbywali wycieczkę...

– „Ulicą Aleksandrowską – Katia zaczęła czytać nowy wynik w internecie – z góry toczył się tramwaj, sypiąc spod kół trzaskające snopy fioletowych iskier. Zatoczywszy krzywą, zbliżał się już do rogu Bulwarowej. Przez ulicę Aleksandrowską przechodziła jakaś dama w podeszłym wieku, prowadząc za rękę około sześcioletnią dziewczynkę..."

– A niech cię! – Czub plasnęła na opuszczone przez Maszę siedzenie kanapy. – To przecież...

– „...dama, wyrzuciwszy ręce w górę, obróciła się i ruszyła ku dziecku. W tym momencie najechał na nią tramwaj".

Katia zamilkła, osłupiała.

– Opowiadanie Kuprina *Gwiazda Salomona* – rzekła Masza.

– Jakoś te tramwaje mnożą się nam jak koty. Już cała remiza! – Dasza była pod wrażeniem. – Ale ten przynajmniej jest nasz, Aleksandrowski.

– To wciąż jeden i ten sam tramwaj – powiedziała Masza martwym głosem. – Czytałam u Mirona Pietrowskiego, bardzo dawno... Nieważne.

– Mogę wam podrzucić jeszcze jeden tramwaj. Do kolekcji – dodała swoje Czub. – Ten będzie od Gumilowa.

Szyld... te nabiegłe krwią litery
Mówią: to jarzynowy sklep;
Wiem – nie kapustę, nie selery,
Trupa tu można dostać łeb.

Kat z twarzą niby wymię krowy
Usłyszał: swą powinność czyń,
I padł mój łeb jak inne głowy,
*W jednej ze śliskich leżał skrzyń**.

– Martwe głowy – podkreśliła ważną frazę Dasza. – W rodzaju głowy Berlioza, którą odciął tramwaj. Gumilowowi głowę odrąbała rewolucja! Czerwoni go rozstrzelali. No, co z wami?

– Katiu – powiedziała Masza, wcale nie reagując na *Tramwaj zbłąkany* Gumilowa. – Kartka, o której mówiłam, jest w mojej torebce. Weź ją. I przeczytaj. Najlepiej na głos.

Dobrażańska podniosła rzucony na jeden z foteli ozdobny woreczek w dawnych czasach służący damom jako torebka. Rozwiązała, znalazła złożony dwukrotnie kawałek papieru.

I ściany okrągłego pokoju Wieży usłyszały:

Na wyspie Kijanie, na morzu Oceanie stoi dąb prastary.
Na tym dębie prastarym leży łoże ciosane.
Na tym łożu ciosanym leży puchowe posłanie.
Na tym posłaniu leży Katerina z dwiema swoimi siostrami...

– Co to jest? – zapytała Katia.

– Formuła zaklęcia.

– Widzę, że zaklęcie. Ale... myślisz, że to o mnie? – Głos jej drgnął.

– Kiedy czytałam po raz pierwszy, tak pomyślałam – odpowiedziała Masza tonem winowajczyni, kajając się za to, że zapał

* Tłum. Leszek Engelking.

wywiadowczy spłatał jej brzydkiego figla, posyłając w odstawkę pierwszą zasadę historyka: uważnie zbadać każdy dokument! – A potem wyleciało mi to z głowy. Nie skojarzyłam jednego z drugim! Ale jeśli twoja praprababcia wpadła pod tramwaj, jak Berlioz... Jeżeli to była twoja praprababcia... To tramwaj odciął jej głowę.

– W takim razie – obwieściła Katia – jedziemy na cmentarz!

– Na cmentarz? – wypaliła Czub. – Może nie warto śpieszyć się w to miejsce?

– Ciocia Tatia narysowała mi plan. Za darmo. Wiem, jak znaleźć nasz rodzinny grobowiec. A na nagrobkach zawsze widnieje rok śmierci.

Rozdział dwunasty,

w którym Masza proponuje, by wszyscy ze sobą skończyli

Mijałem nieznajome domy
I nagle słyszę: kracze kruk,
Brzmi lutnia, w dali huczą gromy –
Przede mną tramwaj bębnił w bruk.

Skoczyłem, pomost drżał pode mną,
Jak to zrobiłem, czart by zgadł,
A tramwaj, choć nie było ciemno,
Ognisty wlókł za sobą ślad.

Lotny jak burza, tajemniczy,
W otchłani wieków zgubił trop…
Proszę zatrzymać, motorniczy,
Zaraz zatrzymać tramwaj, stop.

~ Nikolaj Gumilow, *Tramwaj zbłąkany*, tłum. Leszek Engelking

Zanim właścicielka sieci supermarketów wsiadła do samochodu, wysiedliła stamtąd kierowcę, rzucając niespodziewanie ku jego radości: „Na dziś jesteś wolny".

Zrobiła to po to, aby – usiadłszy za kierownicą i usadziwszy Maszę obok siebie – swobodnie przejść do gardłowych pytań, które nie powinny padać przy ślepcach.

– Rozumiem, że za wcześnie, by o tym mówić. Ale jeżeli to była moja praprababcia, do której należała kamea z moim profilem, co to twoim zdaniem może oznaczać?

Dobrażańska ruszyła z miejsca razem z samochodem.

Różowy dom-zamek i wieża podtrzymywana przez baśniowe bestie o lwich łbach i skrzydłach demonów zostały w tyle.

– To tylko przypuszczenie. – Zawstydzona historyczka przetrawiała swój brak profesjonalizmu i była teraz wyjątkowo ostrożna w formułowaniu teorii.

Jak mogła manipulować wyrazistymi faktami, które się jej spodobały, a opędzać się od tych, które nie wpisywały się w jej Wielką Wiedzę?

Jak mogła odżegnywać się od praprababci Katii z kameą?

Jak mogła skierować na boczne tory tramwaj, który wydawał się jej niezbyt ważny, a zapewne był w jakiś sposób związany z innym – metaforycznym i tak samo życiowo ważnym tramwajem z powieści Bułhakowa?

...i tramwajem z opowiadania Kuprina.

Zresztą na to bułhakowsko-kuprinowskie pytanie Masza znała odpowiedź.

Nigdy nie podobała się jej wersja Mirona Pietrowskiego!

Choćby dlatego, że w książce *Mistrz i Miasto* obwinia się Bułhakowa – co prawda w wyjątkowo ugrzeczniony sposób, z niskimi ukłonami – o plagiat.

– Jeszcze w dwa tysiące pierwszym roku jeden literaturoznawca pisał, że opowiadanie Kuprina *Gwiazda Salomona* fabułą podejrzanie przypomina pierwszy rozdział *Mistrza i Małgorzaty* – powiedziała Masza. – Wszystko zaczyna się od tego, że do głównego bohatera przychodzi diabeł, czyli czart...

– Woland? – odezwała się z tylnego siedzenia Czub.

– Miefodij Isajewicz Toffel. Czyli Mefisto, Mefistofeles, jak w *Fauście*. A wątek kończy się śmiercią pod kołami tramwaju, którą widzi główny bohater, wplątany w intrygę przez diabła.

– To Bułhakow też okradł Kurpina? – Wstrząsająca bezpardonowo obwiniła ulubieńca Maszy. – Biedny Kuprin, wszyscy go okradają! Jeden mu buchnął notatki, drugi tramwaj i Szatana. To dlatego mówiłaś, że nasze trzy tramwaje to jeden i ten sam? Kuprin zobaczył go i opisał, a Bułhakow przeczytał i zerżnął?

– Tego jeszcze nie udowodniono! – odpaliła studentka.

Nie było u Mirona Pietrowskiego żadnych dowodów winy Bułhakowa.

Nikt z otoczenia pisarza – ani bracia, ani siostry, ani przyjaciele czy koledzy, ani żadna z jego trzech żon, ani dziennik samego Michaiła Afanasjewicza – w żaden sposób nie poświadczył, że autor *Mistrza i Małgorzaty* choć raz trzymał w ręce opowiadanie *Gwiazda Salomona*.

A cała wersja Mirona Pietrowskiego opierała się tylko na wyraźnym podobieństwie wątków i założeniu, że Bułhakow mógł to kiedyś czytać!

Mógł. No i co z tego?

Masza też mogła, ale nie czytała. I Katia mogła. I Dasza. (I ty, mój czytelniku, też miałeś możliwość, ale jak podejrzewam, wątpliwe, byś z niej skorzystał*).

Z tego, że Michaił Afanasjewicz Bułhakow teoretycznie mógł czytać Kuprina, zupełnie nic nie wynika!

To tylko przypuszczenie! Żaden szanujący się naukowiec nie będzie podawał przypuszczenia za udowodniony fakt.

Nie przyłapano go na złodziejstwie! Ani tramwaj, ani Szatan-Mefistofeles nie są niczyją własnością intelektualną. Może o nich pisać, kto zechce!

---

* *Gwiazda Salomona* nie miała polskiego wydania, więc polski czytelnik może się z nią zapoznać tylko w oryginale (przyp. tłum.).

Ale z jakiegoś powodu napisało dwóch... i obaj byli z Kijowa.

– Akcja opowiadania Kuprina toczy się w mieście N, w którym jest ulica Aleksandrowska, Domy Karawajewa... – rozmyślała na głos Kowalowa.

– Krótko mówiąc, w Kijowie – uprościła Czub. – W takim razie pewnie Bułhakowski tramwaj można umownie uznać za nasz. Choć Berlioza załatwił w Moskwie. Zwędził jednak pomysł z kijowskiego opowiadania!

– *Golgota* – dodała Masza – na której umiera Bułhakowski Chrystus, Jeszua Ha-Nocri, też była w Kijowie. Wystawiona w pawilonie na Wzgórzu Włodzimierza, tuż koło drugiej Łysej Góry. I w powieści *Mistrz i Małgorzata* Jeszua przyjmuje śmierć właśnie na Łysej Górze.

Zamilkła.

Golgota znajdowała się na Wzgórzu Michała i Włodzimierza, u podnóża którego leżał Plac Carski, gdzie biegła linia Bułhakowskiego tramwaju...

Dotąd Masza nie zauważała, jak bardzo kijowską powieścią jest *Mistrz i Małgorzata*

Moskwa była tylko sceną, jak w Moskiewskim Akademickim Teatrze Artystycznym, który w latach dwudziestych XX wieku wypełniał się po brzegi widzami, gdy grano w nim wyjątkowo kijowską sztukę Bułhakowa *Dni Turbinów* – o kijowskiej rewolucji.

– I Berlioz jest z Kijowa. I Woland tym bardziej nasz. – Piosenkarka rozwinęła ideę posiadania dóbr intelektualnych.

– Nie – zaprzeczyła Masza. – Demon powiedział, że Misza, tak jak Misza Wrubel, nie widział w nim demona. Wrubel namalował swojego *Demona*, mając za modelkę kobietę, którą kochał. A Bułhakow Wolanda...

– Bezczelnie zerżnął od Kuprina! Ja tylko nie rozumiem, co ma z tym wspólnego rewolucja.

– A ja nie rozumiem, co mam z tym wspólnego ja – dołożyła swoje Katia. – Ale jeżeli to ja, dlaczego nazywają mnie żmiją?

– Dlatego, że masz odpowiedni charakter – ochoczo wyjaśniła jej Dasza.

– Żmija to nic strasznego – odpowiedziała nieobecna duchem Masza. – Moc Kijowic jest mocą Ziemi. Mocą przyrody, mocą ognistego węża, którego ślepcy uznali za Szatana i którego Kijowica Marina zakuła w celu zrównoważenia sił, a nasza Kyłyna próbowała uwolnić na święto Kupały.

– Uwolniła – uściśliła Czub. – Ale my wszystkich uratowałyśmy.

– W formule zaklęcia jest „Żmija Katerina i jej dwie siostry". – „Żmija" miała wyjątkowo mroczną minę. – Okazuje się, że ten, kto pisał te słowa, wiedział o spełnieniu proroctwa. Wiedział, że w Kijowie po raz trzeci pojawi się Trójka. I że jedną z tej Trójki będę ja, Katerina.

– Przypuszczalnie ty – potwierdziła historyczka. – I ten ktoś przypuszczalnie o tym wiedział. Imię może być zbiegiem okoliczności. I śmierć twojej prababci pod kołami tramwaju też może być zbiegiem okoliczności. I podobieństwo dwóch dzieł literackich także.

– A mój dziadek uważa, że trzy zbiegi okoliczności z rzędu nie mogą być zbiegiem okoliczności! – nie zgodziła się Dasza. – Akurat mamy trzy tramwaje... Cztery. Albo jeden? Pogubiłam się!

Masza popatrzyła w okno.

Po prawej przesuwał się Teatr Operowy, dawniej zwany Miejskim.

Teatr, w którym Mitia Bogrow zabił Stołypina i pięćdziesiąt milionów ludzi.

Teatr, w którym Misza Bułhakow czterdzieści jeden razy oglądał operę *Faust*.

Kuprin też mógł ją oglądać.

A mógł też nie oglądać...

Ale jakkolwiek było, doskonale wiedział o Mefistofelesie, który w *Gwieździe Salomona* stał się Miefodijem Toffelem.

I Bułhakow – który wziął imię Wolanda z *Fausta* Goethego, gdzie Mefistofeles przedstawia się jako „szlachcic Woland" – wiedział o nim niemało.

I nietrudno sobie wyobrazić, że historia nieczystego ducha, który pojawia się przed doktorem Faustem (zapisana w 1536 roku przez drukarza Spießa, przepisana w 1598 przez teologa Cayeta, w 1674 – przez lekarza Pfitzera, w 1832 unieśmiertelniona przez wielkiego Goethego i w 1860 wyśpiewana w operze autorstwa Gounoda) wzbudziła natchnienie w dwóch literatach, którzy pod jej wpływem napisali dzieła o Szatanie.

Tylko że tramwaj w tej średniowiecznej historii, której akcja toczy się w Niemczech u podnóża Łysej Góry Brocken, nie figurował. Pierwszy w Rosji tramwaj kursował po Kijowie, po Zjeździe Aleksandrowskim usytuowanym u podnóża drugiej Łysej Góry. I gdy go uruchomiono, lud uznał tramwaj za kolejną szatańską maszynę.

Wszystko z pozoru bardzo logiczne.

Tramwaj – Szatan.

Lecz ile koniec końców było tych tramwajów?

Masza po namyśle odrzuciła przybłąkany tramwaj Gumilowa wraz z teorią zbiegów okoliczności profesora Czuba.

Postanowiła rozpracować sprawę jak historyk. Operując czystymi faktami.

A więc w 1894 roku na ich oczach – dokładnie! – zaszły dwa zdarzenia.

Anna Gorienko znalazła Lirę w Ogrodzie Carskim.

Gdyby nie znalazła talizmanu, nie spotkałaby Demona. A skoro tak, nie złościłaby się na niego pierwszego września. Nie złoszcząc się zaś, nie „rozlałaby" swojego oleju i Bogrow nie zabiłby Stołypina. A wtedy nie byłoby rewolucji...

Okazuje się zatem, że rewolucja stała się nieunikniona w momencie, gdy Achmatowa wzięła do ręki Lirę!

Siedemnaście lat przed tym, nim Bogrow nacisnął spust, dwadzieścia pięć lat przed tym, jak Berlioz wpadł pod tramwaj.

„Berlioz" wpadł pod niego już wtedy, 31 grudnia 1894 roku!

(Ale pierwszego września jedenastego roku nieuniknioność rewolucji można było odwrócić, jak wykazała to w swoich notatkach

Kyłyna, wyliczywszy, że wystarczyłoby, żeby AAA nie powiedziała tych kilku mało znaczących, trywialnych słów).

„Świetnie" – pochwaliła samą siebie Masza. „Idziemy dalej".

W tym samym dniu, ostatnim 1894 roku, jakieś pół godziny później na Placu Carskim pod „szatańską maszynę", podobnie jak Berlioz, wpadła jakaś kobieta, przypuszczalnie praprababcia „żmii Kateriny".

Świadkiem tego był reporter A. Kuprin (bez żadnych przypuszczeń – historyczka znalazła chwilę, by zajrzeć do *Małej encyklopedii dawnych dziejów kijowskich* i rozpoznać wąsacza zaliczonego do znamienitych mieszkańców Kijowa). Krzyk: „Zabiła, szatańska maszyna zabiła człowieka!" i przedśmiertna notatka znaleziona przy denatce podsunęły mu ideę diabelstwa (bez żadnych przypuszczeń – sam tak powiedział!). A gdy się przekwalifikował z reportera na pisarza, posłużył się tym realnym zdarzeniem w mistycznej noweli o Miefodiju Toffelu, której akcja ze zrozumiałego powodu toczy się znów w Kijowie.

Utwór opublikowano w 1917 roku (roku rewolucji!). To zrozumiałe, że kijowianin Bułhakow mógł go przeczytać...

A mógł go też nie przeczytać.

Samo podobieństwo dwóch tramwajowych historii, czyniące je tak sposobnymi do porównania, podpowiadało, że zapewne musiały być między nimi też jakieś różnice.

Pod Bułhakowskim tramwajem, za którego kierownicą siedziała kobieta, zginęło pięćdziesiąt milionów ludzi.

Pod Kupryńskim – zaledwie jedna kobieta, która rzuciła się pod koła sama, mając w kieszeni dziwny zapisek:

„Proszę cię, żmijo Katerino z twoimi dwiema siostrami, wyjmijcie swój jad ze chrzczonego ciała Rusi!".

Ale w obu przypadkach niedaleko od torów tramwajowych kręcił się diabeł o dziesiątkach imion...

Kim on był?

– Ten, kto pisał zaklęcie, wiedział, że będę Kijowicą. Moi przodkowie sto lat wcześniej wiedzieli, jak będę wyglądać. To jakieś diabelstwo. – Katia patrzyła na drogę przed sobą.

Samochód utknął w „szczytowym" korku na skrzyżowaniu ulicy Świętego Włodzimierza i byłego bulwaru Bibikowskiego, którego Masza uparcie nie chciała nazywać bulwarem Tarasa Szewczenki.

– A wiecie, że jest już wieczór? – Dasza popatrzyła na ekran komórki. – Za trzy godziny zaczynamy dyżur na Górze Starokijowskiej. Niedługo się ściemni, a my jedziemy na cmentarz! Jak w tanim amerykańskim thrillerze. Nigdy nie rozumiałam, dlaczego w amerykańskich filmach wszyscy wybierają się na cmentarz wyłącznie po ciemku. Za dnia się niby nie da? Po tym, jak widziałam *Diabelskie piekło*, nawet w dzień za bardzo nie lubię cmentarzy.

Masza wyciągnęła szyję, starając się dostrzec byłe gimnazjum Aleksandrowskie.

– Tam – pokazała piosenkarce – w pierwszym gimnazjum uczył się twój Sikorski.

Niedoszła lotniczka-kosmonautka zawiesiła się i wyciągnęła szyję w ślad za studentką.

Misza Bułhakow i Mitia Borgow też uczyli się w tej szkole, która z czasem zamieniła się w żółty gmach Uniwersytetu Świętego Włodzimierza, po rewolucji przemianowanego na Uniwersytet imienia Tarasa Szewczenki.

W pierwszym gimnazjum (co Masza wiedziała z tej samej książki Pietrowskiego) uczył się również niejaki Szpolanski. Pod tym nazwiskiem w powieści *Biała gwardia*, z której później wyrosła sztuka *Dni Turbinów*, występował pierwszy Bułhakowski Mefistofeles – pierwszy, ale nie ostatni.

Temat diabła nigdy nie dawał Miszy spokoju. Mefistofelesi, zmieniając oblicza, wędrowali po jego twórczości – pisarz jak gdyby postawił sobie za cel zrozumieć, wyciągnąć na światło dzienne sens istnienia Szatana...

Który nie istniał!

„A może był ślepcem, jak wszyscy?"

„Nie, nie mógł być ślepcem. Nie mógł być satanistą. Nie mógł..."

– Katia, zawracaj. Sterczymy tu już pół godziny – zajęczała Czub. Instytucja, która wydała na świat twórcę śmigłowców, nie zajęła ją na długo. – Jedziemy z powrotem, zawróć...

„Na odwrót...

Odwrócony obrzęd.

Antyobrzęd!!!

W rodzaju kijowskiego obrzędu odchrzczenia, który przeszła Małgorzata.

Zrozumiałam!!!!!"

– Zdążymy – burknęła Dobrażańska. Volvo ruszyło z miejsca. – Mam dokładny plan cmentarza. Grób jest tuż przy wejściu. Przy okazji nie powinnam zapomnieć sprawdzić, czy zgodnie z prawem mogę być pochowana razem ze swoimi rodzicami na cmentarzu Bajkowa. To poczesne lokum, teraz kładą tam tylko polityków i zasłużonych profesorów. A trzeba zapewnić sobie miejsce spoczynku.

– Myślisz, że już pora? – zaświergotała Czub.

– Więc jedziemy na cmentarz Bajkowa? – Masza zachłysnęła się powietrzem.

Na tej nekropolii pochowani byli rodzice Michaiła Bułhakowa, matka i ojciec zmarły na tę samą chorobę co wielki pisarz, który ostatecznie nie został lekarzem i nie poznał sposobu leczenia nerczycy.

Na cmentarzu Bajkowa spoczywał syn Miszy Wrubla, którego grobu Masza nie zdołała odszukać.

Piętnaście minut po tej rozmowie na ulicę Bajkowa wjechało auto Katii, a po kolejnych dwóch minutach zahamowało przy prawym cmentarzu, między dwoma zabytkowymi bramami.

Pierwsza z nich – szerokokoścista i grubościenna, z brzuchatymi kolumienkami i prawosławnymi kokosznikami – przypominała przysadziste wejście do ruskiego monastyru z białego kamienia.

Druga, podobna do katolickiego kościoła, spowita bluszczem, strzelała w niebo pięcioma cienkimi gotyckimi wieżyczkami o szpiczastych metalowych zwieńczeniach.

Nad drugą bramą Masza dostrzegła nadkruszony łaciński napis: ...TI MORTUI QUI IN DOMINO MORIUNTUR. Nad pierwszą, prawosławną, farbą olejną napisano: „Raduj się, nasza radości, chroń nas od zła wszelkiego swym omoforionem*".

Nie bacząc na swe katolickie nazwisko, Dobrażańska wybrała „Raduj się, nasza radości".

– Więc. – Katia zatrzymała się tuż za wejściem do centralnej alei i zerknęła na plan. – Przed cerkwią skręcić w prawo. Potem tędy i tam... Wszystko bardzo konkretnie. Chodźcie.

– Czekajcie.

Spojrzenie Maszy przykuł stos zwiędniętych kwiatów.

Kowalowa zboczyła z prostej drogi, skręciła w prawo, obeszła nagrobki w pierwszym rzędzie, zrobiła dwa dziesiątki kroków i zrozumiała.

Nie pomyliła się.

Z umieszczonego na świeżym grobie czarno-białego zdjęcia patrzyła na nią twarz Krasawickiego.

I studentka zdążyła pomyśleć: widocznie nie bez powodu w jego rodzinie żyła legenda, że ich ród wywodzi się od Mazepy. Od Mazepy czy nie, Krasawiccy nie byli zwykłymi ludźmi, skoro mogli pochować syna przy centralnej alei cmentarza Bajkowa.

Zanim jeszcze pomyślała: „On umarł... Nie żyje", przestała uważać go za zmarłego. I nie zaczęła...

Bo przecież Mir był. Był z nią! Na pewno był z nią i teraz.

Teraz, na cmentarzu, przy zwiędłych kwiatach na jego grobie, zrobiło się jej strasznie od tej myśli.

Mir, martwy, stał za jej plecami...

* Omoforion – szata liturgiczna w Kościołach obrządku wschodniego (przyp. red.).

– No i widzisz. – Czub objęła ją w pasie. – Mówiłam ci! Nie wiąż się ze zjawami. Potem nie da się spokojnie chodzić po cmentarzu.

– Idziemy, Masza – zakomenderowała Katia. – Nie trzeba tu stać. Lepiej nie będzie.

Nagle przestał być dla niej żywy!

„Nie trzeba... Odejdź... proszę. Boję się! Przebacz!" – zakrzyczał strach Maszy.

A potem nagle znikł.

Przed nią wznosiła się żółta cerkiew Świętego Zmartwychwstania, niczym mała wersja soboru Świętego Włodzimierza, były podobne jak dwie krople wody.

A ciotka Katii najwyraźniej naprawdę posiadała taki jak siostrzenica suchy, rzeczowy umysł, ponieważ nie musiały błądzić ani sekundy – jej narysowany z pamięci plan kazał im skręcić przy cmentarnej cerkwi i doprowadził je do masywnego nagrobka z czarnego marmuru, zwieńczonego kamiennym krzyżem.

Otaczały go na wpół zrujnowane krypty grobowe z wyważonymi lub zapartymi na głucho drzwiami. Aniołowie z odrąbanymi rękami, pochylone ogrodzenia, rozbite kamieniem porcelanowe oblicza zmarłych.

– I to jest prestiżowy cmentarz miasta! – burknęła z wyrzutem Katerina. – Tu leży nasza elita.

Przewiesiła się przez plecioną kratkę otaczającą nagrobek jej babki.

– W którym roku, mówiłaś, zginęła tamta kobieta?

– W tym.

Masza patrzyła na wyryty w kamieniu niezatarty napis.

Anna Michajłowna Strogowa
zm. 31 grudnia 1894 r. w wieku 33 lat

Patrzyła i czuła: wszystko znów się złożyło – oto dowód, marmurowy i niezbity.

– Boże... – Katerina osunęła się na stojącą obok rodzinnego grobowca ławkę, opuściła ręce na jego płytę.

Ale to nie data zrobiła na niej takie wrażenie.

– Tutaj są pochowani moi rodzice.

Oprócz otwierających listę zmarłych praprababci i pradziadka w marmurze były wyryte też inne nazwiska. Smutny wykaz osób pochowanych pod masywnym czarnym kamieniem kończył się na Michaile i Oldze Dobrażańskich.

– To co, nie wiedziałaś, gdzie leżą twoi tata i mama? – przeraziła się Czub.

– Wiedziałam, że na cmentarzu Bajkowa... Nie sądziłam, że są tu razem – zdławionym głosem przyznała Katia.

– Nigdy nie byłaś na ich grobie?! – uniosła się Wstrząsająca.

– Nie mogłam.

– Przez tyle lat! Kim ty jesteś?

– Przestań! Zostaw ją! – wtrąciła się Kowalowa.

Ledwie żelazobetonowa Katia okazała jakąś słabość, Dasza natychmiast uderzała w jej piętę achillesową – celnie i boleśnie. Masza zawsze czuła wtedy podłość sytuacji.

Dokładnie tak samo postępowała jej matka.

– Zostaw ją?! – zapieniła się Dasza. – Uważasz, że to wogle normalne? Nawet nie wiedziała, gdzie leżą jej tata i mama! Kim trzeba być!

– Ta wiedza była dla niej zbyt bolesna!

– Czyli to słabość!

– A Katia to co: nie człowiek? Nie ma prawa do słabości? Została sierotą w wieku trzynastu lat!

– Nie mogłam im wybaczyć – odezwała się bez emocji Dobrażańska.

Zdążyła wziąć się w garść.

Patrzyła na Maszę – gdy tylko Katia okazywała słabość, studentka, tak często potulnie słaba, desperacko rzucała się, by ją bronić.

Od czasu śmierci Michaiła i Olgi Dobrażańskich Katii nikt nie bronił – zawsze sama przyjmowała ciosy i wyła z bezsilności, gdy nie umiała ich odeprzeć.

Dlatego nie lubiła ludzi. Nie wierzyła w ludzi.

Lecz Maszy udało się odrodzić tę wiarę. Słabą, punktową, ograniczoną do jednej jedynej osoby

I wystarczyło tej wiary na tyle, żeby Katia powiedziała to, czego nigdy nie mówiła. Nikomu.

Bo i komu miałaby to powiedzieć?

– Pojechali popływać łódką. Nie myśleli o mnie. Nie pomyśleli, jak mi będzie bez nich. A dziecko to odpowiedzialność. Nie chcesz odpowiedzialności, to nie ródź! Zrobiłeś dziecko, to myśl, zanim wsiądziesz na łódkę! Pomyśl, czy się nagle nie przewróci, a ty nie umiesz pływać. A oni... A ciocia Czarna zrobiła ze mnie jakiegoś Kopciuszka. Tak właśnie myślałam. Ech.

– Ale teraz już tak nie myślisz, prawda? – zagadnęła współczująco Masza piękną brunetkę. – Teraz wiesz, że nie są winni swojej śmierci. Zginęliby tak czy inaczej... Czarno na białym zapisano to w zaklęciu! Widzisz to teraz? – zapytała, wskazując nagrobek i znów czując, jak wypełnia ją moc Wielkiej Wiedzy, jakby była pustym naczyniem. – Mamy obowiązek uniknąć rewolucji październikowej!

– Tak? – Katia zgnębiona spojrzała na grobowiec. Potem znów na Maszę.

Takiego napisu na nagrobku praprababki nie widziała.

– Chcesz powiedzieć... – otworzyła torebkę i wyciągnęła kartkę – że słowa o Ojczyźnie Rusi dotyczą rewolucji?

Masza wyjęła jej świstek z rąk.

(...) Żmijo Katerino z twoimi dwiema siostrami, zbierz wszystkie swoje żmije i swoje węże. Trzynaście sióstr i trzynastu braci: z zarzecza, spod pieca, ze szpary i z mary, z podwórka, z pagórka, z lasu, ogrodu i rowu, co nie pomnę ich rodu. Wymień je sobie sama, zła babo kolcami usiana. Zbierz je i spytaj, które z nich dla zabawy wpuściło swój jad do chrzczonego ciała Ojczyzny Rusi.

Proszę cię, żmijo Katerino z twoimi dwiema siostrami, wyjmijcie swój jad ze chrzczonego ciała Rusi! Jeżeli nie pomożesz, swojego jadu

nie wyjmiesz, poskarżę się aniołowi archaniołowi na niebiosach, groźnemu, z toczoną kopią, z płonącym mieczem. On was zwycięży, spali ogniem, a popioły wasze wrzuci do oceanu-morza, rozniesie wasze plemię i ród.

Oto dla was jedna odpowiedź. Sto trzynaście dla was odpowiedzi.

– Moim zdaniem – powiedziała Masza – to jednoznaczne! A dalej o jej uniknięciu: „żmijo Katerino z twoimi dwiema siostrami, wyjmijcie swój jad ze chrzczonego ciała...". Wszystko zrozumiałam! Wszystko! – Masza jakby jednym haustem opróżniła kieliszek koniaku. – Kiedy Annuszka znalazła Lirę w Ogrodzie Carskim, rewolucja stała się nieunikniona. I nie wiem jak, ale twoja praprababcia wiedziała o tym! I dokonała odwrotnego obrzędu. Równoważąc dwa zdarzenia jak dwie szale wagi. Antyobrzęd! Ona też miała na imię Anna. Złożyła w ofierze wasz ród. Lira gwarantowała rewolucję. Ale antyobrzęd gwarantował, że sto lat później ty wszystko odwrócisz. Odmienisz przeszłość i nie dopuścisz do rewolucji! Zaklęła cię, żebyś to zrobiła! Wasia dobrze mówiła: kamea z twoim profilem to część rytuału...

– Zaklęcie leżało w kieszeni praprababci. Gdy rzuciła się pod tramwaj. Od niej zaczęło się nasze przekleństwo. – Katerina wyliczyła ciąg wydarzeń: – Jej córka zginęła podczas pierwszej wojny światowej. Wnuczka podczas drugiej. Moi mama i tata... – Nie dokończyła, próbując poukładać sobie w głowie streszczenie Maszy.

– A „anioł archanioł", który „rozniesie wasze plemię i ród", to Michał Archanioł, patron Kijowa! – dopowiedziała studentka. – W czasie rewolucji straty w Kijowie były znacznie większe niż w innych miastach! Władza zmieniała się tu aż czternaście razy. Miasto płonęło przez dziesięć dni!

– Jasne. – Jekatierina Michajłowna chłodnym skinieniem głowy stłumiła płonący w Maszy pożar. Moje plemię i ród, moi mama i tata zginęli dlatego, że powinnam nie dopuścić do rewolucji.

Słowa zabrzmiały dziko i głupio.

Nierealnie.

Zwłaszcza tu, na cmentarzu Bajkowa, gdzie posłuszne przepowiedni Daszy Czub słońce już się skłaniało za górę i u Maszy już drugi raz tego dnia zaczął zapadać zmierzch.

– Ale ta dziewczynka, z którą praprababcia przechodziła przez drogę, to nie moja prababcia. – Katia z niedowierzaniem wskazała nagrobek swych przodków. – Prababcia urodziła się w dziewięćdziesiątym trzecim. Wtedy miała zaledwie roczek.

Lecz Maszę już poniosło.

– Wszystko jedno! Powinnyśmy zmienić bieg historii! Kyłyna wszystko policzyła. Wszystko! Nie wiem, skąd wiedziała o antyobrzędzie twojej babki. „K+2 wiert, AAA nie rozleje". Trzeba tylko sprawić, by Anna nie wypowiedziała tego głupiego zdania... I wszystko się zmieni. Cały świat! Jedno zdanie to przecież drobnostka. Łatwo mu będzie zapobiec!

– Tylko trochę wysiłku. – Czub zachęcająco pokiwała głową. – Właściwie, czemu nie? Dawaj, skasujemy rewolucję! Komu ona potrzebna? Tyle ofiar. Pięćdziesiąt milionów! To już nie tyle uratować miasto, ile cały świat. I my go uratujemy! Trzy Kijowice! Zajebiście, nie?

– W zeszycie Kyłyny – historyczka ucieszyła się ze wsparcia – napisano, że gdyby nie było rewolucji ani dwóch wojen światowych, Rosja pod względem rozwoju gospodarczego trzykrotnie przewyższałaby Amerykę!

– A Ukraina? – Wzrok Wstrząsającej z zachwytem zawisł na ustach Maszy.

A one zamknęły się i zacisnęły w nieszczęsnym grymasie.

– Co z Ukrainą? – zaniepokoiła się Czub.

– Rzecz w tym... że ogólnie – zająknęła się antyrewolucjonistka, po raz kolejny okazując się nadmiernie uczuciową dyplomatką. – Jeśli nie będzie rewolucji ani Związku Radzieckiego, ani nic z tych rzeczy, to nie oderwiemy się od Rosji. Nie będziemy mieli powodu. Rozumiesz?

– Chyba cię pogięło! – Czub kategorycznie odmówiła zrozumienia. – I co ty nam proponujesz? Niewolę? Płaszczyć się pod butem i udawać, że nam dobrze? Wogle normalna jesteś? Mamy niepodległe państwo! Rozwijamy się! Zmieniliśmy się. Z każdym dniem jest coraz lepiej!

– A ty co, nacjonalistka? – zdziwiła się z lekka Katia.

– Jestem patriotką! – zaperzyła się Dasza Czub. – A wy...! Ciebie nie winię, boś nieszczęsna Polka! Ale po tobie, Masza, nie tego się spodziewałam. Chociaż właściwie czego było się po tobie spodziewać. Ty ze swoimi Ruskami: Bułhakowami, Wrublami, księciem Włodzimierzem... Bułhakow w ogóle nie był ukraińskim pisarzem! To rusofil! Mówił, że nasz obmierzły język nie istnieje na świecie. Powiedz, nie tak?

Studentka nabrała ustami trochę za duży haust powietrza, zachłysnęła się i nic nie powiedziała.

Tu autorka książki powinna odezwać się za nią.

Nie można powiedzieć, żeby Masza nie kochała swojego kraju. Kochała... Tylko że to, co najbardziej w nim kochała – Kijów, Bułhakowa, ławrę Peczerską, sobór Świętego Włodzimierza ozdobiony malowidłami przez Wasniecowa i Wrubla – było nieoddzielnie związane z Rosją i dlatego, jakkolwiek układały się sprawy w polityce, Masza we własnym sercu nie potrafiła ich rozdzielić. W tym właśnie tkwił problem. Rozumiesz mnie, czytelniku?

Jeśli nie, możesz razem z Daszą zakrzyknąć:

– Co ty, Rosjanka?!!

– Rosjanka – przyznała żałobnie Masza, choć to jasno wynikało już z samego charakterystycznego nazwiska. – Ale nie o to chodzi...

– Więc o co? – natarła na nią koleżanka nosząca to samo nazwisko co Gogolewski Kozak Czub, ojciec Oksany i teść Bakuły.

– O to, że tyle ludzi zginęło! Czerwoni zabijali nacjonalistów, nacjonaliści Rosjan. Brat szedł na brata. Wykłuwano ludziom oczy, dźgano ich bagnetami. Darto skórę pasami... Mnichów przybijano do drzwi cerkwi...

– To już słyszałam w szkole. – Wstrząsająca wydęła wargi.

– Ale to nie jest szkoła – zaszlochała Masza. – A druga wojna światowa? Obozy koncentracyjne. Z ludzkiego tłuszczu wyrabiali mydło. A wielki głód w trzydziestym trzecim roku? Wydarli ze wsi całe jedzenie! Konfiskowali chleb i wysyłali na eksport!

– Wielki głód też przerabialiśmy.

– A przerabialiście to – rozkręciła się gniewnie historyczka – że w trzydziestym roku wieśniacy za dnia orali pola z pomocą krów, a wieczorem doili z nich krew? A w trzydziestym drugim zaprzęgano do pługów ciężarne kobiety, bo krów już nie było! Że w ciągu dwóch lat zmarło siedem milionów głodujących? Ludzie jedli trawę, strupy, jedli ludzi! Umierający leżeli na ulicach jak kłody. A ci, którzy jeszcze mogli chodzić, mijali ich obojętnie w drodze do pracy. Najgorszy głód był w Ukrainie. U nas! W trzydziestym drugim żona Stalina zastrzeliła się, gdy zobaczyła, co się dzieje w Charkowie. A ty twierdzisz, że z ciebie patriotka. Rozejrzyj się!

Cmentarz Bajkowa rozciągał się na wzgórzu i teraz przed nimi, stojącymi pośrodku, ciągnęły się stopniami w dół tysiące tysięcy grobów.

– Zobacz, ile ich jest! A to nawet nie siedem milionów, tylko znacznie mniej! Myślisz, że zabili ich Hitler, Lenin, Stalin, Mitia Bogrow? Nie, możesz uznać, że zabiłaś ich ty!

– Ja?!!! – oburzyła się Dasza.

– Zabijasz ich właśnie w tej chwili! No, popatrz, popatrz, i powiedz mi prosto w oczy, czy niepodległe państwo jest warte pięćdziesięciu milionów ludzkich śmierci? Czyli tylu, ile państwo liczy ludności?

– Co ty mi tu lewe groby pod nos podtykasz?! – zawyła Czub. – Co wogle ma nasza niepodległość do głodu! Ukraińska rewolucja była bezkrwawa.

– Wychodzi na to, że jednak nie – odparła cierpko studentka. – Jeśli nie dopuścimy do wielkiej październikowej i my, pięćdziesiąt milionów ludzi mieszkających w Ukrainie, stracimy niepodległość, to znaczy, że mogliśmy ją zdobyć tylko za taką cenę. Pomyśl, czy zgodziłabyś się, ty osobiście, ją zapłacić cenę?

– Ja o tym nie decydowałam – odburknęła Czub.

– Ale teraz decydujesz!

– Czemu akurat ja? A ty, Katia? – odbiła piłeczkę Dasza.

– Mnie wszystko jedno. – Dobrażańska rozpięła guzik stójki i rozchyliła brzegi koszuli.

Przez cały ten czas przyglądała się marmurowemu grobowcowi swojej rodziny.

Patrzyła na dwa imiona wyryte prawie na samym dole.

I rozmyślała zupełnie nie o tym, co by było z niepodległością Ukrainy, gdyby nie wybuchła rewolucja październikowa, lecz o tym, co by było z nią, gdyby jej rodzice nie zginęli.

Czy ona, Jekatierina Dobrażańska, byłaby inna?

Lepsza czy gorsza?

I w jaki sposób związana jest śmierć nie milionów ludzi, ale tych dwojga, dla niej najważniejszych, z mrocznym zaklęciem:

Jeżeli nie pomożesz, swojego jadu nie wyjmiesz, poskarżę się aniołowi archaniołowi (...). On was zwycięży, spali ogniem (...), rozniesie wasze plemię i ród.

– Zastanawiam się, kto napisał ten tekst – powiedziała. – Czyżby ona sama? Sama złożyła się w ofierze, swoją córkę, wnuczkę, prawnuczkę po to, żebym ja... – Katia na chwilę zamilkła. – Dobrze. Kraj o zaawansowanym kapitalizmie, trzy razy bardziej rozwinięty niż Ameryka: ogólnie całkiem nieźle. Co prawda jeśli zostaniemy w granicach Rosji, Kijów nie będzie stolicą i przypadnie nam rola prowincji, a to już zupełnie inna sytuacja gospodarcza. Ale skoro moja praprababcia była wiedźmą, ja zostanę Kijowicą...

– Ty nie zostaniesz Kijowicą. – Masza spuściła wzrok.

– Dlaczego?

– Tak wyliczyła Kyłyna. – Kowalowa wpatrywała się w cmentarną trawę pod nogami. – Jeśli nie dopuścimy do rewolucji...

– Nie będę Kijowicą?

– Tak.

– A kim będę?

„Jeszcze raz rzucić zaklęcie »Oręż«?

I powiedzieć to?"

– Co takiego? – zapiała złośliwie Czub. – Nasza Katia będzie nędzarką? Co zrobi bez swoich sklepów?

– Nie, nie nędzarką – wydusiła z siebie historyczka.

„Jeżeli wypowiem »Oręż«, dam radę... Czy niczego nie mogę bez »Oręża«?"

– Kim? – domagała się odpowiedzi Katia.

– Prostytutką? Gospodynią domową? Poskromicielką tygrysów? – rozochociła się Dasza Czub.

– Jeżeli nie dojdzie do wielkiej rewolucji październikowej...

„Wypowiedzieć zaklęcie czy nie wypowiedzieć?"

– To co wtedy?

Masza rozejrzała się wokół siebie.

Po wypowiedzeniu „Oręża" słyszała domy. Tu jednak nie było domów.

Dookoła rozciągał się cmentarz – bezkresny, martwy i pozbawiony czucia, będący częścią ogromnego, widzącego, słyszącego, macającego...

„To on do mnie przemówi... Głosami wszystkich, którzy tu spoczywają. Usłyszę ich".

„Nie. Lepiej załatwię to sama... Widziałam przecież Wiertum!"

– Jeżeli nie będzie wielkiej rewolucji październikowej, nie będzie też naszej Trójki – rzekła.

– Zabiją nas? – Katia zmrużyła oczy.

– Na odwrót.

– Czyli?

– Nie urodzimy się.

– Jak to się nie urodzimy?

– W ogóle.

Wyrzuciwszy to z siebie, Masza Kowalowa podniosła wzrok.

Jej audytorium spoglądało na nią w niemym, nieopisanym oszołomieniu.

– Ty tak poważnie? – spokojnie upewniła się Katerina. – Poważnie proponujesz, żebyśmy złożyły własne życie w ofierze dla rewolucji?

– Dla tego, by jej zapobiec – wyburczała studentka. – Dla miasta Kijowa! Zburzyli nasze cerkwie. Monastyr Michajłowski o Złotych Kopułach, Świętego Michała, wojskowy sobór Świętego Mikołaja. Cerkiew Dziesięcinną, Zaśnięcia w ławrze. Narodzenia Pańskiego, gdzie żegnano nabożeństwem Szewczenkę. Mikołaja Dobrego, gdzie brał ślub Bułhakow. Mikołaja Cudotwórcy, gdzie pobrali się Achmatowa i Gumilow. W latach trzydziestych unicestwili pół setki cerkwi, jak betlejemskich młodzianków, z dnia na dzień. W obu przypadkach cel był ten sam: zabić Boga! I go zabili! Kijów przestał być Stolicą Wiary. Dla Boga!

– Jaki sens ratować cerkwie, które już dawno zbudowano na nowo*?

– Ale to już nie te same cerkwie! Dla pięćdziesięciu milionów zabitych, poległych, zamęczonych!

– Jaki sens ratować życie ludzi, który i tak już pomarli? – Katia nie złościła się. Badała Maszę, starając się pojąć, jak ta mogła zupełnie poważnie zaproponować im poświęcenie samych siebie.

– Nie wszyscy – szybko zaoponowała historyczka. – Ci, którzy zginęli podczas drugiej wojny światowej, żyliby do tej pory. Zwłaszcza dzieci.

– Nawet dzieci czasów drugiej wojny byłyby już po sześćdziesiątce, i tak szykowałyby się do grobu – ucięła Katia.

– Ale to nie tak! – Masza prosząco podniosła oczy. – Przecież i one miałyby dzieci. Mnóstwo ludzi, którzy nigdy się nie urodzą! Pomyśl. – Studentka wyciągnęła do Kateriny ręce, chwyciła ją. – Pięćdziesiąt milionów!

– To abstrakcja.

---

* Zrekonstruowane są: monastyr Świętego Michała Archanioła (Michajłowski) o Złotych Kopułach, cerkiew Zaśnięcia Matki Bożej i cerkiew Narodzenia Pańskiego.

– To ludność Ukrainy! Wyobraź sobie, że stoisz przed wyborem: twoje życie i życie całego kraju. Co byś wybrała?

– Czysto teoretycznie to nie wiem. – Katerina Dobrażańska wstała z ławki. – Ale praktycznie nie zamierzam składać ofiary z samej siebie, żeby ratować umarłych i umierających. Nawet jeśli wśród nich są członkowie mojego rodu. I tak już nie żyją. A ja nie chcę umierać.

– Ale nie umrzemy! – upierała się Masza, najwyraźniej gotowa wyjąć asa z rękawa pod koniec umyślnie przegranej partii.

– Sama przecież mówiłaś...

– Powiedziałam, że się nie urodzimy! Nie będzie nas tu. Ale możemy się przenieść w czasie i zostać żywe w Przeszłości! – Kowalowa zaróżowiła się w jednej chwili. – Żeby zapobiec rewolucji, musiałybyśmy wybrać się do tysiąc dziewięćset jedenastego roku. I zostaniemy tam jak Kyłyna, która tutaj umarła, a tam pozostała żywa. Tylko że ona żyje tam tylko trzy, cztery godziny: tyle, ile spędziła w tamtym przedrewolucyjnym dniu... A my zostaniemy na zawsze!

– Wiedziałam. – Dasza plasnęła na pustą ławkę i głośno uderzyła się dłońmi w kolana. – Maszka już wcześniej tak mówiła. Bajerowała, jak to świetnie żyje się w Przeszłości! A to, że nie ma tam ani internetu, ani komórek, ani kina, ani porządnego klozetu...

– W jedenastym wieku klozety były nie gorsze od naszych! – Kowalowa ujęła się za wiekiem srebrnym. – W tysiąc dziewięćset ósmym ukraiński kamerzysta Kozłowski przeniósł się już do Moskwy i nakręcił pierwszy w Rosji fabularny film *Stieńka Razin*!

– I co my tam będziemy robić? W przerwach między odwiedzaniem klozetów a oglądaniem *Stieńki Razina*. – Katia postrzegała kontynuowanie tego tematu wyłącznie w kategoriach czarnego humoru.

– Ty będziesz się zajmować biznesem.

– Masza, przecież tu mam znakomity biznes – przypomniała ze znużeniem właścicielka supermarketów.

– Ale pomyśl. – Historyczka uśmiechnęła się z nadzieją. – Czym różni się „tu" od „tam"? Tutaj pojęcia nie masz, czy jutro kurs euro pójdzie w górę, czy w dół. Kto będzie następnym prezydentem kraju. Jakie prawa, podatki i uchwały zostaną nałożone kolejnego dnia. A tam wszystko wiadomo z góry! Mamy dokładne wyliczenia na pięćdziesiąt lat naprzód. Pomyśl, Katia, jakie to użyteczne!

– Czekaj, czekaj – zainteresowała się Dobrażańska. – Chcesz powiedzieć, że w odróżnieniu od wszystkich pozostałych będziemy z wyprzedzeniem wiedzieć, w co inwestować pieniądze? W kolej żelazną czy...

– W cegielnię! – dokończyła radośnie Masza. – W okresie gorączki budowlanej ceny cegieł podskoczyły w Kijowie podwójnie! A na początku dwudziestego wieku rozpoczął się postęp technologiczny. Wszystko dopiero się rozkręcało! I jeśli kupić w tysiąc osiemset siedemdziesiątym fabrykę, w sześćdziesiątym ziemię, a w dziewięćdziesiątym szóstym kino... W Wieży mamy ponad pół miliona starych pieniędzy! – wytoczyła argument, którym wcześniej kusił ją Mir Krasawicki. – A co tracimy oprócz internetu? – zwróciła się oratorskim tonem do Daszy. – Nawet rodzice nie będą się o nas martwić, bo nie będą mieli o kogo! Mój tata się urodzi, a mama nie, i tata ożeni się z inną kobietą. Dziecko, którego się dochowają, to nie będę ja. A u ciebie w rodzinie, Dasza, w ogóle nikt nie przyjdzie na świat oprócz dziadka Czuba; będzie on naukowcem na uczelni i umrze jako kawaler. Twoi rodzice będą żyli obydwoje – skierowała się do Katii – ale bez ciebie. Zapragną dziecka nieco później.

– Rozumiem, że nie zdążą mnie sobie zrobić – rzekła Dobrażańska. – Wcześniej umrą.

– Nie umrą! – zawołała Masza, niecierpliwie przebierając nogami. – W tym właśnie leży sens waszego rodowego zaklęcia! Jeśli nie dopuścimy do rewolucji, w twoim rodzie nikt przedwcześnie nie umrze! Oprócz praprababci Anny. Ani prababcia, ani babcia, ani twoi tata i mama. Po prostu później urodzi im się chłopczyk.

– Moi rodzice przeżyją? – Katia drgnęła. – A mnie nie będzie. Za to mama będzie żyła. – Zamilkła.

– I Mir nie umrze. Przecież się nie urodzimy! Dasza nie da mu do wypicia eliksiru miłosnego, Mir nie zakocha się we mnie i nie wpadnie pod samochód Katii...

– Jeszcze tego by brakowało! – wykrzyknęła Czub. – Wyrzec się wolnej Ukrainy po to, żeby ratować zabitego zabójcę? Za cholerę! Nie wiem jak wy, ale ja jestem przeciwna tej zmianie. Powiedziałam! Moja decyzja jest ostateczna.

– Zaczekaj. – Masza rzuciła się ku niej. – Dla ciebie też są tam możliwości! Przytoczę ci tylko jeden fakt historyczny. Właśnie w jedenastym roku po Krieszczatiku po raz pierwszy przeszła kobieta w szarawarach. Jej pojawienie się zrobiło na kijowianach większe wrażenie niż strzał z „Aurory"! Na ulicy otoczył ją tłum, podniósł się krzyk. Pisały o niej wszystkie gazety! Sam rzecznik kijowskiej Dumy Filipp Jasnogurski piętnował jej ubiór w artykułach. Czytając go teraz, można by pomyśleć, że damskie spodnie stały się przyczyną rewolucji... A ta kobieta od razu została gwiazdą! Nie mniejszą niż Mata Hari, która pokazywała się w szarawarach w Paryżu. Więc, Dasza, wystarczy, że ją wyprzedzisz!!! Pierwszą kobietą w spodniach będziesz ty! Wyobrażasz sobie, jakie to niesamowite? Pomyśl tylko, jaki dwudziesty pierwszy wiek jest niedogodny. Co byś tu nie robiła, nikogo tym nie zadziwisz! Choćbyś się rozebrała do naga lub ogoliła na łyso...

– Golenie się na łyso sto lat temu wyszło z mody – burknęła Dasza.

– Właśnie! A tam przejedziesz się po Krieszczatiku na rowerze w spodniach i już gada o tobie cały Kijów!

– A gdyby tak w szortach? – szybko wniosła racjonalizatorską propozycję Czub.

– Wsadzą cię prosto do wariatkowa – orzekła Katia.

Jednak mimo całej pełnej pokus dyplomacji Maszy wątpliwe, czy ktokolwiek wziąłby jej samobójczą propozycję na poważnie, gdyby najbliższej nocy nad Górą Starokijowską nie zapłonęły trzy czerwone ognie.

I jeszcze zanim tam poleciała, Katia zobaczyła, że niebo paliło się na czerwono, ale na ziemi coś płonęło na niebiesko. Gwiazdy ułożyły się w linie, linie w ulice, ulica naparła na Jekatierinę Michajłownę Dobrażańską i Katia ujrzała jeden ze swych supermarketów leżący w ruinach.

– Katia! – zawołała Dasza.

Czub patrzyła na inny ogień i widziała inną ulicę.

– Katia, nie wiesz, co za supermarket stał przy ulicy Michaiła Bułhakowa? Widziałam... Matko moja... Twój? Kasiu, to twój?!

Zasłoniwszy uszy rękami i skłoniwszy się w pozie klasycznej płaczki, Katia nie płakała – wrzeszczała z rozpaczy.

Ponieważ połowa jej życia legła w gruzach!

A nie wiedziała jeszcze, że czerwonych ogni było trzy.

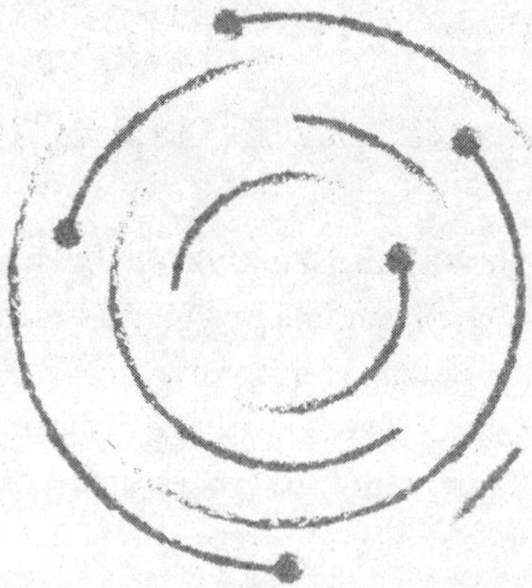

Rozdział nie bez powodu mający numer trzynaście

Pochodzenie podań o „diabelskim tuzinie" tylko na pierwszy rzut oka wydaje się jasne. Wieść gminna przypisuje strach przed trzynastką najróżniejszym źródłom – od skandynawskiej legendy o śmierci Baldura i irracjonalnego strachu barbarzyńców przed nierównymi liczbami do pozostałości kultu wiedźm i pamięci o dniu uwięzienia templariuszy – lecz wszystkie te próby tłumaczeń po sprawdzeniu okazują się mitami.

~ Materiał z rosyjskiej Wikipedii, hasło „13 (liczba)"

Czy można je wskrzesić? – Głos Jekatieriny Dobrażańskiej brzmiał jak naprężone przewody elektryczne. – Wskrzesiłyście cerkiew Świętego Cyryla. Podczas nocy Kupały płonęła jak pochodnia! A w wiadomościach powiedzieli (sama słyszałam!), że prawie nic nie uległo zniszczeniu. Trzeba tylko pomalować fasadę.

Katia zwracała się do Wasilisy Andriejewny.

– Wybacz mi, Jasna Kijowico. – Plecy Wasilisy wbiły się w oparcie kanapy. Wasia bała się swoich kolejnych słów.

Masza, milcząco kryjąca się kącie, też się ich bała. Wiedziała, co odpowie wykładowczyni z jej instytutu.

Reakcji Kateriny na zrównanie z ziemią trzech z jej czterech supermarketów bały się wszystkie.

Nawet Dasza i leniwie beztroska Izyda Puszek postanowiły umościć się dalej niż zwykle – na fotelu przy drzwiach.

Nawet Demon, zasiadający przed Katią na krześle z wysokim oparciem, był czarniejszy od samej nocy, czarnej we wszystkich tego słowa znaczeniach.

– Ale niestety cerkiew Świętego Cyryla była w innej sytuacji – kontynuowała Wasilisa Przemądra, ryzykując życie.

– Prawie zupełnie runęła – przerwała sprzeciwy Katia – tak jak moje supermarkety. W cerkwi zawaliła się podłoga, sufit. Sama to widziałam!

– Właśnie o to chodzi, że widziała to pani – dobrotliwie zaczęła tłumaczyć przywódczyni kijowskich wiedźm. – A gdy runął pani sklep, pokazano to w wiadomościach na kanale „Jeden plus jeden". Przypadkowo była tam ekipa telewizyjna. Filmowała festiwal. Choć, co zrozumiałe, ta przypadkowość jest bardzo wątpliwa.

– Krótko mówiąc? – zażądała podsumowania Dobrażańska.

Wasilisa przełknęła ślinę.

Powiedzieć to krótko było znacznie straszniej.

– Nie wolno ujawniać prawdy ślepcom – odezwała się zamiast niej Belladonna. Biała kotka siedziała na obudowie kominka i najwyraźniej jako jedyna nie bała się tu nikogo ani niczego. – To jeden z trzynastu Wielkich Zakazów. Tak napisano w Księdze Kijowic.

– Zawalenie się budynku przy ulicy Michaiła Bułhakowa uwieczniła telewizja – wyjaśniła w końcu Wasia, rzuciwszy kotce szybkie dziękczynne spojrzenie. – O tym, że w ciągu jednej nocy runęły trzy supermarkety, mówi cały Kijów. I jeśli je wskrzesimy, nie wmówimy ślepcom, że budynkom nic się nie stało, ani nie wytłumaczymy, dlaczego na drugi dzień stoją jak dawniej.

– Nie rozumie mnie pani – wycedziła wolno Katerina i jej słowa zatykały niczym bomba zegarowa. – Gówno mnie obchodzi, co, jak i komu będzie pani wyjaśniała. Gówno mnie obchodzą wasze Zakazy. Możemy to zrobić? A zatem zrobimy. I to już.

– Jest prawdziwa! Mówiłam, mój Panie! – zawołała Wasilisa. – Jest wolna. Nie przyjmuje Zakazów. Jest czystej krwi wiedźmą!

– Żadna dla was wiedźma – rzuciła ostro Jekatierina. – Jestem Kijowicą! I zamiast opowiadać mi o Zakazach, lepiej proszę mi powiedzieć, dlaczego wasze prawa nie zabraniają burzyć moich sklepów!

– Burzenie – rozległ się chłodny głos Kijewickiego Demona – nie narusza żadnego Wielkiego Zakazu. – Demon podniósł rękę, powstrzymując nieuniknony wybuch. – Prosiła pani o wyjaśnienie, Jekatierino Michajłowno – rzekł ceremonialnie – proszę mi więc pozwolić dokończyć.

– Krótko i szybko. – Oczy Katii zrównały się odcieniem z czarną nocą. Źrenice, rozszerzone gniewnie, prawie wypełniały gałki oczne.

– W budynku, który runął, ślepcy nie zobaczą nic dziwnego – zaczął Kijewicki. – Urządzą dochodzenie, niczego nie znajdą i wyjaśnią to aktem terrorystycznym wymierzonym w panią... Lecz dom wskrzeszony z ruin! Tak, jest pani Kijowicą i może wszystko przywrócić, nie przejmując się ślepcami. Ale, Jekatierino Michajłowno, jest pani zbyt mądra, by nie zrozumieć: właśnie tak zostało to pomyślane. Aknir kalkulowała sobie, że straci pani rozum z wściekłości i przestanie oglądać się na zasady. Celem Dziedziczki był nie pani biznes: ona liczy na to, że naruszy pani Wielki Zakaz! I wtedy nic... pozwoli pani, że to podkreślę: nic was nie uratuje.

Tego, że za potrójny kłopot Katii odpowiada jedna małolata – córka byłej właścicielki Wieży – nikt nie kwestionował. Rozumiało się samo przez się.

Jednak czego Masza i Dasza zupełnie nie pojmowały, to tego, dlaczego skłonna do wybuchów, groźna Katia reagowała na obraźliwie uprzejmy ton Demona tak nad podziw spokojnie.

Lecz Katia nie rozumiała ich problemu, po prostu o nim nie wiedziała. W jej mniemaniu wzywający ją do rozsądku blondyn-albinos z białymi brwiami i srebrzystymi, bladoniebieskimi oczyma był taki jak zawsze.

Jako jedyna nigdy nie postrzegała go jako serdecznego ani miłego, a tym bardziej zwykłego.

Do niej jedynej od pierwszych słów znajomości Demon odnosił się z szacunkiem przez „pani", był obco chłodny, bezduszny.

Możliwe, że właśnie dlatego z ich Trójki tylko Katia widziała w nim partnera w biznesie, nie dając się zwieść jego rzekomej dobroduszności, sympatyczności czy ludzkim odruchom. Dlatego nie obrażały jej jego arogancja, mizantropia i nieprzyjemny charakter. Zgodnie z jej osobistym doświadczeniem wszelkie obdarzone władzą jednostki cierpiały z nadmiaru dumy, obmierzłego charakteru i pogardy dla ludzi. I sama dumna, despotyczna Katia, mająca w genach dziewięćdziesiąt procent *Homo*, ale nie *sapiens*, tylko *neanderthalensis*, nie stanowiła od tej reguły wyjątku.

Dlatego w relacjach z Demonem Dobrażańską interesowało wyłącznie przestrzeganie niezbędnej przyzwoitości oraz pożytek, jaki mógł jej przynieść.

A w danym momencie korzyści w przekazanej przez niego informacji Katerina Michajłowna nie dostrzegła.

– Nic nas nie uratuje? – Głos Katii dodatkowo podkreślił zaznaczone przez albinosa słowo trzema grubymi liniami. – Czy raczej nic nie uratuje pana? Panienka Aknir nie wie jednej rzeczy: mamy coś, co odroczy nasz Sąd, choćbyśmy nie wiedzieć co wyprawiały... ale panu o tym wiadomo!

– Ma pani rację. – Blondyn Katii spuścił śnieżnobiałą głowę, dając do zrozumienia, że przyjmuje rolę ofiary. – Podobnie ma pani rację w tym, że córka Kyłyny o tym nie wie. Ale ze smutkiem muszę pani oznajmić, że przepuściły panie odpowiedni moment. Wasze odkrycie należało obwieścić od razu. Po wydarzeniach dzisiejszej nocy nie uratuje to już sytuacji. Prędzej ją jeszcze pogorszy.

– Nie ma czasu na aluzje – warknęła Katia. – Co to za sytuacja?! Szybko, zrozumiale, konkretnie. – Spojrzała na zegar.

– W nocy na czwartej Łysej Górze przeprowadzono Wielki Obrzęd. Wiedźmy przekazały Aknir swoją moc. – Bladooki rzucił konkretną informację.

– Wiemy – pisnęła Czub z dalszego fotela.

– To dzięki tej mocy Aknir zdołała zburzyć trzy budynki. – Demon zwrócił się do Daszy.

Przez całą ćwierć sekundy, przez którą jej rudy, zielonooki, nieładny, ale uparcie ukochany Jan patrzył na nią, zakochana puszyła się, usiłując zrodzić jakieś wstrząsające zdanie. Tak żeby zrozumiał.

Nie jest taka jak Katia!

Jest nie gorsza od Maszy!

Zapomniała o straconym głosie i martwi się o Miasto!

Ale zdanie się nie urodziło...

A rudowłosy, obojętny, niemający pojęcia o jej duchowych przeobrażeniach Demon znów kierował wyjaśnienia do Katii:

– Dzięki sile kijowskich wiedźm Aknir liczy na zwycięstwo w boju bez względu na to, co wymyślicie, żeby ją pokonać. Jeśli naruszycie Zakaz, wezwie Sąd pojutrze, nieważne, co zrobicie, by go przełożyć. Jeżeli wskrzesicie budynki, ani ważne dokonanie, ani wiedźmia krew już wam nie pomogą... Ten, kto naruszy Wielki Zakaz, automatycznie idzie pod Sąd.

– Czy to już wszystko? – zapytała Katia, przeszywając blondyna zawzięcie pogardliwą ciemnością brązowych oczu. – Powiedział pan wszystko? – Zalała pokój w Wieży lodowatą nienawiścią. – Rozumiem doskonale! Proszę nie silić się na powtarzanie, nie jestem idiotką. A teraz proszę mnie posłuchać bardzo uważnie. To dotyczy was wszystkich. Poświęciłam życie, żeby zbudować swój biznes, żeby nie być zależną od nikogo i robić to, co chcę. Każdy supermarket zbudowałam własnymi rękami. Moje sklepy są najlepsze w Kijowie! I teraz jedziemy je wskrzesić! Postanowione. Bez dwóch zdań. Przywrócę sobie życie. To, które mi odebraliście! Jeśli po tym nie będę mogła zostać Kijowicą, niech będzie. Nie życzę sobie słuchać o waszych głupich zasadach. Ani o was!

Żegnamy się i żyję, jak żyłam. Wyrzekam się stanowiska Kijowicy. Taka jest moja ofiara.

Maszy wyrwał się stłumiony okrzyk.

Daszy wyrwał się głośny okrzyk.

W ciągu trzynastu godzin zimnej wojny obie zdążyły wypowiedzieć mniej więcej podobne kwestie.

„Nie jestem pewna, czy chcę być Kijowicą (...). Nagle wszystko się nałożyło jedno na drugie. To, że uciekłam z domu. I to, że nie wolno nam wejść do cerkwi. Dziś szłam koło soboru Świętego Włodzimierza i aż mnie coś ukłuło w środku!" – wyznała niedawno studentka, lepiej niż pozostali rozumiejąc, o czym mówi Katia.

Dostała prawo władania tym Miastem, ale za to podobnie jak najstarszej z Trójki Kijowic odebrano jej całe życie – jej miłość, jej „ja"!

„Jestem piosenkarką! Piosenkarką, a nie Kijowicą! Mam daleko gdzieś wszystkie kijowskie wiedźmy i ich durnowaty Sąd. Myślisz, że marzę, żeby po nocach wytrzeszczać gały na gwiazdy? Sama mogę być gwiazdą!" – wykrzyczała absolwentka szkoły Glière'a, dla której życie oraz śpiew plus sława były zrozumiałymi synonimami.

Lecz okazało się, że mówić i słyszeć to nie jedno i to samo!

Zwłaszcza jeśli to usłyszane wypowiedziała Katia – Katia dzierżąca w rękach niewidzialną wagę, gdzie na jednej szali leżał jej realny, wychuchany przez nią, zyskowny biznes, na drugiej zaś iluzoryczna rola obrończyni Kijowa, okazująca się synonimem krachu i kompletnej ruiny.

„To koniec" – uznała Masza w rozpaczy.

Mimowolnie rzuciła okiem na inną Wagę. Lecz Waga w rękach Kijowicy Mariny obaliła jej podyktowane emocjami przekonanie. Nadal była przekrzywiona, jednak skłaniała się ku równowadze.

„Wygląda na to, że tak powinno być?" – usilnie starała się pojąć Kowalowa.

Tylko jak to jest „tak"?

Katia powinna wszystko wskrzesić?

Czy Aknir powinna wszystko zburzyć?

Waga we wnętrzu Maszy, zodiakalnej Wagi, rozchwiała się jak huśtawka na placu zabaw.

„Co powiedzieć Katii? Tak? Czy nie?!"

Bądź co bądź, wypowiadając: „jedziemy je wskrzesić", Dobrażańska przez „my" rozumiała ją – jedyną z Trójki, która opanowała obrzęd wskrzeszenia.

Katia nie miała wątpliwości: Masza jej pomoże. Odmówić jej oznaczałoby ją zdradzić.

Ale co oznaczało zgodzić się?

„Co robić?"

– Ma pani prawo wyrzec się Kijowa – obwieścił majestatycznie Demon Katii. – Ma pani prawo postępować, jak uzna pani za konieczne. Jest pani wolna. I dopóki pozostaje pani Kijowicą, ani ja, ani Wasilisa Andriejewna nie możemy pani przeszkodzić. Mam jednak obowiązek uprzedzić o zapłacie.

Masza zamieniła się w słuch, błagając w duchu tego, kogo widziała jako nocookiego bruneta, by szybko powiedział coś, co będzie w stanie przeważyć szale wagi na jedną lub drugą stronę.

– Durny jesteś? Tępy? Idiota?! – Katia w napadzie szału zmiotła ze stołu bladoniebieski wazon. – A idź w...! – posłała blondyna w diabły. – Masza, jedziesz ze mną. Mój wóz stoi na dole. Koniec gadania!

„Koniec!" – Pod Kowalową ugięły się kolana.

– Zanim szanowna Maria Władimirowna odpowie pani „tak" lub „nie"...

Od czasu, gdy Kijewicki Demon zamienił się w człowiekofoba, jeszcze ani razu nie spowodował u Maszy takiego napadu ostrej – ludzkiej! – miłości.

– ...zajmę pani równo siedem minut i trzydzieści osiem sekund – dopowiedział nocooki z niezmąconym spokojem.

Jeszcze ani razu nie wzbudził u Maszy takiego szacunku dla swego niezmąconego spokoju.

Jeszcze ani razu nie wyzwolił w Katii tak rozszalałej nienawiści!

Jekatierina Dobrażańka nie należała do opanowanych ludzi. Zazwyczaj miała na tyle siły, by umieć się opanować.

Tym razem jednak nie starczyło jej sił.

Ból straty, przytłumiony anestezją (postanowieniem, że bez względu na cenę przywróci to, co straciła!), strach o to, że się nie uda i w mgnieniu oka stanie się nikim i niczym (przegraną nędzarką!), sprawiły, że czarny tajfun, rozpędzający się w jej wnętrzu po spirali, wyrwał się na zewnątrz.

Tajfun o żeńskim imieniu Katia przewrócił stół, na którym sekundę temu żył sobie świętej pamięci wazon, uderzył w albinosa (który oberwał i ręką, i nogą, gdy ta przyszła jej z pomocą), po czym pomknął do drzwi.

– Masza, idziemy!

Masza nie ruszyła się z miejsca.

– Zaledwie siedem minut i trzydzieści osiem sekund – powtórzył Demon. – Bez Marii Władimirowny i tak nie osiągnie pani swojego zamiaru.

– Masza? – Katia stała w wyjściu.

Dasza, siedząca na fotelu blisko drzwi, złapała kotkę i pośpiesznie oddaliła się od tajfunu.

– Masza, odmawiasz pomocy? – rzuciła Katerina.

– Niech jej pani chociaż da prawo dosłuchania do końca – rzekł Kijewicki.

Katia zabiła blondyna wzrokiem.

Dasza, chowając się za plecami Jana, z miłością spojrzała na jego złocistorudą czuprynę i nie mogąc przycisnąć go do piersi, mocniej objęła swojego Puszka.

Masza o mało nie rzuciła się brunetowi na szyję.

– Mów – usankcjonowała jego propozycję Dobrażańska, ostentacyjnie spoglądając na zegarek. – Siedem minut. Czas start.

– Jeżeli Aknir dowie się, że z powodu znanych nam okoliczności Sąd zostaje przeniesiony na przyszły rok, nie będzie tak długo czekać – zaczął blondyn. – Jest już na to zbyt silna. Większość wiedźm poszło za nią, a pozostałe pójdą w ich ślady, jeśli przeprowadzicie wskrzeszenie. W Mieście wybuchnie panika. I wśród ślepców, i wśród widzących. A to da córce Kyłyny świetny pretekst do wszczęcia przeciw wam otwartej wojny, już bez żadnych zasad. Wojny wolnych!

– Matko nasza Ziemio! – Do tej pory milcząca Wasilisa wzdrygnęła się.

I z tego, jak postarzała się jej młoda twarz, z tego, jak niezdarnie zamotały się jej duże ręce, jasno wynikało, że Demon powiedział coś straszliwego.

– Nie interesują mnie wasze przepychanki. – Znacznie bardziej interesowały Katię wskazówki zegarka na jej prawej ręce. – Zostało sześć minut.

– W zupełności wystarczy. Wcześniej już przestrzegałem Darię Andriejewną: zwyciężywszy w boju, Aknir nie pozostawi waszej Trójki przy życiu.

– Boju nie będzie! – ucięła problem Katia. – Ani boju, ani Sądu. Masza postawi cię przed Sądem, a ja odrzucam stanowisko Kijowicy.

– Jest jedno ale – wyrzekł pouczająco Kijewicki Demon. – Kijowicy nie można zabić. Lecz osobę, która już nią nie jest, owszem!

Katia oderwała wzrok od zegarka.

– Po co miałaby mnie zabijać? Sama się przecież zrzeknę.

– Z tego samego powodu, z którego władza sowiecka unicestwiła cara Mikołaja drugiego. Mikołaj sam oficjalnie zrzekł się tronu i w swoim imieniu, i w imieniu carewicza. A mimo to bolszewicy rozstrzelali obydwu. Żywa carska rodzina to as w rękawie, którego wrogowie rewolucji w każdej chwili mogli wyjąć i włączyć do gry. Podobnie gdyby została przy życiu Trójka ślepych, wszyscy, którzy sprzeciwiają się Aknir, którzy wierzą w proroctwo...

„A co przepowiada proroctwo?" – Masza bała się spytać.

Uciekały ostatnie sekundy.

– Odrzucając godność Kijowicy, pozbawia się pani ochrony, Jekatierino Michajłowno, a tym samym podpisuje pani na siebie wyrok śmierci – zakończył Demon Katii.

– A jeśli nie odrzucę? – zażądała odpowiedzi, marszcząc brwi.

– Wówczas nikt oprócz Miasta nie może odebrać pani życia. I jako jedna z Trójki przystąpi pani do wojny, którą naruszając Zakaz, czyni pani nieuniknioną. Maria Władimirowna przestrzegała już nie raz: Miastu grozi niebezpieczeństwo. Okazała się mądrzejsza od nas wszystkich. Niebezpieczeństwo leży nie w tym, że Kijów ją straci. Kijów może stracić sam siebie.

Demon nie patrzył na tę, której mądrość właśnie wychwalał.

Przez cały wieczór z jakiegoś powodu starannie omijał Maszę wzrokiem.

Lecz Kowalowa nie miała głowy do rozmyślania o jego dziwnym zachowaniu – jej myśli zajmowała Katia.

Ręka Kateriny Dobrażańskiej konwulsyjnie wczepiła się w złoty plusz portier oddzielających pokój od korytarza.

Zamarła. Drżały jej rzęsy.

– Zupełnie jak w osiemnastym roku... – Wasia z przygnębieniem pokręciła głową – kiedy Dziedziczki rozpoczęły z sobą wojnę...

– W osiemnastym roku którego wieku? – zaryzykowała pytanie studentka.

– Dwudziestego – odpowiedział Demon, nie zwracając się w jej stronę. – Czyżby pani sądziła, szanowna Mario Władimirowno, że piekło rewolucji tknęłoby ściany Kijowa, gdyby Kijowica broniła swojego Miasta?

– A czemu go nie broniła? – spytała zdezorientowana Masza.

– Pierwszego stycznia tysiąc osiemset dziewięćdziesiątego piątego roku – miauknęła wszystkowiedząca biała kotka – Dziedziczka Olga wezwała przed Sąd swoją siostrę, Kijowicę. Nie czekając na Sąd, Kijowica opuściła Miasto. Nie wykazano jej winy. A ponieważ bez Sądu nad starszą siostrą Dziedziczki nie można było uznać za Kijowicę, Miasto zostało bez ochrony. Wiedźmy podzieliły się na dwa obozy i wszczęły wojnę.

– To znaczy, że w dziewięćdziesiątym piątym, w jedenastym i w osiemnastym Kijów był niebroniony?! Nie miał władczyni? – zdumiała się Masza.

– Jak pani widzi – skwitował Kijewicki Demon – sytuacja bardzo podobna. Jeśli sprawy nie udaje się załatwić przez Sąd, dochodzi do walki wręcz.

– Kijów płonął przez dziesięć dni! – rozgorączkowała się Masza. – A one walczyły z sobą? Murawjow rozstrzeliwał ludzi w Ogrodzie Carskim, a one porzuciły Miasto... I rozwiązywały swoje problemy... Jak mogły? W czym w takim razie są lepsze od ślepców?!

Duch Miasta zwrócił się do najstarszej z Trójki.

– Siedem minut i trzydzieści osiem sekund temu sądziła pani, że zburzenie pani biznesu to piekło. Ale zapewniam, że jutro, kiedy pani zrozumie, co oznacza piekło, zmieni pani zdanie.

– Nienawidzę!!!!! – zawyła Katerina. – Nienawidzę wszystkich!

Kijewicki miał rację: Katia była zbyt mądra, by nie pojąć, że zagoniono ją w kozi róg. Lecz jej porażka nazbyt przypominała śmierć, by się do niej przyznać.

– Omamiliście mnie... – Jej ręce zerwały pluszową storę z karnisza. – Wielka władza! Wolność. – Ręce młóciły powietrze, szukały, co jeszcze można by zerwać, skruszyć. – I co mam w rezultacie? Powinnam nadstawić drugi policzek? Przełknąć to? Pogodzić się z tym i dać się upokorzyć? Zostać nędzarką? Bo inaczej umrę? – Ręce strąciły z półki rząd książek i zwaliły je na podłogę.

– Mama! – Ruda Puszek wbiła w Daszę dziesięć pazurów i wcisnęła „mamie" tchórzliwą mordkę pod pachę.

Dokoła latały książki, albumy, obrazy, dekoracyjne talerze.

– Nie my wymyśliliśmy trzynaście Zakazów – rzekł ze znużeniem Demon Katii. – Marina! To ona ustanowiła Równowagę między Niebem a Ziemią, ona uczyniła nieskończoną władzę Kijowic waszą niewolą. Zanim nastała, byliśmy wolni i żaden Sąd nie mógł was pociągnąć do odpowiedzialności. Ale obecnie ta wolność jest...

– Nie! – wykrzyknęła Masza.

Katia z wyciągniętymi rękami biegła do kominka, zamierzając zrzucić ze ściany portret Kijowicy Mariny.

Zasiadająca na kamiennej półce biała kotka wygięła grzbiet w łuk.

– Precz!

Belladonna z groźnym sykiem uniosła pazurzastą łapę. Katerina chciała ją strącić ręką.

Ale kotka skoczyła pierwsza.

– Aaaa! Do diabła! Do diabła! Do diabła! Do diabła! – zawyła Katia.

W Wieży błyskawicznie zmaterializowały się cztery diabły. Jednocześnie rozeszła się ostra woń jak z ogrodu zoologicznego. Dasza zmarszczyła nos.

Czterech nieumytków (czarny, bury, rudawy i szary) zbiło się w kudłatą kupkę, przyciskając się do siebie i popatrując z lękiem na wysokich panów.

– Prz-rzyzywałaś, p-pani? – pisnął nieśmiało bury czort, podkulając ogon i zwracając żałosny perkaty kinolek w stronę dwóch walczących.

Oszalała Katia próbowała wyrwać sobie białą kotkę z czarnych włosów. Obie: Kijowica, która wezwała czorty na pomoc, i obrończyni Wieży były nietykalne.

– Czo mamyż robić, a? – Okrągłe oczka burego czorta krzyczały niezrozumieniem. – My przecież nie mogemy...

Masza, mogąca interweniować, ale zastopowana na chwilę nagłym pojawieniem się diabłów, już śpieszyła z pomocą.

Ale Belladonna sama zostawiła głowę Katii i wróciwszy na swój posterunek, usiadła na półce w poczuciu dobrze spełnionego obowiązku.

Dobrażańska płakała, oparłszy czoło na ręce.

– Do diabła... – (Do czterech diabłów natychmiast dołączył piąty, czarnego koloru). – Do diabła. – (Szósty czort był pstrokaty). Do diabła, do diabła... – (Siódmy i ósmy znów czarne. Najwyraźniej wśród czortów dominowało kare umaszczenie). – Co mam robić? Nie mogę... Łatwiej mi skończyć ze sobą. Mam trzydzieści pięć lat, nie mogę zaczynać wszystkiego od nowa. – Wzrok Katii padł na zastęp rogato-ogoniastych stworów. – Zapomniałam – powiedziała martwo, opadając na fotel. – Zapomniałam. Nie należy mówić „Do diabła"... – (Dziewiąty czort był niebieskawy i drobny) – ...bo się pojawi.

– Więc Katia jest czartówką? – ożywiła się Czub. – A ja? Do diabła... Do diabła!

– Co rozkażesz, moja Jasna Pani? – Dziewiąty, niebieskawy czort, okazał się najbardziej błyskotliwy z paczki. Zupełnie zignorował wezwanie Daszy, wyskoczył na środek pokoju i wykonał przed Katią mistrzowskie dygnięcie. – Niech pani imię będzie wysławiane po wiek wieków! Niech się wypełni proroctwo, kiedy do Miasta po raz trzeci przybędzie Trójka i pogodzi dwie niedające się pogodzić liczby...

– A kysz! – Katia bezmyślnie otarła sobie krew z podrapanego czoła.

Czort znikł.

Katerina najwyraźniej była prawdziwą czartówką!

– „A kysz" odnosi się do was wszystkich. Techniczna poprawka. – Wasilisa Andriejewna pośpiesznie odprawiła pozostałą ósemkę gestem „wynocha stąd".

Na pyskach ulatniających się rogaczy odmalowała się wielka ulga.

– Nie zostawiacie mi innego wyjścia – powiedziała posępnie Katia – jak śmierć. – Spojrzała na swoją czerwoną od krwi dłoń.

Dasza wytrzeszczonymi oczyma patrzyła na czoło Katii, naocznie udowadniające im wielkość prawdy: Kijowicy nie da się zabić. Rany na jej skórze zagoiły się, zadrapania znikły. Ciało Kijowicy odradzało się samo, niczym Matka Ziemia. I unicestwić je mogło tylko Miasto.

Albo ona sama.

– Popełniając samobójstwo, wyświadczy pani Aknir wielką przysługę. – Demon postąpił krok w stronę Dobrażańskiej.

Kijowica nie żartowała.

Katia nie była Daszą! Ta, choć kochała śpiewanie i sławę, jeszcze bardziej kochała siebie. Katia nie była Maszą. Kowalowa, chociaż kochała sobór Włodzimierza, Wrubla i swojego tatę, jeszcze bardziej kochała marzenia o czymś wielkim, o wyższym sensie życia.

Katia kochała władzę.

Bardziej niż samą siebie! Sensem jej życia była duma rządzenia i rozkazywania.

Lecz teraz jedna władza Katii leżała w gruzach, a druga zamieniła się w niemożliwą do odgrywania, poniżającą rolę posłusznej, pokornie przyjmującej ciosy i przełykającej ból osoby...

Katia jednak należała do tego rodzaju ludzi, których nie da się nagiąć, można ich tylko złamać.

I właśnie ją złamano.

– Nie mam nic do Aknir – rzekła.

– Jekatierino Michajłowno, tylko pani, pani jedna ma wszelkie szanse udowodnić swoje prawo do bycia Kijowicą! – zatrajkotała Wasia. – Wystarczy, że wyprawi się pani w Przeszłość, spotka ze swoją praprababką i dostanie od niej faktyczne...

– Nic mi do tego. Nie chcę być Kijowicą. Nie chcę być. Nic nie chcę – uczciwie wyznała Dobrażańska.

– Kim jest ta kobieta? – przerwała im dźwięcznie Masza.

Co dziwne, Kowalowa nie rzuciła się ku Katii, nie przejęła się dokończonym przez czorta proroctwem. Kucała przed stertą książek zwalonych na podłogę przez Dobrażańską, trzymając w rękach strącony z półki album fotograficzny.

– Kim jest ta dama? Na zdjęciu. Nikt z was jej nie zna? – pytała strwożona.

Wasilisa Andriejewna po chwili wahania podeszła do studentki.

Palec Maszy wskazywał sepiową, przedrewolucyjną fotografię przedstawiającą młodą piękność z białą mufką w rękach. Mufkę zdobiły frędzle z futrzanych pomponów. Do kołnierza białego futrzanego płaszcza przypięty był bukiet sztucznych konwalii.

– Kijowica Persefona. – Przemądra rozpoznała damę. – Ta, która w dziewięćdziesiątym piątym została obwiniona i porzuciła Miasto.

– Obwiniona pierwszego stycznia dziewięćdziesiątego piątego roku! – zawołała uwielbiająca daty studentka historii. – Mój Boże, widziałam ją! Dzień wcześniej. Trzydziestego pierwszego grudnia! W Ogrodzie Carskim. Na tej samej alejce, na której Anna znalazła Lirę... Boże, wszystko się składa! Wszystko wstrząsająco pasuje!

Masza potoczyła zszokowanym wzrokiem po obecnych i objawiła:

– „Żmijo Katerino z twoimi dwiema siostrami, zbierz wszystkie swoje żmije i swoje węże", co znaczy: wszystkie Kijowice! „Zbierz je i spytaj, które z nich dla zabawy wpuściło swój jad...". To ona! Mówiłeś – wywiadowczyni Przeszłości w olśnieniu spojrzała na Demona – że do rewolucji doszło, ponieważ Miasto zostało bez obrończyni. Ale to nieprawda. To ona, Persefona! Ona podrzuciła Achmatowej Lirę! I na drugi dzień własna siostra wezwała ją przed Sąd. Ona jest winna! Z jej powodu zginęło pięćdziesiąt milionów! Ale żeby tak było – Masza zamyśliła się – Persefona musiałaby znać formułę Boga. Bez niej nie przeliczyłaby dwudziestodwuletniej drogi od Liry do Lenina. A formułę odkryła Kyłyna.

– Kyłyna – Demon patrzył nie na Maszę, ale na Daszę Czub (która momentalnie się rozpromieniła, zyskawszy jego uwagę) – była przyrodnią wnuczką Dziedziczki Olgi.

– Może formułę znały obie siostry? – zastanawiała się na głos studentka. – Olga i Persefona. A Kyłyna dostała obliczenia w spadku. Wtedy wszystko się zgadza! Wszystko! Genialnie!!!

Kowalowa rzuciła się do załamanej Katii i padła przed nią na kolana.

– Katiusza, kochana, mam propozycję. Niezbyt wesołą, ale bardzo, bardzo logiczną. Rozumiem, że nie jesteś gotowa niczemu zapobiegać. Wolisz raczej umrzeć... Ale może na śmierć jeszcze za wcześnie? Wiesz, kijowski filozof Nikołaj Bierdiajew powiedział, że ludzie popełniają samobójstwa, ponieważ chwilę bólu uważają za wieczność. Ponieważ myślą, że tak źle będzie już zawsze! Ale ty nie musisz rozstrzygać niczego już teraz, a możliwe, że jeszcze jutro coś wymyślimy! Tymczasem chodź, uciekniemy w Przeszłość, popatrzymy, jak tam i co... Przecież w Przeszłości czas dla nas nie płynie! Tutejszy stoi dla nas w miejscu! Teraz jest pierwsza w nocy. Wsiądziemy w samochód, pojedziemy do mieszkania Kyłyny w jedenastym roku. A jak już coś wymyślimy, wrócimy tu, równo o pierwszej trzydzieści!

– Kowalowa! – zawołała Wasia. – Proszę o wybaczenie, Jasna Kijowico... To najlepsze rozwiązanie, jakie można przyjąć! Zatrzymać czas i nie postanawiać niczego...

– Zgadzam się z Marią Władimirowną. – Demon wreszcie popatrzył na Maszę. Po raz pierwszy od początku rozmowy.

Patrzył na nią niezrozumiale.

Nieprzenikniony kamień jego oczu nagle stał się przeźroczysty i w tej przeźroczystości Masza dostrzegła mnóstwo zjaw: niedowierzanie, powątpiewanie, pogardę i szacunek, strach i nadzieję.

– Dlaczego tak na mnie patrzysz? – nie wytrzymała, nie rozumiejąc go.

– Jak? – spytał.

– Jakbyś mnie widział po raz pierwszy.

– Jakie to dziwne... tam noc, a tu dzień. Tam lato, a tu wiosna.

Katia już od godziny stała przy oknie, spoglądając w dół – na pierwszorzędną ulicę*.

Ulica, którą pamiętała pod nazwą najpierw Lenina, a potem Bohdana Chmielnickiego, nie przypominała tego, co Dobrażańska znała. Malutki wyjątek stanowił wolnostojący budynek na-

* W XIX wieku ulice w Kijowie dzielono według kategorii pierwszo-, drugorzędnych itd.

przeciwko i jeszcze jeden (drugi „malutki" w czasach Kateriny był spory, mieścił muzeum zoologiczne).

Lecz wszystko pozostałe...

– Jakby oglądać hollywoodzki film – powiedziała. – Nierealne. A który mamy rok?

– Nie wiadomo – odpowiedziała Masza. – To jest konspiracyjne mieszkanie Kyłyny. Wynajmowała je w Przeszłości, ale nie mieszkała tu na stałe. A dom wpuścił nas, kiedy nie było jej w środku.

Kowalowa badała wnętrze niewielkiej etażerki z książkami, która stała na wygiętych nóżkach niczym wspięta na palce. Zawartość zainteresowała Kowalową tak bardzo, że odpowiadając na pytanie Katii, nie odwróciła się nawet, by nie tracić ani sekundy.

– A wybrać się do Przeszłości możemy tylko my? – Katia, zadając pytanie, też się nie mogła odwrócić. Nie mogła oderwać wzroku od okna, od wystrojonych dam, powozów, furmanek, stójkowych, gimnazjalistów.

– Nie. Przejść może każda wiedźma, jeśli tylko ma klucz, hasło i wystarczającą moc, by się przenieść. Już ci mówiłam.

– A ludzie nie mogą?

– Sami nie mogą. Tylko jeśli ich zabierzemy z sobą. A to już naruszenie Drugiego Zakazu.

– Ty przecież ciągnęłaś z sobą swojego satanistę! – podważyła jej słowa Czub.

– Mir to nie satanista. – Kowalowa zmarszczyła brwi nad czerwoną książką. – I nie jest ślepcem, tylko duchem.

– Ale ty tego nie wiedziałaś!

– I co z tego? – odparła przyganę studentka. – Zgodnie z prawem Kijowica może sobie wybrać spośród ślepców jednego powiernika.

– To on jest twoim powiernikiem?

Masza nie odpowiedziała. Książka, którą trzymała w rękach, wymagała coraz silniejszego marszczenia brwi.

– A wyobraźcie sobie... – Katerina, oparłszy się dłońmi o parapet, zbliżyła czoło do szyby – ...ile pieniędzy można by zarobić na takim turystycznym biznesie? Podróże w Przeszłość!

– Nie wyjdzie ci to za cholerę – wyraziła swoje zdanie Czub. – Ludzie nie uwierzą. Albo oszaleją. Albo stwierdzą, że coś im podałaś i to tylko narkomańskie wizje.

– Za narkomańskie wizje płacą jeszcze więcej – orzekła Dobrażańska. – Gdyby sprzedawać Przeszłość jako działanie narkotyku, wilk byłby syty i owca cała. Zakaz nienaruszony i zarobek niezły...

Katia nie snuła planów.

Po prostu gawędziła dla przyjemności, rozkołysana bezbrzeżną nierealnością świata, w którym się znalazła.

Dręczący problem wyboru „ruina czy wojna?" został odłożony na sto lat. Mózg Katii natomiast nie widział najmniejszego sensu w tym, by denerwować się czymś, co będzie miało miejsce w tak odległym czasie. Oszukany narkotycznym działaniem nierealnego świata, nagle stracił wszelkie wskazówki, punkty zaczepienia, powody do zmartwień.

I Katia całą duszą odczuła kojące działanie zatrzymania czasu i przebywania w Nigdzie.

Zatrzymać czas, zawsze pracujący przeciw niej, czas, którego nigdy nie starczało jej w dotychczasowym życiu, dusznym od spraw niecierpiących zwłoki – o tym Katia marzyła od dawna.

Nigdy jednak nie myślała, że jest to możliwe.

– Wiesz, Masza, miałaś zupełną rację – powiedziała – wybranie się tu było najlepszym rozwiązaniem.

Katastrofy budowlane, straszne ostrzeżenia demona, strach przed utratą wszystkiego, równoznaczny utracie samej siebie, oraz pragnienie śmierci zostały daleko, daleko w tyle...

A całkiem blisko zagościło przekonanie, że wystarczy się uspokoić i nieco poruszać szarymi komórkami, a na pewno znajdzie się jakieś wyjście. Po prostu zagubiło się ono w nawale wydarzeń, zagadek, zagrożeń. Zapodziało się gdzieś między Achmatową a Gumilowem, Lirą a rewolucją, tramwajem, praprababcią, cmentarzem Bajkowa, wyliczeniami Kyłyny, zburzeniem trzech supermarketów, samobójstwem i założeniem Maszy, że one trzy nigdy się nie urodzą.

– Ale tam czas na pewno nie płynie? – upewniła się po raz piąty.

– Na pewno, z całą pewnością. Nie pierwszy raz tu jestem. Twój samochód stoi przed wejściem w dwudziestym pierwszym wieku, stąd do Wału Jarosława jest siedem minut, sama zauważyłaś. W każdej chwili możemy wrócić, nawet przed pierwszą trzydzieści.

– W dowolną minutę?

– Choćby jutro, chociażby pojutrze. Czas będzie na nas czekał.

– To świetnie – stwierdziła oczarowana Katia.

– Co jest świetnego w tym, żeby tu się czaić dwa dni? – jęknęła Czub.

Dasza leżała na ogromnej secesyjnej kanapie obramowanej dwiema szafkami o niezliczonych lustrzanych półeczkach, ziewała, mrużyła oczy podrażnione przerzuceniem ze środka nocy w biały dzień, i nudziła się męczeńsko. W dole, koło kanapy, legła jej wierna miotła, zabrana na wszelki wypadek, ale nie ratowała swojej właścicielki od udręki nudy.

Czub już bywała w Przeszłości (co prawda nie na zewnątrz, tylko w dwóch mieszkaniach). Ale szybko przetrawiła ten cud i równie szybko straciła dla niego zainteresowanie... w odróżnieniu od Jana, z którym nie udało jej się porozmawiać!

Czas miał się zatrzymać dla wszystkich Kijowic, dlatego koleżanki, nie pytając Daszy o zdanie, wepchnęły ją do samochodu, przywiozły pod secesyjną kamienicę i zaciągnęły do mieszkania przypominającego pretensjonalne muzeum z licznymi żardinierami, w których rosły palmy, samowarami i asymetrycznymi secesyjnymi meblami...

Wszystko z powodu Katii!

Katii, która straciła swoje sklepy i zagroziła, że ze sobą skończy. (Chociaż kiedy Dasza straciła głos i groziła, że ze sobą skończy, każdy tylko na nią fukał!).

Dlatego Wstrząsająca nadymała się i dąsała.

A tymczasem, nie mając co robić, kartkowała podręcznik *Historia Kijowic*, który Wasilisa wcisnęła na pożegnanie uciekającej od nierozwiązanych problemów Trójce. Wasia wciąż miała nadzieję, że znalazłszy odpowiedni moment, przygotuje je do egzaminu z tajnej historii Miasta, do którego tak czy inaczej będą musiały podejść na Sądzie – teraz czy rok później, Przemądra nie przejmowała się tym. Jak przystało na prawdziwą wykładowczynię, Wasia uważała, że wykształcenie przewyższa wszystko inne. I tylko to jej leżało na sercu.

Lecz wydrukowane drobną czcionką akapity o tym, jak sobie żyły poprzednie obrończynie Miasta, nie wzbudziły w Daszy szczególnego zainteresowania – właściwie oglądała tylko obrazki. Przynajmniej dopóki na jednym z nich nie pojawił się portret rudego, a właściwie czarno-białego Jana.

Przewróciwszy się na brzuch, Dasza ułożyła książkowego Demona przed sobą, oparła podbródek na dłoni i zaczęła się napawać widokiem.

– Posłuchajcie – powiedziała, gdy ponapawała się już z minutę. – To pewnie o tym, co mówił Katii czort:

W ciągu dziesięciu tysięcy lat proroctwo Kijowicy Mariny „Kiedy do Miasta po raz trzeci przybędzie Trójka, pogodzi dwie niedające się pogodzić liczby" dorobiło się nie mniej jak dziesięciu tysięcy interpretacji.

Ale w XIII wieku, gdy Kijów był zniszczony, Ruś Kijowska rozpadła się na Małą Ruś i Wielką Ruś, a ślepcy, założywszy inkwizycję, zaczęli unicestwiać wiedźmy, mędrcy doszli do wniosku, że chodzi o niemożliwe do pogodzenia jedynkę i trójkę, symbolizujące trójjedynego Boga na Niebie i Ziemię stworzoną przez niego pierwszego dnia...

– Czyli – Masza podniosła głowę – trzynastka to jednak zła liczba?

– No... – Dasza nie znała odpowiedzi na to pytanie, dlatego po prostu przeczytała ciąg dalszy:

Nie niosąc sama w sobie zniszczenia, liczba, nazywana przez ślepych „diabelskim tuzinem", zawsze oznacza walkę między Niebem a Ziemią. Zatem proroctwo Mariny można interpretować następująco: „Kiedy do Miasta po raz trzeci przybędzie Trójka, pogodzi Niebo z Ziemią".

– Co za bzdura – dodała Czub od siebie. – Teraz jeszcze mamy pogodzić Niebo z Ziemią. Jak oni to sobie wogle wyobrażają? Niebo przecież nie opuści się na ziemię.

Pod wpływem nagłego impulsu Masza otworzyła książkę, która kazała jej marszczyć brwi, i przeczytała trzynasty wers od góry:

(...) i nad podziw wysoko stały na niebie dwie gwiazdy: gwiazda pastusza, wieczorna Wenus, i drżący czerwony Mars.

Ale proroctwo czerwonej książki, podobnie jak proroctwo Mariny Wielkiej pozostało dla niej niezrozumiałe.

W środku podrapała ją nieprzyjemna myśl:

„Wciąż za dużo jest niewiadomych".

„Na przykład dlaczego Kyłyna zapisała w swoich notatkach »BM bardzo trwożnie?«".

– A jak nazywa się teraz ta ulica? – Katia usadowiła się na parapecie i podciągnęła nań nogi.

– Funduklejewska – odparła studentka.

„Dlaczego podsłuchiwała na Funduklejewskiej rozmowę Miszy z narzeczoną?"

– I to tędy car jechał do Teatru Operowego?

– Tak.

„Po co Persefonie była rewolucja? Żeby zburzyć pół setki cerkwi? Żeby Kijów przestał być Stolicą Wiary? Żeby Ziemia zwyciężyła Niebo?

Ale tego samego chciała Kyłyna.

Dlaczego zatem Kyłyna zamierzała nie dopuścić do rewolucji?"

– I to na tej ulicy utknęła dorożka z Achmatową?

– Zgadza się.

„Dlaczego – czy to zbieg okoliczności? – kamienica, w której mieszkała w Kijowie Anna Achmatowa, dom, w którym mieszkała w Moskwie Małgorzata, jak i budynek szpitala, w którym zmarł Stołypin, podobnie jak każdy przedmiot w tym mieszkaniu Kyłyny, były secesyjne?

I dlaczego wreszcie wers o Wenus i Marsie w czerwonej książce, którą znalazłam w konspiracyjnym domu Kyłyny, jest podkreślony ręką Kyłyny, i to kilka razy?"

– I po niej chodził Bułhakow?

– Chodził.

– Car... Bułhakow... – westchnęła Katia. – Nierealne.

– Co w tym nierealnego? – przyczepiła się zaraz Dasza. – My po tej ulicy chodzimy codziennie. Czemu w naszych czasach nie wydało ci się nierealne, że przejechał po niej car?

– Dlatego, że w naszych czasach o tym nie myślałam – odrzekła po prostu Katia. – Masza, a gdzie ja wtedy stałam?

To arcyważne pytanie oderwało Maszę od etażerki z książkami.

– Już ci pokazuję. – Odłożyła książkę i marsową minę, zmusiła się do uśmiechu i zwróciła do Katii. – Tam. – Przewiesiła się przez koleżankę zajmującą cały parapet i zakręciła palcem wskazującym. – Przy słupie tamtej latarni stała dorożka. A ty tuż obok tamtej witryny. Miałaś na głowie taki ogromny kapelusz, ładny. A chcesz wiedzieć, skąd wiedziałam, że ze sobą nie skończysz?

– Interesujące! – Wstrząsająca Dasza wieloznacznie uniosła brwi. – Blefowała?

– Katiu, bardzo, ale to bardzo się o ciebie martwiłam, wierz mi! – zapewniła wywiadowczyni. – Ale wiedziałam, że nie popełnisz samobójstwa. Dlatego że widziałam cię w Przeszłości. A to znaczyło, że to, co widziałam, dopiero się wydarzy. Skoro miało się zdarzyć, to nie mogłaś umrzeć, póki tego nie zrobisz.

– Ale jak mogłam się tam znaleźć? – Dobrażańska niedowierzająco wpatrywała się w odległy sklep „Madame Anjou", usytuowany po przeciwnej stronie Funduklejewskiej.

Kowalowa czekała na te słowa.

Katia wypowiadała je nie raz. A Masza nie raz uchylała się od odpowiedzi.

Przygotowywała się do niej.

I miała nadzieję, że Katia jest na nie gotowa.

– Wiem – powiedziała – że nie chcecie odwoływać rewolucji. Ale wiem też, że się w końcu zgodzicie!

– Ni cholery! – szarpnęła się ostro Czub. – Posłać Ukrainę w niewolę? Po moim trupie!

– Widziałam Wiertum! – Masza patrzyła na Katię. – Widziałam cię. Pamiętasz, jak wyjaśniałam, że wybierając się w Przeszłość, zmieniamy ją już samą swoją obecnością? Ale od tej reguły jest wyjątek.

– A mianowicie? – Czub wsunęła sobie książkę z Janem pod pachę i sturlała się z kanapy. Centrum wydarzeń przemieściło się ku oknu, a Dasza nie lubiła znajdować się na marginesie.

– Nie mówiłam wam tego – Kowalowa z poczuciem winy spuściła wzrok – ale Demon uważa, że Miasto wybrało na Kijowicę mnie. Tylko mnie.

– Ja też nie mówiłam. – Dobrażańska uśmiechnęła się szeroko. – Ale Wasilisa uważa, że Kijowicą będę ja. Tylko ja. A ty, Masza, nie obraź się, ale nie masz ani kropli wiedźmiej krwi. To udowodnione.

– To znaczy, że nikt nie uważa, że ja powinnam zostać Kijowicą? – Czub i tak poczuła się odsunięta na margines.

– Nie jestem wiedźmą? – zdumiała się studentka. – Dziwne... Rzecz w tym, że Demon widział mnie w tysiąc osiemset osiemdziesiątym czwartym roku, z Wrublem. I tam już byłam Kijowicą. Rozumiecie? – Objęła spojrzeniem koleżanki. – Widział mnie na sto lat przed tym, jak wybrałam się w przeszłość i zmieniłam ją swoim pojawieniem! Na tym polega wyjątek.

– Niezupełnie rozumiem – rzekła Katia.

– Zmieniać Przeszłość to tak samo, jak nanosić na już wydrukowanym tekście odręczne poprawki. A wyjątek to tak, jak otworzyć podręcznik o historii Kijowa i zobaczyć tam swój własny portret! – wymyśliła metaforę Masza. – Demon widział mnie w kawiarni „Semadeni". Ja widziałam ciebie w jedenastym roku. Widziałam Wiertum! I Kyłyna też widziała. Dlatego napisała „K+2 wiert"! Widziała cię tam, przy sklepie „Madame Anjou"! Rozumiesz? Zanim przybyłyśmy tu, zanim „otworzyłyśmy podręcznik", nasze portrety już tam były! A to oznacza fatum, los! To, co ma się zdarzyć, ponieważ powinno się zdarzyć. Inaczej być nie może!

Dasza niezwłocznie otwarła podręcznik *Historia Kijowic*.

– Może choć tu będzie mój portret... – wyraziła nadzieję.

Katerina patrzyła w okno.

– Sens jest jasny. Istnieją działania, które nie mogą się nie dokonać. Dlatego są zawczasu wpisane w historię. Trudniej w to jednak uwierzyć. Stoję przy tym oknie.

– Wcale nie musisz mi wierzyć – obwieściła uroczyście najmłodsza z Trójki Kijowic. – Popatrz sama.

Czując doniosłość chwili, pamięć Maszy błysnęła tekstem, który wcześniej wymamrotał Kijewicki, zmieniając jeden rok w drugi, bez żadnego klucza czy hasła.

Kowalowa nawet nie pomyślała: „Czy się uda?", tylko pstryknęła palcami i jak na telewizyjnym ekranie jeden obraz zamienił się w drugi.

Dzień – w wieczór.

Wiosna – w jesień.

Nieliczni, nieśpiesznie kroczący przechodnie – w gęsty, cisnący się, skłębiony w świątecznym podekscytowaniu tłum wypełniający całą Funduklejewską.

Katia gwałtownie przylgnęła do szyby.

Dasza upuściła książkę, rzuciła się do drugiego okna.

– Ja zwariuję! Ja zwariuję! – zapiszczała, gramoląc się na parapet i chciwie wbijając wzrok w carski orszak. – Wstrząsające! Szkoda, że nie mam lornetki...

Niewiele myśląc, Wstrząsająca szarpnęła zasuwkę, otwarła okno na oścież i o mało nie wywaliła się na zewnątrz.

Tego Masza, wciśnięta pod łokieć Katii, nie widziała – inaczej by się przestraszyła. Gdyby przedrewolucyjny świat zobaczył dziewczynę w króciutkich szortach i podwiązanej wyszywanej koszuli odsłaniającej brzuch niczym bikini, mogłoby to wywołać w jedenastym roku drugą rewolucję – przedwczesną i seksualną.

Ale rewolucyjnie gołe nogi Daszy Czub uszły uwadze tłumu podobnie jak ona sama, ponieważ porządni i nieporządni ludzie wpatrywali się w orszak koronowanej głowy.

– A car! Gdzie car? W którym powozie? – dopytywała się głośno Dasza.

– O tam. Z brodą. Obok niego dwie piękne dziewczyny – podpowiedziała Masza. – To jego córki. Wielka księżna Olga i wielka księżna Tatiana.

– Wow! Widzę cara! – wydarła się Czub z zachwytem. – Hura! Hurra!!! Niech żyje car! (Piosenkarka zapomniała, że jest patriotką z innego kraju, niekompatybilnego z carem).

Masza próbowała dostrzec w tłumie Miszę Bułhakowa.

Lecz z tego okna roztaczał się widok pod innym kątem – potencjalnego Miszę zasłaniał czarny słup.

– Nie widzę siebie. – Wytrzeszczone z oszołomienia oczy Katii przeszukiwały okolicę sklepu „Madame Anjou", przy którym wedle zapowiedzi Maszy miał się objawić znak losu.

– Zaraz, zaraz – zapewniła nerwowo wywiadowczyni Przeszłości. – Widzę!! Duży kapelusz w czarno-białe paski! Tutaj sklep, a kapelusz nieco po lewej...

Katia uklękła na parapecie, przyciskając dłonie do szyby,

Widziała siebie.

Trwało to tylko kilka sekund, lecz było zbyt wyraźne, by Katia nie mogła się nie rozpoznać.

Kapelusz zniknął z pola widzenia, przesłonięty przez konnego żandarma.

– Chcesz popatrzeć jeszcze raz? – zaproponowała z gotowością Kowalowa. – Można przewinąć do tyłu, jak film.

– Nie trzeba. Widziałam. – Katia milczała przez kilka sekund, po czym dodała z trwogą: – Ale nie rozumiem. Po co podeszłam do tego sklepu?

– Żeby ocenić sytuację i odmienić bieg...

– Ale po co miałabym tam iść, skoro dopiero co widziałam wszystko z okna? I jeżeli zechcę, mogę pooglądać jeszcze raz.

Na to pytanie wywiadowczyni też znała odpowiedź:

– Dlatego, że mamy nie dopuścić do tego, by Anna rozlała...

– Patrzcie! Patrzcie! – zawołała Czub. – Tam w dorożce siedzi Maszka! I ma dokładnie ten sam kapelusz co przed chwilą Katia. Czarno-biały! A ta obok to Achmatowa? Jakaś taka zbyt skromna... Nigdy mi się nie podobała! Masza, a jak możesz do niej podejść i poprosić, żeby czegoś tam nie mówiła, skoro już z nią siedzisz?

Masza w kapeluszu, dotąd siedząca w dorożce z Achmatową, zeskoczyła na ziemię...

Masza bez kapelusza, patrząca z okna, nagle ujrzała wielkokołowy automobil przewodniczącego Rady Ministrów Stołypina.

Zobaczyła go – z głową łysą jak bilardowa kula, głębokimi, głęboko osadzonymi oczyma i zadziwiająco podkręconymi wąsami nad niedługą brodą. Tunika munduru ostatniego witezia Rusi pyszniła się medalami. Wśród nich był krzyż otrzymany za zasługi na rzecz Czerwonego Krzyża, na którego czele stał podczas wojny japońskiej. I Order Świętego Włodzimierza, który za kilka godzin stanie się jego zabójcą – kula Bogrowa rozerwie odznaczenie, a metalowe odłamki z napisem „Pożytek, Honor i Chwała" rozerwą wątrobę premiera.

– Jak możesz dosiąść się do niej w drugim egzemplarzu? – nie ustępowała Czub.

Ulicą wolnym kłusem przesuwali się ministrowie, wysocy urzędnicy, szambelani, gubernatorowie, wicegubernatorowie i wszelkie osobistości, które zjechały do Miasta na uroczystość poświęcenia odsłoniętego pomnika carskiego dziadka zabitego przez terrorystę... Pomnika, który zwabił do Kijowa pierwszego ministra Stołypina, aby powtórzył los imperatora i pozostał w Wielkim Mieście na zawsze.

Piotr Stołypin nigdy nie opuści Kijowa.

Spocznie w tutejszej ziemi i zostanie na niej w postaci pomnika autorstwa Ettore Ximenesa, który zaprojektował też pomnik-pułapkę Aleksandra II, stojący na tym samym po trzykroć fatalnym placu.

Masza zamknęła oczy, rozrywając się w myślach na kawałki...

Ponieważ na pytanie Daszy też znała odpowiedź!

Pierwszego września 1911 roku własnymi rękami zniszczyła prosty, błyskotliwy plan Kyłyny na uratowanie świata.

Rozdział czternasty,

w którym autorka zamienia Kijów na Koktebel

Czytać Herodota w całości, droga Czytelniczko, zupełnie nie masz potrzeby, to nawet szkodliwe dla oczu. Wszystkich książek na świecie nie przeczytasz. Lecz oto cytat...

(...) Około południa Amazonki zwyczajnie rozpraszały się, pojedynczo lub we dwójkę, i oddalały się od siebie, aby się załatwić. Gdy Scytowie to zauważyli, czynili to samo. I któryś z nich przyczepił się do jednej z osamotnionych, a Amazonka nie odepchnęła go od siebie, lecz zgodziła się na stosunek.

(...) Kiedy się już nawzajem rozumieli, tak odezwali się mężowie do Amazonek: „My posiadamy rodziców, posiadamy też majątek. Teraz więc nie chcemy już dłużej wieść takiego życia, tylko wrócić do naszego ludu i tam przebywać; was będziemy mieli za żony, a nie inne". One na to tak odrzekły: „My byśmy nie mogły żyć z waszymi kobietami, bo nie mamy tych samych co one zwyczajów. My strzelamy z łuku, rzucamy pociski i jeździmy konno; wasze zaś kobiety nie czynią nic z tego, cośmy wymieniły, tylko wykonują roboty kobiece, przesiadując na wozach, a nie wychodzą ani na polowanie, ani nigdzie indziej. Nie moglibyśmy więc z nimi się pogodzić. Ale jeżeli chcecie mieć nas za żony i okazać się całkiem sprawiedliwymi, to idźcie do waszych rodziców i każcie sobie

przydzielić waszą część majątku; potem przyjdźcie tu,
abyśmy osiedli na własnym".*

(...) Z tego właśnie ludu, jak wiele z nas, wywodziła się Tatiana.
Mężczyźni, nie obrażajcie potulnej kijowianki!

~ Jewgienija Czuprina, *Romans z pierogiem*

Masza, a dlaczego ty i Katia macie takie same kapelusze? – zapytała Czub.

– Wzięłam kapelusz z tego mieszkania... I Katia też może wziąć. To nieważne. Wszystko zaprzepaściłam!

– Z powodu kapelusza? – zdziwiła się Dobrażańska.

– Z tego powodu, że jestem durna! Kompletnie głupia! – wykrzyczała zapamiętale wywiadowczyni.

Informacja o głupocie Maszy zainteresowała Daszę do tego stopnia, że aż zeskoczyła z okna.

Kowalowa pstryknęła palcami.

Dobiegający z ulicy świąteczny gwar zamienił się w wycie zamieci. Jesień – w zimę.

Do pokoju wpadł kłujący zimnem śnieg, kładąc się białym dywanem na parkiecie i srebrząc jasne włosy Daszy. Czub, otrzepując się od natarczywych śnieżynek, rzuciła się, by zamknąć okno.

Masza szlochała unisono ze śnieżną zawieją.

– W tej szafce... u Kyłyny... jest ze czterdzieści książek o Bogrowie. Gdybym zajrzała do nich przy swoim pierwszym pobycie, domyśliłabym się... Nie powinnam była wychodzić... Wszystko pojęłabym tutaj! Ale byłam pod wpływem „Oręża"! Pod „Orężem"!

– No, magiczka z ciebie! – Wstrząśnięta Czub spoglądała w okno. – Powiem wam, to nie byle co. Taka rozrywka, aż serce skacze!

Zaciekłość zimy migiem zalepiła śniegiem cztery szyby, przesłaniając nowinę o głupocie Maszy.

---

* Cytaty z: Herodot, *Dzieje*, tłum. Seweryn Hammer.

– A mogłabyś tak jeszcze raz pstryknąć? – poprosiła Czub, z zachwytem wpatrując się w zamieć. – No, kliknij długopisem.

Ale „sztukmistrzyni", uświadomiwszy sobie, że własnoręcznie zaprzepaściła idealnie rozliczony przez Kyłynę projekt ratowania Ojczyzny Rusi, zamiast pstrykać, lamentowała jeszcze bardziej:

– Nie byłam sobą. Poszłam i głupio wpakowałam się do dorożki z Achmatową. Teraz nie mogę się do niej dosiąść ponownie! Nie mogę sprawić, żeby zamilkła, nie pozwolić jej rozlać oleju. A wystarczyło odwrócić jej uwagę od stojącego w tłumie Kijewickiego... I już! Wszystko potoczyłoby się inaczej. Dlaczego nie mogłam postąpić jak Kyłyna? Wyjaśnić wszystko, nie wysuwać się na pierwszy plan, schować się za woalką. Wszystko zniszczyłam! Teraz nie wiem, co robić! Jak powstrzymać Bogrowa? Jak wszystko odmienić?

– W takim razie – odezwała się Dasza, zerkając z ukosa na nieprzyjazny widok za oknem – proponuję położyć się i pospać. Ty jesteś w strzępach, Katia w zawieszeniu. A ja z waszego powodu mam stan duszy bliski śpiączce. Głowa jak Windows dziewięć pięć! Jedna chce ze sobą skończyć, druga biadoli, że nie ma jak skończyć z nami wszystkimi. A ja już drugą noc nie śpię porządnie – pożaliła się. – Ale że noc to jeszcze nic złego. Przywykłam. Tylko że my nie śpimy też za dnia.

– Nie mamy kiedy spać! – odwarknęła Dobrażańska. – Chociaż... no tak... można by się wyspać.

Wróciła do okna i postała chwilę, przyzwyczajając się do nieopisanej błogości, która ją ogarnęła.

„Nie trzeba się donikąd śpieszyć! Nie trzeba gnać. Czasu mamy jak lodu!"

– Ale czas na pewno stoi w miejscu? – zapytała. – Jak długo możemy tutaj przebywać?

– Choćby całe życie – odpowiedziała Masza, zdruzgotana unicestwieniem wszystkich swoich planów i obojętnością obu koleżanek.

– Mimo wszystko niesamowita jest ta Przeszłość... – Katia oparła wolne od myśli czoło o brzeg okna i z przyjemnością podziwiała przepływający w dole zaśnieżony koktajl z futerka, piór i wstążek, zdobiący damski kapelusz. – Teraz rozumiem, Maszo, dlaczego ciągle cię tu ciągnie. To niesamowite. I taki niewiarygodny spokój. Lżej niż na urlopie.

Czub zdążyła się już rozwalić na kanapie do snu, ale wierciła się, bo przeszkadzało jej coś w okolicy pośladków.

– Coś takiego! – wyjęła z tylnej kieszeni szortów komórkę. – Działa!

W lewym górnym kącie ekranu widniała maleńka wieżyczka, a z boku pięć kreseczek.

– Jak może tu działać?

– Nie wiem. W ogóle nie mam pojęcia, jak działają wasze telefony.

Masza usiadła na podłodze, wetknęła zgnębiony nos między kolana i nie chciała już wiedzieć niczego.

„Zaprzepaściłam antyrewolucję. Jestem ślepa, ślepa...

Co teraz robić?! Wysadzić w powietrze pomnik Aleksandra II wysadzonego przez Griniewickiego, żeby Stołypin nie pojechał do Kijowa? Ukraść Stołypinowi Order Świętego Włodzimierza? Brednie...”

Czub wybrała numer Katii. Nie odrywając wzroku od funduklejewskich kapeluszy, Dobrażańska odruchowo wzięła do ręki telefon i bez patrzenia odrzuciła połączenie.

– Działa!!! – triumfowała Czub. – Do kogo by tu zadzwonić? – Pomyślała i palce z przyzwyczajenia wstukały znajomy numer. – Halo, mamcia? To ja. Słyszysz mnie?! Wstrząsające! Idziesz spać? Noc? Która jest u was? W sensie: którą mamy godzinę? Ona jeszcze śpi? Halo, halo, halo! Przerwało... – Dasza jeszcze raz wybrała numer. – Fiu! A teraz zajęte! Z kim ona rozmawia?

– Z tobą – odparła nieszczęśliwa Masza. – Sprawdziłam: uciekając w Przeszłość o pierwszej zero jeden, wracamy o pierwszej zero dwa. Robimy jakby przerwę w czasie. A długość tej przerwy wynosi minutę.

– Nie kumam – spięła się Czub.

– I w tej minucie już raz zadzwoniłaś! Nie chce mi się wyjaśniać.

– Sranie w banie – mruknęła marudnie Wstrząsająca, nijak nie ogarniając technologii cudu. – Nawet nie zdążyłyśmy się z mamą pokłócić. A nasza poetka wciąż śpi. Od tamtej pory, kiedy ją uratowałyśmy, minęła niecała doba. A wydaje się, że rok... A właśnie, co z nią zrobimy, gdy się obudzi? Czy całkiem ją olać? Nie będziemy przecież szukać dla niej Liry?

– Dla niej? – W ciągu minionej doby, mieszczącej w sobie nie rok, lecz najróżniejsze stulecia i lata, Masza zdążyła zupełnie zapomnieć o Annie Golenko, która powiesiła się z powodu Anny Gorienko i naprowadziła je na trop Liry.

– No bo ona uważała, że Lira powinna się dostać jej. A Achmatowa ją jakby buchnęła. I dlatego w naszym kraju nie ma literatury. – Dasza podparła się na łokciu i spojrzała na studentkę historii. – A tak w ogóle to gdzie jest teraz ta Lira? W naszych czasach?

– Skąd mogę wiedzieć! – rozeźliła się młoda historyczka.

– A jesteś pewna – zapytała Czub – że to nie jest ważne?

Takiej pewności Masza nie miała. Dlatego wypłynąwszy z głębin samokrytyki, wstała i podeszła do etażerki z książkami.

– Demon powiedział – z powątpiewaniem powiodła opuszkami palców po grzbietach – że odkąd się spotkali, Lira szukała Bułhakowa.

– Nic dziwnego. – Czub wzięła stronę Liry. – Ja na jej miejscu też bym go szukała. Bułhakow jest sto razy fajniejszy od Achmatowej.

Na czterech najniższych półkach rozpierały się materiały dotyczące sprawy „Bogrow – Stołypin".

Na górnej stało pięć książek Anny Achmatowej. I jedna... czerwona, ta, która wymagała, by Masza marszczyła brwi. Zbiór dzieł Bułhakowa: *Biała gwardia*, *Dni Turbinów*, *Mistrz i Małgorzata*, *Konsultant z kopytem*, *Diaboliada*.

Masza marszczyła brwi z trzech powodów.

Pierwszy już oznajmiła na głos.

Gdyby spojrzała na zawartość szafki i do tej konkretnej książki ciut wcześniej, nie musiałaby się niczego domyślać, wszystko by zrozumiała! Po pierwszym rozdziale *Mistrza i Małgorzaty*, gdzie ręka Kyłyny podkreśliła wyraźnie zdania:

(...) Annuszka już kupiła olej słonecznikowy, i nie dość, że kupiła, ale już go nawet rozlała.

– Jeśli pan sobie życzy, to natychmiast każę wysłać depeszę do pańskiego wujka do Kijowa!

Kowalowej pozostawało tylko powtórzyć w ślad za Mistrzem: „Teraz już wszystko zrozumiałem".

Drugi powód zasadzał się na tym, że poprzedzająca *Mistrza i Małgorzatę* powieść *Biała gwardia* – jedyne dzieło mistrza, które poważał Kijewicki Demon, i jedyna z wszystkich istniejących w świecie książek fabularnych poświęcona Kijowowi! – była jedynym dziełem Michaiła Bułhakowa, którego Masza nie przeczytała.

Jak celnie zauważył kiedyś Kijewicki Demon, podsuwając Kijowicy podobny zbiorek: „*Biała gwardia* zazwyczaj nie jest zbyt lubiana przez dziewczęta, przecież opisuje wojnę".

Ale tamten podarowany jej przez Kijewickiego tom spłonął w pożarze cerkwi Świętego Cyryla, zanim Masza zdążyła go przeczytać, i dlatego o najbardziej kijowskiej w świecie powieści Kowalowa wiedziała niewiele. Znała jedynie kilka oderwanych faktów zaczerpniętych z rozmaitych biografii pisarza.

I dwa akapity.

Przy czym pierwszy z nich, będący ostatnim akapitem powieści, mówiący o krzyżu i mieczu, tydzień wcześniej uratował życie ich Miastu!!!

Drugi zaś, zawierający frazę, którą Masza niedawno przeczytała na chybił trafił, był pierwszym akapitem *Gwardii*:

Pamiętny to był rok i straszny to był rok, ten od narodzenia Chrystusa Pana tysiąc dziewięćsetny i osiemnasty, zaś od rozpoczęcia rewolucji wtóry. Latem w słońce był obfity, a zimą w śniegi, i nad podziw wysoko stały na niebie dwie gwiazdy: gwiazda pastusza, wieczorna Wenus, i drżący czerwony Mars.

W nim – po trzykroć podkreślonym przez Kyłynę! – na pewno kryło się coś nie mniej ważnego niż w tramwaju, który przejechał Berlioza, niż w dacie 1.9.11.!

Lecz na czym polega ta ważkość, Masza – jako że nie znała powieści – nie mogła się domyślić…

I to właśnie było trzecim powodem marszczenia brwi.

„Co ma z tym wspólnego Mars i Wenus?"

– A nie można zrobić na zewnątrz lata? Nie, chyba nie trzeba. Zima też jest ładna. – Katia nie zwracała się do nikogo.

I nikt jej nie odpowiedział.

Ale pytanie padło i z niego powstało drugie:

„Dlaczego zrobiłam zimę?

Z drobnym śniegiem?"

Masza z natężeniem wpatrzyła się w skłębioną za oknem zamieć.

Miejsce drobnych krup zajęły waciane płatki. Duże, szybkie. Wiatr wył, atakując szyby.

– Burza – stwierdziła oczarowana Katia.

W piersi Maszy poruszyło się coś lodowatego. A potem odniosła wrażenie, że ktoś szarpnął ją za źrenice i skierował je w dół, ku pierwszej śnieżnobiałej stronie i widniejącemu na niej mottu, po którym przedtem prześliznęła się tylko wzrokiem, licząc linijki.

Począł sypać drobny śnieg i nagle jął walić płatami. Zawył wicher, rozszalała się zawierucha. W jednej chwili ciemne niebo zmieszało się z morzem śniegu. Wszystko znikło.

– No, panie – krzyknął woźnica – nieszczęście, buran!

Puszkin, *Córka kapitana**

---

* Tłum. Tadeusz Stępowski.

„Boże! Dlaczego Puszkin?! Co Puszkin ma z tym wspólnego?!" – zawył mózg Kowalowej.

Znaleziona wreszcie i niewątpliwa „jedna podpowiedź" Demona tylko pogmatwała wszystko jeszcze bardziej!

„Jaka to literacka banda! Sami pisarze i poeci. Wiedźmy i czarownicy!" – W jej głowie pojawiły się niezapomniane słowa Daszy.

– W całej tej sprawie wciąż gdzieś obok czai się Bułhakow. – Czub rzeczywiście nie dawała o sobie zapomnieć. – I nie mów mi, że to tylko dlatego, że napisał o tramwaju! – Usiadła na kanapie, nie zdążywszy się na niej położyć. – Jeżeli Lira go znalazła...

– Ale on nie wziął Liry!!!

– Co ty? – Wstrząsająca nie zrozumiała przyczyny takiej burzliwej reakcji.

Ale kolejne zdanie wszystko wyjaśniło:

– Nikogo nie składał w ofierze! Nikogo nie zabijał! Wokół niego ludzie nie umierali, jeśli nie liczyć rodziców. Miał sześcioro rodzeństwa i wszyscy bracia i siostry go przeżyli!

– No, nie złość się, przecież się nie czepiam – wytłumaczyła pokojowo Czub. – Chcę pomóc. Mam dość, że cały czas jestem w tyle. Z Bogrowem tak czy inaczej ci nie wyszło. To daj, pokopiemy wokół Liry! Koniec końców od niej wszystko się zaczęło. Wogle mówisz, że z jej powodu doszło do rewolucji. I że Bułhakow wiedział o rewolucji i przedstawił ją pod postacią tramwaju. I że Lira go szukała. A Achmatowa i Bułhakow w Moskwie mocno się przyjaźnili. Jan twierdził, że Achmatowa sama wyrzekła się Liry. Czy nie byłoby logiczne, gdyby...

– Logiczne – z konieczności zgodziła się z nią historyczka, choć sama nie budowała tego logicznego ciągu, ponieważ: – Tak czy inaczej nikogo nie zabijał!

– Więc załóżmy czysto teoretycznie: co by zrobił, gdyby ją dostał? – ominęła jej upór Dasza.

– Wyrzuciłby ją!

– Gdzie, dokąd? – nie poddawała się Czub.

– Tam, skąd się wzięła.

– A skąd się wzięła?

– To Lira Amazonek. Istnieje teoria, według której w pierwszych wiekach naszej ery plemiona Amazonek osiedliły się na terenie naszego Krymu.

– Krymu? – zachwyciła się Wstrząsająca. – To dawaj, pokręcimy się tam! Tego lata jeszcze nie byłam nad morzem... To znaczy nie dlatego się tam pokręcimy. Będziemy szukać Liry!

– Gdzie? – zapytała żałośnie Masza. – Jeśli Amazonki faktycznie istniały, co jeszcze nie zostało udowodnione, wędrowały po całym wybrzeżu.

– A Bułhakow wędrował z nimi do towarzystwa? – najeżyła się zwycięsko Czub.

– Nie. Za towarzystwo miał trupę teatralną TRAM! Był w Symferopolu, Mischorze, Jałcie...

– Tak, krąg poszukiwań niezbyt się zawęża – zauważyła piosenkarka.

– W Sudaku, Koktebelu...

– W Koktebelu?!!! Wstrząsające! – Czub zerwała się na równe nogi. – Czuję to tyłkiem, że tam jest Lira! Ubóstwiam Koktebel. Hej, Katia, daj pieniędzy! Wiem, że masz. Ty się tutaj troszeczkę zrelaksujesz, a my z Maszą pójdziemy ratować świat!

– Kiedy pierwszy raz właziłam na tę górę, był ze mną jeden chłopak.

Oblewając się potem, Dasza i Masza pięły się na górę Kuczuk-Eniszar znaną z tego, że pochowano na niej poetę Maksimiliana Wołoszyna, który swego czasu uczynił z wioski Koktebel atrakcję dla przyjezdnych i po śmierci stał się jej główną atrakcją.

– A on bez przerwy nawijał! – Dasza robiła dokładnie to samo. – Gadał: Wołoszyn życzył sobie być pochowanym na szczycie góry. Myślisz, że jak go tutaj wtaszczyli? Jak dowlec trumnę na taką wysokość? A Wołoszyn był przecież potężny, gruby, ważył ze sto, sto dwadzieścia kilo. A ja, gadał, wiem. Trupa Wołoszyna poćwiartowali i pochowali w nocy. Achmatowa niosła odrąbaną głowę, Mandelsztam nogi... I ja, jak durna, uwierzyłam! Potem zapytałam mamę, a ona mówi: nabrali cię, córuś. Achmatowa nigdy nie była w Koktebelu. Za to bywało tam wielu innych literatów: i twój Bułhakow, i Gumilow, i Grin, i Gorki, i Tołstoj, i Mandelsztam, i Cwietajewa... Wszyscy przyjeżdżali w gości do Wołoszyna. Koktebel stał się literacką mekką. Nawet jeśli niczego tu nie znajdziemy, to miejsce powinno cię zainteresować!

– Tak, wątpliwe, czy coś tutaj znajdziemy... – Masza, półmartwa, otarła sobie pot z czoła. Od dzieciństwa, niczym Śnieżynka, nie znosiła silnego słońca.

Kręta dróżka wspinała się na sam wierzchołek góry, a z miejsca, w którym się znajdowały, wyglądała jak cienki sznureczek. Do szczytu było jeszcze daleko, daleko.

„Po co?"

Od samego początku podróż na Krym nie wzbudzała w wywiadowczyni Przeszłości szczególnej nadziei.

Za to od razu pojawiła się kupa problemów.

Początkowo Katia nie chciała dać Daszy pieniędzy. Potem Czub nie chciała zostawić w domu miotły. Potem nie chciała jechać do Koktebelu w czasach Michaiła Bułhakowa.

„No co ty? Jak myślisz, czemu zaproponowałam, żeby zacząć od Koktebelu? Bo znam go jak własną kieszeń! O Wołoszynie wiem wszystko! Co prawda nie popełnił samobójstwa, ale odpoczywałyśmy z mamą w tamtejszym domu literatów. I mówię ci, że w czasach Bułhakowa Koktebel był wioską! Stał tylko dom Wołoszyna. No, jeszcze parę budynków. I była kawiarnia »Bubny«, w której Wołoszyn popijał z Tołstojem. I tyle!!! Gdzie się schowamy? Zaraz cała wieś wytrzeszczy na nas oczy jak na dwie Marsjanki. A teraz to jest kurort! I to nie jakiś zwyczajny, tylko bohemiczny! Można tam robić wszystko, na co ci przyjdzie ochota. Choćby chodzić nago. Zresztą chodzą na golasa, mają tam świetną plażę dla nudystów..."

O tym Masza przekonała się sama – dopóki ścieżka wiodąca do grobu poety wiła się nad brzegiem, w dole na skraju morza biegali na wyścigi zupełnie nadzy ludzie. Było tam namiotowe miasteczko hipisów, ktoś grał na gitarze. Bohemiczność rzucała się w oczy, a wraz z nią wszystko inne, wystawione na promienie słońca.

„Dasza, mimo wszystko, nie możemy tam teraz jechać. Przecież wstrzymujemy teraźniejszość! Musimy pilnować, żeby jej czas dla nas nie biegł. Możemy się przemieszczać tylko w Przeszłości. A w Przeszłości dostaniemy się nie dalej niż na trzynaście lat wstecz".

„To wstrząsające!" – Czub nawet nie myślała się tym przejmować. „Akurat trzynaście lat temu byłam tam po raz pierwszy! Jeszcze całkiem mała..."

Ale gdy tylko wyszły na ulicę, wyjaśniło się: trzynaście lat temu, kiedy Dasza była „całkiem mała", świat był zupełnie inny!

Funduklejewska nazywała się „ulica Lenina". Na jakiejś tablicy dożywał swych dni plakat z napisem: „Rosja i Ukraina – siostry po wiek wieków" z dwiema pięknościami w rosyjskim i ukraińskim stroju ludowym. W sklepach spożywczych sprzedawano kosmetyki i obuwie, w obuwniczych – czekoladę i wędzoną rybę (i ta handlowa gorączka, którą zarażały się nawet budynki rządowe, zupełnie nieprzeznaczone do handlu, natychmiast przypomniała Maszy rok 1894).

Zgodnie z modą 199-któregoś roku kobiety były wymalowane i porozbierane jak prostytutki. McDonaldów póki co nie zbudowano. Po ulicach jeździły żółte trolejbusy i przewoziły pasażerów zupełnie bezpłatnie. Pieniądze zaś liczono na miliony.

Jednak widok zabawnych kuponów otrzymanych za dolary Katii wprawił Daszę w jeszcze większy zachwyt.

„Pięćset tysięcy!" – rozpromieniła się Czub, oglądając wąską kartkę z niebieskim Włodzimierzem Chrzcicielem. „Sto lat nie widziałam takiego gówna!" – Wprawiła w zdumienie sprzedawcę w kantorze, a Maszę w zakłopotanie bliskie omdlenia. „A co można kupić za wasz milion? Dziesięć kuponów to tyle samo co nasze dziesięć kopiejek czy jeszcze mniej?"

„Dziwne jakieś te wasze dolary." – Facet z kantoru zaczął mieć wątpliwości. „A po co pani miotła?"

„Spadamy! Spadamy!" – Czub, wlokąc za sobą koleżankę, przebiegła sto metrów i zatrzymała się dopiero za rogiem. „Dolary przecież są nowe! W tych czasach uznają je za fałszywe..."

„Czyli go oszukałyśmy?" – zmartwiła się Masza.

Lecz nic nie było w stanie przygasić oszalałego zachwytu Daszy. „Co za problem! Poczeka trzynaście lat i nabiorą wartości. Patrz, patrz, jak wszyscy gapią się na moją komórkę! Trzynaście lat temu komórka to jak dzisiaj mercedes, klasa na prezydenckim poziomie. Jestem tu najzajebistsza! Nikt jeszcze nie ma telefonów komórkowych. Boże, taksówki wołgi z wzorkiem w kratkę! Chodź, weźmiemy taryfę i podskoczymy na Majdan. Może tam jeszcze stoi pomnik Lenina? Nie przyjrzałam mu się w dzieciństwie... Dziewczynko, dziewczynko! Czy jest już coca-cola? Dziewczynko, przecież zwyczajnie spytałam... Tak trudno odpowiedzieć? Cholera!" – Piosenkarka dostrzegła kiosk. „Coca-cola w cenie kokainy! Sześćdziesiąt tysięcy. Jak myśmy wtedy żyły?"

Dasza spoglądała na śmieszny, niedorozwinięty, przedszkolny świat z wysokości wszechwiedzącego Pana Boga i ta pozycja podobała się jej niewyobrażalnie. Tymczasem przechodnie, nieświadomi chwilowej przewagi dwóch młodych kobiet, omijali je szerokim łukiem niczym dwie miejskie wariatki.

Potem był pociąg i duszny wspólny wagon – w gorący letni sezon biletów nad morze w kasie kolejowej po prostu nie było i przekupiony przez Daszę konduktor wcisnął dodatkowe pasażerki bokiem. Wstrząsająca, posługując się miotłą, siłą zdobyła dwie górne prycze i całą dobę dzielącą Kijów od Krymu obie Kijowice przespały jak dwa kamienie.

A rano Masza zobaczyła cud – pociąg wjechał prosto na plażę, przewiózł pasażerów po skraju morza i wysadził na nadmorskim dworcu w Teodozji.

Jednak w odróżnieniu od Teodozji, podobnej do baśniowego Zurbaganu, Koktebel nie spodobał się Maszy. A właściwie nie podobała jej się Dasza!

Pokonawszy osiemnaście kilometrów okazją – prastarą, rozpaloną od słońca półciężarówką – Czub kazała się zatrzymać przy cherlawym koktebelskim krzaczku i wpadła w pełną ekstazę, z której już nie wyszła.

„Pamiętam ten krzak! Obściskiwałam się tu z jednym chłopakiem!"

Za krzewami otwierała się aleja prowadzącą do domu literatów. Na odręcznie namalowanym plakacie znajdował się napis: „Uśmiechnij się, jesteś w Koktebelu!", a znajdujący się za nim drogowskaz obwieszczał: „Do morza zostało 300 kroków!". Dalej zaś ciągnęło się długie, arcydługie nabrzeże.

„Wstrząsające!" – Czub aż zagwizdała. „Żadnych cywilizowanych hoteli. I po co je zbudowali? Cywilizacja wszystko tylko niszczy!"

Na nabrzeżu Dasza wypiła koktajl mleczny „Smak dzieciństwa" i nalewkę „Nowa pychotka dla was", zjadła jeden z „szalonych deserów" pod nazwą „Bezczelne Rozkosze". Ucieszyła się jak zakochana z kartki z napisem: „Wymieniam winogrona na pieniądze" i niezwłocznie dokonała wymiany. Wdała się w dyskusję ze sprzedawcą kamieni półszlachetnych, który chronił swój stragan przed złodziejami tabliczką z przestrogą: „Kradzież kamieni nie przynosi szczęścia", i kupiła bukiet trawiastej rośliny, którą sprzedawała cioteczka w groszkowanym kostiumie kąpielowym.

Kobieta akurat smagała młodzieńców swoją seks-trawą po pośladkach, wołając: „Kupujcie, chłopaki, żeby wam stał sto lat!", a potem smagnęła też Daszę, życząc jej: „Żeby chłopaki po barach prowadzali i o nic panią nie prosili, dopóki sama pani nie zechce!".

„Masza, patrz! Jakie jaja!" Pod wystawioną na ladzie kolekcją krymskich win przyczepiono kartkę z ogłoszeniem: „Zamiana mężów na okres letni. Chłopcy na wynajem. Nie dotyczy gejów!".

„Masza, patrz, dom Wołoszyna! Sam go zbudował! Widzisz, okna w ramach w kształcie słoneczek...”

„Masza, patrz, kawiarnia »Bubny«! Ale to już nie ta, w której Wołoszyn z Tołstojem się nachlali i po pijaku popisali wszystkie ściany...”

„Masza, widzisz!”

Masza widziała.

Wesoły, bezproblemowy, zanurzony w bohemie, nierozumiejący zasad cywilizacji Koktebel był strasznie podobny do Daszy Czub!

Na niej samej też można by powiesić tabliczkę z napisem: „Szalony deser «Bezczelne Rozkosze»”.

I nic dziwnego, że Dasza czuła się tu jak u siebie w domu, a Masza – nie na swoim miejscu.

Na pełnym ludzi nabrzeżu nagle otoczyły ją jakby setki Wstrząsających Dasz – młodych i starych, półnagich, ubranych w różnokolorowe szmatki, obwieszonych koralikami, potrząsających papuaskimi warkoczykami i pomalowanych we wzorki. Dasza, dzwoniąca czterema rzędami monet w naszyjniku, kolczykami i dwunastką bransolet, ubrana w majtkowe szorty i wyszywaną koszulę, zlała się z tłumem – stała się prawie niezauważalna!

„Masza, widzisz! To koktebelskie kamienie. Wołoszyn dzielił je na trzy klasy. Najniższa to psy. Te szare. Wyższa to żabki. Te zielone. A najwyższa – karneole. Ale już ich nie znajdziesz”.

Zeszły na wysypaną pstrymi otoczakami plażę i Czub kazała Maszy wyładować „psami” dwa przedrewolucyjne, lecz nowiuteńkie skórzane sakwojaże (zabrane z szafy Kyłyny), a potem taszczyć je na górę.

„Już nie mogę!”

Teraz, niosąc pod pachą niemożliwie ciężką torbę, a na ramieniu miotłę, Czub żwawo darła do góry w wiechciowatym wianku uwitym z seks-trawy, bawełnianych stringach drukowanych w czerwone truskawki, podwiązanej pod piersią koszuli. Była tak samo spocona jak Masza, ale zadowolona i nad wyraz szczęśliwa, nie milkła ani na sekundę!

– A Wołoszyn był między innymi poganinem, wyznawcą słońca! I nie ukrywał tego! Dlatego zbudował dla siebie taki dom, żeby do jego pracowni wpadały pierwsze promienie wschodzącego słońca. I ramy okien zrobił w kształcie słoneczek. I chodził w takim hipisowskim bałachonie w greckim stylu, z wiankiem na głowie. Wszyscy uważali go za czarownika. Cwietajewa mówiła: „Maks, pan jest czarodziejem".

– A o Achmatowej pisała, że to czarnoksiężniczka... Dasza, daj odetchnąć. Już nie mogę.

Wywiadowczyni zatrzymała się i wyjęła z sakwojażu butelkę z wodą.

– No widzisz! Widzisz! – Czub aż poskakała w miejscu. – Achmatowa tak czy inaczej była wiedźmą! A Maks Wołoszyn też pochodził z Kijowa! Był kijowianinem. Urodził się u nas.

– Szkoda, że u nas nie został... A jeszcze te kamienie. Po co my je niesiemy?

Choć według słów Daszy Czub wszyscy znamienici goście Wołoszyna (nie wyłączając Bułhakowa!) zarażali się czysto koktebelską „kamienną chorobą" (całymi godzinami zbierali na brzegu morza różnokolorowe kamyczki), Masza tej przypadłości nie podłapała. Kamienie, jak sam Koktebel, pozostały jej obojętne. Południowe słońce, które czcił Wołoszyn, bezlitośnie paliło jej nieosłoniętą głowę i jedynym, co powstrzymywało studentkę od buntu, było to, że drugi, powierzony jej sakwojaż nie był zbyt ciężki.

Lecz trudny do wyjaśnienia cud, który oszczędził jej dźwigania siedmiokilogramowego ciężaru, w mniejszym stopniu zajmował dręczony słońcem mózg Maszy niż tępo swędząca myśl: jej męki nie miały najmniejszego sensu!

Zgodziła się na nią z rozpaczy – dlatego, że znalazła się w ślepej uliczce. A teraz wciąż od nowa czyniła sobie wyrzuty za swój pośpiech.

Za to, że się zgodziła tu przyjechać.

Za to, że jedną głupią pomyłką przekreśliła wielodniowe trudy Kyłyny.

Za to, że uzależniła się od podłego „Oręża" jak od narkotyku.

– Kamienie to tradycja! Wołoszyn prosił, żeby każdy, kto przyjdzie do niego na grób, rzucał tam koktebelskie otoczaki. Można na nich napisać życzenia i na pewno się spełnią. Mówię ci, Wołoszyn nie był zwykłym facetem! Musiał być wiedźmakiem albo czarnoksiężnikiem! Przepowiedział Marinie Cwietajewej spotkanie z jej przyszłym mężem. Nie w wierszach, tylko w rzeczywistości. Maszka, nie wymiękaj! „Jeszcze troszeczkę, tylko ciut-ciut" – zaśpiewała Czub.

I zatkało ją. Wstrząśnięta zasłoniła sobie dłonią pół twarzy.

Posłuszna gwałtownemu ruchowi ręki miotła na ramieniu Daszy przesunęła się i walnęła Maszę w ucho.

– Dasza... – zapłakała niezasłużenie trzepnięta męczennica i dlatego nie od razu do niej dotarło: Czub śpiewała!

– „Jeszcze troszeczkę, tylko ciut-ciut, ostatni bój i go wygramy, a ja do Rosji, gdybym mógł..."

Głos Daszy, wyćwiczony i dźwięczny, popłynął nad ochrowymi, rozpalonymi słońcem wzgórzami i nad morzem rozciągającym się w dole niczym ogromne czarodziejskie zwierciadło.

– „...tak dawno nie widziałem mamy". Mamo! Ja śpiewam! Śpiewam! Maks, dzięki ci! – przeszywająco zawrzasnęła Czub na całe wybrzeże. – Wiedziałam, że jesteś czarodziejem! Pytasz, dlaczego ja na jego grób tyle otoczaków niosłam? – zwróciła się do swojej towarzyszki. – Przewidziałam, że głos mi wróci!

– Jeszcze nie donieśłyśmy ich na grób – zauważyła Masza.

– Wszystko jedno! To jego góra. Jego Koktebel! Tu wszystko jest jego! O, widzisz! Z tej strony osady stoi druga góra. Podobna do ludzkiego profilu! Widzisz: czoło, nos, usta, broda... To profil Wołoszyna! W trzynastym roku było tutaj trzęsienie ziemi. I na skale pojawiła się jego twarz. Nie wymyśliłam sobie tego. Wszyscy o tym wiedzą!

– W trzynastym roku? – powtórzyła Masza.

Zasyczały szuwary. Zahuczała butelka. Słońce zamigało niczym kolorofon, wiatr gnał chmury. Dmuchnął w szyjkę butelki, wydając dziwny dźwięk.

(...) liczba, nazywana przez ślepych „diabelskim tuzinem", zawsze oznacza walkę między Niebem a Ziemią.

Czub wyrwała z rąk Maszy jej sakwojaż i ochoczo pomknęła na górę, wołając:

– Maks, niosę dla ciebie kamienie!!! A ty bierz miotłę... – rzuciła za siebie, nie odwracając się.

Ze szczytu góry Kuczuk-Eniszar, na który zasapana, ugotowana, czerwona Masza dowlokła się dwadzieścia minut później, Koktebel wyglądał niewiarygodnie ładnie.

I był nieprawdopodobnie mały! Kulił się cały nad maleńką zatoczką.

Za nim piętrzył się potężny masyw górski Karadah – skalne szpice, ściany i wieże.

Z drugiej strony do wioseczki tuliła się niewysoka dwugarbna Góra-Wielbłąd (ta, którą przedstawiła Maszy Dasza): Kuczuk Wołoszyna i rozcinający lustrzane morze niebieskawy grzbiet prehistorycznego potwora – cypel Kameleon (któremu Masza nie została jeszcze przedstawiona).

– Ładnie tu...

– No raczej!

Dasza siedziała pod uschniętym drzewem na prostokątnej płycie nagrobnej poety-czarodzieja. Dookoła leżały rozsypane otoczaki przyniesione tu przez innych szanujących koktebelską tradycję. Na wielu kamieniach rzeczywiście widniały napisy zrobione długopisem lub flamastrem.

„Chcę być szczęśliwa".

„Chcę tutaj wrócić".

Zaraz miało się pojawić kolejne życzenie – Dasza akurat smarowała na otoczaku: CHCĘ ZOSTAĆ GWIAZDĄ!.

– Teraz widzisz, że Maks to prawdziwy czarodziej? – Czub z miłością pogładziła ciepły różowawy nagrobek. – Albo Jan miał rację i Aknir wymyśliła takie przeciwzaklęcie: żeby wrócił mi głos, powinnam wyrwać się do Koktebelu! – Piosenkarka zawsze z lekkością zmieniała swoje zdanie.

– Wątpliwe, że do Koktebelu, już prędzej nad morze – powiedziała Masza. – Może powinnaś była pooddychać morskim powietrzem albo zaśpiewać pieśń o boju... I tak się nie dowiemy. – Studentka jeszcze nie odzyskała oddechu po wspinaczce i głos jej się rwał. – Tak czy inaczej bardzo się cieszę. Nie na darmo tu przyjechałyśmy.

– Jasne, że nie na darmo. Przyjechałyśmy szukać Liry! – Dasza uroczyście położyła na nagrobku Wołoszyna kamień z serdecznym życzeniem.

– Przestańmy się okłamywać. – Kowalowa stanęła nad nią. – Poszłam za tobą jak na smyczy. Masz niesamowicie rozwiniętą intuicję. Wyraźnie czułaś, że powinnaś się tu znaleźć. Ale patrz – wskazała napis nagrobny pod kamieniem Daszy – Wołoszyn zmarł w trzydziestym drugim roku. Z teatrem TRAM Michaił Afanasjewicz jeździł po Krymie w trzydziestym... A Achmatowa i Bułhakow poznali się dopiero w trzydziestym trzecim. Możemy z czystym sumieniem wracać do domu.

– I co, nie wykąpiemy się ani razu?! – zawołała Czub. – Właściwie nie to chciałam powiedzieć... Chciałam powiedzieć, że skąd niby wiadomo, kiedy tych dwoje się poznało?

– Są oficjalne świadectwa – oświadczyła z aplombem historyczka.

– A wykazano w nich, że A i B spotykali się we wczesnej młodości na Wzgórzu Włodzimierskim? – Piosenkarka podrzuciła Maszy wątpliwości.

– Nie, nie wykazano. – Studentka z westchnieniem przyjęła pełną wątpliwości prawdę Daszy. Potrzymała ją w ustach. I wypluła. – Ale pomyśl sama: na czym się opieramy? Na samych abstrakcyjnych przypuszczeniach. Przypuściłyśmy, że A oddała Lirę naszemu B. Teraz, ponieważ tak nam bardziej pasuje, przypuszczamy, że wydarzyło się to przed trzydziestym trzecim rokiem.

Przypuszczamy, że otrzymawszy talizman, Bułhakow wyrzucił go na Krymie, gdzie znowu przypuszczalnie żyły Amazonki. Ale nawet jeśli przypuścimy, że wszystkie nasze przypuszczenia są prawdziwe, Amazonek tutaj i tak nie było!

– Jak to?

– A tak! Istnieją legendy pozwalające przypuszczać, że żyły pod Eupatorią, pod Sewastopolem, pod Symferopolem. Ale ani tu, ani w Sudaku* nie ma o nich nawet legend! Czy nam się to podoba, czy nie, nie da się ich powiązać z Koktebelem!

– A jak można je powiązać z tramwajem i rewolucją październikową? – Dasza wzruszyła ramionami. – Mimo to są jakoś powiązane! Osobiście w ogóle nie rozumiem, jakim cudem można było powiązać Lirę z Amazonkami! Lira to przecież symbol poezji – przypomniała córka krytyka literackiego. – A Amazonki nie pisały wierszy. I wogle dawno mam w głowie winegret, a ty ciągle się dokądś śpieszysz. Raz już się pośpieszyłaś i wsiadłaś do dorożki. I wciąż nas poganiasz, pędzimy, pędzimy, odwracamy rewolucję, lecimy do domu. Dokąd mamy się śpieszyć? Czas przecież stoi w miejscu! Dokoła słońce, kwiatki, morze, tak cudownie... Czemu nie usiąść i jeszcze raz nie pomyśleć? Opowiedz mi wszystko po kolei. Daję słowo, że nie będę się kłócić, tylko pytać, jeżeli czegoś nie zrozumiem.

Czy kijowianin Wołoszyn był czarodziejem, czy nie, powrót głosu i pogańskie piękno Koktebelu podziałały na Daszę tak czarodziejsko, że w porównaniu z jej kojącą mądrością Masza poczuła się jak rozedrgana, histeryczna neurotyczka.

– Tylko słuchaj... – Wstrząsająca zrzuciła botki à la Johny Depp i z przyjemnością położyła bose stopy na kamieniach. – Będziesz mi opowiadała naszą historię jak postronnemu człowiekowi, który nie ma o niej bladego pojęcia. W rodzaju: „Żyły raz sobie na świecie trzy Kijowice...".

* Sudak znajduje się w odległości godzinnej jazdy od Koktebelu.

– Dobrze. – Studentka ciasno splotła ręce i poruszyła nimi w takt rozpoczynającej się opowieści. – Żyły raz sobie trzy Kijowice...

– Nie-e – zatrzymała bajanie Czub. – Zacznij lepiej od samego, samiuteńkiego początku. „Była raz sobie Lira"!

– Była raz sobie Lira Amazonek...

– A dlaczego ona należała do Amazonek? – Dasza natychmiast skorzystała z przysługującego jej prawa do zadawania pytań.

– W rzeczywistości jest w tym logika – wytłumaczyła Masza. – To my znamy Lirę wyłącznie jako symbol poezji. Ale dla starożytnych Lira oznaczała liczbową harmonię leżącą u podstaw wszechświata.

– Coś w rodzaju tego, że może pogodzić dwie niemożliwe do pogodzenia liczby? – palnęła Czub na wariata.

Masza otworzyła usta. Wywód Wstrząsającej wart był milion – jeżeli nie dolarów, to na pewno kuponów-karbowańców.

– Wszystko jedno, dalej nie rozumiem, co mają do tego Amazonki – poskarżyła się Czub.

– Według mitów starożytnej Grecji... – studentka wskrzesiła z pamięci swój referat – Amazonki były córkami bogini Harmonii. A Lira to atrybut tej bogini. Harmonia z kolei była córką dwojga wielkich bogów: boga wojny Aresa i bogini miłości Afrodyty, która urodziła się z morskiej piany. – Masza zerknęła na morze, żebrowane drobnymi falami. – Ty znasz ich pewnie pod rzymskimi imionami Marsa i Wenus.

„Wenus i Mars!"

Kowalowa otworzyła usta po raz drugi i pomimo upału poczuła, jak po jej skórze biegnie dreszcz.

Wenus i Mars to przecież babcia i dziadek Amazonek!

Pamiętny to był rok i straszny to był rok, ten od narodzenia Chrystusa Pana tysiąc dziewięćsetny i osiemnasty, zaś od rozpoczęcia rewolucji wtóry. Latem w słońce był obfity, a zimą w śniegi, i nad podziw wysoko stały na niebie dwie gwiazdy: gwiazda pastusza, wieczorna Wenus, i drżący czerwony Mars.

W osiemnastym roku rewolucja dotarła do Kijowa.

„Zupełnie jak w osiemnastym roku, kiedy Dziedziczki rozpoczęły ze sobą wojnę..." – użalała się Wasia.

– Istnieje teoria – odezwała się Masza z ożywieniem i ikrą (tajemniczy sens Bułhakowskiego listu był już całkiem blisko – dosłownie za rogiem!) – mówiąca, że podania o Amazonkach pochodzą jeszcze z czasów przedgreckich, że to echa epoki matriarchatu.

– Matriarchat to ustrój, w którym rządzą baby? – Czub z aprobatą potrząsnęła warkoczykami. – Giciorskie to były czasy.

– Zdolność kobiet do wydawania na świat kobiet i mężczyzn uważano za cud. Kobiety czczono niczym Matkę Ziemię.

– A Amazonki to te laski, które nie chciały się podporządkować mężczyznom, kiedy zdobyli przewagę nad kobietami – ogarnęła temat piosenkarka.

– Amazonki to legenda – przypomniała Masza. – Ale legendy o nich potwierdzają twoją teorię. Niedaleko od Symferopola wznosi się góra Tepe-Kermen, z którą wiąże się podanie o pewnej narzeczonej z rodu Amazonek. Nie chcąc się podporządkować mężczyźnie, w dniu ślubu zabiła ona swojego oblubieńca. Nazwa Eupatorii pochodzi od tureckich słów *ew*, czyli 'mężczyzna', i *pator*, czyli 'dławić, tłumić'. Możliwe, że żyli tam mężczyźni, którzy kogoś zdławili... Pod Eupatorią znajduje się osada Oguz-Ogłu. Tam z kolei zachowała się legenda o plemieniu Amazonek, które miejscowi mężczyźni chcieli wziąć w niewolę, lecz im się nie udało. W decydującym momencie Amazonki zamieniły się bowiem w ptaki.

– Czyli wiedźmy! My też przecież latamy! – wyjaśniła szybko Czub, widząc konsternację na twarzy koleżanki.

– Słuchaj... do głowy by mi to nie przyszło – przyznała uczciwie historyczka. – Jesteś bardzo bystra.

– To nie ja jestem bystra – nie mniej uczciwie przyznała się piosenkarka. – Po prostu ty nie umiesz latać.

Masza nigdy jeszcze nie wzbiła się ponad ziemię sama.

Ale dla niedoszłej lotniczki-kosmonautki zdolność pomykania w powietrzu błyskawicznie stała się taką samą naturalną, organiczną potrzebą jak jazda na jej czerwonym mopedzie.

– Doobrze – powiedziała, przeciągając, studentka. – Przypuśćmy, że po rozpadzie państwa Amazonek rozproszyły się one na pomniejsze plemiona. Jedne Amazonki „zamieniły się w ptaki", czyli nauczyły się latać, stały się wolne, niepodporządkowane nikomu. A inne zeszły się z mężczyznami – tłumaczyła teorię Daszy Masza. – Sam Herodot wspominał o tym, mówiąc „o pochodzeniu Sarmatów". Scytowie, przypuszczalnie będący naszymi przodkami, wchodzili w związki z Amazonkami i w ten sposób powstał zupełnie nowy lud. Starożytny grecki historyk Diodor Sycylijski pisał o Amazonkach: „Kobiety te żyły na obrzeżach zamieszkanego [przez ludzi] świata. Ich mężczyźni spędzali dni, zabiegając o gospodarstwo domowe, wypełniając obowiązki swoich żon Amazonek, ale nie uczestnicząc w wojennych wyprawach ani w rządach jak wolni obywatele. Kiedy rodziły się dzieci, opiekę nad nimi powierzano mężczyznom, którzy je wychowywali..." – błyskotliwie wyrecytowała z pamięci Kowalowa.

– Krótko mówiąc – wtrąciła Czub – czyste Bryksy! Przedrewolucyjny ósmy marca. Pamiętasz? Wasia nam mówiła! Jednego dnia w roku kijowianki kazały mężom wykonywać całą babską robotę, jeździły na nich wierzchem, biły tych, którzy je źle traktowali. Zachowywały się jak zazwyczaj mężczyźni. A u nas, wiedźm, ten dzień to trzeci z najważniejszych sabatów w roku! Już pojutrze: Pietrowki!

– Ja w swoim referacie też pisałam o Bryksach. – Studentka pokiwała głową. – Pośrednim potwierdzeniem istnienia Amazonek mogą być nasze narodowe obrzędy, w których zachowały się rysy matriarchatu. W drugi poniedziałek po Wielkiejnocy, kiedy chodzimy na cmentarz oddawać cześć przodkom, kobiety wkładały męskie ubrania. Tak jak ich przodkinie, Amazonki! Według świadectwa francuskiego historyka Beauplana w jeden szczególny dzień roku ukraińskie dziewczyny miały prawo swatać sobie chłopaków i ci nie mieli prawa im odmawiać. A wszystko to są echa pierwotnego ustroju! W Ukrainie, na terenie całej nadczarnomorskiej Scytii – rozkręciła się Masza – znaleziono wiele rodzinnych pochówków. Pośrodku każdej takiej mogiły spoczywa kobieta pochowana z mieczem i pełnym orężem, a w jej nogach leży ułożony poziomo szkielet mężczyzny. W niektórych grobach znaleziono też inne szkielety mężczyzn ze szkieletami niemowląt na rękach, czyli męskie niańki...

– Wstrząsające!

– Ale stopniowo – podsumowała historyczka swoje przypuszczenia – te Amazonki, które zostały z mężczyznami, utraciły swoją dominującą rolę. Stały się ślepymi kobietami. I tylko w jednym dniu w roku, wyłącznie w Kijowie, Stolicy Wiedźm, pozwalają sobie na takie zachowanie, jakie było normalne u ich przodkiń.

– Nie kumam, jakie jeszcze dowody są wam potrzebne! – wypaliła w natchnieniu Czub. – Rozkopali groby! Herodot napisał!

(Choć „ojciec historii" nie popełnił samobójstwa i do dzisiejszego dnia Dasza o nim nie słyszała, samo imię „Herodot" dla jej uszu brzmiało bardzo imponująco!)

– Wszystko jasne jak słońce! – W ekscytacji zamachała rękami. – Pochodzę od Amazonek! Od Marsa i Wenus! To przecież wstrząsające! Dwie moce w jednym! Walczysz jak mężczyzna i rozkochujesz w sobie wszystkich, bo jesteś babą... A chłopaki siedzą w kuchni i nie wystawiają nosa. Taką harmonię w świecie to rozumiem! Zawsze wiedziałam, że my, Ukrainki, to wielki naród. Czułam to tyłkiem.

– Tyłek to nie dowód – zauważyła Masza. – A wszystko pozostałe to przypuszczenia.

– Mów szybko, co trzeba znaleźć, żeby wykazać, że jesteśmy Amazonkami – ponagliła Czub. – Czuję tyłkiem, że to znajdę!

Zwyczajowe wspominanie o swym tyłku wyraźnie groziło, że stanie się nawykiem Daszy numer cztery.

– Nie wiem – jęknęła studentka. – Na pewno nic tutaj nie pomoże. Nawet jeśli ktoś znajdzie pas Hippolity z dedykacją: „Drogiej córce od kochającego taty Aresa"*.

– Okej. – Dasza niechętnie odłożyła na bok dowodzenie światowego przywództwa Ukrainek nad wszystkimi i wszystkim. – Opowiadaj dalej. Była raz sobie Lira...

Masza milczała przez chwilę, zbierając rozproszone myśli.

– U której z wiedźm Amazonek Lira była do dziesiątego wieku, tego nie wiemy – powiedziała w końcu. – Lecz do Stolicy Wiedźm przywiozła ją Kijowica Marina. A w tysiąc osiemset dziewięćdziesiątym czwartym Kijowica Persefona podrzuciła talizman Annie...

– A co było do tamtej pory?

– Najprawdopodobniej Lirą posługiwały się same Kijowice. Albo należała do któregoś z wiedźmich rodów. I zupełnie możliwe, że Annuszka jako pierwsza ślepa wzięła talizman do ręki. Zaczęła pisać wiersze „o swoich, o kobiecych" sprawach i po raz pierwszy w Rosji kobiece wiersze stały się silniejsze od męskich...

– Nie, to do bani. – Czub intensywnie potarła sobie dłonią nos. – Matriarchat! Mars i Wenus. Harmonia wszechświata! I wszystko kończy się czym? Jakimiś tam wierszami!

– No, wiersze też w jakimś stopniu są liczbową harmonią. Jamby, trocheje, akcenty – bąknęła Masza bez przekonania.

– Nie-e! Żeby było prawidłowo, Lira powinna się zakończyć nie czerwoną rewolucją, tylko kobiecą... Masza, co tobie? Słabo ci? Od słońca?

Masza przycisnęła sobie rękę do nagle skamieniałego czoła.

I osunęła się na nagrobek czciciela słońca Maksimiliana Wołoszyna.

Ale sama nie widziała słońca – pociemniało jej w oczach.

---

* Według greckiej mitologii Hippolita była królową Amazonek. Pas Hippolity, podarowany jej przez boga wojny Aresa, symbolizował męstwo i władzę nad Amazonkami.

– Tak właśnie było – powiedziała cicho, w myślach nakładając laurowy wieniec na intuicyjny tyłek Daszy. – Bułhakow wiedział... Albo się domyślił... Kobiety w Rosji zostały zrównane w prawach z mężczyznami w siedemnastym roku. W roku rewolucji! Dla porównania: we Francji stało się to dopiero w czterdziestym piątym. W Szwajcarii równouprawnienie wprowadzono w sześćdziesiątym piątym.

– Co znaczy to równouprawnienie?

– Kobiety nie miały prawa głosować w wyborach, studiować na uniwersytetach, podejmować własnej działalności zawodowej.

– Czyli – uniosła się Dasza Czub – byłyśmy jak uciemiężeni mężowie Amazonek?

– Persefonie nie była potrzebna rewolucja październikowa, nie... Po porostu rewolucja czerwona stała się rewolucją kobiecą! Bolszewicy ostatecznie przyznali nam równość. I Bułhakow wiedział, dlaczego tak jasno płoną na niebie Mars i Wenus, patronowie Amazonek. Persefona chciała, żeby ślepym kobietom przywrócono to, co straciły. Wolność wiedźm! Oddała ślepym kobietom Lirę. I kiedy tylko Lira wyrwała się na wolność, nastał Wiek Kobiety.

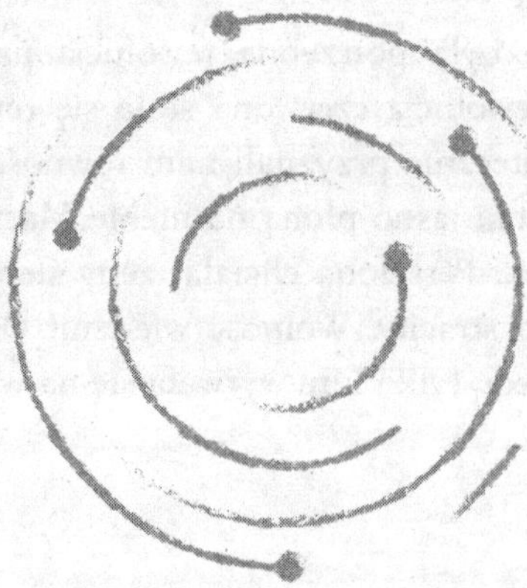

Rozdział piętnasty,

w którym Masza i Dasza rozstrzygają losy ojczyzny

Kijów to kolebka świętej Wiary naszych przodków,
a zarazem pierwszy świadek ich obywatelskiej tożsamości.
~ Ukaz cara Mikołaja I dla Senatu o założeniu w Kijowie uniwersytetu;
8 listopada 1833 roku

Wiek srebrny kanonizował dziesiątki wielkich artystek – ciągnęła swój wywód Masza. – Malarek, śpiewaczek, tancerek, poetek! Mata Hari. Isadora Duncan. Anna Pawłowa. Wiera Komissarżewska. Wiera Chołodna. Marina Cwietajewa. Zinajda Gippius. Anna Achmatowa. Aleksandra Ekster. Zinajda Sieriebriakowa. Nadieżda Zabieła-Wrubel. Nadieżda Plewicka... Rozpoczęła się epoka modernizmu, w sztuce dominowała secesja! Cały ten styl jakby brał się z Liry: miękkie, zaokrąglone, płynne linie! To kult kobiecej istoty. Kult zabójczej kobiecej urody. Kult Salomei: kobiety fatalnej, zabijającej mężczyzn! Kult Amazonki!

– Zajebiście!!!

– Każdy styl miał swojego boga. W gotyku był nim Jezus. W baroku król. W secesji: piękno i kobieta jako przejaw piękna. Secesja to gotyk, który za boga obrał sobie seks!

– Seks? W takim razie – oświadczyła Dasza Czub – wybacz mi, proszę, Masza, ale na pewno nie pójdę odmieniać tej rewolucji. I nie gadaj mi o pięćdziesięciu milionach. To żaden argument. Mamy przed nosem Nowy Matriarchat i światową harmonię!

– Przed nosem?

„(...) to, co ma pani pod nosem" – odezwało się echem.

„Czyżby Demon miał na myśli Nowy Matriarchat? Możliwe. Przecież kobiety... Współczesne kobiety..."

– Już teraz jesteśmy nie gorsze od mężczyzn! – Czub, sama o tym nie wiedząc, wyraziła na głos myśli Maszy. – Moja mama słusznie zauważyła, że pisarek jest obecnie więcej niż pisarzy. O estradzie już wogle zamilczę: same kobitki! W kioskach tylko kobiece magazyny. W telewizji: same babskie seriale! Cały show-biznes dla nas pracuje. Przejęłyśmy sztukę. Stopniowo przejmujemy przedsiębiorstwa. Weź choćby naszą Katię! W nauce i polityce na razie jesteśmy w tyle, ale to tylko na razie. Spójrz tylko na naszą Julię! I wszystko to dokonało się w ciągu jakichś stu lat!!!

– Mniej – uściśliła Masza. – Dziewięćdziesięciu.

– Widzisz! Przemy do przodu siedmiomilowymi krokami! W ciągu najbliższych stu pięćdziesięciu lat mężczyźni zamienią się w skończone cioty, a my będziemy wszystkim rządzić i wykorzystywać ich tylko do przedłużenia gatunku. Jak Amazonki! I wiesz, co? Bułhakow całkowicie by się ze mną zgodził. Czy jego Małgorzata nie jest kobietą idealną?

– Idealną – potwierdziła Masza, nie bardzo rozumiejąc, co ma do tego Bułhakow.

– A co w jego powieści robi Mistrz? Maże się, lamentuje i siedzi w domu jak mąż Amazonki!

– Siedzi w domu wariatów. – Studentka zmarszczyła brwi.

– Cały czas tylko siedzi. Palcem nie kiwnie! Wszystko robi ona! Co, nie mam racji? Ona poznaje się z nim na ulicy. Ona rozbija okna u krytyka, który go obraził. Ona go ratuje, rozwiązuje jego problemy. Tylko dlatego musi zostać wiedźmą, czyli Amazonką, najważniejszą. Pełny matriarchat.

Masza nie wiedziała, co rzec – Dasza streściła fabułę powieści nieładnie, lecz wiernie.

Mistrz był pasywny. Rolę wybawcy i wyzwoliciela „prześlicznej królewny" odegrała Małgorzata.

– Lira pozwala kobiecie być silniejszą od mężczyzn. Mężczyźnie daje sposobność ujrzeć kobietę. Tak powiedział Demon – zaznaczyła Kowalowa.

– A co ja ci mówię? Lirę ma Bułhakow! On WIDZIAŁ kobietę! Dostrzegł, że w każdej ślepej kryje się Amazonka. Wystarczy tylko...

– Przeprowadzić antyobrzęd, odchrzczenie, wyrzec się patriarchatu i patriarchy*.

– A nie mówiłam? Był satanistą!

Bezceremonialnej logice Daszy trudno było odmówić zabójczej dokładności.

Małgorzata została wiedźmą. („Nie mogłaby wejść do cerkwi!")

Bułhakowski Szatan faktycznie nie był zły. Był prawie dobry...

„Nie wierzę!"

– Nie był satanistą! Ani ślepcem! Ani rusofilem!

– Wow! – Czub zmieniła się na twarzy. – Miasto pokazało nam wieszającą się wariatkę, żebyśmy ruszyły głową: „Gdzie wogle jest nasza Lira?". Ten talizman należy do Kijowic. Da nam niesamowitą moc, żeby wygrać bój. Szkoda tylko, że w drugą noc Kijów nie dał znaku... Oj! Dał znak... Aknir!!! Szczwana sztuka!

– Aknir?

– Gwizdnęła nam stare pieniądze! Dostała moc! Teraz będzie mogła się wybrać w Przeszłość! Znajdzie Lirę przed nami. Już jej szuka. – Czub nerwowo rozejrzała się wokół siebie, jakby talizman

* Patriarcha – najwyższy rangą duchowny chrześcijański; zwierzchnik Cerkwi prawosławnej.

krył się pod sąsiednim kamieniem i Aknir akurat podpełzała do niej niczym płastun*. – Matko jedyna, jeżeli znajdzie Lirę przed nami, to DOPIERO napisze!

– Co napisze? Wiersze? – Masza zamrugała oczami.

– To Achmatowa pisała wiersze! Aknir pisze zaklęcia! Jest czaroplotką! A literatura i magia są z jednego worka. I my, i oni próbujemy tak ułożyć słowa, żeby były w absolutnej harmonii: boskiej harmonii. Wszak Bóg stworzył świat za pomocą słowa. Wyobrażasz sobie, co będzie, jeżeli Aknir dostanie w swoje ręce Lirę? Jej zaklęć już teraz nie możesz odwrócić nawet ty. Gdzie jest ta broszka? – Wzrok Daszy skakał po szczytach okolicznych gór i pagórków.

– Dasza – zawołała studentka – nie ma jej w Koktebelu! Tutaj nie było Amazonek!

– Nie pleć bzdur! W Koktebelu, tak jak w Kijowie, zawsze się latało! Zresztą teraz to nie Koktebel, tylko osada Płaniorskoje**. Są tu unikatowe aerodynamiczne warunki, korytarze powietrzne... Tu latać to w ogóle fraszka! Chcesz czy nie chcesz, lecisz!

Czub pokazała palcem w dół. Nad morzem niczym chmara mew krążyło stadko białych paralotni.

– Gdzie Bułhakow mógł ją ukryć? – głowiła się Dasza. – Na pewno nie w domu Wołoszyna. Prędzej w jakiejś grocie. W Karadahu jest ich od groma. Jeden chłopak... ten, co to cały czas nawijał, mówił mi, że pod nosem Puszkina jest długi właz.

– Pod nosem? Puszkina?

– No tam, widzisz, tam, na skale. Pokazywałam ci profil Wołoszyna. Nad nim jest Czarci Palec. Widzisz, taki cosiek? – Dasza wyciągnęła rękę. – Po mojemu bardziej przypomina czarci członek... A tam, w prawo, w prawo w prawo, po drugiej stornie

---

* Płastun – w wojskach kozackich zwiadowca, który podpełza do wroga przypłaszczony do ziemi (przyp. tłum.).

** Płaniorskoje – (ros. 'szybowcowe; paralotniarskie') nazwa Koktebelu w latach 1944–1991 (przyp. tłum.).

Karadahu jest profil Puszkina. Widzisz? Naturalna mistyka. Puszkin też tu przecież bywał!

Kowalowa popatrzyła na Czarci Palec-Kopyto – kamienną, zwężającą się u podstawy skalną maczugę z rozdwojoną głową – i mrużąc oczy, próbowała dostrzec na zalanych słońcem kamiennych szpicach odbłysk „słońca rosyjskiej poezji".

– Rzeczywiście – przyznała. – Wypisz, wymaluj Puszkin.

Ze skał wystawały wydatny nos, afroamerykańskie wargi, nieduży podbródek, nawet łuki brwiowe – dokładnie tak wyglądał pisarz we wszystkich książkach, na wszystkich kartkach pocztowych i jubileuszowych kopertach.

– Demon powiedział – zawahała się studentka – że to, czego szukam, leży prosto pod nosem. Może chodziło o nos Puszkina? To on napisał *Córkę kapitana*. A Kijewicki dał mi podpowiedź: motto z *Białej gwardii*... A może chodziło o nos Wołoszyna?

Masza nagle przypomniała sobie, że Wołoszyn jako pierwszy z literatów docenił *Gwardię* – pierwszą powieść nikomu nieznanego felietonisty Bułhakowa, i nazwał go „pierwszym, który wydrukował duszę rosyjskiej walki domowej". Dodał jeszcze: swoją *Gwardią* Misza zwycięskim krokiem „wszedł do rosyjskiej literatury, na podobieństwo Fiodora Dostojewskiego albo Lwa Tołstoja"!

I profil „czarodzieja" pojawił się w 1913 roku...

– Więc... – Wstrząsająca oceniła stojące przed nimi zadanie. – Nosy są dwa. My też jesteśmy dwie. Co prawda Karadah to rezerwat, chodzić po nim nie wolno. Zwłaszcza teraz, trzynaście lat temu. W naszych czasach za takie przestępstwo dają tylko mandat. A przedtem, to znaczy teraz, terenu pilnują najróżniejsi pogranicznicy z psami. W rodzaju takich, co to w Związku Radzieckim nocami łazili po plażach, żeby nikt z akwalungiem nie wyemigrował do Turcji. Ale koło nosa Wołoszyna pływają turystyczne łodzie. Ty wsiadasz do łodzi, ja na miotłę. – Czub utkwiła wzrok w stadku paralotni.

Masza w lot pojęła jej tok myślenia.

Siadając na miotłę w biały dzień, kominolotka maskowała się, z daleka udając zbłąkaną, niesioną wiatrem paralotniarkę.

Ale następna czynność Wstrząsającej wprawiła Kowalową w zupełnie osłupienie.

Dasza otwarła uwolniony od otoczaków sakwojaż i wydobyła z niego upaprane, wymięte przez kamienie, ale w przeważającej mierze białe damskie pantalony z koronkami i wstążeczkami, zapewne wypożyczone z przedrewolucyjnej garderoby Kyłyny.

– Nie zabrałyśmy w Przeszłość żadnych ubrań. A tu jest kurort. – Piosenkarka wytrzepała pantalony z pyłu. – Pomyślałam, że trzeba by się jakoś wystroić.

– Ale to przecież dolna część bielizny – pisnęła Masza.

– Nie obraź się, Maszutka, ale zaczynając od siedemnastego roku zeszłego wieku, zupełnie nie czaisz mody! Trzynaście lat temu to był największy hit! Widziałam na okładce magazynu aktorkę w takich właśnie spodenkach z koroneczkami... Jeszcze byłam wtedy mała. Nie wyobrażasz sobie, jak bardzo chciałam, żeby mama kupiła mi coś takiego!

W miarę przybliżania się do kamienistego nosa Puszkina Dasza coraz częściej przyhamowywała miotłę i coraz energicznej pocierała własny nos.

Nie, pogranicznicy z owczarkami niemieckimi, którymi mama straszyła swoją nieusłuchaną i niepokorną córkę – całkiem dojrzałą jak na trzynaście lat – już nie patrolowali okolicy. Może nawet nie było żadnych strażników. A gdyby nawet byli, cokolwiek by się działo, miotła uniesie ją z dala od wszelakich kłopotów.

Ale im bliżej był profil Aleksandra Siergiejewicza, tym mniej przypominał profil.

Początkowo „Puszkin” stracił górną wargę i pogardliwie wydął dolną. Zamiast dumnego nosa sterczał straszliwy kinol. Potem jego usta rozwaliły się zupełnie, skały rozstąpiły się i stały się dwoma wysokimi szczytami. Schodząc do lądowania, Czub nie była do końca pewna, czy pikuje w stronę „nosa", czy „podbródka" skalnego klasyka.

Czasza paralotni opadła na ziemię.

Dasza odczepiła ją od miotły i odrzuciła precz. W zamian za ten środek konspiracji naobiecywała sportsmenowi napalonemu na jej pantalony takich rzeczy, że nawet ona miałaby obiekcje, gdyby przyszło jej wypełnić swoje obietnice.

A to znaczy: *adieu*, bywaj zdrów, sportsmenie...

Uśmiechnęła się chytrze. „Czułam to tyłkiem... Puszkin!"

Pod „nosem" albo pod „podbródkiem" autora *Córki kapitana* widniał niewielki wylot pieczary. Dasza wsunęła tam głowę. Niczego nie zobaczyła. Zamieniła głowę na rękę wraz z kupioną na nabrzeżu latarką.

Wąski tunel ciągnął się gdzieś daleko.

Ale żeby się dostać do tego „daleko", trzeba by się stać wężem i popełznąć na brzuchu: sama Dasza pewnie zmieściłaby się w tę wężową norę, lecz gdy stała na czworakach, dziura była dla niej za niska. Zanim zdecydowała się na tak desperacki krok (czy raczej „pełz"), piosenkarka z nadzieją obejrzała wszystkie pozostałe „nosy", „wargi", „czoła" i „łuki brwiowe" w pobliżu, ale niczego podobnego do pieczary nie znalazła.

Trzeba było wrócić do niewygodnego wieszczego „nozdrza".

– To dla wielkiej sprawy – powiedziała sobie Wstrząsająca.

Jaką konkretnie sprawę uważa za wielką, nie określiła.

Zbudować Nowy Matriarchat?

Czy znaleźć Lirę, zanim zrobi to Aknir?

Idealnie byłoby załatwić jedno i drugie. Ale jej myśli zajmowała szczególnie Lira... Przecież muzyka składa się z dźwięków, tak jak słowa! Harmonia jest terminem muzycznym! A sława na cały wszechświat to marzenie piosenkarki!

„Chcę być gwiazdą!"

Czub zdecydowanym ruchem przemieściła miotłę na plecy i przesunęła jej kij przez szerokie, swobodne pantalony Kyłyny.

– Podrapię się na pewno – mruknęła, wciskając ramiona i tułów w nieregularny trójkąt dziury. – Ale i tak wszystko się na nas goi w ciągu pięciu sekund. Tak że wogle nie widzę żadnych problemów. Szkoda, że nie jestem zmiennokształtna.

I pomyślała: „Mimo wszystko prawdziwa ze mnie bohaterka!".

„Nie, oczywiście, idiotka" – pomyślała minutę później.

Pełznąć na brzuchu, odpychając się nogami i chwytając prawą ręką za kamieniste występy, a lewą przyświecając sobie latarką, zdzierając skórę o nierówną powierzchnię i drobne kamyczki, było niełatwo i boleśnie.

A potem zrobiło się strasznie – korytarz skierował się stromiej w głąb ziemi. Przemieszczanie się po pochyłości w dół było nieco wygodniejsze, ale zaciążyło Daszy pytanie, dokąd właściwie zmierza.

„W razie czego będę musiała wracać tyłem. Nie obrócę się. A pchać się pupą w górę będzie trudniej niż w dół. Wogle dokąd ten tunel prowadzi?"

Kiedyś Czub była na letnim obozie w Goriaczym Kluczu. Pokazali im tam wejście do jaskini i powiedzieli, że wyjście znajduje się na morskim wybrzeżu.

A od Goriaczego Klucza do Morza Czarnego było aż sześćdziesiąt kilometrów!

„A jeśli i mnie przyjdzie tak leźć z sześćdziesiąt kilometrów? I to niekoniecznie do morza".

Lecz rzeczywistość okazała się inna – milsza.

Korytarz nagle się rozszerzył i po jakichś pięciu minutach Czub z przyjemnością podniosła się na czworaki, a po dwudziestu – na nogi. Zgięta jak scyzoryk, ostrożnie schodziła coraz niżej. I ta ostrożność, goszcząca u Daszy niewysłowienie rzadko, oddała jej niezłą przysługę.

Akurat wtedy, gdy pozginana bohaterka straciła poczucie czasu, tunel bez uprzedzenia zamienił się w obryw przepaści.

Wstrząsająca przez parę sekund postała na samym jej skraju, trzymając się ostrego, wystającego kawałka skały i na próżno próbując ogarnąć otwierającą się przed nią ciemną bezdeń. Jej latarka nie była w stanie oświetlić otchłani.

„Z drugiej strony – powiedziała sobie optymistycznie – gdyby to było takie proste: przyjdź i bierz, to Lirę sto razy już by ktoś znalazł i wziął. A wtedy byłoby pozamiatane!"

Speleolożka szarpnęła się z powątpiewaniem za nos. Wywlokła z pantalonów miotłę i osiodławszy ją, rozpoczęła badanie czarnej czeluści.

Bezdeń, przez którą przemieszczała się na miotle Dasza, nie bez powodu wydawała się ogromna – właśnie taka była.

Potężny kamienny szyb nie miał dna ani sufitu. Czub leciała w dół wzdłuż ściany, bojąc się stracić ten jedyny punkt odniesienia. Latarka wyświecała białe żyłki na skale i Dasza wiedziała: to kryształ górski, można było go znaleźć tylko tu i na Uralu.

Nie ryzykowała badania nieprzeniknionego środka szybu.

„Wtedy to już na pewno będzie koniec!"

Bezkresny mrok migiem zeżre słabe światełko. Zgubi się w podziemnej przestrzeni, wleci na oślep na ścianę, spadnie z miotły i runie w nicość.

„Lepiej tak jak Masza: tchórzyć i najpierw myśleć, a potem... O mamo! To przecież wylot! Cholera!"

Czub o mało nie zleciała z miotły. Snop światła ukazał jej nową dziurę – jaskinię w jaskini. Grota była niemała – wysokości człowieka.

Jednak nie to sprawiło, że serce Wstrząsającej podskoczyło nieostrożnie.

Nad łukiem pieczary wisiała rzecz ewidentnie nie przyrodniczego, lecz ludzkiego pochodzenia. Wielgaśna, wyłupiastooka maska potwora. Lub człowieka. Kto wie, jak u zarania naszej ery ludzie przedstawiali samych siebie?

Same potwory na pewno jednak nijak siebie nie przedstawiały!

„Tu byli ludzie!" – Kominolotka wleciała w „komin" pod straszydłem. „Ale jak mogli się tutaj dostać? Przecież można tylko dolecieć, tak jak ja. Wychodzi na to, że byli tacy jak ja... Wiedźmy!"

Korytarz pieczary, wygodny i równy, potwierdzał jej tok myślenia – ze ścian sterczały pokryte wełnistą pajęczyną kije dawno temu palonych pochodni.

Zapominając o ostrożności, Dasza raźno ruszyła naprzeciw tajemnicy i pobiegła. Biegła tak długo, że radosna, cudowna niecierpliwość zamieniła się w zadyszkę i mętne zmęczenie, gdy ściany korytarza odskoczyły w różne strony i Czub zatrzymała się, balansując tuż nad kolejną przepaścią.

„Fiu... O mało nie wpadłam".

Wpadłaby, bez dwóch zdań, ale wierna miotła wyrwała jej się z rąk, wzbiła w powietrze i zwinnie plasnęła Wstrząsającą w pierś, zmiatając ją do tyłu.

Czub postała, posapała, pokręciła głową, otworzyła szerzej oczy, które zmrużyły się same, odwykłe od światła, i pojęła, że stoi na wąskiej skalnej półce, która wisiała niczym balkon nad pięciometrową stromizną.

A na jej dnie znajdowała się okrągła kamienna sala!

Wypełniona niewyjaśnionym migotliwym światłem sala rozciągła się u stóp Daszy. Na jej środku górowało prostokątne kamienne łoże, które piosenkarka z nawyku ochrzciła w myślach „sceną". Na to podwyższenie prowadziły cztery szerokie, długie stopnie, a na każdym z nich rozciągał się na całą swą długość poczerniały szkielet.

Piąty szkielet leżał na samej górze, otoczony niewyraźnie widocznymi, grubo pokrytymi wielowiekowym pyłem przedmiotami – czas, który przysypał je kurzem, zamazując ich kontury.

„To przecież kobieta" – oświeciło Daszę. „Na tym piedestale leży Amazonka. A u jej nóg, na niższych stopniach: czterech mężczyzn!"

Czub nie wiedziała, czy boi się szkieletów – do tej pory ich nie widziała. Ale po namyśle doszła do wniosku, że nie ma się czego bać. Wsiadła na miotłę i zleciała w dół.

Ręka Amazonki spoczywała na czymś podłużnym i długim – możliwe, że mieczu. Szyję jej szkieletu zdobił masywny łańcuch, tyle że zdążył się zapaść w obnażoną do kości damską pierś. Łysy czerep obejmowała metalowa obręcz.

Dasza wyciągnęła zaciekawiony palec wskazujący i dotknęła kościanej dłoni władczyni.

Rozległo się ciche, szybkie stuknięcie – coś się stoczyło na ziemię.

„No, nie byłabym sobą, gdybym czegoś nie zepsuła!" – szczerze zaniepokoiła się Dasza.

Pośpiesznie zeskoczyła z miotły. Latarka zaczęła szukać na podłożu stoczonego „czegoś", ponieważ Czub chciała jak najszybciej zwrócić to gwieździe kamiennej sceny.

Nie chciała zakłócać czyjegoś życia pozagrobowego!

Wreszcie to „coś" się znalazło.

Wstrząsająca potarła znalezisko o od dawna już niebiałe pantalony.

– Niech ja zjadę... – zaczęła.

I z przerażającym, nierozumiejącym, rozpaczliwym krzykiem poleciała w przepaść.

A przepaści tej nie było końca.

– Masza – odezwał się męski głos.

– Ty???

Masza stała na długiej przystani, usiłując dociec, ile tysięcy albo milionów kuponów kosztuje bilet na rejs spacerowy. Matematyka nie była jej mocną stroną, studentka gubiła się przy czterech zerach.

Dasza zostawiła koleżankę przy skleconej z desek budce kasy i oddaliła się pod rękę z paralotniarzem... Ledwie zniknęła jej z pola widzenia, gdy Masza usłyszała głos.

– Byłeś ze mną przez cały ten czas?

– Zawsze już będę z tobą – odparł.

– Czyli to ty – uświadomiła sobie – niosłeś na górę mój sakwojaż? Dziwne. Nie czułam twoich rąk.

– Nie czujesz mnie. Bo mnie nie kochasz. – Mir nie czynił wyrzutów, po prostu konstatował fakt. – Nie wiedziałem, czy mogę się przy nich pojawić, czy nie, a ty mnie nie wzywałaś. Kazałaś mi sobie iść. Ale byłem z tobą. Wróciłem. Nawet dobrze, że mnie przegoniłaś. – Uśmiechnął się. – Inaczej nie mógłbym zrobić tego, co obiecałem. Przekazałem liścik twojemu ojcu.

– Liścik? Tacie? – Masza doświadczyła wężowego ukąszenia, gdy ją ugryzło sumienie. – Zapomniałam. A ty pamiętałeś. Mir, jaki ty jesteś dobry!

– U twojego ojca wszystko w porządku. Wyjaśniłem mu, jak się sprawy mają. Powiedziałem, że nie możesz wrócić do domu z powodu matki. On rozumie. Powiedziałem, że zamieszkałaś u koleżanki i jej mama nie ma nic przeciwko. Że jest krytykiem literackim. Powiedziałem, że jesteś bezpieczna, ale martwisz się o niego. On prawie się nie denerwuje, więc ty się też nie martw.

Ale na przekór jego słowom Masza strasznie się zaniepokoiła.

„Tata!"

Tata, o którym zapomniała, był dla niej najukochańszy...

A Aknir odbierała im to, co najbardziej kochają!

Daszy zabrała głos, który na szczęście wrócił. Lecz sklepy Katii pozostawały zburzone.

Zabrała coś każdej z nich, tylko Maszy jeszcze nie!

Do tej pory nie przejmowała się tym wcale.

Po prostu nie wyobrażała sobie, czego jeszcze można by jej pozbawić. Straciła już wszystko. Dom, rodzinę, instytut, swój pokój, dotychczasowe życie, bezgrzeszność, sobór Świętego Włodzimierza, człowieka, którego kochała – i wszystko to zostało jej odebrane nie przez Aknir, tylko przez Miasto, którego Masza nie mogła nie kochać. I o które martwiła się, zapominając o ojcu.

„Boże mój, zapomniałam..."

– Na pewno wszystko u niego w porządku? – Wypuściła swój strach wraz z oddechem. – Kiedy go widziałeś? Co ja mam zrobić... Nie mogę wyjść z Przeszłości... A Aknir... może go zabić! Zabije go! I nie wiem, czy dam radę go wskrzesić... Wciąż nie wiadomo, czy będę mogła wskrzesić supermarkety Katii. Głosu Daszy nie przywróciłam... A Aknir jest czaroplotką. W żaden sposób nie umiem go obronić! – zawołała w narastającej rozpaczy.

– Masza – Mir pochylił się nad nią – pamiętaj, że czas dla ciebie stoi. Uspokój się! Dopóki czas nie płynie, twój ojciec żyje. A potem, jeśli postanowisz nie dopuścić do rewolucji, Aknir nie będzie miała powodu, żeby go zabijać. Nie będzie ciebie. Nie urodzisz się. Ona nie będzie miała z kim wojować. Nawet się nie dowie o jego istnieniu. Będzie cały i zdrowy.

– Racja. Racja. – Masza pośpiesznie wzięła się w garść. – Nie dopuścić do rewolucji, to jedyny sposób na uratowanie taty, innego wyjścia nie ma. Pomyślę, jak to zrobić. Nie będzie mnie, nie będzie żadnego problemu. Wplątałyśmy się w wojnę... Po prostu nie mam prawa żyć tam i narażać go na niebezpieczeństwo, przed którym nie mogę go obronić. Wszystko się uda! Widziałam przecież Wiertum! Mir, dziękuję ci! – Powstrzymała cisnące się do oczu łzy. – Nie wyobrażasz sobie, jaka ci jestem wdzięczna. Jak się cieszę, że jesteś przy mnie.

– Zawsze będę przy tobie. Nigdy nie będziesz sama.

Czy była to obietnica, czy groźba, Masza – stojąc pośrodku nieznanego, niepojętego dla niej Koktebela, z trudnymi do ogarnięcia pieniędzmi w rękach, zrozumiała, jak bardzo cieszy się z pojawienia Mira – niewysłowienie, nieopisanie!

Z Mirem czuła się tak lekko.

Lżej niż z Daszą. Lżej niż z Katią. Jego miłość była taka prosta. Po prostu ją kochał i już...

„Tak czy inaczej trzeba go odkochać" – przykazała sobie Kowalowa. „Zakochał się nie z własnej woli!"

Tymczasem zakochany nie z własnej woli Mir Krasawicki ujął Maszę za dłoń i wziął sytuację w swoje ręce.

Odliczył należną kwotę pieniędzy. Odrzucił pomysł płynięcia wynajmowaną na przystani motorówką. Rozmówił się z miejscowymi, którzy handlowali obok wędzoną i gotowaną rybą, i zgodnie z ich podpowiedzią znalazł na sąsiedniej plaży wolnego przewoźnika – pięćdziesięcioletniego wujaszka Miszę.

Wujaszek, ogorzały, nieogolony, z poczerniałymi zębami, bez wahania zgodził się zabrać ich łódką na Karadah i obiecał opowiedzieć „rzeczy, o których przewodnicy turystyczni nie słyszeli". Ledwie jego bezimienna łódka odbiła od brzegu, pilnie zaczął spełniać obietnicę.

W rezultacie Masza dowiedziała się, że dokładnej daty powstania Koktebelu nikt nie zna. Uczeni jednak przypuszczali, że dawno temu, przed naszą erą żyli na tej ziemi Kimerowie, najstarszy lud Krymu.

A właśnie w ich krainie, Cymerii, Orfeusz zszedł do Hadesu.

– Maks Wołoszyn uważał, że Koktebel to właśnie Cymeria, ziemia Kimerów.

Zbudowany dwa kroki od morza dom Wołoszyna, opleciony misterną plątaniną kilkupoziomowych jasnoniebieskich drewnianych balkonów, został w tyle i oddalał się coraz bardziej.

Brzeg był daleko, ale Mir – jak poprzednio – blisko. Dlatego Masza, od dzieciństwa lękająca się wypływać daleko od lądu, nie bała się niczego i mogła skupić zarówno zewnętrzny, jak i wewnętrzny wzrok na zbliżającym się „nosie" poety-czarodzieja.

Jego „czoło", „brwi", wielce znaczący „nos" i nieważna „broda" oddzielały od strony morza kurort od objętego ochroną Karadahu. Profil Wołoszyna czerniał na tle lazurowego nieba niczym strażnik.

– Nazwa Karadah oznacza „czarną górę". To wulkan, ma sto pięćdziesiąt milionów lat. Czasami się budzi, ale w gazetach o tym nie piszą. Oficjalnie uważają wulkan za wygasły – opowiadał wujaszek.

Masza nie mogła nie zauważyć, że przez pomarszczoną twarz przewoźnika raz po raz przebiega drgnienie konsternacji, i podejrzewała pytanie, które nie dawało wujaszkowi spokoju.

Rudowłosa, z rudymi rzęsami i brwiami Masza była zbyt niepodobna do czarnowłosego Mira, żeby ich wziąć za brata i siostrę. A jeszcze mniej wyglądała na dziewczynę, z którą chłopak, obdarzony powierzchownością bóstwa, mógłby się obnosić jak z gwiazdą estrady.

A właśnie tak robił!

Na rękach przeniósł ją do łódki. Co chwila pochylał się ku niej, upewniając się, czy w jej oczach nie mignie strach albo smutek. Patrzył na bezbarwną niezdarę w pasiastej workowatej męskiej koszuli jak na siedzący obok siebie sens własnego życia.

– Jeśli macie ochotę na kąpiel, to lepiej przy Złotych Wrotach. Tam kąpał się sam Puszkin. Przyjeżdżał na Krym. I narysował nasze Złote Wrota. Potem znaleziono rysunek wśród jego papierów*...

– A tu nie można się zatrzymać? – przerwała mu studentka.

Podczas kiedy ich łódź mijała pograniczną górę, kamienny poeta zachorował na syfilis – jego „nos" zapadł się, zniknął. I nagle twarz się rozpadła, zamieniła w skalne rumowisko.

Masza trzymała wzrokiem to miejsce, które jeszcze przed chwilką wydawało się niewątpliwym nosem, i bała się je stracić!

– Czemu nie? Można. – Wujaszek wyjął wiosła z wody. – Tylko kąpać się tu nie polecam. Lepiej podwiozę was do Wrót. Albo do Zatoki Karneolowej. Tam Maks Wołoszyn i Maksym Gorki raz tak zapili...

– A nie wie pan przypadkiem, czy pod nosem Wołoszyna – palec Maszy wskazywał ostry występ skalny – nie ma jakiejś groty? Skrytki?

– Nie słyszałem o czymś takim. – Powściągliwy wujaszek nie okazał zdumienia. Zamiast się dziwić, wyjął spod ławeczki płócienną torbę, a z niej – starą lornetkę. – Ale jeśli macie potrzebę, to popatrzcie.

Mir troskliwie pomógł Maszy nastroić przyrząd optyczny, a przyrząd z kolei pomógł jej się upewnić – pod „nosem" rzeczywiście było nieduże zagłębienie.

---

* Podróżując po Krymie, A.S. Puszkin zrobił szkic Złotych Wrót na marginesie jednej z kartek rękopisu *Eugeniusza Oniegina*.

„Oczywiście – pomyślała wywiadowczyni Przeszłości – Lira jest maleńka, zmieści się i tam. I stąd nie będzie jej widać. Lecz po co miałby ją tam kłaść? Powieje wiatr i broszka spadnie do morza. Gdyby Bułhakow chciał ją schować, znalazłby bardziej obiecującą skrytkę".

Masza spróbowała wyobrazić sobie Bułhakowa, jak ten wspina się po górującej nad nimi karadaskiej skale, i przecząco pokręciła głową.

Obraz był absurdalny.

Po co Michaił Afanasjewicz miałby leźć na niebezpieczną pionową ścianę? Z jakiego powodu?

„I dlaczego Amazonki, kiedy się stały ptakami, przeniosły się właśnie do Kijowa, zostały Kijowicami?" – drgnęło zapóźnione pytanie.

– Tam dalej – podsunął przewoźnik – w Karadahu jest dużo jaskiń, jeśli wam potrzeba.

– Płyńmy. W drodze powrotnej popatrzymy jeszcze raz. – Mir, jak zawsze, odczytał zapętlone myśli Maszy, zanim ona sama zdążyła ubrać je w słowa.

– Czyli interesują was jaskinie? – Przewoźnik wziął się do wiosłowania. Rozwiązał zagadkę: przystojniaka i niezdarę łączyła jakaś wspólna sprawa. – Jest tu jedna. Pewnie was zaciekawi. Kręcili tam film *Diabeł morski*, o Ichtiandrze, człowieku-rybie. Ale dalej niż na trzydzieści, czterdzieści metrów nikt się w nią nie zapuszczał. Nikt nie wie, jaka jest długa. Mówią, że prowadzi prosto do piekła...

– Do piekła? – To samo mówili o pieczarach Cyryla w Kijowie!

– No, nie do piekła, tylko do Hadesu, tam gdzie Orfeusz poszedł za Eurydyką – wyjaśnił rzeczowo wujaszek Misza.

Piekło. Zaświaty. Hades.

Kijów i Koktebel były z sobą powiązane...

Piekłem.

Masza w podekscytowaniu zamachała rękami. Drzemiący na jej kolanach sakwojaż podskoczył i z głośnym plusnięciem wypadł za burtę.

– Ojej! – jęknęła studentka. – Mam tam czasopismo. I zapiski Kyłyny!

– Zaraz wyłowię – zapewnił Krasawicki. Wstał, zamierzając skoczyć.

– Nie. – Kowalowa złapała go za rękaw. – Nie trzeba. Już mi i tak w niczym nie pomoże. Plan Kyłyny zaprzepaściłam. Muszę wymyślić swój.

– Jak sobie życzysz. Pieniądze mamy w kieszeni – uspokoił Mirosław przewoźnika.

– O, to doobrze – rzekł uspokojony. – Oto ona, wasza jaskinia!

– Patrz! – Mir zachichotał. – Człowiek-ryba!

Z groty faktycznie ktoś wypływał.

Masza wyciągnęła szyję, przez sekundę licząc na to, że zobaczy bohatera powieści Aleksandra Bielajewa. Ale już w następnej sekundzie nie mogła uwierzyć własnym oczom.

Desperackim jednorękim kraulem, wlokąc za sobą miotłę, z morskiej jaskini wypływała Wstrząsająca Dasza.

– ...i wtedy pewnie zwaliłam się w jakąś dziurę. O mało nie zeszłam na zawał. Leciałam w dół ze sto metrów. Gdyby nie miotła, rozbiłabym się na miazgę! Kiedy pierwszy raz z pięciometrówki skoczyłam do basenu, tak trzasnęłam nogami o wodę, że chodzić potem nie mogłam. A tutaj sto metrów... Ale kochana miotełka dogoniła mnie. Ja ją caps! I spokojnie opuściłyśmy się na sam dół. A ty mi jeszcze odradzałaś zabieranie miotły do Koktebelu! Już dwa razy uratowała mi życie.

– Dasza, Kijowicy nie można zabić.

– Ale poobijać można! I to boleśnie!

W drodze powrotnej – z Krymu do Kijowa – dostał im się w połowie pusty wagon i zupełnie pusty przedział. Wykorzystując tę pustkę, Dasza po raz trzeci z najdrobniejszymi szczegółami opisywała swoje przygody. (W zestawieniu z nimi duch Mira, którego

Dasza zobaczyła w łódce obok Maszy, nie zrobił na niej prawie żadnego wrażenia). Wystawiała za półotwarte okno to głowę, to rękę i bawiła się z wiatrem.

– No, co powiesz?

– Powiem – patetycznie obwieściła studentka historii – że najwyraźniej właśnie udowodniłyśmy istnienie Amazonek!

Masza przyglądała się szerokiej, masywnej bransolecie z wytłoczonym wyobrażeniem siedzącej na końskim grzbiecie kobiety z mieczem i kopią. Miecz przeszywał leżącego na ziemi mężczyznę. Kopia celowała w drugiego wroga płci męskiej. Koń miał skrzydła i smoczy pysk.

Kowalowa obróciła bransoletę i po raz piętnasty popatrzyła na wypukłą czterostrunową lirę otoczoną symbolami albo słowami starożytnego języka, nieznanego jej, Maszy, Mirowi ani całemu obecnemu światu nauki.

– Dokładnie to ty to udowodniłaś – poprawiła się uczciwa Masza, zwracając koleżance znalezisko.

Wstrząsają z zadowoleniem wsunęła sobie bransoletę na przedramię.

– Mówiłam, że udowodnię! Nie mówiłam?

– Mówiłaś.

– No to teraz zawsze mnie już słuchaj! Wydębimy u Katii jeszcze trochę kasy i wrócimy na Krym. Przez lato akurat zdążymy połączyć wszystkie kropki... I drugą Lirę też znajdziemy!

Triumfatorka wychyliła się przez okno, mrużąc oczy ze szczęścia i od porywistego zaokiennego wiatru, tak podobnego do jej własnego beztroskiego, parującego z niej wszystkimi porami optymizmu wyzwolonego przez przygody, odzyskanie głosu i radość z wielkiego znaleziska.

– Który to wiek twoim zdaniem? – spytał Krasawicki.

– Nie wiem. Nie jestem ekspertką – zastrzegła historyczka. – Ale to rzecz niezwykła. Niepodobna do scytyjskich damskich ozdób. I rysunek zupełnie nie przypomina greckich wyobrażeń Amazonek. Wszystko tu niepodobne! Jedyny znany nam symbol to Lira.

„Ale jazda! Cudownie!" – pomyślała Czub.

Wiatr za oknem robił coś dziwnego – wyraźnie flirtował z Daszą. To owiewał jej szyję jak szalik, łaskotliwie dmuchał w lewe ucho. To gładził po ręce, prześlizgiwał się niczym wąż przez palce. Zachowywał się jak wesoły szczeniak. Choć na logikę – której Dasza zbytnio nie poważała – wiatr powinien był przemykać wzdłuż pociągu jednolitym strumieniem.

– Patrzcie, patrzcie! Naturalna flaga Ukrainy! – zawołała Wstrząsająca.

Widok za oknem był przecięty na pół horyzontem.

W dole rozciągało się żółte, żółciutkie pole.

U góry rozpinało się niebieskie, niebieściutkie niebo.

– I oni jeszcze próbują udowodnić, że Krym nie należy do nas. A ugryźcie się wiadomo w co! – Czub wykrzywiła się do wyobrażonych słuchaczy. – Ukrainki wywodzą się od krymskich Amazonek. Znalazłam dowód!

– Od tysiąc siedemset osiemdziesiątego trzeciego Krym wchodził w skład Rosji. – Głos Maszy zabrzmiał jak alarm.

– Co chcesz przez to powiedzieć? – Głowa Daszy wróciła do przedziału i zrobiła się niezadowolona. – Oj, zapomniałam, że jesteś przecież Rosjanką. Ale bez obrazy – wymruczała. – Masza, jaka z ciebie Amazonka?

Mir posłał Daszy ostrzegawcze spojrzenie psa łańcuchowego.

– Jeśli chcesz wiedzieć – rzekł – pochówki Amazonek znaleziono nie tylko u nas. Rozciągają się na przestrzeni ponad półtora tysiąca kilometrów od południowej Ukrainy przez rosyjskie stepy.

– A na Łysą Górę – podchwyciła Kowalowa – zlatywały się wszystkie wschodniosłowiańskie wiedźmy, również z Rosji i Białorusi.

– Jasne – odburknęła Czub bez złości. – Namówiliście się na mnie!

Wiatr-szczeniak lizał jej rękę i szczęśliwa Dasza wysnuła z tego, co usłyszała zgoła niepolityczny wniosek.

– Mir, jesteś zakochany w Maszy, nie? A ze zjawą można wogle uprawiać seks?

Rozumowała mniej więcej w ten sposób: skoro nie da się pozbyć satanisty, należy go jakoś wykorzystać. Niech Masza też będzie szczęśliwa.

– Daj mu spokój! – Koleżanka nie przyjęła jej troskliwości i zasępiła się z jakiegoś powodu.

– A ty zupełnie, ale to zupełnie go nie kochasz? – chciała uściślić Czub. – Dziwna jesteś tak czy inaczej. Żyjesz w swojej Przeszłości i nie widzisz wokół siebie niczego...

– A ty widzisz? – odgryzła się studentka. – Słyszysz, co mówisz? Jak ty tak możesz?!!

– Co takiego jest w tym, że po prostu spytałam? – pogubiła się szczęśliwa. – Może ty jego też troszeczkę kochasz.

– Nie o to mi chodzi! – przerwała jej historyczka. – Ale skoro rozmawiamy już o miłości, to wiedz, że twój Demon nie kocha cię i nigdy nie pokocha, dokładnie jak ty, Dasza, nie kochasz Rosjan!

– Nie mówiłam, że nie kocham Rosjan!

– Mówiłaś!

– A co, Jan ci coś o mnie wspomniał? – Czub z żalem odebrała rękę wiatrowi i szybko ześliznęła się na dolną pryczę.

– Wspomniał! „To żałosne stworzenie, bezmózgie i nadmiernie pewne sobie". – Masza była okrutna.

I po słonecznym szczęściu Daszy nie zostało ani śladu.

– To o mnie: „żałosne stworzenie"?

– I nie rozumiem, jak oboje możecie tak mówić. Dlaczego? I Rosjanie, i Ukraińcy zeszli z jednej Góry Starokijowskiej, na której dyżurujemy noc w noc. Wyszli z jednej Rusi Kijowskiej! I wiedźmy, i ślepcy wywodzą się od Amazonek! Dlaczego teraz powinnyśmy im udowadniać, że też jesteśmy wiedźmami, jeżeli mamy jedną praprababcię? Może to ta sama kobieta, której bransoletę dzisiaj znalazłaś. W tym samym wieku trzynastym, w którym ślepcy zaczęli palić wiedźmy na stosach, Ruś rozdzieliła się na Wielką i Małą, a Kijów został zmieciony z powierzchni ziemi.

I wątpliwe, czy było w tym coś dobrego. To źle. To było złe! Nic dobrego nie mogło z tego wyniknąć. I nie wynikło! Dlatego że wiedźmy, które poszły za Aknir, uważają tak samo jak ty.

– A co ja takiego powiedziałam? – zachlipała Dasza.

– Powiedziałaś: „Ugryźcie się wiadomo w co!". Na cmentarzu powiedziałaś do mnie: „Co ty, Rosjanka?". Powiedziałaś to tak, jakbym była trędowata. Nie lubisz tego we mnie! – Masza położyła sobie rękę na piersi. – Tak, po ojcu jestem Rosjanką, po mamie Ukrainką. Ale jak, jak możesz nie lubić jednej mojej połowy?! Jak możesz?

– Przepraszam – zmieszała się Czub (już zupełnie nieszczęśliwa). – Ale sama zaczęłaś. Zaproponowałaś, żeby nie oddzielać Ukrainy od Rosji.

– Nie o to chodzi! Niech państwa się rozdzielą, niech wiedźmy widzą to, czego my nie rozumiemy. Mamy tyle wspólnego! Tak dużo, że nie da się tego podzielić po połowie. Nie da się rozedrzeć mnie na rosyjską rękę i ukraińską nogę! Nie da się podzielić na pół naszej wspólnej przeszłości. Nie da się podzielić na pół Andrzeja Apostoła Pierwszego Powołanego, prawosławia, Rusi Kijowskiej, nie da się podzielić na pół księcia Włodzimierza, nie da się podzielić na pół trzech Mocarzy, nie da się podzielić Bułhakowa... A dzielimy! Nie uznajemy Mocarzy za swoich, bo to rosyjskie bajki. Nie uznajemy Bułhakowa, bo pisał po rosyjsku. Mówili mi w instytucie: „Nie ma takiego ukraińskiego pisarza jak Michaił Bułhakow!". W Kijowie stoi tysiąc pomników, w tym pomnik turkmeńskiego poety Magtymguly Pyragy'ego, który nigdy u nas nawet nie był. A Bułhakow nie ma u nas pomnika! Mimo że jako jedyny pisarz w świecie napisał powieść o Kijowie. Jedyny! Jak to możliwe? Płakałaś: „Uratowałyśmy Kijów. Dlaczego wiedźmy nas nie uznają?". Właśnie dlatego, że jesteśmy ślepe, ślepe! A one nie mogą być wdzięczne ślepcom, bo gdyby były nam wdzięczne, toby znaczyło, że nas uznają! A to by znaczyło uznać, że uniwersytet imienia Tarasa Szewczenki założył car. No i co, że to car Rosji, przecież założył uczelnię. To fakt historyczny, nie da się go wykreślić! Dlaczego nie możemy być wdzięczni? Dlaczego nie da się tego spokojnie uznać? Uznać, że był i naszym carem, częścią nas samych i że w tej części nie ma nic strasznego! Strasznie robi się wtedy, gdy zaczynamy dzielić to, co niepodzielne... Od tego zaczynają się wszystkie wojny, a ty zaczynasz krzyczeć.

– Nie będę krzyczeć – obiecała poważnie Dasza. – Powiem więcej. Szewczenko czterdzieści procent swoich wierszy napisał po rosyjsku. Potem przełożono je na ukraiński... Przypał, nie? Mama mi opowiadała.

– No i dlaczego, jeśli kochasz Ukrainę, obowiązkowo musisz nie kochać Rosji?! – zawołała Masza. – I odrzucać wszystko, co jest u nas rosyjskiego? Nawet co, co było w Tarasie Szewczence!

– Zaraz ci wyjaśnię.

Dasza pomilczała chwilę, przetrawiając patos słów koleżanki. Westchnęła.

Przyznać, że ona, czystej krwi Czub, powinna za coś kochać Rosjan, było jej niełatwo.

Od XIII wieku Rosjanie utrudniali im życie, nie przyznając wolności.

Od XIII wieku ślepcy utrudniali życie wiedźmom, nie przyznając im wolności.

Jednak przyznać, że Jan ma prawo pogardzać nią tylko dlatego, że jest ślepa – to było zupełnie niemożliwe.

„Żałosna istota – zakołatało w mózgu – bezmózga i nadmiernie pewna siebie".

– Zakochałaś się kiedyś? – zapytała Dasza. – Nie, nie pasujesz mi do tego. Wiesz, dlaczego mówią: od miłości do nienawiści jest tylko jeden krok?

– Dlaczego? – odpowiedziała Masza przewidzianym pytaniem.

– Zobacz: kocham kogoś bardzo mocno – powiedziała poważnie Wstrząsająca. – I rozstaję się z tym kimś. Boli mnie, ponieważ miłość sama nie przechodzi. Trzyma się. Nie puszcza. Przecież wciąż tyle nas łączy... No, jak Ukrainę z Rosją. Wydaje mi się, że żyć bez tego kogoś nie mogę, że jestem bez niego nikim, pustym miejscem! Mir mnie teraz na pewno rozumie. No i najprostszy sposób wyjścia z tego cholerstwa to tak się nakręcić, żeby swojego byłego znienawidzić! Pamiętać tylko złe, co mi zrobił, każde najdrobniejsze złe słowo. I kiedy zapragnę go zabić, kiedy po prostu będę rzygać nienawiścią, miłość zeżre się sama. I odpuści.

– Zabić? – Studentce zaokrągliły się oczy.

– Spokojnie! – Piosenkarka machnęła ręką. – Nikt nie będzie zabijał twojej Rosji. Mężczyzn też nikt nie zabija. Chodzi o rozerwanie więzi, pępowiny, która cię przy nim trzyma. A potem, kiedy minie jakiś czas i nauczysz się doskonale żyć bez niego, będziesz mogła postrzegać go całkiem odpowiednio. Charakteryzatorka mi opowiadała... Statystowałam wtedy na ulicy Dowżenki. Opowiadała, że na głowie swojego byłego rozbiła butelkę szampana. A teraz są świetnymi kumplami. Rozmawiają z sobą, pomagają sobie wzajemnie. Tak jest z Rosją. Minie czas i będziemy spokojnie czytać Szewczenkę w oryginale, po rosyjsku. I uznawać, że twój uniwersytet założył car. A na razie jeszcze nie zagoił się syndrom rozstania.

– Wiesz, bardzo dobrze mi to wyjaśniłaś – powiedziała w zamyśleniu historyczka.

– A Janowi – groźnie zawarczała Czub – wyjaśnię to jeszcze lepiej! Jesteśmy takimi samymi Amazonkami jak one! – Objęła dłonią bransoletę na przedramieniu. – Uratowałyśmy Kijów! I niech wciśnie sobie swoją „rozdętą istotę" z powrotem w nadęte gardło. Wogle to moja mama to po babci Rosjanka. I kiedy będziemy mieć w rękach Lirę...

– Nie dopuścimy do rewolucji – podsunęła ośmielona Masza.

– Sza! – Czub uniosła rękę. – Nie powiedziałam, że zamierzam do niej nie dopuścić. Zgodziłam się lubić Rosjan. Mężczyzn też lubię. Ale odwołać październikowo-kobiecą rewolucję i żyć w niewoli Moskwy albo w niewoli mężczyzn... co to to nie. Chcę Nowego Matriarchatu! Wymyślę, gdzie znaleźć Lirę. Pokonamy Aknir!

Zostanę wielką piosenkarką. I Kijowicą też. Żeby ten żałosny, marny snob usechł, padł na kolana i powiedział...

Masza kiwnęła głową. Postanowiła nie przeszkadzać Daszy w psychologicznym ćwiczeniu pod tytułem:

„Od miłości do nienawiści jest tylko jeden krok".

Tymczasem Katia również trzęsła się w pociągu i rozmyślała nad tymi samymi pytaniami... Choć oczywiście określenie „tymczasem" w danym przypadku to tylko figura retoryczna.

Czas był zupełnie inny i pociąg też inny, i spoczywając na miękkiej kanapce wagonu pierwszej klasy, Katia popijała zupełnie inną herbatę.

Trapiły ją też inne problemy.

W odróżnieniu od Daszy, zamierzającej kontynuować kobiecą rewolucję, i Maszy, zamierzającej nie dopuścić do wybuchu byłej rewolucji, Katia zamierzała zapobiec rewolucji przyszłej.

A ta rewolucja, rozpoczęta przez szesnastoletnią wiedźmę, miała tylko jedno hasło: „Trójka to ludzie!".

W Przeszłości rozum Katii, nieobciążony żadnymi pobocznymi czynnikami, stał się czysty i jasny niczym dziewicza, niezapisana karta. Lecz Katia nie miała zamiaru pozostawiać tej swojej kartki w tym stanie. Wręcz przeciwnie – natychmiast posłużyła się jej czystością. I powiedziała sobie okrutnie: „Tak, nie doceniłyśmy Aknir".

Młoda wiedźma mistrzowsko wytrąciła je z równowagi – nie tylko je ubezwłasnowolniła, lecz także sprawiła, że były gotowe unicestwić się własnymi rękami!

Aknir miała moc, prawie taką samą jak one trzy razem wzięte.

Umiała i mogła więcej niż one trzy razem wzięte.

W zdradzieckim świecie wiedźm („Po co się okłamywać?") one trzy były jak trzyletnie dzieci raz po raz wypytujące dorosłych: „A dlaczego z nieba pada deszcz? Dlaczego morze jest niebieskie?".

I właśnie na to postawiła Aknir.

Ich Trójka to ludzie, zatem nie zasługiwały, by być Kijowicami.

Są ludźmi, więc nic nie wiedzą i nie umieją.

Są ludźmi i ta mała suka specjalnie uderzała je w czułe miejsca: rozwaliła biznes Katii, odebrała Daszy głos, oczekując, że zachowają się jak typowe ludzkie idiotki – rzucą się rozwiązywać chwilowe problemy, zapominając o najważniejszym.

„Trafiła kosa na kamień!"

Owszem, były ludźmi... Lecz innych atutów Aknir nie miała! (W każdym razie dopóty, dopóki Katia nie naruszy Wielkich Zakazów).

A to oznaczało, że wystarczy udowodnić, że nie są jakimiś kuchtami skazanymi na zajmowanie się gospodarstwem domowym, tylko wiedźmami czystej krwi i cała rewolucja zbudowana na wielowiekowej klasowo-narodowej wrogości wiedźm i ślepców skończy się cichym psyknięciem...

„Potem wymyślę, jak obejść ich Zakaz!"

Wniosek:

Wszystko znów sprowadzało się do praprababci, przypuszczalnie wiedźmy, żyjącej sobie na stacji Worożba, dokąd właśnie pędził z Kateriną jeden z pociągów południowo-zachodniej kolei żelaznej.

Rozdział szesnasty,

w którym Katia przegląda swą garderobę

„Nie. To nie Kijów".

Katia przeszła się w dół Funduklejewskiej i znalazła się w zupełnie innym, nieznanym jej mieście.

Dyskomfortu nie było. Siedząc dość długo na parapecie, Dobrażańska zdążyła przywyknąć do „hollywoodzkiego filmu" za oknem. A odkąd została Kijowicą, łatwo aklimatyzowała się w cudownych okolicznościach.

Teraz jednak nie odnosiła wrażenia cudowności. Wrażenie było zupełnie zwykłe.

Poznaje oto obcy kraj. Prowincjonalny, zacofany, z nieznanymi jej tradycjami, w rodzaju Egiptu, gdzie mężczyźni jeżdżą na osiołkach, a kobiety noszą burki.

Ulicami przetaczały się powozy i dorożki, damy miały pozakrywane wszystko prócz twarzy. Spod długich sukien wystawały czubki pantofelków, dłonie kryły się w rękawiczkach, szyje – w wysokich kołnierzach. W głównej ulicy ziały liczne wyboje. W nos uderzał zapach gnoju. Wszystkie budynki były niskie, malutkie, piętrowe lub dwupiętrowe.

„Prowincja!"

Katia zamarła na rogu Krieszczatiku i Funduklejewskiej, nawet nie próbując przywołać z pamięci znanych od dzieciństwa domów. Nawet nie podjęła próby, by niedowierzającym wzorkiem poszukać półkola krytej hali targowej na placu Besarabskim.

Skąd hala miałaby się wziąć w tym obcym kraju?

Tu, na Krieszczatiku, z którego do XXI wieku nie zachował się ani ślad, Katia nie miała punktów odniesienia, żeby powiedzieć: „Jak on się zmienił".

Nie zmienił się. Po prostu był nie-Krieszczatikiem.

Dlatego będąc tu, doznawała jedynie ostrożnej, kociej ciekawości cudzoziemki, która samodzielnie – bez przewodnika, bez ochrony – musi poznać słabo rozwiniętą obczyznę.

„Tylko żeby się nikt nie przyczepił!"

Wychodząc, Masza przezornie rzekła: „...na wszelki wypadek, gdyby ci się zachciało spaceru, w szafie masz ubrania z epoki. Na sukienkach są etykiety z datami. Ale ponieważ nie znamy nawet roku, w razie czego odpowiadaj: »Jestem nietutejsza. Słabo mówię po rosyjsku«. Wtedy nikogo nie zdziwi, że jesteś ubrana nie do końca zgodnie z modą i mówisz inaczej niż oni".

Jednakże Katerina akurat doskonale wiedziała, który rok jest odpowiedni do jej zamierzeń: 1893, rok przed tym, jak jej praprababcia rzuciła się pod tramwaj.

Lecz pasująca do tego właśnie roku suknia Kyłyny wcale nie pasowała do figury Katii ani do jej wyobrażeń o niej samej.

Po pierwsze, nie wydawało się możliwe włożyć tę suknię bez gorsetu (podobnie jak zaciągnąć na sobie gorset bez czyjejś pomocy).

Po drugie, okazała kokarda na piersi, falbanki, koronki, maleńkie guziczki natychmiast rozzłościły Katię swoją niewygodą, pospolitą kobiecością... A do tego okazały się niewyobrażalnie niebezpieczne.

Suknia z 1893 roku aż za bardzo uwydatniała urodę Katii. A uroda to rzecz niebezpieczna. Jekatierina Dobrażańska uświadomiła to sobie już dawno.

Kiedy miała trzynaście lat, ciocia Czarnoczka nie puszczała jej samej do kina. Nie wierzyła, że taka piękna dziewczyna może zachować cnotę.

Gdy Katia skończyła trzydzieści jeden lat, jej kochanek rzucił się na nią z nożem – nie wierzył, że taka piękna kobieta może dochować mu wierności.

A jeszcze gorsze było to, że Katia, urodziwszy się ładną, niejako od samego urodzenia straciła prawo przynależenia do samej siebie.

Gdzieś między trzynastym a trzydziestym pierwszym rokiem życia sformułowała wniosek: zbyt ładna kobieta przypomina zbyt wielki brylant – Kamień Księżycowy*, który wszyscy bez przerwy wyrywają sobie nawzajem z rąk. Wszystkie ręce wyciągają się do ciebie i nie mogą dosięgnąć, i nienawidzą cię za to, nienawidzą każdego, komu się udało...

Nie jesteś człowiekiem. Stajesz się przeklętą, upragnioną rzeczą, która samym swoim wyglądem wywleka z ludzi na wierzch siedem grzechów głównych: żądzę, chciwość, zawiść, pragnienie cudzołożenia i gotowość zabicia.

I dlatego gdzieś głęboko, głęboko w duchu Dobrażańska podzielała założenie inkwizycji, według którego każda ładna kobieta jest wiedźmą i należy ją spalić na stosie. Sama z zadowoleniem spaliłaby własną urodę, niczym żabią skórę...

Duże brylanty powinny spoczywać w nienaruszalnych diamentowych sejfach u wielkich władców, pod nieustanną ochroną. Tylko tam nie wyrządzą otaczającemu je światu krzywdy. Zbyt ładne kobiety powinny lśnić tylko na ekranach, dzięki czemu byłyby nie mniej bezpiecznymi klejnotami niż największy na świecie brylant Cullinan w królewskiej koronie**... Ale Katia za żadne skarby nie

---

* *Kamień Księżycowy* – powieść Wilkie'ego Collinsa o diamencie, z powodu którego doszło do wielu zabójstw.

** Największy diament na świecie to Cullinan I (brylant Wielka Gwiazda Afryki). Drugi pod względem wielkości, Cullinan II (Druga Gwiazda Afryki), jest wprawiony w brytyjską koronę państwową w obręczy po stronie czołowej.

zgodziłaby się zostać gwiazdą, klaunem publiczności, człowiekiem podwójnie nienależącym do samego siebie.

Tak naprawdę Katerina Dobrażańska pragnęła tylko jednego: być Kateriną Dobrażańską. Żyć tak, jak sama chce, robić to, co chce, krusząc ten świat, który wyobraża sobie, że ona jest jego własnością. Dopiero gdyby zdobyła nad nim absolutną władzę, osiągnęłaby spokój.

A tymczasem toczyła nieustanną walkę z tym światem i z własną urodą, będącą jej nie na rękę i tylko przysparzającą kłopotów. Nosiła więc obronne kostiumy. Zabijające kobiecość. Zabijające w niej kobietę! Od czasu pamiętnego noża, po którym została jej na ręce obrzydliwa szrama, Katia pogrzebała swe życie osobiste.

(Uroda i miłość są z sobą sprzeczne! Albowiem prawdziwa miłość to spokój, a uroda wzbudza jedynie namiętność).

Od momentu, kiedy ostatni raz spróbowała włożyć twarzową sukienkę, upłynęło niewiele czasu, lecz teraz Katia wspominała o tym z niewesołym śmiechem. To było odurzenie – nadzieja na absolutną władzę Kijowic, która byłaby w stanie ją obronić. Kolejna iluzja.

Bronić się (po wiek wieków!) Katia musiała sama.

I w żadnym wypadku nie mogła wdawać się w bójkę, w odwieczną wojnę płci, nie prowokować, nie uśmiechać się zachęcająco, nie ubierać kusząco...

To, czego najmniej by chciała, to to, żeby w męskim świecie biznesu odnoszono się do niej jak do pięknej kobiety.

I w świecie 1893 roku, do którego Katerina zamierzała wyprawić się wyłącznie w interesach, uroda też była najgorszą towarzyszką.

Tym bardziej, że doradczyni studentka na odchodnym dolała oliwy do ognia, ostrzegając: „Tylko w żadnym wypadku nie wychodź z domu bez kapelusza i nie chodź po parzystej stronie Krieszczatiku na odcinku od Dumy do Prorieznej. Bez mężczyzny chodziły tam tylko prostytutki. I bez kapelusza przed rewolucją chodziły tylko prostytutki. A ciebie na pewno wezmą za kobietę lekkich obyczajów... Nie mówię tego w złym sensie. Chodzi mi o to, że jesteś taka ładna".

Dlatego, postawszy chwilę na rogu, podróżniczka roztropnie opuściła nieprzystojną parzystą stronę ulicy i stanowczym krokiem przeprawiła się przez nie-Krieszczatik, nie oglądając się na boki. Nie chciała widzieć, jak patrzą na nią przechodnie.

Nieparzysta strona powitała ją szklaną witryną.

Katia zobaczyła swoje odbicie. Wysoką kobietę w kapeluszu z gęstą woalką. W długiej prostej spódnicy. W marynarce męskiego kroju, sięgającej poniżej bioder, zakrywającej obrys ciała. Jasną bluzkę zdobił maleńki męski krawat.

Od kostiumu i obowiązkowego kapelusza Katia odpięła etykietkę „1912". Ale właśnie ten nieodpowiedni do epoki wariant uznała za idealnie odpowiedni dla niej, Kateriny, strój podróżny.

W którym czuła się – tak jak przywykła – bezpłciowa i chroniona.

I nagle poczuła się paskudna.

W tej samej szybie za jej plecami odbijały się przechodzące damulki. Ich wcięte, podkreślone gorsetem talie były nierealnie, niewypowiedzianie cienkie. Peleryny, rozdęte, z podniesionymi ramionami, z falbankami, z bufiastymi rękawami, maleńkie kapelusiki z kokardkami i piórkami jeszcze bardziej wyciągały i tak już nienaturalną, wymyślną sylwetkę. Włosy, skromnie zaczesane za malutkie uszy, i zwieńczone kapelusikami główki upodabniały wszystkie kobiety – młode i stare, brzydkie i ładne – do rzadkich lalek, drogocennych figurek.

Strach byłoby ich dotknąć. Chciało się je postawić pod szklanym kloszem i przyglądać się im z lubością. Wyzwalały dziwne spektrum uczuć!

Katia odwróciła się. Podniosła woalkę, chcąc sprawdzić wrażenie, które ją naszło.

I zrozumiała, za co mężczyźni 1893 roku cenili swoje kobiety – za to, za co ona, Katia, ceniła antyki.

Były prawdziwe!

Kosztowały setki, tysiące, miliony... I były tego warte!

Dlatego, że niosły w sobie to, co wiek XXI – wiek masowości i taniego, dostępnego dla wszystkich produktu – odebrał i kobietom, i rzeczom: kruchość, niepowtarzalność każdej linii, każdego detalu i... wartość.

– Ojej! – wyrwał się jej niekontrolowany okrzyk.

Wpadł na nią młody człowiek w stroju posłańca i wytrącił jej z rąk torebkę. Podniósł. Podał damie. Zamarł, widząc zdumiewająco piękną twarz Katii.

I zawstydzony odwrócił wzrok.

– Proszę o wybaczenie – wymamrotał lękliwie.

– Idź, idź. – Obok nich znalazł się zażywny jegomość w średnim wieku i lekko pacnął posłańca po plecach. – Za coś takiego można stracić posadę! Kto to widział: gapić się na porządne damy.

Jegomość urwał. Zażywne lico odzwierciedliło jego reakcję na długie brwi Katii, na ciemną głębię jej oczu. Ale wziął się w garść.

– Upraszam wybaczenia. Może zawołać stójkowego?

W uszach Katii zawyła syrena.

Epoka chroniąca swoje kobiety pod niewidocznym kloszem okazała się wyposażona w potężną sygnalizację alarmową.

Bezbronne laleczki były bronione lepiej niż obeznane z zasadami samoobrony i technikami walk kobiety współczesne Julii.

– A może pani jest z tych postępowych? – Jegomość skrzywił się.

Gołe dłonie Katii i półmęska, wyprzedzająca czasy marynarka spowodowały u niego konsternację i nieprzyjemne pytanie: „Azaliż ta dama jest porządna?".

– Jestem nietutejsza. Słabo mówię po rosyjsku – usprawiedliwiła się Katerina, czując, że jej obronny kostium nagle przekształcił się w wyzywające wyposażenie nierządnicy.

W tym dziwnym kraju porządne kobiety ubierały się wyzywająco i ładnie, a te ubrane bezpłciowo były uznawane za lafiryndy.

Ale wyjaśnienie, które Masza zapożyczyła od Krasawickiego, zadziałało doskonale. Jegomość ze zrozumieniem pokiwał głową. „Aha, to tak". Zaś „nietutejsza" uznała za roztropne zrejterować i szarpnąwszy drzwi sklepu ze szklaną witryną, wślizgnęła się do środka.

Zabrzęczał dzwonek.

Wzrok subiekta podskoczył do wchodzącej i zbaraniał.

– Serdecznie witamy! – Z godnym pochwały pośpiechem kędzierzawy przystojniak usunął ze swej twarzy niestosowny oszalały zachwyt i dołożył starań, by pojawił się na niej cienkowąsy uśmiech. – Czym pozwoli sobie pani służyć? Chłopcze, podaj krzesło. Żywo!

– Ja nietutejsza. Słabo mówić rosyjski – pokaleczyła Katia, stwierdziwszy, że im gorzej będzie się wysławiała, tym lepiej. – Nie znać mi wasza moda. Potrzebować porządny kostium na podróż.

– Strój podróżny – zaszczebiotał słodko cienkowąsy. – Zapewne jest pani kobietą interesu. Przypadkiem nie z Ameryki?

– Ameryka. – Katia nie miała nic przeciwko Stanom Zjednoczonym. – Ale ja porządna dama – zastrzegła srogo. – Potrzebien mnie gorset. Dwa rękawiczka. Jeszcze dwa buta. Kapelusz. Parasol. *Little* walizka.

Wszystko to i jeszcze wiele miłych rzeczy Katerina Michajłowna niezwłocznie nabyła w sklepie.

I rzuciwszy królewskie „nie" w odpowiedzi na „Czy wezwać dorożkę, madame? Albo dostarczyć zakupy do domu?", przeobraziła się na miejscu i wyszła na zewnątrz.

Szyba witryny odbiła nową Katię – niewysłowienie piękną i chronioną zbroją z wielorybiego fiszbinu.

Obronny gorset dręcząco gniótł ją w boki (na szczęście subiekt nie widział nic szczególnie dziwnego w prośbie, by pomóc klientce zaciągnąć ten element ubioru). Jasne letnie rękawiczki były wąskie i niestosownie do lata gorące. Ale epoka, zgodnie z której zasadami na porządną damę nie wolno było nawet patrzeć, nagle uraczyła Katię długo oczekiwanym spokojem.

W jej czasach diwa wystrojona w gorset od Diany Dorożkiny, rękawiczki do łokcia i suknię do ziemi zdecydowanie przyciągałaby uwagę.

Tutaj te same części garderoby niosły z sobą zupełnie inną symbolikę.

Damski gorset był odpowiednikiem zamkowych murów obronnych!

Długa spódnica – fosą poprowadzoną wokół murów!

Pragnąc oddzielić nadzieje od prawdy, Katerina podjęła eksperymentalną przechadzkę po nie-Krieszczatiku.

Nikt się do niej nie przystawiał.

„Genialne czasy".

Na Krieszczatiku zaczepiono by ją już dwadzieścia siedem razy!

„A może rzeczywiście warto przenieść się do tej epoki?" – pomyślała Katia, drobnymi, gorsetowymi haustami wdychając zupełnie niekrieszczatickie świeże, czyste powietrze. „Nawet oddycha się tu inaczej".

– ...wiem doskonale, deputat Rusticki zdecydowanie odrzucił ten projekt. Dzięki posiadłości zmarłego Meringa Krieszczatik ma rezerwuar wspaniałego powietrza. – Mówiący jakby podsłuchał myśli Kateriny. – A gdyby ją zabudowano, pod względem higienicznym stan Krieszczatiku niechybnie się pogorszy.

– Eche, che – zasapał ktoś w odpowiedzi. – Co by nie mówić, zmarły Fiodor Fiodorowicz był niepoślednią osobowością. Postawić sobie rezydencję pośrodku Krieszczatiku. Dom przy głównej ulicy, a za nim posiadłość z jeziorem i parkiem do samych Lipek. Teraz spadkobiercy oddadzą wszystko pod młotek...

Tu w podróży Katii zaszła niewielka zwłoka, jeśli można mówić o czymś takim w czasie, który i tak stoi.

„Rezydencja pośrodku Krieszczatiku?"

„Posiadłość z jeziorem i parkiem do samych Lipek?"

Choć miejsce, w którym Katia obecnie przebywała, nie wydawało się jej Krieszczatikiem, jego imiennik był jej zbyt dobrze znany, by pozostała obojętna na informację: „Ktoś, niechby i w tysiąc osiemset dziewięćdziesiątym trzecim roku, urządził sobie posiadłość ziemską pomiędzy Krieszczatikiem a Peczerskiem!".

Tym bardziej, że do spekulacyjnego szoku natychmiast dołączył szok wizualny – dom, o którym plotkowali za jej plecami dwaj jegomoście, znajdował się tuż przed Katią, a za nim rozciągał się wspomniany przez nich park.

„Naprawdę jest aż tak długi? Gdzie by on był w naszych czasach?"

Chwilowo zapomniawszy o porządności, wstrząśnięta bizneswoman pokonała jeszcze ze sto metrów, daremnie próbując w tym obcym kraju znaleźć choć jednego „swojaka", który by jej posłużył jako punkt odniesienia.

„Gdzie teraz jest choćby Plac Niepodległości?"

Teoretycznie Plac nie-Niepodległości powinien być gdzieś tu blisko – z przodu już majaczył koniec nie-Krieszczatiku.

W praktyce nigdzie nie było widać nic podobnego do placu. Po nieparzystej stronie ciągnęły się nieprzerwanie zupełnie nieznane jej domy. Po przeciwnej stronie wyrastał dziwny piętrowy budynek z niedużą wieżą, na której zawisł Michał Archanioł.

„Gdzie ja jestem? To aż śmieszne. Zabłądzić na głównej ulicy".

W kraju 1893 roku Katia faktycznie była jak Amerykanka, która przybyła z jednego końca świata na drugi. I na mgnienie oka ogarnął ją niekontrolowany strach przed tym nieznanym, obcym, mącącym jej w głowie...

„Och, Chwała Bogu!"

Okrzyk był jak najbardziej na miejscu.

Daleko, daleko, na górze Starego Miasta wznosiła się dzwonnica soboru Sofijskiego.

Katia wydała westchnienie ulgi.

I po raz pierwszy poczuła się u siebie.

„To jednak Kijów.

Mój Kijów. Sofia!"

Choćby się wyprawiła i na dziewięć wieków wstecz, ten znak rozpoznawczy, wzniesiony przez księcia Jarosława Mądrego, pomógłby jej się zorientować w stolicy dawnej Rusi nawet w czasach Piotra I i w czasach hetmana Bohdana Chmielnickiego, i w czasach Katarzyny II...

„A więc to znaczy, że tutaj jest przyszły plac?"

Minąwszy parę wypełniających nie-plac budynków, włączając kawiarnię „Semadeni", w której to Masza jadła lody z Miszą

Wrublem, Katia ujrzała tam jeszcze jednego starego druha – „pałac październikowy". Z jego pomocą stwierdziła, że znajduje się na Instytuckiej.

„Ciekawe".

Wspiąwszy się jej stromizną na Peczersk i nie ujrzawszy tam banku narodowego, Dobrażańska skręciła w stronę, gdzie powinna przebiegać ulica Bankowa.

„Tu powinien stać Dom z Chimerami".

Dom jednak nie uważał, że cokolwiek powinien.

Nie było go jeszcze. I nic nie przeszkadzało Katii stanąć na jego miejscu i spoglądać z jego przyszłej wysokości na posiadłość Meringa (zapewne chodziło o tego samego człowieka, którego w rozmowie nazwano też zmarłym Fiodorem Fiodorowiczem). Nie mniej niż dziesięć hektarów ziemi z rozlicznymi zabudowaniami i jeziorem pośrodku.

Jezioro w sercu Kijowa szczególnie mocno poraziło rdzenną kijowiankę.

„I to zaledwie jakieś sto lat temu. Nienaruszona całość! Zbudują tu teatr imienia Franki, ulice Horodeckiego, Zańkowiecką... I pod względem higienicznym stan Krieszczatiku mocno się pogorszy. A czyjś stan posiadania znacznie się polepszy. Spadkobiercy oddają pod młotek... Ciekawe za ile to pójdzie?"

Tak rozległa nieruchomość zaintrygowała właścicielkę zburzonych supermarketów do tego stopnia, że rozejrzawszy się wokół siebie jak złodziej, porządna Katia zachowała się w nieprzystojny, można rzec: skandaliczny sposób. Energicznie zdjęła rękawiczki. Wyjęła z kieszeni smartfon. I szybko dostała odpowiedź na podsunięte przez ciekawość pytanie.

„...istnieje przekonanie, że majątek profesora Meringa sprzedano za bezcen. W rzeczywistości jednak za te 10 hektarów wypłacono 800 tysięcy rubli, co w 1895 roku stanowiło ogromną sumę".

„W Wieży mamy ponad pół miliona starych pieniędzy" – zabrzmiał w głowie Katii głos Maszy.

Dobrażańska westchnęła.

„I tak nie wystarczy. A szkoda.
Dobra, teraz na dworzec.
I pamiętać, że jestem porządna!"

– Przepraszam, ja nietutejsza. – Katia zwróciła się do kroczącej koło gmachu Giełdy statecznej pary małżeńskiej. – Potrzebien mi dworzec. Ja być... jeść... słabo mówić rosyjski.

– Dworzec? Jeść... To tu niedaleko! – zdziwiła Katię miło wyglądająca dama.

– Pozwoli pani, że poprowadzimy. To nasza powinność, by tak rzec, okazać pani gościnność i wspomóc w potrzebie – dodał usłużnie ostrowąsy małżonek.

Cztery minuty później zdumiona „nietutejsza" stała już przy ażurowej bramie ogrodu Kupieckiego, przez którą prześwitywał budynek letniego „dworca"* w surowym rosyjskim stylu.

A uprzejma dama zapewniała ją emocjonalnie:

– To tam, u Rosjan, słabo pani jadła. U nas zje pani dobrze... Będzie pyszne!

Ale zdumienie Katii bynajmniej nie brało się z tego przelotnego incydentu.

Przed Kateriną Michajłowną rozciągał się Plac Carski!

Dotarłszy dwie doby później na maleńką stację Worożba, Dobrażańska z trudem znalazła powóz do wynajęcia. Za to woźnica bez trudu znalazł na ulicy Pokrowskiej pozbawiony numeru

---

* Rosyjskie słowo „dworzec" – вокзал (wym. wokzał) dawniej oznaczało miejski ogród spacerowy, w którym często przygrywała muzyka i można się było posilić. Wyraz pochodzi od francuskiego *vaux-hall*; jego warszawskim odpowiednikiem w tej samej epoce był Foksal (przyp. tłum.).

„właściwy dom" – piętrowy, z połamaną ażurową snycerką wokół ram okiennych.

Podróżniczka opuściła walizkę na ziemię, siadła na bagażu i bezmyślnie pogładziła metalowy zamek.

Miała przed sobą dom swojej praprababci – przysadzisty, niski.

Ale widziała inny. Z balkonem jak fartuch naciągniętym na fasadę, oddzielającym parter od dwóch pięter. Z fontanną „Iwan" na pierwszym planie. Z przejeżdżającym obok pierwszym w Rosji tramwajem.

Widokówkę zaadresowaną do Anny Michajłowny Strogowej.

Podczas niekończącej się podróży Katia wyryła sobie ten obraz w pamięci co do najmniejszego szczegółu. Pamiętała, że prawy górny róg jest odłamany, że na różowawym znaczku pocztowym widnieje dwugłowy orzeł i cena „trzy 3 kop.", a środek jest bardziej pożółkły niż brzegi. I niepocieszona żałowała, że nie pokazała tej pocztówki Maszy.

Wystarczyło jeszcze raz podnieść widokówkę do oczu, by stało się oczywiste: przedrewolucyjny plac, który wydawał się Katii niekijowski, nieznany, nieważny, był istotnym miejscem akcji. Liczba 13 31 12 84 na odwrocie była godziną i datą!

Wszystko to razem pięknie wpisywało się w teorię przedstawioną przez Maszę.

Jednak nie do końca.

Albowiem widokówka świadczyła o tym, że w tej historii był ktoś jeszcze, kto dotąd się w nią nie wpisywał.

Widziały zdjęcie: Plac Carski, hotel „Europejski", fontannę, pierwszy tramwaj.

Ale to zdjęcie musiał zrobić jakiś „fotograf".

Ktoś pozostający poza kadrem. Ktoś, kto wysłał praprababci Annie wiadomość ze wskazaniem miejsca i czasu... jej śmierci!

Na przedrewolucyjnych widokówkach nie było jednak przyjęte zamieszczanie adresu nadawcy. Katia oglądała tylko okrągłą kijowską pieczęć pocztową.

„Dobrze. Trzeba się z tym uporać".

Katerina poszukała elektrycznego dzwonka – nie znalazła go i zastukała w drzwi praprababci pięścią.

– Kto tam?! – zawołano w środku pół minuty później.

– Ja do Anny Strogowej. Z Kijowa. W ważnej sprawie.

Drzwi otworzyła kobieta.

Taka brzydka, że kąciki ust Katii mimowolnie drgnęły nieprzyjaźnie.

Wprawiona w żałobną ramę stuletnia fotografia czyniła z jej brzydoty coś znaczącego i tajemniczego, ale w życiu, które Katia w tej chwili uważała za swoją rzeczywistość, brzydota praprababci nie była niczym przyozdobiona.

Niskie czoło, duży, szeroki nos, ciężki podbródek, masywna szyja.

„Wiedźma. Inaczej prapradziadek za nic by się z nią nie ożenił".

– Pani do mnie? – Kobieta spojrzała na Katię spode łba. – Znać to ja pani nie znam.

– Za to ja znam ciebie. Jestem „żmiją-Katarzyną"! – Katia zagrała va banque.

Prosząc o „czas, który powinna znać", „przypuszczalnie wiedźma" wyrażała chęć spotkania ze swoją przodkinią w tym dniu i godzinie, kiedy ta będzie dysponowała informacją o tramwaju, zaklęciu i dziwnej broszce.

I widziała, że dostała to, o co poprosiła! Na grubej szyi brzyduli wisiała kamea z profilem olśniewająco pięknej Katii.

„Ona wszystko wie".

Praprababcia odskoczyła.

Maleńkie czarne oczka zamrugały błagalnie. Podbródek oklapł. Usta zaskomliły:

– My nie rozumimy. My nie mogemy nic wiedzieć. Nie w naszej to mocy. Co każą, to robimy. Kazała Olga Siłowna i ja się nie cofię, jeśli dlatego pani przyszła. – Do żałosnego strachu dołączyła beznadzieja: szara, zaskorupiała.

„Wie, że powinna umrzeć!"

– Trudno już, trza to trza. – Anna Michajłowna spuściła głowę. – Żeby tylko nasz nędzny ród wytaraskać z tej czarnej dziury. A to już będą dwa wieki, jak robią z nas popychadła. Ale co zrobić, dowodów ni ma. Jak dokazać, że kiedyś i my królowały na Łysej Górze? – trajkotała językiem służącej.

Lecz jej ostatnie zdanie wyzwoliło w Katii uczucie gorsze od obrzydzenia.

– Czy dobrze panią zrozumiałam? – wyraziła swój strach. – Nie może pani udowodnić, że jest pani z wiedźmiego rodu?

– A inaczej po co to?

Dobrażańska poczuła pustkę w brzuchu.

„Jekatierino Michajłowno, tylko pani, pani jedna ma wszelkie szanse udowodnić swoje prawo do bycia Kijowicą! Wystarczy, że wyprawi się pani w Przeszłość, spotka ze swoją praprababką i dostanie od niej faktyczne..."

„Wszystko skończone!"

Problem nieuznawania, który stanął przed Katią dzień wcześniej oraz sto lat temu, ciągnął się od trzech wieków i okazywał ich rodzinnym przekleństwem, przeciw któremu babka próbowała sporządzić zaklęcie.

Jednak pełen mocy charakter Katii nie przywykł ustępować pola – Dobrażańska miała w zwyczaju przeć do końca.

„Widokówka!"

„Kazała Olga Siłowna i ja się nie cofię..."

„Pierwszego stycznia dziewięćdziesiątego piątego roku Dziedziczka Olga wezwała przed Sąd swoją siostrę, Kijowicę".

– Powiedziała pani: Olga Siłowna? Dziedziczka Olga? – Katerina przeszła do natarcia.

– Sama pani wie lepiej...

– Olga dała pani tę broszkę? – Palec Katii wysunął się do przodu i wzgardliwie wskazał szyję praprababci. – Olga powiedziała, że ma pani zginąć? I wtedy pani potomkinie zostaną uznane. Tak?

– Zrobię wszystko.

„Oszukała cię!" – krzyknęła praprawnuczka w duchu.

Lecz jej wzburzenie dotyczyło wyłącznie głupiej praprababci. W piersi rozkładała skrzydła nadzieja.

– Gdzie mieszkała Olga?

– A nie odtamtąd tu zjechała?

– Gdzie? – Katia zmarszczyła długie brwi.

– W Kijowie.

– Ulica?

– Funduklejewska.

– Dom?

– Dwunastka.

– Brama?

– Ot, w take strone. – Kobieta podniosła prawą rękę.

– Mieszkanie?

– Drugie piętro.

– Może pani wyjść.

Katia zawsze wymawiała te słowa, gdy odprawiała podwładnych ze swojego gabinetu.

Niełądna Anna została jednak w drzwiach i milcząco prosiła o coś dumną damę, nie mając pojęcia, że dostąpiła szczęścia ujrzenia swojej pięknej praprawnuczki.

Ale Katerina już odprawiła ją ze swych myśli.

Kamienica numer 12 przy ulicy Funduklejewskiej miała dwie klatki wejściowe. A na drugim piętrze były jedynie dwa mieszkania! Jedno z nich wynajmowała Kyłyna. Drugie zaś Olga!

„Kyłyna to przyrodnia wnuczka Dziedziczki Olgi".

– Możliwe, że jeszcze wrócę – zapowiedziała „żmija-Katerina".

W zamian za życie babki Kyłyny obiecała prababce Katii uznanie dla ich rodu.

„Ale i tak nikt nas nie uznał".

W umyśle Dobrażańskiej już trzepotały trzy pierwsze zdania:

„Albo przedstawisz mi faktyczne dowody na to, że jestem prawdziwą wiedźmą. Albo zaraz wracam do Worożby i przedstawię swojej praprababci żywy dowód na to, że jesteś oszustką! I rzucać się pod ten idiotyczny tramwaj nie ma najmniejszego sensu!"

Jednak wróciwszy do Kijowa i złożywszy zaplanowaną ważną wizytę, Katerina Michajłowna zachowała się dziwnie.

Wynurzyła się z mieszkania oszustki i zatrzymała jak wryta. Poruszyła wargami, strzepnęła nowym kapeluszem i zamiast przejść do mieszkania naprzeciwko, wyjęła z kieszeni komórkę.

Przez jakieś pięć minut z narastającą ekscytacją stukała w przyciski. Po czym wykonała jeden jedyny telefon.

W przeciwieństwie do Daszy Czub Dobrażańska w lot pojęła, co im tłumaczyła Masza. Między wyprawieniem się do Przeszłości a powrotem powstaje w czasie rozcięcie (rozdarcie, szczelina) długości jednej minuty.

Skoro wyszły ze swojej teraźniejszości o pierwszej piętnaście w nocy tamtejszego czasu, to Czub zadzwoniła do swojej mamy dokładnie o pierwszej piętnaście w nocy i przez tę minutę mówiła. A zadzwoniwszy ponownie o pierwszej szesnaście, usłyszała sygnał zajęcia... Ponieważ rozmowa już się dokonała, nie dało się jej powtórzyć ani przedłużyć. Co więcej: tam, w XXI wieku, wciąż trwała niczym stopklatka zawiśnięta na ostatniej sekundzie danej minuty, czyli o 01.15.59.

Ponieważ pierwszej szesnaście w teraźniejszości być dla nich nie mogło – czas stanął w miejscu!

I tę jednominutową szczelinę w czasie teraźniejszości Dasza Czub przeżyła szczególnie niezdarnie, Katia zaś zamierzała zrobić to z większym – by nie powiedzieć: wielkim – pożytkiem.

– Halo – odezwała się, wybrawszy numer Wieży, w której Wasilisa i Demon czekali na ich powrót, wyznaczony na pierwszą trzydzieści tamtejszego czasu. – Musimy się spotkać.

– Masza, co to takiego? Co robisz?

– Zamieniam się w naukowca.

Dasza potarła sobie dłońmi oczy i w końcu rozkleiła powieki.

W Nikołajewie do ich przedziału wsiadła para z rocznym dzieckiem. Maluch płakał przez całą noc, a nad ranem Czub była gotowa rozryczeć się z nim unisono, ponieważ i tak nie mogła zasnąć. Dlatego w mieszkaniu Kyłyny, dopadłszy skórzanej kanapy i zapomnianego na niej książkowego portretu już niekochanego Jana, natychmiast weszła w ścisły kontakt i z meblem, i z ilustracją.

Wyrwała z książki kartkę, potargała ją na kawałki, zdeptała nogami i z uczuciem głębokiego zadowolenia zapadła w sen. Wcześniej zdążyła pochwalić się Katii znalezionym przez siebie dowodem na istnienie wiedźm-Amazonek i poprosić o pieniądze na nową, dwumiesięczną ekspedycję krymską!

W odpowiedzi na co dziwnie podekscytowana Katia, zamiast sypnąć pieniędzmi, zapodała im nowy projekt: „Masza, pomyśl, jaką błyskotliwą karierę możesz zrobić za pomocą Przeszłości! Jesteś przecież historyczką. Schowasz bransoletę w znanym tylko sobie tajnym miejscu. Wyjmiesz ją w naszych czasach, opublikujesz pracę naukową... I zasłyniesz z rozwiązania historycznej zagadki! Amazonek albo tamtego Bogrowa, zabójcy Stołypina. W try miga staniesz się znanym naukowcem. Pomyśl o tym, dopóki nie jest za późno!".

– Jak długo spałam? – zapytała Czub.

– Ponad godzinę.

– A ty co, naprawdę postanowiłaś zostać naukowcem?

W każdym razie wszystko na to wskazywało.

Podłoga, kanapa, fotele, stoły i inne poziome powierzchnie pokoju były zapełnione książkami – pootwieranymi, leżącymi jedna na drugiej w nieskładnych stosikach.

– Czemu? – Czub usiadła na kanapie. – Słuchaj – zagaiła ostrożnie – bardzo nie chciałabym się z tobą pokłócić. Ale na wszelki wypadek: ty chyba rozumiesz, że ci nie oddam bransolety?

– Rozumiem.

– Bo jest moja! – Dasza w suchym „rozumiem" nie usłyszała nic pocieszającego. – To ja ją znalazłam. I nie że specjalnie. Nie pomyślałam, że jesteś historyczką. Rozumiem, że to tak samo, jakbyś nagrała klip przede mną.

Wstrząsająca oczyma duszy ujrzała Maszę galopującą na ekranie telewizyjnym i siebie siedzącą przed odbiornikiem, taką nieznaną, odstawioną na bok, niedocenioną, choć niezmiernie utalentowaną.

Jeżeli Masza, której podprowadziła właśnie sławę historyczki, czuła w tej chwili to samo...

– Próbuję rozgryźć tajemnicę Bogrowa. – Kowalowa dzióbnęła stalowym piórem kałamarz w formie długowłosej piękności i postawiła małą notatkę na jakiejś kartce.

– Ach, Bogrowa! – Daszy od razu kamień spadł z serca.

– Katia dobrze powiedziała. Znów wsiąść w dorożkę z Achmatową i sprawić, żeby milczała, już nie mogę...

– To ja się do niej przysiądę! – W porywie chęci odkupienia winy za bransoletę Dasza zapomniała o tym, że nie zamierzała odwoływać rewolucji. – Nie martw się – zapewniła – zamknę ją, że się nie odezwie.

– Achmatowa cię nie zna.

– Ale ty już tam siedzisz. To nas przedstawisz.

– Tam siedzę inna ja – zwięźle wyjaśniła jej Masza. – O mało wtedy nie zemdlałam, gdy zobaczyłam w Przeszłości Katię. Wyobrażasz sobie, co ze mną będzie, gdy jeszcze ty się do nas dosiądziesz? Bóg wie, jak się zachowam. Może nawet sama wywołam rewolucję...

– Tiaa. To się nie styka – mruknęła Czub. – A Achmatowa jakiego jest znaku zodiaku? Kiedy się urodziła? Dwudziestego trzeciego czerwca. Rak – policzyła i zmarszczyła się strasznie. – Zupełne dno! Raki są gorsze od Wag. Jeszcze bardziej skryte, obrażalskie, o bzdety potrafią się pogniewać. A Rak i Waga w jednej dorożce... Nie, nie będę się dosiadać! A Bogrow jakiego jest znaku?

– Urodził się dwudziestego dziewiątego stycznia tysiąc osiemset osiemdziesiątego siódmego roku.

– Wodnik – zachwyciła się piosenkarka. – Wodnik to o wiele lepiej!

– A najważniejsze – rzekła twardo Masza – pomyślałam tak: chodzi nam tylko o to, żeby nie wystrzelił. Bo przecież gdyby w powieści Bułhakowa Annuszka nie rozlała oleju, Berlioz mógłby się poślizgnąć na skórce od arbuza, potknąć się i tak czy inaczej wpaść pod tramwaj. Prościej zawczasu unieruchomić tramwaj... Wszystko przecież wiemy! – podniosła głos. – Gdzie Bogrow będzie strzelał, czym i kiedy. W gruncie rzeczy wystarczyłoby podbić mu rękę, kiedy wyciągnie rewolwer. Wszystko nam jedno, co... co... – Zerknęła z ukosa na Daszę, wyraźnie przydzielając jej rolę dziewczyny z kijem bejsbolowym.

– Jasne. – Czub kiwnęła głową. – A on ładny jakiś? No, ten Bogrow. Masz jakąś fotkę?

– Gdzieś tu była. – Masza zaczęła przekładać książki.

– No, daj mi popatrzeć na naszego chłopca! – Czub zeskoczyła z kanapy, potknęła się o leżącą u jej stóp miotłę, zaklęła siarczyście i wreszcie dotarła do Bogrowa. – Niczego sobie! – zagruchała przychylnie, wziąwszy do ręki książkę. – Pełne usta. Podobają mi się tacy.

– Dasza. – (Gołębie gruchanie piosenkarki wzbudziło w historyczce złe przeczucia). – On nie powinien ci się podobać. Masz mu wytrącić z ręki rewolwer. Potem i tak czeka go egzekucja. Za próbę zamachu.

– Egzekucja? – szczerze zmartwiła się Wstrząsająca. – Szkoda. Taki sympatyczny. Młody bohaterski rewolucjonista. – Czub przechyliła głowę w prawo, przyglądając się portretowi Bogrowa. – Nawet trochę w czymś podobny do Jana. – Spojrzała na rozsypane przy kanapie strzępy papieru do niedawna będące zdjęciem Jana i uznała za niezbędne dodać: – Tamtego Jana, który był dobry.

– Bogrow nie był rewolucjonistą – burknęła historyczka. – To zagadka dziejów! I wcale nie przypomina Jana!

– Skąd wiesz? – zauważyła rezolutnie Dasza. – Ty mojego Jana nigdy nie widziałaś. Interesujące: kiedy był w pokoju razem z nami trzema, ty i tak widziałaś bruneta?

– Bruneta.

– No właśnie. – Czub ucieszyła się z niezbitej prawdziwości swojego rozumowania. – I jeśli ci mówię, że Bogrow to kopia Jana, wierz mi! A nie można by go tak uratować?

Niedobre przeczucia potwierdziły się.

Masza w duchu opuściła notatki na stół. Uderzyła w nie dłonią.

– Powinnyśmy ratować nie jego, tylko Stołypina! Sama zaproponowałaś pomoc, więc określ się w końcu, czego chcesz. Mam dość tego, że zmieniasz kierunek co pięć minut jak kurek na cerkwi.

– Nie wiem – przyznała się piosenkarka. – I pomóc ci w zasadzie bardzo chcę. I Nowy Matriarchat to taka cudowna idea. I straszliwie nie chciałabym się nie urodzić. I tego chłopaka mi żal. Ale jeśli się tam urodzę, tutaj chłopak i tak zginie?

Egzekucja zamachowca o pełnych ustach, podobnego do Jana, martwiła Wstrząsającą bodaj bardziej niż śmieć pięćdziesięciu milionów ofiar rewolucji.

„Logiczne" – pomyślała Masza. „Miliony są abstrakcyjne. To liczba. Gdyby Dasza zobaczyła na własne oczy śmierć chociaż pięciu z nich..."

– A on nie jest żonaty?

– Nie. Ale tak czy inaczej wykonają wyrok śmierci.

– A co ty tam już przeciwko mnie knujesz? – najeżyła się podejrzliwie Czub. – I wogle – nagle się zezłościła – ta cała twoja rewolucja to *idée fixe*! Utknęłaś na niej! Zafiksowałaś się! Weź, zrozum wreszcie, że nikt oprócz ciebie nie będzie ratował umarlaków, coś takiego mogło przyjść do głowy tylko tobie! Dlatego że żyjesz nie w teraźniejszości, tylko w Przeszłości...

– A ty gdzie żyjesz? – Wywiadowczyni okazała drzemiące w niej do tej pory niezadowolenie. – W tej chwili też żyjesz w Przeszłości! Spójrz za okno i zrozum w końcu: to, co było, zostaje na zawsze. Historia to nie książki! Nie stare rzeczy. Historia to zawsze przyczyna, której rezultatem jest to, co mamy w teraźniejszości!

– Ale czemu ty się mnie tak czepiasz? – obruszyła się Czub. – Jakbym tylko ja jedna była tu normalna. Katia nigdy nie zechce żyć w niewoli mężczyzn, którzy zabraniali jej zajmować się działalnością zawodową! A właśnie, gdzie jest nasz domowy potwór?

– W sypialni.

– To dawaj, spytamy ją i zamkniemy sprawę na amen! W grafiku mamy na dziś nie rewolucję, ale Lirę! Trzeba się wybrać do Mischoru, Jałty, Symferopolu, wszędzie... A ty tylko przeszkadzasz!

Masza nie zdążyła jej odpowiedzieć, ponieważ Dasza, pragnąc raz na zawsze zamknąć obrzydłą jej już antyrewolucyjną kwestię, otwarła na oścież drzwi.

– A co się tu u was wyprawia? – zdziwiła się.

Pokój służący Kyłynie za sypialnię wyglądał nie lepiej od gościnnego. Z tą różnicą, że tamten był zawalony książkami, ten zaś... banknotami.

– Aa! Dobrze, że się obudziłaś – przywitała Katia krzyczącą. – Nie powiedziałaś nam jeszcze, co robić z twoim świętojańskim złotem. Masza i ja postanowiłyśmy, że rzeczy szczególnie cenne z historycznego punktu widzenia zostawimy sobie, resztę sprzedamy, a złom przewieziemy...

– Co się tu u was wyprawia?!! – zawyła Czub. – Czy jest coś, o czym nie wiem?

– Podczas gdy spałaś – oznajmiła jej Dobrażańska – zarobiłam dla nas dwa miliony dwieście pięćdziesiąt tysięcy rubli!

– Że jak? – ogłupiała Czub.

– W schowku Kyłyny leżało siedemset tysięcy rubli w banknotach – powiadomiła ją o swojej finansowej operacji Katia. – W tysiąc osiemset dziewięćdziesiątym trzecim złożyłam je w banku. Okazuje się, że ani jeden z dziesięciu kijowskich banków nie upadł aż do nacjonalizacji przeprowadzonej przez bolszewików. To się nazywa stabilność! A w tysiąc dziewięćset trzynastym wybrałam procenty... Jedna trzecia jest twoja. Możesz brać.

– A na cholerę mi wasze stare pieniądze?! – Dasza skwitowała to oburzonym, skonsternowanym dźwiękiem.

– Niepotrzebnie się unosisz – usadziła ją Katerina. – Za Mikołaja drugiego rubel był najtwardszą walutą w świecie, aż do pierwszej wojny światowej. Miał parytet złota.

– I jakżeś to zabrała? Kasa przecież została w Wieży!

– Demon przyniósł. Zadzwoniłam do niego. Pomoże mi ze sprzedażą supermarketu. Muszę jeszcze sprzedać mieszkanie. Pięćset tysięcy dolarów. Zamienić na stare pieniądze...

– Co tu się wyprawia?! – Oszołomiona Dasza czuła, że przespała nie godzinę, lecz minimum rok.

– Zostaję tutaj – wyjaśniła pogodnie Katia, jaśniejąc niczym złoty rubel Mikołaja. – W ciągu godziny zarobiłam więcej niż tam przez rok. Teraz w tysiąc osiemset dziewięćdziesiątym piątym mogę wykupić posiadłość Meringa!

Rozdział siedemnasty,

w którym figuruje okno z widokiem na rewolucję

Melduję, drogi Włodzimierzu Iljiczu, że w Kijowie zaprowadzono porządek, władza rewolucyjna w postaci Sekretariatu Narodowego, przybyłej z Charkowa Rady Deputatów Robotniczych i Chłopskich oraz Komitetu Wojenno-Rewolucyjnego pracuje energicznie...

~ Z wiadomości Michaiła Murawjowa do W.I. Lenina

Kogo?

– Fiodor Fiodorowicz Mering – uprzejmie obwieściła piękność – to niezwykle interesująca osobistość! Kijowski lekarz, profesor Uniwersytetu Świętego Włodzimierza, pochowany na Askoldowej Mogile (znalazłam w internecie). Jego nazwisko było znane w całym Kraju Południowo-Zachodnim. Wsławił się tym, że będąc nader majętnym człowiekiem, leczył za darmo mało zasobnych ludzi, w pierwszej kolejności Żydów. Ci z wdzięczności podpowiadali mu, jaką ziemię kupować. W ten sposób Mering skupił ogromny kawał gruntów w rejonie Kreszczatiku... Dziesięć dziesięcin, czyli ponad dziesięć hektarów! Po jego śmierci majątek kupiła spółka. I rozsprzedała grunty budowniczym kamienic czynszowych po tysiąc rubli za sążeń kwadratowy! Dziesięcina to dwa tysiące czterysta sążni kwadratowych. Dziesięć dziesięcin poszło w sumie za dwadzieścia cztery miliony rubli! Czysty zysk wynosi dwadzieścia trzy miliony. Spadkobiercom Meringa zaproponuję jeden milion.

– Dogadaliście się już? – wyszeptała przybita Dasza.

– Nie, jeszcze nie – odrzekła Katia surowo. – Do tej pory nie wiem, jak do nich dotrzeć. Ale to są Żydzi, znaczy: nie idioci. Daję im dwieście tysięcy więcej niż wspomniana spółka.

– Może nie wiesz – desperacko próbowała usadzić ją Czub – ale według obecnych niewolniczych zasad kobietom nie wolno zajmować się biznesem!

– Zasady są tworzone dla idiotów – poinformowała piosenkarkę bizneswoman. – Normalne kobiety mogły się zajmować wszystkim i zawsze. Katarzyna druga już w osiemnastym wieku została imperatorową Wszechrusi. Przy okazji: u nas jeden banknot z jej portretem u antykwariuszy kosztuje dwadzieścia pięć hrywien. Pięćset tysięcy dolarów to dwa miliony pięćset tysięcy hrywien. Podzielone przez dwadzieścia pięć, pomnożone przez sto... Wychodzi dziesięć milionów w starych pieniądzach. I to tylko za mieszkanie. W całości zbiorę około pięćdziesięciu. Demon obiecał zorganizować spotkanie z Meringami. Zrobi mi dokumenty. Może by w nich napisać, że też jestem Żydówką? Moja babcia ze strony ojca nazywała się z domu Rieznik... Wtedy Meringowie zapewne...

– Nie będziesz tu mogła głosować! – wykrzyknęła Czub.

– I tak nigdy nie chodziłam do głosowania. – Katia podniosła na piosenkarkę oczy nierozumiejące przyczyny jej wzburzenia. – Nie jestem taka głupia, żeby myśleć, że głosując, przesądzamy o czymkolwiek.

– Nie będziesz tu mogła palić!

– Tam i tak zamierzałam rzucić.

– Tu nie ma internetu, lodówki, pralki!

– Naprawdę myślisz, że mając pięćdziesiąt milionów, zamierzam tu prać? – Katia aż się zdziwiła. – Od tego są praczki, służące, lokaje. I trzeba zaznaczyć, że się przekonałam: tutejszy personel jest o niebo lepszy niż nasz. Siedemdziesiąt lat sowieckiej władzy zbisurmaniło naród: ludzie mają kompleksy, żeby pracować w zawodzie służących, a kompleksy odbijają się na ich pracy. Zresztą tu sługa to nie jest nawet zawód, tylko filozofia! Całe życie łamałam sobie głowę, gdzie znaleźć personel... Tutaj!

– Tu nie ma kina!

– Dokładnie! Nie ma. – Twarz Katii pojaśniała. – Wspaniały pomysł. Może nakupić tam u nas jakichś filmów, zbudować tu kino i urządzać projekcje?

Czub, pragnąc rozstroić Katię i pomieszać jej szyki, tylko ją ucieszyła, i to ją samą ostatecznie rozstroiło.

– Wariatka! – O mało się nie rozpłakała (wiedząc już, że to i tak nic nie pomoże). – Wyjaśniono ci przecież. Nie da się odwołać jednej rewolucji i jednocześnie pozostawić drugą, kobiecą. Zawsze będziemy chodziły w długich spódnicach!

– No i świetnie! – Dobrażańska zrobiła taką minę, jakby właśnie jej objawiono, że mężczyzna, którego kochała przez całe życie, pragnie się z nią ożenić. – Doszłam do jednoznacznego wniosku, że emancypacja przyniosła nam więcej szkody niż pożytku!

– Co?!!! – zawrzasnęła Czub, wydymając wargi i wytrzeszczając oczy.

– Tak, tak – potwierdziła powściągliwie Jekatierina Michajłowna. – Jeżeli tak dalej pójdzie, za jakieś sto lat mężczyźni ostatecznie zamienią się w skończone cioty, a kobiety w jeszcze bardziej skończone monstra.

– A nie przeszkadza ci, że niedługo rewolucja? – Dasza Czub wytoczyła ostatni argument. – Sprzedajesz mieszkanie. A odwołałaś już Wielki Październik? A jeżeli wam się nie uda?

Zakłopotanie, które wypędziło z twarzy Dobrażańskiej pewność siebie, było dla Daszy najlepszym balsamem dla duszy!

– Cóż, jeśli się nie uda – przyznała Katia – pieniądze można zamienić na złoto, a złoto umieścić w szwajcarskim banku. Ostatecznie możemy też wrócić do teraźniejszości. Jeżeli w tysiąc osiemset dziewięćdziesiątym trzecim wpłacimy na konto pięćdziesiąt milionów, za sto lat z hakiem odsetki wyniosą... – Katerina milczała chwilę, mnożąc w pamięci. – Nie, tak czy inaczej nie ma sensu tam wracać! Tu zarobię miliony razy więcej. A tam? Co mnie tam czeka? Wskrzesić swojego biznesu nie mogę. Najwyżej zacząć wszystko od początku. Ale tutaj są takie możliwości! Trzeba by być idiotką, żeby je przepuścić. Za jakieś trzy lata będę rządziła połową Rosji!

– A ja? Gdzie ja będę? – zajęczała Czub, okraszając to grubym przekleństwem.

– No... – odparła niezdecydowanie Katia. – Mogę zainwestować i twoje pieniądze. Jedna trzecia złota, jedna trzecia dochodu, jedna trzecia pieniędzy Kyłyny. Niezły kapitał na początek.

– A idźcie wy obie na...! – życzyła im z serca Czub, łykając piekące łzy. – Sprzedałyście mnie. Obie. Kiedy spałam. Jedna ma pięćdziesiąt milionów ofiar! Druga pięćdziesiąt milionów kasy! A mnie najwyraźniej nikt już o nic nie pyta. Wszystko zmieniacie. Nie urodzę się. A ja chcę się urodzić. Chcę! I urodzę się! Na złość wam!

– Po prostu czekałyśmy, aż się obudzisz – odezwała się Kowalowa.

– Obudziłam się! – Dasza tupnęła nogą. – I powtarzam po raz piąty, dla szaf i przyjezdnych: „A Baba-Jaga jest przeciw!". Nie zamierzam niczego odmieniać! Zamierzam odnaleźć Lirę i zostać wielką piosenkarką. I mam gdzieś, że zanim się urodziłam, kogoś tam zabili. Co mi do tego? Masza, co ty tam bałakasz pod nosem?

Masza, zamknąwszy oczy, wypowiadała zaklęcie – bała się tego, co miała teraz zrobić.

– Chodź tutaj!

„Oręż" zalał mózg wrzątkiem.

– Chodź i popatrz! – Studentka wczepiła się w nadgarstek Wstrząsającej i siłą pociągnęła ją ku oknu. Pstryknęła palcami.

Prawa ręka Daszy zawyła z bólu.

W oczach jej pociemniało. Do gardła podeszły mdłości.

Czub sapnęła z przejęcia.

W pierwszej chwili wydało się jej, tak jak kiedyś Katii, że ogląda film. Ale ten film był zbyt realistyczny.

Zaśnieżoną Funduklejewską przesuwała się procesja trumien.

Trumny po dwie leżały na furmankach. Na trotuarach stali ludzie. Mnóstwo ludzi. Drobny śnieg zamazywał ich rysy. Szyba tłumiła dźwięki i wywoływała wrażenie, że ulica tonie w duszącej ciszy.

Czarne konie poruszały się wolnym krokiem. Drewniane skrzynie ciągnęły się szeregiem w nieskończoność, niczym karawana. Dziesięć, dwadzieścia, trzydzieści...

– Co to? – wyszeptała cicho Czub.

– Styczeń osiemnastego roku. Rewolucja dotarła do Kijowa. Nie było komu bronić miasta. Ale próbowali. Na stacji Reduty zginęli... wszyscy zginęli... junkrzy, studenci, gimnazjaliści... chłopcy... – mówiła historyczka ledwie słyszalnym głosem.

Jej głos prześlizgiwał się po ciszy, nie drapiąc jej.

– Boże, za co?! – Milczenie prysło. – Panie Boże!!

Tłum się rozstąpił, robiąc miejsce dla ogromu tej skargi.

– Panie Boże, za co?! Za co? – krzyczała jakaś kobieta.

Była zupełnie młoda. Włosy, zebrane w wysoką fryzurę, rozsypały się wokół twarzy. Ładny płaszcz z foczego futra był przyprószony śniegiem. Kobieta klęczała na chodniku i biła sobą o ziemię...

– Boże, dlaczego tak?! – A potem odwróciła się. – Dlaczego wy... pozwoliłyście? Jak mogłyście?!

Ogromne, szkliste, zupełnie puste oczy przesunęły się po Daszy – nie było w nich nadziei.

– Bądźcie przeklęte! Bądźcie wszyscy przeklęci. Skoro pozwoliliście na to... Sasza! Saszeńka mój...

– Masza!

Czub obejrzała się.

Oczy Maszy stanęły w słup.

Wyglądały jak u nieżywej.

Przechyliwszy głowę w bok, dziewczyna osuwała się w prawo.

Obok natychmiast zmaterializował się Mir i zdążył ją podtrzymać.

– Boże, nie! – zaryczała Czub.

– Masza! Masza! Żyjesz? Masza!

Kowalowa ujrzała nad sobą okrągłooką twarz Daszy. Poczuła pod sobą miękkość pierzyny.

Leżała na łóżku. Ból rozrywał jej potylicę rozpalonym rdzeniem.

Na ciele było jej ciepło. Na duszy – pusto i cicho. Pod pachami podnosiła się temperatura.

Mir siedział na skraju posłania.

Katia stała obok.

– No, chwała Bogu. Może to pomogło. – Czub trzymała w ręce sole trzeźwiące. – Zemdlałaś – wyjaśniła. – Który już raz wypowiedziałaś „Oręż", trzeci czy czwarty? Czwarty – zareagowała na kiwnięcie głową. – Tak myślałam. Trzeci to było w pociągu, kiedy naskoczyłaś na mnie z powodu swoich Rosjan? Okej, nie przejmuj się, pamiętam, że lubię Rosjan. Teraz nienawidzę czerwonych. To byli czerwoni, nie? To oni zabili Saszę?

– Oddziały Michaiła Murawjowa – odpowiedziała bezbarwnie Masza. – W styczniu osiemnastego roku weszły do Kijowa. Rozstrzelali wszystkich. Wszystkich, którzy mówili po ukraińsku. Wszystkich ubranych w ukraińską wyszywaną koszulę. Wszystkich „burżujów", którzy mieli na nogach ładne buty. Wszystkich białogwardyjskich oficerów i tych, którzy zachowywali się jak oficerowie. Zabili kijowskiego metropolitę Włodzimierza. W ciągu tygodnia zabili pięć tysięcy ludzi. Co rano na Wzgórzu Włodzimierskim znajdowano nowe trupy. W Ogrodzie Carskim rozstrzelano dwa tysiące oficerów i lekarzy wojskowych. Ciała porzucano w ogrodzie. Jeszcze przez dwa lata nie dało się do niego wejść z powodu trupich wyziewów.

– A ty tak wogle jak się czujesz? – podejrzanie słodko zapytała Czub. – Niczego sobie? Bo te oddziały Murawjowa jeszcze sobie nie poszły. Są tam... – Dasza lękliwie pokazała palcem zasłonięte okno. – Zemdlałaś i fiuu! A za oknem została rewolucja. Słyszałam strzały. I do drzwi ktoś stukał. Ogólnie jest strasznie. – Piosenkarce zwilgotniały oczy. – Nie mogłabyś pstryknąć palcami? Ty sobie straciłaś przytomność, a my z Katią już dwa dni żyjemy w osiemnastym roku.

– Dwa dni byłam nieprzytomna? – Masza spróbowała poruszyć prawą ręką.

Stawy natychmiast zawyły bólem, jak po długim przeciążeniu. Ręka nie słuchała poleceń. Nie żeby ją sparaliżowało, ale palce były jak z waty i kończynę ledwie, ledwie dało się unieść.

– Zdrętwiała. – Prześledziwszy jej manipulacje, Czub zaczęła energicznie masować bezwolną dłoń Maszy.

Studentka krzyknęła z bólu.

Za oknem huknęło.

– Nie, Murawjow jeszcze nie wszedł do miasta – stwierdziła historyczka. – Ostrzeliwuje Kijów z Darnicy z trzycalowych i sześciocalowych dział. Dziesięć tysięcy pocisków dziennie, od siódmej rano do pierwszej w nocy. Od sześciu do dziesięciu wystrzałów na minutę. Trzynaście pocisków trafiło w sobór Sofijski. Cudem ocalał. – Jej głos brzmiał monotonnie. Przyjęty po raz czwarty „Oręż" wyssał z niej wszelkie emocje, uczucia. Masza zrobiła się pusta.

Jak dzwon bez serca.

– Kto w takim razie strzela na ulicy? – dopytała Katia.

– Arsenalcy. Robotnicy z zakładu „Arsienał" powstali. Toczą się walki na Wzgórzu Peczerskim, na Padole, na dworcu, na bulwarze Bibikowskim. Oni byli przeciwni Radzie Najwyższej. Podczas gdy czerwoni ostrzeliwali Miasto, Rada jednomyślnie przyjęła akt niepodległości Ukrainy. Tak że za dwa dni będziemy już w niepodległym kraju... jeszcze dwa dni. – Kowalowa, krzywiąc się, próbowała poruszyć prawą nogą.

– Nie chcę takiej niepodległości – nadąsała się Czub. – Chcę swojej, bezkrwawej!

Gruchnęły wybuchy.

– Moja prawa połowa ciała... – odezwała się Masza. – Coś z nią nie tak.

– Tego jeszcze brakowało! – Zmarszczka à la Churchill na czole Kateriny zarysowała się w całej oczywistości. – Ani się waż więcej zażywać tego swojego „Oręża"! Mogłaś umrzeć.

– Bez niego nie mogę. Niczego. Chciałabym być taka jak Dasza... Dzielna jak Dasza. Wolna jak Dasza... Chciałabym tak jak Dasza...

– Kiepski pomysł – ucięła Katia. – Daszę już mamy. Potrzebujemy ciebie. Wskazane, żebyś była żywa. A idealnie: zdrowa.

– Boję się – cicho powiedziała chora. – Jeśli nie wydobrzeję... Spodziewam się dziecka.

– Czego???! – wypaliła Wstrząsająca. – Mamy tu rewolucję, a ty jesteś w ciąży?

– Jak? Z kim? – zareagowała Katerina.

Mir milczał.

– Wiedziałeś? – naskoczyła na niego Dasza Czub. – To z tobą? Czyli z duchami można...? Nie. – Przerzuciła się na koleżankę. – Ty z tamtym, Wrublem. Czułam tyłkiem, że coś tam nie halo. Przespałaś się z nim! Dlaczego mi nie powiedziałaś?

– Jakoś tak nie było okazji – wymamrotała Masza.

Zza zasłony dobiegł dźwięk tłuczonego szkła.

– I ty w stanie błogosławionym postanowiłaś wdać się w wojnę między czerwonymi, białymi i nacjonalistami? – przeraziła się Dobrażańska. – Łaziłaś po jakichś górach. Jak tak można? Powinnaś uważać na siebie.

– Po górach łaziłam ja – hardo przypomniała Dasza. – Też mi stan błogosławiony, raptem siedem dni! Normalni ludzie po takim czasie nawet ciąży stwierdzić nie mogą. Ale nie poszczęściło ci się. Jeden raz w życiu się zabawiłaś i zaciążyłaś. Albo poszczęściło? – zawahała się. – Chcesz tego dziecka?

– Nie wiem – przyznała się Masza. – Nie wiedziałam, jak dalej żyć. Jak powiedzieć mamie.

– I z tego powodu postanowiłaś odwołać rewolucję? – wywnioskowała Czub. – Żeby nie mówić mamie? Wygodnie, nie ma co. Co ty jej możesz powiedzieć, jeśli się nie urodzisz. I ze swoim Wrublem będziesz tutaj żyć.

– Nie. – Mir, do tej pory milcząco siedzący w kącie, przeszył Daszę wzrokiem. – Nie będzie. Michaił Wrubel zmarł w dziesiątym roku. Wy zostaniecie w jedenastym. Masza rozminie się z nim o rok. I tak już zostanie. Jeśli nie dopuści do rewolucji, już się z nim nie zobaczy.

– No tak. – Katia kiwnęła głową. – Przestaniemy być Kijowicami. I nie będziemy mogły wyprawiać się w Przeszłość.

Chwila ciszy.

– Coś tak od razu poczułam... – Dasza powierciła się nerwowo – ...że prawą połowę pupy mam jakby robaczywą. Masza jak zawsze wypadła najlepiej. Złożyła w ofierze swoją jedyną miłość. I nawet o tym nie wspomniała. Z grzeczności!

Dom zadrżał. Zatańczyły żyrandole.

W pokoju zgasło światło.

Dasza ze strachu wzdrygnęła się cała, ale ciągnęła swoje:

– I żeby we mnie, pozbawionej uczuć łajdaczce, wzbudzić uczucia, zrobiła z siebie kalekę! A ja wychodzę na egoistkę i podłą gnidę, co to nie chce nikogo ratować, tylko zostać piosenkarką, no i żeby kobiety zyskały wolność...

– Wolność? – rzuciła sarkastycznie Katia. – Zyskały! Tam masz wszystkie swoje wyzwolone Amazonki! – Wskazała na grubą zasłonę. – Dokazują na całego. W rewolucji było ich sporo...

– Jelena Griebieniukowa, córka carskiego generała. Zamęczyła i zabiła w Odessie czterystu carskich oficerów. Krwawa Marusia, atamanka – obojętnie recytowała Masza. – Zorganizowała w Sewastopolu noc Świętego Bartłomieja. W ciągu jednej nocy rozstrzelano tam, utopiono, zakłuto bagnetami stu bezbronnych ludzi. Maria Nikiforowa. Wysadzała w powietrze pociągi osobowe, uważając, że ci, których stać na bilet, to już burżuje i nie mają prawa do życia. Teraz, żeby pomóc Murawjowowi, ustanawia władzę rewolucyjną na Zaporożu. Potem przeniesie się na Krym, do ojczyzny Amazonek. Jewhenija Bosz, stojąca na czele sowieckiego rządu Ukrainy. Wieszała z rozkazu Lenina. Niedługo tu będzie...

Katia troskliwie poprawiła Maszy brzeg kołdry.

– Tylko się nie denerwuj. Pójdę, zapukam do sąsiadki. Zapytam, czy nie ma jakichś kropli. Lekarza lepiej nie szukać.

Dobrażańska pomyślała chwilę, podeszła do okna i ostrożnie odchyliła brzeg zasłony.

Witryna sklepu „Madame Anjou" była rozbita. Przejechały z łoskotem dwa pojazdy opancerzone. Niebo nad Miastem czerniało od dymu.

Kamienica naprzeciwko paliła się jak ogromna trzypiętrowa pochodnia.

– Boże, tam dom... – wymamrotała Katia.

– Pali się? – zrozumiała Masza. – To normalne. Dom Gruszewskiego płonął przez trzy dni. Dom pisarza Grigorija Bogrowa, dziadka Mitii Bogrowa, też spłonął. Z powodu ostrzału artyleryjskiego Kijów palił się dziesięć dni. Pociski spadały na górne kondygnacje. Pojazdy opancerzone zasypywały kulami dolne.

Czub już stała przy oknie.

– Masza, tam na drodze leżą jacyś ludzie – zauważyła w rozterce. Oczy się jej zaszkliły. – Maszka, co oni, nie żyją?

– W czasie ostrzału zginęły dziesiątki mieszkańców. W czasie powstania arsenalców: ponad tysiąc. Podczas gdy jedne oddziały dławiły powstanie, drugie się ostrzeliwały. Oddział „Wolnych Kozaków" pod wodzą komendanta Kijowa wszczął pogrom Żydów. Niszczyli żydowskie sklepy, rozgromili Związek Bojowników Żydowskich, zabili przewodniczącego Jonę Hohoła... Wszystkich zabili. Oni wszyscy zginęli. Jeszcze w osiemnastym roku... – Masza zamknęła oczy.

– Jeszcze w osiemnastym?! – Rozemocjonowana Dasza pokazała okno obydwoma palcami wskazującymi naraz. – A teraz, tam? To nic? – Zatrzęsło nią. – Pod moimi oknami leżą nieboszczycy...

Dopiero co ich zabili, dopiero co, podczas gdy my tu sobie siedzimy! Nie żyją!

– Odejdź od okna. – Katia kategorycznie zaciągnęła story. Jej twarz przybrała beznamiętny wyraz, ukrywając i zarazem zdradzając kakofonię kłębiących się w niej uczuć. – Idę do sąsiadki. Jeśli Masza nie dojdzie do siebie, to następne w kolejce do zabicia po Jonie Hohole będziemy my. Kiedy czerwoni wejdą do miasta?

– Już niedługo – powiedziała Masza. – Murawjow rozpyli gazy bojowe. Trujące, zakazane. I zdobędzie most na Dnieprze. Ale Kijowic nie da się zabić. I możemy uciec. Nie dam rady pstryknąć, ale dom sam nas wyprowadzi na ulicę w jedenastym roku. Trzeba się śpieszyć. Kiedy Murawjow zajął Kijów, na trzy dni oddał Miasto sołdatom. Wdzierali się do mieszkań, grabili burżujów. Za burżuja uważali każdego, kto żył w dobrze urządzonym mieszkaniu.

– Nigdzie nie pójdziemy – zaprotestował ostro Krasawicki. – Ją boli każdy ruch.

– Zrozumiałe – rzekła Katia. – Zaraz wracam.

– A wiesz, co sobie pomyślałam – zagadnęła Wstrząsająca celowo ożywionym tonem, odprowadzając Katię wzrokiem. – Będę ci pomagała, a potem zdecyduję, czy chcę to robić. Zostawię sobie jedną maleńką, maluteńką furteczkę... Okej? – Jej ożywienie zadrżało nerwowo.

Za oknem zaterkotały karabiny maszynowe.

– Dlatego że jeśli teraz, właśnie teraz odsunę zasłonę... – piosenkarka patrzyła na kremową storę, od której ją odegnano.

Stora ciągnęła ją jak magnes.

– To umrę... – powiedziała Czub. – Umrę, a nie się nie urodzę! Bo pobiegnę kogoś ratować. Bo lepiej umrzeć, niż patrzeć, jak za oknem... W ogóle nie rozumiem, dlaczego tu siedzimy – zatrajkotała nagle. – Jesteśmy Kijowicami. Powinnyśmy walczyć! Tam płonie nasz Kijów! Przecież jest nasz! I nie mogę tak... – Rozpłakała się. – No, moja kolej. Katia płakała, ty płakałaś, teraz ja. Ale możemy wskrzeszać! Ty umiesz to robić. Katia umie burzyć. Możemy teraz wszystkich uratować. Żydów, Ukraińców, oficerów i arsenalców też.

– Nie można ratować ludzi, którzy w danym momencie zabijają się nawzajem – powiedziała Masza. – Powinnyśmy uratować jednego: Piotra Stołypina.

– Wiem, łajdaczka ze mnie...

– Nie. Jesteś z nas najlepsza.

– Co ty nie powiesz!

– Płaczesz z najlepszego powodu. Dlatego, że tak nie możesz... – wyjaśniła Masza.

– Nie. – Czub wyparta się swojej lepszości. – Dogadałyśmy się. Mogę! Mogę się jeszcze wycofać. Nie wiem jak wam, ale mnie bardzo się tam podobało. – Palec piosenkarki zakręcił się, nie do końca pewien, w którą stronę wskazać teraźniejszość. – Ja też nie mogę sobie wyobrazić, jak to będzie, że się tam nie urodzę i całe życie będę sterczeć w tej wiosze, gdzie nie ma ani kina, ani telewizora, ani kariery estradowej nie da się zrobić. Tylko o tym myślę i wszystko, wszystko we mnie się burzy! Ale...

Ale odkąd Masza pstryknęła palcami, w głowie Wstrząsającej nieustannie przewijał się i przewijał ten sam wątek.

Przesuwające się w dole trumny kierujące się do Askoldowej Mogiły i pełen pustki wzrok kobiety krzyczącej do niej, Daszy: „Dlaczego wy... pozwoliłyście? Jak mogłyście?!"

– Miał na imię Sasza. Krzyczała „mój Saszeńka". Pewnie jej narzeczony. – Wstrząsająca wciąż nie mogła się uspokoić. – Ale uratujemy go?

– Uratujemy.

Pod wieczór maść Bormenta ofiarowana im przez sąsiadkę przyniosła dające nadzieję rezultaty – prawa ręka i noga wciąż pozostawały nieposłuszne, ale przynajmniej próby przywołania ich do porządku przestały być bolesne.

W sypialni paliły się świeczki. Katia spała na kanapie w pokoju gościnnym. Trzy- i sześciocalowe działa ucichły do rana. Gorejący dom naprzeciwko barwił kremową zasłonę na czerwono.

– Nie wiesz, gdzie jest moja kartka? – zakrzątnęła się Masza. – Ta, na której notowałam sprawę Bogrowa?

– Bogrowa? Zaraz przyniosę.

Wróciwszy, Czub z obrzydzeniem podniosła do oczu gęsto zapisany papier, świadczący o tym, że studentka jak zwykle podeszła do kwestii niezwykle odpowiedzialnie.

– Tylko że wiesz... – Piosenkarka spuściła rzęsy. – Wygląda na to, że aby jej Sasza przeżył, mój chłopiec o pełnych ustach musi zginąć. Jak to tak? Uczciwie?

– To nie z powodu jednego Saszy... – Masza nie dokończyła.

Śmierć jednego konkretnego człowieka nałożyła się w rozumieniu koleżanki na śmierć drugiego, o pełnych ustach. I teraz Czub stała przed wyborem, nie mogąc pojąć, dlaczego jedna śmierć jest lepsza od drugiej.

– A może on naprawdę był zły? – zapytała z nadzieją.

– Dmitrij Grigorjewicz Bogrow. Pseudonim Mitka Burżuj. Prawdziwe imię i nazwisko Mordechaj Gierszkowicz Bogrow. – Masza patrzyła w sufit. – Uczył się w pierwszym Gimnazjum Aleksandrowskim, tak jak Bułhakow. Skończył szkołę w czerwcu tysiąc dziewięćset piątego roku, cztery lata przed Michaiłem Afanasjewiczem. Wstąpił na wydział prawa kijowskiego Uniwersytetu Świętego Włodzimierza. Bułhakow studiował tam medycynę.

– Można by bez Bułhakowa? – naprostowała Dasza.

– Tak, oczywiście. Bogrow to wnuk znanego rosyjsko-żydowskiego pisarza, autora *Zapisków Żyda* drukowanych w „Zapiskach Ojczyźnianych" Niekrasowa. Niekrasow wysoko oceniał jego dzieło. Ojciec Mitii był prawnikiem i zamożnym kamienicznikiem. Miał kamienicę przy bulwarze Bibikowskim pod numerem czwartym. Mieszkali tam wszyscy w jednym skrzydle.

– Przy bulwarze Szewczenki – przełożyła dla siebie Dasza. – Gdzie to? Nad kafejką?

– Tam gdzie hotel „Leningrad"*. Ojciec Mitii miał półmilionowy kapitał. Grigorij Bogrow był prominentnym mieszczaninem, członkiem Klubu Szlacheckiego: jedynym Żydem, którego przyjęto do tego klubu. Wydzielał synowi sto, sto pięćdziesiąt rubli na miesiąc. To dużo.

– No to dlaczego jego syn kropnął Stołypina? – zasępiła się Dasza. – Uznał, że mu mało?

– Na tym właśnie polega zagadka Bogrowa. – Studentka westchnęła w odpowiedzi. – Ostatecznie nikt tak do końca nie rozumie, dlaczego on go zabił. Był zamożnym młodym człowiekiem. Znał trzy języki, przekładał na rosyjski cudzoziemskie przepisy prawne. Znakomicie grał w szachy, był zagorzałym graczem. Operację zamachu na Stołypina zaplanował prawie genialnie. W oddziale ochrany powiedział, że zna człowieka, który zamierza zabić premiera Stołypina. Szef kijowskiej ochrony podpułkownik Kulabko osobiście wydał mu bilety do Opery i ogrodu Kupieckiego, żeby mu wskazał zabójcę. Bogrow wziął bilety, poszedł i zabił Stołypina.

– Nieźle!

– W sądzie nie chciał mieć adwokata, odmówił. Odmówił też złożenia skargi kasacyjnej, która być może odroczyłaby wykonanie wyroku. Podczas egzekucji na Łysej Górze zachowywał się bardzo godnie. Kiedy kat nakładał mu pętlę, Bogrow zapytał spokojnie: „Głowę podnieść wyżej, tak?". Przed śmiercią napisał do rodziców pełen czułości list: „Drodzy Mamo i Tato! Moje ostatnie marzenie jest takie, żebyście, kochani, zachowali o mnie mniemanie jako o człowieku może i nieszczęśliwym, lecz uczciwym". Najprawdopodobniej chciał bronić Żydów... W tamtych czasach byli pozbawieni praw obywatelskich i strasznie źle traktowani.

Na twarzy Daszy odbijała się śmiertelna udręka.

Czub nie miała ochoty zapobiegać rewolucji.

---

* Obecnie hotel „Sankt Petersburg".

Ale tak samo nie miała ochoty skazywać na śmierć „prawie geniusza" o pełnych ustach, obrońcy pokrzywdzonych, znającego trzy języki i podczas egzekucji zachowującego się bardzo godnie. Dwa braki ochoty z powodzeniem zlały się w jeden.

– Pogromy Żydów urządzano nieustannie, pod hasłem: „Bij Żyda, ratuj Rosję!".

– A gdyby nie bili Żydów – rzekła z pretensją Czub – Rosji nie trzeba by było ratować.

– Stołypina uważano za antysemitę. Mitia Bogrow uznawał go za osobistego wroga. Ale nikogo to nie dziwiło. Stołypina nienawidziło bardzo wielu, szczególnie rewolucjonistów. W czasie zamachu, kiedy wysadzono jego daczę, ranni zostali jego córka i mały syn. Zginęło dwadzieścia siedem osób, które nie miały z nim najmniejszego związku: petenci, służba. Stołypin z własnych środków wystawił ku ich pamięci obelisk i urządzał wojenno-polowe sądy. W ciągu półtora roku ustanowiono rekord egzekucji w Rosji. Stryczek zaczęto nazywać „Stołypinowskim krawatem". Tam na dole mam zanotowane...

– A co to za liczby obwiedzione trzy razy? – Czub zmrużyła oczy.

– Suma rewolucjonistów powieszonych z jego rozkazu.

– O, to sporo! – spłoszyła się Wstrząsająca. – Słuchaj, mówię nie bez powodu. Może lepiej same zabijmy Stołypina, zanim ich powiesi? Jakoś mi się ten gość nie podoba.

– Nie – ucięła studentka. – To wybór między powieszonymi terrorystami, których było tysiąc sto trzydziestu dziewięciu, a pięćdziesięcioma milionami niewinnych ofiar rewolucji! – I dokładność tej pierwszej, trzy razy obwiedzionej długopisem liczby pozwoliła Daszy zrozumieć: podobna myśl przyszła też do głowy antyrewolucjonistce, ale została ze zgorszeniem odesłana precz.

– Myślisz – po chwili przerwy odezwała się piosenkarka – że Bóg też tak uważa? W rodzaju: niech umiera Masza, za to przeżyją Katia i Dasza?

– Tak.

– Nie, niech już lepiej Katia – poprawiła się Czub. – A Masza i Dasza...

– Żadna z nas nie przyjdzie na świat – przypomniała studentka. – Żadna z Trójki.

– Tak czy inaczej szkoda... – Dasza podrapała się po nosie. – Jeśli Bóg rzeczywiście tak myśli. Zdawało mi się, że powinien mnie osobiście kochać. Że jestem po coś na świecie, a nie tylko jako jednostka w obliczeniach.

– Śmierć to nie jednostka – zaprzeczyła historyczka. – Każda śmierć ma sens. Trzeba myśleć, że umierając, ratujesz innych.

– W takim razie – wysunęła logiczną tezę Wstrząsająca dyskutantka – w śmierci pięćdziesięciu milionów też jest sens. Przecież Bóg na nie pozwolił! Krzyczałaś niedawno: jak Kijowica mogła porzucić Miasto? No dobrze, my jesteśmy tylko Kijowicami. Ale Bóg? Jak mógł dopuścić do rewolucji?! A jednak mógł. Wychodzi na to, że widział w niej sens. Rozumiesz, że działasz przeciw niemu?

– Nie. – Studentka spróbowała się podnieść na łóżku. – Rewolucję zrobili ludzie, którzy zapomnieli o Bogu! Możliwe też, że Bóg wiedział zawczasu: Katia wszystko zmieni, uratuje wszystkich. Widziałam przecież Wiertum! To już przesądzone!

– A dlaczego właśnie Katia?! – Ostatnie założenie najwyraźniej wzburzyło Daszę bardziej niż wszystko poprzednie.

W tym też była swoista logika.

Jedna sprawa, jeśli twoje życie to betka w porównaniu z życiem pięćdziesięciu milionów ludzi.

A zupełnie inna, jeżeli ty sama jesteś betką w porównaniu z Katią, której – widzieliście? – jest z góry sądzone uratować pięćdziesiąt milionów ludzi.

– Katia, że tak wspomnę, palcem nie kiwnęła w sprawie rewolucji. Tylko zgarnia kasę. No dobra, co z rewolwerem? Kiedy trzeba go odebrać? Postanówmy teraz. – Wstrząsająca wzięła się pod boki, demonstrując gotowość bojową.

– Pierwszego września jedenastego roku – szybko oświeciła ją Kowalowa. – Ponieważ odbyło się policyjne śledztwo, znamy wszelkie szczegóły. W kijowskim Teatrze Miejskim podczas drugiego antraktu opery *Sadko* Stołypin stał przy rampie obok orkiestry i rozmawiał z podchodzącymi do niego osobami. Pod koniec antraktu zbliżył się do niego na odległość dwóch kroków nieznajomy we fraku, wyjął browning i wystrzelił dwa razy. Cara w loży nie było, przybiegł na odgłos wystrzałów, sądząc, że ktoś upuścił komuś na głowę teatralną lornetkę. Stołypin zdążył przeżegnać władcę. Artyści na scenie padli na kolana i zaśpiewali *Boże, zachowaj cara!**. Stołypina przewieziono do kliniki chirurgicznej Makowskiego. To róg naszego Wału Jarosława i Gonczara, taki niesamowicie piękny, asymetryczny budynek w stylu secesyjnym... Tam Stołypin zmarł. Kula, która przeszła na wylot przez rękę premiera, trafiła w pierwszego skrzypka orkiestry. Nikt nie zwrócił na niego uwagi, tylko sam Stołypin, leżąc na stole operacyjnym, niepokoił się o jego zdrowie. Lekarze obiecywali mu, że z tego wyjdzie, ale on mówił: „Nie, czuję, że umieram". Jęczał z bólu tylko we śnie. Do ostatniej minuty zachował pełną samokontrolę... Tak jak Bogrow. W ogóle byli do siebie trochę podobni! Obaj dobrze wiedzieli, że niedługo stracą życie, ale robili swoje do ostatniego tchu. Obaj byli zagorzałymi indywidualistami stojącymi w opozycji zarówno do prawicy, jak i do lewicy. Obaj chcieli jak najlepiej... Obaj bronili Żydów. Bogrow po prostu nie wiedział, że Stołypin od dawna starał się, żeby w Dumie przeszła odpowiednia ustawa. Miał nadzieję rozszerzyć ograniczone prawa Żydów.

– Okej – westchnęła Dasza Czub. – Spodobał mi się. Wygląda na to, że potrzebujemy biletu do Opery. Podczas antraktu powinnam się znaleźć gdzieś w pobliżu Stołypina. A kiedy nasz chłopiec podejdzie, złapać go za rękę i skierować strzał do góry. Na przykład tak. – Piosenkarka odpowiednio odegrała scenę. – Kula trafi w żyrandol, a ten spadnie i tak czy inaczej ukatrupi Stołypina. Kaput, panie Berlioz! – Roześmiała się. – Dobra, żartuję tylko, żartuję... Co dalej?

---

* Hymn imperium rosyjskiego w latach 1833–1917 (przyp. tłum.).

– Dalej... – Masza podniosła kartkę lewą ręką. – Następnie publiczność zaczęła tłuc Mitię Bogrowa. Kopano go. Wybito mu zęby. Damy w lożach krzyczały: „Zabić go. Zabić". Ale to już nas nie interesuje...

– Nie interesuje? – Daszy rozszerzyły się oczy. – Interesuje, i to bardzo! A jeżeli nie uda mi się wyrwać mu rewolweru? Jeżeli mimo wszystko wystrzeli? Choćby w bok. Jeszcze kogoś trafi. Albo strąci żyrandol. Kto w takim zamęcie dojdzie tego, że broniłam Stołypina? Ludzie są, jacy są... Najpierw biją, dopiero potem myślą. Wleją nam obojgu, złamią szczękę, złapią i powloką do kicia. I co wtedy?

Dasza mówiła „nam". Ale biorąc pod uwagę, że chodzi o nią samą, jej wzburzenie było całkiem słuszne.

Wczytawszy się w protokoły dalekiej Przeszłości, Masza widziała sytuację jako prostą i zrozumiałą. Ale realistycznie ujęcie Daszy sprawiło, że sprawa przestała być prosta, a stała się niebezpieczna.

W najlepszym przypadku (Mitia strzela w powietrze, Stołypin zostaje przy życiu, rewolucji nie ma) Bogrowa i tak aresztują. A Daszę razem z nim. Będą wypytywać, kim jest, skąd pochodzi, skąd wiedziała o zamachu. I nie będzie miała jak uciec.

Bo w tym najlepszym przypadku teraźniejszość będzie dla ich Trójki zakazana. A ich życie w Przeszłości zacznie się od rejestrów carskiej ochrony.

Nader parszywy początek.

Parszywy potrójnie, biorąc pod uwagę, że to najlepszy z możliwych przypadków!

– Ja mogę mu wytrącić rewolwer – odezwał się milczący dotąd Mir.

I Masza pomyślała, że w obecności Katii i Daszy chłopak prawie zawsze milczał. Jakby ich obecność przygniatała go, paraliżowała.

Przy nich dwóch nieznośnie przypominał tego, kim faktycznie był.

Nieżyjącego.

– Nic mi się nie stanie – zapewnił głucho.

– A ty tu po co? – Czub bynajmniej nie zamierzała pozwolić, by odebrano jej rolę zbawicielki. – Masza – zaproponowała rzeczowo – a nie da się rozwiązać tego problemu poza tym wielkim towarzystwem? Jakoś skromniej, bez cara. Stukniemy chłopaka w łepetynę, kiedy będzie wychodził z hotelu.

– Jakiego hotelu?

– „Leningrad". Przyczaimy się przy bramie. Zwiążemy. I pełnousty chłopiec zostanie przy życiu.

Z każdym słowem Dasza nakręcała się coraz radośniej, a w finale już podskakiwała.

– Przeryłaś kupę książek! Nie napisano w nich, na jakich balangach bywał?

Po raz pierwszy operacja odwołania rewolucji wyzwoliła w niej prawdziwy, niekłamany entuzjazm.

I w danym kontekście Masza po namyśle nie zakwestionowała zbawczego ogłuszenia Bogrowa.

– Zdaje się, że ktoś go widział w kabarecie „Liliowa Mysz".

– W kabarecie? Idealnie! – Piosenkarka przeobraziła się ostatecznie. – Pójdę tam i nawiążę z nim znajomość. Za kogo się lepiej podać? Rewolucjonistkę czy feministkę?

– Właściwie – odpowiedziała historyczka – to jedno i to samo. W Rosji prawie wszystkie feministki były rewolucjonistkami albo urządzały obie rewolucje jednocześnie. Aleksandra Kołłontaj uczestniczyła w organizowaniu rewolucji październikowej, agitowała wśród żołnierzy i robotnic. Nawoływała ich do przewrotu i wolnej miłości. Uważała, że uczucia dwóch „kochających się serc" izolują parę od kolektywu.

– Czyli ogólnie zachęcała do grupowego seksu. – Dasza stała przy lustrze. – Typowa wiedźma. Sabat to przecież też grupowa impreza.

Obróciwszy się bokiem do lustra, Czub wciągnęła wysuwający się z szortów brzuch i próbowała uwierzyć, że w ogóle go nie ma. Wypięła pierś. Zalotnie obnażyła ramię i przybrała rewolucyjną minę.

– Kołłontaj została pierwszą w świecie kobietą ambasadorem – rzekła poważnie Masza. – Przedtem była komisarzem ludowym* propagandy Ukrainy. Stała na czele wydziału do spraw walki z prostytucją... Boże, co ty robisz?

Przytrzymując lewą ręką niedający się podporządkować brzuch, Wstrząsająca prawą tynkowała sobie policzki różem z porcelanowego flakonika Kyłyny.

– Feministki walczyły z prostytucją, którą uprawomocniał carski reżim! Zlikwidowały burdele! – Masza próbowała nastraszyć koleżankę z jej uróżowanymi policzkami.

– Aha! – Dasza wesoło klasnęła językiem. – Znasz mądrość ludową? Jeżeli baba walczy o prawa kobiet, to znaczy, że nie ma chłopa! Założę się, że Clara Zetkin wymyśliła ósmego marca nie dlatego, że dowiedziała się o Bryksach, tylko dlatego, że po prostu nie wiedziała, jak sprawić, żeby chłopaki zwróciły na nią uwagę... przynajmniej raz w roku. Może i miały rację te Amazonki, które uznały, że lepiej żyć ze swoim ukochanym, niż głosować... A jak uważasz, nie jestem za gruba? Spodobam mu się? Przeryłaś kupę książek. Napisali w nich, na jakie damy się oglądał? – Czub zerwała ze stołu wzorzysty obrus i zarzuciła go na siebie.

– Na skromnie ubrane – skłamała jak z nut Kowalowa.

---

* Komisarz ludowy – w Rosji Radzieckiej i wczesnym ZSRR minister (przyp. tłum.).

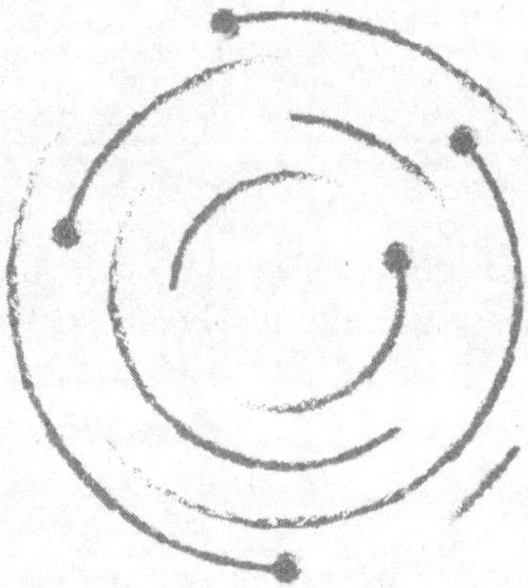

Rozdział osiemnasty,

w którym Dasza przeobraża się w infernalną Izydę

...siedzą, palą, piją, gorączkowo silą się na wesołość, tańczą, wykonując obmierzłe ruchy ciała imitujące akt miłości płciowej. Czasami uważnie i długo, czasami z nieokrzesanym pośpiechem wybierają sobie dowolną kobietę i zawczasu wiedzą, że nigdy nie spotka ich odmowa. Niecierpliwie płacą z góry pieniądze i na publicznym łóżku, jeszcze nieostygłym od ciał poprzedników, bezcelowo odprawiają największy i najpiękniejszy z sakramentów świata – sakrament rozpoczęcia nowego życia.

~ Aleksandr Kuprin, *Jama*

Dasza skupiona i wyprostowana wkroczyła do wnętrza kabaretu.

Czuła się tak, jakby wchodziła na teatralną scenę, a wrażenie to było dla niej normalne i przyjemne.

Dasza lubiła scenę.

Na uczelni muzycznej, przygotowując się do egzaminu magisterskiego, zawsze niecierpliwie wyczekiwała swoich wyjść na estradę i wiedziała, że jej pedagodzy też ich wyczekują (podśmiechując się między sobą: „Ciekawe, co jeszcze nasza Czub odstawi?"). Podczas gdy inni śpiewali wymagane egzaminacyjne piosenki, Dasza odgrywała całe numery, szyła sobie kostiumy i niezmiennie otrzymywała najwyższe oceny, i to z z plusem – plus przepowiadał: „Nasza Dasza na pewno zostanie gwiazdą!".

Dasza kochała scenę nocnego klubu.

I conocne występy nigdy – ani na ułamek ułamka sekundy! – nie wydawały się jej znienawidzoną rutyną.

Dasza kochała każdą noc, każdy wers swoich piosenek (choć wszystkie były nie jej, lecz cudze, zapożyczone od dawnych i obecnych gwiazd). Dasza kochała każdy swój numer opracowany wspólnie z choreografem Sanim, każdą próbę – prawie co rano dodawała do partytury coś wstrząsającego, wymyślała nowe zabójcze i śmieszne ruchy, szlifowała do perfekcji stare...

Dasza tak samo kochała siebie w sztuce, jak i sztukę w sobie!

Kochała szarą przestrzeń za kulisami i zdenerwowanie, kołatanie w piersi przed wyjściem, tak podobne do przeczucia nowej, namiętnej miłości!

Kochała moment przejścia ze świata prób i przymiarek w inny, roziskrzony, rozbrzmiewający muzyką świat – skakała w niego jak w pościel, z wrażeniem szalonego, przyprawiającego o zawrót głowy szczęścia!

Kochała siłę i moc swojego gromkiego głosu, swoje zdyscyplinowane ciało, kochała na zabój każdego widza, który patrzył na nią w takiej chwili...

I to, jak mocno kochała wszystkie te rzeczy, zrozumiała dopiero teraz, kiedy straciła swój klub, swoją scenę, swoich widzów, swojego przyjaciela i choreografa. Dopiero teraz, przestępując próg kabaretu i odczuwając cudowny, najdroższy przedsmak zabawy.

Zaczyna się show!

A gdzieś tu w środku jest prawie ukochany, prawie przez nią uratowany Mitia Bogrow, chłopak o pełnych ustach.

Czub z ekscytacją wciągnęła nosem powietrze.

Z zachłannym zaciekawieniem spojrzała na zasłoniętą aksamitem scenę. Oceniła nastrój siedzącej przy stolikach publiczności. Publiczność na jej profesjonalne oko była „ciężka" – leniwa, trudna do poruszenia. Nie oczekiwała podniesienia kurtyny, nie pragnęła ujrzenia nagości sceny, jakże podobnej do nagości kobiety. Oficerowie pili szampana. Jegomość w marynarce i kamizelce z dewizką z obrzydzeniem marszczył usta przesłonięte patyną cygarowego dymu.

Lecz wszyscy ci dziwni, niewspółcześni Daszy ludzie w jej oczach byli tylko ubranymi w kostiumy teatralne statystami. Samą siebie zaś postrzegała jako główną bohaterkę spektaklu, oczekującą na swoje wielkie wejście.

Wstrząsająca poprawiła kapelusz, przesunęła dłonią po boku workowatej bluzy, w duchu zwymyślała obowiązującą durną modę i ruszyła do „wejścia" – ku jednemu z okrągłych stolików.

W sali było niewiele dam. Dam bez towarzystwa nie widziało się wcale. Wszystkie miały obstawę w postaci kawalerów.

„Jeśli usiądziesz przy stoliku sama, to albo jesteś utajoną prostytutką, albo demonstrujesz, że jesteś kobietą wyzwoloną. Proponuję to drugie" – powiedziała Maria Władimirowna, która sama już bywała w Przeszłości kobietą wyzwoloną. „Wyzwolone nie muszą nosić gorsetów, mogą palić i mieć krótko ostrzyżone włosy. Najważniejsze, żeby koniecznie zaznaczyć: »Jestem kobietą wyzwoloną«. Bo inaczej uznają cię za prostytutkę".

„Okej, gorset mi nie pasuje" – powiedziała wtedy Czub, mając na uwadze, że ani jeden z gorsetów Kyłyny na wszedłby na jej wybujałe piersi. Musiała więc założyć bluzkę na gołe ciało. „Ale nie palę. I nie zamierzam się strzyc. Zapuszczałam włosy przez cały rok! To nazywają wyzwoleniem: palić i krótko się strzyc? Warto było o to walczyć?"

Ale gdy usadowiła się za stołem i przyciągnęła od razu pięć zainteresowanych spojrzeń, pomyślała: „A, nie jest tak źle być tu wyzwoloną. Wszyscy na ciebie patrzą, nawet jeśli ubierzesz się jak inne... Chociaż pewnie i tak uważają mnie za prostytutkę. Trzeba będzie zapalić".

Wyzwolona Dasza rzuciła na obrus swą ciężką maleńką torebkę, wyciągnęła z niej masywną metalową szkatułkę z napisem: „25 szt. Spółka Laferm. Najwyższa jakość" i ostentacyjnie umieściła ją obok stojącej na stole małej lampki z abażurem.

„Wszyscy widzą?"

Bohaterka spektaklu wyjęła cienkiego papierosa, potrzymała go w dłoni, poruszała nim, dając „widzom" czas na przyswojenie kadru i wyciągnięcie niezbędnych wniosków. Ale nie zapaliła (nie miała najmniejszej ochoty kurzyć przedrewolucyjnego świństwa bez filtra i wypluwać okruchów tytoniu). Zamiast zrobienia użytku z papierosa, sięgnęła po puderniczkę, szczęknęła wieczkiem i zaczęła oglądać w lusterku na pozór swój pulchny nos, a w rzeczywistości – reakcję widzów.

„No, dotarło? Palę! Jestem paląca!"

Zwierciadełko pokazało rzucone z ukosa spojrzenie oficera – patrzył pogardliwie, może papierośnica podziałała na niego jak sucha psia karma na karalucha.

„A właściwie co się zmieniło?" – Piosenkarka w duchu wzruszyła ramionami. „Mężczyźni także w naszych czasach bali się zbyt wyzwolonych kobiet. Tylko że teraz są tak wystraszeni, że boją się przyznać, że się boją".

Puderniczka pokazała policzki czterdziestoletniej matrony z ciężką broszą na szyi. Usta matrony poruszały się, ich właścicielka najwyraźniej obwieszczała coś żywiołowo swojemu towarzyszowi.

„Na mnie nadaje! Nawet tu wszyscy na mnie nadają..." – Dasza przemieściła luterko w prawo.

I zobaczyła jego!

Obraz pełnoustego Mitii zawisł w górnej części luterka. Czub aż drgnęła z zaskoczenia. Straciła cel, znowu go namierzyła, przyjrzała się, splunęła i zaczęła głupio kręcić głową.

Koniec końców skoro jest damą wyzwoloną, wyznającą wolność, równość i braterstwo... (nie, to było hasło rewolucji francuskiej).

Okej!

...damą wyznającą wolność oraz równość mężczyzn i kobiet, to ma pełne prawo bez skrępowania wlepiać wzrok w podobającego się jej kawalera!

Co prawda w tym momencie kawaler się jej nie podobał – nawet nie miał pełnych ust. Wydatne wargi Mitii zlały się w jedną linię. Wyglądał tak, jakby przełknął ocet, a nawet gorzej: jakby go nie połknął, tylko nadal trzymał w ustach, przygotowując się do tej bolesnej procedury.

Obok octowatego Mitii siedziała czterdziestoletnia właścicielka policzków, które Dasza widziała przed chwilą, ubrana w liliową jedwabną suknię.

„To jego matka czy kto? Nie. Jaki idiota szedłby do nocnego klubu z mamą?"

Zmarszczyła brwi.

Ktoś uderzył w klawisze rozstrojonego fortepianu, wygrywając rozweselającą melodię.

Kurtyna się rozsunęła, na scenę wytoczyły się tłuste dziewoje.

„Ależ one mają cellulit!

I to mają być pięknotki z kabaretu?

Krowy!"

Cellulit rzucał się w oczy tylko na obnażonych rękach, pozostałe części ciała były cnotliwie zakryte. Choć może spódnice do kostek w jedenastym roku uważano za szczyt rozwiązłości?

Dasza znowu podniosła puderniczkę. Zasłoniła swój aparat śledczy i zaczęła pudrować nos – to jej zastępowało drapanie.

Musiała szybko pomyśleć.

„Ocet" Mitii już został „przełknięty". A intuicyjne cztery litery byłej dyrektor artystycznej klubu nocnego „O-yo-yoy!" (znanego z podobnych układów i podobnych min na mordach klientów) podpowiedziały właścicielce: Bogrow przed chwilą zamówił sobie jedną z cellulitowych pięknotek i teraz czeka, aż skończy się taniec. I to nie jest dla niego coś nowego czy paskudnego. Nieważne, jak sam nazywa to paskudztwo – może uważa się za burżuazyjnego degenerata, który wykorzystuje seksualnie trud uciemiężonego żeńskiego proletariatu...

A ryćkać się chce!

Może to pora, żeby podwalić się do niego ze swoim wyzwoleniem?

„Cel: zawrzeć znajomość i zyskać zaufanie".

„Profil szpiega: jestem kobietą wyzwoloną, nie uznaję ich świętoszkowatej moralności. To szczera prawda".

Ówczesnej moralności Dasza nie tylko nie uznawała, ale też jej nie znała (nie wystarczało być podobną do matki majakowki!). Lecz co najważniejsze, nagle rozpaczliwie zachciało się jej seksu, i to tak strasznie, że zajęczało całe ciało, a wszystko inne przeskoczyło na dalszy plan.

„Już trzy tygodnie z nikim nie spałam! Pójdę z nim od razu, teraz. Seks to najlepszy sposób na zyskanie zaufania. Jestem Mata Hari! Tylko bez szarawarów...

Dokąd?

Do nas się nie da. Maszka zajęła łóżko..."

Wstrząsająca obróciła się całym tułowiem i bez skrępowania wbiła wzrok w Mitię.

Młodzieniec zmrużył oczy i niepewnie włożył na nos binokle w szylkretowej oprawie.

„Nie no, jest śliczniutki. Ubóstwiam takich. Trudno, idę prosto do niego!"

Mitia wstał.

– Co, kochaniutka, kawaler ci się spodobał? – Dasza usłyszała pełen zrozumienia głos.

Nad jej stolikiem zawisła matrona z broszą jak kamień brukowy.

– Widzę, że go sobie upatrzyłaś. Ale troszkę się spóźniłaś. Przekazał mi już pieniądze, nie dostaniesz ich z powrotem.

Matrona mówiła otwarcie i słodziutko, zapewne była miejscową burdelmamą.

A poza tym miała całkowitą rację – Mata Hari zamarudziła kilka sekund i się spóźniła.

Mitia szedł przez salę, a biec za nim, łapać za łokieć i krzyczeć: „Jestem kobietą wyzwoloną i chcę bezpłatnego seksu!" byłoby uwłaczająco. Tym bardziej, że seks za pieniądze został już opłacony, a opłata nie podlegała zwrotowi.

„Kurwa!!!!!!!!”

– Nie rozumiem, o co chodzi! Jestem kobietą wyzwoloną! – nastraszyła stręczycielkę, marząc o tym, żeby wytrzaskać ją po tłustych policzkach.

„Gdyby nie ty, tobym...”

– Dobrze więc. – Matrona przytrzymała szeleszczącą spódnicę i dosiadła się do piosenkarki. – Jestem madame Szleńska, wszystkim tu zawiaduję. Wiesz, ile takich jak ty widziałam? Chcesz, słodziutka, to ci opowiem całe twoje życie.

– No, no.

Wzburzenie „Gdyby nie ty!” opadło.

Dasza nie umiała długo przeżywać porażki, choćby dlatego, że w zasadzie nie umiała się do niej przyznać.

Bogrow skrył się za aksamitną storą zasłaniającą niedostrzegalne z sali drzwi. Kabaret „Liliowa Mysz” dorabiał jako burdel, tak jak liczne kluby w czasach Daszy. Mitia uczęszczał do nich podobnie jak wielu innych mężczyzn.

„A może on wogle ma syfilis, a ja nie mam przy sobie prezerwatyw!” – pocieszała Czub samą siebie.

I zerknęła na damę – może powie coś w rodzaju: „Od razu zobaczyłam w tobie gwiazdę kabaretu!”. I tak trzeba jakoś umilić sobie pół godziny, póki jej pełnousty kawaler, cel już nie seksualny, lecz szpiegowski, wychynie z powrotem zza zasłony.

– Miałaś kochanka – zagaiła madame z broszą.

– Miałam – potwierdziła Czub.

„I nie jednego. No właśnie, ilu? Jeden, drugi, trzeci...”

– Był majętny – dodała śpiewnie liliowa. – I niczego sobie.

„Piąty – Witia, szósty – rudy Kostik...”

– Nie z powodu pieniędzy zostałaś nieślubną kochanką, tylko z miłości. Nieustannie kładł ci do uszu opowieści o wyzwolonej miłości i uwierzyłaś. Dobrze mówię?

– Mhm – przytaknęła Dasza.

„Ósmy – Oleg... Może jeszcze wspomni o gwieździe?”

– Żyliście sobie na przykład... – madame Szleńska podniosła do oczu lorgnon, który miała powieszony na łańcuszku, i uważnie obejrzała strój Daszy – dwa lata. Jak mąż i żona. Rozpieszczał cię, wszystko ci kupował, niczego ci nie brakowało, a potem... Albo znalazł sobie inną, już nie taką wyzwoloną. Albo poszedł do góry, zmądrzał i zrozumiał: takie wyzwolenie przystoi tylko w młodości. Albo mu się przejadłaś! Rzucił cię jak dżentelmen – powiedziała stręczycielka ze wzgardą, do której zapewne przywykła. – Mieszkanie opłacił z góry. Zostawił sukienki, błyskotki, pieniądze na jakiś czas. Tylko że ten czas nie był długi, pieniążki się kończą, a powrotu nie ma. Więc postanowiłaś. Z rozpaczy. Chciałaś uchodzić za porządną... Znaleźć innego. Tylko że tu, moja droga, porządne nie przychodzą.

– A on?

Temat gwiazdy nie wzeszedł. Czub pogubiła się w wyliczaniu kochanków przy dwudziestu dziewięciu. Ale madame mogłaby szepnąć jej coś o Mitii, który znalazł się na liście ukochanych Daszy pod nieznaną liczbą porządkową.

– On często tutaj przychodzi? Nie ma syfilisu?

– Aż tak ci się spodobał? – Matrona się uśmiechnęła. – I czym cię tak ujął? – Pokręciła głową. – Podobny do twojej miłości?

Czub przytaknęła gorliwie. Madame, do tej pory nieudolna wróżka, teraz trafiła w dziesiątkę.

– Bardzo. Ta sama twarz. A usta...

(Tak między nami, drogi czytelniku, Mitia Bogrow w niczym nie przypominał Jana. Tyle że był, jak to mówią...)

„W moim typie seksualnym!" – pomyślała Dasza. „I Witia miał takie wargi, i Kola".

– Zapomnij! – rzekła z przestrogą matrona.

– Ma syfilis? – przejęła się straszliwie Czub.

– Nie. Pilnuję tego surowo. Ale nie jest dla ciebie parą. Studencik z ideami. Tacy jak on, dręczeni przez własną porządność, są dla nas najgorsi. Sami siebie zwodzą, gnębią nas, a potem rzucają, żeby się pozbyć własnej udręki. Chcesz uczciwie zarobić na życie? Bez żadnych głupot.

– No, załóżmy, że chcę – odpowiedziała Czub, rozumiejąc: papierośnica nie pomogła, i tak uznali ją tu za prostytutkę, jeśli nie praktykującą, to potencjalną.

„Dzikie jakieś te czasy. Według ich miary wszystkie nasze dziewczyny to prostytutki.

Wszystkie chodzą bez kapeluszy i bez facetów.

Wszystkie śpią, z kim popadnie. I nie przeszkadza im to, by uważać się za porządne.

Miałam ponad dwudziestu dziewięciu... ale u nas nie jestem zdzirą. Tylko może trochę lekkomyślną dziewczyną.

Czy o to walczyłyśmy? O prawo do prostytucji?

Feministki zniosły ustawy pozwalające na prowadzenie burdeli.

No oczywiście! Komu potrzebny dom publiczny, skoro Kołłontaj postanowiła zrobić ze świata ogólnodostępny burdel".

– Nie patrz na to, że twój studencik poszedł z Zoją – uściśliła madame, łowiąc spojrzenie Daszy. – Ja swoich panien nie niewolę. Nie prowadzę zakładu. To przyzwoite miejsce. Śpiewać umiesz?

„Gwiazdą!" – Piosenkarka o mało nie podskoczyła. „Proponuje mi, że zostanę gwiazdą!!!"

– Umiem! – Wstrząsającej aż dech zaparło. – Śpiewam znakomicie! I tańczę! Wszystko mogę! Ja...

Liliowa parsknęła: chyba wszystkie tak mówiły.

Rzeczowo zmierzyła Daszę wzrokiem, szacując swoje plany na wypadek, gdyby dziewczyna śpiewała jak wszystkie.

– Cóż, panna z ciebie dorodna – stwierdziła, z zadowoleniem obmacując zmrużonymi oczyma wielkogabarytowy biust Daszy. Przyjdź jutro rano. Tak koło ósmej. I się nie spóźnij. Surowo tego pilnuję – zmieniła ton dama. – Zamówię Lelika – wskazała głową tapera. – Przyjdziesz?

Sadysta Lelik znowu tyranizował swój fortepian. Na scenę znowu wysypały się panienki i zatrzęsły cellulitem.

„Krowy!" – znowu (i nie bez zadowolenia) pomyślała Dasza i złapała swoją torebkę.

– Przyjdę! O ósmej! Nie pożałuje pani! – I pomknęła do wyjścia, zapominając o pełnoustym celu, seksie, syfilisie, rewolucji i zostawionej na stole papierośnicy z „25 szt.".

„O ósmej... Strasznie mało czasu!"

O tym, że czas stoi w miejscu, Dasza również zupełnie zapomniała.

– Przyszłaś? – Wczesną porą madame Szleńska była cała w czerni i wydawała się bynajmniej nie słodka. – A ty co, zamieszkać u mnie zamierzasz? Płonne nadzieje. Surowo tego pilnuję.

Wstrząsająca wyglądała, jakby się przesiedlała.

W prawej ręce dźwigała gięte wiedeńskie krzesło, w lewej – pudełko na kapelusze, pod pachą – wypchany sakwojaż, w zębach zaś miała kartkę z zapisem nutowym upstrzonym odręcznymi notatkami.

– To mi potrzebne do numeru – wysapała, kiedy już postawiła krzesło i wypluła kartkę.

– No, zobaczymy – pogroziła na wszelki wypadek szefowa. – Lelik! – krzyknęła. – Briechow!

Do fortepianu szmyrgnął chuderlawy, szparki młodzieniec wyglądający na suchotniczego studenta, którego usunięto z uczelni za niepłacenie czesnego. Miał rozwichrzone jasne włosy, a na nosie krzywo siedzące okulary. Rozpięty kołnierzyk wczorajszej koszuli nosił odciski czyjejś szminki.

– Jużeś się urżnął? – Madame trzepnęła go w potylicę.

– Obraża mnie cioteczka – odmruknął z głębokim spokojem. – Po co? Jeszcze nie wytrzeźwiałem po wczorajszym.

– Za wczorajsze odpowiesz mi później. No – madame przeniosła swoją srogość na Daszę – pokazuj, co umiesz. Co będziesz śpiewać?

– *Nie odchodź, pobądź ze mną*, romans pana Pojdina – odparła godnie Czub. – Tylko... – pochyliła się nad wyszczerzoną niewesoło klawiaturą fortepianu i podsunęła nuty pod nos nieotrzeźwiałego Lelika – tu mam wszystko rozpisane. Na początku, *sil wa ple**, proszę grać jak zwykle. A po „mej piersi": presto.

– Po pani piersi? – ożywił się suchotnik.

– Po „mej piersi".

– Presto**? – Podniósł na nią wyblakłe oczy.

– Presto, presto. A potem jeszcze preściej i preściej. Dam cynk, kiedy należy zacząć.

– *Pardon, mon ami?****

– Dam cynk to po japońsku „dam znać".

Masza mówiła, że Daleki Wschód był obecnie w modzie.

Właśnie Masza, desperacko poprawiając sposób wypowiadania się Daszy Czub, poradziła jej, żeby „w razie czego" mówiła, że „to po japońsku" (wszystko wyjaśniający profil „jestem nietutejsza" nie pasował do profilu o „porzuconej i wyzwolonej"). Masza polecała również zaprezentować utwór *Nie odchodź* i wspomnieć jego autora, który jako że nie popełnił samobójstwa, nie był Daszy znany. I przypomniała: czas stoi w miejscu. Czub może ćwiczyć do swojego występu, ile dusza zapragnie.

Ale nie było najmniejszej potrzeby odbywania kolejnych prób. Zastałe ciało Daszy rwało się do pracy i jedyne, co ją powstrzymywało, to brak odpowiedniego stroju dla tego rwącego się ciała! I z tym przykuta do łóżka koleżanka nie mogła jej pomóc.

W rezultacie, ugiąwszy się przed prośbami chorej antyrewolucjonistki, do sklepów w jedenastym roku wyprawiła się z Daszą Katia, za co Czub po trzykroć dziękowała Bogu.

Kowalowa, zmuszająca je do świętego przestrzegania zasad patriarchalnej Przeszłości, natychmiast złapałaby się za serce, widząc, jak piosenkarka przymierza męskie spodnie. Ale Dobrażańska, pogrążona w myślach o swoich milionach, nie uznała za stosowne choćby zajrzeć do Daszy w przymierzalni.

---

* *Sil wa ple* – zniekształcone franc. s'il vous plait – 'proszę'.

** *Presto* (wł.) – 'szybko'; określenie tempa muzycznego.

*** *Pardon, mon ami?* (franc.) – 'przepraszam, moja przyjaciółko?'.

– Przebiorę się za kulisami. Jak tylko zawołam, graj! – poinstruowała Czub „studenta".

Sama czuła się jak studentka, tak samo pijana – nieotrzeźwiała od wczoraj.

A więc, podobnie jak wieki temu, będąc abiturientką uczelni muzycznej, gorączkowo przebierała się za kulisami przed egzaminem. I podobnie jak wieki temu, będąc ulubienicą wszystkich nauczycieli u Glière'a, Czub nie wątpiła, że zrobi prawdziwą furorę! I podobnie jak wieki temu, gdy po raz pierwszy występowała z tym superowym numerem, przeżegnała się ukradkiem...

I z okrzykiem: „Lelik, dawaj!" przeniosła się na scenę razem z krzesłem.

Piosenkarka, postawiwszy prawą nogę na siedzisku, przybrała legendarną pozę Lizy Minelli z filmu *Kabaret* i erotycznie kręcąc biodrami, zaśpiewała gardłowo: „Nie odchodź, pobądź ze mną, namiętność płonie w mej piersi...". Dała madame Szleńskiej możliwość, by ta oceniła jej wyposażenie i padła trupem z wrażenia.

Matrona miała powód, żeby paść trupem!

Blond głowę Daszy zakrywał czarny kapelusz z szerokim rondem i ogromnym bukietem sztucznych fiołków. Jej tułów obciskał jedwabny fiołkowy gorset, zmuszający do posłuszeństwa brzuch i sprawiający, że piersi Daszy o rozmiarze D podchodziły w górę niczym świeżo napuszona pierzyna. Poniżej gorsetu zgodnie z pierwotnym planem Daszy powinny się znajdować „straszliwie wdechowe" pantalony: jasnoróżowe, ozdobione zielonymi wstążeczkami, kokardkami i atłasowymi różyczkami tego samego koloru.

Pokręciwszy się jednak przed lustrem, piosenkarka doszła do wniosku, że różowe spodnie do kolan, choć wyglądają śmiesznie, są już zbyt purytańskie! Niczego krótszego, nie wyłączając majtek, na początku XX wieku w sprzedaży nie było.

Wstrząsająca zrobiła więc ruch konika szachowego – kupiła czarne męskie spodnie i odciąwszy od nich nogawki, przeobraziła je w króciutkie szorty.

Szorty znalazły organiczne dopełnienie w postaci lakierowanych sztybletów i śmiesznych wysokich męskich skarpet z podwiązkami i paskiem pod kolanami (gumek do skarpetek jeszcze nie wynaleziono). Na swoje ręce debiutantka naciągnęła jadowicie zielone rękawiczki do łokci, powyżej łokcia umocowała zdobytą niedawno bransoletę, szyję zaś ozdobiła całym złotem, które posiadała: naszyjnikiem w kształcie węża, czterema rzędami monet, dwiema znalezionymi u Kyłyny koliami...

(We własnym mniemaniu Wstrząsająca wyglądała dość skromnie – żadnych cekinów, żadnych strasów. Ale na początek musiało wystarczyć).

Tym bardziej, że był to zaiste dopiero początek!

Dotarłszy do „piersi", Lelik zwiększył tempo, waląc histerycznie w klawisze. Dasza, zakończywszy „preludium", energicznie zatoczyła gołą nogą łuk wokół wiedeńskiego oparcia.

Podrygując w rytmie aktu płciowego („miłosne uniesienia..."), piosenkarka siedziała na krześle z zachęcająco rozłożonymi nogami („czekają nas"), po czym odrzuciła kapelusz.

„Nie odchodź!"

Wygięła się w erotyczny łuk.

„Nie odchodź!"

Opadła, zgięta wpół. I potrząsnąwszy sięgającymi do pasa rozpuszczonymi białymi włosami, ruszyła w stronę potrójnego orgazmu, nieprzerwanie śląc ukłony Madonnie, Britney Spears i Jennifer Lopez.

Madame Szleńska wciągnęła ustami nagle duszną atmosferę i osunęła się na fotel.

Wywróżona przez nią wersja życiorysu dziewczyny runęła w gruzach na jej własnych oczach! Chyba że kochanek Daszy swymi opowieściami o miłości i wyzwoleniu wywabił ją z jakiegoś wysokiej klasy café-chantant.

Czub, zakończywszy numer namiętną kopulacją z krzesłem, wytoczyła się za kulisy i zamarła w oczekiwaniu na aplauz.

Oklasków nie było.

Zdenerwowana wysunęła głowę zza zasłon, oceniła oniemiałych widzów i z wrodzonym optymizmem stwierdziła, że milczenie jest najlepszym dowodem uznania, a najlepsze, co sama mogła teraz zrobić, to kuć żelazo, póki madame zapomniała języka w gębie.

– No więc tak – wyszedłszy na przedscenie, Czub wzięła się pod boki. – Potrzebna mi osobista garderoba. W sensie pokój, w którym mogłabym się przebierać. Przy wejściu do lokalu afisz z moim portretem. Występuję z oddzielnym numerem. Girlsy gibają się w tle.

– A? – wydyszała osłupiała Szleńska.

– W sensie dziewczyny tańczą wokół mnie. I żadnych klientów wogle! Chyba że – Dasza westchnęła – ten o pełnych ustach, z nim bym poszła. Na pewno nie ma syfilisu?

– Co? – Madame wytrzeszczyła wodniste oczy.

– Okej, o tym później – rzekła piosenkarka. – Kiedy zaczynamy? Mogę choćby dzisiaj!

– Ile chcesz? – stęknęła matrona. Z trudem kleciła słowa.

Ale Czub nie wiedziała, co odpowiedzieć.

Nie miała pojęcia, ile biorą obecne uznane gwiazdy: dziesięć rubli czy dziesięć tysięcy? Nie chciała wyjść na tanią ani tym bardziej wystraszyć zbyt wysoką ceną już i tak zlęknioną madame.

– O honorarium pomówimy po pierwszym występie – wykręciła się od odpowiedzi. („Zapytam Maszę, ile sobie zażyczyć!") – Zdążycie narysować afisz do wieczora?

– Co wydrukować na afiszu? Jak cię zwać, jak czcić, piękna pani? – Lelik Briechow zmartwychwstał.

Jego blade oczy się ożywiły, a Czub zobaczyła w nich zaciekawienie i jeszcze coś trudnego do określenia.

– Izyda. – Pierwszym, co Daszy przyszło do głowy, było imię jej rudej „córeczki". – Nazywajcie mnie po prostu Izyda. Dla bliskich: Puszek.

– Po prostu interesuje mnie, czy ktoś kiedykolwiek widział Lelika Briechowa trzeźwego. – Czub agresywnie doskonaliła pudrem swój nos.

– Nie-e. – Jej interlokutorka, Polińka o ksywce Kotek, na przemyślenie odpowiedzi poświęciła co najmniej minutę. Była uczciwą panną. – Ale Lelik to bratanek madame Szleńskiej, ona go lubi i nigdy nie przegna. A ciebie madame nie lubi, że aż strach. Wszystkie nasze dziewczyny tak mówią.

– Wiem. Jestem przecież gwiazdą. Gwiazd nikt nie lubi – spokojnie stwierdziła Dasza.

– Jak żyję, czegoś takiego nie widziałam – wyszeptała Polińka. – Jesteś u nas dopiero od tygodnia. A wszyscy mówią tylko o tobie! W całym Kijowie. Byłam rano w ciastkarni „George". Sprzedawczyni wypytywała mnie o ciebie. Czy to prawda, co piszą, że Izyda ma całkiem gołe nogi? Czy to taka ściema?

Od jakiegoś czasu Polińka chętnie popisywała się „japońskimi" słowami.

– Żart i tyle. Uważa się mnie za gwiazdę tylko dlatego, że w zasadzie jako jedyna nie wstydzę się pokazywać nóg! – prychnęła Wstrząsająca.

– I ani troszeczkę się nie boisz?

– A czego się bać? – zdziwiła się Czub. – Nogi mam ładne.

Obejrzała się przez ramię. Kotek Polińka miała blond włosy, jak aniołek, i była niewysłowienie szczera. Absolutnie nie umiała kłamać, co w jej zawodzie półzdziry mogłoby być dużym mankamentem, gdyby z naddatkiem nie kompensowała tego rozczulająca, chwytająca za serce, dziecięca naiwność.

Kotek patrzyła na Wstrząsającą Daszę niczym dziecko na bożonarodzeniową choinkę – z najczystszym zachwytem. Dlatego też stała się jedyną z zatrudnionych w kabarecie „Liliowa Mysz" osób płci żeńskiej zaprzyjaźnioną z gwiazdą.

Pozostałe ze zrozumiałych przyczyn darzyły Daszę Czub srogą nienawiścią.

Już pierwszego wieczoru Infernalna Izyda (ostatecznie właśnie taką ksywkę Dasza przeczytała na nieudolnie narysowanym afiszu), wziąwszy się nie wiadomo skąd – jak diabełek z pudełka – doprowadziła zazwyczaj senną publiczność kabaretu do stanu przedzawałowego.

Następnego dnia serdecznie miłosny romans *Nie odchodź, pobądź ze mną*, brzmiący w wykonaniu Daszy jak rozpaczliwy lament: „Nie odchodź. Przeleć mnie jeszcze raz. Bo jak nie, to się przelecę sama", był u wszystkich na językach.

Następnego wieczoru zaś skrzydlatą myśl „język doprowadzi do Kijowa" można było sparafrazować jako: „język doprowadził do ich lokalu cały Kijów"!

Trzeciego dnia, pragnąc utrwalić efekt, Dasza przeszła się po Krieszczatiku w szarawarach i zrobiła furorę. Czwartego – rzecznik kijowskiej Dumy Filipp Jasnogurski napiętnował jej szarawary w artykule, a gołe nogi Daszy w męskich skarpetkach z podwiązkami pojawiły się w gazecie w postaci karykatury.

Piątego dnia z protestem przeciw szarawarom i szortom Daszy wystąpili strażnicy moralności i obyczajności.

Szóstego madame Szleńska musiała się wykupić władzy, którą nasłali na nią owi strażnicy, a siódmego (po tym, jak kijowski poeta Miefodij Razpiaty wysławił Infernalną Izydę w wierszach, określając ją „misją groźnego erosa") matrona była zmuszona gorączkowo zdecydować, czy to nie pora, by zburzyć ścianę w sali i rozszerzyć widownię bodaj i do tysiąca miejsc.

Widzowie żądni widoku „misji" stali w przejściach, siadzali na ramionach znajomych. A ci, którzy się nie zmieścili, rozbijali okna lokalu i wykrzykiwali przy wejściu nieprzyzwoite hasła, przeszkadzając tym w środku w oglądaniu występu.

Dasza zaś wciąż nie pojmowała, w czym rzecz: w gołych nogach czy mimo wszystko w szortach, które miejscowe pismaki nazywały „męskimi kalesonami o niedopuszczalnie małej długości"? Podejrzewała, że gdyby tańczyła w ogóle bez gatek (jak to robiły jeszcze w 1860 roku wykonawczynie zakazanego „szaleństwa nóg", czyli kankana, potępianego przez Dostojewskiego), nie wzbudzałoby to aż takiego skandalu jak pokuszenie się na coś pochodzącego z wybitnie męskiej garderoby.

– Moje gratulacje! Mamy demonstrację. – W pokoiku oddanym do dyspozycji Infernalnej Izydzie pojawił się Lelik Briechow.

– Jesteś pijany? – Czub pociągnęła nosem.

– Pijany jak fortepiany! – Lelik padł na kanapę.

Padnięty był drugą (tym razem płci męskiej) osobą, która kolegowała się z przeklinaną przez wszystkich blondynką.

Bratanek i ulubieniec madame Szleńskiej od razu wziął Daszę pod swoją opiekę. Wyraził to w najgenialniejszy sposób.

Pierwszym, co Dasza Czub zobaczyła, gdy odstawiła premierowy występ i wleciała za kulisy, był kiszony ogórek i kieliszek koniaku.

– Golnij sobie – poradził czekający na nią pianista (jak zdążył podskoczyć tutaj od swojego instrumentu?). – Zakąszaj, zakąszaj. Zawsze mam w fortepianie zadołowany słoik ogórków.

– Dlatego tak rzęzi – skapnęła się Czub.

I pomyślała: „On się we mnie zakochał!".

– Daj, rozsznuruję ci gorset, bo się cała zaparzyłaś – zaproponował troskliwie.

I Dasza pomyślała: „Nie... jest gejem".

– A ty jedz ogóreczki, jedz, i bez tego taka jesteś chudzieńka, same oczęta – zauważył Lelik.

„Ja??? Chudzieńka!!!" – zdziwiła się Czub.

I w jednej chwili pokochała go jak brata. A dzięki jego przyjaźni pogodziła się też z niekochaną Przeszłością.

W teraźniejszości przez całe dwudziestopięcioletnie życie Daszy nikt nigdy nie nazwał jej „chudzieńką"!

Ale tu, na tle grupki krowiastych girls, Wstrząsająca rzeczywiście była najsmuklejsza – istna Maja Plisiecka!

Co się zaś tyczyło Lelika, Dasza zgłębiła jego tajemnicę nieco później: ani homoseksualizmem, ani naturalnym amorem to nie trąciło – wszystko było prostsze.

Po prostu zanim pojawiła się Infernalna Izyda, Lelikowi żyło się rozpaczliwie nudno, a kiedy zaszczyciła kabaret swoją osobą, nagle zrobiło się wesoło.

Teraz też się podśmiechiwał.

– Z jakiej demonstracji się nabijasz? Rewolucyjnej? – zaniepokoiła się Czub.

– Rewolucyjna odbywa się niedaleko uniwersytetu. – Lelik skrzywił fizjonomię. – Śmiechu warta: pięciu ludzi. Byłem tam, wystąpiłem z przemową. Powiedziałem im: póki nasza Zi-Zi nie zakryje swoich gołych nóg, nikogo nie obchodzą wasze żądania. Wszyscy są u nas. Ludzie potrzebują nóg! Wszyscy studenci, którzy do nas ciągną. Cioteczka łyka walerianowe krople. Mówi, że nie wie, co robić, jeszcze trochę i rozniosą lokal. Chciała odwołać twoje występy, ale wtedy na pewno rozniosą lokal. A kiedy do Kijowa zawita car, to już będzie pełna chryja. Cara mamy bogobojnego, to się kłóci z nogami.

– Car? – Wstrząsająca zaniepokoiła się na całego. – A mojego pełnoustego wśród demonstrantów przypadkiem nie było? – Rzuciła się ku oknu.

– Tam teraz wszyscy mają takie usta. Wszyscy rozpuścili gęby. – Bratanek madame Szleńskiej wyciągnął się na kanapie.

Infernalna Izyda potarła strwożony nos.

Nie, tłum studencików okupujących wejście do kabaretu nie peszył jej nawet w najmniejszym stopniu – wręcz przeciwnie, potwierdzał, że wszystko toczy się najlepszym torem.

Jak przepowiedziała mądra Masza, w przeszłości Czub (tak jak bosonoga Isadora Duncan, tak jak pierwsza paryska striptizerka Mata Hari) natychmiast stała się gwiazdą tylko dlatego, że włożyła krótkie spodnie, jakie w jej teraźniejszości nosiła co druga dziewczyna.

„Gdyby ichni mężczyźni zobaczyli nasz Krieszczatik w lecie, dostaliby zawału" – pomyślała sadystycznie Dasza.

Nad tym, czy odwoływać rewolucję październikową, czy nie, więcej się nie zastanawiała.

Nad czym tu zresztą dumać? Ani za rangę Kijowicy, ani za piękne oczy już niekochanego Jana nie zgodziłaby się wrócić i znów być nieudacznicą spuszczającą się nad sławą Madonny. Nie zgodziłaby się nawet pod groźbą broni palnej! Nawet w zamian za achmatowsko-amazońską Lirę, która wszystkim ślepym przyniosłaby Nowy Matriarchat, a samej Czub karierę pełną sukcesów!

„Na cholerę mi Lira?"

Miała już karierę! Wstrząsający sukces. Kwiaty, fanów, artykuły w gazetach, wiersze...

Została już gwiazdą!

Sama stała się Nowym Matriarchatem, „misją groźnego erosa"!

Była już Madonną, która dopiero co wydała album *Sex* i dokonała na świecie przewrotu.

Dasza dokonała przewrotu w Kijowie. Ale zamierzała przejść gołymi, ubranymi w krótkie spodnie nogami po całej przedrewolucyjnej planecie.

„Mam tu misję. Jestem tutaj gwiazdą. Jestem tutaj chuda. Kto wie, czy nie jedyna w całym Kijowie blondynka! Wszyscy szaleją na moim punkcie... Żadna z bab jeszcze nie posługuje się perhydrolem! A tam? Tam co? No, jeśli trzeźwo pomyśleć... Albo Sąd, albo wojna, a talizmanu nawet Masza nie wie, gdzie szukać".

Poza tym nogi Daszy nie będą na czasie tam, gdzie człowiek choćby się rozebrał do naga, choćby się ogolił na łyso, choćby pofarbował na zielono, i tak nikt nie zwróciłby na niego uwagi!

Tylko że w tym od dawna wyczekiwanym gwiazdorskim szczęściu, które zaoferowała jej przepiękna, obiecująca Przeszłość, światło przesłaniał jeden gówniany szczegół.

Kończył się sierpień. Car zapowiadał się w gości. Do przesądzającego o wszystkim pierwszego września pozostał tylko nieco ponad tydzień...

A pełnousty, którego wyłonienia się zza zasłony w tamten pamiętny wieczór Dasza i tak się nie doczekała, od tamtej pory nie zawitał do ich kabaretu. I czy zawita – nie wiedział nikt (w książkach historycznych o tym nie pisano). Lecz gdyby nie zawitał, Dasza Czub nie będzie błyszczała jak gwiazda zbyt długo – za trzy lata zacznie się pierwsza wojna i świat będzie miał na głowie co innego niż gołe nogi.

Właśnie przez to Infernalną Izydę swędział nos.

„Co robić? Wrócić do »pory, którą powinnam poznać«? Przyjść tutaj w drugim egzemplarzu? Spotykać się w przeszłości z samym sobą nie wolno... Ale to bzdura. A może nie bzdura? Jeżeli wrócę tu i spotkam się ze sobą, możliwe, że przez to namieszam i zepsuję sobie przyszłość. Nie zostanę gwiazdą kabaretu...

Tylko nie to!"

– O, Izydo, pokaż nam swoje blade nogi! – zawołał któryś z demonstrantów.

„Banda idiotów. Każdy powód dobry, żeby nie iść na zajęcia. – Czub zerknęła na twarze studentów. – A gdyby mój pełnousty był taki jak oni? Dlaczego nie może po prostu tu wpaść? – Przygryzła wargi, po raz pierwszy niezadowolona ze zbyt wielkiego rozmachu swojej sławy. – Gdyby tak wieczorem lunęło, połowa tych, którzy chcą obejrzeć moje nogi, sama by się wykruszyła..."

Nie minął tydzień, a na Miasto spadł ulewny deszcz.

– Zi-Zi, on tu jest, jest! – Kotek Polińka cała promieniowała szczęściem Daszy.

Zdjęcie pełnoustego, wycięte z podręcznika i oprawione w ramkę, przeniosło się na toaletkę piosenkarki i dlatego Polińka znała z wyglądu kawalera, którego od wielu dni bezskutecznie wyczekiwała Izyda.

– Sama go widziałam! Stoi w kącie.

Dostrzeżony Mitia ucieszył ją bardziej niż car Mikołaj II w komplecie z panią imperatorową, których Kotek tego samego dnia widziała na własne oczy podczas ceremonii odsłonięcia pomnika ich monarszego papy, apapa*, Aleksandra.

– Przyszedł? Bogu niech będą dzięki... Już traciłam nadzieję. Więc, więc, więc! – Czub miotała się po garderobie. – Myśleć,

---

* Apapa – tak Mikołaj II w osobistej korespondencji z własną mamą nazywał swojego dziadka, imperatora Aleksandra II.

szybko myśleć – nakazała sama sobie. Do mojego występu została godzina. Przed nim będzie rozgrzewka.

Polińka z przejęciem kiwnęła głową. Już wiedziała: rozgrzewką Japończycy nazywają nieinteresujące występy poprzedzające popis primadonny.

– Co mam robić: podwalić się do niego przed swoim numerem czy po?

– Podwalić? – Tego japońskiego słowa Kotek jeszcze nie znała. A gwiazda nie miała teraz głowy do wyjaśniania.

– Po moim występie on pewnie odpadnie...

– Nie upadnie. Nie ma gdzie upaść – powiedziała Polińka. – Za mało miejsca.

– Nie przeszkadzaj, Kotek. Nie upadnie, tylko odpadnie. Chłopaki u nas też cykają się przed zbyt sławnymi kobietami. Normalny facet, jeśli baba odnosi większy sukces niż on, w życiu do niej nie podejdzie... ani nie alfons, ani nie gej.

– A u was to gdzie? W Japonii?

– Aha, w Japonii. – Dasza złapała się za nos i szarpnęła. – A mój chłopiec to na pewno ani nie alfons, ani nie gej, to gość z klasą. Nie, nie powinien mnie widzieć. Jestem supergwiazdą. A on? Wczorajszym studentem, w dodatku lubi skromnie ubrane dziewczyny. Czyli przed występem. I wogle nie należy mu mówić, że jestem Izydą! Jestem tu po prostu nowa. Nazywają mnie Puszek.

– Ale on przyszedł do Zoi.

Tym razem Polińka trafiła w punkt.

„Mata Hari" spoważniała.

– Zawsze do niej chodzi?

– Aha. U nas prawie wszystkie panienki mają stałych gości. Miały, dopóki nie przyszłaś.

I za to właśnie tutejsze pięknotki-krowy nienawidziły Daszy Czub.

„Goście" zapewniali panienkom dodatkowy dochód. Ale odkąd w „Liliowej Myszy" pojawiła się Infernalna Izyda, klienci stracili erotyczne zainteresowanie girlsami.

– A ja w twojej intencji już dwa razy zapaliłam świeczkę w soborze Michajłowskim! – Polińka oblizała się z miną szczęśliwego kotka.

Zwyczajowo do anielsko bezbronnej Kotek lgnęły zakompleksione skończone dziwadła, o których istnieniu wielce doświadczona Wstrząsająca Dasza nawet nie słyszała.

Dwóch „gości" było jeszcze niczego sobie – obleśni, ale nieszkodliwi. Jeden ubóstwiał całować paluszki i strzyc paznokietki na maleńkich nóżkach Polińki i przychodził nie częściej niż raz na tydzień – czekał, aż paznokcie odrosną. Drugi lubił wyciskać pryszcze, które raz po raz wyskakiwały na ramionach i plecach biednej dziewczyny pomieszkującej w niehigienicznych warunkach kabaretu-burdelu. Trzeciego natomiast Polińka najzwyczajniej się bała. Nazywał ją Ofelią, kazał jej przyoblekać się w białą koszulę, kłaść do wanny z wodą i godzinami leżeć z zamkniętymi oczami, póki się nie pobudził. A raz złapał ją za szyję i próbował utopić.

Nic dziwnego, że Kotek, mając wolne od tej części pracy, w przeciwieństwie do pozostałych była Daszy bezbrzeżnie wdzięczna.

A Czub nie wahała się podkreślać – to kolejne potwierdzenie jej koncepcji: „Jestem Nowym Matriarchatem. Samym swoim pojawieniem się wyzwoliłam część kobiet z niewolnictwa!".

– Jeśli Zojka zechce mi obić mordę za pełnoustego, nie boję się – oświadczyła wyzwolicielka. – Sama też mogę ją obić, komu zechcesz. Ale jeśli on przyszedł do niej z konkretnym celem... Często do niej chodzi?

– Nie bardzo.

– Z miłości? Czy tak, żeby rozładować pożądanie?

– A czy nie wszyscy z tym przychodzą?

– Jeżeli nie jest zakochany, to dobrze. A jak u niego z seksem?

– Kiepsko. – (Japońskie słowo „seks" Polińka poznała jako jedno z pierwszych i dlatego teraz wiedziała, o czym mowa). – Zrobi swoje i idzie. A czasami gorzej, zaczyna opowiadać, jak mu Zoi żal. Ona się złości: „Zamęczy mnie tym gadaniem. Już lepiej, żeby bił. Nie jestem przecież wywłoką spod płota ani jakimś ulicznym popychadłem, jestem porządną panienką. Za co mnie żałować?".

– Porządna, rzeczywiście porządna – zgodziła się Dasza. – Wszystkie jesteście porządne, tylko że jeszcze o tym nie wiecie. Słuchaj, ilu miałaś mężczyzn?

– Nie umiem do tylu doliczyć.

– Nieważne. Ja też liczyłam i się pogubiłam. Ale za sto lat dziewczyna będzie mogła przespać się i z setką mężczyzn, a potem wyjść za mąż za księcia. I książę nawet nie zająknie się z tego powodu!

– Czy naprawdę tak kiedyś będzie?

– Daję ci słowo. Niech nie będzie rewolucji... Sama jestem rewolucją!

Za takie obietnice Polińka, daremnie marząca o wyjściu za mąż może nie za księcia, lecz choćby za rzemieślnika, kochała Infernalną Izydę jeszcze żarliwiej, a pozostałe panienki zdążyły przezwać Daszę Czub rewolucjonistką.

– Ale i w waszych czasach jest pewien przypał – zauważyła Wstrząsająca. – Czuję tyłkiem, że mój chłopiec nie ma stałej ukochanej. Skąd teraz w ogóle chłopak może wziąć ukochaną? Spróbuj te wasze porządne namówić na seks. Dlatego zachodzi do was. Wybór bez wyboru! A jemu się chce nie wyboru bez wyboru, tylko czegoś romantycznego, czegoś dla duszy. I dla seksu, a nie tylko onanizmu. Jakie to jednak wstrząsające czasy! Wszystko jest takie proste. Przychodź i bierz... Wymyśliłam. Możesz mi wyświadczyć przysługę?

– Dla ciebie wszystko! – Mimo swojej kociej ksywki Polińka była oddana seksualnej rewolucjonistce Zi-Zi niczym piesek.

– Podejdź do niego i powiedz... Nie. Niczego nie mówi. Przekaż liścik. Poczekaj, aż przeczyta, i wtedy powiedz: „Idziemy". Tylko powiedz to infernalnie! Tekst powinien być mniej więcej taki: „Chcę ci dać to, czego oprócz mnie nie da ci nikt!". I podpis: „Przecudna uwodzicielka".

Rozdział dziewiętnasty,

w którym poznajemy zagadkę zabójstwa Stołypina i samobójstwa Bułhakowa

Był zabity
i znów wstał Stołypin (...)
I znów zabity
~ Włodzimierz Majakowski, *Kijów*

To co, mam się rozebrać?

Doprowadzić Daszę Czub do sytuacji: „nie wiem, co robić" nie było łatwo.

Ale Mitia Bogrow dokonał tego.

Otrzymawszy kuszący liścik, posłusznie poszedł z Polińką do jej pokoju (garderoba infernalnej gwiazdy, zastawiona bukietami od fanów, zupełnie nie wpisywała się w kłamstwo „jestem tu nowa, mam na imię Puszek").

„Klient" o pełnych ustach z przygnębieniem popatrzył na łóżko przykryte ponaddzieraną koronkową narzutą, na amorowe pocztówki zdobiące poplamioną tapetę, po czym nawet nie spojrzawszy na swą „kusicielkę", usiadł na krześle i zamarł. Zdrętwiał. Jego ręka z kartką obwisła, oczy znieruchomiały, jak gdyby jednocześnie zapomniał, po co tu przyszedł i gdzie się znajduje.

„Masza nie mówiła, że on tego... Z odchyleniami".

– To co, mam się rozebrać? – spytała Wstrząsająca jakieś osiem minut później.

Do jej występu zostało zaledwie pół godziny!

– „To co, mam się rozebrać?" – przedrzeźnił ją Mitia. – Przecież jesteś uwodzicielką... Rozbieraj się, kacapko. – Choć te słowa miały bardzo obraźliwe znaczenie, w jego głosie nie brzmiało nic obraźliwego.

W jego głosie w ogóle nic nie brzmiało. Bogrow mówił bez emocji, bez intonacji, jak człowiek nieobecny, myślami błądzący gdzieś daleko. Przez głowę Daszy przemknęło: przyszedł tutaj po to, żeby jakaś uwodzicielka, gorąca i apetyczna, wyciągnęła go na boży świat, w realny czas i przestrzeń.

Ale pragnienie to było tak marne i teoretyczne, że Bogrowa nawet nie zmieszała niekompetencja Daszy niemogącej spełnić jego życzenia.

– A wiesz co... – Najwyraźniej w ciągu minionej chwili Mitia zdążył zupełnie zapomnieć o tym, że kazał jej się rozebrać. – Jak masz na imię?

– Puszek.

– Wiesz co, Puszku, jutro wieczorem pójdę do polskiej kawiarni na Funduklejewskiej. Specjalnie pójdę, posiedzę. Na ludzi popatrzę. I jeśli się zdarzy coś niezwykłego... choćby jakiś znak, jakaś podpowiedź... Po co to wszystko?!

– Co: wszystko? – Dasza nie zrozumiała.

– Życie. Po co mam żyć? Dobra, dawaj... – Znużonym gestem sięgnął do piersi Daszy.

– A chcesz – wzięła go za rękę – to ci powróżę?

– Umiesz? – spytał bez zainteresowania.

– Jasne! Moja babka była pierwszą wiedźmą we wsi! Wszystkiego mnie nauczyła.

Czub padła przed nim na kolana, zajrzała w jego dłoń.

Wycofanie, z którym zjawił się u niej Mitia Bogrow, miało wyjaśnienie. Lecz Dasza, w przeciwieństwie do Maszy, nie dysponowała wygodnym nawykiem błyskawicznego zestawiania w głowie ważnych dat.

Podekscytowanie (szybciutko uratować świat, zdążyć przed własnym występem i jednocześnie zdobyć pełnoustego chłopca) zabiło w niej wszelkie antyrewolucyjne wykłady. Ale Czub, za późno połączywszy w głowie „jutro pójdę" z obecną datą, o mało nie palnęła się w czoło.

„Jutro jest trzydziesty pierwszy sierpnia!"

Ostatniego dnia sierpnia Dmitrij Bogrow poszedł do ogrodu Kupieckiego, zamierzając zabić tam Stołypina. Ale się nie zdecydował. Postanowienie nie dojrzało jeszcze na dobę przed pamiętnym strzałem w Operze, pod który Annuszka rozlała olej... i zaczynało dojrzewać właśnie teraz.

„Teraz siedzi tu i rozmyśla: zabić go czy nie zabić?

Co ja?!

Nawet mojego numeru w szortach pewnie by nie zauważył!"

Dasza kojarzyła wolno, ale działała szybko. Przez minutę, pilnie udając figlarne zaciekawienie, badała u Mitii brzemienne w los linie dłoni i „nagle" jej oczy się zaokrągliły.

– To okropne! – „wystraszyła się" wróżka.

– Co?! – Momentalnie chwycił ją za cofniętą „ze strachem" rękę. – Mów. Co tam zobaczyłaś? Mów. To ważne!

„Złapał się!"

– Ni trza... ni trza... – zawodziła Czub, próbując wykręcić dłoń z jego ożywionych, znienacka maniakalnie silnych rąk. – Babka mówiła: „Ni trza takich rzeczy gadać". Bardzo surowo zakazywała. Nie ma tam u ciebie nic.

„Jestem genialną aktorką!"

– Mów – zaniepokoił się pełnousty. – Jak ci na imię? Puszek. Ja ci... o! – Puścił ją. Precyzyjnym, pewnym siebie, desperackim ruchem wyjął z kieszeni banknoty. – No?

Dasza wlepiła wzrok w dwudziestopięciorublowy portret Aleksandra III, robiąc oczarowane oczy biednego królika. To pasowało do roli „nowicjuszki".

– Powiesz, a pieniądze będą twoje – zachęcał ją Mitia. – Oprócz normalniej zapłaty. No, co tam zobaczyłaś, Puszku?

Czub westchnęła głęboko, na wydechu podejmując decyzję. Sapnęła z przejęciem, wetknęła pulchny nos w jego lodowatą dłoń.

„Rozgrzać by go... objąć...

Za wcześnie!

Nie uda się".

– Śmierć – powiedziała, wydymając usta i kręcąc głową. – I to taka straszną śmierć, że wszystkim będzie od niej źle. Na sto lat do przodu.

„Jak wypadłam?"

– Źle? Wszystkim? – powtórzył ze zdumieniem.

– Oj, jak źle... – Czub nadęła się jeszcze bardziej. – Dlatego się wahasz, bo sam się tego boisz.

– Boję się. – Bogrow wykrzywił się nieprzyjemnie.

– Boisz się, boisz. Ale nie śmierci!

Dasza nie ślęczała długo nad książką *Tajemnice losu*. Lecz jedno zapamiętała na zawsze: króciutki akapit poświadczający, że właściciel lodowatych dłoni nie boi się śmierci (dłonie Wstrząsającej miały dokładnie tę samą cechę!).

„Jesteśmy do siebie podobni..."

– Nie-e, nie boisz się o swoje życie. Dla ciebie, mój piękny, oddać własne życie to jak dla mnie zjeść cukierki „Montpensier". Taka lubość, że przejmuje dreszczem – zagadała po literackiemu, przypominając sobie wszystkie krótkie lekcje historyczki. Ogarnęło ją natchnienie! – Ale wahasz się dlatego, że czujesz, czujesz: masz wszakże przed sobą inny los.

Naprawdę widziała taki rozwój wypadków!

Mitia naprawdę miał przed sobą inny los! Podobnie Dasza...

– Jaki? – zapytał spierzchniętymi ustami.

– Szczęśliwy. Bardzo szczęśliwy!

Pomilczał chwilę, próbując przełknąć to słowo.

Dasza czekała, jęcząc w środku, drżąc, czując żar na policzkach.

„Ja jestem twoim szczęściem! My..."

Ale on nie zdołał przetrawić tej obietnicy.

– Szczęśliwy? – rzucił sarkastycznie, pogardliwie.

Nerwowo założył na nos binokle. Popatrzył na gadałkę.

„Biedniutki, źle widzi. I włosy ma prawie siwe. Ile on może mieć lat?"

Wyciągnęła rękę, chciała pogładzić go po głowie.

Lecz on odtrącił ją nieoczekiwanie mocno jak na posiadacza tak cienkich i długich ramion, aż Dasza polecała na ścianę, o mało nie walnąwszy głową w miedzianą umywalkę. Za nią z brzękiem spadła z fotela gitara ozdobiona zmiętą niebieską wstążką.

– Mówisz może o szczęściu w życiu osobistym?! – wykrzyczał Bogrow. – Z piękną kobietą u boku, piątką dzieci i cukierkami „Montpensier"? Takie szczęście mi wywróżyłaś? A co ty wiesz o szczęściu?! Kim jesteś? Nieszczęśliwą panną porażką. Ślepą, ciemną, niewykształconą istotą, na którą nasze oświecone, czystorękie społeczeństwo patrzy jak na ostatnią brudną wywłokę. Uciemiężoną, pozbawioną praw... Zapewne nawet nie masz paszportu!

– Mam paszport! – odgryzła się Czub. Wszystko tak dobrze szło, lecz nagle odwróciło się i na łeb na szyję pomknęło ku nieuchronnej katastrofie. – Jestem między innymi gwiazdą! Infernalną Izydą. Incognito.

– Izydą? – przycichł nieco. – Tą Izydą, która pokazuje nogi? Pewnie kłamiesz.

– Masz, popatrz sobie! – Czub zadarła dół sukni, demonstrując czekające na występ szorty i męskie skarpety.

Mitia Bogrow spojrzał na nie z obraźliwym żalem.

I się odwrócił.

– Szedłem popatrzeć na Izydę – rzekł z zadumą. – Deszcz, myślę, może dostanę się do kabaretu. Pooglądam. I wtedy już postanowię. Nisko upadło nasze społeczeństwo, skoro kobieta, żeby zarobić na jedzenie, poszła na takie bezeceństwo i pokazuje nogi.

– Odżywiam się doskonale! – uniosła się oburzeniem gwiazda. – A nogi mam klasycznie ładne!

– Klasycznie ładne, mówisz? – Mitia krótkowzrocznie zmrużył oczy. – Niech ci będzie wiadome, że klasyczne to może być wykształcenie, klasycystyczny: budynek, ławka. A twoje biedne nogi do łacińskiego *classis* zupełnie nijak się mają. I ty będziesz mi wieszczyć szczęście?! Co to za szczęście zaczerpnęłaś z taniego romansu?! Co ja mówię, ty pewnie i czytać nie umiesz. Tylko oglądasz obrazki. To twoje szczęście, tak? – Bogrow zerwał ze ściany czarno-białą pocztówkę.

Na niej dama z secesyjną fryzurą w kształcie serca figlarnie odsuwała się od kawalera. Kawaler uśmiechał się miło i kłonił do obiektu swych uczuć. Na obrusie przed nimi stał szampan, leżały owoce, miseczka z kawiorem.

– Skąd ty możesz wiedzieć, że twoje szczęście to pospolitość, kłamstwo! – Podsunął Daszy słodką parkę prosto przed twarz. – A to, co mogłoby przynieść prawdziwe szczęście tobie i tobie podobnym, tak samo biednym jak ty, uważasz za istne piekło. Boisz się tego jak ognia. Tak – zatrzymał się pośrodku pokoju – teraz dokładnie wiem, co robić. dziękuję ci, Puszku. Masz! – Rzucił jej na kolana zmięty banknot. – To za twoje wróżenie. I za pocztówkę. Wezmę ją sobie na pamiątkę. – Starannie i uważnie włożył ją do kieszeni marynarki. – Jeśli jeszcze choć na sekundę obudzą się we mnie wątpliwości, popatrzę na nią, żeby wiedzieć, jakie mnie czeka szczęście, na wypadek gdybym zwątpił. Nic oprócz nieskończonego szeregu kotletów, które przyjdzie mi zjeść w życiu...

„Dopiekły ci te kotlety!"

Pełnousty zabójca Stołypina sięgnął do klamki drzwi.

– Przecież zginiesz! – zawołała Dasza, czepiając się ostatniej deski ratunku. – Powieszą cię w ciągu dziesięciu dni. Podobasz mi się! Naprawdę mi się podobasz... Nie chcę, żebyś umarł. Chcę cię ratować! Zginiesz...

– Zginę? – Odwrócił się.

Na jego twarzy zastygł przedziwny, niedowierzająco-zdziwiony wyraz. Mitia stał się podobny do dziecka, które odwinąwszy prezent z papieru, boi się wyjąć go z pudełka.

– Wyczytałaś to z mojej ręki? – Wystawił dłoń przed siebie. – Ot, szczęście... Daję słowo – ruszył ku niej porywiście – że jeszcze będziesz bardzo szczęśliwa, Puszku! Zobaczysz jeszcze takie szczęście, o jakim nie sposób marzyć. Będziesz mnie błogosławić... Bardzo dobra z ciebie dziewczyna.

– Idiotka! – prychnęła Katia. – Wszystko zawaliła. Obiecała mu osobiste szczęście z żoną i dziećmi. Komu? Rewolucjoniście neurotykowi! Dla niego to jak policzek.

– Mówiłam: to nie rewolucjonista, tylko zagadka! – obruszyła się Masza.

– Ale o dzieciach nawet nie zdążyłam się zająknąć – odburknęła piosenkarka. – Powiedziałam tylko „szczęście", a on od razu się nakręcił.

Wszystkie trzy kobiety stały przy oknie.

Zostawiając mieszkanie z oknami wychodzącymi na rewolucję, wyszły na ulicę w jedenastym roku i wróciły do tego samego mieszkania.

Teraz za jego oknami był wczesny ranek.

Drugi września.

Antyrewolucjonistki czekały, aż zza rogu wyjdzie chłopak z plikiem gazet i zawoła: „Zabójstwo prezesa Rady Ministrów Piotra Stołypina w kijowskim Teatrze Miejskim!!!".

Albo i nie zawoła.

– No, gdzie on jest? – Czub niecierpliwie popędzała czas, mrużąc oczy zmęczone po nieprzespanej nocy. – Może moje wróżby jeszcze zadziałają? – powiedziała bez szczególnej nadziei. – Mitia pójdzie do siebie, pomyśli nad moimi słowami. Czuję tyłkiem...

– Właśnie o to chodzi, że tyłkiem. Czasami trzeba myśleć innymi częściami ciała, na przykład głową. – Katia otworzyła okno. Do pokoju wpadł entuzjastyczny chłopięcy krzyk:

– Śledztwo w sprawie zabójstwa prezesa Rady Ministrów Piotra Stołypina w ogrodzie Kupieckim trwa...

Przechodnie obstąpili gazeciarza, wyrywając sobie z rąk zadrukowane płachty papieru. Jegomość w meloniku, który dobrał się do wiadomości jako jeden z pierwszych, rozłożył gazetę i na jego twarzy odmalował się grymas żołądkowego bólu.

– Świetna robota – prychnęła sarkastycznie Katia. – Twoje „szczęście" go przekonało. Nawet nie czekał do spektaklu *Sadko*. Kropnął Stołypina dzień wcześniej!

– Zastanówmy się nad tym od innej strony. – Studentka pośpiesznie przyszła Daszy z pomocą. – Dlaczego zabił Stołypina dzień wcześniej? A może Bogrow nie chce być szczęśliwy? – Osunęła się na krzesło. Mogła stawać tylko na lewej nodze.

– Chce. Każdy chce. – Katia usiadła na parapecie. – Po prostu szczęście, którego bardzo długo chcesz i nie dostajesz, zaczyna wywoływać alergię.

– Nie – zaprzeczyła uparcie historyczka. – Bogrow nie bez powodu pozostaje zagadką. Istnieje wiele teorii. Jedna na przykład mówi, że to zabójstwo zlecili mu rewolucjoniści, kiedy się dowiedzieli, że jest agentem ochrany. I grozili, że jeżeli odmówi, to skażą go na śmierć jako prowokatora. Według innej teorii Stołypina kazała zlikwidować sama ochrana, sam car, któremu przeszkadzał premier o zbyt silnej pozycji. Ale wszystko to są niczym niepotwierdzone przypuszczenia! Owszem, jednocześnie należał do rewolucjonistów i podlegał departamentowi policji... Ale coś się tutaj nie zgadza! Z jednej strony po jego śmierci w gazecie „Sztandar Trudu" socjaliści zachwycali się czynem Bogrowa. Z drugiej twierdzili, że go nie znają. I anarchiści też się do niego nie przyznawali. Chociaż i jednym, i drugim byłoby wygodnie pośmiertnie uznać go za swojego bohatera.

– To znaczy, że Stołypina kazali zabić nie rewolucjoniści? – Dasza Czub starała się wyciągnąć z tego wniosek.

– Wiadomo, że bliżej roku tysiąc dziewięćset dziewiątego Bogrow odsunął się od działalności partyjnej. Sam był sobie sterem. Mówił: „Sam sobie jestem partią". Z drugiej strony próbował prowadzić uczciwą praktykę adwokacką w Petersburgu... Z trzeciej strony pisał: „W ogóle wszystko już mi się porządnie przejadło i mam ochotę wyciąć coś ekstrawaganckiego, choć nie cygańskiego".

– I jeszcze te kotlety – bąknęła pokonana kotletami Dasza.

– Z czwartej strony zaledwie na dwa tygodnie przed strzałem w Operze próbował zarobić na sprzedaży wodomierzy kijowskiej Dumie i zyskać na tym dziewięćset rubli. Z piątej: zawsze nosił przy sobie browning. Z szóstej – mówiła Masza – nie był tego rodzaju człowiekiem, żeby zabijać i umierać na rozkaz carskiej ochrany! Nawet po tym, jak publiczność w teatrze pobiła go prawie na śmierć, zakrwawiony trzymał się na pierwszym przesłuchaniu z porażającym wszystkich śledczych spokojem. Według zeznań świadków tamtego wieczoru spokój w teatrze zachował bodaj jedynie Bogrow. Pomyślcie, co miał do stracenia? Mógłby wszystkich wydać, wszystkich, którzy by mu to zlecili: rewolucjonistów czy policję. Ale powiedział, że nikt go nie zmuszał i że nie ma wspólników. Miał zaledwie dwadzieścia cztery lata i już był siwy. – Studentka zakończyła wykładanie profilu zagadkowego zabójcy.

– Sama widziałam: kupa siwizny w czuprynie – potwierdziła Czub jako naoczny świadek. – Ale spokojnym bym go nie nazwała... – Złapała się za nos. – Miał dwadzieścia cztery lata?!

– Mówiłam: urodził się w osiemdziesiątym siódmym.

– A ja go uważałam... W takim razie – Dasza nadęła się z poczucia własnej ważności – wiesz co, Maszka? Kiepska z ciebie uczona!

– Dlaczego? – mechanicznie zainteresowała się studentka.

– Dlatego że znam odpowiedź na waszą zagadkę! Miał dwadzieścia cztery lata!

– I co?

– I to, że masz diagnozę! – zawrzała Wstrząsająca. – Dwadzieścia cztery lata to zaostrzony, związany z wiekiem problem poszukiwania sensu życia pomnożony przez histeryczne pragnienie światowej harmonii. Że też od razu na to nie wpadłam! Trudno zrozumieć, że chłopak, który żył sto lat temu, ma obecnie dwadzieścia cztery lata! Ale teraz wszystko jest jasne. Wszystko! To małolat! Jeszcze nie dorósł. Dwadzieścia cztery lata, ot i całe rozwiązanie tajemnicy Bogrowa, zabójcy Stołypina. Doskonale to znam, ja mam dwadzieścia pięć lat. Dwa lata temu realnie myślałam, żeby pójść i wysadzić pałac „Ukraina", kiedy śpiewała tam piosenkarka Wika – rzekła z dumą Dasza Czub. – Na znak protestu przeciw chamstwu na naszej estradzie!

– Ty tak poważnie? – (Masza miała dwadzieścia dwa lata, ale nie obserwowała u siebie podobnych zachcianek).

– Chodzi mi o to, że nie abstrakcyjnie wysadzić – zapewniła piosenkarka. – Długo myślałam, gdzie zdobyć bombę, wyobrażałam sobie, co potem powiem dziennikarzom. Powiem, że Wika wypacza gust dorastającego pokolenia i przynosi wstyd krajowi. I stanę o tak. – Czub przyjęła pozę komsomołki przed rozstrzelaniem. – Teraz bym już nie poszła. Nie ma sensu niszczyć sobie życia z powodu tej chamki. Lepiej rzucić na nią urok. O! – Zastygła z otwartymi w psotnym uśmiechu ustami. – Dobry pomysł!

– Dasza! – upomniała ją Katia. – Jaka Wika? Jaki urok?

– Dobrze ci mówić. – Zostawszy Infernalną Izydą, Czub patrzyła na milionerkę wyłącznie z góry (supergwiazda nigdy nie okazywała bogactwu szczególnego poszanowania). – Ale poważnie! To taki wiek: gdzieś miedzy szesnastym a dwudziestym czwartym rokiem życia. Wtedy najłatwiej się zabija. I umiera. I straszliwie chce się sensu życia. Ja po prostu nie mogłam pogodzić się z tym, że mam już dwadzieścia trzy lata, a wciąż nie jestem Madonną. Nawet nie zasmarkaną Wiką. A potem wszystko przechodzi. To jak... Wiecie, większość młodych pisze wiersze, a potem przestaje. Filisterskie życie ssie: rodzina, dzieci, dacza, kot, pies. Dwadzieścia cztery lata to akurat ostatnie pogranicze, jak kryzys w chorobie. Przeżyjesz, poprawi ci się, poukłada. Mówię wam: mój Mitia zdmuchnął Stołypina na znak protestu! Na znak protestu przeciw bezsensowności własnego życia. Znów Wodnik. Wiecie, jakie są Wodniki? On na dłoni ma taką kreseczkę. Nie boi się śmierci. Teraz, mając dwadzieścia cztery lata, własnej śmierci boi się sto razy mniej niż tej myśli, że kryzys minie i on zmieni się w filistra, zjadacza kotletów!

– Tak czy inaczej trzeba wrócić i zacząć wszystko od początku. – Dobrażańska sucho podsumowała wywód Daszy. (Na jej oko gołonoga sława Infernalnej Izydy była pospolita, tania i co najgorsze, bezużyteczna. Kabaretowa kariera ich Maty Hari przyniosła ich przedsięwzięciu same kłopoty).

– Mitia powiedział to wczoraj prawie dokładnie tym samym tekstem!

– Powiedział ci jeszcze: „Odwal się" – ofuknęła ją Katerina.

– Jak ja mogłam od razu nie skumać, że jest taki jak ja? Dla niego zabicie Stołypina to sposób na wykazanie się, na udowodnienie, że nie żyje na świecie daremnie. Nikt mu tego nie zlecał! On sam. Sam dla siebie był partią!

– Wszystko jedno, pomysł z wróżeniem z ręki odpada. – Katia przestała reagować na repliki Infernalnej Izydy.

– Dlaczego odpada? – Czub najeżyła się ostro. – Po prostu teraz powiem mu nie o szczęściu, tylko o czymś politycznym.

– Dasza – westchnęła miękko historyczka. – Nie możesz mu już nic powiedzieć. Dlatego, że powiedziałaś mu już wszystko. Nie możesz przyjść do kabaretu w drugim egzemplarzu i wejść do tego samego pokoju. Zmieniłaś historię. Nie da się tego przepisać na nowo.

– Ale można dopisać! – Gwiazda od razu znalazła furtkę. – Wieczorem wybiorę się do kawiarni przy Funduklejewskiej, do której zamierzał pójść. Dopadnę go tam i zabajeruję...

– Co mu powiesz? – Katia ironicznie wygięła brwi. – Że mężczyzna, którego ma zamiar zabić, to w rzeczywistości dobry wujaszek?

– A gdyby tak powiedzieć, że Stołypin broni praw Żydów?

– Dla Mordki Gierszowicza Bogrowa ober-wieszatiel Mikołaja Piotr Stołypin broniący praw Żydów to tak jak krokodyl broniący praw antylop. Mitia jest materialistą i wie, że takiej prawdy nie może być, ponieważ nie może – objawiła pouczająco Katerina.

– Ale to przecież jest prawda!

– Jaki pożytek z twojej prawdy, jeśli przypomina fantasmagorię, kpinę?

– W takim razie skłamię. – Czub się nie poddawała. – Powiem: jeśli zabijesz wujaszka Stołypina, sprowadzisz biedę na wszystkich swoich ziomków. W sensie, napomknę mu o jeszcze jednym pogromie.

– To samo – westchnęła ponownie Masza – powiedział Bogrowowi przed egzekucją rabin Aleszkowski. Robił mu wyrzuty, że swoim występkiem Mitia mógł wywołać w Kijowie kolejny pogrom Żydów. Bogrow odparł: „Wielki naród nie powinien niczym niewolnik czołgać się przed ciemiężcami".

– Typowe dla dwudziestu czterech lat! – świsnęła Czub. – Och, mój ty chłopysiu. Cała ja! Też zamierzałam powiedzieć: „Wielki ukraiński naród nie powinien żywić się pomyjami pospolitego gustu piosenkarki Wiki!".

– A jak sądzicie – zagadnęła Masza – czy Mitia mógłby być szczęśliwy?

– W jakim sensie? – dopytała Katia.

Studentka przedsięwzięła próbę podniesienia się z krzesła, zapomniawszy o swojej prawostronnej niedyspozycji – ta jednak przypomniała o swoim istnieniu, dlatego Masza zakończyła żałośnie i smutno:

– No, co musiałoby go spotkać, by rzeczywiście poczuł się szczęśliwy, bez żadnych zabójstw?

– Pieniądze, status, miłość – wymieniła Katia z przekonaniem.

– Nie. – Historyczka przecząco pokręciła podbródkiem. – Dekabryści mieli i pieniądze, i status, i miłość, tytuły szlacheckie, piękne żony. Ale dlaczego poszli na plac Senacki?

– Dekabryści to żaden przykład. – Czub odkopnęła niegodnych zaufania szlachciców. – Bogrow nie jest czystej wody rewolucjonistą. Ma dwadzieścia cztery lata. Gdyby dożył do dwudziestu pięciu, stałby się normalny, jak ja.

– Ty nie jesteś normalna. – Katia zeskoczyła z okna i przeszła się po pokoju, rozprostowując nogi. – Ale ogólnie masz rację. Jaki czystej wody rewolucjonista będzie dwa tygodnie przed aktem terrorystycznym próbował zrobić interes na sprzedaży wodomierzy miejskiej Dumie? Wygląda na to, że do ostatniej minuty nie wiedział, co jest dla niego najważniejsze: zarobić dziewięćset rubli czy zabić Stołypina i uratować świat.

– Wahał się – potwierdziła Masza. – Mógł go zabić jeszcze trzydziestego pierwszego sierpnia w ogrodzie Kupieckim. Ale nie zabił. Wahał się do tej dokładnie sekundy, w której Annuszka rozlała swój olej. W poprzedniej wersji. Obecnie do tego momentu, gdy Dasza...

– Aha – wtrąciła Czub. – Wahał się! Szukał sensu życia we wszystkich możliwych miejscach i zakamarkach. I w rewolucji, i w ochranie, i w wodomierzach. Nawet do naszego burdelu zaglądał, bo może tam schował się sens.

– Miotał się, dwoił – powiedziała Masza. – Ale gdy tylko podjął decyzję, to się uspokoił. Wszystko z tego właśnie powodu. Ratowanie świata czy pięćdziesięciu milionów to abstrakcja. Ale Anna i Dasza stały się dla niego żywym, cielesnym uosobieniem ofiar.

– Obie te ofiary to cielesne kobiety – zauważyła Katia.

– No przecież mówię: po prostu nie miał normalnej ukochanej! – Czub wróciła do swojej tezy. – Słuchajcie, a może się z nim po prostu tak porządnie prześpię? Żeby się we mnie zakochał.

– I postanowił ratować nie świat, tylko ciebie? – pojęła Kowalowa.

– Zaraz, zaraz. – Katerina przysiadła na podłokietniku fotela. – Coś w tym jest. Z jednej strony romantyczne pragnienie ratowania kobiety. Z drugiej wodomierze. Wyraźnie chciał poczuć się nie głupim młodzieńcem, lecz pełnowartościowym, zarabiającym pieniądze mężczyzną. Z trzeciej strony na pewno gardził sobą z powodu tych pragnień i nienawidził kotletowego szczęścia.

– „Nie ma żadnego interesu w życiu. Niczego prócz nieskończonego szeregu kotletów, które mi przyjdzie zjeść". – Masza doskakała na jednej nodze do stołu i z nawyku wzięła książkę do lewej ręki (prawa nie była jeszcze godna zaufania, jak szlachcice dekabryści). „I to jeśli moja adwokacka praktyka pozwoli. Przygnębienie, nuda, a najważniejsze: samotność".

– „I to jeśli moja adwokacka praktyka pozwoli" – powtórzyła Katia.

– „Samotność"... – Piosenkarka przysunęła się do Maszy i wlepiła wzrok w książkę. – Chłoptaś mój, taki samotny! Zakochujemy go? – ucieszyła się z prostoty i przyjemności takiego obrotu sprawy.

– To nie jest takie proste – usadziła ją Dobrażańska. – Nie obraź się, ale moim zdaniem zrobiłaś wszystko, żeby go w sobie rozkochać. Nawet zadarłaś spódnicę. Nie. Nie ten przypadek. Dać mu babę to za mało. Trzeba jeszcze podsunąć mu tę babę w sosie ratowania świata. Inaczej nie zje!

– Może mnie ratować z naszego burdelu – wymyśliła dla Mitii wielki czyn piosenkarka. – Nauczy mnie czytać, kupi mi maszynę do szycia. Sam powiedział, że jestem nieszczęśliwa, uboga, niewłaściwie posługuję się słowem „klasyczny".

– Temat ze zdzirą ma słabe perspektywy. – Katia pokręciła palcem wskazującym. – Zbyt skomplikowany kłębek moralno-etyczno-seksualny. Chłopak będzie z tobą sypiał i gardził sobą za to, że sypia z tą, którą ratuje. Zechce się żenić, wynikną problemy z rodziną. Straci na ciebie pieniądze, ugrzęźnie w długach. U Kuprina w *Jamie* jest to wspaniale opisane.

– Co proponujesz?

Katia postukała paznokciami w ciemne drewno fotela.

– Chłopak bez dwóch zdań jest bystry... To był świetny ruch oznajmić ochranie o planowanym zabójstwie Stołypina i zgłosić się na obrońcę ofiary, żeby ją tym łatwiej zabić. Ma paradoksalny umysł. Ale kto powiedział, że tego ruchu nie można zastosować dwa razy? Pomyliłam się – zwróciła się do Daszy. – Rozegrałaś to doskonale! Teraz wiemy najważniejsze. Wieczorem trzydziestego pierwszego sierpnia Mitia Borgow będzie siedział w polskiej kawiarni przy Funduklejewskiej i czekał na „jakiś znak". Nie doczekawszy się, pójdzie do ogrodu Kupieckiego, gdzie kropnie Stołypina... Ale tym razem znak będzie mu dany!

– Kto będzie tym znakiem? – nastroszyła się Czub.

– Ja – odparła prosto Katia. – Skoro już moja praprababcia, prababcia, babcia, moi matka i ojciec zostali złożeni w ofierze po to, żeby Piotr Stołypin wyjechał z Kijowa żywy... Jakieś zastrzeżenia?

– Nie – odpowiedziała zamiast Daszy Kowalowa, czując, że wreszcie układa się, jak należy. – Wszystko ci się uda. Dlatego w zaklęciu było napisane „żmijo Katerino"... My, twoje dwie siostry, byłyśmy na rozgrzewkę. – Ale pamiętajcie – dodała niespokojnie – że jeśli zapobiegniemy rewolucji, nie będziemy mogły wrócić do swoich czasów. Jeśli któraś z was ma tam niezałatwione sprawy...

Późną nocą 12 czerwca czasu teraźniejszego na byłą ulicę Funduklejewską wtoczył się meblowóz i zatrzymał przy wejściu do przedrewolucyjnej kamienicy numer 12.

Korzystająca z usług firmy „Przeprowadzki" czarnowłosa kobieta otworzyła bramę masywnym staroświeckim kluczem, mrucząc pod nosem: „Daj mi to, co powinnam wiedzieć".

I sześciu mężczyzn z firmy, którzy do pozasłanianego storami mieszania na piętrze wnieśli mnóstwo tobołów i pudeł, nigdy się nie dowiedziało, że odwiedziło Przeszłość.

Wczesnym rankiem 11 czerwca czasu teraźniejszego krzepko zbudowana blondynka weszła do apteki na rogu byłej ulicy

Funduklejewskiej, a obecnie Chmielnickiego i Franki, podeszła do okienka i zażyczyła sobie:

– Poproszę sto paczek tamponów, pięćset prezerwatyw i sto opakowań pharmatexu*. Ooo, to na własne potrzeby... Wyjeżdżam na wieś, straszna głusza. Wogle nie ma tam nic normalnego!

Wypadła na ulicę, potknęła się niefortunnie i wykonawszy w powietrzu zapierający dech w piersi piruet, zwaliła się na plecy, na alpinistyczny plecak z zakupionymi „normalnymi" rzeczami: majtkami, rajstopami, skarpetkami z gumką, rozciągliwymi koronkami, strasami, cieniami do powiek, dezodorantami, perfumami, kremami do depilacji i testami ciążowymi.

– Latać się uczysz? – zażartował jakiś przechodzień.

– Już umiem! – zawołała w odpowiedzi Wstrząsająca.

I zwróciwszy się do czekającej na nią przy wejściu koleżanki, wspartej na ponurej przedrewolucyjnej kuli inwalidzkiej, zapytała:

– Może by tak po raz ostatni pójść do normalnego kina? Nie, chyba nie. Lepiej do mamy. W końcu to ostatni dzień naszego życia. – Pomilczała chwilę i powtórzyła: – Ostatni dzień. Ostatni.

Czas, jaki pozostał Trójce w teraźniejszości, odmierzał się już w bezcennych godzinach.

Niecała doba dzieliła Kijowice od Sądu między Niebem a Ziemią. I Katia, zmuszona w rekordowym tempie wyprzedać cały swój majątek ruchomy i nieruchomy, od dawna już tę dobę wykorzystywała.

– Ostatni dzień. „Ostatni bój, i go wygramy". – Dasza wskrzesiła pieśń dla mamy.

I urwała.

Nie miała głosu!

– Mój głos... Coś takiego?!!! – wykrzyknęła w panice gwiazda kabaretu.

---

* Dopochwowy środek antykoncepcyjny (przyp. tłum.).

– Wszystko w porządku. To zrozumiałe: możesz śpiewać tylko w Przeszłości – wyjaśniła studentka. – To Przeszłość była przeciwzaklęciem dla klątwy Aknir. Nie morze ani nie Koktebel...

– To znaczy, że w naszych czasach będą miała głos? – Czub szybko się rozpogodziła.

A Masza odnotowała w duchu: „naszymi czasami" Dasza nazywała już 1911 rok.

– No nieźle... – Izyda zdążyła wystraszyć się nie na żarty i zaraz uspokoić. – A ty dokąd teraz pójdziesz?

– Na pewno nie do domu. – Masza patrzyła na kopułę soboru Świętego Włodzimierza, z prawej strony okalanego ulicą Franki. – Nie chcę się na odchodnym kłócić z mamą.

– Kłócić? Za dużo powiedziane. Wysłuchiwać, jak matka rozjeżdża cię walcem.

– Chciałabym z tatą... Ale się boję. – Kowalowa westchnęła krótko.

Centralna kopuła iskrzyła się w słońcu.

– Boisz się, że go zobaczysz i zmienisz zdanie, że odechce ci się odwoływania rewolucji? – nie dowierzała Czub. – Czy boisz się, że się rozkleisz? Jaka ty mimo wszystko jesteś słaba. Nie zobaczysz się z kochanym ojcem tylko dlatego, że troszkę się czegoś obawiasz.

– Nie. – Na policzkach studentki wykwitły czerwone plamy. – Boję się, żeby coś mu się nie przydarzyło... żeby Aknir mu... jak ze sklepami Katii, z twoim głosem... A jeśli on już...

„...nie żyje" – dokończyła w myślach Dasza niewypowiedzianą obawę, a na głos zatrajkotała:

– No i dobrze! Ty się nie możesz denerwować, jesteś przecież w ciąży. A my i tak wszystko odmienimy. Na cholerę ci wiedzieć, co by było, gdyby coś tam?

A Masza wbrew woli pomyślała:

„Tak, pięćdziesiąt milionów to pięćdziesiąt milionów. Ale..."

Gdyby zaryzykowały i zostały, byłby z nimi koniec.

Psychologiczny atak Dziedziczki działał dokładnie jak zegarek marki Breguet. Katia nie przeżyłaby zburzenia supermarketów.

Przeciwzaklęcie (do każdego zaklęcia musi być drugie, odwołujące je – to zasada) zostało dobrane według idealnego podstępu: Dasza nie przeżyłaby, gdyby nie mogła śpiewać w teraźniejszości. Masza nie przeżyłaby straty ojca.

Trójka przegrała, jeszcze zanim odbył się Sąd. W głębi duszy rozumiała to każda z nich.

Studentka popatrzyła na drugi koniec ulicy Iwana Franki, zabudowany wysokimi gmachami – w czasach, które Dasza już uważała za swoje, stały tam piętrowe domki z drewnianymi płotkami.

– Ej! Nie kwękaj. Chodźmy lepiej w odwiedziny do mojej mamy – rześko podrzuciła Czub. – Pomożesz mi się z nią nie pokłócić. Ja też nie chcę awantury na pożegnanie.

Ale pomoc okazała się niepotrzebna.

Przestąpiwszy próg mieszkania przy Dziesięcinnej, Wstrząsająca w mgnieniu oka rozmiękła niczym ciastko w herbacie, zrobiła się zgaszona i cicha. Milczała i kuliła się w sobie.

Masza oniemiała, widząc, że Weronika wyjmuje z lodówki połowę tej samej suchej kiełbasy, którą częstowała je dobę i zarazem wieki wcześniej.

– Zadzwoniłam do Saszy Kabanowa – referowała im nowiny ostatnich dwudziestu czterech godzin matka majakowka. – Dasza, pamiętasz wujka Saszę? Latałaś z nim w Koktelebu na paralotniach. Wydaje magazyn literacki. Zarekomendowałam mu Aneczkę Golenko. Piją teraz kawę w „Lwowskiej Bramie". Myślę, że przyjmie ją do pracy. Czasami będą też drukowali jej wiersze, pisze całkiem nieźle. Sasza jest bardzo zainteresowany moim artykułem o magii literatury. Wciąż myślę o tym, jak to wszystko ująć w słowa. Tyle różnych informacji... Oczywiście na początek chciałoby się omówić Władimira Władimirowicza i jego związki z Kijowem. Ale właściwiej będzie zacząć od Gogola. I Bułhakowa. I od paradoksu: dwóch głównych mistyków i poszukiwaczy diabła w rosyjskiej literaturze podarowała jej Ukraina! Dlaczego?

Wyglądało na to, że literacka mama już szkicuje w głowie zarys artykułu.

– Dlatego, że Ukraina zawsze była przedziwnie mistyczną ziemią. Mamy tu Łesię Ukrainkę z jej wiedźmą Mawką, i *Cienie zapomnianych przodków* Paradżanowa, i filozofa, poszukiwacza diabła, kijowianina Bierdiajewa. I „To jest nora żmijowa / Wziąłem, z miasta Kijowa / Czarownicę, nie żonę-rodaczkę". I kijowską *Gwiazdę Salomona* Kuprina. Poszłam do kafejki internetowej, wpisałam do wyszukiwarki: „Ukraina", „czarodziejstwo" i dostałam przezabawny wynik. Zaglądając do internetu, Ukraińcy najczęściej interesują się futbolem, wróżeniem, czarami i diabłem. Muszę to obowiązkowo zaznaczyć.

– Bułhakow nie był satanistą – zdementowała Masza po raz trzeci w tej powieści.

– Bułhakow, mamciu, to jej ulubiony pisarz. – Słowa Daszy były pokryte zaciekami powstrzymywanych łez. Piosenkarka siedziała zwrócona do okna.

– Po prostu Kijów to już takie miasto – powiedziała Masza. – Dwoiste, straszne, starodawne, święte. Stolica Wiedźm i Stolica Wiary. Zrozumiałam, Kijów jakby zastawiał pułapkę na każdego, kto się tutaj zjawi. Prawosławie czy pogaństwo? Niebo czy Ziemia? – Zamilkła, uświadomiwszy sobie nagle: – Kijów jest dziwnie podobny do Liry, która od każdego, kto ją wziął do ręki, wymagała wyboru: zabić czy samemu umrzeć!

– Wyboru? – Weroniki ani trochę nie zdziwiła konkluzja studentki. – Masz rację, Maszo. Samobójstwo Gogola było właśnie wyborem! Literat opisujący loty wierzchem na wiedźmach i czartach umarł podczas kościelnego postu, modląc się nieustannie, żywiąc jedynie prosforami, odmawiał zwykłego jedzenia. A Bułhakow uważał się za jego ucznia... Oto i pierwsza mistyczna historia! – Literacka mama poczuła natchnienie. – Gogola i Bułhakowa łączyła jakaś więź na podobieństwo pępowiny.

Obydwaj zamierzali osiąść w Kijowie. Nikołaj Wasiljewicz marzył o objęciu katedry na kijowskim uniwersytecie, pisał do rektora, by ten miał na niego wzgląd. Ale mu odmówiono, więc przeniósł się do Petersburga. Bułhakow przeprowadził się do Moskwy dopiero wtedy, gdy jego „miasto piękne i szczęśliwe"* zostało zrównane z ziemią przez rewolucję. W trudnych chwilach Michaił Afanasjewicz przychodził pod pomnik Gogola stojący na podwórku moskiewskiej willi, w której Nikołaj Wasiliewicz mieszkał w ostatnich latach. „O, nauczycielu, przykryjże mnie połą swojego żeliwnego szynela", napisał Bułhakow w jednym ze swoich listów. I jego prośba została wysłuchana! Wdowa po Bułhakowie Jelena wiele lat szukała kamienia nagrobnego na „goły" grób męża. I jak można nie wierzyć w mistykę, wiedząc, że jedyny kamień, jaki udało się jej zdobyć, przypadkowo okazał się trójkątną „Golgotą" z grobu autora tego samego *Szynela*. Zgodzisz się ze mną, myszko?

– Zgodzę. – Czub wyzywająco zignorowała zachętę do sprzeczki. – Co prawda opowiadałaś mi to już. Tak ze sto razy... Ale mimo wszystko, mamciu, świetna historia.

– Córeczko, czy ciebie nic nie boli? – zaniepokoiła się Weronika. – Coś ty dzisiaj taka cichutka?

Masza kiwnęła głową. Ona też już nie raz słyszała tę historię.

Po śmierci Nikołaja Wasiliewicza Gogola stupudowy monolit kształtem przypominający Golgotę przywieźli z Krymu jego przyjaciele i wielbiciele. Ale w 1931 roku prochy klasyka przeniesiono na cmentarz Nowodziewiczy i postawiono tam nagrobek z napisem: „Od Władzy Sowieckiej". Co zrozumiałe, takie słowa na czarnej „Golgocie", która miała przypominać o męce Chrystusa, nie przeszłyby nawet w ramach cmentarnego humoru... „Golgotę" więc wyrzucono.

Przez dwadzieścia lat słynny nagrobek Gogola uważano za stracony. I nagle się odnalazł jak za sprawą magii, żeby stanąć na grobie Gogolowego ucznia, rodaka, takiego samego poszukiwacza diabłów jak jego nauczyciel.

---

* MK.

Rzeczywiście, po tym wszystkim obalanie istnienia mistyki oznaczałoby zaprzeczanie czemuś oczywistemu.

– „Golgotę" na grób Gogola jego wielbiciele przywieźli nieprzypadkowo. – Weronika przyłożyła dłoń do czoła córki i uspokoiła się. – Zamorzywszy się głodem podczas wielkiego postu, chciał powtórzyć drogę i mękę Chrystusa. Jedno z jego ostatnich zdań brzmiało: „Jak słodko umierać". Jego uczeń naśladował Gogolową „Golgotę" w każdym sensie. Przecież Bułhakow też w gruncie rzeczy skończył ze sobą...

– Bułhakow ze sobą nie skończył! – oznajmiła podniesionym głosem Masza.

– W dobrym tego słowa sensie – pocieszyła ją Weronika. – Naturalnie w żadnym wypadku nie można ich samobójstw porównać do tych, które potępia Cerkiew. I Gogol, i Bułhakow złożyli ofiarę. Dokonali wyboru. Wybrali Boga. Ciekawe, że przed śmiercią Gogol spalił drugą część *Martwych dusz*. A Bułhakow przeciwnie, pisał swoją powieść do ostatniego tchu.

– Bułhakow zmarł, gdy tylko dopisał do końca *Mistrza i Małgorzatę*. Umarł zaraz po tym, po dwóch tygodniach! – zawołała Masza. – O Boże...

Rozdział dwudziesty,

w którym Katia ratuje świat

Według wszelkiego prawdopodobieństwa w latach 30. Bułhakow jakimś sposobem przeczuł własną śmierć i dlatego uważał M i M za swoją „ostatnią, schyłkową" powieść, jako testament, swoje główne przesłanie dla ludzkości.

~ Boris Sokołow, *Encyklopedia bułhakowska*

Masza gwałtownie zasłoniła usta dłonią.

Jej oczy na górnej, odsłoniętej części twarzy zaokrągliły się jak dwie miski.

Śmierci, otaczające Annuszkę czarną aureolą, przyćmiły im inną prawdę: „Lira nie jest dobrem ani złem. Ona jest wami!".

Achmatowa stała przed mężczyzną.

A pisarz powinien stać przed Bogiem.

I przed Maszą nagle stanęli obydwaj: wiszący na krzyżu Bóg na zamglonym dalszym planie panoramy *Golgota* oraz stojący przed nim jasnowłosy gimnazjalista.

Wyzwolony od błędu mózg wydał zwięzłe, nieodparte, lakoniczne dowiedzenie:

Prawdziwe, a nie przypuszczalne zaznajomienie Anny Achmatowej z Michaiłem Bułhakowem nastąpiło, kiedy Bułhakow pojechał do Leningradu w lipcu 1933 roku.

W 1929 roku Bułhakow zaczął pisać pierwszą wersję powieści *Mistrz i Małgorzata*, ale ją zniszczył.

A 2 sierpnia 1933 roku napisał do swojego kolegi:

„(...) wstąpił we mnie bies. Już w Leningradzie i teraz tutaj, dusząc się w swoich pokoikach, zacząłem bazgrać stronę po stronie, na nowo pisząc tamtą swoją zniszczoną trzy lata temu powieść. Czemu? Nie wiem (...)".

Tam, w Leningradzie, w lipcu albo sierpniu 1933 roku Achmatowa przekazała mu Lirę!

Bułhakow wiedział, wiedział, wiedział...

Kiedyś wymógł na swej przyszłej – trzeciej i najukochańszej – żonie Jelenie: „Daj mi słowo, że umierać będę w twoich ramionach".

„I kiedy potem – napisała w swoich wspomnieniach Jelena Bułhakowa – poczynając od 35 roku, zaczął z jakiegoś powodu napomykać o tamtym moim przyrzeczeniu, trwożyło mnie to i martwiło. Mówię mu: »Chodź, może pójdziemy do kliniki, jeśli tak źle się czujesz?«. Robiliśmy badania, rentgen; wszystko było w wielkim porządku. A gdy już nastał 39 rok, Michaił zaczął mówić: »No, przyszedł mój ostatni rok« (...). U Michaiła Afanasjewicza pojawiła się maniera, żeby nagle, w samym środku wesołości, mówić: »Tak, wam to dobrze, wy wszyscy będziecie żyć, a ja szybko umrę«".

W 1939 roku Bułhakow zachorował na nerczycę!

I przyjął to jak nieuchronny wyrok.

„Dopisać do końca, a dopiero potem umrzeć!" – brzmiała legendarna notatka zrobiona ręką pisarza na jednej ze stron rękopisu *Mistrza i Małgorzaty*.

Zmarł w 1940 roku.

Gdy tylko dopisał!

A czterdzieści dni po jego śmierci Anna Achmatowa stworzyła wiersz:

Oto dla ciebie wiersz zamiast róż na grobie
I zamiast mdłych kadzidlanych dymów;
Żyłeś surowo i po kres niosłeś w sobie
Wielką pogardę dla maluczkich czynów.
Piłeś wino, jak nikt żartowałeś
I w dusznych ścianach dech ci zapierało,
I gościa z kosą ty sam zapraszałeś,
I z nią we dwoje ci się już zostało.

– Sam dopuścił do siebie śmierć. Zgodził się na nią – zakończyła Masza, złożywszy w całość wszystko, co było wcześniej powiedziane w znacznie mniej lakoniczny i o wiele bardziej emocjonalny, chaotyczny sposób. – Wiedział o tym! I Achmatowa wiedziała!

– Ja też wiedziałam – odezwała się Czub. – Mówiłam ci przecież ze sto razy: Lirę miał Bułhakow!

– Jaką Lirę? – zapytała Weronika z żywszym zainteresowaniem. – Czyżby tę samą, o której mówiła Aneczka Golenko? To ona istnieje?

– Jeszcze jak istnieje! – wykrzyknęła Dasza, zlatując z taboretu. – I Achmatowa oddała ją Bułhakowowi!

Nie miały nic do stracenia.

I tak wszystko zmienią, a tej rozmowy nie będzie.

I nikt nie wyprodukuje wiszącego na ścianie zegara z napisem „49 lat Wielkiego Października", z marynarzem i żołnierzem na wytartym obrazku, ani nie narysuje tego obrazka. Weronika nie urodzi się i nigdy nie napisze artykułu o mistyce pisarskich losów. Z krewnych Daszy na świat przyjdzie tylko dziadek Czub, zostanie naukowcem i umrze jako stary kawaler.

Kowalowa nie naruszała Wielkiego Zakazu, mówiąc:

– Mieli ze sobą dziwne powiązania. Oboje uczyli się w Kijowie. Oboje przeżyli w tym mieście swoje pierwsze miłości. Oboje weszli tu w związki małżeńskie. I oboje potem się rozwiedli. Każde z nich miało w sumie trzy małżeństwa... A przecież nie byli do siebie wcale podobni! Są jak teza i antyteza. U niej szczególnie ważna była pierwsza miłość. U niego: ostatnia. Achmatowa zaczęła pisać w Kijowie wiersze o miłości. Bułhakow w Moskwie napisał pierwszą powieść o swojej największej miłości: Kijowie. Bułhakow, podobnie jak Błok, nie lubił wierszy Achmatowej. A ona uważała jego powieść *Mistrz i Małgorzata* za genialną. Achmatowa szybko zyskała sławę. Bułhakow zaś dopiero po śmierci.

– Na tym właśnie polega różnica między ofiarą pogańską a chrześcijańską – palnęła niezwykle mądrze Dasza.

– Gdy się poznali, Achmatowa już prawie nie pisała... Nie pisała wierszy od trzynastu lat! A w trzydziestym piątym w jedną noc aresztowano jej trzeciego męża i jej syna, Lwa Gumilowa. Rano popędziła do Bułhakowa. A on napisał do Stalina. Wypuścili ich. Bułhakow w gruncie rzeczy uratował jej syna od śmierci... A Achmatowa zaczęła pisać *Requiem*, wiersze zupełnie inne niż dotychczas.

– Powtarzasz się – ucięła Dasza Czub. – Wszystko jest zrozumiałe. Achmatowa znalazła Lirę i błyskawicznie się wsławiła. Chociaż, dla przykładu, taka Cwietajewa, zanim pojawiła się Achmatowa, wydała całe dwa zbiorki, ale w porównaniu z Anną zawsze była na drugim planie.

Masza nie zapytała: „Skąd wiesz tak dokładnie?", bo przypomniała sobie, że Marina Cwietajewa się powiesiła.

– Nie przerywaj – zareagowała Czub, gdy Masza spróbowała otworzyć usta. – Potem Achmatowa przestała pisać, ponieważ dotarło do niej, ile ją to osobiście kosztuje. Przekazała Lirę Bułhakowowi. Może już dawno się rozglądała, komu można by ją wepchnąć, a może zrobiła to dlatego, że on, tak jak i Lira, był z Kijowa. Bułhakowa zaczęła cisnąć powieść. – Trzeba było oddać Daszy sprawiedliwość: wykładała sprawę szybko i z życiem. – A im bardziej cisnęła, tym bliżej był koniec, i on to rozumiał. Ale złożył w ofierze sam siebie i napisał naprawdę wstrząsającą rzecz. Zauważ, nie spieram się: *Mistrz i Małgorzata* to zajebista powieść. W danym kontekście jestem nawet gotowa przyznać, że rewolucja to tramwaj. – Łaskawie spojrzała na teorię Maszy. – I jedyne, czego do tej pory nie wiemy, to: komu Bułhakow, umierając, przekazał Lirę? Jeśli się tego dowiemy, nie będziemy musiały niczego odwoływać! Lira przecież nie daje człowiekowi talentu, tylko pomaga go wykorzystać... Przywróci mi głos! Wzmocni w nas moc Kijowic, o której wciąż wszyscy tylko mówią. Wygramy ze wszystkimi! Pokonamy całą konkurencję na festiwalu muzycznym. – Dasza nagle zagadała szyfrem.

Jej oczy błyszczały aluzją, głos drżał, naciskał.

Pogodziła się z utratą internetu, kina, telewizji!

Ale mama...

Mama, o której ani razu nie wspomniała, żywa, kochana, jedyna mama, z którą przyszła się teraz pożegnać na zawsze, okazała się zbyt wielką ofiarą.

– No, myśl szybciej – popędziła koleżankę Wstrząsająca. – Komu Bułhakow ją oddał? Żonie? Tej, która znalazła dla niego „Golgotę"?

– Nie, Jelena Bułhakowa żyła długo. – Kowalowa też przeszła na szyfr. – I wszyscy jej krewni tak samo. Bułhakow kochał ją, była jego największą miłością, na niej się wzorował, tworząc Małgorzatę. Dlaczego miałby wodzić ją na pokuszenie?

– Więc komu? – Czub chciała się tego dowiedzieć natychmiast!

– Nie wiem – powiedziała Masza. – Nie wiem.

– Więc po co wogle czytać książki? I tak niczego nie wiesz! – zarzuciła jej w rozpaczy Czub.

Impulsywnie objęła mamę. Przytuliła się do niej, wtykając nos w jej ramię.

Żegnała się.

– Co z tobą, myszeczko? – Weronika czule pogładziła ją po głowie.

– Naprawdę nie mam pojęcia – chlipnęła Masza tonem winnej. – Wybacz.

– Nie wiem, czy wam to pomoże – powiedziała Weronika – ale umierając, Michaił Bułhakow powtarzał w kółko: „Żeby oni wiedzieli, żeby wiedzieli...".

O trzynastej czasu teraźniejszego Masza, wspierana przez milczącego Mira, weszła do okrągłego pokoju Wieży przy Wale Jarosława i powiedziała sobie: „Jestem tu po raz ostatni".

Rozbity przez Katię bladoniebieski wazon stał na stole, jakby nic mu się nie przydarzyło – cały, nietknięty. Porozrzucane książki, albumy i gipsowe talerze wróciły na swoje miejsca. Wieża Kijowic nie uznawała istnienia śmierci, zatem – podobnie jak ciało Kijowicy – nie uznawała uszkodzeń.

Ruda kotka Puszek spała na kanapie. Czarny kot najwyraźniej jak zniknął po wizycie Aknir, tak się już nie pojawił.

– Witaj, moja pani – uprzejmie pozdrowiła Maszę biała kotka. – Przedawkowanie? – Uważnie obwąchała nogę Maszy. – „Oręż"? Nadwerężenie sił. Ciało mądrzejsze od ciebie, pani... Gdyby padło na zwyczajną ślepą, leżałaby już w grobie.

– Tak, dziękuję, Belladonno. Wracam do zdrowia.

– To potrwa ze dwa miesiące – ostrzegła kotka. – Miesiące słabości. Kiepsko.

– Ano, nic dobrego.

Mir oddał Maszy kulę.

Belladonna podrapała się w zadumie.

– Jeśli to konieczne, proszę rzucić zaklęcie „Mgnienia". Ciało zmartwychwstanie. Ale nie więcej jak trzy razy. Mało brakowało, żeby...

Kijowica zerknęła na Wagę w rękach Mariny Wielkiej.

Poprzeczka łącząca prawą i lewą szalę była prawie pozioma.

„Jeszcze trochę..." – mówiło jej Miasto.

Maszy zrobiło się smutno.

– Przyszłam się pożegnać – powiedziała do Belladonny.

– Zatem do zobaczenia – powiedziała biała kotka.

– Już się nie zobaczymy – wyjaśniła Masza. – Odchodzę na zawsze. – Nie umiała znaleźć żadnego pożegnalnego słowa prócz „Pa!".

Ale „pa!" nie miało w sobie znaczenia, którego potrzebowała. Masza tak bardzo nie chciała pożegnania, że zapomniała o innych, lepszych słowach, które w wielkim, potężnym, bogatym języku rosyjskim nadawałyby się do odpowiedniego, ostatecznego rozstania.

Pokuśtykała do biurka, opadła na krzesło, rozpięła rzeźbione sprzączki ciemnej Księgi. Pogładziła pergamin stronic.

Księga Kijowic otworzyła się na długim rozdziale o tytule „Oduroczki". Dawno temu Kowalowa zamierzała go odszukać. Ale najpierw nie było czasu, a potem – konieczności.

Mira nie trzeba odczarowywać. Skoro zmienią wszystko, Dasza nie urodzi się i nie podsunie mu eliksiru, nie przejedzie go samochód Katii, która też się nie urodzi.

– Mir – powiedziała studentka.

– Jestem tu.

„Zawsze tu jest... Ale tak trzeba".

– Mir, musimy się pożegnać.

Milczał. Mówiła to nie po raz pierwszy.

– Mir, rozumiem to, wydaje ci się, że nie możesz beze mnie żyć. Ale jutro nie będziesz wiedział, że kiedykolwiek istniałam.

– To niezupełnie tak, moja Jasna Pani. – Belladonna wskoczyła jej na kolana. – Powinna pani wiedzieć, że tak się stanie tylko wówczas, gdy on zostanie tutaj.

– Gdzie?

– W teraźniejszości – miauknęła śnieżnobiała mufti. – Jest prawo: o zmianach wie tylko ta, której wolno zmieniać Przeszłość. Wyłącznie Kijowica. Pozostali wiedzą tylko to, co jest, i myślą, że tak było zawsze. Wszyscy... oprócz tych, którzy byli w Przeszłości podczas zmian. Czy jasno to wyraziłam?

– Zaczekaj. – Masza zmarszczyła brwi, znalazłszy nowy haczyk w zasadach. – To znaczy, że na przykład ty nie będziesz wiedziała o zmianach. Ale jeśli zabiorę cię do jedenastego roku, po powrocie tutaj...

– Zauważę, że świat się zmienił. Że stał się inny. Ale nie mówimy o mnie. – Belladonna umilkła, pozwalając swej pani się pogłaskać, po czym dopowiedziała: – Mówimy o nim. Nie może go pani zostawić w naszych czasach.

– Dlaczego?

– Dlatego, że on nie może bez pani żyć.

– A jeśli każę mu odejść? – zapytała zmieszana Masza.

– Odejdzie na sto sążni. Ale nie na sto lat. Żyje panią, nie jest w stanie istnieć bez pani, i to nie jest figura retoryczna. Zniknie dopiero wtedy, kiedy zniknie pani.

– Nie rozumiem – stropiła się antyrewolucjonistka. – Jeśli wszystko zmienimy, Mir nie zginie.

– Nie zginie.

– Będzie żył tutaj.

– Będzie żył tutaj. A ten zostanie martwy. Tam, z panią. – Kotka przeniosła się z kolan na biurko i popatrzyła na swą panią z góry.

– Jak to możliwe?

– A jak możliwe jest to, że nie urodziwszy się tu, zostanie pani żywa tam? – Belladonna odbiła pytanie. – Właśnie tak! I on zostanie tam na zawsze, niezależnie od tego, co będzie się działo tutaj.

– Ale musi być jakiś sposób! – Jeszcze-Kijowica zwróciła się do Księgi.

Tak.

Sposób był.

Widniał na białej stronie. Czarny sposób...

Pamiętaj, Kijowico, ślepaś alibo wiedźma, że gdy przywiążesz do siebie eliksirem umarłego, nie masz już mocy zmienić tego działania. Albowiem śmierć jest wieczna i takąż wieczną będzie miłość. I umarły nie pozna śmierci, albowiem miłość daje mu życie. I nie zazna spokoju, póki żyw jego eliksir, aliściż ze śmiercią tegoż otrzyma wolność i śmierć. A dokonać tego może tylko Kijowica, wyrywając duszę umarłego i mieląc ją w żarnach. W tym celu...

Masza zamknęła oczy.

Wyrwać Mirowi duszę?

Albo umrzeć – żadnych innych wariantów Księga nie proponowała. Ponieważ słowo „eliksir" w danym tekście oznaczało „najdroższa" – ta, z którą związał go miłosny napój.

– Mówiłem – odezwał się zachrypłym głosem Kijewicki. – To zbyt podobne do wieczności, zbyt podobne do krzyża. Naprawdę tak ci ze mną ciężko? – zapytał sucho, z bólem.

– Nie, Mir, wcale nie! – zawołała Masza. – Nie wiem, jak ja bez ciebie... Bez ciebie nawet do Wieży bym nie weszła. Gdyby nie ty... Chciałam... żeby było jak najlepiej!

– Zanim zrobisz jak najlepiej, pomyśl, komu będzie lepiej – podpowiedziała biała kotka.

– Kra-a-a! – Na pozbawionym barierki balkonie Wieży siedział czarny kruk i prosił o pozwolenie na wejście.

– Wchodź! – zaprosiła go Kowalowa.

Ucieszyła się z wizyty Demona.

Mir się odsunął. Nocooki brunet przekroczył krąg pokoju. W ręce trzymał kopertę z ciemnego, matowego papieru.

– To dokumenty. – Podał kopertę Kijowicy. – Jak prosiła Jekatierina Michajłowna. Według papierów jest wdową, a pani jej kuzynką. Wystarałem się też dla pań o szlachectwo z dziada pradziada i tytuł...

– Podrobiony?

– Obraża mnie pani, Mario Władimirowno. Sam własnoręcznie wprowadziłem wasze rodziny do rejestru jeszcze w tysiąc siedemset pięćdziesiątym trzecim roku.

– A-a... A co z Aknir?

– Jej działania nie mają już znaczenia. Zmieniacie bieg historii i wasza wojna z Dziedziczką, Sąd, pani sama i nasza obecna rozmowa pogrążą się w wodach Lety. I ja, i Wasilisa Andriejewna, i córka Kyłyny: my wszyscy nigdy się nie dowiemy o waszym istnieniu i będziemy uważać, że proroctwo o Trójcy jeszcze się nie spełnia.

– Ty też o mnie zapomnisz? – Masza aż się skuliła.

– Nie będę wiedział o pani istnieniu. Nie pojawi się pani na świecie, nie będzie pani. A my wiemy wyłącznie to, co jest – wyjaśnił.

Powtórzył jej własne słowa. Po prostu powiedział to, co i tak wiedziała. Dlaczego nagle wydało się jej to takie smutne?

– Dlatego że jest pani człowiekiem – rzekł Demon.

– Widzisz – Masza spuściła wzrok – miałeś o mnie zbyt wysokie mniemanie. Miasto złożyło w ofierze nie ciebie, lecz mnie. Ja byłam mu potrzebna tylko do wprowadzenia zmiany. Niezbyt długo byłam Kijowicą.

– Wszystkie jesteście jeszcze Kijowicami. – Jego głos ciągnął się, słodki i gęsty. – I chwilowe użalanie się nad sobą nie powinno przyćmiewać tysiącleci. Miałem niewybaczalnie niskie mniemanie o pani, Mario Władimirowno. Zmieni pani świat. I tylko pani mogła to zrobić.

– Ja?

Przemawiający pouczająco Demon wydawał się zastygająco miękki, niczym ciągnąca się strużka złocistego miodu. Był w tym dziwnie podobny do świetlistego lipcowego dnia – ostatniego dnia Maszy. I dziwnie niepodobny do siebie.

– Ale ja nic nie zrobiłam. Tylko popsułam...

– Tylko dzięki pani wierze: ogromnej, niewzruszonej, niepojętej wierze w istnienie dobra historia odwróci się o dziewięćdziesiąt stopni. Jedynie niewzruszoność pani wiary zmusiła pozostałe... Zrozumie to pani później. Nie śmiem dłużej pani zatrzymywać. Pani czas ucieka, a ma pani zapewne wiele do załatwienia. Żegnaj więc, niespełniające się proroctwo. – W jego głosie brzmiał dziwny żal: przejrzysty, spokojny. Niewyjaśniony.

Stojący po lewicy zrobił się osobliwie podobny do Mira!

Demon też się z nią żegnał.

„Nie" – zaskoczyło coś w jej mózgu. „On się ze mną nie żegna, tylko prosi o wybaczenie. Za co?

Czemu się tak zachowuje? Słodko, miodowo... To pewnie jakiś podstęp!"

Jeszcze-Kijowica spojrzała na Wagę.

Lecz ta nie rozwiała jej podejrzeń, demonstrując absolutne zadowolenie z obecnej i zapewne w jej mniemaniu prawie idealnej równowagi.

– Dlaczego tak na mnie patrzysz? Tak... Ostatnio cały czas tak na mnie patrzysz...

– Żegnaj.

Kruk wyleciał przez okno.

A w Maszę wstąpiło zwątpienie.

– Gdy będzie już pani Kijowicą chociaż ze trzy miesiące, zrozumie pani: niezbadane są ścieżki Pana – rzekła moralizatorsko Belladonna.

– Ale ja nie mam nawet dwóch miesięcy – westchnęła jeszcze-Kijowica. – Dziś mój ostatni dzień.

– Właśnie dlatego nie zrozumiała pani tego, co powiedziałam – miauknęła kotka i z bezbrzeżnym spokojem podrapała się lewą tylną łapą pod pyszczkiem.

Ostatniego dnia sierpnia 1911 roku o szóstej wieczorem wysoki młody człowiek z siwymi włosami wszedł na otwartą, zarośniętą dzikim winem werandę kawiarni przy Funduklejewskiej. Lakierki zastukały o podłogę, gdy zajmował stolik przy wejściu, za donicą z oleandrami.

– Dmitrij! – zawołała go nieznana Maszy znajoma Mitii. – Chodź do nas!

Bogrow dołączył do towarzystwa.

„On jej nie zauważa" – z zadowoleniem pomyślała Czub.

„On jej nie zauważa!" – ze strachem pomyślała Masza pięć minut później. „Dlaczego?"

W polskiej kawiarni Katię zauważyli wszyscy.

Starając się nie wykraczać poza ramy przyzwoitości, goście lokalu rzucali zachłannie zaciekawione spojrzenia na nieznajomą w kapeluszu z szerokim rondem i żałobnie opadającymi strusimi piórami. Przypadkowo zahaczający ją wzorkiem przechodnie wzdrygali się, szerzej otwierali oczy. Za drewnianym ogrodzeniem tarasu przylepiła się mała gimnazjalistka i nie śmiejąc przestąpić progu, zza rozłożystej palmy z zachwytem wpatrywała się w niewiarygodną Katię.

Oszałamiająco piękna dama w czarnym odzieniu i kapeluszu siedziała przy stoliku całkiem sama, uosabiając całą feministyczną istotę secesji, czyli czasu, kiedy kobiety zaczęły zajmować więcej miejsca wywalczonego jednym zamaszystym ruchem okazałego kapelusza.

Siedziała zastygła nieruchomo, w ludziach uważających poetów za właścicieli swych dusz przywołując tajemniczo ciągliwe wersy pierwszego poety wieku srebrnego.

I powoli między pijakami
Przechodząc, zawsze sama, blada,
Owionięta perfumą i mgłami,
U okna przy stoliku siada.

I wieją zamierzchłymi gusłami
Jedwabie w elastycznych lśnieniach
I kapelusz z żałobnymi piórami,
*I wąska ręka jej w pierścieniach**.

– On jej nie zauważa – mruknął Krasawicki, odczekawszy dziesięć minut. – Co on, ślepy?

„Mamusiu – zrozumiała Masza – ślepy! Jest bez binokli. Krótkowzroczny. Niczego nie widzi. Tylko to, co ma tuż pod nosem".

Binokle w szylkretowej oprawie kołysały się na czarnym sznureczku, zlewając się z szykowną czernią jego fraka.

„Ciekawe, nawiasem mówiąc, jak zamierzał zobaczyć »jakiś znak«? Czekał, aż Bóg podsunie mu go pod sam nos?"

„Sprawia mi ogromną przyjemność, gdy patrzę, jak z przyrodzoną dla pani ślepotą bezskutecznie próbuje pani uzyskać to, co ma pani pod nosem!"

---

* Fragment wiersza Aleksandra Błoka *Nieznajoma*, tłum. Adam Pomorski.

Na krótkie mgnienie cały ich ślepy ludzki ród wzbudził w Maszy uczucie protestu.

Jednak możliwość oglądania, jak z przyrodzoną sobie ślepotą Mitia nie może uzyskać tego, od czego zależy życie pięćdziesięciu milionów ludzi, raczej nie mogła sprawić jej przyjemności. Pośpiesznie przewertowała pamięć, niczym pękatą teczkę pełną informacji o krótkowzrocznym zabójcy, i znalazła nadający się do wykorzystania fakt, po czym poszukała wzrokiem siedzącej nieopodal Daszy.

„Lepiej, żeby ona to zrobiła".

Ale ich Mata Hari, ukrywająca się przed swoim niedawnym „klientem" pod pstrokatym dymkiem woalki, była już dla tej sprawy spalona. „Oręż", gotowy zamienić Maszę w kogoś podobnego brawurą do Daszy, był dla studentki zakazanym owocem. A Mir, gotowy na wszystko, był niewłaściwej płci.

„Kacapka. Wiera Pozniakowa. U niej w mieszkaniu... dużo młodzieży. Rzucić zaklęcie »Mgnienia«. Nie więcej jak trzy razy".

Ech.

– Idę – ze strachem oznajmiła Kijowica partnerowi. – Postaram się powtórzyć twoją sztuczkę. Pewnie mi się nie uda. Ale lepiej tak niż wcale... – I zostawiwszy kulę, która „w mgnieniu" stała się niepotrzebna, skierowała się ku celowi. – Dmitriju Gieorgijewiczu!

Mitia podniósł binokle do swoich ciemnobrązowych oczu.

– Nie zauważył mnie pan?

Na twarzy człowieka, który za trzy godziny miał zostać zabójcą, twarzy wiszącej nad śnieżnobiałym przodem koszuli z ostrym kołnierzykiem, malowały się konsternacja i umęczenie.

Ale też wielki spokój.

– Poznaliśmy się u Wiery Pozniakowej. – (W środku wszystko w niej brzęczało od niepewności. Prawa noga nie mogła uwierzyć, że chodzi). – Ona, jeśli się nie mylę, wyszła za mąż za pańskiego brata Władimira. Jak się miewa?

– Cudownie, cudownie – odpowiedział Mitia, mocując binokle na grzbiecie nosa. – Oczekują powiększenia się rodziny. Mieszkają w Petersburgu.

– Wspominałam pana. Pamięta pan, jak nazywał mnie „kacapką"?

Skonfundowana, lecz uprzejma mina Mitii pozwalała mieć nadzieję, że się uda.

Chwała Bogu, że sobie przypomniał!

Nie Maszę, rzecz jasna, tylko „kacapkę" (Masza czytała, że często drażnił panny tym przezwiskiem).

I z ulgą pokiwał głową.

– Tam siedzę. – Kowalowa celowo wskazała prosto na Katię. – Widzi pan?

– Wiiidzę – odpowiedział przeciągle.

Zobaczył!

Oczywiście stolik znajdował się w innym kącie sali niż miejsce Maszy.

Mitia dostrzegł „Nieznajomą" Błoka. Z ciemnymi oczami na białej twarzy, w kapeluszu z żałobnymi piórami, z pierścionkami na wąskiej dłoni. Zobaczył i zdumiał się jej urodą, jej nietkniętą filiżanką herbaty. I jej samotnością.

Masza zrozumiała to, widząc, jak rozszerzyły się jego zniekształcone grubymi szkłami oczy, jak rozchyliły się wargi. A we wzroku pojawiła się udręka związana z niemożliwością szczęścia – ta sama, z której poeta utkał swe dzieło.

Masza odwróciła się, jakby podążając za jego spojrzeniem, i jęknęła:

– No proszę, Katienka...

– Katieńka? – zareagował Bogrow.

– Nie wiedziałam, że jest w Kijowie.

– To pani znajoma?

– Chce pan, to was przedstawię? – żywo zaproponowała Kowalowa.

– Ależ to nie uchodzi.

– Uchodzi, uchodzi! Katieńka to moja kuzynka. Cioteczna siostra. Wybaczcie, porwę wam Mitię na chwileczkę – zwróciła się ośmielona zaklęciem Masza do towarzystwa, które przygarnęło Bogrowa.

Porwany poddał się bez sprzeciwu. Ale po kilku krokach coś go zatrzymało.

– Proszę o wybaczenie. Może pani kuzynkę gnębi jakiś smutek?

Ale Kowalowa, doprowadziwszy Mitię już niemal do „znaku", uznała za rozsądne nie odpowiadać.

– Katieńka! – zawołała z ulgą. – Jaki los cię do nas sprowadza?

Katerina Michajłowna podniosła nasycone czernią oczy.

– Maszetoczka... moja kochana.

– Co robisz w Kijowie? – zaszczebiotała możliwe beztrosko „kuzynka Maszetoczka". – Dlaczego do nas nie wstąpiłaś?

– Dopiero wysiadłam z pociągu. Mam tu sprawy do załatwienia – odparła Katia zagrobowym tonem.

– Pozwól, że ci przedstawię. Mitia. Dmitrij Gieorgijewicz. Mój stary przyjaciel. Znamy się już od... ilu lat? – zapytała nagle Bogrowa.

– Nie pamiętam – odrzekł, patrząc na piękną Katię i wyglądając przy tym jak człowiek lecący w przepaść.

„Nieznajoma" Błoka podniosła rękę do pocałunku.

– Bardzo mi miło. Jekatierina Michajłowna, dobra niepamiętająca, „nie wiadomo po co na świecie żyjąca"*.

„Czechow, *Mewa*" – pomyślała studentka.

– Taka kobieta jak pani na pewno powinna to wiedzieć – odparł spadający w bezdeń.

Doskonałość rysów Katii wywoływała dziwne wrażenie absolutnego spełnienia chwili.

Albowiem temu, kto patrzyłby na nią w tej chwil, wydałoby się – jak po ujrzeniu *Mony Lisy* Leonarda, piramid w Gizie czy wodospadu Niagara – że właśnie wypełnił jakąś ważną życiową misję.

Mitia w tej sekundzie odniósł takie właśnie wrażenie.

„»Piękno zbawi świat«. Dostojewski" – pomyślała Masza. „A jeśli Dostojewski wiedział..."

---

* Tłum. Natalia Gałczyńska.

– Jak to? A ja nie wiem! – Katia przerzuciła się na Nastazję Filipowną*. – Może pan mi to powie?

– Z przeogromnym zaszczytem – zaczął Bogrow i się zająknął. – Ale mam mało czasu.

– Śpieszy się pan dokądś? – „Nastazja" uniosła brew. – Dokąd?

– Do ogrodu Kupieckiego.

– Proszę sobie wyobrazić, że ja też. – Usta *femme fatale* drgnęły. – Przecież teraz jest tam car. I to z jego względu przyjechałam.

– Pani też tam zmierza? – Mitia zbladł. – Jakiż to zbieg okoliczności.

– Może nie odmówi mi pan swego towarzystwa? – zapytała despotycznie piękność. Despotyzm bohaterki Dostojewskiego pasował Dobrażańskiej nie gorzej niż tajemniczość bohaterki Błoka.

Borgow milczał.

Jego źrenice miotały się; miotały się też myśli.

„Idzie do ogrodu Kupieckiego, żeby zabić Stołypina" – rozszyfrowała jego miotanie Masza. „Ale nie zabije go przy Katii. A jeżeli to zrobi, wciągnie ją w sprawę. Nie może wziąć jej ze sobą. I odmówić też nie może. Gdyby powiedział jej teraz »nie«, zerwałby znajomość".

– Zresztą, co ja mówię! Nie mam prawa prosić pana o to. Powinnam być sama. – Katerina natchnęła ostatnie słowo tragicznym zdecydowaniem. – Ale mamy jeszcze trochę czasu, prawda? – Zerknęła na damski zegarek, który miała powieszony na piersi w formie medalika. – Napijecie się ze mną herbaty?

– Ja nie mogę – zaszczebiotała Masza, zdenerwowana własną śmiałością i marząca o tym, by wycofać się jak najszybciej. – Czeka na mnie Krasawicki. Znasz go, Katiusza, aż strach, jaki jest swarliwy. Omawiamy teraz powieść *Wenus w futrze*, o psychopatii płciowej. Przyjdziesz do nas dzisiaj?

– Dam o sobie znać. – Katia powiedziała to tak, jakby składała kuzynce przysięgę, że przyśle zaproszenie na swój pogrzeb.

---

* Nastazja Filipowna Baraszkowa – jedna z bohaterek *Idioty* Dostojewskiego (przyp. tłum.).

Oczarowany Mitia dosiadł się do „Nieznajomej".

Znajoma, od której porwała go Masza, machnęła do niego ręką, by wracał, a on w odpowiedzi machinalnie pokiwał dłonią na pożegnanie.

– Miły z pana młody człowiek. A przecież już samo to, że piję z panem herbatę, może pana zgubić – nie bez sadyzmu powiedziała Katia.

– Chce mnie pani z jakiegoś powodu wystraszyć, Jekatierino Michajłowno? – zapytał poważnie.

– Chcę. Straszę pana, ponieważ sama się boję. – Rola Nastazji Filipowny wyraźnie pasowała Katii. I sadyzm, i masochizm, i refleksyjne myślenie, wszystko to doskonale jej wychodziło (choć sama Katia nigdy nie lubiła bohaterki powieści z dawnej młodości – kobiety, która zabiła jej ulubionego bohatera, Lwa Myszkina).

– Czego się pani boi, jeśli mogę spytać? – zagadnął bohater innej powieści.

– Swojej skończonej bezsensowności. Czy choć raz w życiu zastanawiał się pan, po co właściwie żyje? – spytała wyzywająco.

– Rozmyśla pani o tym?

– A pana najwyraźniej dziwi, że potrafię myśleć? – przyparła go „Nastazja Filipowna". – Albo może pańskim zdaniem moje życie ma sens tylko dlatego, że jestem piękna? Bo przecież to chciał pan początkowo powiedzieć? Sądzi pan, że się nie domyśliłam? Wszyscy mężczyźni myślą w ten sposób, dlatego że ładna kobieta to dla was rzecz. Przedmiot sztuki dekoracyjnej. A wie pan, co myśli kobieta?

– Nie mam zaszczytu wiedzieć – odparł przyparty Mitia.

– Proszę popatrzeć na tamtego jegomościa. – Katia wskazała Krasawickiego. – Tego koło mojej kuzynki. – (Zgodnie z przypisaną sobie rolą w tym przedstawieniu Mirosław „z apetytem" jadł zamówione zawczasu i dawno już ostygłe kurze udko). – Kiedyś moja młodsza kuzynka Maszetoczka powiedziała takim poruszającym głosikiem: „A tobie nie żal zjadać biedną kurę? Zabili ją po to, żebyśmy ją zjedli". I wie pan, Dmitriju Gieorgijewiczu, ja w tamtej chwili zrozumiałam całe swoje życie. Pomyślałam: „A kimże ja jestem, żeby jej żałować? Prędzej już mam poważny powód, żeby jej zazdrościć". Przecież jej śmierć nie jest pozbawiona sensu. Umierając, żeby nakarmić nas sobą, kura podtrzymuje nasze życie. Można powiedzieć, że ten bezmózgi ptak w pewnym sensie powtarza dokonanie Chrystusa.

Mitia wytrzeszczył oczy.

– Dokładnie tak jak zjadamy tę kurę – „Filipowna" nie dała mu czasu, żeby zaczął ją podejrzewać o szaleństwo – pobożni chrześcijanie po dziś dzień żywią się ciałem i krwią Chrystusa. I ci, którzy ośmielają się żałować Chrystusa, to ludzie ubodzy duchem, niezdolni do uświadomienia sobie własnej marności. Gdyby było inaczej, wspominając mękę Chrystusa na krzyżu, płakaliby nie nad nim, lecz nad sobą. Dlatego że Jezus, niezależnie od tego, czy istniał, czy nie, był najszczęśliwszym człowiekiem na Ziemi. Jako jedyny wiedział, z jakiego powodu go tu przysłano, po co żył, za co umarł. W dzisiejszych czasach przychodzi nam tracić całe życie na poszukiwania jego sensu. I jakże często na próżno męczyć się, dręczyć i umierać, i tak zawsze umierać, ale nie poznawszy sensu! Mogę powiedzieć z całą pewnością: nie tylko w porównaniu z Chrystusem, lecz nawet w porównaniu z tym zjadanym kurczakiem moje życie jest absolutnie pozbawione sensu.

– Pani tak pomyślała? – Mitia otworzył usta, chłonąc piekielną mieszaninę tajemnicy „Nieznajomej", fatalności „Filipowny" i udręczenia umysłu samego Fiodora Michajłowicza.

„Ja wymyśliłam.

Masza zapisała i rozwinęła.

Nauczyłam się na pamięć" – pomyślała Katerina Michajłowna. „Gdzie tam do twoich kotletów!"

– I oto co panu powiem – podsumowała wywód Katerina. – Chcę być przynajmniej kurą. Chociaż kurą, której śmierć posłuży przedłużeniu życia kilku ludzi.

– Śmierć?

Katerina obrzuciła swojego rozmówcę długim, autoironicznym spojrzeniem.

– Tak bardzo chciałabym panu powiedzieć. Ale przecież wcale pana nie znam. I zapewne dlatego chciałabym to powiedzieć. Albo żeby zostawić sobie furtkę. Bo jeśli ktoś mnie zatrzyma? I nie zrobię tego nie przez to, że się boję, tylko ponieważ nie będzie takiej możliwości. Już same moje myśli to tchórzostwo. Pan przecież może się okazać kimkolwiek. Nawet informatorem ochrany.

Mitia drgnął.

– Ach, zatem dobrze odgadłam – z czysto masochistyczną lubością przeciągnęła „Nastazja". – No już, niech pan biegnie. Doniesie na mnie, weźmie swoje trzydzieści srebrników, bo szczodrze wam tam płacą. Spotkamy się w Kupieckim. Zobaczymy, czy uda się panu mnie powstrzymać!

Nie żegnając się, „Nieznajoma" zerwała się od stołu i skierowała do wyjścia.

– Proszę zaczekać! – Bogrow rzucił się w ślad za nią.

Ale Katerina Michajłowna nie zamierzała się zatrzymywać. Pewnym krokiem szła w dół ulicy Funduklejewskiej, w stronę Krieszczatiku.

– To nie tak! – sapał Mitia, drepcząc obok niej. – Niezupełnie tak, jak pani pomyślała. Nie wyobraża sobie pani... Wszystko pani teraz opowiem, wszyściutko. Nawet jeśli pani... Co ma być, niech będzie! Ale to niemożliwe. Przyszedłem do kawiarni przypadkowo, zupełnie przypadkowo, ale jakby mnie Bóg prowadził, chociaż ja w niego nie wierzę. Proszę posłuchać!

– Nie chcę już więcej pana słuchać! – odrzekła dumnie „Nieznajoma". Od czasu jej pierwszej wizyty w pięknej Przeszłości Krieszczatik już sześć razy dostał nową nawierzchnię i teraz Katerina żwawo stąpała po wygodnych, solidnych granitowych kostkach.

– Niech mnie pani wysłucha, błagam!

Bogrow zatrzymał śpieszącą Katię naprzeciwko starokijowskiej poczty, którą uratowała Masza, i rozpaczliwie spojrzał dumnej damie w oczy.

– Niech mi pani poświęci jedną minutę. Proszę, tu na dziedzińcu, tu nikt nie usłyszy... Powinna pani wiedzieć. Idę do ogrodu Kupieckiego, żeby zabić Stołypina – odkrył przed nią straszną prawdę. Którą Katia i tak znała.

„Pierwszej napotkanej osobie... Nic dziwnego, że cię powiesili" – Dobrażańska skrzywiła się w duchu.

– Chce pan zabić Stołypina, prezesa Rady Ministrów? – „Nastazja Filipowna" błysnęła oczami. – Ale z pana ignorant!

– Czyżby pani...

– Nie! – weszła mu w słowo piękność. – Oczywiście, że nie. Zamierzam zabić cara. Mikołaja drugiego. Pan najwyraźniej o niczym nie wie! A ja jestem świetnie zaznajomiona z tematem. Jakiś czas temu Stołypin przekazał Mikołajowi nadzwyczajny dziennik Rady Ministrów dotyczący przeformułowania postanowień ograniczających prawa Żydów. Wiadomo mi to z wiarygodnych źródeł!

– To niemożliwe. – Zabójca Stołypina zmiękł.

– Dostałam nawet kopię do wglądu – zapewniła chełpliwie zabójczyni cara. – Ale Mikołaj odmówił, nie chce podjąć takiej decyzji. A bez wyrażenia jego woli Duma nijak nie znajdzie czasu na zajęcie się niewygodnym dla wszystkich projektem ustawy. Piotr Arkadjewicz nie może nic zrobić. Car to niemrawiec! Ale wiem, jak rozwiązać tę kwestię. Projekt ustawy zostanie przyjęty!

– Pani ze względu na Żydów...? – Mitia osłupiał.

– Choćby ze względu na nielicznych... Tylko dlatego, by się nie budzić każdego dnia i nie myśleć: po co żyję? Ale cicho. – Katerina przyłożyła palec do ust. – Jeżeli ktoś się dowie, że zastrzeliłam cara, żeby ratować naród uciśniony, to naród uciśniony pierwszy ucierpi z tego powodu. Zaczną się pogromy. Niech pan się nie waży nikomu o tym mówić! Co więcej, w sądzie powiem, że zabiłam Mikołaja, dowiedziawszy się, jakim jest przestępczym pięknoduchem. Powiem, że oburzała mnie myśl o tym, że nasz rosyjski władca zamierzał obmierzłych Żydów zrównać w prawach obywatelskich z Rosjanami. Niech Mikołaj stanie się przez to męczennikiem! Ale wtedy już nikt nie ośmieli się nie spełnić jego ostatniej, przedśmiertnej woli i ustawa zostanie przyjęta. Jak pan ocenia mój plan?

– Wstrząsający! – przyznał Bogrow.

Nieopisanie piękna kobieta, myśląca jak sam Dostojewski, okazała się także bohaterką – wybawicielką.

– Ale – dotarło do niego – pani przecież zginie!

– Oczywiście, że zginę – przytaknęła rzeczowo Katia. – Powieszą mnie. Gdybym miała się uratować, to jak pana zdaniem mogłabym wygłosić przemowę w sądzie?

– Znienawidzą panią! – zawołał Bogrow. – W pierwszej kolejności sami Żydzi.

– Wiem. – Katia żałobnie zacisnęła usta. – Ale nieważne, co o tobie mówią, tylko jaki z ciebie pożytek. O samym Stołypinie mówią dużo paskudnych rzeczy. A on...

– Od jakiego niewybaczalnego błędu mnie pani odwiodła! Ale nie mogę pozwolić pani umrzeć. Nie...

– Oprócz mnie nikt tego nie zrobi – oświadczyła Katerina z godnością.

– Ja! Ja to zrobię. – Mitia Bogrow wypiął pierś. – Zabiję Mikołaja. Uratuję panią.

– Tylko zaprzepaści pan mój plan – nie zgodziła się Katia. – Jest pan Żydem. Kto uwierzy w pański antysemityzm? A ja, prawosławna, szlacheckiego rodu...

– Ma pani rację. – (Nawet gotując się w wiedźmim kotle miłości i śmierci, nie tracił zdolności logicznego myślenia, czym zasłużył na szacunek Katii). – Co zatem robić? Ot tak wypuścić panią na śmierć? Panią, najpiękniejszą, najbardziej zdumiewającą i zachwycającą kobietę, jaką widziałem. Przecież pani może być jeszcze szczęśliwa! Bardzo szczęśliwa.

– Szczęśliwa?! – zasyczała pogardliwie Katia. – Mam wyjść za mąż, narobić dzieci, chodzić na bale i wieczorki towarzyskie, urządzać loterie? Takie szczęście mi pan proponuje? – Cofnęła się obrażona. – Niech pan idzie precz! Myślałam, że mnie pan rozumie. A pan mnie nazwał kobietą!

– Proszę o wybaczenie! – Złapał ją za rękę. – Jest pani wstrząsającą, zadziwiającą, niepowtarzalną k... człowiekiem. Proszę mi wierzyć, rozumiem, rozumiem bardziej, niż pani sądzi... Ale jak... jak ja mam panią...?

„No i cierp teraz jak my" – pomyślał mściwie „człowiek". „Popatrz na siebie z boku i pomyśl, jak mi podsunąć swoje kotlety? Jak przekonać mnie, że można być po prostu szczęśliwym, nie zbawiając żadnych światów".

– Ale – wychylił się ku niej – proszę pomyśleć, Jekatierino Michajłowno, z jakiego względu chce pani złożyć siebie w ofierze? Po to, by inni żyli szczęśliwie tym samym szczęśliwym życiem, które pani odrzuca. Jeśli to ze względu na ich szczęście jest pani gotowa złożyć się w ofierze, powinna pani przyznać, że ma ono jakiś sens. Przecież gdyby go nie było, pani ofiara też nie miałaby sensu!

„Świetnie, chłopczyku" – pochwaliła go w myślach Katerina. „Logiki nie można ci odmówić".

– A oprócz tego – porzucił wszelką logikę – po prostu pani nie puszczę i już!

– Nie powstrzyma mnie pan! – oburzyła się Katia. – Jeśli nie uda mi się zrobić tego dzisiaj, w Kupieckim, pójdę jutro do teatru. Dostałam bilet...

– Nie! – Zastąpił jej drogę.

– Tak!

– Nie!

– Tak!

– Nie!

– Tak!

„Zdaje się – powiedziała sobie Dobrażańska – że pora zemdleć". I który to już raz pobłogosławiła ciasne, duszące i wszystko wyjaśniające gorsety, dzięki którym utrata świadomości była ulubionym sposobem kobiet na rozwiązywanie najrozmaitszych problemów. Przy czym należało oddać niesfeminizowanym damom, że ich sposób był jak najbardziej prawdziwy.

Dumna piękność, gotowa ze swym samopoświęceniem iść do końca, mdleje i zgodnie z najlepszymi tradycjami Dostojewskiego dostaje też gorączki. Co najmniej na sześć dni! Żeby i car, i Stołypin zdążyli spokojnie odjechać, a ich zabicie stało się nieosiągalnym marzeniem, Mitia zaś zdążył dwa razy uratować Katii życie – zapobiec jej śmierci od stryczka i od śmiertelnej choroby.

– Jekatierino Michajłowno! Jekatierino Michajłowno, co z panią?!

Osunąwszy się na ziemię u stóp Mitii, zemdlona z zadowoleniem stwierdziła, że w głosie niedoszłego zabójcy brzmi nie tylko strach, lecz także ulga.

„Tak, tak! Będzie jadł grzecznie kotlety.

Ponieważ według twojej nowej logiki każdy, kto odmawia jedzenia kotletów, tym samym odejmuje sens śmierci zwierząt. Zatem popełnia niewybaczalną zbrodnię w odniesieniu do kury".

– Katerino Michajłowno, proszę zjeść kotlecik.

– Nie mogę. Nie chcę jeść. Sama wszystko zaprzepaściłam. Zostałam pokarana za swoje szaleństwo. Dlaczego ja to panu mówiłam...

– To nie tak, Jekatierino Michajłowno!

Większość minionego czasu Mitia spędził przy kanapie, na której spoczywająca Katia „walczyła ze śmiercią".

– Lekarz powiedział, że pani już wcześniej zachorowała. Pani nerwy były nadwerężone. To zrozumiałe. Gdybym nie znalazł się koło pani tamtego dnia, mogłaby pani stracić przytomność tam, w Kupieckim. Kto wie, w jakiej chwili? Możliwe, że wzięłaby pani rewolwer...

Bogrow oczywiście znalazł w jej torebce mały damski rewolwer z rękojeścią wysadzaną perłową macicą i list pożegnalny o histerycznej treści.

– Na szczęście byłem tam z panią. No, proszę zjeść kotlecik.

– Nie! – Katia nieszczęśliwie odwróciła się od stojącej obok tacy z jedzeniem. – Zamorzę się głodem. Moje życie nie ma teraz sensu.

„Jeszcze zrozumiesz, jak wielki sens w życiu mają kotlety!" – sadystycznie obiecała mu głodująca.

I z zadowoleniem odnotowała: obecnie zjedzony przez nią kotlecik w praktyce równał się sensowi życia Mitii.

Bo od kotlecika zależało życie Katii!

Bądź co bądź zgodnie z twierdzeniem lekarza (dwie katarzynki za niezbędną diagnozę) Katii poprawi się tylko wówczas, jeśli będzie się odpowiednio odżywiała.

– No to co, odsłaniamy? – Dasza lękliwie patrzyła na story.

Za nimi znów krył się rok 1918.

Powinien być zupełnie inny – złoty, niewykastrowany przez wojnę światową, niesplamiony krwią.

Za zasłonami czaił się inny kraj – kraj, który nie zakończył swojego życia w ostatnim roku pokoju, w 1913; roku, który nie przyniósł destrukcji, lecz wyznaczył początek wojny między Niebem a Ziemią.

Za storami przycupnęła inna Przeszłość, w której złoty mikołajowy rubel był jak dawniej najtwardszą walutą w świecie i bito go ze złota próby 900. W której, jak w ostatnim roku pokoju, Rosja po dawnemu zajmowała pierwsze miejsce w świecie, jeśli chodzi o rozwój przemysłowy. I pierwsze miejsce w świecie w produkcji rolnej. Pierwsze miejsce w Europie, jeśli chodzi o wzrost liczby ludności. I dzięki reformom Stołypina urodzaj wzrósł trzykrotnie, a chłopi dostali ziemię i chleb zamiast haseł „Ziemia i chleb", których kulminacyjnym skutkiem było „prawo pięciu kłosów" oraz wielki głód 33 roku...

Za portierami krył się inny Kijów! Już ogłoszony trzecią stolicą imperium. „Cukrową" stolicą Rosji. Kijów, w którym w ciągu dziesięciu lat wzniesiono tysiąc dziewięćset domów. Kijów z Krieszczatikiem, który cudzoziemcy nazywają nowym Broadwayem. Kijów, którego mieszkańcy po przyjeździe do Moskwy z niedowierzaniem oglądają małe kamieniczki przy Arbacie i pytają przewodnika: „Ej... A daleko jeszcze do miasta?".

Kijów, który swoją ziemią nie wchłonął ciała ostatniego witezia Rusi. Kijów zapisany w pamięci Stołypina jako jedno z wielu miast odwiedzonych w trakcie podróży... Kijów, który go wypuścił.

– Słuchaj – odezwała się niespokojnie Masza – może poczekamy do drugiego września. Może Mitia jeszcze pójdzie do teatru.

– Sama mówiłaś, że nie rusza się od jej posłania!

– Tak. – „Kuzynka Maszetoczka" kiwnęła głową. Rano zajrzała pod czwórkę przy Bibikowskim, do skrzydła swojego „starego przyjaciela" Mitii, by zapytać, czy ten przypadkiem nie wie, jak się miewa jej cioteczna siostra. – Ale znasz przecież Bogrowa. Możliwe, że skrajem świadomości będzie się wahał do ostatniej minuty...

– Nie mogę już dłużej czekać! Chcę wiedzieć, za co cierpię.

Dasza cierpiała z zazdrości.

Pełnousty chłopiec karmił Katię kotletami!

I właśnie wybuchowo niebezpieczne „nie mogę już dłużej czekać" zmusiło Maszę, by podniosła rękę, ożywioną po raz drugi zastosowanym zaklęciem „Mgnienia", i cicho pstryknęła.

Czub sięgnęła do zasłony.

– No, jeśli znowu zobaczę dwadzieścia trumien, to już nie wiem, co robić – powiedziała.

Masza zacisnęła powieki.

– Na pewno jest normalnie, normalnie... – próbowała „zagadać" los Kijowa. – Tam wszystko jest w porządku. Inna zima. Świątki. Niedługo Trzech Króli. Ludzie jadą saniami. Dziewczyny wróżą sobie o narzeczonych. Wszystko nam się udało. – Usłyszała, jak Dasza odsłania storę, i otwarła oczy.

Witryna sklepu „Madame Anjou" była rozbita.

Po kamienicy naprzeciw został jedynie wypalony szkielet.

Śnieg był usiany brudnymi burymi plamami.

Jakiś mężczyzna w palcie powoli osuwał się na ziemię. Nie widziały stąd jego twarzy. Nie słyszały strzału. Huk rozległ się sekundę później. Jeździec dosiadający czarnego konia nie zdążył opuścić rewolweru.

Otaczali go żołnierze, marynarze, czarni od pasów z nabojami do karabinów maszynowych, obwieszeni granatami ręcznymi, brudni, szczerzący zęby.

– Oficer – powiedział jeździec, wskazując rewolwerem na mężczyznę w palcie. – Postawy nie ukryjesz. Jedziemy. Oficerów, junkrów, hajdamaków, monarchistów, popów wybijać bez pardonu!

Ogród Carski stanie się cmentarzem oficerów. Jeszcze przez dwa lata nad Peczerskiem będą się unosiły trupie wyziewy. Ludzi będą wyciągać z kolejek, z dorożek, z mieszkań i z drwiną zabijać. I podobnie jak w krwawej tragedii Szekspira czas zwichnie sobie staw, ciągłość czasu zostanie zerwana – na zawsze – tamtej krwawej kijowskiej zimy osiemnastego roku, kiedy czerwoni wejdą do Miasta i czas, wzdrygnąwszy się, przeskoczy z 31 stycznia na 14 lutego, przyjmując „nowy styl" gregoriańskiego kalendarza.

To wszystko będzie.

Mężczyzna w palcie odwrócił się, padając na śnieg.

– Ja go znam! – zawołała Dasza. – Boże, on był u nas w kabarecie. Oficer. Ma na imię... Wiktor.

Masza wzięła ją za przedramię, chcąc odsunąć od okna. Przedramię wyrwało się.

– Ja przecież wiem, jak on ma na imię!

Jeździec ruszył przed siebie. Był przystojny. Blady. Z siwą głową i dużymi, gorejącymi pasją oczami.

Masza wiedziała, jak on ma na imię.

Michaił.

Syn ubogiego chłopa z guberni niżnonowogrodzkiej, wykształcony w paryskiej akademii. Jeden z liderów rewolucji październikowej, tych, którzy zaplanowali przewrót. Głównodowodzący piotrogrodzkiego okręgu wojskowego, broniący młodej i strasznej władzy w tamtych dniach, gdy jej domena rozciągała się jedynie na Petersburg i można ją było bez trudu obezwładnić.

Czerwony Napoleon. Morfinista. „Tarcza i miecz" Lenina. Stał się jego „ogniem i mieczem", gdy po opracowaniu planu „błyskawicznej wojny eszelonowej" przybył tu i bez wypowiedzenia wojny unicestwił niedowierzających, zastygłych w popłochu...

Michaił Murawjow – ten, który zamienił Miasto Maszy w Piekło.

Lecz całą tę bezradnie rozpaczliwą wiedzę, którą ty, drogi czytelniku, poznałeś w niespełna minutę, Masza zawarła w trzech słowach:

– To był on.

– Murawjow?

Czub zerwała się z miejsca, chwyciła swoją torebkę, wydarła z niej trudny do określenia przedmiot, lewą ręką złapała podlatującą do niej na znany sygnał miotłę...

– Dasza!

Otworzyła okno. Nawet nie osiodłała miotły, tylko po prostu, trzymając się jej niczym poręczy, opuściła się na ulicę, przegradzając drogę jeźdźcowi.

Koń stanął dęba. Wyczuł wiedźmę. Wierzchowce czerwonogwardzistów odskoczyły z oszalałym rżeniem i rozpierzchły się gwałtownie na wszystkie strony.

W wyciągniętej ręce Daszy błysnął rewolwer.

– Jestem Kijowicą! – zakrzyknęła strasznym głosem. – Nie pozwolę. – I odczekawszy niekończące się mgnienie, wystrzeliła.

Siwy jeździec runął na ziemię.

W Mieście rozszalała się zawieja.

Zupełnie nie wiadomo, skąd się wzięła, ale w ciągu kilku sekund śnieg przykrywający Kijów wzbił się w powietrze, aż zupełnie pobielało. Wiatr zawył jak trąba powietrzna, spowijając martwego jeźdźca, Miasto, wronego konia.

Wicher wdarł się do pokoju, rozerwał go na kawałki, rozbił złoty samowar, porwał leżące na stole papiery.

– Dasza!!!

Wyleciała z zawiei jak wiedźma, niczym śnieżna zjawa.

Kowalowa pstryknęła palcami. Funduklejewską zalało słońce – 1 września innego roku.

– Widziałam jego oczy – wychrypiała Czub. – Popatrzyłam w nie. On się nie boi. Było w nich coś innego.

– Zdziwienie?

– Nie. On jakby zrozumiał, kim jestem... Nikogo już nie zabije. Od razu mówiłam, że trzeba walczyć!!!

– A ja mówiłam, żeby poczekać do drugiego! Historia jeszcze się nie zrosła. – Masza odwróciła wzrok.

Nagle jasno zrozumiała, kim byłaby Dasza w siedemnastym roku: Amazonką w papasze na bakier, z naganem na biodrze.

– No to przenieśmy się do drugiego! – zaproponowała z zapałem Czub.

– Skąd mamy wiedzieć, do którego drugiego września trafimy? – zapytała surowo Masza. – Do tego, który był przed nami, do tego, który próbowałyśmy zmienić, czy do jutra... Zaczekamy.

– A jutro rano jeszcze raz skoczymy do osiemnastego!

– Już nie – odmówiła ostro studentka. – Wystarczy.

– Dlaczego? I tak nie da się nas zabić. Prosty układ. Jeśli za oknem będzie rewolucja, to znaczy, że wciąż jesteśmy Kijowicami. Pstryknąć palcami to najlepszy sposób, żeby się przekonać.

– Nie – stwierdziła Masza po chwili milczenia. – Mam inny. Nie gorszy. Jutro rano wejdę do soboru Świętego Włodzimierza.

Rozdział dwudziesty pierwszy,
w którym pojawia się dom z widmem

CHCĘ BYĆ MĘŻCZYZNĄ

Niedawno wyższe żeńskie kursy ukończyła młoda dziewczyna, córka znanej w Odessie osoby. Podczas studiów została starostą i cieszyła się powszechną sympatią. Niedawno liczni znajomi młodej dziewczyny zostali porażeni niezwykłą nowiną. Młoda dziewczyna... ożeniła się ze swoją koleżanką.

~ „Kijowianin", 21 października 1913 roku

Wejść do soboru Włodzimierza. Czy wiesz, mój czytelniku, co to znaczy nie móc wejść do soboru Włodzimierza?

Masza wiedziała.

Rankiem 2 września 1911 roku stała przed wejściem do najpiękniejszego soboru w świecie. Zaś przed jej oczami stała Dasza.

Dasza z niezbitym piętnem zaprzaństwa na czole. Masza pamiętała, jak jej koleżanka wzdrygnęła się i zawyła z bólu, zasłaniając sobie przypaloną twarz, jak kręciła się niczym bączek, gdy nie udało jej się wejść do ławry, ponieważ zapomniała o trzeciej zasadzie wiedźm:

„Wiedźma nie może wejść do cerkwi" – właśnie to było wypalone na czole Daszy.

Wspiąwszy się po schodach włodzimierzowej świątyni, Kowalowa zatrzymała się na ostatnim stopniu.

„Jeżeli mogę wejść, to już nie jestem wiedźmą".

To oznaczało też coś więcej:

„...i że jestem dobra. Wszystko, co zrobiłam, jest dobre..."

Oznaczało również odpuszczenie win.

„Jeżeli tylko uda mi się wejść".

Zdobyła się na oszałamiająco straszny zryw i z zamkniętymi oczyma przeszła przez żeliwne odrzwia, wewnętrznie zwijając się w kłębek.

Sobór Świętego Włodzimierza, młody, jeszcze pachnący farbą, niezwykle jasny, wydał się jej niewiarygodnym przystojniakiem!

Jego żyrandole były złote. Przez okna wpadało światło. Masza zrobiła pięć drogocennych kroków i obejrzawszy się za siebie, nieskończenie rozkochanym wzrokiem spotkała się z surowookim archaniołem wojownikiem, niebiańskim obrońcą Kijowa, archistrategiem Michałem.

W lewej dłoni trzymał Wagę.

Jej szale były w równowadze!

I już-nie-Kijowica wypuściła długo wstrzymywane, przeciągłe, wypełnione ulgą westchnienie, z błogim uczuciem strząsając z ramion pięćdziesiąt milionów niewinnie zabitych, dziesięciodniowy pożar, rozstrzelanie carskiej rodziny, „plemię i ród" Katii, tatę, Bogrowa, Stołypina i Michaiła Murawjowa, który zapewne zapije się w swoim Paryżu, nie doczekawszy rewolucyjnego powodu powrotu do domu.

– No, w jakim jesteśmy świecie?

Dasza czekała za cerkiewnym ogrodzeniem, nie ryzykując powtarzania swego eksperymentu.

– W przepięknym! W najprzepiękniejszym!

Już-nie-Kijowca wzięła w ramiona złoty wrześniowy dzień.

– Witaj w złotym wieku!

Na bulwarze Bibikowskim pojawił się chłopiec z paczką świeżych gazet.

– Władca Mikołaj drugi z dwiema wielkimi księżnymi obejrzeli wystawne przedstawienie *Sadko*. Z okazji przyjazdu carskiej rodziny Infernalnej Izydzie zakazano pokazywania nóg... – wrzeszczał bez entuzjazmu.

I dopiero kiedy gazeciarz wykrzyczał te nowiny po raz piąty z rzędu, Czub ze zdziwieniem pokręciła głową.

– Nie mogę uwierzyć. Odwołałyśmy rewolucję...

I po raz pierwszy ujrzawszy porannych bladych parafian, brodatych, barczystych dorożkarzy, chudych jak ołówki uczniów śpieszących do drugiego gimnazjum, podsumowała:

– Do licha, żeby ktoś z nich wiedział, co dla nich zrobiłyśmy!

– ...wczoraj miałam zaszczyt zobaczyć Katię. Przejeżdżała obok w swoim samochodzie. Zauważyłaś, że nawet pojawiły się u niej rumieńce?

– Może rzeczywiście zakochała się w Mitii – powiedziała Masza.

– Zakochała się – przytaknęła Dasza. – Tylko nie w Mitii, a w Saszy i Pietii.

– W jakim znowu Pietii?

– We wszystkich jednocześnie! Chce, żeby wszyscy należeli do niej. Pietia, Sasza i Katia, wszyscy monarchowie na banknotach. Tak więc jest w tym obecna spora dawka lesbijstwa.

– A-a... chodzi ci o pieniądze – rozgryzła ją Kowalowa. – Moim zdaniem powinnyśmy jej podziękować za to, że o nich myśli. Dzięki niej my nie musimy się tym martwić.

Za sprawą starań Jekatieriny Dobrażańskiej, jeszcze przed Odmianą... (tak byłe Kijowice nazywały między sobą swój własny początek czasów)

...kapitał Maszy i Daszy, wniesiony w złocie od Kupały i w gotówce, został z sukcesem potrojony. Obie miały na kontach po pięć milionów i mogły zapomnieć o pieniądzach.

Jak bardzo Katerina, ani na chwilę niezapominająca o pieniądzach, pomnożyła swoje pięćdziesiąt milionów, tego można się było tylko domyślać. Dość powiedzieć, że podczas gdy Dasza robiła karierę, a Masza snuła plany ratowania „ojczyzny-Rusi", Dobrażańska chodziła po Przeszłości jak po własnym mieszkaniu, a dokładniej jak po osobistym biurze. I każdego dnia wyprawiając się do innego roku, w 1895 zdołała wykupić posiadłość profesora Meringa, po czym w kolejnym roku sprzedać jego ziemię pod wytyczenie i zabudowę czterech nowych ulic. Nabyła trzy cegielnie, jeszcze zanim w 1895 roku (z powodu wytyczenia wspomnianych ulic) ceny cegieł wzrosły dwukrotnie. A w 1904 roku, ciągnąc zyski z akcji kijowskich dróg żelaznych, została właścicielką tegoż samego pierwszego w Rosji tramwaju, który w roku 1884 przejechał jej rodzoną praprababcię.

A zwieńczeniem wdzięku jej finansowych kroków tanecznych stała się znajomość z odeskim mechanikiem Timczenkiem, który na dziewiątym zjeździe rosyjskich przyrodników i lekarzy, w styczniu 1894 roku zademonstrował „żywe fotografie" (dwa lata przed epokowym pokazem filmowym braci Lumière!) i dzięki przedsiębiorczej Katii obecnie był znany w świecie jako wynalazca kinematografu.

(Skromna Katia zadowoliła się dochodami czerpanymi z wynalazku na całym świecie).

– Podziękować? – zachłysnęła się złością gwiazda kabaretu. – Ja jej powinnam dziękować? A dlaczego? Moim zdaniem to ona powinna podziękować mnie, bo wzięła nasz złoty zapas.

– Mówiła, że chce wziąć. Sama słyszałam.

– A słyszałaś, żebym odpowiedziała na to „okej"? A gdyby tak splajtowała?

– Dasza – studentka westchnęła pojednawczo. – Wiesz doskonale: wszystko, w co Katia wkłada pieniądze, przynosi zysk, nie plajtuje. Właśnie w tym rzecz, że z pięćdziesięcioletnim wyprzedzeniem wiemy, co wypali, a co nie. Po prostu się jej czepiasz.

– Nie, ja się nie czepiam – ogłosiła zaciekle Wstrząsająca. – Ja ją chcę zabić! Tym bardziej, że nie jesteśmy już Kijowicami i zabić nas to bułka z masłem. Wczoraj zwaliła się na mnie deska za kulisami. Gdyby kolejny raz nie stał tam Lelik z ogórkiem, zginęłabym na amen. Odepchnął mnie w lewo. A Katię walnęłabym tą samą deską. Odbiła mi chłopca!

– Ale przecież Mitia nie wiedział, że jest twoim chłopcem.

– Za to Katia wiedziała!

W niewinnej informacji, którą dostarczyła Masza 11 września: „Katia pomaga Mitii sfinalizować sprzedaż wodomierzy miejskiej Dumie i chce go wciągnąć do biznesu" Dasza Czub z miejsca dostrzegła bynajmniej nie niewinny podtekst:

„Już ze sobą spali! Wiedziałam, wiedziałam, że tak będzie! A ty mi jeszcze usta zatykałaś. Katia to wybranka boża, sądzone jej zbawić wszystkich. Suka, a nie boża wybranka. Bezduszna, merkantylna suka. Nienawidzę jej!"

W tamtej chwili między dziedziczną szlachcianką a Infernalną Izydą przebiegł czarny, czarny jak noc kot.

A czas nie stał wcale w miejscu – szedł swoim tempem. Szereg dni zsumował się w miesiąc, a ten niedługi zdawałoby się okres rozproszył eks-Kijowice po różnych mieszkaniach.

Katia kwaterowała na drugim – najbardziej prestiżowym – piętrze najbardziej prestiżowej w Kijowie ulicy Nikołajewskiej. Dasza zajęła odpowiadające jej statusowi gwiazdy skrzydło kamienicy niedaleko kabaretu „Liliowa Mysz".

A Masza i Mir pozostali w konspiracyjnym mieszkaniu Kyłyny, za co Kowalowa była szczególnie wdzięczna Katii.

Przewidująca i znająca się na rzeczy Dobrażańska nie omieszkała zajrzeć do właściciela kamienicy czynszowej przy Funduklejewskiej i dowiedzieć się, że ich lokum wynajęła jakaś dama akurat do drugiego września. I nikt nie miał nic przeciwko, by wynajęły to mieszkanie od trzeciego, płacąc trzysta rubli za rok (opłatę wnosząc z góry!).

Zresztą jeszcze zanim Masza oficjalnie zajęła mieszkanie, nagle znikły z niego wszystkie rzeczy Kyłyny: opustoszała etażerka z książkami i szafa z ubraniami, wywiało damską koronkową parasolkę, szmaragdowe kolczyki i okrągły jak kula samowar.

I wczesnym rankiem drugiego września, wróciwszy z soboru Świętego Włodzimierza, Masza zastała w domu jedynie meble właściciela: kanapę, stoły, krzesła. Ucieszyła się, że czerwoną książkę Bułhakowa nosiła przy sobie.

Następnego dnia w mieszkaniu jak za sprawą czarów zmaterializowało się mnóstwo pudeł, zawczasu przetransportowanych przez Katię z teraźniejszości do trzeciego dnia dziewiątego miesiąca, czyli dnia rozpoczęcia ich najmu. Niektóre z nich – te wypakowane książkami historycznymi dotyczącymi różnych okresów – była studentka już rozpakowała i z powodu braku odpowiedniej liczby regałów zapełniła książkami wszelkie możliwe przestrzenie. Stosy najrozmaitszych publikacji piętrzyły się na stołach, podłodze, na parapetach. Pozostałe terytorium okupowały zaklejone szeroką taśmą pudła należące do Katii.

– Masz nie dom, tylko magazyn! – wyrzekała Dasza. – Katia cię zwyczajnie wykorzystuje. I wykorzystuje twoje mieszkanie.

– To nie tak. Sama prosiłam, żeby mi kupiła te książki. Przydadzą się nam wszystkim.

– Myślisz... – Czub nieżyczliwie zmrużyła oczy – że Katia dobrze cię traktuje? Jesteś jej potrzebna jako historyczka! Wykorzystuje nas wszystkich. Mnie wykorzystała. Ja Mitię dla siebie uratowałam od śmierci. Ledwie go odbiłam od was dwóch, bo go prawie kochałam. A ona go tępo zachachmęciła!

Wszystko to Masza słyszała nie pierwszy raz i zapewne też nie ostatni.

Infernalna Izyda nierzadko wpadała na Funduklejewską, żeby „po prostu pogadać", czyli pochwalić się sukcesami i ponarzekać na Katię Dobrażańską. W ciągu miesiąca gołonogi sukces Daszy rozkwitł i okrzepł, dosięgnął sąsiednich guberni i rwał się do stolicy. Wierna skandalizującemu image'owi Izyda od tamtej pory chodziła wyłącznie w szarawarach, a ponieważ paradować w nich po Mieście było niebezpiecznie, gwiazda kabaretu sprawiła sobie samochód, mercedesa landaulet, szybko nauczyła się go prowadzić i znowu została pierwszą – pierwszą w Kijowie kobietą za kierownicą automobilu, bohaterką artykułów prasowych i burzycielką miejskiego spokoju.

Dobrażańska również kupiła sobie nowomodny automobil, zatrudniła szofera i też nierzadko zajeżdżała w gości do „kuzynki".

Ani Katia, ani Dasza nie przejawiały chęci zaglądania w gości do siebie nawzajem.

Pierwsza ani razu nie zainteresowała się, jak się wiedzie Daszy. Druga była w stanie tylko obrzucać pierwszą niepochlebnymi słowami.

– Myślisz, że Katia kocha mojego Mitię? Aha! Po prostu uznała, że on jej się przyda! Bo okazuje się, że chłopak ma paradoksalny umysł. Interes z wodomierzami jej się spodobał. A jeszcze bardziej spodobał się jej papa Mitii, z kapitałem w wysokości połowy miliona, członek Klubu Szlacheckiego ze świetnymi znajomościami. Katia ma przecież kasy jak lodu, a znajomości żadnych. Wcześniej w biznesie pomagał jej Demon... a teraz? Jeszcze nagadała Mitii, że jest w połowie Żydówką!

– Ale skłamała tylko w jednej czwartej. – Masza zaryzykowała obronę obwinionej. – Babcia Katii ze strony ojca była z domu Rieznik.

– A po matce była z domu wiedźmą. Wiedźmą i już. Założę się, że praprababka Katii też była wiedźmą.

– Ale przecież jesteś patriotką. – Kowalowa zaszła ją z flanki. – Powinnaś się cieszyć, że dzięki naszej Katii zatriumfowała historyczna prawda i Kijów stał się światową stolicą kina!

– Można by pomyśleć, że przez to Katia przestała być suką – wywiodła filozoficznie Czub. – Niech się cieszy studio filmowe Dowżenki, mnie nic do tego. Nigdy jej nie daruję mojego pełnoustego chłopca. Suka. Suka i zdzira!

– O mnie mówisz, złotko?

Katerina Dobrażańska wpłynęła do pokoju, błyskając zębami w lekkim uśmiechu, oczami oraz brylantami w kształcie gruszek w uszach.

Wyglądała tak niewiarygodnie dobrze, że z powodu estetycznego wstrząsu Dasza przełknęła pytanie: „Ona co, wchodzi do ciebie jak do siebie? Bez pukania, bez dzwonka?".

Zgodnie z secesyjną modą Katia miała na sobie wąską suknię w biegnące z góry na dół czarno-białe pasy. Na jej głowie siedział pasujący do sukni czarno-biały kapelusz. Ręce obejmowały długie czarne rękawiczki sięgające do przedramion. Przedramiona zaś były obleczone w skąpe rękawki z białej koronki. Szyję obejmowała wymyślna kolia z ośmioma rzędami pereł, których jeden sznur opadał do aż pasa.

– Witaj, Maszetoczka! – Katia trzymała w rękach stos gazet. – Jak zdrowie?

– Już prawie chodzę.

– Ach, cudownie! Ucieszyłaś mnie. Poczytaj sobie! – Zwycięsko rzuciła gazety na kanapę. – A właśnie – kiwnęła głową w stronę Daszy – o tobie też piszą. Wymyślają ci.

– To najlepsza reklama. – Piosenkarka wiedziała, jak się bronić. – A ty – ruszyła do ataku – masz ten sam kapelusz? Odebrałaś Maszce ostatnie nakrycie głowy?

– Kapelusze Kyłyny zniknęły razem z jej innymi rzeczami – odezwała się Masza w obronie „kuzynki".

– Ten zamówiłam w Paryżu – odparła atak Katia.

– Wow! – Czub podskoczyła, znajdując doskonały pretekst do zaczepki. – A kiedy ty, *pardon, mon vieux**, stałaś w tym kapeluszu przy sklepie „Madame Anjou"? Powinnaś była tam stać! Pierwszego września. Widziałyśmy cię tam. To *fait accompli***!

(Ostatnimi czasy piosenkarka strasznie sfrancuziała).

---

* *Pardon, mon vieux* (franc.) – 'przepraszam, moja staruszko'.

** *Fait accompli* (franc.) – 'fakt dokonany'.

– Już o tym myślałam – powiedziała smutno Masza. – Ale Katia twiedzi, że nigdy tam nie stała.

– Dlatego że nie mogłam tam stać. – Katerina lekko przewróciła oczami, dając do zrozumienia, że ma powyżej uszu tego tematu. – Pierwszego września umierałam w mieszkaniu u Mitii i ty, Masza, przez cały ten dzień siedziałaś ze mną. Fizycznie nie mogłam wyjść z domu i stanąć tam... Maszetoczka, kochana – zmieniła temat i ton – przyszłam do ciebie w ważnej sprawie. Chcę kupić dom.

– Co? W Kijowie zostało jeszcze coś, czego nie kupiłaś? – fuknęła z udawanym śmiechem Wstrząsająca. – Cyrk Krutikowa? Besarabka? Burdel?

– À propos – rzuciła Katia. – Zastanawiam się, czy nie kupić waszego burdelu. Zauważyłam, że twoje nogi przynoszą dochody.

– Tylko spróbuj, a moja goła noga więcej tam nie postanie! – zarzekła się gwiazda kabaretu.

– Jak wiesz, i bez twoich gołych nóg mam wiele na głowie. Otwieramy z Mitią iluzjon przy Krieszczatiku.

– Jeszcze jeden kinoteatr? – czepiła się Czub. – To będzie dziesiąty?

– Jeśli liczyć nie tylko te w Kijowie, lecz w całym kraju: sto trzydziesty czwarty według kolejności. Ale nie według znaczenia! – pochwaliła się Katia. – To będzie prawdziwy pałac z dwiema salami na tysiąc miejsc. Z bufetem, foyer z kolumnami, z czerwonym aksamitem. No – uśmiechnęła się do Kowalowej – najlepszy kinoteatr w Europie, który w tysiąc dziewięćset dwunastym roku otworzył przy Krieszczatiku Anton Szancler. Jeszcze w czasie drugiej wojny światowej obwinili go o szpiegostwo, robił dla Niemców zdjęcia naszych obiektów... Ale ojciec Mitii ma potrzebne koneksje. Pociągnął za sznurki. I dostaliśmy pozwolenie.

– Co ja ci mówiłam! – zapieniła się piosenkarka.

– Daria – prawie z miłością upomniała ją milionerka – czego byś nie mówiła, bądź tak dobra i pomilcz choć przez kilka minut. Mam mało czasu. Masza, chcę kupić Dom z Chimerami.

– Co??? – Wstrząsająca Dasza nie umiała usiedzieć cicho. – Rezydencję prezydenta?! Nie za dużo sobie pozwalasz?

– To w naszych czasach Dom z Chimerami będzie rezydencją prezydenta – próbowała ją pocieszyć historyczka. – A w tysiąc dziewięćset pierwszym roku, kiedy Horodecki kupił ziemię pod budowę tego domu, była to tania działka w nieprestiżowej okolicy. Nikt nie wierzył, że na tak spadzistym gruncie można cokolwiek postawić.

– Wszystko jedno, ja go chcę – oświadczyła Katia tonem rozkapryszonego dziecka. – Chcę tylko jego. Chcę tam zamieszkać.

Tu należy zauważyć, że dom, który zamarzył się Katii, sam był wcieleniem marzeń. Rówieśnik stulecia, wzniesiony w najwyższym punkcie Górnego Miasta, arystokratycznym Peczersku, budynek zawisł na obrywie, a w dole, pod nim, znajdowały się: Teatr Sołowcowa, plac Nikołajewski, Krieszczatik, Dniepr i Padół.

Lecz rzecz jasna chodziło nie tyle o lokalizację, ile o to, że budynek nazywany Domem z Chimerami, diament kijowskiej secesji, duma kijowian, był najbardziej wydziwionym z wydziwionych domów Miasta, a być może i w świecie nie znalazłoby się zbyt wielu domów, które dałoby się z nim porównać.

Cudowność i potworność splotły się w jedno, by porodzić budowlę przedziwnej urody – wzniesiony z szarego kamienia zamek, którego surową fasadę hojnie zdobiły grupy odlanych z betonu chimerycznych zwierząt. Ogromne wielkobrzuche ropuchy, rusałki, nosorożce, słonie, ryby o wybałuszonych oczach – wszystko to zapełniło dach, oblazło boki budowli. Nigdy więcej: ani wcześniej, ani później Kijów nie widział domu piękniejszego i zarazem straszniejszego. Nic też dziwnego, że żaden kijowski budynek nie obrósł w tak wiele plotek, podań i legend jak ten niezwykły, chimeryczny pałac.

Mówiono, że jeśli podejdzie się do tego domu o północy i dotknie jego drzwi, można spełnić swoje najstraszliwsze życzenie.

Mówiono, że w domu tym mieszka kijowski czarnoksiężnik.

Mówiono, że dom z figurami krwiożerczych morskich potworów zbudował niepocieszony wdowiec, którego żona utonęła w Morzu Czarnym.

Ale w czasach Katii, Maszy i Daszy budynek ten, zlokalizowany przy ulicy Władzy, dokładnie naprzeciw administracji prezydenta, zajmowała głowa państwa. O Domu z Chimerami mówiono zupełnie inaczej.

Mianowicie że architekt Władysław Horodecki zbudował go w latach 1902–1903, aby zareklamować mało znany wówczas materiał budowlany, jakim był beton. Tym samym potwierdził jeden z postulatów modernizmu: piękno powinno być nie bogobojne i nieziemskie, lecz funkcjonalne i zyskowne.

Wiarołomna secesja zaiste była najbardziej popowym ze wszystkich stylów, ponieważ była stylem żeńskim.

A kobieca uroda zawsze jest sprzedajna. Wszystko, co kobieta uważa za Piękno – ubrania, klejnoty, bibeloty i sama kobieta – jest wystawione na sprzedaż. W odróżnieniu od wiecznego męskiego piękna, którego miejsce jest w muzeach.

Dlatego w odróżnieniu od Daszy Masza nie dostrzegła nic niezgodnego z prawem w kobiecym pragnieniu zakupienia secesyjnej perełki Kijowa i z nawyku sięgnęła do stosu książek, żeby wśród nich poszukać tytułu *Architekt Horodecki*.

Albowiem najgenialniejszy z architektów Miasta, wielki oryginał, elegant i frant, spacerujący po Kijowie z małpką na ramieniu (pierwszy w Kijowie mężczyzna za kierownicą własnego automobilu!), podróżnik i zapalony myśliwy Leszek Horodecki zbudował to myśliwskie marzenie sam dla siebie. I obecnie mieszkał w nim osobiście, podśmiechując się z wymysłów kijowian i popatrując z okien na maluczkich, którzy przybiegają, żeby pogapić się na „dom czarnoksiężnika".

– Wiesz co, Katia? – Czub wzięła się pod boki. – Kto dużo chce, ten mało dostaje! Myślisz, że można tak po prostu zachcieć i zakosić czyjegoś chłopaka? Albo najbardziej superowy dom w Kijowie?

– A czemu nie można? – spokojnie odpowiedziała pytaniem Katia. – Ot, tydzień temu zachciało mi się kupić dom przy ulicy

Nikołajewskiej. Zbudował go Ginsburg. Sama sprzedałam mu na to ziemię. Teraz to jest najlepsza kamienica czynszowa nie tylko w Kijowie, ale w całej Rosji*! Wszystko na najwyższym poziomie technicznym. Winda, telefon, elektryczność, łazienka, ogrzewanie parowe, chłodnie, parking dla powozów, garaż, goniec do dyspozycji mieszkańców, kamerdyner... I postanowiłam: skoro jest najlepsza, to będzie moja! Kupię ją za tydzień, może dwa. Bardzo tanio.

– A nie za dużo sobie wyobrażasz?

– Nie wierzysz? Przeczytaj sama. Pierwsza strona!

Dasza niechętnie podeszła do kanapy i przysunęła sobie pierwszą z wierzchu gazetę.

WIDMO W PARYŻU

– W Paryżu? I co z tego? – zdziwiła się.

– W naszym Paryżu – wyjaśniła Katia i wyjąwszy gazetę z rąk Daszy, zaczęła czytać na głos:

Nowa ulica Nikołajewska słusznie jest nazywana przez mieszkańców miasta kijowskim Paryżem. Ulokowały się przy niej najmodniejsze sklepy, kancelarie, kamienice czynszowe wybitnej architektury. I pierwsza z nich – dom Ginsburga, liczący dwanaście kondygnacji, jest najwyższym budynkiem w całym rosyjskim imperium!

Niestety, ostatnio lokatorzy elegancko umeblowanych mieszkań tego budynku nie mogą się w pełni cieszyć szczęściem, jakie im przypadło w udziale. Tydzień temu późnym wieczorem mieszkańcy kamienicy usłyszeli rozdzierający krzyk. Ci, którzy przybiegli na to wołanie, znaleźli leżącą bez czucia pokojówkę hrabiny N. *Kiedy dzięki staraniom wezwane-*

---

* Najwyższy w imperium budynek Lwa Ginsburga został wzniesiony w 1912 roku nie przy Nikołajewskiej, lecz nieco w bok (dzisiaj na jego miejscu stoi hotel „Ukraina"). Lecz autorka przypuszcza, że liczne zmiany, których bohaterki dokonały w czasie swych wizyt w Przeszłości, mogły wpłynąć również na ten fakt.

go lekarza udało się przywrócić dziewczynę do przytomności, biedaczka, drżąc na całym ciele, opowiedziała zebranemu towarzystwu, że widziała ducha. Ze słów nieszczęsnej panny wynikało, że pojawiła się przed nią biała postać rysami przypominająca młodą dziewczynę i wypowiedziała: »Nie męczcie mnie, nie chodźcie po moim grobie. Dajcie mi spokój«.

Bez wątpienia w takich okolicznościach zeznanie nadwrażliwej i skłonnej do przesądów pokojówki zostałoby przyjęte ze śmiechem, a całe zdarzenie uznane za zabawne. Lecz lokatorzy pierwszej w Kijowie kamienicy przerazili się słowami dziewczyny. Jak dowiedział się Państwa pokorny sługa, wielu szanowanych dżentelmenów od pierwszych dni skarżyło się właścicielowi kamienicy na dziwne dźwięki infernalnego pochodzenia, dokuczające im zwłaszcza przy wietrznej pogodzie. Dźwięki te przypominały ni to wycie, ni to płacz kobiecy. I z tego – wybaczcie mi Państwo kalambur – opłakanego powodu do właściciela napłynęło wiele skarg. Nic więc dziwnego, że opowiadanie pokojówki wzbudziło zrozumiały niepokój.

Następnego dnia madame N *postanowiła wyprowadzić się z mieszkania. I mimo że niewinną czemukolwiek pokojówkę natychmiast zwolniono z posady, jej odejście nie mogło powstrzymać paniki. W ostatnich dniach już dwie szanowane rodziny opuściły cieszący się złą sławą dom Ginsburga. Tym bardziej, że do tego czasu wypłynęły jeszcze inne fakty. Córka zmarłego profesora Meringa, na terenie posiadłości którego wytyczono nową ulicę Nikołajewską, utonęła w stawie. A zbiornik wodny, w którym znalazła swą śmierć, znajdował się akurat w tym miejscu, gdzie teraz wznosi się kamienica. W ten sposób opowiadanie pokojówki potwierdziło się w pełni...*

– Ale to przecież nieprawda! – oburzyła się Masza. – Jezioro było pod Teatrem Franki. To dzisiejszy Teatr Sołowcowa. Nikołajewska jest kręta. Że też nikomu nie przyszło do głowy, jak jezioro mogłoby się znajdować na zboczu?! A córka utopiła się nie w nim. I nie córka, lecz żona. I w ogóle to jest legenda Domu z Chimerami. Co ma do tego kamienica Ginsburga?

– To, gdzie się utopiła – carskim tonem obwieściła Katerina – nie jest już ważne. Ważne, że wcześniej czy później mieszkańców stamtąd wymiecie. Kamienica pójdzie pod młotek jako nawiedzona. Dla mnie to wspaniała wiadomość. Nie byłabym sobą, gdybym nie kupiła tego domu! – zakończyła radośnie.

– A widmo? – zapytała Dasza, krzywiąc się na merkantylność „wybranki bożej".

– Kupię razem z widmem. Co ja, z duchem się nie dogadam? Przecież jestem byłą wiedźmą – oznajmiła ze śmiechem Dobrażańska.

– A nie mówiłam? – nakręciła się Czub. – Katia kocha katarzynki, a one kochają Katię. Tylko zgarnia pieniądze. Potrafi zrobić pieniądze nawet na widmie!

– Zgarnęłam je między innymi dla ciebie – przypomniała wzgardliwie miłośnica katarzynek. – Ty też mogłabyś kupić sobie dom.

– Po co mi dom, jestem wielce uduchowioną istotą! A ona – Wstrząsająca wytknęła Katię palcem wskazującym – uwierz mi wreszcie, oprócz kasy nikogo na świecie nie kocha. Nawet siebie samej!

– To nieprawda. – Oczy Katii napełniły się fioletowym mrokiem.

– No, kogo ty wogle kochasz? Kogo? – przyczepiła się do niej Wstrząsająca. – Przed Odmianą chciałaś ze sobą skończyć, dlatego że odebrano ci sklepy. Dlatego że bez kasy jesteś nic niewarta.

– Jeśli chcesz wiedzieć – powiedziała Katia – dopiero tu pokochałam siebie.

– Dlatego że tu masz jeszcze więcej pieniędzy! – wytłumaczyła jej fenomen Dasza Czub.

– Nie – odwarknęła groźnie Jekatierina Michajłowna. – Dlatego że dopiero tu patrzę w lustro z zadowoleniem, bez strachu. Dlatego że tu niestrasznie jest być piękną. Dlatego że tu jest cześć dla kobiet, szacunek! I ten szacunek to rzeczywistość. I z tej rzeczywistości wynika, że nikt nie wlezie ci pod kieckę. Wiesz chociaż, jak z moją gębą żyło mi się w naszym biznesie, gdzie każdy, każdy co trzeci dyrektor uważał, że zaciągnąć taką babę jak ja do łóżka to dla niego kwestia honoru? – Zgromiła wzrokiem piosenkarkę. – A jeśli nie do łóżka, to udowodnić, że prawdziwy z niego mężczyzna. Dlatego że w naszym wieku nie było nic bezecnego w tym, żeby podobającej ci się porządnej kobiecie z miejsca zaproponować łóżko. Dlatego że u nas za nieporządną uważa się kobietę, która poszła z mężczyzną do restauracji, a potem mu nie dała. Co mnie tam chroniło? Nic! Same zburzyłyśmy wszelkie bariery ochronne, kiedy wywalczyłyśmy równouprawnienie. Kobieta równa mężczyźnie! A równa to znaczy, że staje do pojedynku ze szpadami równej długości. Tu zaś każda dama jest zamkiem otoczonym fosą! Tu patrzą na ciebie z dołu do góry, rozdziawiają usta, a podejść nikt nie może. Genialna strategiczna pozycja! Dlatego że tutaj cześć to nie pusty dźwięk; z jej powodu nawet zabijają.

– I z jej powodu się wieszają! – odparowała Dasza, przyszpilona patosem tyrady. – Co jest dobrego w waszej czci? Sama krzywda. U nas w knajpie wszystkiego się nasłuchałam. Zaciążyła? Tylko stryczek, bo aborcji spokojnie wykonać się nie da. Raz się z facetem przespała? Teraz już tylko na ulicę. Odeszła od męża? Rzucić się pod pociąg, jak Anna Karenina. Kobiety są niewolnicami swojej czci.

– Małżeństwo to też niewola – powiedziała Katia. – I miłość jest niewolą. I przyjaźń. I słowo honoru. Wszystko to sprawia, że już nie jesteśmy wolni. A w tych czasach czyni nas porządnymi ludźmi.

– Na czym niby polega ta porządność? – zacietrzewiła się Dasza. – Ja jeszcze wszystkie wyzwolę. Wszystkie!!

– Od czego? – zapytała Katia. – Byłam w trzynastym roku. Z interesem. Akurat wtedy wszystko się zaczęło, cały wasz amazoński ruch. Baby zaczęły nosić męskie krawaty i marynarki, rozpoczął się bum prostytucji. W jakimś maleńkim Tomsku działało dwadzieścia sześć domów publicznych. Przeczytałam... Gdzieś mam tę gazetę. Masza, owinęłam w nią twoje pieniądze? Gdzie?

– Tam – wskazała historyczka, nie odrywając wzroku od książki.

Katia skierowała się do szafy, wyjęła zawiniątko i bezlitośnie wytrząsnąwszy z niego banknoty z Aleksandrem i Piotrem, przeczytała:

„Kijowianin", 21 października 1913 roku

CHCĘ BYĆ MĘŻCZYZNĄ

– Tak że, Dario – powiedziała Katia, dobitnie wymawiając słowa – nie chcę być mężczyzną. Cenię czasy, w których damy składały w ofierze własną cześć tylko po to, żeby ratować życie swoich kawalerów, a kawalerowie ofiarowywali życie, by ratować cześć swoich dam. I osobiście... Słyszysz? Osobiście – Katia wskazała swoją zdobną w perły pierś – zrobię wszystko, żeby osoby domagające się, byśmy upadły mordą w brud dla rzekomej wolności i równości, istniały tylko w burdelach, a burdeli było w Kijowie mniej niż teatrów. Dużo rozmawiałam o tym z rzecznikiem kijowskiej Dumy Jasnogurskim... Miał rację, pisząc: takie ot, w szarawarach doprowadziły nas do rewolucji!

– Czy to przypadkiem nie jest aluzja do mnie?! – uniosła się gwiazda kabaretu.

– Żadna aluzja. – Katia wbiła jej nóż w brzuch. – Mówię wprost. Już dawno chciałam to zrobić. Milczałam ze względu na Maszę. Ona uważa cię za koleżankę. A to ty nikogo nie kochasz! Dlatego że miłość to nie oblewanie wrzątkiem. Miłość to troska, odpowiedzialność. A ja Maszę kocham i Mitię też. I za mąż bym za niego wyszła. Tylko że on jest judaistą, a ja prawosławna.

– Powiedz jeszcze, że kochasz Boga! – wykrzyknęła Czub.

– Zanim stałam się wiedźmą, w ogóle nie wierzyłam w Boga. Teraz wiem, że istnieje. I nie zaprę się go – oznajmiła Katia. – Będziemy żyć z Mitią bez ślubu. Dobrze nam ze sobą. On ma niesamowity umysł. Każdą zagadkę rozgryza jak orzech. Tylko orzechów mu brakowało. A ja mu podsunęłam pełny worek.

Z widmem to jego pomysł. Zachwycający przekręt. A dla ciebie Mitia był zabaweczką. Cześć dla ciebie nie istnieje. I nie rozumiesz jej wartości. I więcej nie mamy o czym mówić. A twoją knajpę chciałam kupić, żeby zamknąć tę obmierzłą dziurę! Jak tam Dom z Chimerami? – zwróciła się nagle do Maszy.

– Kupisz go – odpowiedziała studentka, zdążywszy przekartkować *Architekta*. – W lipcu dwunastego roku, wyjeżdżając na afrykańskie safari, Horodecki zastawił dom w kijowskim Towarzystwie Wzajemnego Kredytowania i stracił go na zawsze. Nie zdołał zwrócić pieniędzy. Jeśli dasz mu więcej niż oni...

– Dziękuję ci, Maszetoczka – rzekła czule Katerina. – Teraz, skoro już prawie chodzisz, przyjdź do mnie jutro pod wieczór. Przyślę po ciebie automobil. Herbaty się napijemy. Przecież zgodnie z dokumentami jesteś moją jedyną żyjącą krewną. Mój Mitia pytał: „Dlaczego kuzynka do ciebie nie zachodzi?". Mira swojego zabierz, chociaż jest tylko duchem.

– Ja póki co nie jestem duchem – zazgrzytała Wstrząsająca Dasza. – Mogłabyś i mnie w gości zaprosić. Porozmawiałybyśmy o tym, jakie ze mnie *enfant terrible** przy herbatce *tête-à-tête***.

– Zajrzyj do mnie, Maszeńko.

Katia, zignorowawszy zachętę Daszy do pojednania, szła już do drzwi.

– Czy to znaczy – zawołała za nią zawiedzona Czub – że wstydzisz się znajomości ze mną? Dlatego że jesteś porządna? A ja jestem kobietą bez czci! Bez czci, ponieważ pokazuję gołe nogi, w których jeszcze miesiąc temu nie widziałaś nic bezecnego. A ty jesteś cnotliwa, choć żyjesz bez ślubu z chłopakiem, którego mi odbiłaś. Hipokrytka!

Katia w milczeniu otworzyła drzwi.

---

* *Enfant terrible* (franc.) – dosł. 'straszne dziecko', osoba, która swoim nietaktownym zachowaniem i bezpośredniością wprawia swoje otoczenie w zakłopotanie.

** *Tête-à-tête* (franc.) – dosł. 'głowa przy głowie', spotkanie dwóch osób sam na sam.

– Wszyscy w biznesie jesteście tacy. – Czub pobiegła za nią. – W czasie świeckich przyjęć u Mamontowów odgrywacie nie wiadomo kogo, żeby nie wpaść twarzą w sałatkę. A twórczych ludzi uważacie za zdziry. Ja noszę szarawary między innymi dlatego, że to ukraiński strój narodowy! I feminizacja naszych narodowych szarawarów udowadnia, że Ukraińcy zawsze skłaniali się do matriarchatu. I my, tak nawiasem mówiąc, też mamy swoją cześć. I ty tę naszą cześć znieważyłaś. Wyzywam cię na pojedynek! Jeśli ci odpowiada, że z powodu czci ludzie się zabijają, to ja wchodzę do gry! Dawno już trzeba było...

Dobrażańska wyszła na schody.

– Do jutra, Maszetoczka. Śpieszę się. Wszystko jest tutaj cudowne, tylko samochody jeżdżą nieznośnie powoli. Nie mogę przywyknąć, wciąż się spóźniam. Czy prawidłowo używam słowa „przywyknąć”?

– Żryj, faszystko, granaty! – Dasza ściągnęła rękawiczkę z dłoni i cisnęła „granatem” Katii w twarz.

Katerina złapała rękawiczkę w locie.

Otwarły się drzwi mieszkania naprzeciwko. Wyszła przez nie kobieta.

– Dzień dobry, Olgo Siłowna – odezwała się Dobrażańska na dźwięk otwieranych drzwi i nie patrząc w ich stronę, pośpieszyła na schody.

W tym samym czasie kobieta cudownie zareagowała na nietaktowność Katii – gwałtownie przyłożyła dłonie do czoła, jakby nagle dostała migreny.

– Nie, czekaj! – Czub wyskoczyła na klatkę. – Jutro przyślę ci sekundanta, Lelika Briechowa!

– Katia! – zawołała Masza.

Katia zatrzymała się.

Z niezadowoleniem spojrzała na „kuzynkę” spod pasiastego ronda.

Kowalowa przeniosła wzrok na stojącą na klatce sąsiadkę, która miała na głowie dokładnie taki sam kapelusz w dokładnie takie same paski.

„Noszą takie w Paryżu" – powiedziała Achmatowa.

Ale podobne były nie tylko nakrycia głowy. Te dwie kobiety bardzo przypominały jedna drugą. Choć w tej chwili, kiedy można było je porównać, w oczy rzucały się nie tylko podobieństwa, lecz także różnice.

Nieznajoma była starsza od Katii. Szersza. Jej uroda wydawała się zgrubna, toporna.

Nie dało się ich pomylić.

A jednak 1 września 1911 roku, siedząc w dorożce z Achmatową, Masza je pomyliła.

– Katia, kto to jest? – spytała słabym głosem wywiadowczyni Przeszłości.

– Czyżbym ci nie mówiła? – odparła Katia ze zdziwieniem i niecierpliwością. – Wybacz. Poznajcie się. Maszetoczka, to jest Olga Siłowna. Dziedziczka Olga. Znalazłam ją, kiedy szukałam swojej praprababci wiedźmy.

– I nic nam nie powiedziałaś?!!! – Głos Infernalnej Izydy zagrzmiał na klatce.

– Zapomniałam – usprawiedliwiła się Katia. – Akurat gdy szłam od sąsiadki, oświeciło mnie: jeśli złożyć pieniądze w banku w dziewięćdziesiątym trzecim roku, to za dwadzieścia lat odsetki kapitałowe wyniosą...

– I dlatego nic nam nie powiedziałaś?!!! – uniosła się gniewem Wstrząsająca.

– Śpieszyłam się – rzekła dyrektorskim tonem Jekatierina. – Poszłam zarabiać pieniądze. Zarobiłam dla was po pięć milionów na głowę.

– I nic nam nie powiedziałaś??!

– Miałam dużo na głowie. Należało w pełni wykorzystać Przeszłość, póki była taka możliwość. Jakie to wszystko ma znaczenie? Nie rozumiem. – Piękność wzruszyła obojętnie ramionami. – Życzysz sobie nowej sceny? Bo ja nie.

Jej niezrozumienie wyglądało szczerze.

– Więc nie znalazłaś swoich wiedźmich korzeni? – chciała wiedzieć Kowalowa.

– Jekatierina Michajłowna – dała o sobie znać sąsiadka, której dotyczyło całe zamieszanie – jest z pochodzenia wiedźmą.

Dziedziczka Olga mówiła z godnością, nie zwracając uwagi na to, że scena, której stała się świadkiem, ma w sobie coś z atmosfery taniego bazaru.

– Katia to wiedźma? – zdziwiła się tą informacją Masza.

– I zapewniłam ją, że ze swej strony przedstawię jej niezbędne dowody, włącznie z moim pisemnym poświadczeniem. Ponad wszelką wątpliwość zmusi ono moją prawnuczę do uznania was...

– Aknir jest pani prawnuczką – przypomniała sobie wywiadowczyni. – A Kyłyna wnuczką.

– Mogłyśmy wygrać na Sądzie! – rozgorączkowała się Wstrząsająca Dasza. – Mogłyśmy pozostać Kijowicami! Dlaczego nam o tym nie powiedziałaś?!!

– Wszystko już wyjaśniłam. – Katerina stała na dolnym podeście, niecierpliwie pocierając barierkę. – Po prostu zapomniałam. O co wam chodzi?

– Jak to: o co nam chodzi?!! – Dasza, zacisnąwszy pięści, ruszyła w dół, do Dobrażańskiej.

– Nie pamiętasz – ze znudzeniem odparła Katia – co nam powiedziała Wasilisa? Jeśli udowodnimy wiedźmowstwo jednej z nas, Kijowicą zostanie tylko ta jedna. Mogłam nią zostać tylko ja. A ja nie chciałam nią być! Bardziej niż dobitnie wykazano mi, że nasza władza to niewola. A tu... Proszę wybaczyć, Olgo Siłowna, za niezręczną scenę. Przepraszam, Masza, że zapomniałam powiedzieć. Zbierałam się...

– Ale dlaczego nie powiedziałaś mi, że przy sklepie „Madame" stał ktoś inny? – zawołała pytająco Masza.

– A kto? – Dobrażańska już schodziła na parter.

– Ona! Olga Siłowna. Jesteście do siebie takie podobne!

– Bzdura, Maszetoczka. Przywidziało ci się. Między nami nie ma najmniejszego podobieństwa. Omówimy to jutro. Czekam na ciebie z wieczorną herbatką.

Katia, już spóźniona, pośpiesznie opuściła kamienicę.

Dasza zastygła z otwartymi ustami, z których nie zdążył się wyrwać nowy krzyk.

– Miło mi panie poznać. – Dziedziczka zamknęła epilogiem ich skandalizujące przedstawienie. – Mam nadzieję, Mario Władimirowno, że moja maść pomogła pani wyleczyć się z nieprzyjemnych następstw wywołanych „Orężem"? Wyświadczą mi panie ten zaszczyt? – Przeszyła wzrokiem obie eks-Kijowice. – Zapraszam serdecznie.

Olga Siłowna otworzyła przed nimi na oścież drzwi mieszkania.

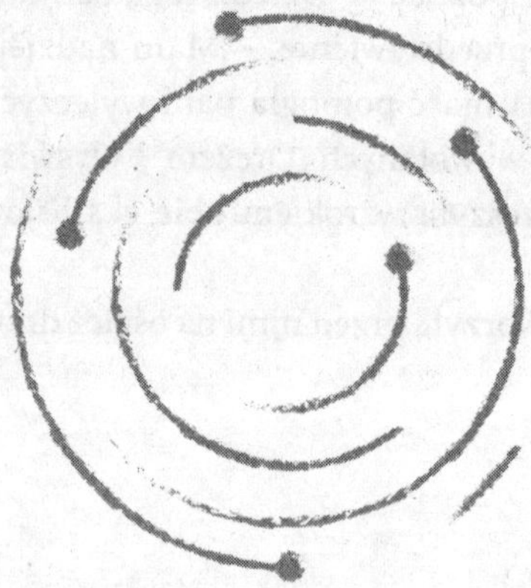

Rozdział dwudziesty drugi,

w którym nie wiadomo skąd pojawia się tajemniczy Johann

WYSZŁA DRUKIEM DO TEJ PORY ZAKAZANA
POWIEŚĆ LEOPOLDA SACHER-MASOCHA*

Autor jaskrawymi, barwnymi pociągnięciami pędzla maluje położenie współczesnego mężczyzny, który się dostał we władzę urodziwej jak Wenus, lecz podstępnej kobiety...

~ „Niwa", nr 19, 1908

Mieszkanie Dziedziczki poraziło Daszę i Maszę pogańską dziwacznością.

Nie było tu ani modnej secesji, ani dobrotliwej klasyki – były długie drewniane ławki, stół przykryty wyszywanym

* Leopold Sacher-Masoch – austriacki pisarz, którego nazwisko posłużyło do stworzenia pojęcia masochizmu. Jeden z literatów wysławiających kobietę okrutną, dominująca nad mężczyzną i poniżającą go.

obrusem, malowane kufry, ponure garnuszki. Pachniało ziołami i korzeniami rozcieranymi w kamiennych żarnach, które przycupnęły cicho w kącie. To wnętrze kazało zapomnieć, że za oknem jest co prawda początek, ale jednak xx wieku.

Właścicielka zdjęła lnianą serwetkę z podwyższenia na stole i odsłoniła karafkę z siedmioma maleńkimi kieliszkami.

– Częstujcie się. Pyszne wino. Szesnaście lat dojrzewało. Zrobiła je jeszcze moja siostra, była w tym mistrzynią.

Dziedziczka przesunęła dwa kieliszki na skraj stołu i napełniła je pysznością. Na karafce farbą olejną napisano: „Proszę pić". Na kieliszku Maszy: „Proszę nalać". Na kieliszku Daszy: „Wypij jeszcze jeden".

Czub wypiła.

– Jeszcze jeden? – zaproponowała zachęcająco Olga.

Masza podniosła szkło do ust, musnęła szesnastoletnie wino mocno zaciśniętymi wargami i ostawiła nietknięty trunek na stół.

„Pierwszego stycznia dziedziczka Olga wezwała swoją siostrę Kijowicę przed Sąd".

Szesnaście lat temu.

– Więc Katia to pani krewna? – Wyraźnie kulejąca wywiadowczyni Przeszłości dokuśtykała do ławki. – Jest z rodu Kijowic? Stąd podobieństwo między wami? Bo to przecież była pani, prawda? Pani stała przy sklepie „Madame Anjou". Wychodzi na to, że nie widziałam Wiertum. – Maszę zasmuciło, że jej teoria okazała się bezpodstawna. – Pani tu mieszka cały czas?

– Czego chciałaby pani się dowiedzieć? – zapytała Dziedziczka.

– Wszystkiego – odparła ekswładczyni Kijowa.

– Po co? – zabulgotała Czub, osuszając „jeszcze jeden". – Już nie jesteśmy Kijowicami. Ja zostałam gwiazdą. Katia draniem. A ty uratowałaś pięćdziesiąt milionów. Kulowskie winko!

– Kulowskie winko? Pięćdziesiąt milionów? – powtórzyła pytająco Dziedziczka.

– „Kulowskie winko" to po naszemu wyśmienite wino – wyjaśniła uprzejmie Kowalowa. – A pięćdziesiąt milionów to liczba ludzi, którzy zginęli z powodu Wielkiego Października.

– Czego? – nie zrozumiała Olga.

– Więc pani nic nie wie? – zrozumiała Masza.

– Znamy tylko to, co jest. – Dziedziczka spoczęła na drewnianym fotelu-tronie i z dostojeństwem położyła ręce na podłokietnikach. – Możemy odwiedzać Przeszłość. Ale nikt nie ma mocy zaglądania w Przyszłość. Albowiem to, co się wydarzyło, zostaje na zawsze. Ale to, co jeszcze nie zaszło, nie istnieje.

– Dlaczego w takim razie – Masza przestała ją rozumieć – wezwała pani swoją siostrę Kijowicę przed Sąd? Myślałam, że znała pani formułę Boga. Myślałam, że dowiedziała się pani o tym, że pani siostra Persefona dała Lirę Achmatowej i tym sposobem wywołała rewolucję. My ją nazywamy Wielkim Październikiem.

– Nazywaliśmy – sprostowała Dasza, nalewając sobie „jeszcze jeden". Najwyraźniej napis na gościnnym kieliszku zrobił na niej wrażenie.

– Ślepa, która podniosła talizman, nazywała się Anna Gorienko – poprawiła Olga Siłowna.

– Jeden czort. Achmatowa to jej pseudonim.

Dziedziczka poważnie kiwnęła głową, przyjmując wyjaśnienie.

– Jednak moja siostra Kijowica nigdy nie oddała jej Liry. Talizman mógł znaleźć ktokolwiek: pensjonarka, starucha, baba, mężczyzna. Rezultat byłby ten sam.

– Rewolucja? – Była studentka pokiwała głową. – Miliony ofiar.

– Ale moja siostra nie chciała rozlewu krwi. – Olga Siłowna pokręciła głową. – Chciała czegoś innego.

– Zaprowadzić Nowy Matriarchat! – podchwyciła swoją ulubioną pieśń Wstrząsająca Dasza. – Jesteśmy w temacie! Szkoda, że teraz matriarchatu nie będzie. Chyba że zaprowadzę go własnymi rękami. Albo i nogami. Na złość takim jak Katia! Ja jej jeszcze pokażę... – Czub wygrażająco potrząsnęła kieliszkiem.

– Wyrzekłszy się Kijowa, Jekatierina Michajłowna utraciła moc. – Olga Siłowna zwracała się do Daszy i robiła to ze znacznie większym szacunkiem niż wtedy, gdy mówiła do Maszy lub o Katerinie. – Ale pani zachowała wiele możliwości.

– Ja? – (Do tej pory dytyramby dostawały się tylko najstarszej i najmłodszej z Trójki Kijowic). – Tak pani uważa? – Czub pokraśniała.

– Ja to wiem – rzekła ważko Dziedziczka. – W pani rękach jest ogromna moc.

– Niech to szlag! – Daszą aż zatrzęsło. – Nie no, naprawdę? Niby jak mam ją przejawić?

– Przejawi pani. Ale przypomnę, że siedmiostrunowy talizman pozostał w świecie ślepych. I Lira tak czy inaczej odbędzie swą podróż.

– To znaczy matriarchat mimo wszystko powstanie? – Wstrząsająca Dasza uradowała się jeszcze bardziej.

– Zgodnie z moimi przewidywaniami – powiedziała Olga – teraz nastąpi to nieprędko.

– Na ile nieprędko? Czy chociaż dożyję? – Czub zachłannie łowiła każde słowo.

Dziedziczka Olga była nieprzyjemna, butna i niewiarygodnie podobna do Katii. Lecz obiecana Daszy wielka moc kazała jej zapomnieć o tych drobnostkach.

– W latach pięćdziesiątych i sześćdziesiątych prawa przyznano kobietom nawet w Egipcie i w Afganistanie – pocieszyła ją Kowalowa. – Wcześniej czy później przyznają je i u nas. Niech i później. Niech i w siedemdziesiątym siódmym, jak w Peru.

– W siedemdziesiątym siódmym będę miała dziewięćdziesiąt lat! – Dasza wpadła w rozpacz.

– Tak czy inaczej w celu przyśpieszenia tego procesu nie należało składać tylu ofiar! – stwierdziła nieprzejednanie studentka.

– Należało czy nie, obecnie wszystko zależy tylko od tego, czyje palce dotkną strun. – Dziedziczka skłoniła się zwolenniczce matriarchatu niejednoznacznie. – Ale czy matriarchat nastąpi, czy nie, moja siostra nie chciała tego! Nie chciała rewolucji, którą nazywacie Wielkim Październikiem. Nie chciała rewolucji, którą uważacie za początek Nowego Matriarchatu. Chciała czegoś zupełnie innego...

– Czego? – zapytała Czub (nie rozumiejąc, jak można chcieć czegoś jeszcze innego).

– Ziszczenia proroctwa Wielkiej Mariny. „Kiedy do Miasta po raz trzeci przybędzie Trójka i pogodzi dwie niedające się pogodzić liczby"!

– Wychodzi na to – zdziwiła się Masza – że pani siostra nikomu nie życzyła nic złego.

– Ale wychodzi też na to, że dobra również nikomu specjalnie nie życzyła – obraziła się Czub. – Miała gdzieś wszystkie ślepe Amazonki!

– Dobro i zło nie istnieją – wygłosiła Dziedziczka. – Lecz moja nieszczęsna siostra nie mogła uwierzyć, że każde duże dobro to tylko druga strona jeszcze większego zła.

– Chciałam powiedzieć – uściśliła eks-Kijowica podzielająca poglądy „nieszczęsnej siostry" – że pani siostra nie jest winna rewolucji. To znaczy jest winna, ale nie bezpośrednio. Nie bardziej niż sama Marina, której proroctwo skłoniło pani siostrę do przekazania Liry w ręce ślepej, którą przypadkowo okazała się Achmatowa, którą przypadkowo usłyszał Bogrow...

– Przypadkowe zbiegi okoliczności nie istnieją – przerwała wyniośle Dziedziczka Olga. – Dlatego gdy tylko moja siostra Kijowica zostawiła talizman w Ogrodzie Carskim, natychmiast odprawiłam obrzęd.

– Antyobrzęd – z jakiegoś powodu poprawiła Masza.

– A, mówi pani o tramwaju i o praprababci Katii! – Piosenkarka aż pojaśniała. – Jesteśmy w temacie!

– Dotarłam do rodu, z którego będzie się wywodziła jedna z Trójki. Ród ten był wyniszczony. Ale pięć kropli ofiarnej krwi wystarczyło, żeby Jekatierina Michajłowna naprawiła błąd mojej biednej siostry.

– Przy czym naprawiając go, nas dwóch nawet nie raczyła zapytać o zdanie – poskarżyła się gwiazda kabaretu. – A ja tam przecież byłam porządną dziewczyną! A Katia wyzywa mnie od prostytutek. – Czub wlała w siebie jeszcze jeden kieliszek.

I Masza pojęła, na czym polegała wielkość tego wina – piosenkarka była już pijana w sztok.

– Niech pani też się napije – zachęciła Dziedziczka. – Proszę się nie trudzić, przyniosę. Ciężko pani chodzić po ziemi. – Olga Siłowna wstała z drewnianego tronu, podeszła do stołu, wzięła „Proszę nalać" i trochę dolała. – Zużyła pani moją maść? Dam nową puszkę. Pomoże pani nie popełniać więcej głupstw. Wykorzystała pani już wszystkie trzy „Mgnienia"?

– Wszystkie trzy. – (Zaznajomiwszy Katię z Bogrowem, Daszę z Murawjowem i odnowiwszy swoją znajomość z soborem Włodzimierza, Masza mogła odtąd polegać wyłącznie na naturalnym procesie ozdrowieńczym). – Jako nie-Kijowica i tak nie mogłabym się nim posługiwać.

– Czyżby ślepi nie sięgali po czary? – Dziedziczka zachichotała. – Proszę się napić.

– Dziękuję. – Masza spojrzała na koleżankę. Czub, wyciągnięta na długiej ławie, kartkowała jakiś żurnal. – Ale najpierw muszę coś zrozumieć. – Eks-Kijowica pośpiesznie zebrała w garść sto faktów, które rozleciały się na wszystkie strony podczas pojawienia się Dziedziczki Olgi. – Jeśli można od początku... Pani starsza siostra Persefona znała formułę Boga?

– Poznała ją!

– A pani dowiedziała się od niej?

– Właśnie tak, moja miła.

– Ona wyliczyła, że oddając Lirę ślepym, pomoże Trójcy przyjść po raz trzeci?

– I tak się stało.

– Ale pani odprawiła antyobrzęd?

– Jak pani dobrze zauważyła.

– I dała mi pani do zrozumienia, że widziałam Wiertum. Chciała pani, żebym w to uwierzyła i przekonała Katię.

– Można i tak powiedzieć.

– Zatem to nie my, tylko pani dokonała Odmiany! Nie my, tylko pani uratowała miliony ludzi. Ale Lira i tak podąża swą drogą. Nie znalazłyśmy jej. Będzie dalej zabijać.

– Jakaż pani jest podobna do mojej nieszczęsnej siostry – zauważyła z kpiną Dziedziczka. – Odmawia pani uznania dobra tylko dlatego, że jest w nim zło. Przewiduję: szybko, bardzo szybko skończy pani jak ona.

– Jak pani siostra?

– Trwoży panią, że panna Gorienko złożyła w ofierze pięcioro bliskich... Ale w najmniejszym stopniu nie trwoży, że z powodu Odmiany złożyłam w ofierze pięcioro przodków Jekatieriny Michajłowny.

– No, w porównaniu z pięćdziesięcioma milionami... – wymruczała historyczka i... zaniemówiła.

Dziedziczka zerwała serwetę przykrywającą sporych rozmiarów naczynie. Obok poczciwej karafki na stole stał słój pełny różowej cieczy, w której pływała odcięta głowa Anny Michajłowny Strogowej.

Pięćdziesiąt milionów stanęło Maszy w gardle.

– Obrzęd zakończony – obwieściła Dziedziczka Annie Michajłownie i jej strasznym oczom. – A co – wychyliła się w stronę zamarłej studentki, kierując na nią roześmiany wzrok – jeśli pani wytłumaczę, Mario Władimirowno, to, czego pani rozpaczliwie nie chce zrozumieć? To, z jakiego powodu ja i moja przyrodnia wnuczka tak bardzo chciałyśmy tej Odmiany... Pięćdziesiąt milionów dusz złożono w ofierze tylko po to, żeby na świecie pojawiła się wasza Trójka!

– Nie pojmuję – wymamrotała Masza.

– A co w tym niepojętego? – spytała Dziedziczka. – Nie dopuszczając do rewolucji, nie urodziłyście się. Zatem żebyście się urodziły, potrzebna była śmierć pięćdziesięciu milionów.

– My?! – zawołała Masza.

– Poważnie? – zdumiała się Czub. – Z naszego powodu? Na cholerę byłyśmy komuś potrzebne?

– Tylko że wszystko odwróciłyśmy. – Kowalowa pobladła. – Oni nie umrą. My się nie urodzimy.

– Z tym stwierdzeniem nie ośmielę się spierać. – Olga Siłowna wyprostowała się i złożyła ręce na piersi.

– Ale to jednak dziwne – uświadomiła sobie wywiadowczyni zbyt późno. – Dziwne, że Katia wzięła panią za siebie. Ona też widziała panią z okna. A teraz nie widzi najmniejszego podobieństwa.

– A ja nie widzę w tym nic dziwnego – rzekła Dziedziczka z uśmiechem.

Zrobiła krok w tył i szybko przyłożyła sobie rękę do czoła, przesunęła dłonią przed twarzą. I przestała być podobna do Katii.

Stała się Katią!

Jej dokładną kopią – młodą, niewyobrażalnie piękną.

– Zmiennokształtna! – wybełkotała pijacko Dasza i cisnęła w Olgę żurnalem.

Magazyn upadł u stóp Maszy. Nosił tytuł „Ziemia".

Dziedziczka Olga „zdjęła" sobie z twarzy rysy Katii.

Przed nimi stała niemłoda jasnowłosa, niebieskooka dama, która kolor swych oczu i włosów przekazała wnuczce.

– Więc pani nie ze względu na ludzi... – Masza zachłysnęła się powietrzem.

– Na ludzi? – Złotowłosa roześmiała się dźwięcznie. – Pani zdaniem, miła Mario Władimirowno, oszukałam panią, każąc wierzyć, że pierwszego września jedenastego roku widziała pani Wiertum, zjawisko na tyle rzadkie, że z całą pewnością powinna była pani dojść do przekonania, iż niedopuszczenie do rewolucji to wasz los. Fatum. Przeznaczenie. Oszukałam Annę Michajłownę Strogową, zapewniając ją, że jej praprawnuczka będzie pięknością i Kijowicą, a przemilczając, że dostanie Kijów raptem na parę dni, że uroda stanie się jej przekleństwem i tylko przysporzy zmartwień. Obiecałam Jekatierinie Michajłownie, że dostarczę jej dowodów, i wspomniałam mimochodem, jaki szczodry procent daje nasz bank... Nasłałam Sąd na rodzoną, czule kochaną siostrę. I wszystko po to, żeby ocalić garstkę ślepców? Gdyby taka była moja wola, wytępiłabym ich co do jednego!

– A jednak pani ich ocaliła – rzekła Masza.

– Albowiem każde duże dobro to tylko druga strona jeszcze większego zła. – Dziedziczka Olga rozciągnęła usta w uśmiechu. –

Tamtego dnia, trzydziestego pierwszego grudnia tysiąc osiemset dziewięćdziesiątego czwartego roku, gdy moja siostra zostawiła Lirę w Ogrodzie Carskim, na jednej szali Wagi znajdowałyście się wy trzy, a na drugiej przyjście na świat Johanna. I było tak: albo wy, albo on! Moja siostra wybrała was. Wyliczyła chwilę, w której można było zmienić cały świat. Lecz moja wnuczka Kyłyna wyliczyła inny dzień i godzinę. Nie będzie was. Nie urodzicie się. Niech żyje Johann!

– A kto to taki ten Johann? – zapytała Katia.

Katerina Michajłowna szykowała się przy lustrze, słuchając półuchem.

– Nie wiem – odpowiedziała Masza, oglądając kwiatową wodę kolońską „Wiera-Wioletta" spółki „Higiena" i „chemicznie czysty higieniczny puder" na toaletce Katii.

(Wątpliwe, by „kuzynka" posługiwała się nimi; raczej obmyślała nowe uderzenie w przemyśle kosmetycznym Przeszłości).

– Johann to po niemiecku Iwan. Yochanan w języku hebrajskim znaczy „Jahwe-Bóg". W naszym przypadku to raczej antybóg... Nic więcej nie przychodzi mi do głowy.

– To wyrzuć go z niej zupełnie, Maszetoczka! – Katia zatknęła pukiel włosów za ucho. – Uroiła sobie, że manipuluje mną, wspominając o banku? Co za absurd. Już przed spotkaniem z nią rozmyślałam, jak wejść w posiadanie ziemi Meringa. Znalazłabym środki. A przekonałaś mnie tylko ty. Nie ona.

– Ale to ona przekonała mnie o swoim pseudo-Wiertumie.

– Niech to wszystko szlag! Chodź do gości, kochana.

Herbatka, na którą dostała zaproszenie „jedyna krewna" Jekatieriny Michajłowny, okazała się nader ludnym spotkaniem.

„Dawny przyjaciel" Maszy Mitia Bogrow, który oprócz nielegalnego tytułu cywilnego męża nosił też oficjalny tytuł administratora pani Dobrażańskiej. Ojciec Mitii, Grigorij Grigoriewicz, kamienicznik, jurysta, poważany członek społeczeństwa. I nieznani Maszy ludzie, których imion nigdy nie wspominały podręczniki.

Z wyjątkiem jednego.

– Pan Ginsburg – przestawiła Katerina przystojnego bruneta. – Właśnie ten. O jego domu piszą teraz we wszystkich gazetach.

„Więc Katia zna go osobiście? No tak... Przecież sprzedała mu grunt".

– Kłopot z tym domem – westchnął Ginsburg.

– Proszę wszystkich do stołu – zlekceważyła jego kłopot gospodyni.

– Więc co tam u pana się wydarzyło? Wczoraj w „Kijowianinie" artykulik czytałem – podchwycił mimochodem podrzucony temat siwowłosy przystojniak. – Czego to ludzie nie nawymyślają.

– Czyżby naprawdę osiadł tam u pana duch? – zaciekawiła się dama we wzorzystym szalu.

Goście rozsiedli się za okrągłym stołem pod beżowym abażurem.

Nad nimi górował secesyjny bufet z dwoma charakterystycznymi półkolami po bokach, przez które przypominał ni to samowar, ni to biorącą się pod boki babę.

– Właśnie, proszę opowiedzieć, niech pan nas zabawi swoją anegdotką – poprosił administrator pani Dobrażańskiej.

Trudno go było rozpoznać. Chudy, blady Mitia Bogrow znikł – ten był przepełniony spokojną pewnością siebie, nienachalną, lecz przejawiającą się w każdym geście, w każdym słowie.

„Co mogło mu się przytrafić, żeby naprawdę stał się szczęśliwy, bez żadnych zabójstw?"

„Pieniądze, status, miłość".

– Też mi anegdotka – żachnął się Ginsburg. – Pierwszy dom w całym imperium. Ile sił, ile środków w niego włożyłem... I na co! Duch utopionej profesorówny. Dziś rano wyniósł się generał Bierdiucznikow. Przedwczoraj osobiście mnie zapewniał: „Jestem starym żołnierzem, podczas wojny japońskiej śmierci patrzyłem w oczy i damskie histerie spływają po mnie jak woda po kaczce".

Wczoraj jego lokaj usłyszał infernalne wycie i ze strachu rymnął o podłogę srebrną tacą! A na tacy niósł imienny serwis włodzimierski, generał dostał go wraz z Orderem Świętego Włodzimierza trzeciej klasy. Więc zamiast zwolnić lokaja niezdarę, generał wpada do mnie, trzaska drzwiami i mówi: „Jestem generałem, na wojnie śmierci patrzyłem w oczy i serce mi ani drgnęło. A od tego wycia co noc budzę się zlany zimnym potem". Jeszcze artykuł w prasie brukowej wyszedł. Generałowa przeczytała i zemdlała. Mówi: „To grzech budować dom na grobie. Nie będziemy mieszkali na cmentarzu! Pan jest Żydem, pan tego nie rozumie, a my prawosławni!". Ja na to: „A panna Mering, ta, co się targnęła na swoje życie, akurat była Żydówką". Na darmo mówiłem – podsumował ponuro kamienicznik. – Teraz samemu mi przyjdzie targnąć się na swoje życie.

– Tak, dom przepadł – westchnął uprzejmie Mitia Bogrow, nalewając herbaty.

Na stole królował porcelanowy serwis z zakładu Kuzniecowa (jeszcze w teraźniejszości Katia umiała docenić „prawdziwe" rzeczy!).

– Dmitriju Grigorjewiczu, proszę spróbować suchego warienia. Odkąd przyjechałam do waszego Kijowa, nie mogę się nim nasycić. – Jekatierina Michajłowna podsunęła salaterkę. – A duchy istnieją naprawdę.

– Doprawdy, moja duszko, co też pani opowiada? – upomniał ją delikatnie ojciec Mitii.

– Chyba jestem gotowa kupić pański dom... – powiedziała Katia z namysłem.

I w jej głosie na tyle wyraźnie słychać było dopiero co podjętą decyzję, że gdyby Masza nie wiedziała o prywatnym interesie „kuzynki", sama by jej uwierzyła.

– Dom z duchem? – zdumiała się dama we wzorzystym szalu.

– Tak, chyba... – Głos Katii wciąż jeszcze rozmyślał, jakby smakował swoje pragnienie i zastanawiał się, czy warto. – Za tysiąc... – Wymieniona kwota zabrzmiała cicho.

Lecz reakcja była hałaśliwa.

– Zmiłuj się, pani, toż to grabież! – oburzył się Ginsburg.

– Pan, zdaje się, nie zrozumiał. – Katia ani myślała się targować. – Duchy istnieją.

– Nie wiem już, jak mam to rozumieć. – Właściciel nawiedzonego domu się nachmurzył.

– Proszę zrozumieć. Duchy są na świecie – powtórzyła uparcie Dobrażańska. – Od małego nasłuchałam się o nich od babci. Dlatego też pomyślałam: czy by nie zaryzykować? – Nie dokończyła, jakby jeszcze się wahała z przedłożoną propozycją.

– Jekatierino Michajłowno, bardzo pani to odradzam! – Administrator pani Dobrażańskiej zmarszczył brwi i stanowczo odstawił porcelanową filiżankę.

– Czy mogę choć raz, Dmitriju Grigorjewiczu, nie posłuchać pańskich rad? – zapytała Katerina tonem kapryśnej damulki. – Doskonale mi wiadomo, że niewiele się znam na interesach. Za to znam się na duchach.

– I co pani z nim, jeśli wolno mi się zainteresować, będzie robiła? Z moim duchem? – Właściciel okazałej kamienicy powtórzył wczorajsze pytanie Daszy.

– Jest jeden środek. – Katia mówiła z dłuższymi przerwami. – Babcia opowiadała. Ale nie to, co się przekazuje innym. – Głos Katii najeżył się chłodem. – Potrzebna jest krew. Nie cudza.

– Katia, tego nie wolno mówić! – zawołała ze strachem Masza. I wystraszywszy się jeszcze bardziej, zasłoniła sobie rozgadane usta dłonią.

– Moja siostra Maszetoczka. – Katerina się uśmiechnęła. – Ale państwo już się znają... Zresztą, jak pan wie, panie Ginsburg, ja się zupełnie nie rozeznaję w interesach. Gdyby mój zmarły małżonek tuż przed śmiercią nie błagał mnie, żebym kupiła posiadłość Meringa, pewnie poszłabym w świat... Dlatego zatrudniłam administratora, Dmitrija Grigorjewicza.

Dobrażańska spojrzała na Mitię. Masza wyczuła płynącą z oczu „kuzynki" falę spokoju i szczęścia.

„Ona go kocha. Ona naprawdę go kocha..."

Kowalowa próbowała wyrzucić sobie z głowy rozmowę, która ją tak strwożyła.

Cokolwiek wyobrażała sobie Olga Siłowna, każda z ich Trójki dostała dokładnie to, czego chciała:

Dasza – karierę. Katia – miliony i Mitię. Masza – miliony ocalałych i przepiękną, złotą Przeszłość.

Tylko myśl o tym, że każde dobro zawsze odwraca się na drugą stronę i okazuje jeszcze większym złem, zapierała się rękami i nogami jak człowiek, który nie daje się wypchnąć z okna jedenastopiętrowego domu – najwyższego w całym rosyjskim imperium.

– Maszetoczka, zostań u mnie na noc.

– Czemu? Jeszcze nie jest późno. Na Funduklejewską mam rzut kamieniem.

– Nie rzucaj kamieniem, zrób mi tę grzeczność – zażyła ją kalamburem Katerina. – Ściemniło się. Coś może się zdarzyć po drodze. Nie dalej jak wczoraj o mało nie wpadłam pod tramwaj.

– Pod tramwaj?

– Tak, akurat wysiadałam z samochodu... Nie, nie należy mówić „samochód", tylko „automobil". – Katia pilnie uczyła się starej wersji języka i osiągała niemałe sukcesy. – A przedwczoraj pośliznęłam się na naszej klatce schodowej i... Nie, „klatka schodowa" też teraz się nie mówi.

– Pośliznęłaś się i...? – przejęła się Masza.

– Poleciałam ze schodów na łeb, na szyję. Tak się poobijałam, że strach. Ostatnio ciągle coś mi się przydarza. – Katia najwyraźniej mało przejmowała się z tego powodu. – A Ginsburg sprzeda mi dom, zobaczysz. Świetnie zagrałaś mi na rękę. Obawiam się, że właśnie ty go przekonałaś.

– Ja? – Masza wystraszyła się oskarżenia. – Dlaczego ja?

– Posypał się. Pomnij moje słowa, w ciągu tygodnia wyjdzie jeszcze jeden artykulik i on sam wyśle do mnie liścik: „Gotów jestem omówić pani propozycję".

– Ale jak ty to urządziłaś? – Kowalowa nie miała już wątpliwości, że afera z „widmem w Paryżu" była dziełem jej „kuzynki".

– No, legendę Domu z Chimerami sama mi podsunęłaś. I opowiedziałaś mi o garnku, który murarze wmurowali w ścianę kamienicy, kiedy inwestor zapłacił im mniej, niż było uzgodnione.

Masza zatrzepotała rzęsami.

I oto okazywało się, że to dzieło nie Katii.

Tylko jej samej!

Kiedyś, chcąc przestrzec milionerkę przed nieprzemyślanymi spacerami po Przeszłości, studentka sama opowiedziała jej wątek opisany przez Grońskiego. Działo się to w Moskwie. A złośliwy garnek został wstawiony tak sprytnie, że podczas wietrznej pogody wydawał koszmarne dźwięki. Budowniczowie dodatkowo rozpuścili wieści o zabójstwie, do którego jakoby doszło w ostatnich dniach w kamienicy. Nikt nie chciał się w niej osiedlić. Kamienicznik zbankrutował.

– Resztę – powiedziała słodko Katia – wymyślił mój Mitia. – Zatrudnił dziewczynę do roli służącej. Panna wyróżniała się w domowych przedstawieniach, toteż strach przed duchem odegrała znakomicie i zemdlała koncertowo.

– A wyjący garnek?

– I do tego znalazł się murarz. Wynajęliśmy dla niego mansardę u Ginsburga. Zamieszkał tam i...

Kowalowej świat zatańczył przed oczami.

Goście już się rozeszli. Ale widmowych przejawów jej przestępstwa było w tym domu na kopy. W świecie zbudowanym na chwałę secesji kobiety znajdowały się wszędzie, ich postacie wyginały się w klamki, w haczyki na ubrania, ich twarze ukazywały się na tacach i popielniczkach.

– Katia, ja ci to powiedziałam, żeby ci nie przyszło do głowy oszczędzać na spółdzielcach. Chciałam jak najlepiej... – Eks-Kijowica poczuła zimny dreszcz. Ale i tak postarała się jeszcze raz zrobić „jak najlepiej". – Sama karciłaś Daszę za to, że prowokuje ruch kobiet. Tymczasem też zachowujesz się jak Amazonki.

...których babką, nawiasem mówiąc, była Wenus.

I których prawnuczki będą nazywane *femme fatale* – kobietami fatalnymi, na wzór *Wenus w futrze* Sacher-Masocha.

Którego dziadek, nawiasem mówiąc, spoczywa na cmentarzu Łyczakowskim we Lwowie.

– O czym ty mówisz, Maszetoczka?

– Ginsburg będzie zrujnowany – powiedziała antyrewolucjonistka. – Dobrze, Szancler był niemieckim szpiegiem. Ale Ginsburg... to źle!

– Kolejne głupoty! – fuknęła *femme fatale*. – Co mnie obchodzi Ginsburg, ja z jego powodu złożyłam w ofierze! Pewnie w czasie rewolucji jego pierwszego by rozstrzelali. A jego dom, tak à propos, spłonął w czterdziestym pierwszym. Obejdzie się.

„Oto i pierwsze zło" – pomyślała Masza.

„Moje".

– „Był więc zatem biały, kosmaty grudzień. Szybko zbliżała się połowa miesiąca. Odblask Bożego Narodzenia dawał się już ułowić na zaśnieżonych ulicach"* – przeczytała Kowalowa i popatrzyła w okno.

Na grudzień – „biały, kosmaty...".

Zwyczajny.

Zima strasznego 1918 roku trzymała ich Trójkę za szybą prawie cały miesiąc. Zimą 1894 Anna znalazła Lirę w Ogrodzie Carskim. Zima wdarła się do mieszkania, gdy Kijowica pstryknęła palcami, pragnąc usunąć zza okna obraz z carem... I oto przyszła znowu, najwyraźniej pragnąc podsumować wszystkie zimy Maszy.

---

* BG.

Masza, owinięta w ciepłą chustę, czytała *Białą gwardię*: „Był więc zatem biały, kosmaty grudzień..."

Od dnia Odmiany niejeden raz już otwierała czerwoną książkę i zaczynała czytać najbardziej kijowską w świecie powieść.

Próbowała ją przeczytać i wcześniej: próbowała, mając szesnaście lat, próbowała, mając dwadzieścia i dwadzieścia jeden...

Ale *Gwardia* niezmiennie dawała jej odpór.

Przebrnąwszy przez pierwsze stronice, czytelniczka nagle zatrzymywała się, uświadamiając sobie, że nie pamięta ich treści. Treść topniała jak śnieg. Posłuszna i wspaniała, wychwalana przeze mnie pamięć Maszy zamieniała się w rzeszoto – powieść, lepka i miękka, przesączała się przez nią i nie zostawiała śladu.

Pamiętny to był rok i straszny to był rok, ten od narodzenia...

Ileż razy szturmowała to pierwsze zdanie powieści!

I pierwszą stronę, i pierwsze pięć rozdziałów. Szturmowała od września po listopad i kiedy zbliżał się grudzień, znała je już na pamięć. Ale i tak nie mogła ich ogarnąć – ujrzeć żywego, drżącego obrazu.

A potem okna wybielił „biały, kosmaty grudzień".

I stał się cud.

Powieść ożyła! Przyciągnęła Maszę, zawirowała z nią i przyjęła w siebie. Czytelniczka wpadła w treść, jak wpada się w świeży głęboki śnieg, z rozpostartymi rękami. I zrozumiała: *Gwardia* nie bez powodu została nazwana „białą".

To powieść zimowa. I nie przypadkiem jako motto Bułhakow umieścił na początku cytat z Puszkina: „Począł sypać drobny śnieg i nagle jął walić płatami. Zawył wicher, rozszalała się zawierucha".

„Czemu nigdy nie siadałam do lektury zimą? To można czytać tylko w zimie!

A jeśli Demon właśnie to miał na myśli?

Po prostu radził mi czytać, kiedy spadnie śnieg..."

Dom przy Zjeździe Świętego Andrzeja pod numerem 13, opisany w *Białej gwardii* pod pseudonimem „na Aleksiejewskim Zjeździe 13", był tuż obok, prosto pod nosem – za oknem niedrogiej kawiarni!

I teraz, utknąwszy nosem w najbardziej kijowskiej powieści w świecie, zachłannie łykając linijki, akapity, strony, czując, jak śnieg skrzypi jej między zębami, Masza szukała odpowiedzi na pytanie: „Co jest nie tak?".

Wszystko zrobiła tak, jak jej kazało Miasto!

Miasto, które Misza Bułhakow pisał wielką literą.

*Niczym wielowarstwowe plastry pszczele dymiło, huczało i mrowiło się Miasto...**

Ich Miasto żyło.

Waga się wyprostowała.

Ludzie, o których śmierci opowiadała *Biała gwardia*, przeżyli.

Katia sprawi, że Ginsburg i Szancler zbankrutują... Ale to przecież małe zło, a nie najstraszniejsza druga strona większego dobra?

O czym zatem mówiła Dziedziczka?

„Albo cała rzecz w tym, że ja po prostu nie jestem w stanie przyznać: »dobro nie istnieje«? Ziemia leży pod białym śniegiem. Przedmioty rzucają cienie. A ja, jak Mateusz Lewita, gotowa jestem »złupić całą kulę ziemską, usuwając z jej powierzchni wszystkie drzewa i wszystko, co żyje«, ponieważ mam »taką fantazję, żeby się napawać niezmąconą światłością?«**".

Jeśli przyjąć, że zło to nieodzowna część dobra, należałoby też przyjąć i rewolucję, i pięćdziesiąt milionów jej ofiar, i głód 1933 roku...

Czy istnieje na świecie dobro, które mogłoby odkupić tyle zła?

I czy istnieje na świecie zło, które mogłoby zniwelować ich dobro?

I kim właściwie jest Johann?

---

* BG.

** MiM.

Masza odłożyła książkę. Podeszła do okna. Oparła czoło o lodowatą szybę.

Kiedyś, dawno temu Miasto, pragnąc jej pomóc, powtarzało: „Włodzimierz, Włodzimierz..." – to imię ją prześladowało.

Teraz Kijów mówił do niej: „Zima, zima...".

Zimy deptały jej po piętach. Sama szła przez zimy.

Zimową porą 1894 roku czas pośliznął się i wylądował w 1918, i zwichnął sobie przy tym staw. W zimie roku 1895 Kijowica porzuciła Miasto, czyniąc je bezdzietnym.

(„Przewiduję: szybko, bardzo szybko skończy pani jak ona").

Wciąż padał drobny śnieg. I „odblask Bożego Narodzenia dawał się już ułowić na zaśnieżonych ulicach". I Dasza obiecała przyjść wieczorem, żeby powróżyć w Wigilię.

Zima...

Dzyyyyyń!

Dzwonek był zbyt nachalny nawet jak na Wstrząsającą.

– Zamarzłam – wyjaśniła przyczynę swej niecierpliwości.

– Jesteś w spódnicy?!

Izyda wyglądała, powiedzmy to wprost, zupełnie nie infernalnie. Głowę miała zakutaną w ciepłą chustę, tułów tonął w nieforemnym kożuchu, ręce – w ciężkich rękawicach z jednym palcem. A wszystko to było tak dokładnie przyprószone śniegiem, że gwiazda bardziej niż cokolwiek innego przypominała bałwana skrzyżowanego ze strachem na wróble.

– Zawieja – wychrypiała. – Mój wóz nie zapali. Szłam pieszo. No i ubrałam się jak porządna kobieta. Patrz, kogo mam! – Zrzuciwszy ośnieżone rękawice na podłogę, rozpięła niekształtny kożuch.

Do bujnych piersi Daszy przywarła ruda Puszek.

– Bonżurh*! – miauknęła światowo.

---

* *Bonjour* (franc.) – 'dzień dobry'.

– Sprowadziłaś ją tutaj? – Kowalowa osłupiała. – Jak mogłaś?!

Zaokrąglona kotka zeskoczyła i zdegustowana potrząsnęła przednią łapą, aby pokazać, co sądzi o sypiącym się z jej właścicielki mokrym śniegu, i zadarłszy ogon, pomaszerowała do pokoju gościnnego.

– Co? – „Kocia mama" poskakała w miejscu, strząsając z siebie resztki zawiei. – Miałam córeczkę samą na święta zostawić? I tak, biedna, cierpi. Przywykła żyć w kocim towarzystwie. A teraz jest sama jedna.

Niefrasobliwość Daszy Czub nie miała granic.

– Jak mogłaś sprowadzić ją w Przeszłość? Izyda to strażniczka Wieży!

– Kto tak powiedział? – Dasza wcisnęła kożuch koleżance i zadarła „porządną" spódnicę.

– To prawo.

– Dla kogo ustanowione? Dla wiedźm i Kijowic. A my już nie jesteśmy ani wiedźmami, ani Kijowicami. – Pod spódnicą kryły się dżinsy z nogawkami wetkniętymi w buty „jak u Johny'ego Deppa". – Taki ziąb! Nie wiem wogle, jak kobiety wytrzymują tutaj w samych pantalonach i pończoszkach. I nic więcej pod spódnicę nie wkładają! Na logikę w ciągu jednej takiej zimy powinny wymrzeć do zera, jak mamuty. A im nie przeszkadza, biegają sobie z gołymi tyłkami. My, baby, jesteśmy takie żywotne!

Piosenkarka rozsznurowała botki. Zdjęła spódnicę. Powiesiła ją na wieszaku z jeleniego poroża i przedzierzgnąwszy się w zupełnie współczesną pannicę w dżinsach, ciepłych skarpetach i dzierganym swetrze, skierowała się prosto do gorącego pieca kaflowego.

– A gdzie pudła Katii? Zabrała je w końcu? – (Kiedy była mowa o Dobrażańskiej, Dasza nie potrzebowała odpowiedzi). – W takim razie jasne, co w nich było. Zajrzałaś do jej nowego kinoteatru? Wyświetla tam filmy. Takie, których w przeszłości nie było. Oczywiście nie *Matrix*. *Podwodny świat*: rekiny, ośmiornice, wieloryby i takie tam. Wybuch wulkanu, tsunami. A wszyscy są w takim szoku, jakby zobaczyli *Gwiezdne wojny*. Na Kriesztatiku stoją w kolejce.

– To prawda?

– Jeszcze jak! – nakręciła się Wstrząsająca. – W naszych czasach nie żyłaś, marzyłaś o Przeszłości. Przeniosłaś się w Przeszłość i tu też nie żyjesz! Siedzisz w domu! I co ja mam z tobą zrobić?

– Źle się ostatnio czuję – usprawiedliwiła się domatorka. – Chodzę jakby normalnie. Ale sił nie mam. Jakaś słabość. Zazwyczaj leżę...

– Jasna cholera, jesteś przecież w ciąży! Tym bardziej powinnaś częściej spacerować! – zganiła koleżankę gwiazda. – Wiesz chociaż, że w Katii zakochał się generał-gubernator?

– Nie.

– A wszyscy wiedzą! – z przyganą obwieściła Czub. – O niej teraz mówi się więcej niż o mnie. Jakie ma kapelusze, jaką suknię miała na premierze w operze. Jest pierwszą pięknością Kijowa. Nie nazywają jej inaczej jak najbardziej pozazdroszczenia godną narzeczoną. – Przyłożyła policzek do kafla. – A ja na pewno zostanę starą panną. Mojego Mitię ma Katia. Nawet ty masz Mira. Przy mnie jest tylko Lelik Briechow. I nawet on się we mnie nie kocha. Po prostu jest wesołkiem i nic nie musi robić. No, ogólnie pełne *merde*... Puszek uczy mnie francuskiego. Ale ma okropny koci akcent. Ludzie się śmieją.

– Miau! – Ruda kotka żwawo wtarabaniła się po dżinsach na ręce „mamy".

– No właśnie – podsumowała Czub. – Tylko ona mnie kocha. I jeszcze Polińka Kotek. A oprócz nich już nikt!

– Masz jeszcze kotka?

– Dobra, dość o tych smutkach. I bez tego chce się wyć.

– Dobrze. – Masza nie zrozumiała, dlaczego koleżanka ochrzciła kota żeńskim imieniem.

– Chcesz, to ci przeczytam wiersze, które napisałam o mojej córeczce – zaproponowała Czub, próbując wydobyć się ze swej melancholii. I nie doczekawszy się zgody, zadeklamowała, siląc się na wesołość:

Cóż to jest za łakomczuszek,
Taszczy swój opasły brzuszek,
Chętnie pośpi na podusi
Lub na rękach u mamusi.

Poznaj Puszka, tę tłuścioszkę,
Przekarmioną tylko troszkę!

– Fajne – szczerze pochwaliła Masza.

– A innym tak się nie wydaje – oznajmiła wyzywająco autorka. – Niedawno byłam w jednej kawiarni. Wiesz, zbierają się tam poeci, różnej maści malarze... Wyśmiali mnie. Na przekór przeczytałam im wiersz Zemfiry. Powiedzieli: „Spadaj".

– Tak powiedzieli? – zdumiała się historyczka.

– No, innymi słowami. Co za różnica? – obruszyła się Czub.

Kowalowa westchnęła.

Ostatnimi czasy Infernalna Izyda pławiła się w zrzędliwym przygnębieniu bliskim rewolucyjnej depresji.

Pamiętna utarczka słowna z Jekatieriną Michajłowną, panią Dobrażańską, jakoś niezauważalnie, stopniowo przeszła w resentyment, dodatkowo zaostrzony sukcesami, jakie „porządna" odnosiła w świecie i w sferze miłosnej.

– Dlaczego się nimi przejmujesz? Jesteś przecież piosenkarką. Gwiazdą – powiedziała Masza.

– Nie – uświadomiła ją Dasza Czub. – Jestem też wywłoką. Taka jak Katia nawet nie przywita się ze mną na ulicy, nie mówiąc już o tym, żeby mnie zaprosić w gości. Choć zdaje się, że nie jesteśmy sobie obce.

– Może jeszcze cię zaprosi – wyraziła złudne nadzieje „kuzynka" Katii Maszetoczka.

– Aha. – Piosenkarka postawiła kotkę na podłodze. – W przyszłym życiu. Ciebie przecież cały czas zaprasza. Dlatego że ty jesteś porządna!

– Jaka ja porządna? – pośpiesznie zażegała konflikt Kowalowa. – Spodziewam się dziecka bez męża. Nie widziałam Katii od tamtej pory. Ciebie nie mogła zaprosić, bo... tam był Mitia! A on wie, kim jesteś.

– Dziewuchą z dna społecznego! – poświadczyła swoją niską wartość gwiazda kabaretu. – Teraz należymy do różnych warstw społecznych. Kim ona jest, a kim ja?! Piosenkareczką!

– Ale ty naprawdę jesteś piosenkarką. Tylko że za bardzo popularną. Mitia cię zna i doskonale pamięta. Jak Katia miałaby mu wyjaśnić swoją znajomość z...

– Z dziewką publiczną! – spotęgowała ponuro swoją niedolę Czub. – Z biedną, ciemną istotą, która pokazuje swoje nędzne nogi. Myślisz, że nie rozumiem, że i bez Katii nic by mi z nim nie wyszło? Dlatego że on uważa mnie za brudną, obmierzłą. I nie tylko on. Codziennie za pośrednictwem madame Szleńskiej przekazują mi najróżniejsze świństwa. Wszyscy proponują seks. I nikt nigdy nie zaproponuje nic innego. Powiedz, że jest inaczej!

Masza nie wiedziała, co na to powiedzieć.

Więc ja powiem.

Bez względu na to, że sława Infernalnej Izydy ani trochę nie zblakła, lecz nawet zatoczyła szersze kręgi i jej gołe nogi przyjeżdżał oglądać incognito sam generał-gubernator, a w gazetach pisali, że bosonoga Isadora Duncan tańcząca w półprzejrzystym chitonie „blednie w porównaniu" z rodzimą gwiazdą, której proponowano już angaże w Moskwie i Sankt Petersburgu, do Daszy stopniowo dotarło: może się stać seksualną rewolucją, Nowym Matriarchatem, „misją", ale kimkolwiek stałaby się tu, na początku XX wieku (czy to w Kijowie, czy Moskwie, czy Petersburgu), zawsze pozostanie kobietą upadłą. Jedną z tych, które oficerowie, studenci i franci z dawien dawna całują i uwodzą dla zakładu... Albowiem w tym, żeby pozbawić czci taką jak ona, nie ma żadnego dyshonoru dla człowieka honoru!

A prawo o równości i braterstwie między pozbawionym czci i honoru mężczyzną a pozbawioną czci i honoru kobietą, które przyjęli bolszewicy, nie będzie przyjęte z oczywistej przyczyny, jaką jest brak tych ostatnich, a przynajmniej nie stanie się to w najbliższej, dającej się przewidzieć przyszłości.

– Rozumiesz, jakie się z tego zrobiło gówno – tłumaczyła Czub. – To, co w Przeszłości jest dla mnie dobre, jest też złe.

– Rozumiem – powiedziała Masza. – Dobro to zło.

– Z jednej strony – rozwijała Czub myśl Maszy – dama, która narusza prawo, przyciąga uwagę, z drugiej stawia samą siebie poza prawem. Ale to też bzdura. – Piosenkarka przeszła się po pokoju. – Dla supergwiazd prawo nigdy nie było pisane. Po prostu tu ludzie estrady to nie to samo, co u nas. Nie są prawdziwymi gwiazdami. Nie są właścicielami dusz. Tutaj żaden piosenkarz nawet nie występuje na dużej scenie z solowym koncertem, śpiewa tylko po knajpach. My, piosenkarze i tancerze, to trzeci sort! Zresztą w naszych czasach też byłam trzecim sortem: piosenkarką z klubu. I tu też nią zostałam.

– Nieprawda, akurat w jedenastym roku Mata Hari dostała angaż na sezon zimowy w teatrze La Scala, to bardzo prestiżowa scena.

– W gazetach to przeczytałaś? – zapytała zazdrośnie Dasza.

– Już wcześniej wiedziałam.

– Wszystko jedno! – uparła się gwiazda. – I ona, i Isadora Ducan przeszły do historii tylko dlatego, że z sukcesem umarły! Wierz mi, jestem obyta w show-biznesie. Gdyby żadna z nich nie umarła z szykiem, za cholerę byś o nich nie wiedziała, uwierz. Duncan powiedziała: „Żegnajcie, odchodzę ku sławie", wsiadła w auto i udusił ją własny szal, gdy się wkręcił w koło. Matę Hari rozstrzelali za szpiegostwo. A przed egzekucją posłała żołnierzom buziaka i zawołała do nich: „Chłopaki, jestem gotowa!". Z klasą? Z klasą. Co im innego zostało? To Fiodor Szalapin mógł sobie pozwolić, żeby umrzeć pod siedemdziesiątkę na głupią białaczkę. Najlepszy głos świata! Achmatowa mogła... Może gdybym była diwą operową. Albo aktorką dramatyczną. Lub chociaż poetką.

– To dlatego poszłaś do tamtej kawiarni – skojarzyła Masza. – Nie wiedziałam, że piszesz wiersze.

– Pamiętasz – Dasza próbowała podnieść się na duchu – co mówiła moja mama? W Przeszłości poetów ubóstwiano jak w naszych czasach gwiazdy estrady! Kiedy na scenę wychodził Siewierianin, kupieckie żony i córki zrywały z siebie kosztowności i rzucały mu pod nogi. Ja już sobie nawet zaczęłam obmyślać pseudonim poetycki. Izyda Puszek nie ujdzie. Izyda Puchatek też nie. Może Izyda Pierzynka? Powinno być coś pościelowo-erotycznego. Sharon Stone? Izyda Seks? Izyda Miziaczek?

– Lepsze byłoby rosyjskie nazwisko – podsunęła taktycznie Masza.

– Izyda Seksualna? Izyda Seksualnowa? Chcesz, to ci przeczytam jeszcze jeden wierszyk?

Wstrząsająca wyszła na środek pokoju i przybrała manierystyczno-seksualną pozę.

– Moja miłość do ciebie skończyła już ze sobą! – wyrzekła przeciągle.

Pierwsza zwrotka spodobała się Maszy i studentka przygotowała się na ciąg dalszy. Lecz okazało się, że ciągu dalszego nie było.

– Dalej póki co mi się nie układa – stropiła się Czub. – Ale mam jeszcze jeden wariant. „Moja miłość do ciebie długo umierała". Jak twoim zdaniem lepiej: umierać czy skończyć ze sobą?

– Można od jednego wersu zacząć pierwszą zwrotkę, a od drugiego drugą – podpowiedziała koleżanka.

– Oj, jaka ty jesteś mądra! – zawołała gwiazda. – Nie pomyślałabym o tym. – Jedną bym na pewno straciła. No, ale w zasadzie podoba ci się?

– Tak. A kiedy napiszesz wszystkie pozostałe? – podpytała ostrożnie Masza.

Nos Daszy doznał nieopisanego rozstroju.

– Nigdy wcześniej nie pisałaś wierszy? – domyśliła się Kowalowa.

– Pisałam – przyznała piosenkarka, zawczasu marszcząc swój nerwowy nos. – Gdy miałam trzynaście lat, o takich różnych książętach. A w normalnym wieku tylko jeden.

– Powiesz go?

– „Mam życia dość, dało mi w kość! Mam życia dość, dało mi w kość! Mam życia dość, dało mi w kość!" Powtarza się wiele razy.

Czub z rozmachem padła na kanapę i schowała nos w poduszkę. Puszek natychmiast skoczyła jej na plecy i zaczęła starannie ugniatać łapami pupę „mamy", zamierzając umościć się na tej ciepłej krągłości.

– Nie wiem, co robić – żałośnie wyznała gwiazda kabaretu. – Nie mam operowego głosu. Do teatru mnie nie przyjęli. Tak, tam też chodziłam za pracą! Jeżeli nie zacznę pisać wierszy... No ale dlaczego, dlaczego Achmatowa, a nie ja? Przecież jestem lepsza! Prawda, że lepsza? Gdybym to ja dostała Lirę...

– Chodź, powróżymy sobie! – przerwała jej zawodzenia koleżanka. – A jeśli czeka cię wstrząsający sukces? Olga mówiła przecież, że masz ogromną moc. Nie Katia i nie ja.

– Też się tym pocieszam. – Nos Daszy się ożywił. – Okej, wróżymy. Od czego zaczniemy? Wróżenie z fasoli, z lustra czy z książki?

Nie chcąc przeszkodzić rudej „córeczce" usadowionej na ugniecionym miejscu, Czub niebezpiecznie wygięła szyję w poszukiwaniu odpowiedniego przedmiotu. I ponieważ zostawiona przez Maszę na kanapie czerwona książka znalazła się akurat pod ręką, odpowiedź na pytanie nasunęła się sama.

– Świetnie, z książki! Co my tu mamy? Jasny gwint, Bułhakow. A co tam, Bułhakow do wróżenia nadaje się idealnie! Zaraz się dowiemy, co mnie czeka w najbliższej przyszłości. Linijka, strona... – zatrajkotała piosenkarka.

– „Ty stara wiedźmo, jak jeszcze kiedy znajdziesz cudzą rzecz, to na milicję odnieś, a nie chowaj za pazuchę! Annuszka, mając w rozdzwonionej głowie – wskutek wszystkich tych wydarzeń na klatce schodowej – zamęt, długo jeszcze z rozpędu..."* – odpowiedziała książka głosem Daszy w wybranym przez Daszę miejscu. – I co to ma niby znaczyć? – zapytała sama zainteresowana. – Że coś komuś ukradnę? Albo to podpowiedź, że Annuszka jest wiedźmą i świsnęła nam talizman? Zupełnie tego

---

* MiM.

nie kumam. Okej, teraz ty. Zapytajmy, co czeka ciebie. Podaj numer strony i linijkę.

– Strona dziesiąta, linijka dziewiąta – powiedziała Kowalowa.

Piosenkarka zaszeleściła papierem, odszukała wskazany fragment i przeczytała na głos:

– „Nie wolno tracić nadziei – powiedział, nadal zmieszany, ale jakoś bardzo przekonywająco. – Rozpacz to ciężki grzech... Ja wprawdzie sądzę, że i nadal będziemy poddawani próbom. Tak, tak, ciężkim próbom..."*

– Jedno od drugiego nie lepsze. – Dasza zatrzasnęła tom. – Ty wpadniesz w rozpacz, a ja kogoś okradnę. Nie – zmieniła zdanie. – Na pewno przekaz dla mnie jest taki, że Achmatowa okradła mnie osobiście. – Czub rozsmakowała się w tym pomyśle. – Zastanów się – zachęciła z entuzjazmem. – Wszystko brzmi logicznie! Annuszka wszystkich wybiła, my wszystkich uratowałyśmy. Ona rozlała, my wytarłyśmy. Przeprowadziłyśmy antyobrzęd i wszystko powinno być na odwrót. Ja, nie ona, powinnam zostać pierwszą gwiazdą. Ja, nie ona, powinnam odbierać wszelką cześć. Ja, nie ona, powinnam ustanowić matriarchat, nowy, bez bolszewików... Właśnie o tym mówiła mi Olga! Mam w rękach moc, wszystko zależy tylko od tego, czyje palce dotkną strun...

– Nie wiem. – Masza nie była pewna.

– A co tu wiedzieć? – zatrajkotała Wstrząsająca Dasza. – Lira w ogóle była nasza! Należała się nam, nie jej. Szkoda – zasmuciła się – że nie było sposobu, żebyśmy dostały Lirę.

– Jeden sposób był – przypomniała wywiadowczyni. – Jeszcze przed Odmianą mogłyśmy pójść w Przeszłość i między rokiem tysiąc osiemset dziewięćdziesiątym piątym a tysiąc dziewięćset szóstym wykopać Lirę na Wzgórzu Włodzimierza, zanim zrobiła to Achmatowa.

– Więc czemu tego nie zrobiłyśmy? – Czub bezlitośnie strąciła „córkę" z siedziska i wyprostowana usiadła na kanapie. Miała

---

* BG.

rozszerzone oczy. – Ty też?... Też, tak jak Katia... Dlaczego nie powiedziałaś mi wcześniej, kiedy mogłyśmy? Pomagasz tylko swojej Katii! Schrzaniłaś mi życie! – krzyknęła.

– Zrozum – przymilnie wyjaśniła jej historyczka – bez Liry, którą wykopała Achmatowa, Bułhakow nie napisałby *Mistrza i Małgorzaty*. Tylko *Białą gwardię*...

– Coś ty powiedziała?

Przez kilka sekund Wstrząsająca patrzyła na Maszę okrągłymi jak u kota oczami. A potem spytała cicho:

– Masza, a ty w ogóle masz świadomość, że *Białej gwardii* nie będzie?

– Masz na myśli: Czerwonej Armii nie będzie?

– Nie, białej. I nie armii, tylko książki. To przecież powieść o rewolucji. A rewolucji nie będzie. Jak Bułhakow będzie mógł o niej napisać?

– Bułhakow nie napisze *Białej gwardii* – powtórzyła Masza tak płaczliwie, że do koleżanki natychmiast dotarło:

Wróżba o rozpaczy, której nie należy się poddawać, spełnia się właśnie teraz, na jej oczach.

– Dobra, nie przeżywaj tak strasznie. Wybaczam ci!

– Nie napisze *Mistrza i Małgorzaty*. Tam akcja toczy się w czasach władzy sowieckiej... A władzy sowieckiej też nie będzie.

– Nie szkodzi. Napisze coś innego. Nawet fajnie się składa. Poczytamy tu nowe, nikomu nieznane dzieła Bułhakowa! – obiecała Dasza.

– Nie! – zaoponowała strasznym głosem eks-Kijowica. – Niczego nie napisze. Niczego. Niczego.

– Masza...

– Nic z tego! Proszę. – Kowalowa szybko zasłoniła oczy dłonią. – Strona dwieście dwadzieścia siedem, linijka trzynasta.

– „Ile pan, doktorze, bierze za pański zbożny trud?"* – przeczytała Wstrząsająca.

---

* BG.

– Doktor. Boże, doktor! – wykrzyknęła Masza w stronę nieba. – Faust miał na imię Johann! Doktor Johann Faust. Bułhakow oglądał operę *Faust* czterdzieści jeden razy. Oto mamy tramwaj.

– Tramwaj rewolucję? – z lękiem dopytała Czub.

– Tramwaj antyrewolucję! – obwieściła z rozpaczą antyrewolucjonistka. – Antyobrzęd na Placu Carskim. Pierwszy w Rosji tramwaj to rówieśnik Bułhakowa. Obaj przyszli na świat w tysiąc dziewięćset pierwszym roku. Są równolatkami. Są tym samym! Demon chciał, żeby Bułhakow został Faustem. Nakłonił go do studiowania medycyny. Olga też tego chciała. Dokonała Odmiany tylko po to, żeby Bułhakow został lekarzem!

– Dlaczego?

Rozdział dwudziesty trzeci,

w którym Masza pojmuje, że zło to dobro

Taki czysty i młody, Misza zapoznał się...

~ A. Konczakowski, D. Małakow, *Kijów Michaiła Bułhakowa*

„Dlaczego?" – Masza zadawała sobie to pytanie, stojąc na Zjeździe Świętego Andrzeja naprzeciwko domu pod numerem 13, pod szyldem „Mistrzowska szwalnia strojów duchownych".

„Dlaczego?" – pytała, gładząc wiszący na jej piersi klucz.

„Dlaczego?" – pytała, zamarzając, okutana w przykrótki kożuszek.

Nie była już Kijowicą...

„Dlaczego? Żeby Bułhakow został lekarzem?"

...nie mogła poprosić o potrzebny jej dzień i godzinę.

I trzy niepotrzebne mroźne godziny przestała, czekając, aż student wydziału medycznego Uniwersytetu Świętego Włodzimierza wróci do domu.

„Dlaczego ja tu stoję? On sam jeszcze nie wie, że zostanie lekarzem".

W latach 1910–1913 Michaił Bułhakow był na drugim roku studiów; inaczej mówiąc, zaliczał się do „wiecznych studentów".

Niewykształcony jeszcze na medyka, uczęszczał na kursy teatralne na wydziale dramatycznym. Marzył o zawodzie aktora. I o miłości.

Ze swoją przyszłą żoną Tasią Łappą ożeni się w 1913. Ślubu w cerkwi Mikołaja Dobrego udzieli im ten sam kapłan, ojciec Aleksandr Głagolew, który opowie w powieści Aleksiejowi Turbinowi...

(i Maszy!)

„Nie wolno tracić nadziei (...). Rozpacz to ciężki grzech".

Ojciec Głagolew zginął w 1937 roku. Rozstrzelano go i został męczennikiem. A teraz nie zginie.

„Dlaczego ja tu stoję?"

Syn Głagolewa przyjął święcenia kapłańskie po rozstrzelaniu ojca i w noc Babiego Jaru uratował wiele żydowskich rodzin, ukrywając je w prawosławnej cerkwi.

Nie trzeba będzie ich ratować. Trzysta tysięcy ludzi zgładzonych i zrzuconych do wąwozu nie zginie. Cerkiew Mikołaja Dobrego nie będzie zburzona. Bułhakow zostanie lekarzem. A w 1914 roku zostanie fanatycznym lekarzem. A potem Wielkim Lekarzem. Jako pierwszy nauczy ludzi leczyć nerczycę. Uratuje ich z nieuleczalnego uzależnienia...

Czy to zło?

„Dlaczego ja tu stoję?"

„Dlatego że nie jestem gotowa ponieść tej ofiary!"

Powiedziała to.

Wierciła się tak długo, bojąc się wymówienia tego na głos.

Wyrzekła się Kijowa. Wrubla, z którym rozminęła się w latach na zawsze. Ojca, z którym nie zobaczy się już nigdy, przenigdy.

„Ale dlaczego Bułhakow nie może zostać Bułhakowem? Pisarzem! Dlaczego znów muszę kogoś ratować?"

Z powodu narkomanii umarło czternaście tysięcy ludzi. W samej Ukrainie.

„Uratowałam pięćdziesiąt milionów. Wystarczy! Gdybym wiedziała wcześniej..."

Gdyby jeszcze przed Odmianą Masza przeczytała pierwszą – i być może najpiękniejszą – powieść Bułhakowa, wiedziałaby, że wróciwszy w lutym 1918 roku z pierwszej wojny światowej do domu przy Zjeździe Świętego Andrzeja pod numerem 13, Bułhakow, tak jak jego bohater, lekarz Aleksiej Turbin, zaczął przyjmować tam chorych i myślał, „że teraz życie jakoś się ułoży"*.

A jednak Miasto, które tak ukochał, już nie istniało – w styczniu 1918 do Kijowa weszły wojska Murawjowa...

„Nie wejdą!"

„Pamiętny to był rok i straszny to był rok, ten od narodzenia Chrystusa Pana tysiąc dziewięćsetny i osiemnasty, ale tysiąc dziewięćset dziewiętnasty był jeszcze straszniejszy"**.

„Będzie czysty i jasny!"

Kijów wpadł w kleszcze historii. Wielkie Miasto wycierpiało więcej niż wszystkie inne miasta. Od 1918 do 1920 roku raz po raz zajmowali go i oddawali Niemcy, czerwoni, nacjonaliści, Petlura. „Jak obliczyli sami kijowianie, władza zmieniała się u nich osiemnaście razy. (...) Ja zaś stwierdzam z całą stanowczością, że czternaście, przy czym *dziesięć przeżyłem na własnej skórze*"*** –

Bułhakow tego nie napisze.

Kiedy w sierpniu 1919 roku, po drugim wejściu czerwonych, Kijów zajmą wojska Denikina, w „Kijowskim Echu" pojawi się reportaż podpisany „Mich. B".

„Ostania zbrodnia dokonana przez oprawców z CzK to rozstrzelanie za jednym zamachem 500 ludzi..."

* BG.

** Ibid.

*** MK.

Czyżby to był pierwszy tekst opublikowany przez Michaiła Bułhakowa?

Lekarz opuści miasto z wojskiem Denikina. W 1921 roku przyjedzie do Moskwy. Właściwie przyjdzie pieszo, będzie głodował. Kiedy w lutym 1922 w Kijowie umrze jego matka, on nie zdoła pojechać do Kijowa na pogrzeb – nie będzie miał pieniędzy na bilet. Ale powieść *Biała gwardia* zaczyna się od pogrzebu matki. I właśnie od *Białej gwardii* zaczyna się pisarz Bułhakow.

Ból po stracie ojca powinien był wymusić na Michaile, by został lekarzem.

Lecz ból po stracie matki oraz „macierzy ruskich miast"* okazał się silniejszy...

Ból kazał mu pisać. Gdyby nie było bólu, nie byłoby pisarza.

Gdyby nie było zła, nie byłoby też dobra!

Dziwnej lekcji udzieliła Maszy Odmiana.

Ze zła zrodziło się dobro... Z milionów ofiar, z piekła rewolucji zrodziła się najbardziej kijowska w świecie powieść, napisana w Moskwie. Powieść, która mogła być napisana tylko w Moskwie. Powieść o kijowskim raju utraconym.

Jedyna w świecie powieść o Kijowie.

Lecz to miasto złożyło ofiarę.

„Złożyło w ofierze powieść... i mnie. A ja już nie mogę. Starczy tego. Dość!"

– Michale Afanasjewiczu! Michale Afanasjewiczu! – Masza rzuciła się przez wąską część jezdni.

I choć w 1911 roku zwracanie się po imieniu z patronimikiem do ponaddwudziestoletnich studentów nie zakrawało na drwinę, w jej wołaniu było coś takiego, coś bliskiego duszącej wierze, że

---

* MK.

zawołany Michaił Afanasjewicz zatrzymał się i ze zdziwieniem obejrzał na nią.

Lecz tego Masza nie widziała.

– Michale Afanasjewiczu... – Stała przed Michaiłem Bułhakowem i ze strachu jej wzrok miotał się na wszystkie strony, omijając młodzieńca. – Proszę wybaczyć. Błagam o wybaczenie. – Wzrok bał się najmniejszego kontaktu. – Pan mnie nie zna. Ale koniecznie musimy porozmawiać. To niezmiernie ważne. Tak bardzo ważne.

Czując w uszach świszczący szum porażki, Masza dzielnie podniosła oczy na podbródek rozmówcy.

– Wobec tego – podbródek niepewnie się uniósł – zapraszam...

Podbródek lekko się odwrócił i Masza zrozumiała: on ją zaprasza do domu.

W jej głowie zarysował się dokładny plan wnętrz Muzeum Bułhakowa.

Ostatniego mieszkania rodziny Bułhakowów, opisanego w *Białej gwardii* jako mieszkanie rodziny Turbinów – raju utraconego.

Mała jadalnia z wyjściem na duży, letni taras.

Niewielki pokój gościnny, przylegający do przyszłego pokoju Miszy, gdzie siedem lat później będzie on przyjmował pacjentów.

Pokój matki. Pokój chłopców. I biblioteka.

„Biblioteki", nazwanej tak w powieści, Bułhakowowie nie mieli – nie było na nią miejsca. „Siedem zakurzonych i zagraconych pokojów"* zajmowało dziewięć osób: matka Warwara Michajłowna, cztery siostry, dwaj bracia i jeszcze dwóch kuzynów. Lecz w białym raju powieści biblioteka się znalazła.

– Nie, nie. – Masza zdenerwowała się jeszcze bardziej i nie wytrzymała na podbródku. – To poufna rozmowa. A u pana w domu zawsze jest tylu ludzi – nerwowo wyjaśniła budynkowi stojącemu w miejscu niedrogiej kawiarni pod drugim numerem 13, obecnie z szyldem „Skład kolonialno-spożywczy nr 13".

---

* BG.

– Skąd pani wie? Bywała już pani u nas wcześniej? Chyba znam pani twarz... Mogłem panią widzieć w teatrze?

– Michale Afanasjewiczu. – Masza miała wrażenie, że coraz głębiej zapada się w śnieg. – Błagam pana. – Jej wzrok, bojąc się dotknąć jego czoła, zatoczył szeroki półokrąg i zdążył pochwycić strzęp zimowego nieba, po czym opuścił się na okna pierwszego domu pod trzynastką.

W oknach paliło się światło.

*Nad jednopiętrowym domem pod trzynastym, domem zbudowanym arcyprzedziwnie (...), w ogrodzie, który przywarł do stromego zbocza, gałązki na wszystkich drzewach rozczapierzyły się, obwisły. (...) Dom przywdział białą generalską czapę i na piętrze dolnym (...) zapłonął wątłymi, żółciutkimi światełkami...**

Bułhakow nigdy nie napisze tego o domu?

– Proszę mnie wysłuchać. – W rozpaczy wczepiła się oczami w guzik jego płaszcza. Guzik wisiał na nitce, należało go przyszyć. – Przejdźmy się na Wzgórze Włodzimierza. To przecież najlepsze miejsce na świecie.

– Pani też tak uważa?

„To pan tak uważa!"

Ale on jeszcze tak nie uważał. Wzgórze stanie się „najlepsze na świecie", kiedy Bułhakow znajdzie się w Moskwie, odcięty od Miasta. Tchnąca ze stronic powieści niemająca końca, jak idący z góry śnieżny wał, miłość do Kijowa zostanie pomnożona przez nostalgię, przez nieskończony ból straty, tym bardziej, że niedostępne staną się dla niego „najlepsze miejsce na świecie, Wzgórze Włodzimierza", „najfantastyczniejsza w świecie ulica" Małopodwalna, dom zbudowany „arcyprzedziwnie".

A raczej: nie staną się.

Nie będzie nostalgii, nie będzie bólu, nie będzie Moskwy.

---

* BG.

Nie zakończą się „czasy legendarne", „kiedy w ogrodach najpiękniejszego miasta naszej ojczyzny żyło pokolenie młode i beztroskie". Kiedy „wiosną ogrody kwitły na biało. Park Carski okrywał się zielenią i słońce wdzierało się do wszystkich okien, niecąc w nich pożary. A Dniepr! A zachody słońca! A klasztor Wydubiecki na zboczu! Zielone morze zbiegało uskokami ku wielobarwnemu spokojnemu Dnieprowi. Noce naddnieprzańskie były czarnogranatowe i gęste, a wysoko w górze zawisł elektryczny krzyż świętego Włodzimierza...

Słowem, było to miasto piękne i szczęśliwe. Macierz ruskich miast"*.

I stojący przed nią właściciel smętnie zwisającego guzika należał do pokolenia, w którego sercu żyła szczęśliwa „pewność, że całe życie upłynie jasno, cicho i spokojnie, wśród jutrzenek, zachodów, Dnieprów i Kreszczatików, słonecznych ulic latem i płatków przyjaznego, niemroźnego śniegu – zimą..."**.

Tak będzie. I tak będzie.

Bułhakow będzie szczęśliwy. Donikąd nie wyjedzie. I dlatego niczego nie napisze.

„Wtedy umrę..."

– Wobec tego może dojdziemy do Kontraktowej? – Kowalowa skierowała niewyraźne pytanie do guzika.

Chyba zaintrygowała Miszę.

Bo czy najukochańszy starszy brat czterech czule kochanych młodszych sióstr mógł odmówić błagającej go tajemniczej, wystraszonej pannie?

– Proszę. – Podał jej rękę.

Wzrok Maszy uspokoił się – teraz patrzyła pod nogi. Stromy, pokryty śliskim śniegiem Zjazd Świętego Andrzeja posłużył jako usprawiedliwienie.

– Proszę powiedzieć, Michale Afanasjewiczu – ośmieliła się przy dwunastym kroku – czy wierzy pan w niemożliwe?

---

* MK.

** Ibid.

– Zależy od tego, na ile oryginalnie pozwoli pani rozumieć niemożliwe. – Głos niewidocznego dla niej rozmówcy brzmiał uprzejmie, miękko, lekko ironicznie.

Ale najwyraźniej chciał zrozumieć.

– Czy wierzy pan na przykład w to, że pewnego dnia do człowieka może przyjść Mefistofeles.

– Ależ... to bardzo możliwe.

– Wierzy pan w diabła?

– Cerkiew zdecydowanie przekonuje nas o jego istnieniu. Ten, kto wierzy w Boga, wierzy też w Szatana. – Powiedział to w taki sposób, jakby rozumiało się samo przez się.

– Nie pomyślałam o tym w ten sposób.

Podniosła na niego oczy.

I doświadczyła pustki rozczarowania.

Jej towarzysz nie był Bułhakowem!

Bułhakow Maszy wyglądał zupełnie inaczej – czterdziestoletni, z monoklem w prawym oku. O twardo zarysowanych ustach, silnych oczach.

A ten był tylko nieco podrośniętym gimnazjalistą, którego kiedyś spotkała na Wzgórzu Włodzimierza. Jeszcze zbyt młodym, choć zdążył stać się prawie rówieśnikiem Maszy.

Ale Bułhakow Maszy nie mógł być jej rówieśnikiem!

A jednak...

– To znaczy, że dobro jest nierozdzielne od zła? – zapytała z niepokojem.

– Pyta mnie pani, jakbym był prorokiem. – Uśmiechnął się. Uśmiech sprawił, że student uniwersytetu wydał się jeszcze młodszy, jeszcze mniej podobny do Michaiła Afanasjewicza.

Jednak innego Michaiła Afanasjewicza Masza nie miała do dyspozycji.

– A wierzy pan w wiedźmy?

– Jak nie wierzyć, skoro u Gogola mieszkaniec bursy Choma Brut wyszedł z tej oto bramy Akademii i już nie wrócił do duchownej braci? – Uśmiechnięty student wskazał gmach uczelni Mohylańskiej.

Oczywiście żartował.

Stali na Kontraktowej. Z boku do budynku Kontraktowego przykleił się wesoły bazarek obejmujący kręgiem fontannę „Samson" – jej wodzie przypisywano lecznicze właściwości. Dokoła handlowano tanimi krzyżykami, ikonkami, koszykami, szklanymi paciorkami. Na dachu szopy siedział świąteczny dziad i rzucał w tłum ulotki.

– Zaczyna się przedstawienie całemu światu na zadziwienie! – wykrzykiwał obwoływacz.

„Dziś przecież Boże Narodzenie... Dwudziesty piąty grudnia. Pierwszy dzień Świątek.

Na Miszę pewnie czekali w domu, gdzie „pod koniec grudnia zawsze pachniało igliwiem i na zielonych gałęziach płonęła kolorowa parafina"*. „O, gwiazdkowy święty Mikołaju, jaśniejący od śniegu i szczęścia!"**.

– Chciała mnie pani jeszcze o coś zapytać?

Chciała zapytać o wiele rzeczy.

Co miał na myśli, kiedy umierając, powtarzał: „Żeby oni wiedzieli, żeby wiedzieli...".

Ale on tego nie wie.

Co rozumiał poprzez tramwaj?

Kto stał się jego Szatanem, w *Białej gwardii* sportretowanym jako Michał Szpolanski, którego staraniem padło Wielkie Miasto? I dlaczego wszystko, ale to wszyściutko, co się z nią działo, było tylko dla Niego?

Ale on tego nie wie.

I się nie dowie. Tak samo jak ona.

– A czy mógłby pan uwierzyć w przemieszczanie się w czasie? W to, że można się przedostać do przyszłości? Albo do przeszłości? – pośpiesznie spytała Masza.

---

* BG.
** Ibid.

– To by było ciekawe. – Patrzył na nią ze spokojną uwagą starszego brata, przyzwyczajonego do wysłuchiwania dziewczyńskich wymysłów.

Jego oczy, tak podobne do jasnoniebieskiego kamienia w pierścieniu Demona, migotały wieloma różnymi fasetami: ironią, zaciekawieniem, przeczuciem świąt.

Ale fasety, którą miała nadzieję ujrzeć – nieskończonej Bułhakowskiej wiary w bezkresność przestrzeni i czasu, przez który Masza w swej epoce przeniknęła lekko, bez wahania wstępując w inny Kijów – w klejnotach jego oczu nie było.

Wcale.

– Obawiam się, że mi pan nie uwierzy – zagaiła. – Ale i tak powinnam to panu powiedzieć. Błagam, zanim pan uzna, że postradałam zmysły, niech mi pan da minutę, tylko jedną – poprosiła. – Żyłam w dwudziestym pierwszym wieku. I tam, gdzie żyłam, wszyscy pana znali!

– Znali mnie?

Ironia. Uprzejma ironia!

– Znali pana jako PISARZA – oznajmiła już-nie-Kijowica. – Wielkiego pisarza. Wiem, że pan mi nie wierzy. Ale mogę udowodnić.

Zdenerwowana, wykonując niepotrzebne ruchy, rozwinęła przyniesione zawiniątko. Podała studentowi książkę.

– Tu widać rok wydania. A na początku jest przedmowa. Z ilustracjami. Rozpozna pan siebie.

Ironia znikła.

Migotliwe fasety zgasły.

Spoważniał. Stał się poważny niczym lekarz przyjmujący chorego z diagnozą „schizofrenia, zgodnie z zapowiedzią"*.

Poważny jak sędzia, który ma wydać wyrok.

Wziął książkę. Otworzył na stronie tytułowej. Spojrzał na rok. „2001" zdziwił go, ale nie przekonał – papier zniesie wszystko, co się na nim wydrukuje.

---

* MiM.

Przewrócił jedną stronę, drugą.

Nie mógł nie rozpoznać swojego zdjęcia.

„Michaił Bułhakow gimnazjalista. 1908 r. Fot. P. Błoniewskiego w Kijowie".

Nie mógł nie rozpoznać swojego zdjęcia: „M. Bułhakow, student, 1909".

Nie mógł nie rozpoznać zdjęcia swojej matki. Dwóch swoich sióstr w paltach z futrzanymi kołnierzami i dużymi mufkami: Nadii i Warii na podwórku domu przy Zjeździe Świętego Andrzeja pod numerem 13.

Nie mógł nie poznać swojej przyszłej żony Tasi Łappy, dziewczyny, w której był obecnie zakochany.

– „Żona. Tatiana Bułhakowa". Weźmiemy ślub?

A potem musiał rozpoznać siebie.

„Michaił Afanasjewicz Bułhakow, absolwent wydziału medycznego Imperatorskiego Uniwersytetu Świętego Włodzimierza. 1916 r."

Siebie idącego na pierwszą wojnę światową...

Siebie ze stwardniałymi rysami twarzy...

Siebie czterdziestoletniego, z zaczesanymi do tyłu włosami, z przenikliwym wzrokiem, z monoklem w prawym oku. Siebie znającego odpowiedzi na pytania, których nie warto zadawać zwyczajnym śmiertelnikom.

Swoją ostatnią żonę Jelenę...

– Ale to być nie może. Nie zostawię Tasi. Jak to możliwe?

Student spojrzał na Maszę skonfundowany.

A jego oczy były prawie tak samo silne jak na ostatnim zdjęciu.

Przed nią stał Bułhakow. Wreszcie go rozpoznała – cała ta przyszłość, która była dla niego założona, potrzebowała odpowiedzi.

– I ja napiszę to wszystko? – Jego ręka obejmowała czerwoną książkę. – Ale ja nie mam zamiaru zostać pisarzem.

– Zaczął pan pisać koło trzydziestki – powiedziała.

– To wszystko będzie?

– Nie zrozumiał mnie pan – zaprzeczyła. – Tego nie będzie. Przyszłam z dwudziestego pierwszego wieku, żeby zmienić

Przeszłość. I ją zmieniłam. I zmieniłam też pański los. Nie zostanie pan pisarzem, Wielkim Pisarzem. Odebrałam panu tę możliwość. Ale wszystko można naprawić.

Starając się nie dotknąć jego palców, Masza ostrożnie wyjęła czerwoną książkę z jego rąk, przycisnęła ją do piersi.

I podała mu.

– Przyniosłam to panu! Niech pan przepisze. Po prostu przepisze i opublikuje pod swoim nazwiskiem... Błagam.

Nasunąwszy sobie cylinder na czoło, Dasza wstąpiła w ciemność.

Padł na nią snop światła – słaby, niepewny.

Stała na przedsceniu, skłoniwszy głowę. Miała na sobie czarną suknię sięgająca pięt.

Publiczność zaniemówiła, wstrząśnięta widokiem ubranej Izydy.

Dasza powoli zdjęła cylinder.

Jej oczy uderzyły salę chmurną dumą.

Zapłoń, zapłoń, moja gwiazdo...

Zaśpiewała a capella.

Nie potrzebowała muzyki. Nie potrzebowała nagości. Rozpaczliwie wierzyła, że potrafi się obnażyć, nie zdejmując ubrań.

Gwiazdo nadziei, w błogostanie...

Wierzyła, że jej wrodzona moc, ogromna moc, o której wspominała Dziedziczka, wyrwie się spoza błyskotek i łusek.

Gwiazdo miłości czarownych dni,
Ty będziesz wiecznie, nieustannie
W duszy stęsknionej płonąć mi.

Ty będziesz wiecznie, nieustannie
W duszy stęsknionej płonąć mi.

I sądząc po zastygłych, osłupiałych twarzach, niespodziewanie objawiona dusza Daszy poraziła publiczność bardziej niż szaleństwo jej nóg.

Sala wstrzymała oddech. Sala zamarła, starając się spowolnić stukanie serc.

To był numer zamykający – nowy numer!

„Zadziała. Obowiązkowo zadziała prawem kontrastu" – myślała Infernalna Izyda do samego wyjścia.

Teraz nie myślała – śpiewała.

Zapłoń, zapłoń, moja gwiazdo...

– Aaaaaaaa!!! – rozległ się przeraźliwy krzyk. – Aaaaaaaa!!! Pooo-mo-cy!!!

Stukanie do drzwi, natarczywe i głośne, dopadło Maszę o drugiej w nocy.

Rozejrzała się ukradkiem, jakby ją ktoś przyłapał na gorącym uczynku. Zerwała ze swoich ramion grubą chustkę i przykryła nią biurko.

Drzwi nie milkły – nocny gość walił w nie z całych sił. Wpadając na czarne ściany, gospodyni dotarła do przedpokoju. Włączyła światło elektryczne. Przekręciła zamek.

W progu, siąkając zasmarkanym, czerwonym nosem, siedziała zaryczana Dasza. Twarz miała wysmarowaną sadzą. Pod rozchylającym się, niepasującym oficerskim płaszczem Masza zobaczyła poszarpany czyimiś rękami czarny jedwab wieczorowej sukni.

– Tak tutaj przybiegłaś? Goła? Tam przecież mróz... Chodź, chodź szybko. Nagrzeję ci wody. Szybko pod prysznic!

Ożył piecyk. Zaburczał ogniem. W metalowym żołądku zawarczał płomień.

– Wszystko... spłonęło...

Czub siedziała na brzegu ocynkowanej wanny, bezmyślnie ściskając „różowe kryształowe mydło", które wcisnęła jej Masza. („Wysoka zawartość gliceryny. Oszczędność dzięki obfitości piany. Delikatny zapach róży").

Gospodyni czarowała nad szczapami drewna.

– Kabaret spłonął. Klucz od mojego mieszkania został w garderobie. Z pożaru wyniósł mnie oficer. Ten, pamiętasz go, Wiktor? Którego zastrzelił Murawjow. A ja go nie uratowałam... A on mnie uratował. A w domu nienakarmiona córcia.

– Jutro ją nakarmisz. Rozbieraj się.

Jakieś czterdzieści minut później już ubrana w szlafrok Maszy, już nie czarna od sadzy, lecz białoróżowa, roztaczająca „delikatny zapach róży" artystka spalonego teatru siedziała na kanapie pod pluszowym pledem i ciągnęła dalej swe żale:

– Nie pamiętam, jak to się stało. Wszystko znienacka wybuchło! Byłam na scenie, występowałam z nowym numerem. Z wierszami na razie mi nie wychodzi. Pomyślałam: trzeba zmienić repertuar. Dotąd wszystkie numery miałam w jednym image'u, gołonogie. Więc postanowiłam bez nóg: najpierw jak poprzednio pomacham nogami, a na końcu wystawię poważny, tragiczny romans w długiej spódnicy. Nawiasem mówiąc, na publiczność podziałało to bardzo mocno. Śpiewałam *Zapłoń, zapłoń moja gwiazdo.* I właśnie na „zapłoń, zapłoń" nagle jak się wszystko nie zapali...

– To znaczy, że gdy śpiewałaś „zapłoń, zapłoń", kabaret się nagle zapalił? – Masza miała złe podejrzenia.

– Też o tym myślałam. – Piosenkarka z zatroskaniem podrapała się po nosie, zastanowiła się i rzekła: – Ale tam przecież „zapłoń, zapłoń" powtarza się niejeden raz. Piosenka w ogóle zaczyna się od „zapłoń, zapłoń". A zapaliło się dopiero na końcu! A w dodatku ostatnio nieustannie przydarzają mi się różne gówna. To deska leci z góry, to na odwrót, scena się pode mną zapada. Dziwne, że nogi nie złamałam. A niedawno prawie wpadłam pod auto, właściwie wpadłam, trąciło mnie nosem, poleciałam w tył. Ale nic to, przeżyłam. Tylko się potłukłam.

– Auto? A Katia mówiła, że o mało nie wpadła pod tramwaj.

– Jak jej praprababcia? – Piosenkarka podjęła podsuniętą ideę. – Myślisz, że ktoś chce nas zabić?! – Gwiazda spalonego kabaretu zapłonęła.

– Dlaczego w takim razie ten ktoś do tej pory nas nie zabił? – Masza jak zwykle spróbowała rozłożyć problem na części. – Jakoś za bardzo po dyletancku zabiera się do tego zabijania. I dlaczego tylko mnie się nic nie przydarza?

– Dlatego, że nie wychodzisz z domu! Jak ma cię tu przejechać tramwaj? Myślisz, że to Olga? Dziedziczka Olga?

– To dlaczego mnie leczyła? – Eks-Kijowca zatoczyła kółko po pokoju. Wciąż powłóczyła prawą nogą, lecz druga puszka maści Bormenta prawie dokończyła wielkodusznego dzieła.

– Tylko dzięki niej chodzę – powiedziała Masza. – Nielogiczne, żeby miała szkodzić, jeżeli pomaga.

– Bardzo logiczne – zaoponowała Czub. – Chciała, żebyś w końcu też wyszła z domu i wpadła pod auto!

Masza wylądowała na fotelu. Zamilkła.

Gdyby Wstrząsająca Czub nie była po uszy pogrążona w swoich żalach, zauważyłaby, że oczy koleżanki są bezsennie czerwone. Wzrok rozgorączkowany. Że ramiona Maszy podrygują. I że w zasadzie wcale nie interesuje jej to, czy ktoś chce je zabić, czy nie.

Ale Dasza w tej chwili zupełnie nie zwracała uwagi na zainteresowania i ramiona koleżanki.

– Nie zaśpiewałabyś mi swojego romansu? – zapytała Kowalowa.

– Naprawdę chcesz posłuchać?

Czub natychmiast zmartwychwstała na prośbę ludu pracującego miast i wsi. Podniosła się z kanapy. Ciaśniej przewiązała szlafrok. Zajęła środek pokoju gościnnego, stwierdziła, że to za mało, wdrapała się na krzesło i przybrawszy poważną minę, wydobyła ze swojej piersi pieśń:

Zapłoń, zapłoń, moja gwiazdo...

Ale jej „zapłoń, zapłoń" nie zrobiło żadnego wrażenia na otaczającym ją świecie. Z wyjątkiem tej części świata, którą zwano Maszą.

Dasza śpiewała aż za dobrze – za dobrze dla Maszy.

Beznadzieja romansu w jednej chwili napełniła powietrze utęsknieniem, sprawiając, że tajone przygnębienie Maszy stało się namacalne, lepkie. Zmartwiała melancholia oblepiła Maszę białą watą.

Historyczka przypomniała sobie, że Aleksandr Kołczak śpiewał tę pieśń, idąc na rozstrzelanie.

Czy zstąpi noc na ziemię jasna...

Przypomniała sobie tatę.

Gwiazdy błysną na nieboskłonie...

I przypomniała sobie, że taty już nie ma.

Ale tylko ty, moja gwiazda,
Jedyną pociechą mi płoniesz.

Została sama, jedyna. Ojciec urodzi się, kiedy ona już dawno zdąży umrzeć.

Ale tylko ty, moja gwiazda.
Jedyną pociechą mi płoniesz.

Masza przypomniała sobie, że Kołczaka po dziś dzień uważa się za autora tego romansu, podczas gdy prawdziwy autor zginął bezimiennie w pomroce dziejów, umarł w biedzie, sparaliżowany, zapomniany.

I jak wielu prozaików i poetów zapewne przewidział czekający go niewesoły koniec i zapomnienie.

Twoich promieni niebiańską mocą
Całe me życie się karmiło,
A kiedy umrę, niech migocą
Nadal nad mą smętną mogiłą.

„Umrzeć – zamarzyła – i nie myśleć", a jeszcze przed tym bezwładną falą ogarnęły ją słowa: „...nie spodobały się" i „...niezrozumiałą".

Tak powiedział Mir.

Poprosiła, żeby poszedł...

Bo się bała.

Bała się do świstu w uszach. Do pełnego, absolutnego zatracenia siebie – zobaczyć jeszcze raz...

podnieść oczy...

i zadać pytanie...

„Nie mogę umrzeć. Nie mogę zabić dziecka. Mam w łonie życie. Maleństwo urodzi się w kwietniu. Po prostu to zrobię. Po prostu zrobię".

Ulżyło jej.

Zapłoń, zapłoń, moja gwiazdo!

Piosenkarka wyćwiczonym finałowym gestem wyrzuciła przed siebie namiętną rękę.

Zasłony w oknach zajęły się ogniem, a on wzbił się ponad nimi niczym ogromna płachta.

Płomienie przeskoczyły na wypełnione książkami półki przy kanapie. Nie wiadomo skąd zmaterializował się Mir i rzucił się na pożar – zerwał rozpalone story wraz z karniszem. Masza, oszalała, z rozszerzonymi oczami, patrzyła, jak samo ciało (martwe ciało!) Mira gasi syczącą pożogę. Mir przeszedł przez ogień na wskroś.

Pokój wypełnił się duszącym swądem. Dasza Czub ze zgrozą patrzyła na swoją prawą rękę. Na suficie widniał czarny półokrąg.

– To ty! – wykrzyknął Mir nienawistnie.

Doskoczył do Daszy.

– Mało ci mnie? Ją też prawie zabiłaś! – Krasawicki wymierzył gwieździe zamaszysty policzek.

– Ale co ja takiego...? – zawołała piosenkarka, nawet nie próbując odpowiedzieć na cios.

Obrońca o mało nie zabitej Maszy bezceremonialnie złapał Daszę za rękę i wymusił na niej „poddanie się" – zadarł jej rękę do góry.

Szeroki rękaw wzorzystego szlafroka się zsunął. A na nadgarstku Wstrząsającej zadyndała bransoleta Amazonek.

– Bransoletka! – Kowalowa ostro wciągnęła powietrze.

– Myślisz... myślisz, że to bransoletka? – Piosenkarka zadzwoniła zębami.

– Jest na niej wyobrażona czterostrunowa lira – uświadomił je Mirosław. – Cztery struny symbolizują cztery żywioły: ogień, wodę, ziemię i powietrze. O czym tu myśleć?

– Cztery żywioły to cztery sługi wiedźm! – Kowalowa zsunęła się z kanapy.

Piosenkarka wyrwała Mirowi swoją rękę i ostrożnie, lękliwie zdjęła z niej szeroką bransoletę, po czym popatrzyła na koktebelskie znalezisko z wątpliwością i urazą.

– Czyli że to ja ich wszystkich podpaliłam? – żałośnie chlipnęła ponad wszelką miarę ognista gwiazda kabaretu „Liliowa Mysz".

– Miałaś na sobie bransoletkę, kiedy śpiewałaś na scenie? – zapytała Masza.

– No tak... wogle prawie wcale jej nie zdejmuję. Czy to znaczy, że kiedy podniosę rękę i powiem „zapłoń, zapłoń", to ogień mnie słucha?

– Ogień, woda, powietrze – wymieniła z naciskiem Kowalowa. – Pamiętasz: Gdy strzeliłaś do Murawjowa, zerwał się straszny wiatr. Wiatr podniósł z ziemi cały śnieg, śnieg ukrył cię przed żołnierzami Murawjowa...

– A kiedy jechałyśmy z Koktebelu do domu – dodała piosenkarka – zdawało mi się, że wiatr bawił się ze mną. Łasił się do mnie jak żywy. Oj! – Wytrzeszczyła oczy. – Gdy byłam w tamtej jaskini, w Karadahu! Kiedy znalazłam tam bransoletę – energicznie potrząsnęła znaleziskiem – i zobaczyłam, że jest na niej Lira, powiedziałam „Niech ja zjadę". I zjechałam w głąb ziemi!

– Ziemia jest ci posłuszna!

– Wstrząsające! – zawołała Wstrząsająca. – Ziemia. Powietrze. Woda. Deszcz! Deszcz też! – wykrzyknęła. – Chciałam, żeby spadł deszcz. Żeby do kabaretu przyszło mniej ludzi. Żeby Mitia mógł się dostać do środka. I deszcz spadł! I Mitia przyszedł z powodu deszczu. Sam to powiedział. A Olga widziała u mnie na ręce bransoletę.

– „W pani rękach jest ogromna moc" – zacytowała dobitnie Kowalowa. – Dlatego odnosiła się do ciebie z takim szacunkiem.

Oswobodziwszy „ogromną moc" z rąk Daszy, Masza niezbyt przyjaźnie przywitała wzrokiem Amazonkę siedzącą na skrzydlatym koniu ze smoczym pyskiem.

Ognisty żmij to ogień. Skrzydła – powietrze. Skrzydła – wiedźmy... „Amazonki zamieniły się w ptaki". Masza podniosła oczy – nad ich głowami wisiał secesyjny żyrandol z odlanymi z brązu skrzydłami.

Amazonki – wiedźmy – „Wenus w futrze" – secesja – Nowy Matriarchat...

Dasza trzęsła się, rozgorączkowana wstrząsającym sukcesem.

– A ja mówiłam ci od razu, że Olga praktycznie wprost powiedziała mi: to, czy matriarchat będzie, czy nie, zależy ode mnie. Tylko ode mnie! – (Czub mogła wstrząsnąć ziemią w dosłownym tego słowa znaczeniu!) – Od tego, kto dotknie Liry, dokładnie tej! Sto razy mówiłam: to ja! Jestem rewolucją! Mam intuicję! No, ja wam urządzę rewolucję...

Masza patrzyła na nieodczytany przez nią napis otaczający wyrzeźbioną na bransolecie czworonożną bestię.

Nie miała pojęcia, co tam napisano.

Lecz nagle oczyma duszy ujrzała coś strasznego.

Jak wszystkie niezrealizowane marzenia Daszy Czub wyrywają się w świat. Zobaczyła Amazonkę z naganem na biodrze, w papasze na bakier.

– Mogę wszystko! Sama oderwę Ukrainę od Rosji! Jeszcze się dowiedzą, czym jest moc kobiety! Ukraina zawsze skłaniała się do matriarchatu. Zawsze! I dobrze, że mój kabaret spłonął do cna. A ja się jeszcze zbierałam, żeby go kupić... Myślałam: mam przecież kasę, będę jak dawniej piosenkarką i dyrektorką artystyczną klubu w jednej osobie i może do czegoś dojdę. Katia mówiła, że to dogodny zakup. Ale Katia jest teraz nikim. A ja wszystkim! A Achmatowa jest nikim. Pamiętasz, co wywróżyłyśmy dla mnie w Wigilię? „Jak jeszcze kiedy znajdziesz cudzą rzecz, to na milicję odnieś, a nie chowaj za pazuchę, wiedźmo Annuszko!". To o niej! A ja to milicja! Zdobędę drugą Lirę i wtedy...

Masza, gorączkowo usiłująca oddzielić własne obawy od możliwości Daszy, zmartwiała.

– Tylko nie to... Broń Boże, żebyś się zbliżała do Liry Achmatowej!

– A czemuż to? – Czub z oburzeniem wydęła wargi. – Uważasz, że Achmatowa jest w czymś ode mnie lepsza?

– Nie lepsza – odparła koleżanka. – Staniesz się nie lepsza od Achmatowej! Dlatego że właściciele siedmiostrunnej Liry mają tylko dwie opcje: zabijają albo umierają sami. A ty byś zabiła!

– Tak myślisz?

Zdumiewające, ale replika Maszy podziałała na Daszę otrzeźwiająco. Zastanowiwszy się, Czub przyznała niechętnie:

– A wiesz, zabiłabym. Nie umarłabym sama... I Katia by zabiła. Biznes to też swego rodzaju liczbowa harmonia kasy. A gdybyś, nie daj Boże, ty wzięła Lirę do ręki...

– Nie zaczęłabym nikogo zabijać. – Kowalowa zdruzgotana odwróciła się w stronę okna.

Zapadła decyzja: „Zrobię to. I to też. Po prostu zrobię...".

– Jasne, że nie – zgodziła się z nią Wstrząsająca. – Spójrz na siebie. Typowa z ciebie ofiara! Wypisz, wymaluj! Umarłabyś na „raz, dwa, trzy". Sama byś sobie wymyśliła powód. Każdy ma przecież swój żarliwy cel. Pamiętasz taką piosenkę? „Rodzimy się po to, żeby urzeczywistnić swe rojenia"!

– Jeszcze jej nie napisano – machinalnie poprawiła Masza.

– Co ty mówisz? – zapytała Czub. Odebrała koleżance bransoletę i włożyła ją na swoje przedramię. – Masz rację. Napisali ją po rewolucji. A teraz nikt jej nie napisze wcale.

„Nie napisze wcale. Nie napisze wcale" – odezwało się z bólem.

Kowalowa zawahała się, odpierając atak na powzięte postanowienie.

– Jednak wątpliwe – powiedziała – żeby bransoletka pchała cię pod koła samochodu, a Katię pod tramwaj. To pewnie coś innego. Albo ktoś inny.

– Słuchaj... – Czub odżegnała się od czegoś czy kogoś innego. – Poszłabym spać. Padam z nóg. Daj mi na noc coś do czytania, dla duszy. Bo wciąż się we mnie gotuje. Taka wstrząsająca nowina...

– Bierz, co chcesz.

Dasza rozsiadła się na kanapie, wzięła z półki od razu pięć książek.

– Gdzie śpię?

– W sypialni. Ja jeszcze posiedzę. Dasz mi swoją bransoletę? Chcę trochę pomyśleć. Nad tym napisem... Może to coś ważnego?

– Komu jak komu, ale tobie, Masza, dam! – Piosenkarka zdjęła ozdobę z ręki. – Może rzeczywiście rozszyfrujesz jakąś instrukcję. Byłoby nieźle zrozumieć, jak się tym posługiwać. Rękę za każdym razem podnosić czy co?

Kowalowa popatrzyła na koleżankę, starając się pojąć spokój, z jakim tak lekko oddała talizman, który czynił ją wszechmogącą.

„Ona mi ufa" – nieszczęśliwie pomyślała Masza. „Ufa mi".

– Nie zamierzasz zwrócić jej bransolety? – spytał Mir.

– A mam inny wybór? – odpowiedziała pytaniem Kowalowa. – Nie mogę zostawić jej talizmanu. W osiemnastym roku Kijów palił się przez dziesięć dni. Warto było nie dopuszczać do rewolucji? Znasz Daszę.

– Lepiej od innych – odparł Mirosław. – To ona mnie zabiła. Takie jak ona zabijają lekko, po prostu dlatego, że nie pomyślą, zanim coś zrobią.

– Schowam bransoletkę. Pokłócimy się. Nie wybaczy mi... Ale ze zła rodzi się dobro. Nie po raz pierwszy – rzekła Masza zgaszonym tonem.

Czekając, aż w sypialni zgaśnie światło, była studentka historii obracała w dłoniach talizman.

Wystarczyło, że szpara pod drzwiami ze złotego przybrała kolor ciemności, by Masza podeszła do stołu i podniosła chustę, pod którą leżała książka Bułhakowa.

Książka była otwarta. Na prawej stronie ciemniał portret – „Michaił Bułhakow, 20-letni".

– Mir, powtórz mi jeszcze raz, co on ci powiedział – poprosiła.

– Tyle razy już powtarzałem.

– Powtórz. Od początku. Ze szczegółami – nalegała Masza. – To ważne. Bardzo ważne.

– Oddał mi książkę. Powiedział, że nie spodobały mu się obie powieści.

– Bułhakowowi nie spodobały się jego powieści... – Kowalowa położyła głowę na stole i z ukosa spojrzała na czerwoną książkę.

Czerwona książka, tak jak ona, była sierotą – nie uznał jej własny ojciec.

Bo gdyby Masza mogła się wybrać w Przyszłość, jej ojciec też by jej nie rozpoznał.

Ona też mu się nie urodzi.

– Nie mogę w to uwierzyć. Na pewno nie będzie ich przepisywał? Tak ci powiedział? – Masza impulsywnie przycisnęła do piersi klucz, który nosiła na szyi. Nigdy nie umiała odpowiedzieć na pytanie, dlaczego z nim chodziła. Lecz klucz od domu Bułhakowa był jej sojusznikiem: to wiedziała zawsze.

– Określił je jako fantastyczne – powtórzył pokornie Mir po raz trzynasty. – Powiedział, że ich akcja toczy się w jakimś niepojętym kraju. I nie rozumie, dlaczego ten kraj nazywają Rosją. Powiedział, że to się nie może zdarzyć.

– Może powinnam je opublikować sama?

– Nie, Masza, on ma rację – powiedział miękko Krasawicki. – Gdyby opublikował je tu, teraz, w carskiej Rosji, nikt by się nimi nie zainteresował. Przecież i *Mistrz i Małgorzata*, i *Biała gwardia* są o czymś, do czego nie doszło. To fantastyka. Nawet nie naukowa. Fantasy...

– Fantasy. – Masza obracała igłę w palcach. – Nigdy sobie nie wybaczę.

– Zrobiłaś jak najlepiej.

– I jednocześnie jak najgorzej. Nigdy sobie nie wybaczę tego dobra.

– Przeczytałem *Białą gwardię*. Napisano tam, „że cokolwiek się dzieje, zawsze dzieje się tak, jak dziać się powinno i że wszystko obraca się na dobre"*. – Mir się uśmiechnął.

– W takim razie rewolucja obróciła się na dobre? – Eks-Kijowica starła jego uśmiech. – Zaplątałam się. To ślepa uliczka. Straciłam, straciłam...

Wyprostowała się.

– Co straciłaś?

– Ślepotę. Wiem jedno: zło może się stać dobrem. A skoro tak... Zostaw mnie, Mir. I tak to zrobię! Olga powiedziała, że ślepcy też sięgają po czary. A ja już nie jestem ślepa. Pamiętam Księgę Kijowic. Pamiętam prawie wszystko, co w niej przeczytałam.

– Nie należy tego robić.

– Zrobię! – rzekła ostro. – On będzie pisał. Nie może nie pisać. Zmuszę go. Zrobię jak najlepiej!

---

* BG.

– Przemoc to zło.

– Zło to też dobro! Ślepcy to też wiedźmy. Rosjanie to też Ukraińcy. I kto, co... to nie ma najmniejszego znaczenia. Odejdź. Zostaw mnie.

Mir posłusznie zniknął.

Masza pochyliła się nad portretem jasnowłosego studenta medycyny o delikatnym owalu twarzy, lekko zdziwionych ustach, o wzroku niezmąconym odpowiedziami na pytania, których nie warto zadawać zwykłym śmiertelnikom.

Ścisnęła w palcach igłę.

I powoli, kropka po kropce zaczęła wykłuwać na jego czole:

*dom nakryty czapą białego generała...**

---

* BG.

Rozdział dwudziesty czwarty,

w którym Dasza ratuje życie gimnazjaliście

I wreszcie najważniejsze – z powodu Szpolanskiego ni mniej, ni więcej „hetmańskie Miasto przestało istnieć trzy godziny wcześniej, niż powinno"* (...). Gdyby wydarzenia trwały trzy godziny dłużej, Aleksiej Turbin, zostawiwszy rozpuszczony dywizjon, spokojnie dotarłby do domu. Ale wtedy nie byłoby spotkania z Julią Reiss. Bez wmieszania się Michaiła Siemionowicza nie byłoby wcale panicznej ucieczki i nie poległby Naj-Turs, osłaniający biegnących junkrów (...). Ale wtedy nie doszłoby do zaznajomienia się Nikołki Turbina z siostrą Naj-Tursa. Zło i dobro splatają się węzłami bardziej złożonymi niż zwykła przeciwstawność, zło paradoksalnym sposobem rodzi dobro, a Szpolanski okazuje się reżyserem rozgrywającego się w mieście spektaklu (...)**.

~ Miron Piotrowski, *Mefistofelesi i prototypy*

---

* BG.

** Wyróżnienie autorki.

Domy były przykryte generalskimi czapami – wszystkie jak jeden.

Po Krieszczatiku jeździły śmieszne, powolne, lecz dumne ze swoich trzydziestu koni mechanicznych automobile, cisnące się wśród tradycyjnych dorożek. Miasto przecinały wstęgi torów tramwajowych rozchodzących się we wszystkich kierunkach.

Na już Besarabskim placu już wznosiła się secesyjna półokrągła hala targowa.

Kijów obrał fizjonomię z charakterystycznymi, zapadającymi w pamięć rysami europejskiego dżentelmena, zawadiaki i milionera, cukrowego króla. Jeden z tych ostatnich, pierwszy „właściciel tramwaju", mecenas i filantrop Łazar Izrailewicz Brodski przed śmiercią przeznaczył pół miliona rubli na budowę wspomnianej hali targowej.

Ech, czy współcześni „króle" są do tego zdolni?

Masza uśmiechnęła się do nowiutkiej Besarabki. Uśmiechnęła się do Krieszczatiku.

To był Kijów Michaiła Bułhakowa! Krieszczatik Bułhakowa. Świat Bułhakowa...

Masza przeżywała uniesienie.

– „...z miłym miarowym dzwonieniem pędziły tramwaje ze słomianożółtymi wydętymi siedzeniami na wzór zagranicznych"*. I oto pędzą przed nami – mówiła do Mirosława. – Zobaczysz, on jeszcze o nich napisze!

– No, napisze o nich, napisze *Białą gwardię*, i co z tego? Wszyscy uznają, że oszalał – niewesoło odparł Mirosław.

– Napisze coś innego! Najważniejsze, że będzie pisał. Zostanie Wielkim Pisarzem. Wiedział, wszystko wiedział... Widział. Ciekawi mnie tylko, kto został jego diabłem.

– Jakim diabłem?

– Szpolanskim. Michaiłem Siemionowiczem. W powieści *Biała gwardia* Szpolanski wsypał cukier do mechanizmów pojazdów

---

* BG.

opancerzonych i z tego powodu Kijów padł, do miasta wszedł Petlura... Bardzo podobne do nas? Wystarczy wsypać cukier. Wystarczy nie dopuścić Bogrowa do teatru.

– Dostałaś bzika na punkcie tej powieści. – Mirosław doszedł do smętnego wniosku. – Zauważyłaś, że mówisz tylko o niej?

Tak, tak...

Powieść, niemal odrzucona przez własnego rodzica, osierocona, tym samym stała się jeszcze bliższa sercu Maszy, która ją usynowiła, sprawiając, że powieść wyszła poza książkę.

Jedyna w świecie powieść o Mieście stała się samym Miastem.

Masza widziała ją wszędzie.

„Niczym wielowarstwowe plastry pszczele dymiło, huczało i mrowiło się Miasto. Piękne w mrozie, w mgłach na naddnieprzańskich wzgórzach. Po całych dniach z nieprzeliczonych kominów spiralami ku niebu wzbijał się dym. Ulice przesuwały się mgiełką, skrzypiał ubity gigantyczny śnieg"*.

Właśnie szła po jego skrzypiącym śniegu!

Spirale tysiąca dymiących kominów sprawiały, że niebo w górze wyglądało zupełnie inaczej, niż przywykły je widzieć oczy osoby urodzonej na przeciwległym krańcu XX wieku.

A wokół „domy wypiętrzały się na pięć, na sześć, na siedem kondygnacji", „niczym drogie kamienie, elektryczne lampy podwieszone wysoko na zawijasach smukłych siwych latarń", „stromymi ulicami gnali pokrzykując dorożkarze, a ciemne kołnierze – futra srebrzyste i czarne – przydawały kobiecym twarzom tajemniczości i urody"**.

Czy można lepiej opisać Kijów?

Nie zaryzykuję. Kijów Michaiła Bułhakowa należy tylko do Michaiła Bułhakowa. Nie mam prawa szukać innych słów dla Miasta, które dla Maszy stało się wcieleniem czarownej urody Bułhakowskich wersów.

---

* BG.

** Ibid.

„W zimie, jak w żadnym innym mieście na świecie, spokój przenikał ulice i zaułki górnego Miasta na wzgórzach, i Miasta dolnego, co się rozłożyło w zakolu zamarzniętego Dniepru, a cały ten pomruk maszyn uchodził do wnętrza gmachów, łagodniał, huczał dość głucho. Cała energia, którą Miasto nagromadziło w ciągu słonecznego i burzliwego lata, przemieniała się teraz w światło. Od czwartej po południu światło zapalało się w oknach, w kulach latarń elektrycznych, w latarniach gazowych, w latarniach z ognistymi numerami domów (...)"*.

Masza uśmiechnęła się do ognistego numeru domu towarzystwa ubezpieczeniowego „Rossija" z ciastkarnią „George" na parterze. Kamienica była kuzynką opisanego przez Bułhakowa domu, który dochował się do naszych czasów na rogu Włodzimierskiej i Prorieznej, a wówczas mieścił cukiernię „Markiza".

Jego krieszczaticka kuzynka tuliła się do budynku starokijowskiej poczty, który ostatecznie nie został zburzony.

– Czy można napisać o Kijowie lepiej? Czy można tego nie napisać w ogóle? – zapytała.

– Nie można. – Mir westchnął. – Ale czy można iść do akuszerki tylko dlatego, że przeczytało się jej imię w powieści *Biała gwardia*? To szaleństwo. Powinniśmy znaleźć dobrego lekarza.

Obok nich przeszła dama z kwiatami w rękach, zapewne z kwiaciarni „Flora Nicei", którą Misza przedstawił na pierwszych stronicach powieści.

Wzrok damy mimowolnie zatrzymał się na przystojnym Krasawickim i z niezadowoleniem musnął jego towarzyszkę.

Lecz Masza ujrzała tylko kwiatową „florę" w jej rękach.

Szyld jubilera Marszaka, tego, który wypuścił w świat ślubne obrączki Miszy i Tasi Łappy...

Po przeciwnej stronie „wielki i wytworny sklep z wyrobami tytoniowymi", gdzie...

---

* BG.

„Znaleźli się więc i tacy, co przysięgali na wszystkie świętości, że jeszcze nie tak dawno sami za ladą tego właśnie sklepu widzieli Simona sprzedającego wyroby tytoniowe z fabryki Salomona Cohena"*.

Maszy nagle straszliwie zachciało się ze śmiechem przebiec przez drogę i sprawdzić, czy za szklaną witryną nie stoi wytworny Petlura.

– A pamiętasz – powiedziała – jak szliśmy po Krieszczatiku po raz pierwszy? I było tak wesoło? Obiecałam, że pokażę ci Krieszczatik Bułhakowa. I był też Nowy Rok. Zima, choinka. Wszystko zaczęło się w Nowym Roku i w nim się skończyło. Czuję: wszystko się skończyło. O mało nie umarłam... Było tak ciężko. Ale przypomniałam sobie, że spodziewam się dziecka.

– Tak, wcześniej o tym nie wspominałaś. Powiedz – zapytał nie od razu – zapomniałaś Wrubla?

Zapewne ty też, mój czytelniku, zadawałeś sobie to pytanie.

Masza dawno nie wspominała nieosiągalnego ojca swojego dziecka. Częściej niepokoił ją drugi Michaił. Ale zapewniam cię, drogi czytelniku, Wrubla nie wspominałam wyłącznie ja. Po co wspominać bohatera poprzedniej powieści?

Jednak dla Maszy Kowalowej Michaił Aleksandowicz Wrubel nie był i nie mógł być poprzednim – był jej jedynym!

I dlatego odpowiadając, ze zdziwieniem, z obrazą pokręciła głową.

– No coś ty... po prostu wiem... i staram się rzadziej... żeby nie tak często bolało. Jestem tchórzliwa. Chowam się przed problemami. I do Katii nie chodziłam. A ona na święta tak zapraszała. Obiecała specjalnie dla mnie ustawić choinkę z aniołkami, z piernikami, z orzechami. Ze złotymi orzechami. A ja nie poszłam. Bałam się usłyszeć że ona doprowadzi do bankructwa jeszcze kogoś. A tu nie bałam się i to zrobiłam! Bułhakow będzie pisał! Ukryję bransoletę. Postanowiłam i od razu zrobiło mi się lepiej.

---

* BG.

Mir spojrzał na nią z ukosa.

Uniesienie Maszy było chorobliwe, pijane, przez pergaminową skórę bladego gotyckiego czoła przebijała się gorączka.

– A przypadkiem nie użyłaś przed tym zaklęcia „Oręż"? – rzucił podejrzliwie.

– Nie. Postanowiłam sama. Wszystko sama. On nie może nie pisać. Taki piękny, zdumiewająco przepiękny wers: „dom nakryty czapą białego generała" aż się prosi na papier.

– Dlaczego nie możesz po prostu zostawić go w spokoju? – spytał Krasawicki.

– Nie wiem – odpowiedziała.

Tymczasem zostawili w spokoju Krieszczatik, wspięli się po skłonie, skręcili i stanęli przed „rdzawym szyldzikiem ze złotymi literami"*.

Akuszerka
E.T. Szadurska

Masza z przyzwyczajenia spuściła wzrok.

– Mir, zostań na ulicy... To znaczy bardzo ci dziękuję. Akuszerka uznałaby, że jesteś moim mężem i nie patrzyłaby na mnie jak na... sam wiesz. Ale... zwyczajnie się wstydzę – wyjaśniła, kolejny raz okazując się zupełnym beztalenciem w sztuce oratorskiej.

– Poczekam na ulicy. – Mir kolejny raz przejawił bezbrzeżne zrozumienie. – Idź, nic się nie martw.

Nie musiał długo czekać

Masza wyszła na ganek po dwudziestu minutach.

– Co ci powiedziała? – Krasawicki rzucił się do niej, w mig podchwyciwszy rozdzielającą ich teraz nieodwracalność.

Coś na wieki podzieliło wszystko na „przed" i „po".

– Nie słuchaj jej! Pierwsza z brzegu akuszerka...

---

* BG.

Widział w jej wnętrzu nieogarnioną przepaść i nie widział dna.

– To dobra akuszerka. Powiedziała od razu...

– Co? Nie, to niemożliwe! – Mir dosięgnął głębi i znalazł to, co tam leżało.

Śnieg.

Tam leżał śnieg.

Warstwy śniegu.

– Dobro jest złem – powiedziała eks-Kijowica, patrząc w nicość. – A przecież on mnie ostrzegał. Demon. Mówił: lepiej, żebym to uznała, zaakceptowała. Inaczej...

„Moc, którą dał pani Ojciec i której nie jest pani w stanie przyjąć, zmiażdży panią. Będzie się jej pani bała, samej siebie, robiła dwa kroki do przodu, dwa do tyłu. I zakończy się tym, że zaplącze się pani ostatecznie, zamknie się w jakiejś dziurze i zginie w niej".

– Powinnam była pogodzić się z tym od razu – wyznała smętnie Masza. – Wtedy wiedziałabym, ile zła przyniesie mi dobro. A teraz... Co teraz? – spytała z lekkim zdziwieniem. – Zaczekaj. Słyszysz? To nawet zabawne.

– Zabawne? – Krasawicki nadstawił uszu.

– Fajnie! – zawołał dziewczęcy głos.

– Z klasą! – odezwał się inny.

Usłyszeć coś takiego w Kijowie w 1911 roku można było tylko wówczas, gdy niedaleko znajdowała się Wstrząsająca Dasza.

Lecz Daszy w pobliżu nie było. Dwa kroki od nich dziurawiły śnieg obcasikami dwie patriarchalne panny z jednakowymi czarnymi kokardami na tak samo jednakowych warkoczach.

Mir obrócił się ku nim.

– Byłam wczoraj na jej występie. „Fajnie" to po japońsku „przecudnie".

– A „z klasą"?

Główki o długich warkoczach prawie się stykały, pochylone nad ulotką reklamową.

Tylko dziś!
Niezrównana Izyda Kijowska
Krieszczatik, dom...

– ...dom Sławianskiego to nie kabaret. Prestiżowe miejsce. W tysiąc dziewięćset siódmym roku wystąpił tam Andriej Biełу. Cieszę się, że Dasza zaczęła śpiewać poważne romanse. Cieszę się, że choć jej się układa.

Radość wyrażała się tylko w słowach.

Głos Kowalowej brzmiał jak bez życia.

Masza i Mir zajęli fotele w przedostatnim rzędzie – lepszych miejsc nie dostali. Sala, mieszcząca ośmiuset widzów, była przepełniona.

Niegdysiejszy rosyjski śpiewak Agrieniew-Sławianski, znany w świecie z wykonywania narodowych pieśni, pokochał Miasto i postanowił zbudować w nim największą w Europie salę koncertową: większą niż mediolańska La Scala. Ale jego szlachetnemu marzeniu nie było sądzone się spełnić.

Wykupiwszy posiadłość przy Krieszczatiku pod numerem 1, prawym bokiem stykającą się z Placem Carskim, śpiewak entuzjasta zaczął budować pięciokondygnacyjny dom (nie podejrzewając, że pół wieku później ustąpi on miejsca pozbawionemu wyrazu blokowi z hotelem „Dniepr"). Zaczął, lecz nie dokończył – nie dogadał się z kredytodawcami i sprzedał nieukończony budynek.

A nowy właściciel odrąbał domowi Sławianskiego jego romantyczną głowę – piątą kondygnację, tę samą, która miała pomieścić największą salę koncertową – i poprzestał na czterech kondygnacjach, urządzając na najwyższym piętrze dwie już nie największe na świecie sale.

Mimo to występy w kijowskiej nie-La Scali były dla Daszy Czub nie mniejszym zwycięstwem niż angaż Mati Hari w La Scali na cały obecny sezon zimowy.

– Mam nadzieję, że zaśpiewa *Zapłoń, zapłoń*. Dobrze jej to wychodzi – szepnęła Masza do Krasawickiego.

– Zauważyłaś, że na widowni są same kobiety? To zapewne też dobrze? – posłodził Mirosław. – Współczesne damy na nieprzystojne występy nie chodzą. Zdaje się, że Izyda sporządniała.

Słyszał w głosie Maszy przykry chrzęst tłumionej rozpaczy. I zrozumiał: przyszli tu nie po to, żeby posłuchać *Zapłoń, zapłoń*.

Masza Kowalowa przyszła, by uczepić się myśli, „że choć jej się układa". Musiała uwierzyć, że komuś może się zdarzyć coś „dobrego"...

– Tak że wszystko dobrze – zapewnił ją Mirosław.

Masza pokiwała głową. Ona też zdążyła już spostrzec, że audytorium piosenkarki zmieniło płeć – w sali przeważały damskie kapelusiki.

Infernalna, a teraz właściwie Kijowska, Izyda wyszła na scenę z czterdziestominutowym opóźnieniem. Miała na sobie męski frak, tyle że mocno wcięty w talii, by podkreślić bynajmniej nie męską krągłość jej bioder. Masza wyraźnie widziała wieczny zarys Liry powtarzający kształt kobiecej sylwetki...

Izyda przyjęła nawałę owacji, po czym przybrała odpowiednią pozę. Otworzyła usta.

Eks-Kijowica zesztywniała.

Dasza nie śpiewała.

Deklamowała wiersze!

Jak zwyczajna uprzejmość wymaga,
Podszedł do mnie. Powoli. Z uśmiechem.
Na wpół czule, na wpół z powagą
Dotknął ręki gorącym oddechem.

Wiersze Achmatowej!

I wejrzeniem sfinksowych pomników
Jego oczy spojrzały bezdenne...

Dziesięć lat głuchych westchnień i krzyków,
Wszystkie moje noce bezsenne
W jedno ciche włożyłam to słowo
I wyrzekłam je, widać, daremno.
Zostawiłeś mnie samą. I znowu
Było w duszy mej pusto i ciemno.*

Anna kochała właściciela „oczu bezdennych".
Dasza też.
Anna błyskawicznie zdobyła sławę.
Dasza podobnie.

Zapytałam: „Czego ty pragniesz?"
Odrzekł mi: „Być z tobą w piekle".

Na te słowa sala wpadła w pełny zachwyt.

O, wiem, jemu to jest na rękę:
Niczego mu wszak nie trzeba,
A ja nie mam – na swoją udrękę –
Nic, czego mu mogłabym nie dać.

Ostatnia zwrotka sprawiła, że sąsiadka Maszy rozpłakała się jawnie. Pochyliwszy głowę, zasłaniając łzy rękami, powtarzała: „Jak o mnie, zupełnie jak o mnie".

Po raz pierwszy kobiece wiersze stały się silniejsze od męskich!

Lecz było jedno ale...

To cudze wiersze!

– A to widziałaś? Pozwoli pani? – Krasawicki przechylił się przez rząd foteli i zwrócił do dziewczyny w okrągłym kapelusiku. – Niezmiernie jestem wdzięczny. Patrz.

Podał Maszy tomik wierszy w papierowej okładce.

---

* Tłum. Leonard Podhorski-Okołów.

IZYDA KIJOWSKA
WIECZÓR

– Taki tytuł nosi pierwsza publikacja Anny Achmatowej – wymamrotała osowiała Masza. Wzięła tomik do ręki, otworzyła, przeczytała strofki na pierwszej stronie. – Boże, Dasza wzięła ode mnie jej książki... Opublikowała wiersze Achmatowej jako swoje. Kiedy zdążyła?

– Pieniądze. Dużo pieniędzy. – Mir dał wszystko wyjaśniającą odpowiedź. – Ma na koncie pięć milionów rubli.

– Zdemaskują ją, oskarżą o plagiat!

– Nie sądzę – stwierdził Krasawicki. – Idiotka z niej, ale nie tak głupia. Podejrzewam, że ukradła tylko te wiersze, których jeszcze nie napisano. „Rodzimy się po to, żeby urzeczywistnić bajkę" – zacytował. – „Tej piosenki jeszcze nie napisano". Pamiętasz?

– To ja – zrozumiała Masza. – Sama jej podpowiedziałam. Jak Katii o Ginsburgu... Sama jestem wszystkiemu winna.

– Nie waż się tak myśleć!

– Ale tak właśnie jest. – Masza miała puste oczy. – Ja przekonałam je do tego, żeby się tu przeniosły.

„Tylko dzięki pani wierze: ogromnej, niewzruszonej, niepojętej wierze w istnienie dobra historia odwróci się o dziewięćdziesiąt stopni. Jedynie niewzruszoność pani wiary zmusiła pozostałe... Zrozumie to pani później".

Zrozumiała.

– „K+2 wiert". K to przecież nie Katia! Katia ma na imię Jekatierina. K to ja, Kowalowa. Przekonałam je obie, ponieważ wierzyłam, że dobra nie może nie być. Stałam na Placu Carskim, gdy praprababcię Katii przejechał tramwaj. A potem namówiłam Katię... To ja jestem tym diabłem przy tramwajowych torach! Ja, jak Szpolanski, który po prostu wsypał cukier. Po prostu podpowiadam im wszystkim, jak dokonywać zła. Sama jestem diabłem... Zabawne. Chodźmy. Chodź ze mną, szybko!

– Dokąd?

Wybiegli z sali.

Hałaśliwe brawa głucho odbijały się od ścian. Dźwięk niósł się po korytarzu. Jakiś postawny jegomość próbował ich zatrzymać: „Nie wolno!". I osunął się po ścianie, porażony słowami z czarnej Księgi, które rozsypały się niczym czarne koraliki.

„Czyżby ślepi nie sięgali po czary?"

„Nie jestem ślepa!"

Dasza wyglądała jakoś tak... nieoczekiwanie – nowo objawiona „poetka" była przyodziana w stóg kwiatów otrzymanych od wielbicielek. Cała promieniała oślepiająco radosnym światłem. Jej twarz z okrągłymi policzkami sprawiała wrażenie, że zaraz wybuchnie szczęściem.

– Jak śmiałaś? – zasyczała Kowalowa.

– A co takiego? – Winowajczyni ani myślała posypać sobie głowę popiołem. – Po pierwsze, to nie jej wiersze, tylko nasze! Ona zwędziła nam Lirę, a ja, można powiedzieć, oddaję, co zostało ukradzione historycznej ojczyźnie. I nie jestem jakaś tam Achmatowa czy Gorienko. Jestem Izyda Kijowska! Rozsławiam nasze Miasto samym imieniem. To po pierwsze. Po drugie, ratuję jej małżeństwo z Gumilowem. I Gumilowa też ratuję. Nie będzie miał kompleksów, że żona pisze lepiej od niego, i nie skończy ze sobą utajonym samobójstwem. Po trzecie: student! Pamiętasz studenta katolika, który się zabił z powodu platonicznej miłości do Anny Achmatowej? Już uratowałam mu życie. Przespałam się z nim!

– Gdzieś ty go znalazła? – Mir nie mógł uwierzyć.

– A tu się uczy, w Kijowie. Co prawda dopiero w gimnazjum...

– A Achmatowa? Pomyślałaś o niej? – wykrzyknęła Masza. – Co ona powie, kiedy przeczyta swoje wiersze?

– Nic takiego. – Czub zmarszczyła nos. – Nie może niczego powiedzieć, bo jeszcze ich nie napisała. Sama pomyśl: jeżeli miała je napisać w dwunastym roku, to niby jak dowie się teraz, że powinna je była napisać? Nawet jeżeli je usłyszy, stwierdzi, że ktoś inny napisał je wcześniej. Zdziwi się może: jak też podobnie składają się jej myśli z moimi. I się zamknie. Powinna była wydać pierwszą książkę na wiosnę. Ale wyprzedziłam ją. Jestem pierwsza! Pierwsza poetka Rosji, która zaczęła pisać „o swoim, o kobiecym"! Teraz Achmatową będą uważali za jedną z moich naśladowczyń. Tych, które jej mąż Gumilow nazywał „podachmatowkami"... Nie no, czy wy w ogóle kumacie, ile ja ludzi uratowałam hurtem?! I jej pierwszego męża, i trzeciego, Punina, który zmarł w więzieniu. I brata Andrieja, który jeszcze ze sobą nie skończył. I siostrę Iję. Wszystkich, których jeszcze nie położyła trupem.

– Zło to dobro – powiedziała Masza. – Zło to dobro.

Popatrzyła w okno.

Na zaśnieżony Plac Carski pamiętający pierwszy w Rosji tramwaj – „diabelską maszynę", która przyszła na świat w tym samym roku co piszący o diable Misza.

Na hotel „Europejski", w którym Achmatowa zgodziła się zostać żoną Gumilowa.

Na szpetne wejście do Ogrodu Carskiego, w którym Kijowica zostawiła Lirę. I na wyrosły między wejściem do ogrodu a budynkiem Związku Kupieckiego pomnik Aleksandra II Oswobodziciela, którego uroczyste odsłonięcie zwabiło do miasta prezesa Rady Ministrów Stołypina, aby ten podzielił los imperatora wysadzonego w powietrze przez terrorystę Ignacego.

Pośrodku placu zatrzymała się dorożka.

Woźnica niemiłosiernie chlastał batem nieszczęsnego konia.

Masza zmrużyła oczy i wyciągnęła przed siebie prawą rękę. Dorożkarz zgiął się wpół, bat wypadł mu z ręki. Wiedźma poruszyła ustami, posyłając zaklęte moce – szkapa pokonała zaspę i lekko poszła do przodu, unosząc pogiętego fiakra.

– Fajnie! – oceniła przedstawienie Czub. – Od dawna czarujesz? Jak ci się to udaje? Przecież już nie możemy!

– Czyżby ślepi nie sięgali po czary? – zapytała Kowalowa z niepojętym uśmieszkiem. – Jak myślisz, co zrobiłam? Dobro?

– Oczywiście. A jak?

– Mylisz się. Dorożkarz zapewne ma trójkę dzieci. Teraz zapewne nie może pracować, pozbawiłam je żywiciela. Zapewne moje dobro obróci się w zło. Nie da się czynić dobra.

– Jak to? Daj żebrakowi na ganku sto rubli, no i masz dobro. – Czub lekkim gestem rozwiązała gordyjski węzeł koleżanki.

– Dam sto rubli jednemu, nie dostanie ich drugi, siedzący obok. Pójdzie do domu i wkrótce umrze z głodu. I moje dobro stanie się złem.

– No to daj obu po pięćdziesiąt. – Czub nie rozumiała problemu.

Kowalowa przyłożyła do szyby obie dłonie.

Kijów iskrzył się białą cukrową glazurą. Prószył drobny śnieg.

„Zima, zima...” – mówiło Miasto.

Wszystko zaczęło się w zimie i w zimie się skończy.

„To koniec”.

– Zrozumiałam, dlaczego ludzie są ślepi. Dlatego, że nie jesteśmy w stanie znieść prawdy. Bo czy warto żyć, skoro dobro jest złem? A zło, czyli wszystko, co uważałam za straszne, niedopuszczalne, wszystko to jest dobrem! Ukradłaś wiersze Achmatowej... Zapewne ona nie będzie mogła pisać. Nie będzie miała czego pisać, bo wszystko jej zabrałaś. Zapewne teraz skończy ze sobą. Ale nawet nie mogę powiedzieć, że postąpiłaś źle. Śmieszne. Nie będę mieć dziecka.

– Co?! – Czub zawyła jak karetka pogotowia. – Boże, Maszeńka... Poronisz?

– Bóg nie ma tu nic do rzeczy. – Masza ścisnęła klucz na piersi. – Ja sama. Sama zaproponowałam, żeby się osiedlić w Przeszłości. Na zawsze. Ale nie urodziłyśmy się tu, to nie nasze czasy. Nasz czas stoi. Przenosząc się w tę epokę, zatrzymałyśmy go dla siebie. Na zawsze. Wciąż tkwimy w jednej, jedynej minucie. Od chwili ucieczki nie minęła dla nas ani sekunda. Akuszerka powiedziała: jestem w ciąży. Od tygodnia. I to się nie zmieni. Nigdy.

– To dlatego nie mam miesiączek – odkryła Czub. – Początkowo myślałam, że zaszłam w ciążę. Myślałam: niby z kim? No i wyluzowałam. Stwierdziłam, że to aklimatyzacja, organizm musi się przestroić. A on, okazuje się, nie przestrajał się, tylko przyhamował. A skoro mowa o miesiączkach. Słyszałaś, że Katia wypuszcza na rynek podpaski?

– Dość! Starczy tego. – Masza odwróciła się gwałtownie. – Mam dość! Długo będę służyła jako wkładka-przekładka między wami?! Umywam ręce. Wyjaśnijcie sobie sprawy jedna z drugą! Ja nie chcę was widzieć. Już dłużej nie mogę patrzeć, jak wy... obie... a winna jestem ja. Więcej nie zniosę! Naprawdę tak trudno było wam nie czynić zła?

– A komu ja zrobiłam coś złego? – uniosła się Wstrząsająca. – Achmatowej? Uratowałam osiem osób! Czy ty nie uważałaś tak samo, kiedy nas namawiałaś...

„Myślisz, że Bóg też tak uważa? W rodzaju: niech umiera Masza, za to przeżyją Katia i Dasza?"

„Tak".

– Zamilcz!

Nienawiść ją oślepiła.

Biała nienawiść.

Maszę nakryło czapą białego generała – nieprzeniknionym chłodem, pustką.

Kwiaty posypały się na podłogę. Poetka zamachała rękami, próbując rozewrzeć duszące ją palce Mira.

– Y-r-r... – Mir Krasawicki z okrutnym rykiem zatoczył się na ścianę, wyszczerzony w straszliwym grymasie.

Czub osunęła się na kwiaty.

– Łańcuszek – wychlipała. – Wężowy łańcuszek. Uroboros. Demon podarował. Chroni przed złem.

I Masza za jednym zamachem rozwiązała dwie zagadki.

– Dlatego ty i Katia wciąż jeszcze żyjecie. Ona też nosi na szyi węża. Mir... Ty... – powiedziała przeciągle. Twierdząco, nie pytała. – Ty próbowałeś je zabić od tamtej pory, kiedy przestałyśmy być Kijowicami i stałyśmy się śmiertelne. Ale czemu? Nie jesteś przecież taki... Jesteś dobry.

– Nie jestem dobry. – Krasawicki wyszczerzył się jeszcze bardziej. – Jestem martwy. Zabity przez nie. To silniejsze. To...

– Instynkt ducha? – wychrypiała nie do końca uduszona ofiara. Odzyskując siły, zainteresowała się jego fenomenem.

– Ale nigdy nie obrażałeś ich przy mnie. Dlaczego teraz? – zapytała Masza bez zbytniego zainteresowania. Po prostu chciała postawić ostatnią kropkę nad „i".

– Dlatego że cię kocham.

Nawykowa odpowiedź.

– Znam twoje uczucia. W tamtej chwili byłaś gotowa ją zabić.

– Ja? No, oczywiście... To ja! – Eks-Kijowica uśmiechnęła się dziwnie. – To ja, a nie on – zwróciła się do koleżanki. – Ja chciałam cię zabić, wiedz o tym. Nikt z was nie jest winien! Ale ja nie mogę nikogo zabić, nikogo...

– Lepiej by było, gdybyś mogła. – Mir zgrzytnął zębami. – Gdybyś zmieliła moją duszę! I wyzwoliła mnie. Zmęczyłem się...

Masza podniosła rękę, pstryknęła palcami.

Obraz za oknem nie zmienił się.

Ten sam Plac Carski, ta sama fontanna, ten sam hotel. Jedli tam rasstiegajczyki z truflami i czuła się przy nim tak spokojnie, tak bezpiecznie.

„To ja jestem winna jego śmierci. Oraz tego, że on nie może umrzeć".

„Jestem wszystkiemu winna".

– Mir. – Przymknęła oczy. – Przebacz. Nie mogę. Nie starczy mi sił. Nie jestem już Kijowicą.

– Zmęczyłem się. Zmęczyła mnie nienawiść! Zmęczyła miłość do ciebie! – wykrzyknął.

– Mir, nie każ mi umierać – poprosiła. – Wiesz, że nie ma innego sposobu. Jeśli ty nie możesz nie zabić Katii i Daszy... Jeżeli ja nie mogę zabić ciebie. Pozostaje mi jedno...

„Myślisz, że Bóg też tak uważa? W rodzaju: niech umiera Masza, za to przeżyją Katia i Dasza?"

„Tak".

– Lepiej, żebyś mnie zabiła. Lepiej, żebyś popełniła zło! Lepiej, żebyś nie była taka dobra!

– Więcej nie będę – powiedziała Masza. – Już więcej nie będę.

Wyszła na ulicę.

Chłopiec sprzedawał gazety. Kupiła „Kijowianina". Nie wiedziała czemu.

A potem zrozumiała.

Na ostatniej stronie mieścił się artykuł.

Nad nim reklama:

Wytworna nowość! Każda dama może mieć idealny biust.

Nasze pigułki i proszek „Bella Forma" zagwarantują Paniom pełny biust, piękną szyję i ładnie zaokrąglone ramiona.

Pod artykułem druga reklama:

Samofarbujące grzebienie FOR *farbują włosy na dowolny niezmywalny kolor, po czym można je karbować, zakręcić itd.*

Grzebienie są całkowicie nieszkodliwe.

Artykuł wydrukowany pośrodku głosił:

Doktor Bułhakow poleca!

Przyszła zima. Dom nakryło białą czapą generała. Ta pora roku jest szczególnie niebezpieczna przy takich dolegliwościach, jak...

Nie miała już po co żyć.

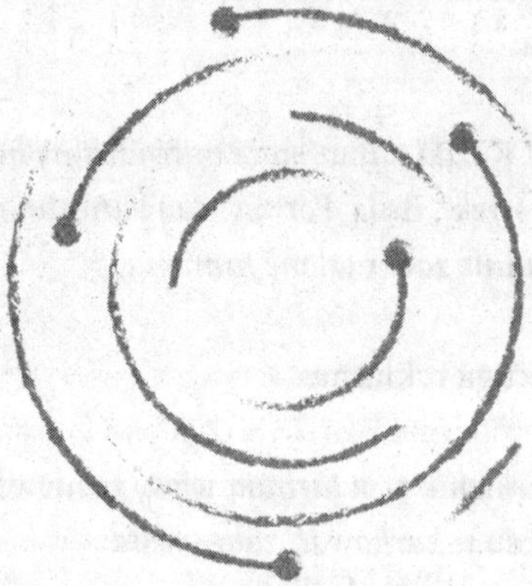

Rozdział dwudziesty piąty,

w którym... Masza wstępuje do klasztoru?

Z głębiny stuletniej wywodzi się podanie o człowieku, który z pomocą Szatana postanowił rzucić wyzwanie Bogu i panując nad tajemnicami świata i własnym losem, mocą staje się równy Stworzycielowi...

~ N. Niepomniaszczyj, A. Nizowski, *Legenda o doktorze Fauście*

Zgnębienie przypomina pijaństwo. Patrzysz na świat jak przez warstwę wody. I głowa niezdrowa. I oczy pieką (łzy to też woda).

Żyje się nieprzyjemnie, niewłaściwie...

Pismo Maszy drżało. Litery miotały się w rozpaczy po linijkach.

I nie działa jak trzeba.

Dobro i zło za bardzo są ze sobą splecione. Niepodległość Ukrainy to dobro, ale nie byłaby ona możliwa bez zła – bez śmierci 50 milionów. Książki Bułhakowa to dobro, ale stały się niemożliwe bez zła – bez rewolucji. Ofiara Chrystusa to dobro, ale czy byłaby możliwe bez zła, bez Judaszowej zdrady? Według jednej z legend książę Włodzimierz zgwałcił córkę cara Chersonezu i ukarany za ten grzech, oślepł. Pokajał się i przyjął chrześcijaństwo.

Czyniąc dobro, zawsze zarazem czynisz zło, i nie można dokonać czegoś dobrego, nie powodując zła.

Ludzi ratuje tylko ich ślepota. To, że ten wybór nie zależy od nas. Albowiem żaden z nas nie jest w stanie wybrać między gwałtem a chrześcijaństwem, nie popadając w szaleństwo...

A nam przyszło dokonać takiego wyboru. I okazał się zbyt trudny.

Dla mnie.

Nie pociągnęłam go dalej.

PS *To, co zamierzam zrobić, jest złem. Ale nie widzę innego sposobu na zaprowadzenie dobra.*

Masza położyła list na stole. Wyszła za drzwi.

Zgnębienie przypomina sen, w którym każdy twój gest, każdy drobiazg nabiera znaczenia.

Wyciągając rękę do mechanicznego dzwonka z napisem „Proszę przekręcić", Masza odczuwała doniosłość i sens swojego postępowania.

– Czekałam na panią – przywitała ją Dziedziczka Olga. – Przepowiedziałam: bardzo szybko skończy pani jak moja siostra.

– A co stało się z pani siostrą? – zapytała eks-Kijowica.

– Znalazła formułę Boga. I posłużyła się nią. I poczuła się Bogiem... Ale do tego pani jest za słaba.

– Słaba? – powtórzyła jak echo Masza.

– Co pani straciła? Drobiazgi. Rodziców. Mężczyznę, z którym mogłaby się pani jeszcze pospotykać. Dziecko. Koleżanki... – Słowa wylatywały z jej ust jak lekki, nic nieważący puch. – Ach, tak, zapomniałabym. Ulubionego pisarza.

– Ślepotę – dodała była Kijowica. – Uznaję: zło jest dobrem.

– Proszę przyznać: w istocie byłaby to najbardziej bezkrwawa ze wszystkich rewolucji. – Dziedziczka się uśmiechnęła. – Mojej siostrze było znacznie trudniej. Ona musiała uznać, że dobro jest złem. Mówiłam pani, że nie pragnęła krwi, nie chciała kobiecych swobód. Tak więc... mimo wszystko skłamałam. Persefona wiedziała, że podaruje wolność ślepym i zaleje Ziemię krwią... Inaczej się nie dało. Ale kiedy już tego dokonała, nie znalazła w sobie sił, by zaakceptować cenę, jaką trzeba było zapłacić za dobro.

– Na czym polegało to dobro? – spytała smętnie Masza.

– Na tym, że wasza Trójka przyjdzie na świat. I pogodziwszy dwie niedające się pogodzić liczby, położycie kres wojnie między Niebem a Ziemią, która toczy się od czasu, gdy Ziemia popadła w grzech.

– To utopia – stwierdziła z goryczą Kowalowa. – Nie wyobrażam sobie, jak to możliwe.

– Ja też nie – zgodziła się z nią Dziedziczka. – Proszę wejść. Dlaczego stoimy w progu?

Masza weszła do przestronnego mieszkania.

– Proszę chwilę zaczekać...

Olga Siłowna zniknęła za zasłoną oddzielającą pokój gościnny od przyległego pomieszczenia.

Na zasłonie był wyszyty staroruski ornament. Ale i ornament, i kamienne żarna w kącie, i drewniany tron, i kołowrotek z kądzielą nagle wydały się Maszy tylko dekoracjami.

Na ławce leżał porzucony żurnal. Almanach „Ziemia". Rok 1917. Rok rewolucji!

Otworzyła go. W środku znajdowały się dwie powieści: *Zapiski kurnosego Mefistofelesa* Wynnyczenki i *Każde życzenie* Kuprina. Później pisarz zmienił tytuł na *Gwiazdę Salomona*.

Nigdy tego nie czytała.

Ale od pierwszych stron narracja wydała się jej dziwnie znajoma. Podobna...

Nie do *Mistrza i Małgorzaty*. Do życia!

„Chcę, żeby dobro było bez zła. Żeby ludzie nie zabijali się nawzajem. Ani zwierząt. I żeby dzieci nie były złe" – powiedziała kiedyś.

„Ogólnie: raj" – skwitował Demon.

Bardzo podobne...

Do głupiego bohatera, którego jedyne życzenie to: „żeby wszyscy, ale to wszyscy byli szczęśliwi":

„I żebyśmy my z wami wszyscy tam żyli (...) w prostocie, przyjaźni i wesołości (...). Nikt by się nie kłócił (...). Dzieci byłby pełen cały ogród (...) i żebyśmy my wszyscy dobrze śpiewali. I żeby praca była przyjemnością...

– Słowem: raj – skwitował Swietowidow".

Do bohatera – pozytywnego aż do głupoty – przychodzi czart lub diabeł: Miefodij Isajewicz Toffel.

Wyjaśnia mu, że Swietowidow otrzymał dziedzictwo, i wręcza mu księgę z niepojętymi formułami.

Prawda, że podobne?

Mefistofeles nie może posługiwać się rękopisem samodzielnie. (Wszak zmienianie Przeszłości dozwolone jest tylko Kijowcom!)

Ale głupi bohater rozszyfrowuje formułę i za jej pomocą spełnia marzenia.

Nie, nie przeprowadza tego machnięciami ręki... Dokładnie manipuluje ciągami przyczynowo-skutkowymi. Dobry bohater nikomu nie życzy zła, użala się nawet nad gnębionymi końmi! Ale jego życzenia z jakiegoś powodu nikomu nie przynoszą dobra.

A potem, na samym końcu, widzi czyjąś śmierć pod kołami tramwaju i zobaczywszy ją, mimowolnie dopomaga w oswobodzeniu czarta, diabła, Miefodija Toffela.

„Ale diabeł nie istnieje".

„Ja jestem diabłem... Ja pomogłam im wszystkim. Nawet jej..."

Masza odłożyła otwarty żurnal.

Ulicą Aleksandrowską z góry toczył się tramwaj, sypiąc spod kół trzaskające snopy fioletowych iskier (...). Przez ulicę Aleksandrowską przechodziła jakaś dama w podeszłym wieku, prowadząc za rękę około sześcioletnią dziewczynkę...

Kuprin to widział! Był prawdziwym pisarzem, zdolnym do tego, by widzieć i przeczuwać rzeczy, których nie mogą zrozumieć prości śmiertelnicy.

Odgadł sens antyobrzędu!

Sto lat wcześniej ujrzał tę, z powodu której dokonano antyobrzędu. Nie Katię, lecz Maszę Kowalową, której nazwisko K+ figurowało w główce formuły. Maszę, zbyt dobrą, żeby nie spróbowała uczynić wielkiego, wielkiego dobra. Nie wiedząc o tym, że...

Pośpiesznie wyjęła z torebki-woreczka czerwoną książkę.

Wers... Stronica...

(...) sam Nikołka nie wiedział jeszcze, że cokolwiek się dzieje, zawsze dzieje się tak, jak dziać się powinno i że wszystko obraca się na dobre.*

Wzdrygnęła się.

Nagle antyrewolucjonistka jednym znakiem uświadomiła sobie, „co jest nie tak?". Dręczyło ją to od tylu dni.

„Rozumiesz, że..."

– Widzę, że się pani nie nudzi – wyrwała ją z rozmyślań Dziedziczka.

Olga Siłowna wypłynęła zza zasłony – korpulentna, czterdziestoletnia, z ciężkimi złotymi włosami noszącymi pierwsze ślady srebrnej siwizny.

– Zatem zanim przyjmie pani los ofiary, przyszła się pani dowiedzieć, dlaczego to wszystko przydarzyło się właśnie pani?

---

* BG.

– Dlaczego... to wiem – powiedziała Masza. – Zostały mi cztery pytania. Pierwsze: ile pani ma lat?

Olga Siłowna uśmiechnęła się.

Powiodła wyprostowaną dłonią po naznaczonej wiekiem twarzy. I zamieniła się w rówieśniczkę Maszy – dwudziestodwulatkę!

I tylko oczy, przeźroczysto głębokie oczy zostały te same – twarde, harde.

– Rozumiem, że podobało się pani przemawianie do nas z wysokości rzekomo przeżytych lat? Jest pani młodsza od Daszy. W dziewięćdziesiątym czwartym miała pani około sześciu lat – dokonała prostego obliczenia Kowalowa. – To pani była tą dziewczynką. Pani prowadziła Annę Strogową pod tramwaj. W ostatniej sekundzie ofiara zawahała się. Ale pani... – Masza podniosła czasopismo do oczu. – „Dama ujrzała szybko zbliżający się tramwaj i zawahała się, chwiejąc to w przód, to w tył. W ostatnim ułamku sekundy dziecko okazało się mądrzejsze od dorosłego dzięki swoim zwierzęcym instynktom. Dziewczynka wyszarpnęła rączkę z dłoni kobiety i odskoczyła w tył. Starsza dama, wyrzuciwszy ręce w górę, obróciła się i ruszyła ku dziecku. W tym momencie najechał na nią tramwaj..." To pani zwabiła ją pod koła!

Eks-Kijowica nie pytała.

Dziedziczka Olga nie zaprzeczyła. Patrzyła na Maszę.

– No, oczywiście, to nie pani wyliczyła plemię i ród Katii – oznajmiła Kowalowa. – Nie pani to wymyśliła. Wsparł panią Demon! Co on takiego powiedział, że zdradziła pani rodzoną siostrę, która wybrała panią na swoją Dziedziczkę?

– Powiedział: albo pani, albo on.

– Teraz drugie pytanie. Dlaczego chce pani, żeby Bułhakow został lekarzem?

– On zmieni ludzi. Nauczy was widzieć!

– To już słyszałam. Lecz w czym tkwi podstęp?

– Nie ma podstępu. Johann zmieni mężczyzn. Lira zmieni kobiety! Znajdziemy drogę do talizmanu. Za dwieście, trzysta lat nie będzie już żadnych ślepców.

– Wszyscy przejrzą na oczy? Ale to zależy od tego, w czyje ręce wpadnie siedmiostrunowa Lira?

– W czyje ręce i kiedy – rzekła pouczająco Dziedziczka Olga. Wiek nie zmienił jej nawyków, lecz teraz, będąc młodą, zdawała się jeszcze bardziej zarozumiała. – Gdy moja siostra obiecała, że ślepe Amazonki przejrzą na oczy i staną się podobne do swych przodkiń, odbierając niedorzeczną władzę mężczyznom, popełniłam ten sam błąd co pani. Zobaczyłam w tym dobro. Tysiące wiedźm straciło życie za to, żeby przywrócić moc naszej Matce, moc utraconą przez Marinę. Gardziłyśmy jej Prawdą czyniącą z naszej władzy zarazem naszą niewolę! Gardziłyśmy ustanowionymi przez nią Zakazami! Ale stojący po lewicy odkrył przede mną to, co przemilczała moja siostra. Ta wolność będzie tylko nową niewolą. Dobro: nowym złem. Rewolucja, która zrodzi was, zniszczy Fausta. Rewolucja, która podaruje wolność ślepym babom, pozwoli wam, Trójce ślepych, zostać Kijowicami.

– Pozwoli trzem kucharkom rządzić państwem – przetłumaczyła Masza na porewolucyjny język. – Doskonale rozumiem. Gdybym ja jak przed rewolucją nie mogła zdobyć wykształcenia, gdyby Dasza jak przed rewolucją nie mogła robić wszystkiego, co chce, gdyby Katia jak przed rewolucją nie mogła prowadzić interesów... byłybyśmy inne. Katia i Dasza stały się tym, kim są, ponieważ to jest dzieło dwudziestego pierwszego wieku. Gdyby nas wychowało patriarchalne społeczeństwo, nie zwyciężyłybyśmy w noc Kupały. I mimo wszystko pani siostra się przeliczyła. Nie mogłabym żyć, wiedząc, że ceną za moje przyjście na świat jest pięćdziesiąt milionów ofiar.

– Moja siostra przeliczyła się w jednym: pokazała swoje obliczenia nam! – zarozumiale obwieściła Dziedziczka Olga. – Miliony ślepych żyją beztrosko, nie wiedząc, za jaką cenę pojawili się na tym świecie. Ile cierpienia poszło na to, żebyście mogły nosić krótkie spódnice. „Twój dziadek przelewał za ciebie krew" to dla nich puste słowa. Nie byłybyście wyjątkami.

– Pani też się przeliczyła – powiedziała Masza. – Dlatego że pomoże mi pani zabrać Lirę. – To, co miało być pytaniem, zabrzmiało w jej ustach jak rozkaz. – Nie starcza mi sił. Jestem wiedźmą wyuczoną, nie urodzoną. Nazywacie takie samozwankami. Ale zabierze mnie pani w Przeszłość, do tysiąc osiemset dziewięćdziesiątego piątego roku, na Wzgórze Włodzimierza. A ja wezmę talizman. Tak, trzecie pytanie. Dlaczego pani go nie wzięła? Demon wiedział, gdzie jest schowana Lira. Mogła pani dokopać się do skrytki Anny i rewolucji by nie było, i Faust by był...

– Dlatego – odparła z rozdrażnieniem Dziedziczka – że zostawiwszy Lirę w Ogrodzie Carskim, moja siostra oddała ją ślepym. Teraz ani Kijowica, ani wiedźma, ani czart nie mogą dotknąć Liry do czasu, aż jej właściciel nie odda jej nam. Sam!

– Zabierze mnie pani ze sobą i wezmę Lirę – powiedziała Masza. – Nie jestem już Kijowicą. Nie mam mocy. Lecz w tym złu, jak zwykle, jest też dobro. Myślę, że dam radę ją wziąć.

– Proszę się nie wahać, Lira panią rozpozna. – Dziedziczka wyszczerzyła się w nieprzyjemnym uśmiechu. – Tylko że ja prędzej umrę, niż własnymi rękami doprowadzę do spełnienia proroctwa o Trójce!

– Niech pani zrozumie – tłumaczyła ze znużeniem była Kijowica. – Nie zamierzam nikogo z nikim godzić. Nie wiem, jak można pogodzić Niebo z Ziemią. Jestem sama, ani Katia, ani Dasza mi nie pomogą. Nie powiem im, nie zacznę kusić nową władzą. I bez tego narobiły wystarczająco dużo głupot. Po prostu wezmę Lirę, żeby...

– Żeby co? – zapytała Dziedziczka Olga. – Myśli pani, że talizman pomoże pani zaprowadzić dobro nieomroczone złem? Myśli pani, że w tym zamyka się pani przeznaczenie? Pogodzić dobro ze złem? Przecież to to samo co pogodzić Niebo z Ziemią!

– Da mi pani Lirę – posępnie uparła się Masza. – A ja wręczę ją Michaiłowi Bułhakowowi. I on będzie pisał!

– Co? – Zdumiewająca bezczelność tego oświadczenia wykrzywiła rysy Olgi.

– Ostatnie pytanie. Nie wie pani przypadkiem, komu, umierając, Bułhakow oddał... oddałby ją?

– Oczywiście. Nikomu!

Zasłona skrywająca wejście do sąsiedniego pokoju poruszyła się i zza niej wyszła młoda dziewczyna.

Tak samo złotowłosa jak Dziedziczka Olga.

Tak samo niebieskooka jak jej wnuczka Kyłyna.

– Aknir?

Nie było czarnych włosów.

Nie było klaunowego makijażu à la Marilyn Manson.

W sposobie mówienia Aknir nie było też poprzedniej wojowniczości.

– Umierając, Bułhakow nie mógł wydać żadnych dyspozycji. Ból odebrał mu zdolność mowy – wyjaśniła. – I Lira się zapodziała. Wdowa podczas drugiej wojny światowej straciła talizman, podobnie jak liczne inne rzeczy. Lata później Lira sama znalazła tego, komu była przeznaczona.

– Czyli kogo?

Aknir nie była zmiennokształtna.

Trudno było ją rozpoznać w tej drobnej nastolatce o złotych anielskich kędziorach i pewnych siebie, rozumnych oczach.

– Nie rozumiesz? – spytała Aknir ze zdziwieniem. – Talizman przekazany ślepym należy się wam. Kijowską Trójkę zawsze stanowili ślepi. Trzej bracia. Trzej Mocarze... No, czytałaś bajki? Wy miałyście ziścić proroctwo o Trójce.

„Lira w ogóle była nasza! Należała się nam!" – Intuicja Daszy znów okazała się lepsza od logiki Maszy.

– Miałaś lirę prosto pod nosem – powiedziała Aknir, napawając się reakcją Maszy.

– Gdzie?

– Pod nosem. W dosłownym sensie tego wyrażenia.

– Dosłownym?

Ileż razy wydawało się jej, że znalazła metaforyczny nos i to, co się pod nim kryje...

Lecz teraz nos Maszy mimo woli skierował się w lewo i w dół. Tam, gdzie swego czasu w niedrogiej kawiarni stał stół. Masza przypomniała sobie, jaką miała ochotę zajrzeć pod niego i sprawdzić, czy czegoś tam nie ma. Ochota była dziecinna i głupia...

Lira leżała na stole. Tuż pod jej nosem!

Czyjeś ręce pomalowały ją na niebiesko i przylutowały kawałek metalu z ręcznie wykonanym napisem: „Kijów. Festiwal poezji '85". Rok urodzenia Maszy? Ile zbiegów okoliczności złożyło się na to, by Miasto przekazało ten symbol głupiej kolekcjonerce przypinek?

Lirę, podobnie jak większą część nadgryzionych zębem czasu znaczków z kijowskich festiwali i olimpiad, przyniósł jej tata.

Dzień przed tym, jak poszła do Centrum Czarów Starokijowskich na Padole i przyjęła moc Kijowic – swoje przeznaczenie!

A tata wtedy o mało nie zginął. I ona sama też mało nie zginęła. Straciłaby życie, gdyby nie była już Kijowicą.

„Od chwili, gdy ją dostałam, zachowywałam się jak typowa ofiara..."

„Ale koniec z tym!"

– Mówisz mi o tym, bo to nie ma już znaczenia? – zrozumiała Kowalowa.

Jej Lira spoczywała na dnie Morza Czarnego.

Razem ze skórzanym sakwojażem, zeszytem Kyłyny i czasopismem „Renesans" z artykułem *Anna Achmatowa w Kijowie*. Lira wróciła tam, skąd się wzięła – na Krym, do Koktebelu, dokąd Masza z Daszą wyruszyły, by ją odnaleźć, a tak naprawdę – by ją stracić.

– Miałam ją – powiedziała Masza, usiłując uwierzyć. – Demon prosił mnie o wybaczenie. Mówił, że wyczuwa talizman, ale to nie tak. Nie poczuł, jak Anna znalazła Lirę w Ogrodzie Carskim, tylko po prostu śledził Persefonę... Jak on się zdziwił, gdy tak zwyczajnie wyjęłam Lirę z torebki! Dlatego zezłościł się tak bardzo. Położyłam przed nim nie Lirę, lecz wybór: powiedzieć mi prawdę czy działać przeciwko mnie i dopełnić waszego antyobrzędu.

Próbował mnie przekonać, że Bułhakow powinien był zostać lekarzem. Ale odrzuciłam to. A on... wszystko wiedział... Wiedział, że mając talizman, możemy wygrać bój. Wiedział, że Sąd można łatwo odwołać. Wiedział, że Katia jest potomkinią wiedźm! Ale nie mógł mi tego powiedzieć. Bo to by oznaczało, że wasz spisek zostanie odkryty. Mimo wszystko wierzę, że w pewnym momencie chciał mi pomóc. W przeciwnym wypadku po co by mi pokazał, jak naruszył zaraz?

– Wszystko jest nader prymitywne.

Aknir rozsiadła się na drewnianym tronie swojej praprababki i niedbale przerzuciła nogi przez podłokietnik.

– Myślał, że z jakiegoś powodu jesteś potrzebna Miastu – wytłumaczyła swobodnie. – Widział Wiertum, widział cię w tysiąc osiemset osiemdziesiątym czwartym i spotkał sto lat później. Widział, że Lira cię znalazła... A on sam jest duchem Miasta! Nie mógł sprzeciwić się woli Ojca. I powiedzieć ci o Lirze też nie mógł. Najmniej stojący po lewicy chciał, żeby proroctwo o Trójce się spełniło i jego ukochana mama pocałowała się z Niebem.

Spod zasłony wysunął się czarny kot Behemot, zaczepił Maszę nieprzyjaznym prawym okiem i wskoczył na kolana Aknir.

Córka Kyłyny odruchowo podrapała go za prawym uchem.

– Mimo wszystko Demon dał mi szansę – przypomniała Masza. – Podpowiedź. Nawet dwie. „To, co leży prosto pod nosem". I „drobny śnieg". Gdybym nie była aż tak ślepa! Gdybym wcześniej przeczytała *Białą gwardię*. Demon we mnie wierzył. Nie mógł powiedzieć o Lirze, nie mógł wspomnieć o was i o waszym antyobrzędzie, ale dostałam szansę, żeby was pokonać. Dał naszej Trójce możliwość wygrania Sądu. Zaproponował, że sam zostanie ofiarą.

– Dla Trójki Lewy nie złożyłby w ofierze nawet napletka! – skomentowała sarkastycznie Aknir. – Ale ty... Dla ciebie był gotów wyrzec się Fausta. Moja mama zawsze mówiła: Lewy myśli zbyt prostolinijnie. To on wezwał Miasto, by zabiło moją matkę. On, nie wy! Teraz do mnie dotarło. Czyli naruszył Wielki Zakaz? Dzięki, że to powiedziałaś. Wiem już, jak się na nim zemścić.

– Zdradził swoją panią. – Behemot wyszczerzył bandycką mordę.

Masza cofnęła się o krok.

Usprawiedliwiając Demona, znów zrobiła coś złego.

„Już dość, nie będę...

Więcej nie będę dobra!"

– Jak myślisz, skąd ja to wszystko wiem? – Córka Kyłyny po dziecięcemu podroczyła się z eks-Kijowicą. – Przecież zmieniając Przeszłość, zostawiamy ją zmienioną i nikt z żyjących nie wie, że wszystko mogło być inaczej.

– Stąd, skąd i my! – odgryzła się Masza. I uzupełniła zasadę: – Nikt oprócz tego, kto zmienił Przeszłość, i tego, kto był w Przeszłości podczas tej zmiany. Myślałam, że pojawisz się wcześniej. Co za sens chować się za zasłoną? Kiepska z ciebie konspiratorka. – Kowalowa wzięła z ławki żurnal i wskazała rok. – Tysiąc dziewięćset siedemnasty! Nikt nie jest w stanie wybrać się w Przyszłość. Lecz jeśli w jedenastym roku w mieszkaniu Dziedziczki leży czasopismo z powieścią napisaną w roku Wielkiego Października...

– Miło, że nie jesteś głupia – pobłażliwie pochwaliła eks-Kijowcę Aknir. – Szkoda tylko, że mądra po szkodzie. Pół roku bawię się tu z wami.

– Gdy tylko wiedźmy przekazały ci swoją moc.

–... od razu poleciałam do babci Olgi.

Masza spojrzała na dwudziestodwuletnią „babcię" i na jej szesnastoletnią prawnuczkę.

– Tak, rozpoznałam cię.

Rozpoznała ją od razu – gimnazjalistkę stojącą przy polskiej kawiarni na Funduklejewskiej i z zachwytem wpatrującą się w piękną Katię.

Śledziła Katię!

– Śledziłaś nas. A wcześniej podrzuciłaś mi zapiski twojej mamy z formułami, nasze dziedzictwo.

– Łyknęłyście podpuchę!

– Czarci korzeń! – nieskromnie przypomniał o swoich skromnych zasługach kot Behemot.

– Nie mogłaś przeprowadzić Odmiany samodzielnie – zrozumiała Masza. – Nie jesteś Kijowicą.

– A tu, wybacz, leciutko się mylisz. Teraz to waśnie ja jestem Kijowicą! Ja, jedyna Dziedziczka. Was już nie ma. Nie urodziłyście się. Ale nie świruj. Nie jestem już waszym wrogiem. I ty też nie świruj, babciu Olu. – Aknir rzuciła swojej młodawej babci dziecięco wzgardliwe spojrzenie. – Ona mnie doskonale rozumie. „Świrować" znaczy „martwić się". Pozwól, że wszystko jej wyjaśnię. Po naszemu... Później Lewy zauważył, że Miasto samo podprowadza was do Odmiany, i zrozumiał: cała wasza ślepa Trójka Ojcu Kijowowi na cholerę się zdała. Marina coś tam namieszała z proroctwem i schrzaniła sprawę. Wtedy Lewy zaczął pomagać wam, to znaczy teraz już mnie, w przeniesieniu was stamtąd tutaj. I do tego zmierzam... Wszyscy są teraz szczęśliwi! Twoje koleżanki są szczęśliwe. Miasto jest szczęśliwe. Samo się was wyrzekło. Wychodzi na to, że wybrało mnie. Ja jestem szczęśliwa, bo zwyciężyłam bez rozlewu krwi. Nie dopuściłyście do starej rewolucji, a jednocześnie do nowej: waszej z nami. Wszystko tip-top! Kobiety całego świata będą szczęśliwe, kiedy dostaną wolność. Ślepi będą szczęśliwi, bo przejrzą na oczy. Przestaniemy ze sobą wojować, będziemy żyć w przyjaźni i szczęściu, dlatego że Faust nie bez powodu przez całe życie pisał o wielkich uczonych. On sam stanie się wielki. Pozna tajemnice świata. Stworzy nowego homunkulusa...

– Nowego człowieka?

– Jesteś superbystra! Jak woda w klozecie! – zafiniszowała nowa Kijowica. – Zapomnij o wszystkim, co nagadała ci babcia Ola. Wyobraża sobie nie wiadomo co, a nasz Lewy kręcił nią, jak chciał. Zapomnij o zeszycie, który wam podrzuciłam. Przecież nie dlatego przeprowadziłaś Odmianę! I nie dlatego, że zobaczyłaś pseudo-Wiertum. Wypełniłaś przeznaczenie. To samo, do którego wybrało cię Miasto!

– P-przeznaczenie? – zająknęła się Masza.

– Przypomnij sobie, kiedy po raz pierwszy wzięłaś do ręki Lirę!

– Kiedy uciekałam z domu. Nie. – Kowalowa zamyśliła się. – Kiedy z Mirem weszliśmy do Wieży, on wyjął moje przypinki. Wtedy wzięłam od niego Lirę.

– Jego Lira ani parzy, ani ziębi. – Małolata usunęła z rachuby martwego pomocnika. – Ale ty? Przypomnij sobie, co zrobiłaś!

– Wzięłam Lirę i poszłam w Przeszłość.

– I rozwiązałaś wszystkie zagadki. Zrozumiałaś, że nie możesz tego nie zrobić! – Córka Kyłyny zerwała się z drewnianego tronu. Kot zeskoczył na podłogę. – Wiesz, dlaczego mama napisała „K+2 wiert"?!

– Wiem.

– A właśnie że nie! – radośnie zaprzeczyła Aknir.

Behemot podszedł do Maszy. Powąchał. Poruszył wąsami. I znowu z zainteresowaniem powąchał jej buty.

– Mama wyprawiała się do tysiąc dziewięćset jedenastego roku, kiedy byłam całkiem mała. Ty też byłaś wtedy mała. Ale mama spotkała cię tam, w Przeszłości, i tam byłaś już Kijowicą. Wyliczyła datę: dwudziesta pierwsza, pierwszego września jedenastego roku.

– Dzień, w którym Achmatowa powiedziała Bogrowowi...

– Nie! – przerwała Aknir. – Rok, dzień i godzinę, kiedy mama widziała cię w dorożce z Achmatową. Wtedy widziała Wiertum!

Czarny kot miauknął wstrząsająco. Olga pośpiesznie wzięła go na ręce i łagodziła koci niepokój delikatnym drapaniem.

– Mama wiedziała: tego nie może nie być! Ty TO zrobisz! I zrobiłaś! Zrobiłaś, jak kazało Miasto. Słuchałaś tylko jego.

– Tak – mrocznie przyznała Masza. – To prawda.

Wieczny Kijów nie chciał umierać.

Wielki Gród-Bóg nie chciał obrócić się we wspomnienie o Wielkim Mieście.

Jej Ojciec, jej Kijów, kierujący jej krokami, pragnął Odmiany i jego Kijowica postąpiła tak, jak sobie tego życzył.

– Ale Gród to nie Bóg – rzekła z udręczeniem.

„Rozumiesz, że rzucasz wyzwanie Bogu?" – zapytałaby Dasza.

– Bóg dopuścił do rewolucji! Nie chciał, żeby Bułhakow został Faustem!

– Bóg nie chciał? Czy ty nie chcesz? – Aknir uśmiechnęła się ze zrozumieniem. – Ty jedyna jesteś tu nieszczęśliwa! Nie możesz urodzić dziecka, niczego już nie zmienisz. Chciałabym ci pomóc, ale nie mogę. Twojego pisarza nie będzie, a ty jesteś zakręcona na jego punkcie. Mówię bez złej woli. Logiczne: jego Lira przeszła w twoje ręce, a razem z nią część jego. Ale lepiej pomyśl o czymś innym. Twój Bóg ukatrupił pięćdziesiąt milionów. Lira, którą chcesz oddać Bułhakowowi, zabiła właściciela, zdmuchnęła go do grobu... Więc jak, chcesz jego śmierci?

– Bułhakow sam wpuścił do siebie śmierć! – zawołała Masza bez tchu. – Napisał *Mistrza i Małgorzatę*, „żeby wiedzieli, żeby tylko wiedzieli...". Jako motto umieścił na początku fragment z *Fausta* Goethego: „Jam częścią tej siły, która wiecznie zła pragnąc, wiecznie czyni dobro". Opisał zło jako dobro i diabła jako dobrego nie dlatego, że był satanistą, tylko dlatego, że wierzył... Przez całe życie próbował pojąć zło rewolucji, która odebrała mu wszystko, co kochał. Wszystko, co było mu najdroższe. Naj, najdroższe! Nienawidził rewolucji i bolszewików... Ale w *Białej gwardii*, w powieści o rewolucji, o śmierci Miasta, napisał: „cokolwiek się dzieje, zawsze dzieje się tak, jak dziać się powinno i że wszystko obraca się na dobre". *Biała gwardia* to powieść o Bogu, który dopuścił do rewolucji!

– Po co? – zadała proste pytanie Aknir. – Minęło sto lat i do tej pory ludzie naprawiają zło, które przyniosła rewolucja. Co w niej było dobrego?

Córka Kyłyny zadała Maszy jej własne, Maszy pytanie.

– Nie wiem. – Kowalowa spuściła głowę. – Ale Bułhakow umarł, żebyśmy wiedzieli: zło to tylko część tej siły, która czyni dobro.

– I ty w to wierzysz?

– Nie wiem – powiedziała Masza.

– W takim razie wstąp do klasztoru i spytaj swojego Boga: „Po co?". A kiedy ci odpowie, dokończymy tę rozmowę. Jeśli śmierć z powodu abstrakcyjnej bzdury wydaje ci się logiczniejsza od życia i uszczęśliwiania ludzi, idź za przykładem Chrystusa. Złóż w ofierze samą siebie! Siebie, a nie innych! Lira uczyniła z ciebie ofiarę, więc nią bądź... I pozwól swojemu Michaiłowi Afanasjewiczowi żyć długo i szczęśliwie w Mieście, które tak kochał. Pozwól nam wszystkim żyć w szczęściu. Przyznaj, że tylko ty jesteś niezadowolona!

– Nie – odrzekła Masza. – Oddajcie mi Lirę.

– Dlatego że Bóg nie chciał, żeby ślepi przejrzeli na oczy? Dlatego że Bóg jest przeciwnikiem krótkich spódnic i kobiecej wolności? Dlatego że Bóg nie chciał, żeby pięćdziesiąt milionów nie umarło straszną, męczeńską śmiercią? – sypała pytaniami Aknir. – Dlatego że Bóg nie chciał, żeby Bułhakow był szczęśliwy?

Masza się nachmurzyła.

Próbowała... Próbowała, ale nie umiała wymyślić większego zła, które mogłoby zniweczyć ich dobro.

W głowie miała taki zamęt, że w tamtej chwili nie była nawet przekonana, czy dobrem jest sam jej Bóg.

Ale był jedyny – był tym, któremu wierzyła.

– Dlatego – rzekła pewnym siebie tonem – że Bułhakow nie ukradł tramwaju Kuprinowi. Czytał Kuprina. Ale nie kradł. Zobaczył! Był Wielkim Pisarzem! Czy naprawdę myślicie, że kiedy w siedemnastym roku przeczytał powieść o waszym antytramwaju, nie dostrzegł, że wszystko to dzieje się z jego powodu? Pierwszy tramwaj był jego rówieśnikiem! A on nie był ślepcem! Napisał anty-antyobrzęd. Zawsze myślałam, że jeśli Bułhakowski tramwaj jest rewolucją, to dlaczego Woland wpycha pod niego Berlioza? Dlatego, że zło powinno być! Nie wiem czemu... Ale jeśli Bułhakow po tym, jak przeżył dziesięć zmian władzy, setki śmierci, które widział, po tym, jak wszystko stracił: Miasto, życie, które mogło upłynąć „jasno, cicho i spokojnie"*; kiedy głodował, opłakiwał śmierć matki, nieuznawany za życia, nieszczęśliwy, jeśli pisze mi po tym wszystkim „tak dziać się powinno"... to ja mu wierzę!

– A ja wciąż się zastanawiam i zastanawiam, dlaczego moja wnuczka napisała „BM bardzo trwożnie" – odezwała się Olga. Na jej młodej twarzy malowało się samozadowolenie. – Ona nie odda nam Fausta. Wszystko oddała, ale jego nie! Umrze, a go nie odda. Lira tworzy między swoimi właścicielami więź krwi. Ona skończy tak samo jak on. I jak moja siostra. Są braćmi i siostrami w ofierze, którą składają.

– Ależ wiem, babciu Olu, wszystko to wiem – z niezadowoleniem zbyła ją Aknir. – Wiem o sto lat lepiej niż ty. Dlatego Achmatowa uważała się za potomkinię Czyngis-chana... – Zrozum – zwróciła się do Maszy – to nie zmieni Odmiany! Wasz tramwaj odjechał. Rewolucji nie będzie.

– Nie będzie – potwierdziła Masza. – Ale też Bułhakow nie będzie Faustem! Ślepi nie przejrzą na oczy. Narkomania nie stanie się uleczalna...

– Dobrze się czujesz na umyśle? – zainteresowała się ostrożnie Aknir.

– Tak! On nie zostanie Wielkim Lekarzem! Bo każde duże dobro to tylko druga strona jeszcze większego zła. I tego dobra nie pozwolę wam dokonać...

– Nie rozumiem – mruknęła zrzędliwie Dziedziczka Olga. – Dlaczego się z nią cackasz? Jej los jest przesądzony, zostanie ofiarą!

– Dlatego – powiedziała dobitnie eks-Kijowica – że mój los jest przesądzony, ale wasz nie! Demon naruszył Wielki Zakaz. Wydałam go, choć nie chciałam. Lecz w tym złu, jak zwykle, jest też dobro. Nie mam powodów, by chronić jego tajemnicę. Naruszył Zakaz, a pani, Olgo Siłowna, była z nim w zmowie. Wzywam panią przed Sąd. Tu i teraz. Wyjdę na górę i wywołam pani imię... A wedle prawa Miasta ani córka, ani wnuczka

---

* MK.

podsądnej nie może być Kijowicą! Kyłyna nie dostanie Kijowa. I ty, Aknir, też nie. Kiedy wrócisz do swoich czasów, będziesz zwykłą wiedźmą. Wybieraj: albo ty nie będziesz Kijowicą, albo Bułhakow nie będzie Faustem!

– Szantaż? – wycedziła zszokowana Aknir. – Zło w imieniu dobra? Daleko zaszłaś.

– Dajcie mi Lirę.

– A jesteś pewna – nastolatka z zaciekawieniem zmrużyła oczy – że chcesz jeszcze raz próbować zrobić jak najlepiej i przekonywać się, że wyszło jak zawsze? Tworzyć zło dla zbawienia potrafi tylko twój Bóg, a i to jest zaledwie twoim przypuszczeniem... Mimo to chcesz ryzykować?

– Tak.

– Dobrze – rzekła w końcu Aknir po przedłużającej się ciszy. – Skoroś taka uparta, daj mi w zamian bransoletę czterech żywiołów. Spróbujesz raz jeszcze czynić dobro za pomocą zła? – poweselała. – Zwędzisz bransoletę koleżance?

– Co ty robisz, Aknirma? – wystraszyła się Dziedziczka. – Czterostrunny talizman nie jest w stanie zastąpić światu Fausta!

– A co mam zrobić, babulko? – Dziewczyna skrzywiła się, adresując swój szesnastoletni sarkazm do dwudziestodwuletniej babulki. – Zostać tępą wiedźmą? Stracić Kijów? Olu, rusz troszeczkę mózgownicą.

– Ech – odpuściła Dziedziczka. – Gdybyś ty, Aknirma, mogła dostać siedmiostrunną lirę, ofiarowałbym za to Johanna. Jesteś czaroplotką. Niepotrzebna ci formuła Boga. Sama władasz boskim darem.

„Wszak Bóg stworzył świat też za pomocą słowa".

„Właśnie tak postępowała Marina. Od tysiąca lat wszyscy muszą podporządkowywać się prawom, które wprowadziła. Wystarczy, że Aknir dostanie nieco więcej mocy..."

„Matko jedyna, jeżeli znajdzie Lirę przed nami, to DOPIERO będzie!"

– Jak pani powiedziała? – Kowalowa zmarszczyła czoło. – Aknirma? To jest jej pełne imię? Czyli „Marina" na odwrót. Anty-Marina? Dałyście jej tak na imię, żeby stworzyła antyświat?

– Dobra, palnij jeszcze, że jestem antychrystem – burknęła dziewczyna. – Czy to moja wina, że dostałam takie debilne imię? Po co o tym mówić, jeżeli i tak nie dostanę Liry? Myślisz, że mama i babcia Ola nie próbowały wydębić jej od właścicieli? Nie udało się. Wybraniec powinien oddać ją sam. Mało tego, powinien żarliwie chcieć przekazać ją nowemu właścicielowi. Trzeba wymyślić tak diabelską pokusę... No, do rzeczy, dajesz mi bransoletę Amazonek?

– Nie rób tego, Aknirma!

– Oluś, zamilcz – usadziła „babulkę" dziewczyna. – Jesteś ode mnie starsza o jakieś sześć lat. Choć raz zrób tak, jak powiadam. I przestań zwracać się do mnie tym imieniem. Mów do mnie Ani. Albo najlepiej Anna.

– Co jest napisane na tej bransolecie? – zapytała eks-Kijowica.

– „Ta, która zbierze w jedno cztery i siedem, dostanie Niebo i Ziemię" – odpowiedziała Kijowica.

– Ta, która dostanie broszkę i bransoletę?

Czterostrunną Lirę i cztery żywioły Ziemi. Siedmiostrunną i liczbową harmonię leżącą u podstawy wszechświata. Bożego wszechświata!

Ale w tym samym momencie, gdy Wstrząsająca Dasza weszła w posiadanie bransolety, Masza straciła Lirę: „cztery" i „siedem" minęły się ze sobą, jakby celowo się unikały.

Tak samo będzie teraz.

– Dam ci bransoletę – powiedziała Masza. – A ty dasz mi Lirę.

– Tak – zgodziła się Aknir.

– Zabierzesz mnie w Przeszłość?

– Nie ma takiej potrzeby – niechętnie przyznała Dziedziczka Olga. – Ona może pójść tam sama. Trzeba tylko, żeby przestała stosować moją maść.

„Miesiące słabości. Kiepsko" – miauknęła Belladonna. Kotka poczuła zapach maści. I Behemot też ją wywęszył.

– Pani pozbawiała mnie sił? – Masza pogłaskała wzrokiem kota, który o mało nie wymiauczał prawdy. – Jakże łatwo mnie pani oszukała.

– Nie oszukałam pani. – Dziedziczka wyszczerzyła zęby. – Leczyłam panią. Po prostu: jak każde dobro, moje lekarstwo miało skutek uboczny. Maść pozbawiała panią sił, żeby dać pani czas na dojście do siebie i żeby trzymać panią w domu, dopóki... Inaczej widząc, jak ktoś znęca się nad psem, mogłaby pani po raz czwarty rzucić zaklęcie „Mgnienie", spłonęłaby pani do cna. Dałam pani pół roku, żeby mogła pani przeżyć, teraz ma pani wystarczająco dużo sił. I posłuży się pani nimi, żeby umrzeć.

– Dlaczego pani mnie ratowała? – zdumiała się Masza.

– Nie potrafi pani tego pojąć! – W jasnoniebieskich oczach Olgi zamigotał smutek. – Jest pani tak podobna do mojej biednej siostry, tak podobna. Prawie jakbym znów ją słyszała. I czasem przychodzi mi do głowy myśl... że może wasz Bóg uczynił ślepych ślepymi, kierując się miłosierdziem? Wiedźmy od dawien dawna cierpiały przez to, co wiedzą. Moja siostra zdobyła większą wiedzę niż inne. Wezwałam ją przed Sąd. Ale ona, podobnie jak pani, porzuciła Kijów nie z powodu Sądu... Nie mogła sobie wybaczyć, że skazała na śmierć miliony ślepych. Pani nie może sobie wybaczyć, że ich uratowała. I obie, dokonawszy tego w imieniu dobra, skazujecie Fausta... i siebie.

– Pani siostra popełniła samobójstwo?

Masza zrozumiała wreszcie, jakim strasznym sposobem Kijowica opuściła Miasto.

– Gorzej – rzekła Dziedziczka Olga. – Wstąpiła do klasztoru.

– Katia?!!!!!

Pojawienie się Jekatieriny Michajłowny zrobiło na Daszy takie wrażenie, jakie Iwanow pokazał na obrazie *Chrystus ukazuje się ludowi*.

– Byłaś na moim występie? Boże, Katia, jaka ty się tu zrobiłaś ładna! Wyglądasz cudownie. Cudownie dobrze! Tu jesteś pięć razy ładniejsza niż tam. Ciekawe dlaczego, czy to z powodu sukni? – powiedziała poetka tak szczerze, że Katerina złagodniała i nawet próbowała zdobyć się na uśmiech.

– Dziękuję. – Piękność poprawiła sobie kapelusz. Ale zaraz się nachmurzyła. – Nie, Dasza, nie byłam na twoim występie. Przyszłam w interesie. – Milionerka rozkojarzonym wzrokiem przesunęła po garderobie Daszy wypełnionej bukietami pierwszych wiosennych kwiatów.

– Do mnie?

Czub istotnie posiadała wspaniałą zdolność do natychmiastowego puszczania w niepamięć dawnych animozji i do niemal natychmiastowego zakochiwania się w kimś, kogo jeszcze przed chwilą nienawidziła srogą nienawiścią.

(A potem niemal równie szybko stygła w uczuciach do człowieka, którego kochała jeszcze pięć minut temu).

Ale obecnie Dasza kochała Dobrażańską – która z własnej woli zrobiła pierwszy krok do pojednania – jak rodzoną siostrę!

– Właściwie – zagaiła Jekatierina Michajłowna – rzeczywiście mam do ciebie interes. Niedawno opatentowałam biustonosz. Powinna go wynaleźć pewna światowa dama, Amerykanka Mary Jacob, w czternastym czy piętnastym roku. Jakoś tak przypadkowo połączyła chusteczki do nosa i przymocowała wstążki, a mąż wykazał się przedsiębiorczością i zaprezentował model „stanika bez pleców" firmie produkującej gorsety. Ale słowo „stanik" od dzieciństwa mi się nie podobało. „Biusthalter" tym bardziej. Z niemieckiego oznacza dosłownie „trzymacz biustu", „biustonosz". Swój patent nazwałam: „kati".

– Na cześć samej siebie?

– A ty mogłabyś zostać moją modelką reklamową. Zamieścimy twoje zdjęcie we wszystkich gazetach. Dla mnie to zysk, dla ciebie zarobek i sława. Znów będziesz pierwsza. „Pierwsza poetka Rosji pierwsza włożyła kati". – Katia wygłosiła slogan reklamowy, a w ślad za nim komplement: – Nie jesteś już teraz byle gołonogą. Twoje wiersze czytają nawet księżne. Chociaż wiersze nie są twoje. Ale to bez różnicy.

„Stanik bez pleców" też nie był wynalazkiem Katii.

– Ach, tak? – Czub zadumała się nad propozycją. – Kiedy zapraszają gwiazdę do występów w reklamie, to znaczy, że jest u szczytu popularności. O ile nie chodzi o szampon przeciwłupieżowy. Słuchaj, Katiusza, a nie chcesz jednocześnie wypuścić na rynek rajstop? Wszystkie już mi się podarły. Nie cierpię pończoch! Tyłek mi w nich marznie.

– Rajstopy? Niegłupi pomysł – powiedziała Jekatierina Michajłowna. – Ale właściwie nie z tym przyszłam. Kiedy ostatnim razem widziałaś się z Maszą?

– Dawno. – Wstrząsająca aż się przygarbiła. – Strasznie się pożarłyśmy. Powinnam do niej zajrzeć, ma moją bransoletkę. Ale stwierdziłam, że to by było paskudnie, bo jeśli ona zbada bransoletę i tu też postanowi zostać naukowcem? Pomyśl – wyjaśniła nerwowo – skąd u niej te wszystkie problemy? Ja jestem tu poetką, gwiazdą. Ty milionerką. A Masza kim? Nikim? Do tego z dzieckiem tak się niefajnie ułożyło – skwasiła się gwiazda.

– Straciła dziecko? – Dobrażańska zmartwiała. – Boże, kiedy? Mów zaraz! Jeździłam do Charkowa w interesach, nie było mnie dwa miesiące. Przyjeżdżam do Maszetoczki, otwieram drzwi... Wiesz, że mam swój klucz... A tam na stole leży list! – Katerina Michajłowna wyjęła z wnętrza rękawiczki złożoną w czworo kartkę.

Czub zaczęła skwapliwie czytać.

Żyje się nieprzyjemnie, niewłaściwie...

– Mamusiu kochana! – zawołała. – Z datą pierwszego stycznia! Napisała to jeszcze w zimie.

– Ale tu nie ma nic o dziecku – zauważyła Katerina. – Co się z nim stało?

– Z nim nic. A ty, Katia, tak wogle zamierzasz mieć dzieci? – zboczyła z tematu Izyda. – Pytam nie z ciekawości. Muszę powiedzieć ci coś ważnego.

– Nie wiem. – Dobrażańska zadała to pytanie sama sobie. – Miałam trzy aborcje. Niby bez komplikacji. Potem nie próbowałam, nie było potrzeby. Ale wszystko może się zdarzyć. Nie, to nie... Jak to mówią: „Bóg nie dał" i kropka. Mitia się nie zmartwi. Tak mnie kocha, aż się u niego ta miłość brzegami przelewa. Zastępuje mu i dumę, i poczucie własnej wartości, i sens życia. Wszystko mu wypełniła. Na dzieci pewnie mu miłości nie starczy.

– No przecież – podchwyciła Czub. – Żona to główny wykładnik pomyślności, gustu i umysłu mężczyzny! Patrząc na ciebie, można go wziąć za cara. Pierwsza piękność Kijowa. Do tego mądra, wierna, nie szuka na boku, kłopotów nie sprawia. O twojej nieprzystępności krążą legendy! A co, porządność to fajna cecha! Nie bój się, pogodziłam się ze stratą Mitii. Jest twój pod każdym względem. Sama się stałam legendą. Tak, Katia, dałyśmy tu czadu... Tam o czymś takim mogłybyśmy tylko pomarzyć. Tylko dzieci nie będziemy mogły mieć.

– Dlaczego? – zapytała Katia.

– Pamiętasz? – Czub spoważniała – Kiedy przyszłyśmy tutaj, tam czas się zatrzymał. A my jesteśmy z tamtych czasów. I one dla nas się zatrzymały. Zupełnie. Ja zawsze będę miała dwadzieścia pięć lat, Maszka dwadzieścia dwa. Rozumiesz teraz? Ona nigdy nie urodzi swojego dziecka. Zawsze będzie w pierwszym tygodniu ciąży.

– A to ci nowina! – Jekatiernia Michajłowna zerknęła na swoje odbicie w lustrze. – Już dawno zauważyłam, że paznokcie mi prawie wcale nie rosną. Jasne, nie jesteśmy już Kijowicami, wtedy potrafiły w ciągu jednego dnia urosnąć o dwa centymetry i już nie wiedziałam, co z nimi robić. A tu miesiąc, jak złamałam paznokieć, a on wciąż niewyrośnięty. To dlatego Maszetoczka tak długo chorowała. W naszych czasach migiem wróciłaby do zdrowia, za dzień, no może dwa. A tu, gdyby nie Olga, mogłaby zostać kaleką, złamaną jak mój paznokieć... Czekaj, czekaj, czy to oznacza, że będziemy tu żyć wiecznie? – Katia doszła do nieoczekiwanego wniosku.

– Wychodzi na to, że tak – przyznała oszołomiona „poetka".

– Żyć, nie starzejąc się?

– Tak to wygląda... Ale jest jeszcze jeden problem. Jak to wyjaśnisz za sto lat?

– No, sto nie sto, ale nie wcześniej niż za dwadzieścia – oddaliła od siebie przedwczesny problem brunetka. – Teraz oficjalnie mam dwadzieścia siedem. W rzeczywistości trzydzieści pięć. To znaczy, że za dziesięć lat będę miała trzydzieści siedem, czyli prawie tyle, ile naprawdę. W wieku czterdziestu siedmiu lat to też nie problem wyglądać na trzydzieści pięć. A potem się zobaczy. Żyć wiecznie. Jednak... – Katia pokręciła głową, przymierzając się do stojącej przed nimi wieczności. – Dla takiej perspektywy chyba można odżałować dzieci.

– Ja też nie jestem zafiksowana na dzieciach. – Gwiazda pokiwała głową. – Ale Masza...

– Tak, biedna Masza – zmartwiła się Katia. – Jak to niezręcznie wychodzi: wszystko, co nam się układa, jej się obraca na złe. Dokładnie jak na złość. Wrubel jej umarł, rozminęła się z nim w czasie. Dziecko się nie urodzi, bo czas stoi w miejscu.

– Bułhakow niczego nie napisze. Mir, jej duch, okazuje się draniem. – Dasza wyliczyła kolejne zmartwienia Maszy. – Jesteś w temacie? To on próbował nas zabić, wpychał nas pod tramwaj, pod samochód. Ale nas nie zabijesz! Jesteśmy chronione wężowym łańcuszkiem. Tylko że Maszka strasznie się zdenerwowała. Wierzyła mu. I nam też wierzyła. A my ją porzuciłyśmy. Dwa miesiące u niej nie byłam.

– Ja jej nie porzuciłam. – Katia odżegnała się od „my". – Chciałam, żeby ze mną zamieszkała. Ale odmówiła. To prawda, mamy służbę, wszyscy wszędzie wtykają nosy. „A kiedy jestem u siebie – powiedziała mi – mogę spokojnie czytać książki, nie ukrywać się przed nikim". Znów pewnie chodziło o ciążę. Jest niezamężna. Skandal. Ale co drugi dzień posyłałam jej kogoś z jedzeniem, z pieniędzmi, z podarkami, z pamiątkami z podróży. Nie zapominałam o niej! To ona w ostatnim czasie wyraźnie mnie unikała.

– Mnie nie wybaczyła Achmatowej – powiedziała Czub. – A tobie Ginsburga. Już taka jest, lekko nienormalna. – Dasza podrapała się po nosie. – Wiesz, co mi powiedziała? Że to niby ona jest wszystkiemu winna. I moich wierszy, i twoich domów, i że Mira zabić nie potrafi. A teraz jeszcze to, że skoro go niby zabiłyśmy, on będzie wiecznie próbował zabić nas, i to też jej wina. I że jedyny sposób, żeby to przerwać, to umrzeć...

– Umrzeć?! – wykrzyknęła Katia. – I ty ot tak, mimochodem o tym wspominasz? Po dwóch miesiącach! No Bóg cię chyba opuścił...

– Bóg?! – Dasza z nadzieją usłyszała o istnieniu Wszechmocnego. – A ty w ogóle jesteś na bieżąco, że Maszka wierzy w Boga?! W bożym rozumieniu samobójstwo jest grzechem...

– Jakoś tam wierzy. Chodziła do soboru Świętego Włodzimierza.

– No to może wstąpiła do jakiegoś klasztoru? Żeby zadośćuczynić za nasze grzechy? Do niej to podobne!

– I to jeszcze jak! – Katerina powściągnęła gniew. – Natychmiast jadę do przełożonej Fiodorskiego! Potem do Pokrowskiego. Złożę im w ofierze po dziesięć tysięcy. Będzie trzeba, to więcej! Padnę na kolana. Niech tylko powiedzą, czy u nich jest. A jeżeli naprawdę są wierzące, wyjaśnię, że nie mam nic przeciwko. Chcę tylko, żeby moja siostra podjęła tę decyzję zgodnie z prawdziwą wiarą, a nie pochopnie. Bo żyła w przygnębieniu. I z tego zgnębienia do nich poszła.

– A ja, durna, nie wierzyłam, że ty Maszkę naprawdę lubisz – pokajała się Czub.

– Najważniejsze – Jekatierina Michajłowna spochmurniała – żeby ona od tego mojego wielkiego lubienia nie podniosła na siebie ręki. Przez to, że jej odbiorę ostatnią nadzieję, ostatnie wyjście. Trzeba coś wymyślić! Może założyć dla niej jakieś schronisko, przytułek dla dzieci...

– Dla dzieci nie!

– ...dla będących w potrzebie?

– Założymy – oświadczyła uroczyście poetka. – Wszystko urządzimy. Wszystkim pomożemy. Klnę się na Boga. Nawet podaruję jej swoją bransoletę! I tak nie wpadłam na to, co bym mogła nią podpalać. Tylko żeby zgodziła się zostać uczoną. Tylko żeby naprawdę poszła do klasztoru. Tylko żeby nie popełniała samobójstwa! Nie wybaczyłabym sobie! Rozumiesz, kiedy groziłam, że ze sobą skończę, kiedy ty groziłaś, że ze sobą skończysz, to co innego. Mnie wszystko jedno, jak zostać gwiazdą: tak czy siak. Tobie wszystko jedno, jakie pieniądze zarobisz: dolary czy katarzynki. A Masza jest inna. To, że całe jej dobro obróciło się przeciw niej, to jeszcze pół biedy. Przyjęłaby to. Ale jeśli jednoznacznie pojmie, że działając w jak najlepszej wierze, sprowadziła jeszcze większe zło, to my jej tego na inne dobro nie wymienimy!

W żadnym z kijowskich monastyrów nie udało się znaleźć Maszy.

Niestety, nie jestem bohaterem.
~ Z dziennika Michaiła Bułhakowa

Masza otworzyła drzwi pierwszego domu pod numerem 13 przy Zjeździe Świętego Andrzeja. Posłużył jej do tego klucz, który od dawna grzał się na jej piersi. Dzień po dniu nosiła go na szyi, nie wiedząc dlaczego.

A teraz wiedziała.

„W imieniu mojego Ojca, rozkazuję, daj mi poznać to, co powinnam..."

Nikogo nie było w domu.

Wąskie drewniane schody prowadziły na piętro. Masza znała ten dom, znała pokój gościnny, dwa kaflowe piece, dwa pianina. Wiedziała, że matka Miszy i jego siostra Waria urządzały w tym saloniku koncerty, grając jednocześnie na dwóch instrumentach. Wiedziała, gdzie znajduje się pokój chłopców...

I wiedziała, że stół Miszy stoi pod oknem, a z okna widać wzgórze – pierwszą Łysą Górę Kijowa.

Położyła na tym stole Lirę.

„Kim jestem teraz? Ofiarą? Zabójczynią? Przecież go zabijam... Umrze po raz drugi".

Wyszła na ulicę.

Popatrzyła na ścianę domu pod trzynastką, na której w jej czasach, a teraz już tylko w jej pamięci, wisiała tablica z napisem:

W tym domu
mieszkał
sławny
rosyjski
sowiecki
pisarz
Michaił Bułhakow
1891–1940

– Pisarz – powtórzyła, kładąc rękę na piersi. Jej palce dotknęły klucza.

Klucz sparzył ją chłodem.

O tej samej porze – godzinie 13.00 tamtejszego czasu – z pierwszego domu pod trzynastką na ulicę Świętego Andrzeja wyszła inna dziewczyna.

I jej ręka też w zadumie dotknęła piersi, gdzie wisiał odwrócony do góry nogami krzyż.

Ona też przesunęła wzrokiem po ścianie, na której wisiała tablica pamiątkowa.

Michaił Bułhakow
1891–1918

Zwróciła się do towarzyszki, która wyślizgnęła się z domu w ślad za nią.

– Dziękuję pani, Anno Andriejewna – powiedziała tonem wzorowej uczennicy.

– Nie ma za co, moja droga.

Pierwsza pisarka i poetka Kijowa Anna Andriejewna Golenko opiekuńczym wzrokiem spojrzała na swoją protegowaną – złotowłosą dziewczynę o oczach w kolorze chabrów.

Opiekuńczą promotorkę trochę niepokoił odwrócony, diabelski krzyż.

Ale Ani zapewniła ją, że odwrócony krzyż bynajmniej nie oznacza Szatana.

– Chociaż – przyznała pisarka i poetka – gdyby profesor Czub nie był moim przyjacielem, wątpliwe, czy dostałaby pani w swoje ręce ten cenny dla niego eksponat. Jest fanatykiem Michaiła Bułhakowa.

– Obawiam się – powiedziała szczerze Ani – że bez pani pomocy w ogóle nie mogłabym wziąć go do ręki. Jest pani wybranką.

– Ależ gdzie tam! – z zadowoleniem żachnęła się wybranka. – W porównaniu z Izydą Kijowską... Niewiarygodna z niej była kobieta. Pierwsza włożyła szorty. Pierwsza siadła za kierownicę. Jako pierwsza kobieta lotnik wykonała w powietrzu pętlę. Przyjaźniła się z Sikorskim! A przy tym była pierwszą poetką imperium. To dopiero dokonanie: my, Ukrainki, to wielki naród! Zawsze miałyśmy skłonność do matriarchatu. A jeśli ty, z moją pomocą, udowodnisz na konferencji, że wywodzimy się od Amazonek... Jakże bym tego chciała – rozmarzyła się gardłowo pisarka. – Już Izyda Kijowska udowadniała wszem wobec, że jesteśmy Amazonkami!

– Teraz, kiedy mam broszkę i bransoletę, to nie będzie trudne – rzekła Ani.

– Dziwne jednak... – zastanowiła się Anna Andriejewna. – Jak Lira dostała się Bułhakowowi? Nie był przecież historykiem ani archeologiem. Ani pisarzem. Tyle że w piątej klasie pisywał humoreski. To bohater wojenny. Spotkała go taka straszna śmierć.

– Czytałam, że zginął z powodu kobiety – powiedziała Ani.

– Bo go zdradziła? – zainteresowała się pisarka.

– Nie, bo go za mocno kochała. Tak mocno, że nie umiała mu pozwolić po prostu żyć. Wie pani, ci, którzy nas kochają, krewni i bliscy, często wyrządzają nam więcej zła niż wrogowie.

– Jest w tym sporo prawdy, pani Aniu. Jak to się zakończyło?

– Dowiedziawszy się o jego śmierci, popełniła samobójstwo. W osiemnastym roku.

– Słusznie – podsumowała promotorka. – Powodzenia, pani Aneczko.

Pożegnawszy się z dziewczyną, którą uważała za swą imienniczkę, Anna Andriejewna Golenko pośpieszyła w swoją stronę, nie mając pojęcia, że trzy dni temu powinna była powiesić się z powodu Anny Andriejewny Gorienko, ani nawet o tym, kim była Anna Andriejewna Gorienko.

Anty-Marina odprowadziła ją wzrokiem.

Powoli rozprostowała dłoń i niedbale podrzuciła kryjącą się w niej Lirę, która jeszcze chwilę temu znajdowała się w ręce Marii, będącej częścią tej siły, która wiecznie zła pragnąc, wiecznie czyni dobro...

Zło?

EPILOG

Jak wszelkie dobro, monastyr Opieki Matki Bożej, czyli Pokrowski, zrodził się ze zła, niezasłużonego i niesprawiedliwego, każącego się zastanowić, czy nasz Bóg naprawdę jest dobry. Pewnego razu, gdy wielka księżna Aleksandra Pietrowna – prawdziwa filantropka, założycielka wspólnoty sióstr miłosierdzia, przewodnicząca towarzystwa dziecięcych przytułków – jechała odkrytym powozem, konie poniosły i księżną wyrzuciło z kolaski na petersburski bruk.

Księżna, z domu Oldenburg, doznała urazu kręgosłupa i nie mogła chodzić. Do cierpień fizycznych doszły osobiste – jej małżonek, wielki książę Mikołaj Mikołajewicz, trzeci syn cara Mikołaja I, nad żonę przedkładał „damę swego serca", aktorkę imperatorskich teatrów.

Ale w tamtych pamiętnych czasach kobiety leczyły się z osobistych nieszczęść nie czekoladą, lecz troską okazywaną tym, którym szczęści się jeszcze mniej.

Idąc za radą lekarzy rekomendujących chorej zmianę niezdrowego klimatu Piotrowego grodu, księżna przeniosła się nie na Krym, nie do swojego pałacu w Ałupce, lecz do Kijowa – do Stolicy Wiary, gdzie na obrzeżu miasta zakupiła pustą działkę i założyła na niej monastyr. Nie dla potrzeb zakonnych, tylko dla tych, którym poszczęściło się mniej niż jej.

Klasztor księżnej stał się szeroko znanym szpitalem, pod względem wielkości i sukcesów niemającym sobie równych. Albowiem było w Kijowie-Złotogłowie dużo monastyrów i cerkwi, ale mało bezpłatnych lecznic, a u bram cerkwi Aleksandra umierali chorzy...

W ciągu dwudziestu lat wzorcowa apteka księżnej zrealizowała milion recept, wydając bezpłatnie lekarstwa. Pierwsze zdjęcia rentgenowskie, wynalezione przez Wilhelma Roentgena w 1895 roku, wykonano w monastyrze Pokrowskim już rok później – w 1896. Na stole operacyjnym szpitalnego oddziału chirurgii pacjenci umierali tak rzadko, że twórcy zestawień statystycznych wyjaśniali ponadnaturalny procent „udanych zabiegów" jedynie bożym cudem.

I stał się cud. Po dziewięciu latach ciężkiej choroby i przemieszczania się na wózku inwalidzkim księżna stanęła na nogi.

A stojąc już na nogach, jej wysokość sama zajęła miejsce przy stole operacyjnym, obmywała chorych, dyżurowała na oddziałach. Marzyła o tym, by zbudować wielką świątynię, największą w Kijowie. Pozwoliła, żeby jej marzenia o wielkości wyszły na jaw dopiero wtedy, gdy zdążyła już zatroszczyć się o maluczkich. Otworzyła przytułek dla niewidzących i przytułek dla nieuleczalnie chorych kobiet, szkołę dla osieroconych dziewcząt oraz schronisko dla bezdomnych, gdzie każdy mógł liczyć na opiekę i nocleg.

„Jak często słyszy się na ulicach Kijowa: jak dojść do księżnej?"

I jak od wiek wieków ciągnęły do Kijowa tysiące pielgrzymów, by paść na świętą ziemię w ławrze, tak teraz zdążały do miasta tysiące tysięcy nieszczęsnych, trędowatych, niepotrzebnych, którzy usłyszeli u dobrych ludzi, że księżna pomoże...

Księżna nie zdążyła zbudować swej wymarzonej świątyni. Zmarła, zanim wzniesiono założony przez nią największy w Kijowie chram Świętego Mikołaja Cudotwórcy w stylu rosyjskiej secesji. Pochowano ją w 1900 roku wśród drzew kwitnącego jabłoniowego sadu klasztoru Opieki Matki Bożej...

Lecz ta, która rozkazywała w imię Miasta, która wędrowała przez czasy, przyszła do przytułku księżnej po jedenastu latach niewyczerpanego potoku nieszczęść. I zatrzymała się, opadłszy na kolana, oparłszy czoło o kamienną podłogę, przed ikoną księżnej, przed Poczajowską Bogurodzicą. Księżna, która w tajemnicy przyjęła śluby zakonne i została siostrą Anastazją, wierzyła, że właśnie dzięki tej ikonie odzyskała władzę w nogach.

– Długo już tu klęczysz...

Masza nie podniosła głowy – jeszcze mocniej przycisnęła czoło do kamiennych płyt.

– ...a nie modlisz się – dokończyła księżna.

– Nie znam modlitw – przyznała Masza.

Z intonacji matki przełożonej klasztoru można było domyślić się, że czekająca je rozmowa jest nieunikniona.

– Skąd jesteś? – zapytała księżna.

Nie była młoda ani stara – była pozbawiona wieku.

– Z Kijowa.

– Z Kijowa? – „...I nie znasz modlitw" – zabrzmiało w wielokropku.

Lecz matka przełożona powiedziała co innego.

– Patrzę na ciebie i widzę, że to nie twoje miejsce.

– Dlatego, że nie znam modlitw? – Ramiona Maszy drgnęły ledwie dostrzegalnie.

Serce jej podskoczyło, a w oczach pociemniało.

– Nie, moja miła. – Księżna nie czyniła wymówek, tylko wyjaśniała. Jej twarz, okolona nieprzeniknioną czernią mniszego kwefu, była niezmącenie spokojna, niczym wizerunki na freskach. – Dlatego, że dla ciebie wstąpienie do klasztoru będzie równoznacznie z podniesieniem na siebie ręki. Przyszłaś tu, żeby się ukarać. A to grzech. Grzech czynić dom Boży swym piekłem. Do klasztoru należy wstępować nie w ramach kary, tylko z miłości.

– Proszę mnie nie wyganiać. – Masza podniosła głowę, jednak patrzyła nie na matkę, ale na blade, zimne niebo w wąskim oknie. – Nie mam dokąd iść. Tylko w przerębel. Będę się opiekowała chorymi. Zarażonymi. Wszystko będę robić... – Masza nagle zrozumiała, że tym, co mówi, tylko potwierdza słowa księżnej.

Podniosła się z kolan. Zrobiła krok w stronę matki przełożonej. I ujrzała za światłem jej twarzy ciemność – ciemny kłębek choroby. Wyciągnęła rękę...

– Nie trzeba – rzekła szybko matka. – Zasłużyłam na śmierć...

Powiedziała „zasłużyłam" jakoś tak dziwnie, jakby nie mówiła o karze, lecz o długo oczekiwanej nagrodzie.

– I właśnie na tym polega twój problem – stwierdziła żałośnie księżna. – Nie wierzysz w Boga.

– To nie tak – zaprzeczyła Masza. – Wiem, że on istnieje.

– Może i wiesz – zgodziła się matka. – Ale w niego nie wierzysz. Dlatego się boisz.

– Strasznie jest wiedzieć, że dobro to zło, a zło to dobro. A ja wiem – wyjawiła Masza.

– Kto ci takich głupot naopowiadał?

– Sama wiem. I pani. – Masza spuściła oczy. – Czy nie zło, nie choroba umożliwiła pani niesienie pomocy tysiącom tysięcy nieszczęsnych?

– Czy zło czyni chirurg, gdy rozcina pacjenta skalpelem? I krwi przy tym dużo, i bólu, ale to nie jest zło, tylko troska.

– No właśnie. Żeby pani troszczyła się o innych, on uczynił panią nieszczęśliwą – upierała się Masza.

– Pan pomyślał najpierw o mnie. – Księżna uśmiechnęła się. – Nie zesłał na mnie nieszczęścia, tylko nadał sens mojemu pustemu życiu. Podarował mi wielkie szczęście. Dlatego, że kochał mnie bardziej niż innych.

Czym jest miłość? – możesz zapytać.

Ja odpowiem.

Uwierz, sama dowiedziałam się dopiero teraz, na ostatnich stronach, zadawszy sobie pytanie, dlaczego ja – pan bóg swojej powieści – tak męczę zdecydowanie najlepszą i najbardziej lubianą z moich bohaterek? Dlaczego odebrałam jej wszystko i pognałam ją do klasztoru, a te mniej lubiane nagrodziłam szczęściem, bogactwem i sławą?

Odpowiedź jest jasna – bo ją kocham.

I dlatego, że w odróżnieniu od ciebie, czytelniku, wiem, dokąd ją prowadzę. Wiem, że dojść tam można tylko przez...

Ale Masza tego nie wiedziała.

Intensywnie wpatrywała się w czczoną w Kijowie jak świętą księżnę, której szczęście brzmiało z taką pełnią, że była studentka nie umiała znaleźć w tym książęcym świecie ani szczeliny dla zła. Wszystko tu było dobrem: i śmierć, i choroba.

Złem była jedynie ona, Masza, która uważała klasztor za piekło, a dobro – za zło.

– Ja także pragnęłam dobra – pokajała się ze spuszczoną głową. – I rzuciłam Bogu wyzwanie, jak diabeł... Dostałam ogromną moc i stwierdziłam, że lepiej od niego wiem, co jest dobre. I dopomogłam innym czynić zło.

– Właśnie o tym mówię, moja miła... – Ciepło dłoni, która przesunęła się po czole Maszy, skłoniło ją do podniesienia wzroku. – Pan każdemu z nas dał wolną wolę. I twoją wolą jest wierzyć w dobro. Wolą innych: czynić zło. Ale dlaczego uważasz, że jesteś w mocy władać czyjąś wolą?

– Nie jestem w mocy – uświadomiła sobie Masza. – To moja pycha.

– Nie ma w tobie pychy, tylko strach. Z niewiary w to, że Pan jest wszechmogący i włos z głowy nie może ci spaść bez jego wiedzy. Największy ciężar niesie on, albowiem ponosi odpowiedzialność za nas wszystkich. Ale jego brzemię nie jest twoje. A ty wzięłaś je na barki i dlatego nie wierzysz, że ktoś powinien je nieść za ciebie.

– Pan jest wszechmogący – powtórzyła Masza. – Dał człowiekowi wolną wolę. I jednocześnie włos nie może nam spaść z głowy bez jego wiedzy?

– Dobrze mówisz.

– Innymi słowy nasza wola jest mu znana zawczasu?

– Jest naszym Panem.

– I to, że Judasz sprzeda Chrystusa, on też wiedział zawczasu. I mógł go powstrzymać. Ale nie powstrzymał. Czemu? – Masza uparcie wpatrywała się w matkę, wyrywając odpowiedź z jej oczu. – Ponieważ potrzebna była do tego wolna wola Judasza? Czy dlatego, że zdrada Judasza mu pasowała?

– Postanowiłaś bronić Judasza?

– Nie... chcę tylko zrozumieć: gdybym wiedziała, że Judasz zamierza zdradę, i powstrzymałabym go, to naruszyłabym Bożą wolę? I zapobiegając złu, tym samym wyrządziłabym zło?

– Nie – odpowiedziała matka bez sekundy wahania.

– Ale wtedy nie byłoby zbawienia.

– Byłoby. Czyżbyś myślała, że posyłając Syna na śmierć, aby nas zbawił, wszechmogący Bóg uzależnił cały plan jedynie od złej woli Judasza? Czyżbyś myślała, że nasz Pan potrzebuje zdrajców i zabijaków?

– A gdyby Judasz doniósł na Chrystusa nie dla srebrników, tylko żeby mu pomóc dokonać zbawienia? – zapytała dawna studentka.

– To byłaby inna historia.

– Ale uczynek i wynik byłyby te same! – Masza się odwróciła. – Wychodzi na to, że najstraszniejszy, najbardziej przeciwny Bogu uczynek może prowadzić do czegoś lepszego. Gdzie jest różnica, skoro pani zdaniem dobro i zło jednakowo prowadzą do dobra?

– Tylko u ciebie w duszy, moja miła.

Nota bibliograficzna

Cytowane w powieści fragmenty dzieł literackich pochodzą z następujących polskich wydań:

Anna Achmatowa, *Poezje*, Kraków 1986.
Anna Achmatowa, *Poezje*, Warszawa 1964.
Biblia Tysiąclecia, wyd. IV, Poznań 2003.
Michaił Bułhakow, *Biała gwardia*, tłum. Irena Lewandowska i Witold Dąbrowski, Warszawa 2002 [BG].
Michaił Bułhakow, *Czarny Mag*, tłum. Krzysztof Tur, Białystok 1992.
Michaił Bułhakow, *Miasto Kijów*, tłum. Andrzej Drawicz, [w:] *Utwory wybrane, t.* 1, Warszawa 2018 [MK].
Michaił Bułhakow, *Mistrz i Małgorzata*, tłum. Irena Lewandowska
i Witold Dąbrowski, Warszawa 2002 [MiM].
Nikołaj Gumilow, *To jest nora żmijowa...*, tłum. Leopold Lewin, [w:] Anna Piwkowska, *Achmatowa, czyli kobieta*, „Twój Styl" 2003.
Nikołaj Gumilow, *Tramwaj zbłąkany*, tłum. Leszek Engelking [w:] *Tramwaj zbłąkany i inne wiersze*, Kraków 1919.
Herodot, *Dzieje*, tłum. Seweryn Hammer, Warszawa 2020.
Aleksander Puszkin, *Huzar*, tłum. Julian Tuwim, [w:] *Wybór wierszy*, Wrocław 1982.

Jeśli nie wymieniono innego tłumacza, przytoczone fragmenty przełożyła tłumaczka powieści.

POPRZEDNI TOM SERII

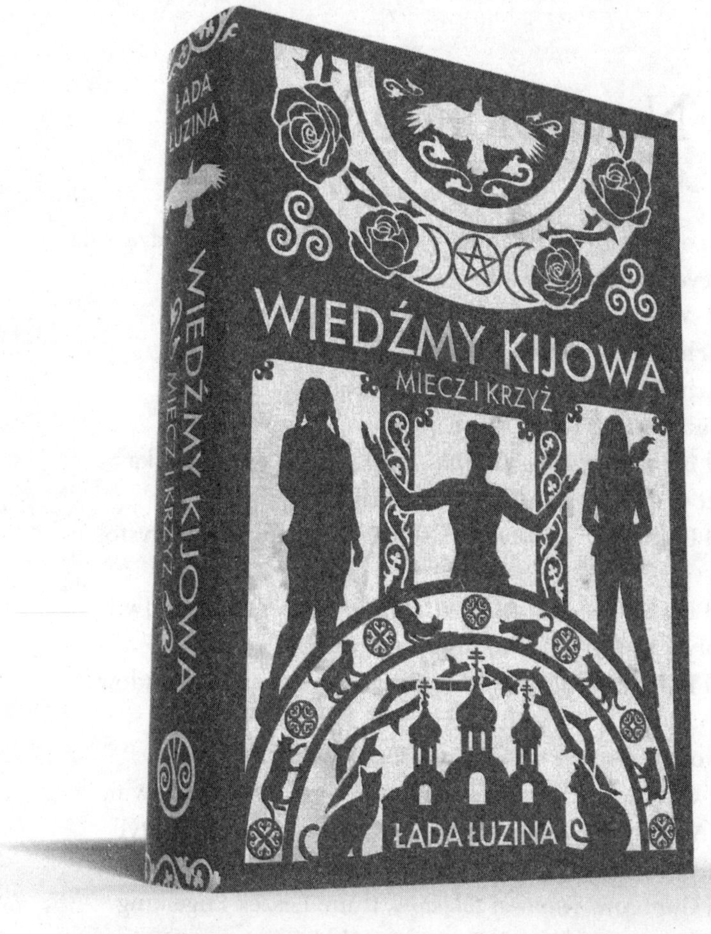